KB167785

눈먼 자들의 도시

*ENSAIO SOBRE A CEGUEIRA*

B L I N D N E S S

# 눈먼 자들의 도시

주제 사라마구 장편소설 | 정영목 옮김

눈이 보이면, 보라.
볼 수 있으면, 관찰하라.

_『훈계의 책』에서

차례

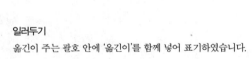
**일러두기**

옮긴이 주는 괄호 안에 '옮긴이'를 함께 넣어 표기하였습니다.

노란불이 들어왔다. 차 두 대가 빨간불에 걸리지 않으려고 가속으로 내달았다. 횡단보도 신호등의 걸어가는 사람 형상에 파란불이 들어왔다. 기다리던 사람들이 아스팔트의 검은 표면 위에 칠해진 하얀 줄무늬를 밟으며 길을 건너기 시작했다. 그 줄무늬를 얼룩말이라고 부르지만, 세상에 그것처럼 얼룩말을 닮지 않은 것도 없을 것이다. 안달이 난 운전자들은 클러치를 밟은 채 당장이라도 출발할 태세였다. 차들은 곧 내리꽂힐 채찍을 의식하여 신경이 예민해진 말처럼 앞뒤로 몸을 들썩였다. 보행자들이 길을 다 건너도 차의 출발을 허락하는 신호등은 몇 초 뒤에야 켜진다. 어떤 사람들은 언뜻 하찮아 보이는 이런 지연 시간에다가 이 도시에 있는 신호등의 숫자 수천을 곱하고, 거기에 노란불을 거쳐 다른 색깔의 불로 바뀌는 데 걸리는 시간을 곱해보면, 그것이 교통 체증, 요즘 유행하는 말로 하자면 병목 현상의 가장 심각한 원인 가운데 하나임을 이해할 수 있을 것이라고 주장하기도 한다.

마침내 파란불이 켜졌고, 차들은 활기차게 움직이기 시작했다. 그러나 모든 차가 똑같이 빨리 출발하지는 못했다는 것이 금방 분명해졌다. 중간 차선의 선두에 있는 차가 멈춰 있었다. 기계적인 고장이 발생한 것 같았다. 가속 페달이 헐거워졌다거나, 기어 레버가 움직이지 않는다거나, 서스펜션에 문제가 생겼다거나, 브레이크가 말을 안 듣는다거나, 전기 회로가 고장났다거나. 그런 것이 아니라면, 혹시 단순하게 기름이 바닥난 것인지도 몰랐다. 어쨌든 이런 일은 심심찮게 벌어진다. 새로 길을 건너려고 모여든 보행자들은 멈춰 선 차의 유리창 너머로 운전자가 두 팔을 휘젓는 것을 보고 있다. 뒤쪽에 늘어선 차들은 미친 듯이 경적을 울려대고 있다. 뒤쪽의 운전자들 가운데 일부는 벌써 차에서 내려, 멈춰 선 차를 교통 흐름에 방해되지 않는 장소로 밀고 갈 태세다. 그들은 닫힌 창문을 사납게 두드려댄다. 안에 있던 남자는 소리가 나는 쪽으로 고개를 돌린다. 처음에는 이쪽으로, 이어 저쪽으로. 뭐라고 소리치고 있는 것이 분명하다. 입의 움직임으로 보건대, 어떤 말을 되풀이하고 있는 것 같다. 한 마디가 아니라 세 마디다. 누가 마침내 문을 열었을 때, 그 말은 확인된다. 눈이 안 보여.

누가 그 말을 믿을 수 있었겠는가. 언뜻 보아도 남자의 눈은 건강해 보인다. 홍채는 밝게 빛나고 있었고, 공막은 하얗고 도

자기처럼 단단해 보인다. 그러나 휘둥그레진 눈, 얼굴의 주름, 갑자기 치켜올린 눈썹이 누가 보아도 남자가 괴로움 때문에 제정신이 아님을 보여주고 있다. 남자는 자신이 포착했던 마지막 이미지, 그러니까 교통 신호등의 둥그렇고 빨간불의 이미지를 머릿속에 계속 간직하려는 듯 두 주먹을 꽉 움켜쥐고 있다. 그러나 눈에 보이던 것들은 이미 빠른 속도로 그 주먹들 뒤로 사라져버린 후였다. 눈이 안 보여, 눈이 안 보여, 남자는 절망감에 젖어 되풀이해 소리쳤고, 사람들은 그가 차에서 내릴 수 있도록 도와주었다. 남자가 죽었다고 주장하는 눈은 그의 눈에 고인 눈물 때문에 훨씬 더 맑게 빛나고 있었다. 어떤 여자가 말했다. 가끔 그런 일이 있어요, 조금 지나면 다시 보일 거예요, 간혹 신경이 말썽을 일으키곤 하거든요. 신호등이 다시 바뀌었다. 호기심 많은 행인 몇 명이 끼어들어 이미 모인 사람들의 수를 부풀렸다. 저 뒤쪽의 영문을 모르는 운전자들은 전조등이 깨졌거나, 펜더가 우그러든 것과 같은 평범한 사고일 것이라 생각하고, 가벼운 사고를 가지고 괜한 법석을 떤다고 투덜거렸다. 경찰을 불러, 저 똥차를 여기서 치워, 그들은 소리를 질렀다. 눈이 먼 남자는 애원했다, 누가 날 좀 집으로 데려다주세요. 신경이 문제라고 말했던 여자는 구급차를 불러 그 불쌍한 남자를 병원으로 데리고 가야 한다고 이야기했다. 그러나 눈이 먼 남자는 들으려 하지 않았다. 필요 없습니다, 누가 우리 집 앞까지만 데려다주면 됩니다, 아주 가까운 곳이에요, 그렇게만 해주시면 됩니다. 그럼 차는 어떻게 하고, 어떤 사람이 물었다. 다른 목소리가 대답했다, 열쇠가 꽂혀 있잖아, 차는 인도에 갖다 세워놓으면 돼. 그럴 필요 없어, 세 번째 목소리가 끼어들었다, 내가 차를 몰고 저 사람을 집에 데려다주면 되잖아. 여기저기서 그게 좋겠다고 찬성하는 소리가 들렸다. 눈이 먼 남자는 누가 팔을 잡는 걸 느꼈다. 오시오, 날 따라오시오, 세 번째 목소리가 그에게 이야기하고 있었다. 사람들은 눈이 먼 남자를 앞 좌석에 태우고, 안전띠를 매주었다. 안 보여, 안 보여, 눈이 먼 남자는 계속 훌쩍거리며 중얼댔다. 집이 어디요, 운전대를 잡은 남자가 물었다. 물릴 줄 모르는 호기심을 지닌 얼굴들이 차창으로 다가오며, 뭐 새로운 소식이 없나 하는 표정으로 안을 살폈다. 눈이 먼 남자는 두 손을 눈으로 가져가며 휘저었다. 아무것도 안 보여요, 마치 안개 속이나 우유로 가득한 바닷속에 들어와 있는 것 같습니다. 하지만 눈이 머는 건 그런 게 아니오, 운전대를 잡은 남자가 말을 이었다, 눈이 멀면 검게 보인다고 하던데. 글쎄, 하지만 나는 모든 게 하얗게 보이는 걸요. 아까 그 여자 말이 맞나 보군, 신경에 문제가 생긴 건지도 모르오, 신경이란 놈이 늘 말썽이니까. 아무리 그런 말을 해도 소용없습니다, 이건 재난입니다, 그래요, 재난이죠. 어디 사는지나 이야기해주시오. 동시에 엔진이 부르릉거리기 시작했다. 눈이 먼 남자는 시력을 잃는 바람에 기억마저 희미해진 것처럼 더듬거리며 주소를 이야기해주고 나서 말했다, 이거 어떻게 감사드려야 할지 모르겠군요. 운전대를 잡은 남자가 말했다, 그런 말마시오, 오늘은 당신이 이런 꼴을 당했지만, 내일은 내가 험한 꼴을 당할 수도 있는 거 아니오, 내일 무슨 일이 생길지는 아무도 모르는 거요. 그 말이 맞습니다, 오늘 아침에 내가 집을 나설 때 이런 무시무시한 일이 생길 거라고 누가 짐작이나 했겠습니까. 눈이 먼 남자는 차가 계속 멈춰 서 있자 어리둥절했다. 왜 움직이지 않는 겁니까, 눈이 먼 남자가 물었다. 빨간불이오, 운전대를 잡은 남자가 대답했다. 이제 눈이 먼 남자는 신호등이 빨간불인지 아닌지도 알 수 없게 된 것이다.

눈이 먼 남자의 말대로, 그의 집은 근처에 있었다. 그러나 인도에 차가 빽빽했기 때문에 주차할 자리를 찾을 수 없어, 이면도로로 갔다. 그러나 그곳은 인도가 좁아서, 조수석 쪽 문을 열면 벽에 닿아 한 뼘 정도밖에 열리지 않았다. 그래서 운전대를 잡은 남자는, 브레이크와 운전대를 피해가며 눈이 먼 남자를 운전석 쪽으로 끌어내는 불편을 피하기 위해, 주차를 하기 전에 그를 먼저 내리게 했다. 눈이 먼 남자는 길 한가운데 서 있었다. 땅이 올라왔다 내려갔다 하는 느낌이었다. 눈이 먼 남자는 속에서 치솟아오르는 공포를 억누르려 노력하고 있었다. 그러나 소용없었다. 눈이 먼 남자는 초조한 마음에, 얼굴 앞으로 두 손을 내밀어, 그가 우유의 바다라고 묘사했던 곳에서 헤엄치듯이 두 손을 휘저었다. 입에서는 벌써 도와달라는 소리가 나오고 있었다. 절망으로 넘어가려는 마지막 순간에, 눈이 먼 남자는 다른 남자의 손이 자신의 팔을 가볍게 잡는 걸 느낄 수 있었다. 진정하시오, 내가 잡았소. 동행한 남자는 눈이 먼 남자가 혹시 넘어질까 걱정되어, 아주 천천히 걸었다. 눈이 먼 남자는 발을 질질 끌며 걸었는데, 그 바람에 인도의 돌출부에 자꾸 발이 걸렸다. 조금만 참으시오, 이제 거의 다 왔소, 동행한 남자가 말했다. 조금 더 가다가, 동행한 남자가 다시 입을 열었다, 집에 당신을 돌봐줄 사람이 있소. 눈이 먼 남자가 대답했다, 모르겠습니다, 아내는 아직 퇴근을 안 했을 겁니다, 나는 오늘따라 좀 일찍 퇴근을 했는데, 그만 이런 꼴을 당하고 말았습니다. 두고 보시오, 심각한 게 아닐 거요, 갑자기 눈이 멀었다는 이야기는 들어본 적이 없소. 이런 꼴을 당할 줄도 모르고 그동안 나는 안경도 필요 없다고 자랑하고 다녔다니. 자, 자, 곧 저절로 다시 보이게 될 거요. 그들은 건물 입구에 도착했다. 동네 여자 둘이 궁금한 표정으로 이웃 사람이 다른 사람에게 이끌려오는 것을 지켜보았다. 그러나, 눈에 뭐가 들어갔나요, 하고 물어볼 엄두는 내지 못했다. 여자들의 머릿속에는 그런 생각이 떠오르지도 않았다. 또 설사 물어봤다 하더라도, 눈이 먼 남자 입장에서는, 네, 우유의 바다에 빠졌습니다, 하고 대답할 수도 없었을 것이다. 건물 안으로 들어가자 눈이 먼 남자가 말했다, 정말 고맙습니다, 이렇게 폐를 끼쳐서 송구스럽기 짝이 없군요, 이제부터는 나 혼자서도 갈 수 있습니다. 사과할 필요 없소, 내가 함께 가리다, 여기 혼자 두고 가면 내 마음이 편치 않을 거요. 그들은 약간 어렵게 비좁은 엘리베이터 안으로 들어갔다. 몇 층에 사시오. 3층입니다, 이거 얼마나 고마운지 말로 다할 수가 없군요. 고마워할 필요 없소, 오늘은 댁이 운이 없었던 것뿐이니까. 그렇죠, 그 말이 맞습니다, 내일은 또 댁이 운이 나쁠 수도 있는 거죠. 엘리베이터가 멎었다. 그들은 층계참으로 내려섰다. 내가 문을 열어드릴까. 고맙습니다만 그건 나 혼자 할 수 있을 것 같은데요. 눈이 먼 남자는 호주머니에서 열쇠 몇 개가 걸린 고리를 꺼내더니, 열쇠의 톱니 자국을 하나하나 더듬어보기 시작했다. 이건 것 같습니다. 눈이 먼 남자는 왼손 손가락 끝으로 열쇠 구멍을 더듬어 문을 열려고 했다. 이게 아니네. 어디 봅시다, 내가 해보겠소. 문은 세 번째 열쇠에서 열렸다. 눈이 먼 남자는 안에 대고 소리쳤다. 여보, 집에 있어. 아무도 대답을 하지 않았다. 눈이 먼 남자가 말했다, 아까 말한 대로, 아내는 아직 오지 않았군요. 그는 두 손을 앞으로 뻗고 안으로 조금 더듬어 들어가다가, 다시 조심스럽게 밖으로 나왔다. 그는 동행한 남자가 있다고 추측되는 곳으로 고개를 돌렸다. 어떻게 감사드려야 할지 모르겠군요. 뭐 이 정도를 가지고, 선한 사마리아인(성경에 나오는, 선행을 한 사마리아 사람─옮긴이)은 덧붙였다, 나한테 고마워할 필요 없소. 이윽고 그가 말을 이었다, 내가 안으로 함께 들어가, 부인이 올 때까지 말동무나 해드릴까. 상대가 너무 열의를 보이자 눈이 먼 남자는 갑자기 의심스러운 마음이 들었다. 생판 모르는 사람을 집에 들일 수는 없는 노릇이었다. 상대는 바로 이 순간을 노리고 있었는지도 모르지 않는가. 무방비 상태의 가엾은 장님을 넘어뜨려 묶고 재갈을 물린 다음, 값진 물건을 집어갈 꿍꿍이인지도 모르지 않는가. 그러실 필요 없습니다. 귀찮을 텐데 그러지 마십시오, 난 괜찮습니다. 눈이 먼 남자는 천천히 문을 닫으며 되풀이했다, 그러실 필요 없습니다, 그러실 필요 없습니다.

눈이 먼 남자는 엘리베이터가 내려가는 소리를 듣자 안도의 한숨을 내쉬었다. 그는 자기가 눈이 멀었다는 것을 잊고, 아무 생각 없이 문에 달린 구멍의 뚜껑을 젖히고 밖을 내다보았다. 마치 구멍 바깥에 하얀 벽이 서 있는 것 같았다. 남자는 구멍을 둘러싼 금속 테가 눈썹에 닿는 것을 느꼈다. 속눈썹이 아주 작은 렌즈를 스쳤다. 그러나 밖은 볼 수 없었다. 뚫고 들어갈 수 없는 백색이 모든 것을 덮고 있었다. 남자는 자기 집에 와 있다는 것을 알았다. 냄새, 공기, 정적 등이 모두 익숙했다. 손으로 만지기만 하면, 손으로 가볍게 쓰다듬어보기만 하면, 이것이 어떤 가구이고 어떤 물건인지 알 수 있었다. 그러나 동시에 모든 물건이 해체되어, 남과 북이 없고, 위와 아래도 없는 어떤 이상한 영역으로 들어와버린 것 같았다. 대부분의 사람들과 마찬가지로 그도 어렸을 때 장님 놀이를 자주 했다. 그는 5분 정도 눈을 감고 있다가 다시 떠보고는, 앞이 안 보이는 것이 괴로운 상태임에는 틀림없지만, 그래도 충분한 기억, 그러니까 색깔만이 아니라 형태와 면에 대한 충분한 기억을 가지고 있을 때는, 적어도 태어날 때부터 장님이 아닌 경우에는 상대적으로 그나마 견딜 만할 것이라는 결론에 이른 적이 있었다. 그는 심지어 장님들이 살아가는 어둠이라는 것은 단순히 빛의 부재일 따름이며, 우리가 실명 상태라고 부르는 것은 존재와 사물의 외양을 덮고 있는 어떤 것일 뿐, 그 검은 베일 뒤에는 모든 것이 말짱하게 유지되고 있다는 생각까지 했다. 그러나 그가 지금 빠져든 백색의 상태는 너무 환하고, 너무 전면적이어서, 색깔만이 아니라 사물과 존재 자체를 흡수해버렸다. 아니, 삼켜버렸다. 그래서 훨씬 더 안 보였다.

눈이 먼 남자는 응접실 쪽으로 움직였다. 머릿속으로 아무런 장애물이 없다고 확인을 하고도, 더듬더듬 손으로 벽을 짚으며 앞으로 나아갔다. 그렇게 조심했는데도, 꽃병을 바닥에 떨어뜨려 박살내고 말았다. 그 자리에 꽃병이 있었다는 기억은 없었다. 어쩌면 아내가 출근하면서, 나중에 적당한 자리로 옮길 생각으로 우선 그곳에 갖다둔 것인지도 몰랐다. 눈이 먼 남자는 피해가 어느 정도인지 살피기 위해 허리를 굽혔다. 맨질맨질한 바닥 위로 물이 넓게 퍼져 있었다. 그는 유리 꽃병이 깨진 것은 생각도 않고 꽃들을 주워 모으려다가, 길고 날카로운 유리 조각에 손가락을 찔리고 말았다. 고통을 느끼는 순간, 무력감 때문에 애들처럼 눈물이 쏟아지려고 했다. 내 아파트 한가운데서 백색의 실명 상태에 빠져 어쩔 줄 모르다니. 저녁이 다가오면서 아파트는 점점 어두워지고 있었다. 그는 손가락에서 피가 흐르는 것을 느끼고, 여전히 꽃들을 손에 쥔 채로, 호주머니에서 손수건을 꺼내려 몸을 틀었다. 그리고 그는 최선을 다해 손수건으로 손가락을 감쌌다. 이어 더듬거리고, 비틀거리고, 가구를 스치면서, 그러면서도 바닥 깔개에 걸려 넘어지지 않으려고 최대한 조심스럽게 발을 디디면서, 그들 부부가 텔레비전을 보는 소파에 이르렀다. 그는 소파에 앉아 꽃을 무릎에 올려놓고, 아주 조심스럽게 손수건을 풀었다. 끈적끈적한 피의

촉감 때문에 걱정이 되었다. 그것을 볼 수 없기 때문에 더 그런 것이 틀림없다는 생각이 들었다. 그의 피는 색깔 없는 찐득찐득한 물질로 변해 있었다. 이질적임에도 불구하고 동시에 그에게 속한 것이었다. 그것이 그 스스로 자초한 위험처럼 그를 노리고 있었다. 그는 성한 손으로 아주 천천히, 살며시 더듬어 작은 단검처럼 날카로운 유리 조각의 위치를 찾아냈다. 그리고 엄지와 검지의 손톱을 이용하여 완전히 뽑아버렸다. 그는 다시 손수건으로 다친 손가락을 쌌다. 이번에는 지혈을 하기 위해 꽉 묶었다. 그는 탈진하여 소파에 등을 기댔다. 잠시 후, 너무도 흔히 찾아오는 몸의 자포자기 때문에 피로가 밀려왔다. 논리적으로만 따지자면 모든 신경이 바짝 긴장해 있어야 하는 고뇌나 절망의 순간에 몸은 오히려 이런 식으로 포기를 해버리는 것이다. 이것은 진짜 피로라기보다는 나른함에 가까운 것이었으나, 진짜 피로만큼이나 묵직하게 몸을 눌렀다. 남자는 곧 장님 흉내를 내고 다니는 꿈을 꾸었다. 또 계속 눈을 감았다 떴다 하는 꿈도 꾸었다. 눈을 뜰 때마다, 마치 여행에서 돌아오듯이, 그가 알고 있는 대로의 모든 형태와 색깔이 변함없이 확고하게 그를 기다려주고 있었다. 그럼에도 그는 이런 마음 편한 확실성 밑에서, 불확실성이 쏟아내는 음울하고 괴로운 잔소리를 듣게 되었다. 이것은 기만적인 꿈인지도 몰라, 너는 조만간이 꿈을 떠나야만 하고, 그때는 어떤 현실이 너를 기다리고 있을지 알 수 없어. 이윽고, 불과 몇 초밖에 지속되지 않았던 나른함에 그런 말이 어울리는지는 모르겠지만, 어쨌든 그는 반쯤 정신이 든 상태로 접어들었다. 잠이 완전히 깬 상태가 코앞에 다가와 있었다. 그는 이런 우유부단한 상태를 유지한다는 것이 지혜롭지 못하다고 진지하게 고민하기 시작했다. 일어날까, 일어나지 말까, 일어날까, 일어나지 말까. 그러나 언제나 박차고 일어설 수밖에 없는 순간이 오게 마련이다. 무릎에 꽃을 올려놓고 눈을 감은 채로, 내가 이거 뭘 하고 있는 거야, 눈을 뜨는 것이 두렵기라도 하다는 거야 뭐야. 거기서 뭐 하고 있는 거예요, 무릎에 꽃을 올려놓고 자고 있는 거예요, 그의 아내가 묻고 있었다.

아내는 대답을 기다리지 않았다. 그녀는 신경이 곤두서서 꽃병 조각을 주워 모으고, 바닥을 닦기 시작했다. 그러면서 짜증을 굳이 감추려 하지 않고 계속 구시렁거렸다, 직접 치우면 안 되나, 나 몰라라 하고 자빠져 잠이나 자고 말이야. 남자는 아무 말도 하지 않았다. 꽉 감은 눈꺼풀로 눈을 보호하고 있었다. 그러다 갑자기 어떤 생각이 떠오르는 바람에 남자는 흥분했다. 눈을 뜨는 순간 다시 볼 수 있을지도 몰라, 남자는 불안한 희망에 사로잡혀 속으로 중얼거렸다. 여자는 가까이 다가오다가 핏물이 든 손수건을 보았다. 짜증은 순식간에 사라졌다. 어머, 어쩌다 이렇게 되었어요, 그녀는 동정심이 담긴 목소리로 물으며 임시 붕대를 풀었다. 순간 남자는 발치에서, 바로 그곳에서, 그가 어디인지 분명히 알고 있는 곳에서, 무릎을 꿇고 있는 아내의 모습을 볼 수 있기를 온 마음으로 바라면서, 동시에 그녀의 모습을 볼 수 없을 것이라고 확신하면서, 눈을 떴다. 드디어 잠이 깼군요, 이 잠꾸러기, 여자는 웃음을 지으며 말했다. 정적이 흘렀다. 이윽고 남자가 말했다, 난 눈이 멀었어, 앞이 안 보여. 여자는 다시 짜증이 났다. 말도 안 되는 장난 좀 그만해요, 농담할 게 따로 있지. 나도 농담이면 좋겠어, 하지만 정말로 눈이 멀었단 말이야, 아무것도 안 보여. 제발 겁 좀 주지 말아요, 날 봐요, 여기요, 불도 켜놨잖아요. 나도 당신이 거기 있다는 건 알아, 소리도 들려, 만질 수도 있어, 당신이 불을 켰을 거라고 상상할 수도 있어, 하지만 안 보인단 말이야. 여자는 울면서 남편에게 매달렸다. 거짓말이야, 나한테 거짓말이라고 말해 줘요. 꽃들이 미끄러져, 바닥에 있던 피 묻은 손수건 위로 떨어졌다. 다친 손가락에서는 다시 피가 뚝뚝 듣고 있었다. 이 피 같은 건 걱정도 안 돼, 남자는 중얼중얼 덧붙였다, 모든 게 하얗게 보여. 남자는 처량하게 웃음 지었다. 여자는 남자 옆에 앉아 그를 꼭 껴안으며, 이마에, 얼굴에 입을 맞추었다. 눈에도 부드럽게 입을 맞추었다. 곧 나을 거예요, 당신은 이제까지 어디 한 군데 아파본 적이 없잖아요, 순식간에 눈이 머는 사람은 없어요. 그럴지도 모르지. 어떻게 된 일인지 이야기해봐요, 어떤 느낌이었어요, 언제, 어디서, 아니, 아직 아니야, 기다려요, 무엇보다 먼저 안과 전문의와 이야기를 해봐야 돼, 누구 생각나는 사람 없어요. 없는데, 우리 둘 다 안경을 안 쓰잖아. 무조건 병원으로 가볼까요. 눈이 먼 걸 가지고 응급실로 들어갈 수는 없잖아. 당신 말이 맞아요, 바로 안과 의사한테 가보는 게 좋겠어, 전화번호부에서 이 근처의 안과를 찾아볼게요. 여자는 일어섰으나, 입으로는 여전히 남자에게 질문을 던지고 있었다, 무슨 차이가 느껴져요. 아니, 남자가 대답했다. 주의를 집중해봐요, 이제 전등 스위치를 내릴 테니까, 어디 한번 말해봐요, 자. 아무런 차이도 없어. 아무런 차이가 없다니, 무슨 뜻이에요. 아무런 차이가 없다니까, 똑같이 하얗게만 보여, 마치 밤이 없는 것 같아.

남자는 아내가 급하게 전화번호부를 넘기는 소리를 들었다. 여자는 울음을 참으려고 훌쩍거리다가 길게 한숨을 쉬었다. 여자가 마침내 말했다, 여기면 되겠네요, 지금 봐줄 수 있어야 하는데. 여자는 전화를 걸어, 병원이냐고, 의사가 있느냐고, 의사와 이야기를 할 수 있느냐고 물었다. 아니, 아니, 거기서 진료를 받은 적은 없어요, 하지만 이건 아주 급한 일이에요, 그래요, 부탁해요, 알겠어요. 그럼 맥한테 상황을 설명하죠, 하지만 내가 하는 말을 의사 선생님한테 꼭 전해주셔야 해요, 남편이 갑자기 눈이 멀었어요, 그래요, 그래요, 갑자기, 아뇨, 아뇨, 그 병원에 다닌 적은 없다니까요, 남편은 안경을 쓰지도 않고, 전에도 쓴 적이 없어요, 그래요, 시력은 아주 좋아요, 나처럼요, 나도 눈은 아주 잘 보여요, 아, 고마워요, 기다릴게요, 기다리겠어요, 그래요, 의사 선생님, 갑자기, 남편이 모든 게 하얗게 보인다고 하네요, 어떻게 된 일인지 모르겠어요, 그건 미처 물어보지 못했어요, 방금 집에 왔는데 남편이 그런 상태였어요, 남편한테 물어볼까요, 아, 정말 고맙습니다, 의사 선생님, 당장 갈게요, 당장요. 눈이 먼 남자는 일어섰다. 잠깐, 그의 아내가 말했다, 우선 이 손가락 좀 어떻게 해야겠어요. 여자는 잠시 사라졌다가 과산화수소수병, 요오드팅크병, 솜, 붕대를 가져왔다. 여자는 상처를 치료하면서 물었다, 차는 어디에 놔뒀어요, 여자는 갑자기 남편을 똑바로 보았다, 하지만 이런 꼴로 운전을 하지는 못했을 테고, 그럼 집에 와서 이런 일이 생긴 거예요. 아니, 길에서 빨간불 앞에 멈춰 있다가 이렇게 된 거야, 어떤 사람이 나를 집까지 데려다주었어, 차는 옆의 이면 도로에 있어. 좋아요, 그럼 내려가요, 차를 가져올 때까지 문에서 기다리고 있어요, 차 열쇠는 어디에 두었죠. 모르겠어, 그 사람이 돌려주지 않았는데. 그 사람이 누구죠. 나를 집까지 데려다준 사람 말이야, 어떤 남자였어, 그 사람이 어디다 두고 갔을 텐데. 내가 한번 찾아볼게요. 찾아봤자 소용없어, 그 사람은 아파트에 들어오지 않았거든. 하지만 열쇠가 어딘가에 있을 거 아니에요. 아마 잊고 그냥 갔나 보지, 그냥 가져갔나 봐. 지금 열쇠가 필요한데. 당신 걸 쓰면 되잖아, 내 건 나중에 찾도록 하고. 그래요, 가요, 내 손을 잡아요. 눈이 먼 남자가 말했다, 계속 이런 식으로 살아야 한다면, 차라리 죽는 게 나을 거야. 제발 말도 안 되는 소리 좀 그만해요, 그러잖아도 심란해 죽겠는데. 눈이 먼 사람은 당신이 아니라 나야, 당신은 이게 어떤지 상상도 못 해. 의사가 치료해줄 거예요, 두고 봐요. 그래, 두고 보자고.

그들은 집을 나섰다. 로비에서 아내는 불을 켜고, 그의 귀에 대고 속삭였다, 여기서 기다려요, 혹시 동네 사람이 나타나면 자연스럽게 이야기를 해요, 나를 기다리고 있다고 말해요, 곁으로 봐서는 아무도 당신이 앞을 못 본다고 생각하지 않을 거예요. 뭐 우리한테 생긴 일을 동네방네 떠들고 다닐 필요는 없는 거 아니겠어요. 알았어, 빨리만 와. 그의 아내는 얼른 달려갔다. 드나드는 이웃은 없었다. 눈이 먼 남자는 경험을 통해 계단의 불이 켜져 있는 동안은 자동 스위치에서 기계 돌아가는 소리가 들린다는 것을 알고 있었다. 그래서 그 소리가 들리지 않을 때마다 다시 단추를 눌렀다. 빛, 로비의 불빛이 그에게는 이제 소리로 변해버린 것이다. 남자는 왜 아내가 갔다 오는 데 시간이 그렇게 오래 걸리는지 이해할 수 없었다. 이면 도로는 바로 근처로, 80 내지 100미터 정도밖에 떨어져 있지 않았다. 너무 늦게 가면 의사가 퇴근해버릴 텐데, 남자는 생각했다. 남자는 자기도 모르게 기계적으로, 왼쪽 손목을 들어올리고 눈을 아래로 떨구었다. 손목시계를 보려는 것이었다. 그러다 남자는 갑자기 통증이라도 느낀 것처럼 입을 꽉 다물었다. 주위에 이웃이 없다는 것이 무척이나 고마웠다. 그 순간 그 자리에서 누가 그에게 말을 걸었다면, 울음을 터뜨리고 말았을 것이기 때문이다. 차 한 대가 도로에 멈추었다. 이제야 왔군, 남자는 생각했다. 그러나 그것이 자기 차의 엔진 소리가 아니라는 것을 깨달았다. 이건 디젤 엔진이잖아, 택시군, 남자는 이렇게 생각하면서 다시 전등 스위치를 눌렀다. 그의 아내가 돌아왔으나, 몹시 당황하고 있었다. 당신을 도와준 그 선한 사마리아인 말이에요, 그 선하다는 사람이 우리 차를 가져갔어요. 말도 안 돼, 제대로 찾아보지도 않고. 당연히 제대로 찾아봤죠, 내 눈은 아무 이상이 없단 말이에요. 마지막 말은 실수로 튀어나온 것이었다. 그녀는 얼른 말을 이었다, 당신이 옆의 이면 도로에 차가 있다고 했잖아요, 그런데 없단 말이에요, 혹시 다른 도로에 갖다놓았다면 몰라도. 아냐, 아냐, 확실해, 그 도로야. 그럼 없어진 거예요. 그럼 열쇠는 어떻게 된 거지. 당신이 제정신이 아닌 틈을 타서 차를 훔쳐간 거지 뭐예요. 난 뭘 훔쳐갈까 봐 걱정이 되어서 그 사람을 아파트에 들어오지도 못하게 했는데, 차라리 당신이 올 때까지 말동무나 삼고 있었으면, 우리 차는 못 훔쳐갔을 텐데. 어서 가요, 택시가 기다리고 있어요, 그 도둑놈도 장님으로 만들 수 있다면, 내 인생에서 1년이라도 떼어주겠어요. 너무 큰 소리로 떠들지 마. 그 나쁜 놈이 가진 걸 누가 다 훔쳐가준다면 말이에요. 그 사람이 다시 올지도 모르잖아. 아, 그러니까 당신은 그 도둑놈이 내일이라도 와서 우리 집 문을 두드리고, 잠시 정신이 없어 차를 그냥 가져갔다, 미안하게 됐다, 눈은 좀 나았냐, 하고 안부라도 물을 거라는 거예요.

두 사람은 병원에 도착할 때까지 입을 다물고 있었다. 여자는 도둑맞은 차에 대해서는 생각하지 않으려고 노력하면서, 다정하게 남편의 손을 쥐고 있었다. 남자는 운전사가 거울로 그의 눈을 보지 못하도록 고개를 숙이고 있었다. 어쩌다 나한테 이런 끔찍한 비극이 일어났을까, 하는 생각을 떨쳐버릴 수 없었다, 왜 하필이면 나일까. 택시가 멈출 때마다 차량들의 시끄러운 소음이 들렸다. 마치 누가 크고 괴상한 목소리로 악을 쓰는 것 같았다. 사실 이것은 흔히 있는 일이다. 우리가 잠이 든 상태에서도 외부 소리들은 하얀 시트처럼 우리를 감싸고 있는 무의식의 베일을 뚫고 들어오지 않는가. 하얀 시트처럼. 남자는 고개를 저으며 한숨을 쉬었다. 그의 아내가 뺨을 살며시 쓰다듬어주었다. 침착해요, 내가 있잖아요, 하는 뜻을 전달하는 그녀 나름의 방식이었다. 남자는 그녀의 어깨에 머리를 얹었다. 운전사가 어떻게 생각할지에는 관심이 없었다. 너도 내 입장이 되어서 앞으로는 운전을 못 한다고 생각해봐, 남자는 유치하게 그런 생각을 했다. 남자는 그런 말이 터무니없다는 것은 생각도 못 하고, 자신이 여전히 이성적인 사고력을 갖추고 있다는 것이 불행 중 다행이라고 만족해하고 있었다. 아내의 도움을 받아 택시에서 내릴 때 남자는 차분해 보였다. 그러나 곧 자신의 운명을 알게 될 병원에 들어서면서, 남자는 아내에게 떨리는 작은 목소리로 물었다, 이곳을 나올 때 나는 어떤 모습일까. 이어 모든 희망을 포기한 듯이 고개를 저었다.

그의 아내는 간호사에게 말했다, 30분 전쯤에 남편 때문에 전화를 했던 사람인데요. 간호사는 다른 환자들이 기다리고 있는 작은 대기실로 안내했다. 방에는 한쪽 눈에 검은 안대를 댄 노인, 사팔뜨기로 보이는 어린 남자애와 그 애의 어머니로 보이는 여자, 검은 색안경을 쓴 여자, 겉으로는 별 특징이 없는 두 사람이 있었다. 그러나 장님은 없었다. 장님은 안과 의사에게 오지 않기 때문이다. 여자는 남편을 빈 의자로 안내했다. 그 의자 말고는 자리가 없어서, 여자는 남편 옆에 서 있었다. 기다려야 돼요, 여자는 남편의 귀에 대고 소곤거렸다. 남자도 이유를 알고 있었다. 대기실에 있는 사람들의 목소리가 들렸기 때문이다. 순간 다른 걱정이 엄습하는 바람에 남자는 속이 타기 시작했다. 대기실에서 너무 오래 기다리게 되면, 자기의 상태가 더 나빠져 치료 불가능한 지경에 이를지도 모른다는 생각이 들었던 것이다. 남자는 초조해서 몸을 들썩였다. 아내에게 걱정을 막 털어놓으려는데, 문이 열리며 간호사가 말했다, 두 분 이쪽으로 오시겠어요. 간호사는 다른 환자들을 향해 덧붙였다, 의사 선생님의 지시예요, 이분은 응급 환자예요. 사팔뜨기 소년의 어머니가, 그래도 순서는 순서라고, 지금까지 한 시간을 기다렸고, 이번은 자기들 차례라고 항의했다. 다른 환자들도 작은 목소리로 그녀를 응원했다. 그러나 그들 가운데 누구도, 심지어 항의하는 여자 자신도, 계속 불평하는 것이 잘하는 일이라고 생각하지는 않았다. 전에도 그런 일이 있었지만, 의사가 그들의 무례한 태도에 화가 나서 그 보복으로 더 오래 기다리게 할 수도 있었기 때문이다. 한쪽 눈에 안대를 댄 노인이 관대하게 말했다, 저 사람을 먼저 들여보냅시다, 저 사람이 우리보다 훨씬 급한 것 같소. 그러나 눈이 먼 남자는 노인의 이야기를 듣지 못했다. 이미 진찰실 안으로 들어가 있었기 때문이다. 그의 아내는 의사에게 이야기를 하고 있었다, 배려해주셔서 고맙습니다, 선생님, 남편 때문이에요. 여자는 그 이야기를 하고 나서 입을 다물었다. 솔직히 그녀는 정확한 상황을 모르고 있었기 때문이다. 그녀가 아는 것이라고는 남편이 눈이 멀었다는 것, 차를 도둑맞았다는 것뿐이었다. 의사가 말했다, 앉으시지요. 의사도 환자가 의자에 앉는 것을 도왔다. 이어 환자의 손을 만지며 말했다, 자, 어떻게 된 일인지 말씀해보시지요. 눈이 먼 남자는, 차에서 신호등이 바뀌기를 기다리고 있었는데 갑자기 볼 수 없게 되었다, 몇 사람이 도와주러 왔다, 목소리로 판단하건대 나이가 꽤 들었을 것 같은 어떤 여자가 신경 문제인 것 같다고 말을 했다, 혼자 집에 올 수 없었기 때문에 어떤 남자가 집까지 데려다주었다고 설명하고는 덧붙였다, 모든 게 하얗게 보입니다, 선생님. 눈이 먼 남자는 도둑맞은 차에 대해서는 이야기하지 않았다.

　의사가 물었다, 전에도 이런 일이 있었습니까, 아니면 비슷한 일이라도. 아뇨, 선생님, 나는 안경도 쓰지 않습니다. 갑자기 이렇게 되었다고 했나요. 네, 선생님. 불이 나가는 것처럼 말입니까. 불이 들어오는 것처럼이라고 해야겠죠. 지난 며칠 동안 시력에 무슨 문제가 있었습니까. 아뇨. 가족 가운데 눈먼 사람이 있습니까. 내가 아는 친척 가운데는 없고, 그런 친척이 있다는 이야기를 들은 적도 없습니다, 하나도 없어요. 당뇨가 있습니까. 아뇨. 매독은요. 아뇨. 혈관이나 뇌세포에 무슨 문제는. 뇌세포야 어떤지 모르지만, 다른 것들은 하나도 이상 없습니다, 우리는 직장에서 정기적으로 신체 검사를 받거든요. 오늘이나 어제나 머리가 쾅쾅 쑤시는 느낌이 있었습니까. 아뇨. 나이가 어떻게 됩니까. 서른여덟입니다. 좋습니다, 눈을 좀 보도록 하죠. 눈이 먼 남자는 의사를 편하게 해주려고 눈을 크게 떴다. 그러나 의사는 남자의 팔을 잡고, 스캐너 뒤에 앉혔다. 상상력이 풍부한 사람이라면 그 스캐너를 새로운 양식의 고해소라고 생각할지도 모르겠다. 이 고해소에서는 눈이 말을 대신하며, 고해 신부는 눈을 통해 죄인의 영혼을 곧바로 들여다보게 된다. 턱을 여기 올려놓으세요, 의사가 눈이 먼 남자에게 말하고는 덧붙였다, 눈을 뜨고 계십시오, 움직이지 마시고요. 여자는 남편 가까이에 와서, 그의 어깨에 손을 얹고 말했다, 뭐가 문제인지 곧 알 수 있을 거예요, 조금만 기다려요. 의사는 앉은자리에서 쌍안경이 달린 기계를 올렸다 내렸다 하더니, 조정 손잡이를 조금씩 돌리면서 검사를 하기 시작했다. 각막에서도, 공막에서도, 홍채에서도, 망막에서도, 수정체에서도, 황반에서도, 시신경에서도, 다른 어떤 곳에서도 문제를 발견할 수 없었다. 의사는 기계를 옆으로 밀고, 눈을 비빈 다음, 아무 말 없이 처음부터 다시 검사를 했다. 검사를 끝낸 뒤 의사는 어리둥절한 표정을 지었다. 어떤 장애도 발견하지 못했습니다, 눈에는 아무런 문제가 없는데요. 아내는 기뻐서 두 손을 맞잡고 소리쳤다, 그것 봐요, 그것 보라고요, 다 잘될 거라고 했잖아요. 눈이 먼 남자는 아내를 무시하고 의사에게 물었다, 턱을 내려도 되겠습니까, 선생님. 물론입니다, 이거 미안합니다, 진작 말씀드려야 하는 건데. 선생님 말씀대로 내 눈에 아무런 문제가 없다면, 왜 앞이 안 보이는 겁니까. 지금으로서는 뭐라고 말씀드릴 수 없습니다, 좀 더 자세하게 검사와 분석을 해봐야겠습니다, 초음파 검사도 해보고, 뇌수 엑스레이 촬영도 해봐야겠는데요. 뇌와 무슨 관계가 있는 걸까요. 가능한 일이긴 합니다만,

내 생각에 그럴 것 같지는 않습니다. 하지만 눈에는 아무 문제가 없다면서요. 그렇습니다. 그거 이상한 일이군요. 그러니까 내가 하고 싶은 말은, 환자분이 진짜로 눈이 안 보이는 거라면, 지금으로서는 왜 그런지 설명을 할 수 없다는 겁니다. 내가 눈이 안 보인다는 것을 의심하는 겁니까. 천만에요, 환자분의 경우는 특이하다는 거죠, 의사 생활을 오래 했지만, 이런 경우는 처음입니다, 안과학계에도 이런 경우는 보고된 적이 없습니다. 치료는 될까요. 원칙적으로 말해서, 어떤 장애나 선천적인 기형을 발견할 수 없으니, 치료는 될 거라고 말씀을 드려야겠죠. 하지만 썩 자신있는 대답은 아닌 것 같군요. 조심스럽기 때문입니다, 만에 하나 아닐 수도 있는데 괜히 희망을 주고 싶지 않아서 그런 것뿐입니다. 알겠습니다. 어쨌든 그런 상황입니다. 그럼 내가 받아야 할 치료 같은 게 있습니까. 지금은 어떤 것도 처방하고 싶지 않군요, 어둠 속에서 더듬는 꼴이 될까 봐 그렇습니다. 그거 적절한 표현이로군요. 의사는 못 들은 체하고, 검사를 하기 위해 앉았던 의자에서 일어나 환자에게 필요하다고 판단되는 검사를 처방전에 적었다. 의사는 처방전을 환자의 아내에게 주며 말했다, 이걸 가지고 가서 검사를 받고 결과가 나오면 다시 오십시오, 그전이라도 환자 상태에 변화가 생기면 나한테 전화를 주십시오. 진료비는 얼마죠, 선생님. 접수대에 가서 내십시오. 의사는 문간까지 따라 나오면서, 환자의 마음을 편하게 해주기 위한 말들을 했다, 두고 봅시다, 기다려봅시다, 희망을 잃으시면 안 됩니다. 그들이 나가자 의사는 진료실에

딸린 작은 화장실로 가서 거울을 한참 들여다보았다. 대체 어떻게 된 일이지, 의사는 중얼거렸다. 의사는 다시 진료실로 돌아와 간호사에게 소리쳤다, 다음 환자 들여보내.

그날 밤 눈이 먼 남자는 장님이 된 꿈을 꾸었다.

눈이 먼 남자의 차를 훔친 남자는 처음에 돕겠다고 나섰을 때부터 악한 의도를 가지고 있었던 것은 아니다. 오히려 그 반대였다. 그는 단지 관용과 이타심이라는 감정을 따랐을 뿐이다. 모두가 알다시피 이 두 감정은 인간 본성 가운데 가장 좋은 두 가지 특질이며, 이 남자보다도 훨씬 고질적인 범죄자에게서도 찾아볼 수 있는 것이다. 이 남자는 일개 자동차 도둑으로, 더 큰 도둑으로 발전할 가망은 전혀 없었으며, 그가 훔친 차를 사들이는 진짜 도둑놈들에게 착취를 당하고 있을 뿐이었다. 가난한 사람들의 어려움을 이용해 먹는 것이 바로 그런 자들이기 때문이다. 결국에 가서는, 눈이 먼 남자를 돕고 나중에 그의 물건을 빼앗는 것이나, 유산을 노리고 비틀거리고 더듬거리는 노인을 돌봐주는 것이나 별 차이가 없다고 할 수도 있겠다. 어쨌든 그런 생각이 그의 머릿속에 아주 자연스럽게 떠오른 것은 그가 눈이 먼 남자의 집에 거의 다 갔을 때였다. 복권 판매소가 눈에 띄는 바람에 복권을 사기로 마음먹은 것이나 마찬가지였다고 할 수 있다. 그렇다고 무슨 육감이 있었던 것은 아니다. 그냥 어떻게 되나 보려고 복권을 산 것뿐이다. 마음속으로는 일찌감치, 꽝이 나오든 뭐가 걸리든, 변덕스러운 운에 맡겨버리겠다고 체념을 해버린 뒤였다. 어떤 사람들은 이것을 보고 그가 인격의 조건 반사에 따라 행동했다고 말할지도 모르겠다. 수도 많고 고집도 센 회의론자들이라면, 인간 본성이 문제가 되는 경우, 기회가 있다고 해서 다 도둑이 되는 것은 아니지만, 그런 기회가 도둑을 만드는 데 크게 이바지하는 게 사실이라는 식의 주장을 할 것이다. 우리 입장에서는, 여전히 관용의 분위기가 지배하고 있던 그 마지막 순간에 눈이 먼 남자가 가짜 사마리아인의 두 번째 제안, 즉 그의 아내가 올 때까지 말벗이나 해주겠다는 제안을 받아들였다 해도, 자동차 도둑이 과연 그러한 신뢰에 감명을 받고 도덕적 책임감을 발휘하여 범죄의 유혹을 억제했을지, 그럼으로써 가장 타락한 영혼에게서조차 늘 발견할 수 있는 관용과 이타심이라는 고귀하게 빛나는 감정들이 승리를 거두는 결과를 낳았을지 어땠을지는 모르는 일이라고 이야기하고 싶다. 이 비속한 평가를 마무리하자면, 옛 속담이 우리에게 지칠 줄 모르고 가르쳐주듯이, 눈이 먼 남자는 성호를 그으려다가 손으로 자기 코를 쳐 코피만 터뜨리고 만 것이라고 말할 수 있겠다.

그러나 사려 깊지 못한 수많은 사람들이 배반하고, 또 그보다 더 많은 사람들이 거부해온 도덕적 양심은 지금도 존재하고 또 전에도 늘 존재해왔다. 그것은 영혼이란 것이 혼란스러운 명제로 전락해버린 제사기(지질 시대의 최후기로, 현대를 포함하는 시대―옮긴이)의 철학자들이 발명한 것이 아니다. 세월이 흐르고, 더불어 사회도 진화하고 유전자도 바뀌면서, 우리의 양심은 결국 피의 색깔과 눈물의 소금기로 나타나게 되었다. 그것으로도 부족했는지, 우리의 눈은 내부를 비추는 거울이 되어버렸다. 그래서 우리 눈은 우리가 입으로는 부정하는 것을 있는 그대로 보여주는 경우가 많다. 하지만 이러한 일반적인 관찰에 덧붙여 특수한 상황도 고려해야 한다. 그 특수한 상황이란, 단순한 정신을 가진 사람들에게는, 어떤 악한 행동을 저질렀을 때 생기는 가책이라는 것이 조상으로부터 물려받은 온갖 종류의 공포와 뒤섞이는 경우가 많다는 것이다. 그 결과 자신의 잘못을 얼버무리려 하는 사람은 결국, 가혹하게도, 자신이 받아 마땅한 벌의 두 배를 받게 된다. 이 경우, 차의 시동을 걸고 떠나는 순간 그 도둑을 괴롭혔던 것 가운데 몇 퍼센트가 공포이고 또 몇 퍼센트가 양심의 가책인지 해명하는 것은 불가능하다. 다만, 조금 전까지 다른 사람이 앉아 있던 자리에 앉아 있는 도둑이 마음의 평화를 누리지 못했을 것이라는 데는 의심의 여지가 없다. 그 사람은 똑같은 운전대를 잡고 있다가 갑자기 눈이 멀었으며, 똑같은 유리로 앞을 내다보고 있다가 갑자기 앞을 보지 못하게 되었다. 이런 생각들이 이 더럽고 음흉한 인간의 마음속에서 이미 고개를 쳐들고 있던 공포심을 부채질했을 것임을 짐작하는 데는 그리 대단한 상상력이 필요하지 않을 것이다. 그러나 그것은 또한 앞서 말한 대로, 가책, 즉 고통을 느낀 양심의 자기 표현이기도 했다. 비유적인 말을 사용하자면, 그것은 물어뜯는 이빨을 가진 양심이었다. 그것 때문에 도둑의 눈앞에 눈이 먼 남자의 비참한 모습이 어른거리게 되었다. 눈이 먼 남자는 문을 닫으면서, 그러실 필요 없습니다, 그러실 필요 없습니다, 하고 말했다. 그때부터는 도움의 손길이 없어, 아마 한 걸음도 제대로 걷지 못했을 것이다.

도둑은 그런 무시무시한 생각들이 마음을 완전히 점령해버리는 것을 막기 위해 운전에 두 배로 집중했다. 그는 조그마한 잘못도, 아주 작은 방심도 허용되지 않는다는 것을 잘 알았다. 거리에는 늘 경찰이 깔려 있었으며, 그들 가운데 하나가 차를 세우고, 신분증과 면허증 좀 볼까요, 하면 그길로 다시 감옥에 가야 할 판이었다. 얼마나 힘겨운 인생이냐. 그는 신호등을 어기지 않으려고 무척 주의를 했다. 어떤 상황에서도 빨간불이면 멈추었으며, 노란불도 존중하여 파란불이 들어올 때까지 참을성 있게 기다렸다. 어느 순간, 그는 자신이 강박감에 사로잡힌 것처럼 신호등에 신경을 쓴다는 걸 깨닫게 되었다. 그때부터는 차 속도를 조절하여, 늘 파란불만 만나도록 하였다. 물론 그렇게 하기 위해서는 속도를 높이거나, 아니면 뒤에 있는 운전자들이 짜증이 날 정도로 속도를 줄여야 했다. 그렇게 했는데도 결국에는 정신을 차릴 수 없고, 참을 수 없을 정도로 긴장이 고조되어, 신호등이 없는 작은 도로로 차를 몰고 들어가버렸다. 그리고 제대로 살펴보지도 않고 주차해버렸다. 워낙 운전 솜씨가 좋기 때문에 가능한 일이었다. 신경이 곧 폭발할 것 같은 느낌이었다. 실제로 바로 그런 말이 마음을 스쳐갔다, 신경이 폭발할 것 같아. 차 안은 답답했다. 양쪽 창문을 내렸다. 바람은 불고 있었지만, 안의 공기를 신선하게 바꾸어주지는 못했다. 이제 어떻게 한다, 도둑은 자문했다. 그가 차를 가져가야 할 차고는 멀었다. 도시 외곽에 있는 마을이었다. 그러나 현재의 정신 상태로는 도저히 거기까지 갈 수 없었다. 경찰에 잡히거나, 아니면 사고가 날지도 몰라, 도둑은 중얼거렸다. 문득 차에서 내려 머릿속을 정리하는 것이 최선이라는 생각이 들었다. 신선한 공기를 마시면 머릿속의 거미줄이 날아갈지도 모르지, 그 불쌍한 작자가 장님이 되었다고 해서 나까지 그렇게 되란 법은 없는 거잖아, 그게 뭐 감기처럼 옮는 것도 아니고, 동네나 한 바퀴 돌면 괜찮아지겠지. 도둑은 차에서 내렸다. 차 문은 잠그지 않았다. 곧 돌아올 생각이었기 때문이다. 그는 걷기 시작했다. 그러나 그곳에서 서른 걸음도 못 가서 눈이 멀고 말았다.

안과의 마지막 환자는 그 마음씨 좋은 노인이었다. 대기실에 있을 때, 갑자기 눈이 먼 가엾은 남자의 입장을 편하게 해주는 말을 한 사람이었다. 노인은 그의 하나 남은 눈에 나타난 백내장을 제거하기 위해 수술 날짜를 잡으러 왔다. 검은 안대는 빈 구멍을 가리고 있었으며, 안과에 온 이유와는 아무런 관계가 없었다. 나이가 들면 생기는 병입니다, 의사는 얼마 전에 그렇게 말했다, 좀 커지면 없애도록 하지요, 그럼 눈이 갑자기 밝아져 살던 집도 제대로 알아보지 못하실 겁니다. 검은 안대를 한 노인이 나가자 간호사는 이제 대기실에 환자가 없다고 말했다. 의사는 눈이 먼 남자의 파일을 꺼내 한 번, 또 한 번 읽어보았다. 의사는 잠시 생각을 하다가, 마침내 동료에게 전화를 걸어 이런 대화를 나누었다. 오늘 아주 이상한 환자를 보았네, 갑자기 눈이 멀어버린 환자야, 진찰을 해보니 무슨 장애가 있는 것도 아니고, 선천성 기형이 있는 것도 아니었네, 환자 말로는 모든 게 하얗게 보인다더군, 마치 우유 색깔의 두터운 하얀 막이 눈에 붙어 있는 것처럼 말이야, 환자가 한 말을 내 말로 옮겨본 거라네, 그래, 물론 그건 주관적인 거지, 아냐, 비교적 젊은 편이야, 서른여덟이야, 이런 병에 대해 들어본 적이 있나, 아니면 읽어본 적이라도, 그것도 아니면 누가 말하는 걸 들은 적이라도, 그럴 줄 알았네, 지금으로서는 치료 방법이 떠오르지 않아, 그래서 시간을 벌기 위해 검사를 좀 받고 오라고 했지, 그래, 빠른 시일 내에 함께 진찰해보자고, 저녁 먹고 책을 좀 찾아볼 생각이네, 논문 목록도 다시 훑어보고, 어쩌면 실마리를 찾을 수 있을지도 모르지, 그래, 실인증은 나도 잘 알아, 심리적인 실명일 수도 있지, 그렇다 해도 이런 특징을 가진 사례는 처음일 걸세, 이 환자가 정말로 눈이 안 보인다는 것은 의심할 수 없는 일이니까, 실인증이라는 것은 익숙한 사물을 알아보지 못하는 증상 아닌가, 나도 이게 흑내장일지도 모른다는 생각을 했네, 하지만 내가 아까 한 이야기를 잊지 말게, 이 실명 상태는 백색이라니까, 흑내장의 정반대지, 흑내장은 완전히 깜깜해지는 거잖아, 백색 흑내장이라는 게 없는 한 말이야, 말하자면 백색 어둠이라는 거지, 그래, 알아, 처음 듣는 거지, 나도 같은 생각이네, 내일 환자에게 전화를 하겠네, 자네와 함께 진찰을 해보고 싶다고 이야기하지. 전화 통화를 끝낸 의사는 의자에 등을 기대고 잠시 그대로 있었다. 이윽고 피곤한 모습으로 일어나 천천히 하얀 가운을 벗었다. 그는 손을 씻으러 화장실로 갔지만, 이번에는 거울을 향해 형이상학적으로, 대체 어떻게 된 일이지, 하고 묻지 않았다. 이번에는 과학적인 태도를 회복하여, 실인증과 흑내장은 책에서나 진료에서나 매우 정확하게 밝혀지고 규정되었지만, 그것이 변종, 또는 이런 말이 어울린다면, 돌연변이의 출현을 배제하는 것은 아니며, 어쩌면 오늘이 바로 그 돌연변이가 처음으로 나타난 날일지도 모른다고 생각했다. 인간의 뇌가 이런 식으로, 다른 식으로는 아니고 바로 이런 식으로, 마치 늦게 도착해보니 문이 닫혀 있는 경우처럼, 닫혀버리는 데는 수많은 이유가 있는 거야. 안과 의사는 문학적 취향을 가진 사람이었으며, 적절한 인용을 끌어내는 재주가 있었다.

그날 저녁 식사 후에 의사는 아내에게 말했다, 오늘 병원에 이상한 병에 걸린 환자가 나타났어, 심리적 실명이나 흑내장의 변종인지도 모르겠어, 하지만 그런 증상이 확인되었던 전례는 없는 것 같아. 그게 무슨 병이에요, 흑내장인가 뭔가가, 아내가 의사에게 물었다. 의사는 문외한이 알아들을 수 있는 범위 내에서 설명을 하여 아내의 호기심을 충족시켜주고 나서, 의학 서적들을 꽂아놓은 책꽂이로 갔다. 대학 때 구한 책도 있었고, 최근에 구입한 책도 있었으며, 또 막 출판되어 아직 살펴볼 시간이 없었던 책도 있었다. 의사는 치밀하게도 책마다 색인을 확인하여, 실인증과 흑내장에 대해 찾아볼 수 있는 것들은 다 찾아내 읽기 시작했다. 그러면서 자신의 능력이 닿지 않는 분야에 침입했다는 불편한 느낌을 받았다. 그것은 신경외과학이라는 신비의 영역으로, 그는 그 분야에 대해서는 아는 것이 거의 없었다. 그날 밤 늦게, 의사는 보던 책들을 옆으로 밀쳐놓고, 피곤한 눈을 문지르며 의자에 등을 기댔다. 순간 아까와는 다른 생각이 아주 분명하게 떠오르기 시작했다. 만일 이것이 실인증이라면, 환자는 지금 그가 늘 보던 것을 보고 있을 것이다. 즉 시력 감소는 없는 것이고, 다만 의자를 보는데도 뇌가 의자를 인지하지 못하는 것일 뿐이다. 다시 말하자면, 그는 시신경에 오는 빛의 자극에는 계속 정확하게 반응을 하지만, 문외한이 알아들을 수 있는 단순한 말로 하자면, 자신이 아는 것을 알 능력을 잃어버린 것이며, 나아가서 그것을 표현할 능력을 잃어버린 것이다. 이 병이 흑내장이 아니라는 데에는 의심의 여지가 없었다. 이것이 흑내장이라면, 환자는 모든 것을 검게 보아야 한다. 본다는 말을 사용해도 좋다면 말이다. 흑내장은 완전한 어둠이 오는 증상이기 때문이다. 그러나 눈이 먼 남자는 마치 눈을 뜬 채로 우유의 바다에 빠진 것처럼, 진하고 균일한 백색을 본다고 단언했다. 여기서도 본다는 말을 사용해도 좋다면 말이다. 백색 흑내장이란 말은 말 자체로 모순일 뿐만 아니라, 신경학적으로도 불가능한 일이다. 현실의 상, 형태, 색깔을 인지할 수 없는 뇌는 백색으로, 연속적인 백색으로 덮일 수도 없기 때문이다. 색조 없이 백색 물감으로만, 현실이 정상적인 시력을 가진 사람에게 제공하는 상, 형태, 색깔 없이 백색 물감으로만 덮일 수는 없다. 정상적 시력이 무엇이냐를 규정하는 것이 무척 어려운 일이긴 하지만 말이다. 의사는 막다른 골목에 이르렀다는 것을 깨끗하게 인정하고, 낙담하여 고개를 저으며 주위를 둘러보았다. 아내는 자러 들어가고 없었다. 아내가 다가와 머리에 입을 맞추었던 일이 어렴풋이 기억났다. 나 먼저 잘게요, 아내는 그렇게 말했을 것이다. 아파트는 조용했다. 탁자에는 책이 흩어져 있었다. 대체 어떻게 된 일이지, 의사는 생각했다. 그러다 갑자기 두려움을 느꼈다. 그도 곧 눈이 멀 운명이고, 스스로도 그 사실을 잘 알고 있는 것처럼. 의사는 숨을 죽이고 기다렸다. 그러나 아무 일도 일어나지 않았다. 그 일은 잠시 후, 의사가 책을 모아 책꽂이로 가지고 갔을 때 일어났다. 처음에 의사는 자기 손이 안 보인다고 느꼈다. 이어 자신이 눈이 멀었다는 것을 알았다.

검은 색안경을 쓴 여자의 병은 심각한 것이 아니었다. 그녀는 가벼운 결막염을 앓고 있었는데 의사가 처방한 안약 몇 방울이면 금방 나을 수 있는 것이었다. 어떻게 하는지 알지요, 며칠 동안 잘 때는 안경을 벗도록 하세요, 의사는 그녀에게 그렇게 말했다. 의사는 몇 년 동안 똑같은 농담을 해왔다. 아마 그 농담은 안과 의사들 사이에 대대로 전해져 내려오는 것인지도 모른다. 어쨌든 그 농담은 반드시 효과를 보았다. 의사는 그 말을 하면서 웃고 있었고, 환자도 들으면서 웃음 지었다. 이 경우 웃음은 가치 있는 것이었다. 여자는 예쁜 치아를 가지고 있었고, 그것을 어떻게 보여주어야 하는지 알고 있었기 때문이다. 이 여자의 인생의 자세한 내막을 잘 알고 있는 평범한 회의론자라면, 타고난 염세주의 또는 자신이 인생에서 겪은 많은 실망스러운 일들로 인해, 여자의 예쁜 웃음은 직업상의 장식일 뿐이라고 넌지시 암시했을 것이다. 그러나 그것은 악의에 찬 근거 없는 주장이다. 그녀는 아장아장 걸을 때부터, 즉 그녀의 미래라는 책은 덮여 있고 그것을 열고 싶은 호기심조차 아직 생기지 않았을 때부터 그런 웃음을 짓고 있었다. 간단히 말해서, 이 여자는 매춘부로 분류될 수도 있지만, 이 이야기에서 묘사하고 있는 시기의 사회적 관계라는 그물의 복잡성, 낮이든 밤이든, 수직적이든 수평적이든, 어쨌든 그 복잡성 때문에 우리는 성급하고 단정적인 판단을 내리는 경향에 대해서는 조심해야 한다. 하긴, 우리의 과도한 자신감으로 인해, 그런 광적인 경향을 절대 없애지 못할지도 모르겠다. 주노(세 번째 소행성의 이름이기도 하고, 로마 신화의 최고 여신의 이름이기도 하다—옮긴이)에 구름이 얼마나 있느냐 하는 것은 분명하게 밝힐 수 있을지 모르지만, 대기 중에 떠 있는 물방울의 일반적인 집결체에 불과한 것을 그리스 여신과 혼동하는 것이 반드시 정당화될 수는 없다. 이 여자가 돈을 대가로 남자들과 함께 잠자리를 한다는 데는 의심의 여지가 없다. 이 사실로 미루어 우리는 더 이상 생각할 필요도 없이 이 여자를 매춘부로 분류할 수도 있다. 그러나 이 여자는 자기가 하고 싶을 때만, 하고 싶은 남자하고만 잠자리를 함께한다는 것 또한 사실이다. 따라서 이러한 사실적 차이 때문에 만에 하나 이 여자가 그 부류 전체로부터 배제될 가능성도 무시할 수는 없는 것이다. 이 여자는 보통 사람들과 마찬가지로 직업을 가지고 있다. 또한 보통 사람들과 마찬가지로, 여가 시간을 이용하여 몸을 마음대로 움직여, 보편적 욕구와 개별적 욕구를 충족시킨다. 우리가 그녀를 어떤 일차적 규정으로 환원시키려 하지 않는다면, 마침내 우리는 그녀에 대해, 넓은 의미에서, 그녀가 마음 내키는 대로 살고 있으며, 나아가 인생에서 가능한 모든 즐거움을 얻고 있다고 말할 수 있다.

여자가 안과를 나왔을 때는 이미 날이 어두워져 있었다. 그녀는 안경을 벗지 않았다. 거리의 불빛들, 특히 네온사인들이 성가셨다. 그녀는 의사가 처방한 안약을 사러 약국에 들어갔다. 직원이 어떤 사람들은 색안경을 쓰고 다녀야 하다니 얼마나 불공평하냐고 말했을 때, 그녀는 그 말을 무시해버리기로 했다. 그것은 일개 약국 직원의 입에서 나왔기 때문에 그 자체로 주제넘은 말이기도 했거니와, 검은 색안경이 그녀에게 유혹적인 신비감을 주며, 그 덕분에 그녀가 지나가는 남자들의 관심을 불러일으킨다는 그녀의 신념에 배치되는 말이기도 했다.

그녀는 그런 관심에 반응을 보일 수도 있었지만, 오늘은 그녀를 기다리는 남자가 있었다. 당연한 일이지만, 그녀는 그 만남으로부터 물질적인 면에서만이 아니라 다른 만족이라는 면에서도 뭔가 좋은 것이 나올 거라고 기대하고 있었다. 그녀가 곧 만나게 될 남자는 오랫동안 알고 지낸 사람으로, 그는 그녀가 만나기 전에 미리 안경을 벗을 수 없다고, 나아가서, 의사가 아직 그런 처방을 내린 것은 아니지만, 그것이 의사의 명령이라고 이야기해주었을 때도 괘념치 않았다. 오히려 그것을 즐거운 일로, 뭔가 색다른 재미로 여겼다. 여자는 약국을 나와 택시를 잡아타고 호텔 이름을 댔다. 그녀는 의자에 등을 기대고 벌써 관능적 쾌락의 다양하고 복합적인 느낌들을, 이런 말이 적당한 것인지는 몰라도, 맛보고 있었다. 우선 입술의 익숙한 첫 접촉에서부터, 첫 깊숙한 애무, 그리고 그녀를 지치고 행복하게 만들어줄 일련의 폭발적인 오르가슴, 어찔어찔 현기증이 나는 불꽃놀이 속에서 막 십자가에 못 박힐 것 같은, 하느님 용서하소서, 느낌이 드는 오르가슴에 이르기까지. 따라서 우리는 검은 색안경을 쓴 여자가, 파트너가 완벽한 타이밍과 테크닉이라는 측면에서 자신의 의무를 이행하는 방법을 알기만 한다면, 나중에 그녀가 부르는 액수의 두 배에 해당하는 봉사를 늘 미리 해주는 셈이라는 결론을 내려야 마땅하다. 그녀는 이런 생각에 사로잡혀, 틀림없이 방금 진료비를 내고 왔기 때문이겠지만, 그녀가 즐거운 마음으로 정당한 보상이라고 에둘러 묘사하곤 하는 것을 오늘부터 인상하는 게 좋지 않을까 자문해보았다.

여자는 목적지에 도착하기 한 블록 전에 택시를 세우라고 말했다. 그리고 그녀는 같은 방향으로 가고 있는 사람들 틈에 섞여들었다. 그녀는 겉으로는 전혀 죄책감이나 수치감을 드러내지 않고, 익명의 존재가 되어, 마치 사람들에게 떠밀려가듯 움직였다. 여자는 자연스럽게 호텔로 들어가, 현관을 가로질러 바 쪽으로 갔다. 몇 분 일찍 도착했기 때문에 기다려야 했다. 그들은 만나는 시간을 정확하게 정해놓았다. 그녀는 알코올 성분이 없는 음료를 주문하여 천천히 마셨다. 그러나 주위 사람들을 보지는 않았다. 남자들을 쫓아다니는 일반 창녀로 오해받고 싶지 않았기 때문이다. 잠시 후 그녀는, 박물관에서 오후를 보낸 뒤 방으로 쉬러 가는 관광객처럼, 엘리베이터로 향했다. 지금도 다음과 같은 사실을 무시하는 사람이 있는지 모르겠지만, 선을 행하다 보면 언제나 함정에 빠지게 마련이고 죄와 악을 행하는 자는 대체로 억세게 운이 좋다. 이를 증명이라도 하듯 그녀가 엘리베이터 앞에 도착하자마자 문이 활짝 열렸다. 두 사람이 내렸다. 나이 든 부부였다. 여자는 안으로 들어가, 3층 단추를 눌렀고, 312호실로 향했고, 여기로군, 하며 신중하게 문을 두드렸고, 10분 뒤에는 벌거벗었고, 15분 뒤에는 신음을 토했고, 18분 뒤에는 굳이 꾸밀 필요 없이 있는 그대로 사랑의 말을 소곤거렸고, 20분 뒤에는 정신을 잃기 시작했고, 21분 뒤에는 몸이 쾌락으로 찢겨나가는 기분을 느꼈고, 22분 뒤에는, 지금이야, 지금이야, 하고 소리쳤고, 지치고 행복한 상태로 다시 의식을 회복했을 때에는, 지금도 모든 게 하얗게 보여, 하고 중얼거렸다.

경찰관은 자동차 도둑을 집으로 데려다주었다. 이 신중하고 동정심 많은 공권력의 집행자는 자기가 지금 팔을 잡아 안내하는 사람, 여느 경우처럼 도망가는 것을 막기 위해서가 아니라 어디 걸려서 넘어지지 않도록 보호하기 위해서 팔을 잡고 있는 사람이 사실 상습적 범죄자라는 생각은 해보지도 못했을 것이다. 어쨌든 도둑의 아내가 얼마나 겁을 집어먹었을지, 우리는 쉽게 상상할 수 있다. 문을 열었을 때 그녀는 제복을 입은 경찰관과 마주하게 되었는데, 그는 뒤에 비참한 표정의 죄인을 끌고 왔다. 아무튼 그녀의 눈에는 끌고 온 것처럼 보였다. 그리고 그 죄인의 비참한 표정으로 판단해보건대, 단순히 체포당한 것보다 더 괴로운 일이 생긴 것 같았다. 여자의 머릿속에 처음으로 떠오른 생각은 남편이 도둑질을 하다 현행범으로 체포되었고, 경찰관은 집을 수색하러 왔다는 것이었다. 그러나 그녀의 남편이 차만 훔치는 사람이고, 차라는 물건은 침대 밑에 감출 수 없는 크기를 가졌다는 것에 생각이 미치자, 역설적으로 들릴지 몰라도, 수색을 당한다는 것에 오히려 약간 마음이 놓였다. 여자는 오랫동안 궁금해할 필요가 없었다. 경찰관이, 이 사람은 눈이 멀었습니다, 잘 돌봐주십시오, 하고 알려주었기 때문이다. 결국 경찰관이 그냥 남편을 보호하기 위해 집까지 데려다준 것임을 알았을 때, 여자는 마땅히 마음이 편해졌어야 하지만, 남편이 엉엉 울며 그녀의 품에 안겨 우리가 이미 알고 있는 사실을 이야기해주었기 때문에, 그녀 역시 그들의 인생을 망칠 수도 있는 심각한 재난이 찾아왔다는 것을 인식하게 되었다.

검은 색안경을 쓴 여자 역시 경찰과 함께 부모의 집까지 갔다. 그러나 그녀의 경우 실명이 나타난 상황, 벌거벗은 여자가 호텔에서 비명을 질러 다른 손님들을 놀라게 하고, 그녀와 함께 있던 남자는 달아나려고 서둘러 바지를 입던 상황이 워낙 자극적이었기 때문에, 갑작스러운 실명에 따르게 마련인 극적인 요소는 아무래도 덜할 수밖에 없었다. 눈이 먼 여자는 자신이 시력을 잃은 게 쾌락으로 인한 새롭고 예측 불가능한 결과가 아니라는 것을 깨닫는 순간 귀가 찢어질 듯한 비명을 내질렀고, 곧이어 창피함을 느꼈다. 위선적인 새침데기와 정숙한 여자들이 뭐라고 비아냥거릴지 몰라도, 그녀처럼 돈을 받고 사랑의 의식을 치르는 여자 역시 얼마든지 창피함을 느낄 수 있는 것이다. 그래서 제대로 옷을 입을 시간도 없이 거의 강압적으로, 점잖지 못한 모습으로 호텔에서 쫓겨났을 때, 그녀는 감히 울면서 자신의 운명을 한탄하지도 못했다. 경찰관은 어디 사느냐고 물은 뒤에, 단순히 무례했기에 망정이지 자칫 비꼬는 투로 들렸을지도 모르는 말투로, 그녀에게 택시 탈 돈은 있느냐고 물었다. 그는, 이런 경우에는 나라에서 돈을 내주지 않소, 하고 미리 경고했다. 지나가는 길에 한마디 해두자면, 경찰관의 이런 조치는 어느 정도 논리적인 것이라고 할 수 있는데, 이런 여자들은 자신의 부도덕한 수입에 대해 세금을 내지 않는 상당수의 국민 가운데 일부이기 때문이다. 그녀는 긍정의 뜻으로 고개를 끄덕였지만, 눈이 안 보였기 때문에 경찰이 자신의 고갯짓을 못 보았을지도 모른다고 생각하고, 네, 돈은 있어요, 하고 중얼거렸다. 그리고 나지막이 덧붙였다, 차라리 없었으면. 혹시 이 말이 이상하게 들렸을지 모르겠으나, 인간 정신에는 꼬불꼬불한 길들만 있을 뿐 직선의 지름길은 존재하지 않는다는 것을 고려한다면, 그녀가 한 말의 뜻도 매우 분명하다고 할 수 있다. 그녀가 하고 싶었던 말은 자신이 불명예스러운 행동 때문에, 자신의 부도덕 때문에 벌을 받았는데, 이것이 그 결과라는 것이었다. 어쨌든 그녀는 어머니한테 저녁 시간에 맞추어 집에 들어갈 수 없을 것이라고 했는데, 결국 일찍, 심지어 그녀의 아버지보다 먼저 집에 들어가게 되고 말았다.

안과 의사의 상황은 달랐다. 그는 눈이 멀었을 때 우선 집에 있었고, 또 의사로서, 몸이 아플 때 몸에만 관심을 가지는 사람들과는 달리 무력하게 절망에 굴복하려 하지 않았다. 이런 상황에 수반되는 고뇌가 없을 수 없었고 또 불안의 밤이 기다리고 있었음에도, 의사는 죽음과 고난에 대해 쓰인 시들 가운데 가장 위대한 시인 『일리아드』에서 호머가 한 말을 기억해낼 수 있었다. 그것은, 의사는 몇 사람의 가치가 있다, 라는 말이었다. 이제 곧 알게 되겠지만, 이 말은 있는 그대로 양을 표현한 것이 아니라, 우선은 질을 표현한 것으로 받아들여야 할 것이다. 의사는 용기를 내, 아내를 방해하지 않고 잠자리에 들었다. 심지어 아내가 반쯤 잠이 든 상태에서 중얼거리며 몸을 뒤척이다 그의 몸에 달라붙었을 때도 마찬가지였다. 그는 몇 시간 동안이나 잠을 자지 못했다. 그나마 조금 눈을 붙인 것도 순전히 피로 때문이었다. 의사는 다른 사람의 눈에 생긴 병을 치료하는 직업을 가진 사람으로서, 나는 눈이 멀었다, 하고 말을 하게 되느니, 차라리 밤이 영원히 끝나지 않기를 바랐다. 그러나 동시에 날빛을 간절히 기다리는 마음이기도 했다. 날빛, 바로 그 말이 실제로 그의 머릿속에 떠오르기도 했다. 그는 앞으로 그것을 보지 못할 것임을 알았기 때문이다. 사실 눈먼 안과 의사라는 것은 누구에게도 별 쓸모없는 존재이기는 했으나, 더도 아니고 덜도 아닌 국가적 재난이 될 수도 있는 이 상황에 대해, 이제까지 알려지지 않은 형태의 실명에 대해 보건 당국에 알리는 것까지는 그가 반드시 해야 할 일이었다. 이 실명은 강력한 전염병의 모든 외양을 갖추고 있었다. 또 발병 전에 염증, 감염, 퇴행 등의 병리적 증상 없이 곧바로 나타났다. 이것은 그가 병원으로 찾아온 눈이 먼 남자에게서 확인할 수 있는 사항이었으며, 자신의 경우에서도 확인할 수 있는 사항이었다. 그는 원래 약간의 근시와 난시가 있었으나, 정도가 매우 약해서 교정 렌즈는 사용하지 않았으므로 특별한 경우라 할 수는 없었다. 보이지 않게 된 눈, 완전히 멀어버린 눈, 그럼에도 전혀 문제가 없는 눈, 새로 생겼든 오래되었든, 후천적이든 선천적이든, 아무런 장애가 없는 눈. 의사는 눈이 먼 남자에게서 확인했던 자세한 내용을 돌이켜보았다. 검안경으로 볼 수 있었던 눈의 여러 부분은 얼마나 건강해 보이던지. 병적인 변화의 흔적은 전혀 없었다. 서른여덟 살 먹은 남자의 경우에는, 아니, 그보다 더 젊은 사람의 경우에도, 매우 드문 일이었다. 그 사람은 눈이 먼 것일 리 없어, 의사는 잠시 자기가 눈이 멀었다는 것도 잊고 그렇게 생각했다. 이것을 보면 어떤 사람들은 얼마나 사심이 없는지 정말 놀랄 정도다. 이런 점은 또 새롭다고 할 수 없는 것이, 비록 표현은 다르다 해도, 앞서 호머가 했던 말이 바로 이 점을 가리킨 것이기 때문이다.

의사는 아내가 일어났을 때 자는 척했다. 그는 이마에 아내의 입맞춤을 느꼈다. 남편이 깊이 잠들었다고 생각하여 깨우고 싶지 않았는지, 아주 부드럽게 입을 맞추었다. 어쩌면 그녀는 이렇게 생각했는지도 모른다, 가엾은 양반, 그 눈먼 남자의 병을 연구하느라 밤늦게야 잠자리에 들었구나. 의사는 혼자 남게 되자 짙은 먹구름이 가슴을 누르고, 이어 콧구멍으로 들어와, 안에서부터 눈을 멀게 하면서, 천천히 목을 조르는 것 같은 느낌을 받았다. 의사는 짧게 신음을 토했다. 눈물이 고이더니 관자놀이를 지나, 얼굴 양쪽으로 흘러내렸다. 아마 하얀색이겠지, 의사는 생각했다. 이제야, 의사 선생님, 눈이 멀고 있는 것 같습니다, 하는 환자들의 공포를 이해할 수 있을 것 같았다. 아내가 달그락거리는 소리가 침실까지 들렸다. 아내는 그가 여태 자고 있는지 확인하기 위하여, 이제 곧 침실로 들어올 것이 틀림없었다. 병원에 가야 할 시간이 다 되었기 때문이다. 의사는 조심스럽게 일어나, 실내용 가운을 더듬어 찾아 걸치고, 오줌을 누러 화장실로 갔다. 의사는 거울이 있다고 알고 있는 쪽으로 방향을 틀었다. 이번에는, 대체 어떻게 된 일이지, 하고 궁금해하지 않았다. 인간의 뇌가 닫혀버리는 데는 수많은 이유가 있는 거야, 하고 말하지도 않았다. 그는 그냥 두 손을 뻗어 거울을 만져보았다. 그는 그곳에서 거울에 비친 자신의 모습이 자신을 보고 있다는 것을 알고 있었다. 그의 비친 모습은 그를 볼 수 있는데, 그는 그의 비친 모습을 볼 수 없었다. 아내가 침실로 들어오는 소리가 들렸다. 아, 벌써 일어났군요. 의사가 대답했다, 일어났지. 의사는 아내가 옆에 다가왔다는 것을 느꼈다. 잘 잤어요, 여보. 그들은 결혼한 지 오래되었음에도 여전히 그런 다정한 말로 인사를 했다. 의사는 마치 둘이 연극 대사를 읊고 있다가 이제 자기 차례가 된 것처럼 입을 열었다, 그렇게 잘 잤다고 할 수는 없을 것 같은데, 눈에 문제가 생긴 것 같거든. 아내는 마지막 부분만 알아들었다. 어디 봐요, 아내는 묻더니, 남편의 눈을 주의 깊게 살폈다. 별 이상이 없는데요. 그것은 다른 데서 빌려온 말이 분명했다. 그녀의 대사가 아니었다. 그런 말을 해야 할 사람은 의사였다. 그러나 의사는 그냥, 앞이 안 보여, 하고는 덧붙였다, 어제 진찰했던 환자에게서 옮았나 봐.

　의사와 오래 같이 살다 보면 의사의 아내도 의학에 대해 약간은 알게 된다. 이 의사의 아내 역시 모든 면에서 남편과 매우 가까웠기 때문에, 실명은 유행병처럼 전염에 의해 퍼지는 것이 아니며, 실명은 눈이 먼 사람이 눈이 멀지 않은 사람을 본다고 해서 옮을 수 있는 것이 아니며, 실명은 어떤 사람과 그 사람이 가지고 태어난 눈 사이의 사적인 문제라는 것 정도는 알고 있었다. 그러나 의사란 자기가 하는 말이 무슨 뜻인지 알아야 할 의무가 있는 것이며, 그래서 의대에서 전문적인 훈련을 받는 것이다. 따라서 여기 이 경우에도 의사 자신이 눈이 멀었다고 선언했을 뿐 아니라, 감염된 것이라고 공개적으로 인정을 했다면, 그의 아내가 의학에 대해 제아무리 많이 안다 한들 어떻게 감히 그 말을 의심할 수 있으랴. 따라서 이 가엾은 여자가 이러한 반박의 여지가 없는 선언에 직면하여 여느 평범한 배우자, 그 가운데 둘은 이미 우리가 알고 있는 그런 배우자들과 같은 반응을 보였다는 것도 이해할 만한 일이다. 그녀는 남편에게 매달려 괴로움을 자연스럽게 표현하였다. 그럼 이제 어떻게 하죠, 아내는 눈물을 흘리면서 물었다. 보건 당국에, 보건부에 알려야 해, 그게 맨 먼저 해야 할 일이야, 이게 전염병으로 판명이 나면 무슨 조치를 취해야 돼. 하지만 이제까지 눈이 머는 전염병이란 건 없었잖아요, 그의 아내가 마지막 남은 희망의 조각을 붙들고 싶은 간절한 마음 때문에 고집을 부렸다. 분명한 이유 없이 눈이 먼 사람도 없었어, 그런데 지금 이 순간에 그런 사람이 적어도 둘은 있단 말이야. 의사는 마지막 말을 내뱉는 것과 동시에 표정이 변했다. 그는 아내를 거칠다 싶을 정도로 강하게 밀치며, 자기도 뒤로 물러났다. 저리 가, 나한테 가까이 오지 마, 당신도 나한테 옮을지 몰라. 의사는 자기 이마를 두 주먹으로 두드리며 말을 이었다, 이런 바보, 이런 바보, 이런 멍청한 의사가 있나, 내가 왜 미처 그 생각을 못 했을까, 우린 함께 밤을 보냈잖아, 문을 잠가놓고 서재에서 나 혼자 잤어야 하는 건데, 그래도 모르는 일인데. 제발 그런 말은 하지 말아요, 어차피 일어날 일이라면 일어나겠죠, 어서 가요, 아침을 드셔야죠. 내버려둬, 날 내버려둬. 아니에요, 내버려두지 않겠어요, 아내가 소리치고는 말을 이었다, 혼자 어떻게 하겠다는 거예요, 전화기를 찾으려고 비틀거리며 돌아다니다가 가구에 부딪히기나 하겠다는 거예요, 전화번호부를 뒤져 볼 수 있는 눈도 없으면서, 그러는 동안 나는 전염을 피하기 위해 유리병 안에라도 들어가 당신이 그러는 모습을 차분하게 관찰이나 하고 있으라는 거예요. 아내는 의사의 팔을 단단히 잡고 말을 이었다, 어서 가요, 여보.

의사가 얼마나 입맛이 없었을지는 충분히 상상할 수 있는 일이지만, 그는 아내가 준비해준 커피와 토스트를 다 먹었다. 그래도 아직 시간이 일렀다. 그의 신고를 받아야 할 사람들이 책상에 앉아 있기에는 너무 일렀다는 것이다. 논리와 효과로만 보자면 그는 일어난 일에 대해 가능한 한 빨리 또 직접적으로 보건부의 권한이 있는 사람에게 신고해야 했다. 그러나 의사는 곧 생각을 바꾸었다. 보건부의 전화 교환수에게 한참 애원한 끝에 간신히 연결된 하급 공무원에게 자신이 중요하고 긴급한 정보를 가지고 있는 의사라고 소개해보았지만 별 효과가 없었기 때문이다. 그 공무원은 더 자세한 내용을 알아야 상관에게 연결시켜주겠다고 했다. 그러나 책임감 있는 의사라면 처음 이야기하게 된 하급 공무원에게 실명 전염병의 발발을 알릴 수 없다는 것은 분명했다. 그랬다가는 곧바로 공황이 일어날 테니까. 전화를 받은 공무원은 대꾸했다, 의사라고 하셨죠, 내가 선생 말을 믿기를 바란다면, 그래요, 물론 나는 선생 말을 믿습니다, 하지만 나도 지휘 체계에 속한 사람이고, 따라서 선생이 하고 싶은 이야기가 뭔지 밝히지 않는다면 윗분에게 이야기할 수 없다는 겁니다. 그건 비밀인데요. 비밀이라면 전화로 이야기할 수 없죠, 직접 이곳으로 오시는 게 좋겠습니다. 난 집을 나갈 수가 없어요. 아파서 그렇다는 말씀입니까. 네, 아파요, 눈이 먼 의사는 잠시 뜸을 들였다가 그렇게 대답했다. 그렇다면 의사한테 전화해보시지요, 진짜 의사한테 말입니다, 공무원은 그렇게 빈정거리더니, 자신의 재치에 기분 좋아하면서 전화를 끊었다.

의사는 공무원의 무례함 때문에 따귀를 맞은 기분이었다. 몇 분이 지나서야 의사는 간신히 평정을 회복하고, 아내에게 자신이 얼마나 무례한 대접을 받았는지 이야기할 수 있었다. 이어 오래전에 알았어야 하는 것을 막 발견하기라도 했다는 듯이 슬픈 목소리로 중얼거렸다, 그래, 인간은 원래 그렇게 만들어진 거야, 반은 무관심으로, 반은 악의로. 의사는 불신감에 젖어, 이제 어떻게 한담, 하고 말하려다가, 자신이 시간을 낭비하고 있다는 것을 깨달았다. 자신이 가진 정보를 안전한 통로로 적당한 장소까지 들어가게 하는 유일한 길은 공무원을 중간에 끼우지 않고, 자기가 근무하는 병원의 원장과 의사 대 의사로서 이야기하는 것임을 깨달은 것이다. 관료 체계를 움직이는 것은 원장이 책임지면 될 일이야. 의사의 아내가 전화번호를 눌러주었다. 그녀는 병원 전화번호를 외우고 있었다. 상대가 전화를 받자 의사는 자신의 신분을 밝히고 얼른 말했다, 그래, 괜찮아, 고마워. 접수대에 있는 간호사가 안녕하세요, 선생님, 하고 인사한 것이 틀림없었다. 의사가 대꾸한 말은 우리가 나약한 모습을 보여주고 싶지 않을 때 하는 말이었다. 그럴 때 우리는, 괜찮아, 하고 말한다. 죽어가고 있는 상황에서도. 이것은 일반적으로 용기 있는 태도로 여겨지며, 오직 인류에게서만 볼 수 있는 현상이다. 원장이 전화를 받았다, 대체 무슨 일이오. 의사는 그가 혼자 있는지, 혹시 이야기가 들릴 만한 범위에 누가 있지나 않은지 물었다. 접수대의 간호사는 걱정할 필요가 없었다. 그녀는 안과학과 관련된 대화를 들을 만큼 한가하지 않았다. 게다가 그녀는 오직 부인과 문제에만 관심을 가졌다. 의사는 에둘러 말하지 않고, 불필요한 말을 끼워넣지 않고, 쓸데없는 말을 덧붙이지 않고, 간략하지만 분명하게 설명을 했다. 의사는 임상적인 냉정한 태도를 잃지 않았는데, 원장은 그가 처한 상황을 고려할 때 약간 놀라지 않을 수 없었다. 그런데 당신 정말 눈이 먼 거요, 원장이 물었다. 완전히 멀었습니다. 그렇다 하더라도, 그건 우연의 일치일 수 있는 것 아니오, 엄격한 의미에서의 전염은 발생하지 않았을 수도 있는 것 아니오. 동의합니다, 전염의 증거는 없습니다, 하지만 우리가 전혀 서로 만난 일이 없는데, 제각기 눈이 먼 경우와는 다릅니다, 그 환자가 눈이 멀어서 안과에 왔고, 저는 그로부터 몇 시간 뒤에 눈이 멀게 된 겁니다. 어떻게 하면 그 환자를 찾을 수 있소. 안과 파일에 이름과 주소가 있습니다. 내가 그리로 곧 사람을 보내리다. 의사를 보내셔야 합니다. 그럼, 물론이지, 의사를 보내야지. 이 일을 보건부에 알려야 한다고 생각하지 않으십니까. 지금은 시기상조요, 이런 일이 사람들에게 얼마나 큰 공포를 일으킬지 생각해보시오, 이거 원, 실명은 원래 옮는 것이 아닌데. 죽음도 옮지 않죠, 하지만 우리 모두 죽지 않습니까. 어쨌든 내가 일을 처리할 동안 당신은 집에서 기다리시오, 나중에 당신을 데리러 사람을 보내겠소, 내가 직접 당신을 진찰해보고 싶구려. 제가 지금 눈이 먼 게 눈먼 사람을 진찰했기 때문이란 걸 잊지 마십시오. 그건 확실한 게 아니지 않소. 그래도 인과 관계를 보여주는 증거들이 있습니다. 물론 그렇긴 하지, 하지만 무슨 결론을 내리기에는 아직 너무 이르오, 별도의 두 사례만으로는 통계학적 타당성이 성립하지 않소. 이 시점에서 우리 둘만 눈이 멀었다면 그렇게 이야기할 수도 있겠지요. 당신의 심정을 충분히 이해하지만, 근거 없는 것으로 판명날지도 모르는 우울한 추측은 피해야 하오. 고맙습니다. 곧 연락하겠소. 안녕히 계십시오.

30분 뒤, 아내의 도움을 받아가며 약간 어색하게 면도를 했을 때, 전화벨이 울렸다. 원장이었다. 그러나 이번에는 목소리가 달랐다. 지금 여기에 갑자기 눈이 멀었다는 남자아이가 하나 와 있소, 모든 게 하얗게 보인다고 하오, 그 애 어머니 말이 아이가 어제 안과에 왔었다는 거요. 왼쪽 눈에 개산성 외사시가 있는 아이 맞습니까? 그렇소. 그럼 틀림없군요, 그 아이도 마찬가지입니다, 그렇지 않아도 걱정하고 있었는데, 상황이 정말 심각해지고 있군요. 보건부에 알리는 게 어떻겠소. 물론 그렇게 해야지요. 당장 병원 관리부에 이야기를 하겠소. 세 시간 뒤, 의사와 아내는 말없이 점심을 먹고 있었다. 의사는 아내가 잘라준 고기 조각을 찔러보고 있었는데 다시 전화벨이 울렸다. 아내가 전화를 받으러 갔다가 바로 돌아왔다. 당신이 받아야겠는데요, 보건부에서 온 전화예요. 아내는 의사를 일으켜, 서재로 안내한 다음 전화기를 건네주었다. 대화는 짧았다. 보건부에서는 전날 안과에 다녀간 환자들의 신분을 알고 싶어했다. 의사는 임상 파일 속에 이름, 나이, 결혼 여부, 직업, 집 주소 등 관련된 모든 사항들이 기록되어 있다고 대답했다. 그리고 마지막에, 자기도 환자들을 모으는 담당자와 동행하겠다고 제안했다. 그러나 상대방은 무뚝뚝하게 대꾸했다, 그럴 필요 없소. 이어 다른 사람이 전화를 받았는지, 목소리가 달라졌다, 안녕하시오, 나 장관이오, 정부를 대신하여 당신의 열의에 감사하고 싶소, 당신의 신속한 행동 덕분에 우리는 확실히 상황을 제한하고 통제할 수 있게 되었소, 한 가지, 당신도 집 밖으로 나오지 않았으면 좋겠소. 마지막 말은 정중하게 예의를 갖추고 있었으나, 의심할 여지 없는 명령이었다. 의사는 대답했다, 네, 장관님. 그러나 상대방은 이미 전화를 끊은 뒤였다.

잠시 후, 전화벨이 다시 울렸다. 원장이었다. 초조한지 두서없이 지껄이고 있었다, 방금 경찰에 갑작스러운 실명 사례 두 건이 접수되었다는 이야기를 들었소. 경찰관이 그렇게 되었다는 건가요. 아니, 어떤 남자와 여자요, 남자는 도로에서 자기가 눈이 멀었다고 소리를 지르고 있었다고 하고, 여자는 눈이 멀었을 때 호텔에 있었던 모양이오, 어떤 사람과 잠자리에 들었던 모양이오. 그들도 내 환자들이었는지 확인할 필요가 있습니다, 그 사람들 이름을 아십니까. 이름은 이야기하지 않았소. 보건부에서 나한테 전화를 했더군요, 파일을 가지러 안과로 갈 겁니다. 정말 복잡한 일이군. 그렇고말고요. 의사는 수화기를 내려놓고, 두 손을 들어올리더니, 더 심각한 상황으로부터 눈을 보호하려는 듯 눈을 가리고 있었다. 이윽고 의사는 희미한 목소리로 말했다, 정말 피곤해. 좀 주무세요, 침대로 가요, 아내가 말했다. 소용없어, 잠이 오지 않을 거야, 게다가 아직 하루가 다 끝나지도 않았어, 앞으로 또 무슨 일이 생길지 몰라.

거의 6시가 되었을 때 마지막으로 전화벨이 울렸다. 전화기 옆에 앉아 있던 의사가 수화기를 들었다. 여보세요, 의사는 말하고 나서 상대방의 이야기를 주의 깊게 들으며 고개만 약간씩 끄덕이다가 전화를 끊었다. 누구예요, 아내가 물었다. 보건부야, 30분 내로 나를 데리러 구급차가 올 거래. 당신이 예상하던 일인가요. 그래, 대충. 어디로 데려가는 거죠. 모르겠어, 아마 병원이겠지. 가방을 싸야겠네요, 옷도 몇 벌 챙기고, 그리고 다른 물건들도 준비해야죠. 난 여행 가는 게 아냐. 여행인지 아닌지 모르잖아요. 아내는 남편을 살며시 침실로 이끌고 가, 침대에 앉혔다. 여기 가만히 앉아 있어요, 내가 다 알아서 할 테니까. 의사는 아내가 왔다 갔다 하는 소리, 서랍과 장을 여닫는 소리, 옷을 꺼내 가방에 담는 소리를 들을 수 있었다. 그러나 의사는 아내가 의사의 옷만이 아니라, 블라우스와 치마 여러 벌, 바지 한 벌, 드레스 한 벌, 여자만 신을 수 있는 구두 몇 켤레를 싸는 것은 보지 못했다. 그저 막연하게, 옷이 저렇게 많이 필요하지는 않을 텐데, 하는 생각만 했을 뿐이다. 그러나 지금은 그런 사소한 일에 신경을 쓸 때가 아니어서 아무 말도 하지 않았다. 자물쇠가 딸깍 하는 소리가 들렸다. 이어 아내가 말했다, 다 됐어요, 이제 구급차를 기다리기만 하면 돼요. 아내는 가방을 문간에 갖다놓았다. 남편이, 내가 도와줄게, 나도 그 정도는 할 수 있어, 내가 무슨 병자도 아니잖아, 하고 말했으나 그녀는 사양했다. 두 사람은 응접실 소파에 가서 앉아 기다렸다. 손을 잡고 있었다. 의사가 말했다, 우리가 얼마나 떨어져 있어야 할지 모르겠군. 그러자 아내가 말했다, 그런 걱정은 하지 말아요.

거의 한 시간을 기다렸을 때, 초인종이 울렸다. 아내는 일어서서 문을 열러 갔다. 그러나 층계참에는 아무도 없었다. 그녀는 인터폰을 받아보았다. 알았어요, 금방 내려갈게요, 그녀가 말했다. 그녀는 남편을 향해 말을 이었다, 아래층에서 기다리고 있대요, 아파트로는 올라가지 말라는 명령을 받았대요, 보건부가 정말 긴장하고 있는 것 같아요. 갑시다. 그들은 엘리베이터를 타고 아래로 내려갔다. 아내는 남편이 마지막 몇 계단을 내려가, 구급차에 타는 것을 돕고 나서, 가방을 가지러 돌아갔다. 그녀는 가방을 혼자 들어올려 안으로 밀어넣었다. 이어 그녀는 구급차에 올라타 남편 옆에 앉았다. 구급차 운전사가 뒤를 돌아보고 말했다, 저 사람만 데려가야 하오, 그게 내가 받은 명령이오, 어서 내려주셔야겠소. 여자는 차분하게 대답했다, 나도 데려가야 할 거예요, 방금 나도 눈이 멀었거든요.

그 제안은 장관의 입에서 나왔다. 그것은 완벽하다고는 할 수 없지만, 어느 면에서 보더라도 좋은 결과를 가져올 수 있는 안이었다. 단순히 위생적인 측면에서도 그랬고, 사회적 의미와 정치적 결과라는 측면에서도 그랬다. 원인이 밝혀질 때까지는, 또는 적절한 용어를 사용하자면, 백색의 악의 병인(病因)이 확인될 때까지는 눈이 먼 모든 사람들뿐만 아니라, 그들과 신체적 접촉을 했거나 어떤 식으로든 가까이 있었던 사람들을 찾아내 격리시켜야 한다는 것이었다. 백색의 악이라는 말은 상상력이 풍부한 보좌관이 무슨 영감을 받았는지 지어낸 말로, 곧 그 불쾌하게 들리는 실명이라는 말을 대신하게 되었다. 어쨌든 치료법이 발견되거나 이 병의 발병을 예방할 수 있는 백신이 나올 때까지는 더 이상의 전염을 막기 위해 관련된 사람들을 격리하자는 것이었다. 이 병의 전염성이 일단 확인되자, 환자들은 수학에서 복비례라고 부르는 비율에 따라 증가했다. 증명 끝, 장관은 그렇게 결론을 내렸다. 콜레라나 황열병이 창궐하던 시절, 전염병을 싣고 있거나 싣고 있다고 의심되는 배들은 항구에 들어오지 못하고 먼 바다에 40일 동안 그대로 있어야 했던 시절부터 내려오는 오래된 방법을 따르자는 것이었다. 그 제안을 일반 대중이 이해할 수 있는 말로 하자면, 관련된 모든 사람들을 추후 통지가 있을 때까지 격리시킨다는 것이었다. 바로 이 말, 추후 통지가 있을 때까지, 라는 말은 장관 자신이 한 것이었는데, 심사숙고 끝에 나온 말처럼 보이지만, 사실은 수수께끼 같은 말이었다. 장관이 다른 말을 생각할 수 없어서 한 말이었기 때문이다. 장관은 나중에 그의 생각을 분명히 밝혔다, 내 말은 그것이 40일도 될 수 있고, 40주도 될 수 있다는 뜻이오, 또는 40개월이 될 수도 있고, 40년이 될 수도 있다는 뜻이오, 중요한 것은 그들을 격리해야 한다는 것이오. 환자들의 수송, 격리, 감독을 목적으로 급조된 보급 시설 지원 및 보안 위원회의 위원장이 말을 받았다, 이제 우리가 결정해야 하는 것은 그들을 어디에 격리시킬 것이냐 하는 겁니다, 장관님. 당장 이용 가능한 시설에는 어떤 게 있소, 장관이 물었다. 용도를 결정할 때까지 비워놓기로 한 정신병원이 하나 있고, 최근 군부 구조 조정 때문에 사용하지 않게 된 군사 시설 몇개가 있고, 완공을 앞둔 산업박람회용 건물이 하나 있고, 이유는 모르지만 곧 정리 작업에 들어갈 슈퍼마켓도 하나 있습니다. 위원장 의견으로는 그 건물들 가운데 어느 것이 목적에 가장 합당할 것 같소. 막사가 보안에는 최고죠. 물론이지. 하지만 한 가지 결점이 있는데, 그것은 시설 규모로 볼 때 재소자들을 감시하는 것이 어렵기도 하고 비용도 많이 들 것이라는 점입니다. 그래, 그럴 것 같군. 슈퍼마켓을 이용하자면 여러 가지 법적 장애에 부딪힐 수도 있습니다, 따라서 법적인 문제를 고려하지 않을 수 없습니다. 그럼 산업박람회 건물은 어떻소. 그곳이야 말로 고려 대상에서 제외해야 할 곳입니다, 장관님. 왜. 재계에서 좋아하지 않을 것이기 때문입니다, 박람회장 건설에는 막대한 돈이 투자되었습니다. 그럼 정신병원밖에 안 남는군. 네, 장관님, 정신병원만 남습니다. 그럼 정신병원으로 하도록 하지. 사실 그곳은 어느 모로 보나 최적의 시설이라고 할 수 있습니다, 바깥에 담이 있을 뿐 아니라, 두 개의 병동이 구분되어 있습니다, 따라서 눈이 먼 사람들을 한쪽 병동에 가두고, 보균자들은 다른 병동에 가두면 될 것입니다, 그리고 중앙 지역은, 말하자면 무인 지대로 삼아서, 보균자들 가운데 눈이 머는 사람은 이 지역을 통과해 이미 눈이 먼 사람들에게로 가게 하면 될 것입니다. 하지만 문제가 있겠군. 무슨 문제입니까, 장관님. 그런 이동을 감독해야 할 직원을 배치해야 할 텐데, 그걸 자원 봉사자들에게 맡길 수 있을지 모르겠소. 감독이 꼭 필요하지 않을 수도 있습니다, 장관님. 어째서. 조만간 자연스럽게 일어날 일이지만, 보균자들 가운데는 실제로 눈이 머는 사람들이 생길 것입니다, 장관님, 그럴 경우 틀림없이, 아직 눈이 보이는 사람들이 그들을 내쫓아버리게 될 겁니다. 그 말이 맞군. 그리고 이미 눈먼 사람이 자기네 쪽으로 오는 것도 허락하지 않을 겁니다. 훌륭한 생각이로군. 감사합니다, 장관님, 그럼 진행하라고 명령을 내릴까요. 그러시오, 백지 위임장을 받았다고 생각하시오.

위원회는 빠르고 능률적으로 행동했다. 밤이 되기 전에 눈이 먼 것으로 알려진 모든 사람을 데려올 수 있었다. 보균자로 여겨지는 사람도 상당수 데려올 수 있었다. 신속한 수색 작전을 통해, 시력 상실이라는 불운을 당한 사람들의 가정이나 직장에서 확인하고 찾아낼 수 있었던 사람들은 다 데려온 것이다. 텅 빈 정신병원에 가장 먼저 도착한 사람은 의사와 그의 아내였다. 정신병원에는 경비병도 있었다. 정문은 그들이 통과할 만큼만 열렸다가, 곧 다시 닫혔다. 입구에서 건물 현관까지는 굵은 밧줄이 묶여 있어, 눈먼 사람들이 잡고 걸을 수 있는 난간 노릇을 했다. 오른쪽으로 조금만 가시오, 거기 밧줄이 있을 거요, 그걸 손으로 잡고 곧장 가시오, 가다 보면 계단이 나올 거요, 계단은 모두 여섯 단이오, 상사는 그렇게 소리쳤다. 건물 안으로 들어가자, 밧줄은 둘로 나뉘었다. 한 가닥은 왼쪽으로, 또 한 가닥은 오른쪽으로 이어졌다. 상사는 소리쳤다, 오른쪽으로 가시오. 여자는 한 손으로는 가방을 끌고, 다른 손으로는 남편을 안내하며, 입구에서 가장 가까운 병실로 들어갔다. 긴 방이었다. 구식 병원의 병실 같았다. 회색으로 칠해진 침대들이 두 줄로 길게 늘어서 있었다. 물론 페인트는 벗겨지기 시

작한 지 오래였다. 이불, 시트, 담요도 모두 회색이었다. 여자
는 남편을 이끌고 병실 끝으로 가, 한 침대에 앉히고 나서 말했
다, 여기 그대로 있어요, 난 좀 둘러보고 올 테니까. 밖에는 병
실들이 더 있었고, 길고 좁은 복도가 있었고, 의사의 진료실로
쓰이던 것으로 보이는 방들이 있었다. 그리고 더러운 변소, 오
래된 음식의 악취가 나는 주방, 함석을 덮은 식탁들이 놓인 아
주 넓은 식당, 벽의 아래 2미터는 패딩을 대고 나머지 부분에
는 코르크를 덮은 작은 방 세 개가 있었다. 건물 뒤로는 황폐
한 땅에 방치된 나무들이 있었다. 나무들의 줄기는 껍질이 벗
겨진 것처럼 보였다. 어디를 가나 쓰레기가 있었다. 의사의 아
내는 다시 안으로 들어왔다. 반쯤 열린 옷장으로 미친 사람이
나 죄수에게 입히는 구속복이 보였다. 그녀는 남편에게 돌아가
물었다, 우리를 어디에 데려다놨는지 짐작이 가요. 아니. 그녀
가, 정신병원이에요, 하고 말하려 했으나, 의사가 먼저 말했다,
당신은 눈이 멀지 않았잖아, 당신을 여기 있게 할 수는 없어.
그래요, 맞아요, 나는 눈이 멀지 않았어요. 그럼 당신을 집에
보내라고 할 거야, 당신이 나하고 함께 있으려고 거짓말을 했다
고 말할 거야. 소용없어요, 여기서는 무슨 소리를 해도 들리지
않아요, 설사 들린다 해도, 들은 체도 안 할 거예요. 하지만 당
신은 보이잖아. 지금은 그렇죠, 하지만 며칠 내로 나도 눈이 멀
게 분명해요, 당장 그렇게 될지도 모르죠. 제발 집에 돌아가.
고집부리지 말아요, 어차피 군인들은 내가 계단까지 가는 것
도 허락하지 않을 텐데요 뭐. 이거 참, 강제로 보낼 수도 없고.

그래요, 여보, 그렇게는 못하죠, 나는 여기 남아 당신을 도울게요, 앞으로 여기 올 사람들도 돕고요, 하지만 다른 사람들한테 내가 눈이 보인다는 이야기는 하지 말아요. 다른 누구. 설마 여기 우리 둘만 있을 거라고 생각하는 건 아니겠죠. 이건 미친 짓이야. 그럼 뭘 기대했어요, 우린 지금 정신병원에 있는데.

다른 눈먼 사람들은 함께 도착했다. 그들은 집에서 차례차례 체포되었다. 맨 먼저 차를 운전하던 남자, 그다음에 차를 훔친 남자, 검은 색안경을 쓴 여자, 사팔뜨기 소년. 그 소년은 병원에서부터 추적해 찾아냈다. 아이의 엄마는 함께 오지 않았다. 의사의 아내와는 달리, 시력에 아무 문제가 없는데도 눈이 안 보인다고 말할 만한 기지가 없었기 때문이다. 그녀는 소박한 여자로, 설사 그녀 자신을 위한 것이라 해도 거짓말은 하지 못했다. 그들은 손으로 허공을 짚으며 비틀비틀 병실로 들어왔다. 병실 안에는 안내해줄 밧줄이 없었다. 그들은 이제부터 고통스러운 경험을 통해 길을 익혀야 했다. 소년은 울면서 엄마를 부르고 있었다. 검은 색안경을 쓴 여자가 아이를 달래주었다. 엄마도 오고 있어, 네 엄마도 지금 오고 있어, 여자는 아이에게 말했다. 여자는 색안경을 쓰고 있었기 때문에 눈이 멀었는지 아닌지 알 수가 없었다. 다른 사람들은 연신 눈알을 좌우로 굴리고 있었지만, 사실 아무것도 보지 못했다. 그러나 그녀는 색안경을 쓰고 있었고, 또 엄마도 오고 있어, 네 엄마도 지금 오고 있어, 하고 말하고 있었기 때문에, 아이의 엄마가 필사적으로 달려오고 있는 모습을 진짜로 보고 있는 것 같은 느낌을 주었다. 의사의 아내는 남편의 귀에 대고 속삭였다, 네 명이 더 왔어요, 여자 하나, 남자 둘, 남자애 하나. 남자들은 어떻게 생겼어, 의사가 작은 목소리로 물었다. 아내는 묘사를 해주었다. 그러자 의사가 아내에게 말했다, 두 번째 남자는 모르겠군, 하지만 또 한 남자는, 당신이 말한 걸로 볼 때, 어제 안과에 왔던 눈먼 남자인 것 같아. 아이는 사팔뜨기이고, 여자는 검은 색안경을 쓰고 있는데 예뻐 보이네요. 둘 다 안과에 왔어. 새로 도착한 사람들은 어디로 가면 안전할까 생각하며 부산스럽게 자리를 찾고 있었기 때문에 의사 부부가 나누는 이야기를 듣지 못했다. 그들은 그곳에 그들 외에 다른 사람이 있을 거라고는 생각도 못 하고 있었다. 게다가 아직 눈이 먼 지 오래되지 않아 청각이 보통 사람들보다 더 예민해지지도 않았다. 마침내 그들은 확실한 것을 의심스러운 것과 바꾸는 것이 의미가 없다는 결론에 이르렀던지, 처음 걸린 침대에 주저앉았다. 그래서 두 남자는, 그들 자신은 모르고 있었지만, 결국 나란히 앉게 되었다. 검은 색안경을 쓴 여자는 계속 낮은 목소리로 아이를 위로하고 있었다, 울지 마, 금방 엄마가 올 거야. 이윽고 정적이 찾아왔다. 그 순간을 이용해 의사의 아내가 병실 문까지 들릴 만한 큰 목소리로 말했다, 여기 우리 둘이 있어요, 여러분은 몇 명인가요. 새로 도착한 사람들은 예상치 못한 목소리에 깜짝 놀랐다. 두 남자는 그대로 입을 다물고 있었다. 대답을 한 것은 검은 색안경을 쓴 여자였다. 우리는 넷인 것 같아요, 나하고 여기 꼬마를 포함해서. 또 누가 있죠, 왜 다른 사람들은 말을 안

하는 거죠, 의사의 아내가 물었다. 난 여기 있습니다, 우물거리는 남자의 목소리가 들렸다. 그 말을 하는 것도 무척 힘이 드는 것 같았다. 그리고 나는 여기 있소, 다른 남자의 목소리가 으르렁거렸다. 불쾌한 기색이 역력했다. 의사의 아내는 생각했다, 저 사람들은 꼭 서로 알게 되는 걸 두려워하는 것 같군. 그녀는 두 남자가 긴장하여 꿈틀거리는 모습을 지켜보았다. 둘은 또 무슨 냄새를 맡는 것처럼 목을 길게 빼고 있었다. 그런데 묘하게도 두 사람의 표정은 똑같았다. 위협적이면서도 동시에 두려워하는 표정이었다. 그러나 두 사람의 두려움은 달랐다. 위협적인 태도 또한 달랐다. 앞으로 둘 사이에 어떤 일이 생길까, 의사의 아내는 궁금했다.

순간 크고 거친 목소리가 울려퍼졌다. 말투로 보아 명령을 내리는 데 익숙한 사람 같았다. 목소리는 그들이 들어온 문 위에 박힌 스피커에서 나오는 것이었다. 목소리는, 잘 들어라, 라는 말을 세 번 했다. 이어 이야기가 시작되었다, 정부는 정부의 정당한 의무로 간주되는 행동을 긴급하게 이행할 수밖에 없었음을 유감스럽게 생각한다, 그것은 현재의 위기에서 가능한 모든 수단을 동원하여 주민을 보호하기 위한 조치였다, 현재 여러 정황으로 보아 실명 전염병이 발발한 것으로 보이기 때문이다, 그 전염병은 임시로 백색 질병이라고 부르고 있다, 우리는 공민 정신과 모든 시민의 협조에 의지하여 병이 더 이상 전염되는 것을 막고자 한다, 우리는 일단 이 병이 우연히 여러 사람에게 동시에 발생한 것이 아니라, 하나의 전염병이라고 가정하고 있다, 그래서 신중한 고려 끝에 감염된 사람들을 모두 한군데 모아놓고, 또 그들과 어떤 식으로든 접촉한 사람들을 모두 인접한 별도의 시설에 모아놓기로 결정한 것이다, 정부는 정부의 책임을 인식하고 있다, 동시에 이 메시지를 듣는 사람들이 그들에게 취해진 이번 격리 조치가 개인적 차원의 문제가 아니라, 국가 공동체의 나머지 구성원들과의 연대에 기초한 것임을 명심하고, 정직한 시민들로서 책임을 다해주기를 바란다, 이런 전제하에 우리는 모든 사람들이 다음과 같은 규칙을 준수해주기를 바란다, 하나, 전등은 항상 켜둔다, 스위치를 조작하려 해보았자 소용없다, 어차피 작동하지 않을 것이다, 둘, 허가 없이 건물을 나가지 말라, 그 즉시 사살당할 것이다, 셋, 각 병실에는 전화가 있는데, 그것은 위생과 청결을 목적으로 외부에 새로운 보급품을 요구할 때만 사용할 수 있다, 넷, 자기 옷은 자기 손으로 빨래해야 한다, 다섯, 병실 대표를 선임할 것을 권고한다, 이것은 명령이 아니라 권고다, 재소자들은 앞서 말한 규칙과 앞으로 말할 규칙에 순응한다는 전제하에, 적당한 방법으로 조직을 결성하도록 하라, 여섯, 하루 세 번 식량을 담은 상자들이 현관문 오른쪽과 왼쪽에 놓일 것이다. 오른쪽 것은 환자들에게 가는 것이고, 왼쪽 것은 보균자에게 가는 것이다. 일곱, 남은 음식은 반드시 태워야 한다, 여기에는 음식만이 아니라 용기도 포함된다, 접시와 스푼도 다 연소 가능한 물질로 제작되었다, 여덟, 소각은 건물의 안뜰 또는 운동장에서 이루어져야 한다, 아홉, 이 소각이 원인이 되어 일어나는 피해에 대해서는 재소자들이 책임을 져야 한다, 열, 우연히 또는 고의로 화재가 발생하더라도 소방대는 투입되지 않는다, 열하나, 마찬 가지로 병, 무질서, 폭력 등이 발생한다 해도 재소자들은 외부의 개입을 요청할 수 없다, 열둘, 어떠한 이유에서든 사망자가 발생할 경우 재소자들은 형식적 절차 없이 시체를 마당에 묻어야 한다, 열셋, 환자와 보균자 사이의 접촉은 중앙 현관에서 이루어져야 한다, 열넷, 보균자가 갑자기 실명을 할 경우 즉시 환자 병동으로 이동해야 한다, 열다섯, 이상의 규칙은 새로 도착하는 사람들을 위하여 매일 같은 시간에 낭독될 것이다, 정부와 국가는 모든 사람이 자신의 의무를 이행할 것을 기대하고 있다, 이상.

　이어지는 정적 속에서 소년의 목소리가 또렷하게 들렸다, 엄마 보고 싶어. 그러나 그 말에는 아무런 감정이 실려 있지 않았다. 마치 어떤 자동 반복 기계가 중단했던 말을 엉뚱한 시간에 다시 불쑥 내뱉은 것 같았다. 의사가 말했다, 방금 그 명령을 들어보니 의심의 여지가 없군, 우리는 격리된 거야, 과거의 어떤 전염병 환자들보다 더 엄중하게 격리가 된 거야, 이 병의 치료약이 발견되기 전에는 이곳을 빠져나갈 수 없겠군. 목소리가 귀에 익네요, 검은 색안경을 쓴 여자가 말했다. 난 의사입니다, 안과 의사. 내가 어제 찾아갔던 의사 선생님이로군요, 목소리가 같아요. 그렇습니다, 그런데 댁은 누굽니까? 나는 결막염 때문에 찾아갔던 환자예요, 아직 다 낫진 않았어요, 하지만 이제 눈이 완전히 멀어버렸으니, 결막염 같은 건 문제가 안 되겠죠. 함께 있는 아이는 누구죠. 내 아이가 아니에요, 나한테는 아이가 없어요. 어제 사시가 있는 아이를 진찰했는데, 네가 그 아이냐, 의사가 물었다. 네, 저예요, 아이는 사람들이 자신의 신체적 결함에 대해 이야기하는 것을 좋아하지 않았기 때문에 골이 난 목소리로 대답했다. 그도 그럴 것이, 다른 결함들도 마찬가지이지만 특히 그런 신체적 결함이라는 것은, 잘 알아보지 못하다가도 이야기를 듣고 나면 눈에 쏙 들어오기 때문이다. 여기 혹시 내가 아는 사람이 또 있습니까, 의사가 묻고는 말을 이었다, 어제 부인과 함께 안과에 왔던 사람은 혹시 없나요, 차를 운전하다가 갑자기 눈이 먼 사람 말입니다. 난데요, 첫 번째로 눈이 먼 남자가 대답했다. 다른 사람이 또 있습니까, 있으면 말씀해주세요, 우리는 어차피 여기서 기약 없이 오랫동안 함께 살아야 합니다, 따라서 우리가 서로 아는 게 중요한 일입니다. 자동차 도둑은 잇새로, 그래요, 그래, 하고 내뱉었다. 그 정도면 자신의 존재를 드러내는 데 충분하다고 생각한 것이었다. 그러나 의사는 그냥 놔두지 않았다. 비교적 젊은 사람 목소리로군요, 따라서 백내장에 걸린 노인은 아닌 것 같은데. 아니, 의사 선생, 난 그 사람이 아니오. 그런데 어떻게 하다 눈이 멀었습니까. 길을 걷다 그랬소. 그래서요. 그게 다요, 길을 걷고 있었는데 갑자기 눈이 멀었단 말이오. 의사는 당신도 앞이 하얗게 보이냐고 물으려다가 입을 다물고 말았다. 그런 건 물어서 뭐하겠는가. 백색 실명이든 흑색 실명이든, 어차피 여기서 나가지 못할 텐데. 의사는 아내를 향해 머뭇머뭇 손을 뻗다가, 중간에서 아내의 손과 만났다. 그녀는 남편의 뺨에 입을 맞추었다. 다른 누구도 의사의 그 주름진 이마, 긴장된 입, 유리처럼 죽은 눈을 보지 못했다. 그 눈은 보는 것 같은데도 보지 못했기 때문에 무서웠다. 나도 곧 이렇게 될 거야, 의사의 아내는 생각했다, 지금 곧 그렇게 될지도 모르지, 이 말을 다 맺기도 전에, 당장이라도 저 사람들이 그랬던 것처럼 눈이 멀지도 몰라, 아니면 자고 일어나 눈을 떠보니 앞이 안 보이게 될지도 몰라, 아니면 자려고 눈을 감는데 눈이 멀지도 모르지, 그럼 난 그게 그냥 잠이 오는 건 줄 알겠지.

의사의 아내는 눈먼 네 사람을 보았다. 그들은 침대에 앉아 있었고, 그들이 간신히 꾸려온 얼마 안 되는 짐은 발치에 있었다. 아이는 책가방을 가져왔다. 다른 사람들은 옷가방을 가져오긴 했는데, 주말만 보내고 갈 사람들처럼 작은 가방들이었다. 검은 색안경을 쓴 여자는 건너편 침대에서 낮은 목소리로 아이와 이야기를 나누고 있었다. 둘은 가운데 빈 침대 하나만 둔 채 가까이 붙어 있었다. 처음 눈이 먼 남자와 자동차 도둑은 자기들도 모르는 새에 서로 마주 보고 앉아 있었다. 의사가 말했다, 우리 모두 아까 나온 명령을 들었습니다, 이제 어떻게 되든 간에 한 가지 확실한 것은 아무도 우리를 도와주러 오지 않을 거라는 사실입니다, 따라서 우리는 지체 없이 조직을 만들 필요가 있습니다, 머지않아 이 병실은 사람들로 가득 찰 것이기 때문입니다, 이 병실만이 아니라 다른 병실들에도 사람들이 들어찰 겁니다. 다른 병실들이 있다는 건 어떻게 아세요, 검은 색안경을 쓴 여자가 물었다. 의사의 아내가 대신 대답했다, 우리는 이곳을 돌아다녀보고 나서, 입구에서 가까운 이 병실을 택한 거예요. 그녀는 조심하라고 주의를 주듯이 남편의 팔을 꼭 쥐었다. 색안경을 쓴 여자가 말했다, 의사 선생님, 선생님이 이 병실의 대표가 되어주시는 게 좋겠어요, 어차피 선생님은 의사니까. 눈도 없고 약도 없는 의사가 무슨 소용이 있겠습니까. 하지만 권위는 있잖아요. 의사의 아내가 웃음을 지으며 말했다, 받아들이는 게 좋겠네요, 물론 다른 사람들도 동의해야겠지만. 의사가 말을 받았다, 난 그게 별로 좋은 생각 같지 않은데. 왜요. 지금은 여기에 여섯 명밖에 없지만, 내일이면 틀림없이 숫자가 늘어날 거야, 그리고 매일 사람들이 새로 들어올 거야, 그 사람들이 자기들이 직접 택하지도 않은 사람의 권위를 인정해줄 거라고 기대하는 것은 무리야, 게다가 나는 존중해주는 대가로 줄 것이 아무것도 없는 사람이잖아, 새로 오는 사람들이 내 권위와 규칙을 기꺼이 받아들여줄 거라는 가정에서 출발할 수는 없는 노릇이지. 그렇게 하지 않으면 이곳에서 살기가 어려워질 거예요. 단순히 어렵기만 하다면 아주 운이 좋은 거라고 할 수 있지. 검은 색안경을 쓴 여자가 말했다, 나는 좋은 뜻을 가지고 한 말이지만, 솔직히, 선생님 말씀이 옳네요, 모든 사람이 다 저 잘났다고 하는 상황이 될 거예요.

그런 말에 마음이 움직인 것인지, 아니면 더 이상 분노를 참을 수 없었던 것인지, 두 남자 가운데 하나가 갑자기 일어났다.

이자 때문에 우리가 불행해진 거요, 내가 지금 앞만 보인다면 이자를 죽여버리는 건데, 그는 고함을 지르며, 상대가 있다고 생각하는 쪽을 향해 삿대질을 했다. 상대는 그렇게 멀리 떨어져 있지 않았다. 그러나 그의 비난하는 손가락질은 옆에 있는 죄 없는 탁자를 가리키고 있었기 때문에, 그의 극적인 몸짓은 우스꽝스럽기만 했다. 의사가 말했다, 진정하세요, 전염병을 두고 누구 탓이라고 할 수는 없습니다, 모두가 피해자입니다. 내가 착한 사람만 아니었다면, 내가 이자를 집까지 데려다주지만 않았다면, 나는 지금도 내 귀중한 눈을 가지고 있을 텐데. 실례지만 누구십니까, 의사가 물었다. 그러나 투덜거리던 사람은 대답하지 않았다. 지금은 오히려 자기가 무슨 말을 했다는 것에 화가 나 있는 것 같았다. 그러자 다른 남자가 입을 열었다, 이 사람은 나를 집까지 데려다주었습니다, 그건 사실입니다, 하지만 내 처지를 이용해서 내 차를 훔쳐갔습니다. 거짓말이오, 난 아무것도 훔치지 않았소. 무슨 소리. 누가 당신 차를 훔쳤는지 몰라도, 나는 아니야, 착한 일을 하고 내가 얻은 것이라고는 눈이 먼 것뿐이야, 그리고 증인이 어디 있어, 어디 말해봐. 의사의 아내가 말했다, 싸워봤자 해결되는 것은 아무것도 없어요, 어차피 차는 바깥에 있고 두 사람은 이 안에 있잖아요, 화해하는 게 좋을 거예요, 우리가 여기서 함께 살아야 한다는 걸 잊지 마세요. 첫 번째로 눈이 먼 남자가 대꾸했다, 난 빼십시오, 나는 다른 병실로 갈 겁니다, 눈먼 사람 물건이나 훔치는 이런 사기꾼이 있는 곳에서 가능한 한 멀리 떨어진 곳으

로 갈 겁니다, 이 사람은 자기가 나 때문에 눈이 멀었다고 하는
데, 그거 좋은 일이죠, 이 사람은 영원히 장님으로 살아야 합
니다, 그래야 사람들이 이 세상에도 정의가 있다는 것을 알 수
있을 거 아닙니까. 첫 번째로 눈이 먼 남자는 가방을 집어들고,
어디 걸리지 않도록 발을 질질 끌며 두 줄의 침대를 가르고 있
는 통로를 따라 걸어갔다. 빈손으로 앞을 더듬고 있었다. 다른
병실은 어디 있습니까, 그가 물었으나 대답을 들을 수 없었다.
갑자기 팔과 다리가 그를 덮쳤기 때문이다. 자동차 도둑이 자
신에게 불행을 안겨준 사람에게 복수를 하겠다는 협박을 실행
에 옮기고 있었다. 두 사람은 번갈아 상대방의 몸에 올라타며
비좁은 공간을 굴러다녔다. 이따금씩 침대 다리에 부딪히기도
했다. 사팔뜨기 소년은 다시 겁에 질려 울며 엄마를 부르기 시
작했다. 의사의 아내는 남편의 팔을 잡았다. 그녀는 자기 혼자
서는 절대 두 사람의 싸움을 말릴 수 없다는 것을 잘 알고 있
었다. 그녀는 두 사람이 씩씩거리며 엉겨붙어 있는 곳으로 남
편을 데려갔다. 그녀는 남편의 손길을 안내했다. 그녀 자신은
만만해 보이는 남자 쪽을 잡았다. 의사 부부는 가까스로 두 사
람을 떼어놓았다. 의사가 화난 목소리로 말했다, 당신들은 바
보 같은 행동을 하고 있습니다, 두 사람이 만일 이곳을 지옥으
로 만들 생각이라면, 지금 정말 제대로 하고 있는 겁니다, 하
지만 여기에는 우리뿐이라는 것을 잊지 마십시오, 외부에서는
우리를 도와주지 않습니다, 알겠습니까. 저 사람이 내 차를 훔
쳤습니다, 첫 번째로 눈이 먼 남자가 훌쩍이며 말했다. 그가 싸

움에서 더 많이 맞았다. 의사의 아내가 말했다, 그만하세요, 지금 그게 뭐가 중요해요, 차가 사라졌을 때는 어차피 운전할 수도 없는 상태였잖아요. 그거야 그렇다 쳐도, 그 차는 내 거란 말입니다, 그런데 이 악당이 내 차를 가져가서 지금 어디에 처박아두었는지도 모른단 말입니다. 의사가 말을 받았다, 그 차는 아마 저 사람이 눈이 멀어버린 장소에 있을 겁니다. 제법 머리가 돌아가는 양반이로군, 의사 선생, 그래, 그래, 정말 머리가 좋은 양반이야, 도둑이 갑자기 소리 높여 주절거렸다. 첫 번째로 눈이 먼 남자는 그를 붙들고 있는 두 손에서 달아나려는 몸짓을 했지만, 진짜로 달아날 생각은 없었다. 그가 화를 내는 것 자체는 정당한 일이라 해도, 그것으로 차가 돌아올 수는 없는 일이었으며, 또 차가 돌아온다 해도 눈이 다시 보이게 되는 것은 아님을 알았기 때문이다. 그러나 도둑은 협박을 계속했다, 내가 그냥 넘어갈 거라고 생각한다면 그건 오산이야, 그래, 내가 네 차를 훔쳤다, 하지만 너는 내 눈을 훔쳤어, 그러니까 네가 더 큰 도둑이야. 의사가 나섰다, 됐습니다, 여기 우리 모두 장님입니다, 따라서 누구를 비난하거나 손가락질해서는 안 됩니다. 난 다른 사람들의 불행에는 관심 없소, 도둑이 경멸을 담아 내뱉었다. 의사가 첫 번째로 눈이 먼 남자에게 말했다, 다른 병실로 가고 싶으면, 내 아내가 안내해 드릴 겁니다, 아내는 나보다 이곳 지리를 잘 압니다. 됐습니다, 마음이 바뀌었습니다, 그냥 여기에 있겠습니다. 도둑이 조롱했다, 왜 귀신이라도 나올까 봐 무서워서 혼자 못 있겠다는 거야. 됐습니다, 의사는 인내심을 잃고 소리치고 있었다, 내 말 잘 들어요. 도둑이 으르렁거렸다, 여기 있는 우리 모두 평등해, 아무도 명령할 수 없어. 명령하는 사람은 아무도 없습니다, 나는 그저 이 가엾은 사람을 내버려두라고 부탁하는 겁니다. 좋소, 좋아, 하지만 나랑 상대할 때는 조심하도록 하시오, 난 누가 부아만 돋우지 않으면 아주 좋은 친구가 되어줄 수도 있소, 하지만 여차하면 당신이 이를 가는 원수가 될 수도 있소. 도둑은 호전적인 몸짓을 하며 앉아 있던 침대로 더듬더듬 다가가, 가방을 아래로 밀어넣었다. 그는 무슨 경고라도 하듯이 말했다, 난 잠 좀 자야겠소, 고개를 돌리고 있는 게 좋을 거요, 옷을 벗을 테니까. 검은 색안경을 쓴 여자가 사팔뜨기 소년에게 말했다, 너도 자는 게 좋겠구나, 이쪽에서 자, 자다가 뭐 필요한 게 있으면 날 부르고. 오줌 마려워요, 소년이 말했다. 그 말을 듣는 순간 모두 갑자기 요의를 느꼈다. 이어 모두들, 이 문제를 어떻게 해결하지, 하는 생각을 하고 있었다. 첫 번째로 눈이 먼 남자는 혹시 요강이 있나 보려고 침대 밑을 뒤졌다. 그러나 동시에 그곳에 요강이 없기를 바라는 마음이었다. 남들 앞에서 오줌을 눈다는 것이 창피했기 때문이다. 물론 거기 있는 사람들이 그가 오줌 누는 것을 볼 수 있었던 것은 아니다. 그러나 오줌 누는 소리는 경망스럽게 들리며, 다른 소리와 혼동되지 않는 독특한 소리를 낸다. 그래도 남자는 이와 관련하여 여자는 사용할 수 없는 방법을 쓸 수 있으니, 여자보다는 운이 좋다고 할 수 있겠다. 도둑이 침대에 앉은 채 말을 하고 있었다, 제기랄, 여기서는 오줌 누러 대체 어디까지 가야 하는 거야. 말조심해요, 여기 애가 있어요, 검은 색안경을 쓴 여자가 말했다. 물론이지, 아가씨, 하지만 변소를 못 찾으면, 곧 그 꼬마가 다리 사이로 오줌을 질질 쌀걸. 의사의 아내가 나섰다, 내가 찾을 수 있을지도 몰라요, 아까 냄새를 맡았던 기억이 나요. 같이 가요, 검은 색안경을 쓴 여자가 말하며 아이의 손을 잡았다. 의사가 나섰다, 우리 모두 함께 가는 게 좋을 것 같습니다, 길을 알아두어야 필요할 때 갈 수 있으니까. 그래, 무슨 생각을 하는지 알겠다, 내가 오줌이 마려울 때마다 네 마누라가 함께 가게 할 수는 없다 이거지, 자동차 도둑은 속으로 그렇게 생각했지만 감히 입 밖에 내어 말하지는 못했다. 그런 생각을 하자 약간 발기가 되었다. 도둑 자신도 깜짝 놀랐다. 마치 눈이 멀면 성욕도 당연히 사라지거나 감소한다고 생각하고 있었던 것 같았다. 좋아, 다 잃어버린 건 아니군, 도둑은 생각했다, 죽고 부상당하는 사람들 가운데도 누군가는 멀쩡하게 살아남는 거잖아. 도둑은 다른 사람들 이야기를 듣지 않고 혼자 백일몽에 빠져들기 시작했다. 얼마 빠져들지도 못했을 때, 다시 의사의 말소리가 들렸다, 줄을 섭시다, 내 아내가 앞장설 겁니다, 모두 앞사람 어깨에 손을 얹으세요, 그럼 길을 잃어버릴 염려는 없을 겁니다. 첫 번째로 눈이 먼 남자가 목청을 높였다, 나는 저 사람하고는 아무 데도 안 갈 겁니다. 그가 말하는 저 사람이란 그의 차를 훔친 도둑임이 분명했다.

서로 찾으려 하든 피하려 하든, 그들은 좁은 통로를 꽉 메운 채 거의 움직이지도 못했다. 의사의 아내가 눈이 먼 것처럼 움직여야 했기 때문에 더 그랬다. 마침내 그들은 줄을 서게 되었다. 검은 색안경을 쓴 여자가 사팔뜨기 소년을 데리고 의사의 아내 뒤에 섰고, 팬티와 조끼 차림의 도둑이 그 뒤였고, 의사가 그다음이었고, 맨 마지막으로, 당분간은 신체적 공격으로부터 안전한 곳에, 첫 번째로 눈이 먼 남자가 자리를 잡았다. 그들은 마치 안내자를 믿을 수 없다는 듯 천천히 움직였다. 자유로운 손으로 앞을 더듬어, 뭔가 단단한 것, 벽이나 문틀 같은 것을 찾았으나 소용이 없었다. 검은 색안경을 쓴 여자 뒤에 자리를 잡은 도둑은 한편으로는 그녀에게서 발산되는 향수 때문에, 다른 한편으로는 방금 발기했던 기억 때문에 흥분이 되어 자신의 손을 더 나은 용도에 사용하기로 했다. 그는 한 손으로는 검은 색안경을 쓴 여자의 머리카락 밑의 목덜미를 애무했으며, 다른 손으로는 노골적으로 그녀의 가슴을 애무했다. 검은 색안경을 쓴 여자는 그의 손을 떼어버리려고 몸을 꿈틀거렸으나, 도둑은 단단히 잡고 놓아주지 않았다. 그러자 여자는 있는 힘을 다해 뒤를 걷어찼다. 송곳처럼 날카로운 구두 굽이 도둑의 맨살 허벅지를 찌르자, 도둑은 소리를 질렀다. 놀라기도 했고 아프기도 했다. 무슨 일이에요, 의사의 아내가 뒤를 돌아보며 물었다. 발을 헛디뎠어요, 검은 색안경을 쓴 여자가 대답하고는 말을 이었다, 뒤에 있는 사람이 나 때문에 다친 모양이에요. 허벅지를 잡은 도둑의 손가락들 사이로 피가 새어나오고 있었다. 도둑은 신음을 토하고 욕을 내뱉으며, 그녀의 공격 결과를 확인하려 했다. 여길 다쳤어, 이년이 보지도 않고 발을 갖다 댔어. 그러는 너는, 보지도 않고 손을 갖다 대지 않았니, 여자가 무뚝뚝하게 대꾸했다. 의사의 아내는 무슨 일이 있었는지 간파했다. 처음에는 웃음이 나왔으나, 상처를 보니 심각한 것 같았다. 도둑의 다리에서는 피가 흘러내리고 있었다. 그들에게는 과산화수소수도, 요오드팅크도, 고약도, 붕대도, 소염제도, 아무것도 없었다. 줄이 흩어지고 있었다. 의사가 물었다, 어디를 다친 겁니까. 여기. 여기가 어딥니까. 다리요, 안 보이오, 이년이 구두 굽으로 날 찔렀소. 발이 걸렸다니까, 나도 어쩔 수 없었다고 했잖아, 검은 색안경을 쓴 여자는 대꾸를 하다가, 화가 나는지 소리를 질렀다, 저 자식이 내 몸을 만졌어, 도대체 날 뭘로 보는 거야. 의사의 아내가 끼어들었다, 이 상처는 바로 씻고 치료를 해야 돼요. 물이 어디 있소, 도둑이 물었다. 주방에요, 주방에 물이 있어요, 하지만 우리 모두 갈 필요는 없어요, 남편하고 내가 이 사람을 데려갈게요, 다른 사람들은 기다리세요, 곧 돌아올게요. 오줌 마려워요, 소년이 말했다. 조금만 더 참아, 금방 돌아올게. 의사의 아내는 한 번 오른쪽으로 꺾고, 한 번 왼쪽으로 꺾고, 좁은 복도를 따라가면, 그 끝이 주방이라는 것을 알고 있었다. 의사의 아내는 몇 걸음 걷다가 잘못 온 척하고 발을 멈추었다. 그녀는 다시 온 길을 따라갔다가 말했다, 아, 이제 기억나네요. 그녀는 거기서부터 곧장 주방으로 향했다. 시간이 없었다. 상처에서는 피가 많이 흐르고 있었다. 수도꼭지를 틀자 처음에는 더러운 물이 나왔다. 깨끗해지기까지 시간

79

이 좀 걸렸다. 물은 미지근했고 퀴퀴한 냄새가 나는 듯했다. 수도관 안에서 썩고 있었던 것 같았다. 그러나 물로 상처를 닦아주자, 부상당한 남자는 안도의 한숨을 내쉬었다. 상처는 보기 흉했다. 자, 다리에 붕대를 묶어야 하는데, 어떻게 하죠, 의사의 아내가 물었다. 탁자 밑에 더러운 걸레가 있었다. 바닥을 닦던 걸레인 것 같았다. 그것을 붕대로 사용한다는 것은 지혜롭지 못한 일 같았다. 다른 건 없는 것 같아요, 그녀가 계속 찾아보는 척하면서 말했다. 어떻게 좀 해주시오, 의사 선생, 피가 멈추지를 않소, 제발 도와주시오, 조금 전에 무례하게 군 것은 용서해주시오, 도둑이 작은 소리로 말했다. 우리도 도와드리려고합니다, 그렇지 않으면 여기로 오지도 않았을 겁니다, 의사는 말하고 나서 명령했다, 조끼를 벗어요, 다른 대안이 없습니다. 부상당한 남자는 조끼가 있어야 한다고 중얼거렸지만, 결국 벗어주었다. 의사의 아내는 얼른 조끼로 붕대를 만들어 그의 허벅지를 꽉 싸맨 다음, 어깨끈과 조끼 자락을 이용해 매듭을 묶었다. 그것은 눈먼 사람이 쉽게 할 수 있는 동작이 아니었으나, 지금은 눈먼 척하면서 시간을 낭비할 여유가 없었다. 아까 한번 길을 잃은 척한 것으로 족했다. 도둑은 뭔가 이상하다고 느꼈다. 논리적으로 보자면, 비록 안과 의사라 해도, 상처에 붕대를 묶어줄 사람은 의사였기 때문이다. 그러나 상처에 어떤 조치를 취했다는 안도감이 순간적으로 그의 마음을 스쳐간 희미한 의심을 눌러버렸다. 그들은 다시 다른 사람들이 있는 곳으로 갔다. 도둑은 절뚝거리며 따라왔다. 그곳에 이르렀을 때 의사의 아내는 사팔뜨기 소년이 더 이상 참지 못하고 바지에 오줌을 싸버렸다는 것을 알았다. 첫 번째로 눈이 먼 남자나 검은 색안경을 쓴 여자는 그것을 모르고 있었다. 소년의 발치에는 오줌이 웅덩이를 이루고 있었고, 바지 자락에서는 여전히 오줌이 뚝뚝 떨어지고 있었다. 의사의 아내는 그것을 못 본 것처럼 말했다, 가서 변소를 찾아봅시다. 눈먼 사람들은 두 팔을 뻗어 서로를 찾았다. 검은 색안경을 쓴 여자는 그녀를 더듬었던 부끄러움을 모르는 인간 앞에 서서 걷고 싶지 않다는 의사를 분명히 하고는, 움직이지 않고 가만히 있었다. 그럼에도 마침내 줄이 이루어졌다. 도둑은 첫 번째로 눈이 먼 남자와 자리를 바꾸었다. 의사가 그들 사이에 끼었다. 도둑은 다리를 절뚝거리는 것이 심해져, 이제 다리를 질질 끌며 걷고 있었다. 꽉 묶은 붕대도 걷는 데 방해가 되었으며, 상처는 심하게 욱신거려서 마치 심장이 어떤 구멍의 밑바닥으로 자리를 옮긴 것 같았다. 검은 색안경을 쓴 여자는 다시 소년의 손을 잡고 걸었다. 그러나 소년은 혹시 누가 자신이 저지른 일을 알아챌까 봐 가능한 한 거리를 두고 걸었다. 그렇지 않아도 의사가, 여기서 오줌 냄새가 나는데, 하고 중얼거리고 있었다. 의사의 아내는 그의 느낌을 확인해줄 수밖에 없어, 그래요, 냄새가 나요, 하고 말했지만, 그것이 아직도 멀리 떨어진 변소에서 나는 것이라고 거짓말을 할 수는 없었다. 또 눈이 먼 척해야 했기 때문에, 그 악취가 아이의 젖은 바지에서 난다는 것을 밝힐 수도 없었다.

변소에 도착하자, 남자와 여자 모두 소년이 첫 번째로 가서 볼일을 보게 해주기로 합의했다. 그러나 남자들은 결국 급한 정도나 나이에 관계 없이 모두 함께 들어가게 되었다. 소변보는 곳은 공동으로 이용할 수 있었다. 이런 장소에서는 그럴 수밖에 없었다. 심지어 대변용 변기들도 공동으로 사용할 수 있었다. 여자들은 문간에 있었다. 흔히들 여자들이 남자들보다 더 잘 참는다고 한다. 그러나 모든 일에는 한계가 있는 법. 의사의 아내는 곧, 다른 변소들이 있을지도 몰라요, 하고 말했다. 그러나 검은 색안경을 쓴 여자는 대꾸했다, 나는 참을 수 있는데요. 의사의 아내도 말했다, 나도요. 이어 침묵이 흘렀고, 잠시 후에 그들은 다시 이야기를 시작했다. 어떻게 하다가 시력을 잃게 되었어요. 다른 사람들과 똑같죠 뭐, 갑자기 앞이 안 보이게 되었어요. 집에 있었나요. 아뇨. 그럼 병원에서 나오다 그랬나요. 뭐 그렇다고 할 수 있죠. 그렇다고 할 수 있다뇨. 병원을 나오자마자 그렇게 된 건 아니라는 뜻이에요. 통증이 있었나요. 아뇨, 아무런 통증도 없었는데, 눈을 떴을 때 앞이 보이지 않았어요. 내 경우는 달랐어요. 달랐다니 무슨 뜻이죠. 나는 눈을 감고 있지 않았어요, 남편이 구급차에 타는 순간 눈이 멀었죠. 다행이네요. 누구한테요. 의사 선생님한테요, 이렇게 함께 있을 수 있으니 말이에요. 그런 면에서라면 나한테도 다행이죠 뭐. 그렇군요. 결혼은 했나요. 아뇨, 안 했어요, 앞으로도 결혼하기는 틀린 것 같네요. 하지만 이런 실명은 정말 비정상적인 거예요, 과학적인 면에서 봐도 이상한 거니까, 영원히 계속되지는 않을 거예요. 우리가 이런 식으로 평생을 살아야 한다고 생각해보세요. 우리라고요. 모두요. 그렇게 되면 끔찍하겠죠, 세상은 눈먼 사람들로 가득할 테고. 생각만 해도 견딜 수가 없어요.

사팔뜨기 소년이 맨 먼저 변소에서 나왔다. 사실 처음부터 들어갈 필요도 없었지만. 소년은 바짓가랑이를 반쯤 걷어올리고, 양말은 벗고 있었다. 소년이 말했다, 갔다 왔어요. 그 말에 검은 색안경을 쓴 여자는 목소리가 들리는 쪽으로 움직였다. 그녀는 손을 내밀었다. 첫 번째, 두 번째는 성공을 하지 못했지만, 세 번째 시도에서 자신 없이 허공에 걸린 소년의 손을 잡을 수 있었다. 그 직후에 의사가 나왔고, 이어 첫 번째로 눈이 먼 남자가 나왔다. 남자들 가운데 하나가 물었다, 다들 어디 있습니까. 의사의 아내는 이미 남편의 팔을 잡고 있었다. 검은 색안경을 쓴 여자가 더듬거리다가 의사의 다른 팔을 잡았다. 첫 번째로 눈이 먼 남자는 잠시 아무도 보호해주지 않았다. 그러나 곧 누가 그의 어깨에 손을 얹었다. 다 모인 건가요, 의사의 아내가 물었다. 다리를 다친 사람은 다른 볼일도 있어서 아직 안 나왔어, 그녀의 남편이 대답했다. 그러자 검은 색안경을 쓴 여자가 말했다, 다른 화장실도 있겠죠, 더 참기가 힘들어요, 미안해요. 가서 찾아봅시다, 의사의 아내가 말했다. 둘은 손을 잡고 갔다. 10분이 안 되어 두 여자는 돌아왔다. 그들은 화장실이 딸린 진료실을 찾아냈다. 도둑도 이미 나와서, 추위와 다리의 통증 때문에 투덜거리고 있었다. 그들은 올 때와 마찬가지 순서로 다시 줄을 섰다. 그리고 올 때보다는 쉽게, 아무 사고도 없이, 병실로 돌아갔다. 의사의 아내는 눈이 보이는 티를 내지 않고 교묘하게, 사람들이 원래 차지했던 침대로 가게 했다. 그녀는 병실로 들어오기 전에, 아주 당연한 것처럼, 각자 자기 자리를 찾는 제일 좋은 방법은 입구에서부터 침대 숫자를 세는 것이라고 이야기해주었다. 그녀는 말했다, 우리 것은 오른쪽의 맨 마지막 것 두 개예요, 열아홉 번째와 스무 번째죠. 선두에 선 사람은 도둑이었다. 그는 거의 벌거벗은 몸을 부들부들 떨고 있었으며, 어떻게든 다리의 통증을 줄여보려고 안간힘을 쓰고 있었다. 따라서 그에게 맨 먼저 침대를 찾을 기회를 줄 만했다. 도둑은 자기 옷가방을 찾기 위해 바닥을 손으로 더듬으며 하나씩 침대 사이를 움직여 나아갔다. 도둑은 자기 가방을 찾자 큰 소리로 말했다, 여기로군, 열네 번째요. 어느 쪽이죠, 의사의 아내가 물었다. 왼쪽이오, 도둑은 대답하면서, 다시 약간 놀랐다. 의사의 아내가 이미 알고 있는 것을 물어본다는 느낌이 들었기 때문이다. 첫 번째로 눈이 먼 남자가 그다음이었다. 그는 자신의 침대가 도둑의 침대와 같은 편에, 빈 침대 하나를 두고 떨어져 있다는 것을 알고 있었다. 그는 이제 도둑 근처에서 자는 것을 두려워하지 않았다. 그만큼 도둑의 다리는 심각한 상태였다. 그의 신음과 한숨으로 판단해보건대, 움직이는 것도 쉽지 않은 것 같았다. 첫 번째로 눈이 먼 남자는 자기 침대에 도착하자 말했다, 왼쪽 열여섯 번째입니다. 그리고 옷을 다 입은 채로 누웠다. 검은 색안경을 쓴 여자가 낮은 목소리로 말했다, 우리가 두 분 가까이에, 두 분 맞은편에 있으면 안 될까요, 그래야 마음이 편할 것 같아서요. 네 사람은 함께 앞으로 가, 바로 자리를 잡았다. 잠시 후 사팔뜨기 소년이 말했다, 배가 고파요. 검은 색안경을 쓴 여자가 말했다, 내일, 내일이면 먹을 게 생길 거야, 지금은 그냥 자. 이어 그녀는 핸드백을 열어, 약국에서 산 작은 병을 찾았다. 그녀는 색안경을 벗고, 머리를 뒤로 젖히고, 눈을 크게 뜨고, 두 손을 다 사용하여 위치를 잡고, 안약을 떨구었다. 물론 약이 다 눈으로 들어가지는 않았지만, 그렇게 세심하게 치료하는 데야 결막염인들 곧 낫지 않을 수 없을 것 같았다.

눈을 떠야 해, 의사의 아내는 생각했다. 밤에 몇 번 잠을 깼을 때, 그녀는 감긴 눈꺼풀을 통해 병실을 간신히 밝혀주고 있는 침침한 불빛을 느꼈다. 그러나 지금은 다른 것이 느껴지고 있었다. 빛을 발하는 다른 존재가 있었다. 동트는 첫 햇살일 수도 있었다. 그 우유의 바다가 이미 그녀의 눈을 삼켜버린 것일 수도 있었다. 그녀는 열까지 세고 난 다음에 눈을 뜨기로 했다. 그러나 그런 결심을 두 번 했음에도, 열까지 두 번 셌음에도, 두 번 다 눈을 뜨지 못했다. 옆 침대에서 남편이 깊은 숨을 쉬는 소리가 들렸다. 누군가 코를 고는 소리도 들렸다. 다리에 부상을 입은 사람은 어떻게 되었을까, 그녀는 생각했다. 그러나 동시에 자신이 진정한 동정심은 느끼지 않는다는 것을 깨달았다. 그럼에도 그런 생각을 한 것은 뭔가 다른 걱정을 할 필요가 있었기 때문이다. 눈을 뜨지 않아도 될 구실이 필요했기 때문이다. 다음 순간 그녀는 눈을 떴다. 그냥, 무슨 의식적 결단 때문이 아니라 그냥. 벽의 반 정도 높이에서부터 시작하여 천장에서 불과 한 뼘을 남겨놓은 곳까지 올라간 창문들을 통하여 흐릿하고 푸르스름한 새벽빛이 들어오고 있었다. 눈은 아직 멀지 않았구나, 그녀는 중얼거렸다. 동시에 공포에 사로잡혀 몸을 벌떡 일으켰다. 맞은편 침대에 있는 검은 색안경을 쓴 여자가 그녀의 말을 들었을지도 몰랐기 때문이다. 그러나 여자는 자고 있었다. 그 옆의, 벽에 붙은 침대에 있는 소년 역시 자고 있었다. 저 여자도 나와 똑같이 했구나, 의사의 아내는 생각했다, 저 여자도 아이한테 가장 안전한 곳을 주었어, 하지만 우리가 쌓는 담이란 얼마나 허약한 걸까, 도로 한가운데 돌멩이 하나만 갖다놓고, 적이 거기에 발이 걸려 넘어지기를 바랄 뿐 다른 희망은 아무것도 없지, 적, 무슨 적, 아무도 이곳으로 우리를 공격하러 오지 않는데, 설사 우리가 밖에서 도둑질과 살인을 한 사람들이라 해도, 아무도 여기까지 와서 우리를 체포하지는 못할 텐데, 차를 훔친 저 남자도 평생 이렇게 자신의 자유를 확신해본 적이 없을 거야, 우리는 세상에서 너무 멀리 떨어져 있어, 이제 곧 우리가 누군지도 잊어버릴 거야, 우리 이름조차 기억하지 못할지도 몰라, 사실 이름이 우리에게 무슨 의미가 있을까, 개는 이름을 가지고 다른 개를 인식하는 것도 아니고, 다른 개들의 이름을 외우고 다니는 것도 아니잖아, 개는 냄새로 자신의 정체를 드러내고 또 상대방이 누군지도 확인하지, 여기 있는 우리도 색다른 종자의 개들과 같아, 우리는 으르렁거리는 소리나 말로 서로를 알 뿐, 나머지, 얼굴 생김새나 눈이나 머리 색깔 같은 것들은 중요하지 않아, 존재하지 않는 것과 마찬가지지, 그래도 지금은 내 눈이 보이지만, 이게 얼마나 갈까. 빛의 색깔이 약간 바뀌었다. 밤이 다시 오는 것일 리는 없었다. 하늘에 구름이 끼는 것이 분명했다. 그래서 아침이 지연되는 것일 뿐이었다. 도둑의 침대에서 신음 소리가 들렸다. 의사의 아내는 생각했다, 상처가 곪았다 해도 여기에는 그걸 치료할 수 있는 게 아무것도 없어, 치료할 방법이 없어, 이런 상황에서는 아주 작은 사고만 나도 그것이 곧바로 비극이 될 수 있어, 어쩌면 저들은 그걸 기다리는지도 모르지, 우리가 여기서 죽어가기를, 하나씩 하나씩, 짐승이 죽으면 독도 함께 죽는 것이니까. 의사의 아내는 침대에서 몸을 일으켜 남편 쪽으로 몸을 기울였다. 남편의 잠을 깨우려 했으나, 차마 그럴 용기가 나지 않았다. 그를 잠에서 끌어내, 그가 여전히 눈이 멀었다는 사실을 차마 다시 확인시켜줄 수가 없었다. 그녀는 맨발로 한번에 한 걸음씩 도둑의 침대로 다가갔다. 도둑은 눈을 뜨고 있었으나, 눈은 움직이지 않았다. 좀 어때요, 의사의 아내가 작은 소리로 물었다. 도둑은 목소리가 들리는 방향으로 머리를 돌리더니 말했다, 안 좋소, 다리가 몹시 아파요. 그녀는 하마터면, 어디 봐요, 하고 말할 뻔했으나, 입 밖으로 나가기 전에 주워 담을 수 있었다. 이렇게 경솔하다니. 그러나 그곳에 눈먼 사람들만 있다는 것을 기억하지 못하는 사람은 바로 도둑이었다.

그는 아무 생각 없이, 몇 시간 전에 바깥에서 하던 것처럼 행동하고 있었다. 의사가, 어디 상처 좀 봅시다, 하고 말하기라도 한 것처럼 담요를 들어올렸던 것이다. 어둑어둑하기는 했지만, 시력이 있는 사람이라면 누구나 매트리스가 피로 흠뻑 젖어 있다는 것을 알 수 있었을 것이다. 상처의 검은 구멍 가장자리는 부어 있었다. 붕대는 풀려 있었다. 의사의 아내는 조심스럽게 담요를 내리고, 빠르고 가벼운 동작으로 남자의 이마를 손으로 쓸어보았다. 살갗은 바짝 말라 있었고, 불이 붙은 듯이 뜨거웠다. 빛이 다시 바뀌었다. 구름들이 물러가고 있었다. 의사의 아내는 자신의 침대로 돌아갔으나, 이번에는 눕지 않았다. 그녀는 자면서 웅얼거리는 남편을 지켜보았다. 이어 회색 담요를 덮고 있는 다른 시커먼 형체들, 더러운 벽, 사람이 오기를 기다리는 텅 빈 침대들을 지켜보았다. 그녀는 마음이 고요한 가운데, 자신 역시 눈이 멀기를 바랐다. 사물의 눈에 보이는 거죽을 뚫고 들어가 내적인 면에까지 다가갈 수 있기를, 그 눈부신 불치의 실명 상태에까지 다가갈 수 있기를 바랐다.

갑자기 병실 바깥에서, 아마 건물의 두 부분을 나누는 현관으로부터인 것 같은데, 화난 목소리들이 들려왔다, 나가, 나가. 여기서 나가, 가란 말이야. 너희는 여기 있을 수 없어. 명령대로 해야지. 소란은 점점 커지다가, 이윽고 잦아들었다. 문이 쾅 닫히는 소리가 들렸다. 이제 들리는 것은 괴로운 흐느낌 소리, 그리고 어떤 사람이 넘어지면서 낸 것이 틀림없는 우당탕탕하는 소리뿐이었다. 병실에 있는 사람들이 모두 깨어났다. 그들은 입구 쪽으로 고개를 돌렸다. 그들이 새로 도착한 사람들이라는 것을 아는 데는 굳이 시력이 필요하지 않았다. 의사의 아내는 일어섰다. 새로 도착한 사람들을 어떻게 도와주어야 할까. 친절하게 말을 걸고, 그들의 침대로 안내하고, 그들이 알아야 할 사실들을 알려줄까. 잘 들어요, 이 침대는 왼쪽 7번이에요, 이건 오른쪽 4번이에요, 헛갈리면 안 돼요, 그래요, 여기에는 여섯 명이 있어요, 우린 어제 왔어요, 그래요, 우리가 먼저예요, 우리 이름은, 사실 이름이 뭐가 중요하겠어요, 이 남자들 가운데 하나는 차를 훔쳤어요, 그리고 그 차를 도둑맞은 사람도 있어요, 검은 색안경을 쓴 이상한 여자도 있는데, 결막염 때문에 안약을 넣고 있어요, 장님인 내가 그 여자가 검은 색안경을 썼다는 것을 어떻게 아느냐고요, 공교롭게도 내 남편이 안과 의사이고, 그 여자는 그이 병원에 다니는 환자예요, 그래요, 내 남편도 여기 있어요, 우리 모두 눈이 멀었죠, 아, 물론, 사팔뜨기 소년도 있어요. 그녀는 움직이지 않았다. 그냥 남편에게, 사람들이 오고 있어요, 하고 말해주기만 했다. 의사는 침대에서 일어났다. 의사의 아내는 그가 바지 입는 것을 도와주었다. 바지를 입든 안 입든, 사실 중요한 일은 아니었다. 아무도 볼 수 없으니까. 그때 새로 온 사람들이 병실로 들어왔다. 다섯 명이었다. 남자 셋, 여자 둘. 의사가 목소리를 높여 말했다, 침착하세요, 서두를 필요 없습니다, 여기에는 여섯 명이 있습니다, 여러분은 몇 명입니까, 자리는 충분합니다. 새로 온 사람들은 자기들이 몇 명인지 몰랐다. 그래, 그들은 서로 만나기는 했다. 왼쪽 병동에서 밀려나오면서 서로 부딪치기까지 했다. 그러나 그들은 자기들이 몇 명인지 몰랐다. 짐을 든 사람도 없었다. 그들은 그쪽 병동에서 잠을 깨는 순간 눈이 멀었다는 것을 알았고, 동시에 자신의 운명을 한탄하기 시작했다. 그러자 다른 사람들은 조금도 망설이지 않고 그들을 내쫓았다. 친척이나 친구가 있었다 해도, 작별 인사를 할 기회조차 주지 않았다. 의사의 아내가 말했다, 번호를 부르면서 이름을 이야기하는 게 좋겠네요. 새로 온 사람들은 움직이지도 않고 머뭇거리고만 있었다. 그러나 누군가는 시작해야 했다. 이럴 때 늘 일어나는 일이지만, 남자 둘이 동시에 이야기를 시작했고, 둘 다 그것을 의식하고 동시에 입을 다물어버렸다. 그러자 세 번째 남자가 시작했다, 하나. 그는 잠깐 말을 끊었다. 그는 이름을 말할 것 같았으나, 나는 경찰관이오, 하는 이야기만 했다. 의사의 아내는 생각했다, 저 사람은 이름을 말하지 않는군, 저 사람도 여기서는 이름이 중요하지 않다는 걸 아는 거야. 다른 사람이 자기 소개를 하고 있었다, 둘. 이어 그 사람도 앞 사람의 예를 따라, 나는 택시 운전을 합니다, 하고 말했다. 세 번째 사람은, 셋, 난 약국 직원입니다, 하고 말했다. 그러자 여자가 말했다. 넷, 나는 호텔 직원이에요. 이어 마지막 여자가 말했다, 다섯, 난 회사원이에요. 내 아내야, 내 아냅니다, 어디 있어, 어디 있는지 말해줘. 여기예요, 나 여기 있어요. 여자는 울음을 터뜨리며, 눈을 크게 뜨고 불안한 걸음으로 통로를 걸었다. 그녀의 두 손은 그들 속으로 흘러넘치는 우유의 바다를 헤집고 있었다. 남자는 여자보다는 자신있게 여자 쪽을 향해 움직이고 있었다. 어디 있어, 어디 있어, 그는 기도하듯이 중얼거리고 있었다. 두 손이 만났다. 다음 순간 그들은 포옹으로 한 몸이 되었고, 입 맞출 곳을 찾아가며 입을 맞추고 있었다. 때로는 허공에서 동작이 멈추기도 했는데, 서로의 뺨, 눈, 입술이 보이지 않았기 때문이다. 의사의 아내는 흐느끼며 남편에게 매달렸다. 마치 그들도 막 재결합을 한 것처럼. 그러나 그녀가 한 말은 달랐다, 이건 끔찍한 일이에요, 진짜 재난이에요. 그때 사팔뜨기 소년의 목소리가 들렸다, 우리 엄마도 여기 왔나요. 검은 색안경을 쓴 여자가 침대에 앉은 채 중얼거렸다, 엄마도 오실 거야, 걱정 마, 곧 오실 거야.

여기서도, 사람의 진짜 집은 그가 잠자는 곳이라는 말이 적용된다. 따라서 새로 도착한 사람들의 첫 관심사가 침대를 고르는 일이었다 해도 놀랄 필요는 없다. 그것은 그들에게 아직 시력이 남아 있었을 때 다른 병동에서 했던 일이기도 하다. 첫 번째로 눈이 먼 남자의 아내의 경우에는 고민할 필요가 없었다. 그녀의 당연하고도 자연스러운 자리는 남편의 옆자리, 17번 침대였다. 18번 침대는 비어 있었는데, 그것이 그녀와 검은 색안경을 쓴 여자를 갈라놓는 빈 공간 역할을 했다. 어쨌든 이 부부가 가능한 한 함께 붙어 있으려 했다는 것도 놀랄 일은 아니다. 사실 그 병실에 모여 있는 사람들 사이에는 밀접한 관계들이 있었다. 그 가운데 일부는 이미 알려져 있고, 일부는 지금 밝힐 참이다. 예를 들어, 약국 직원은 검은 색안경을 쓴 여자에게 안약을 판 사람이며, 택시 운전사는 첫 번째로 눈이 먼 남자를 의사에게 데려다주었던 사람이며, 경찰관이라고 신분을 밝힌 사람은 어린애처럼 울고 있던 눈먼 도둑을 발견한 사람이며, 호텔 청소부는 검은 색안경을 쓴 여자가 미친 듯이 비명을 질렀을 때 처음 그 방에 들어갔던 사람이다. 그러나 이들 사이에서 이런 관계들이 모두 밝혀질 수는 없는 노릇이다. 그럴 기회가 없었기 때문이기도 하고, 아무도 그런 식으로 알게 된 사람이 거기 있을 것이라고는 상상하지 못했기 때문이기도 하고, 또 한편으로는 분별력과 재치 때문이기도 하다. 호텔 청소부는 벌거벗고 비명을 지르던 여자가 여기 있을 것이라고는 꿈도 꾸지 못했을 것이며, 약국 직원은 그 여자 외에도 색안경을 쓰고 안약을 사러 온 다른 손님들도 많이 만났을 것이며, 아무도 경솔하게 경찰관한테 여기에 차를 훔친 사람이 있다고 이르지는 않을 것이며, 택시 운전사는 지난 며칠 동안 장님을 승객으로 태운 적은 한 번도 없다고 맹세라도 했을 것이다. 물론 첫 번째로 눈이 먼 남자는 낮은 목소리로 아내에게, 이 안에 자기 차를 훔친 악당이 있다고 말했다. 이런 우연이 어디 있어, 응. 그러나 그 도둑이 다리에 심한 부상을 입었기 때문에, 그는 관대하게도 이렇게 덧붙였다. 하지만 이미 벌을 받을 만큼 받았어. 여자는 자신이 눈이 멀었다는 사실로 인한 깊은 괴로움과 남편을 다시 만나게 되었다는 큰 기쁨 때문에, 사실 기쁨과 슬픔은 물과 기름과는 달리 섞일 수 있는 것이니까, 자신이 이틀 전에 한 말, 그 도둑놈도 장님으로 만들 수 있다면 자기 인생에서 1년이라도 떼어주겠다고 한 말을 기억하지 못했다. 설사 그에게 약간의 원한이 남아 있었다 하더라도, 부상당한 남자가 애처롭게, 의사 선생, 제발 좀 도와주시오, 하고 신음하는 소리에 다 날아가버렸을 것이다. 의사는 아내의 인도를 받아 상처의 가장자리를 살살 만져보았다. 그 이상은 할 수가 없었다. 상처를 다시 씻겨보았자 소용없었다. 도로나 건물 바닥을 밟고 다니던 구두 굽이 살 속 깊이 뚫고 들어간 것이 감염의 원인일 수도 있지만, 지저분하고 낡은 수도관 안에 고여 있던 오염된 물 속의 병원균과 접촉을 한 것이 감염의 원인일 수도 있었기 때문이다. 검은 색안경을 쓴 여자는 환자의 신음을 듣고 일어나, 침대를 세며 천천히 다가갔다. 그녀는 앞으로 몸을 기울이며 손을 뻗었다. 그 손은 의사의 아내 얼굴에 닿았다. 이어 용케도 곧바로 다친 남자의 손에 닿았다. 남자의 손은 불에 타는 것처럼 뜨거웠다. 그녀는 슬픈 목소리로 말했다, 제발, 용서해주세요, 다 내 잘못이에요, 그렇게까지 할 필요는 없었는데. 남자가 말했다, 됐소, 살다 보면 그런 일도 있는 거지, 나도 애초에 그런 짓을 하지 말았어야 했소.

마치 그 마지막 말을 덮으려고나 하듯이, 스피커에서 거친 목소리가 튀어나왔다. 잘 들어라, 잘 들어라, 식량을 비롯하여 위생과 청결을 위한 물품이 입구에 준비되었다, 맹인들이 먼저 가서 음식을 가져가라, 보균자들에게는 나중에 통보해주겠다, 잘 들어라, 잘 들어라, 음식이 입구에 준비되었다, 맹인이 먼저 가도록 하라, 맹인이 먼저다. 다친 남자는 열 때문에 정신이 없어 제대로 알아듣지 못했다. 그는 가도 좋다고, 구금이 끝났다고 이야기하는 줄 알았다. 그는 일어나려 했으나 의사의 아내가 잡았다. 어디 가려는 거예요. 방금 못 들었소, 맹인들은 가라고 하잖소. 그래요, 하지만 가서 먹을 걸 가져오라는 거예요. 다친 남자는 낙담하여 한숨을 쉬었다. 다시 살을 꿰뚫는 듯한 통증이 왔다. 의사가 말했다, 여기 있어요, 내가 가겠습니다. 의사의 아내가 말했다, 나도 가겠어요. 그들이 막 나가려고 할 때, 다른 병동에서 온 남자가 물었다, 저 사람은 누구요. 첫 번째로 눈이 먼 남자가 대답했다, 의사입니다, 안과 의사죠. 택시 운전사가 말을 받았다. 그거 재미있군, 아무것도 못해주는 의사라, 우린 정말 운도 없지. 아무 데도 데려다주지 못하는 택시 운전사는 뭐가 다른데요, 검은 색안경을 쓴 여자가 맞받아 빈정거렸다.

음식이 담긴 상자는 복도에 있었다. 의사가 아내에게 말했다, 나를 현관문으로 안내해줘. 왜요. 저 사람들한테 이 안에 심하게 다친 사람이 있는데 약이 없다는 이야기를 하려고. 당신도 경고 방송을 들었잖아요. 그래, 하지만 구체적인 상황이 발생하면 달라질 수도 있는 거지. 안 달라질걸요. 내 생각도 마찬가지야, 그래도 노력은 해봐야지. 앞마당으로 나가는 계단 꼭대기에 이르자, 의사의 아내는 햇빛 때문에 눈이 부셨다. 그렇다고 햇빛이 강렬한 것은 아니었다. 하늘에는 먹구름이 지나가고 있었고, 곧 비라도 뿌릴 것 같았다. 얼마 되지도 않았는데, 벌써 밝은 빛에 적응을 못 하게 되었구나, 그녀는 생각했다. 그때 정문에서 군인이 소리쳤다, 멈춰, 얼른 돌아가, 난 발포하

95

라는 명령을 받았어. 군인은 총으로 의사 부부 쪽을 가리키며 똑같은 말투로 말을 이었다, 상사님, 저기 나오려고 하는 사람들이 있습니다. 우린 나가려는 게 아닙니다, 의사가 말했다. 내가 봐도 나오려는 것 같지는 않은데, 상사는 그렇게 말하면서 다가가, 정문의 쇠막대들 사이로 그들을 보며 물었다, 무슨 일이오. 어떤 사람이 다리를 다쳤는데 상처가 곪고 있습니다, 당장 항생제를 비롯한 약들이 필요합니다. 내가 받은 명령은 분명하오, 아무도 거기서 나올 수 없소, 그리고 내가 안에 들여보낼 수 있는 건 먹을 것뿐이오. 염증이 심해지면 목숨이 위험합니다. 그건 내 알 바 아니오. 그럼 상관한테 연락이라도 해주십시오. 이보시오, 장님 양반, 한 가지만 말하지, 있던 곳으로 돌아가거나 사살당하거나 둘 중 하나를 택하시오. 가요, 의사의 아내가 말을 이었다, 아무 소용없어요, 저 사람들을 탓할 수도 없어요, 저 사람들도 겁을 먹고 있고, 그냥 명령만 따르고 있을 뿐이에요. 도대체 이런 일이 벌어진다는 게 믿을 수가 없어, 이건 인도주의에 어긋나는 거야. 믿는 게 좋을 거예요, 이보다 분명한 현실이 어디 있겠어요. 당신들 아직도 거기 있는 거요, 셋을 셀 동안 사라지지 않으면, 돌아갈 생각이 없는 것으로 간주하겠소, 하나아, 두울, 세엣, 됐군. 상사는 자기 말을 지키는 사람이었다. 상사는 병사들을 향해 말했다, 내 형제라도 할 수 없어. 그러나 그것이 약을 청하러 온 사람을 가리키는 말인지, 다리를 다친 사람을 두고 하는 말인지는 분명하지 않았다. 안에서는 다친 남자가 약이 들어올 수 있는지 궁금해했다. 내가 약을 달라고 하러 나갔는지는 어떻게 알았습니까, 의사가 물었다. 나도 그 정도는 짐작할 수 있소, 결국 당신은 의사 아니오. 어쨌든 정말 미안합니다. 그러니까 약이 못 들어온다는 거요. 네. 그럼 할 수 없지 뭐.

음식은 정확하게 5인분으로 나뉘어 있었다. 우유병과 비스킷이 들어 있었는데, 누가 준비를 했는지는 몰라도, 잔도 없고, 접시도 없고, 숟가락도 없었다. 점심때는 올지 모르지. 의사의 아내는 다친 남자한테 가서 뭘 좀 마시게 하려고 했으나, 그는 토하고 말았다. 택시 운전사는, 우유는 싫다고, 커피를 마실 수 없느냐고 불평했다. 어떤 사람들은 식사 후에 침대로 다시 갔다. 첫 번째로 눈이 먼 남자는 아내를 데리고 이곳저곳 다녀보러 갔다. 병실을 떠난 사람은 그들 둘뿐이었다. 약국 직원은 의사와 이야기를 하고 싶다고 했다. 그는 의사가 그들의 병에 대해 어떤 의견을 갖고 있는지 듣고 싶어 했다. 이걸 엄격한 의미에서 병이라고 해야 할지는 모르겠습니다, 의사는 설명을 시작했다. 이어 아주 쉽게, 그가 눈이 멀기 전 의학책에서 찾아본 내용들을 요약해주었다. 몇 침대 떨어진 곳에서, 택시 운전사도 열심히 듣고 있었다. 의사가 설명을 끝내자, 택시 운전사가 큰 소리로 외쳤다, 이건 눈에서 뇌로 가는 통로가 막혀서 생긴 증상이라고. 멍청하긴, 약국 직원이 화난 목소리로 으르렁거렸다. 누가 알겠습니까, 의사는 웃지 않을 수 없었다. 의사는 약국 직원을 향해 말을 이었다, 사실 눈은 렌즈에 지나지 않죠, 실제로 보는 일을 하는 것은 뇌입니다, 어떤 상이 필름에 나타나는 것과 마찬가지죠, 저 양반이 말하는 대로 통로가 막힌 거라면, 자동차의 기화기가 막힌 것과 똑같습니다, 연료가 거기에 이르지 못하면, 엔진은 움직이지 않을 것이고, 차도 움직이지 않을 겁니다, 간단한 것이죠. 이번에는 호텔 청소부가 물었다, 우리가 얼마나 더 여기 갇혀 있어야 하는 거죠, 의사 선생님. 우리가 앞을 보지 못하는 동안은 갇혀 있을 겁니다. 그게 얼마나 될까요. 솔직히, 그건 아무도 모릅니다, 시간이 지나면 그냥 낫거나, 아니면 영원히 이대로이거나, 둘 중 하나죠. 어느 쪽인지 정말 궁금하네요. 청소부는 한숨을 쉬었다. 한참 있다가 청소부가 다시 입을 열었다, 그 여자가 어떻게 되었는지도 정말 궁금해요. 어떤 여자 말입니까, 약국 직원이 물었다. 호텔에 있던 여자요, 난 얼마나 놀랐던지, 방 한가운데서 갓난아기처럼 완전히 벌거벗고 색안경 하나만 쓴 채, 눈이 멀었다고 소리를 지르는 거예요, 아마 나는 그 여자한테 옮았을 거예요. 의사의 아내는 검은 색안경을 쓴 여자가 천천히 색안경을 벗어, 슬며시 베개 밑으로 감추는 것을 보았다. 여자는 그런 동작을 하면서 사팔뜨기 소년에게, 과자 하나 더 먹을래, 하고 묻고 있었다. 의사의 아내는 그곳에 도착한 뒤 처음으로, 자신이 현미경을 통해 그녀의 존재를 의식하지 못하는 수많은 인간들의 행동을 관찰하고 있다는 느낌을 받았다. 갑자기 그런 행동이 경멸스럽고 외설적으로 느껴졌다. 다른 사람들이 나를 볼 수 없다면, 나도 다른 사람들을 볼 권리가 없어, 그녀는 생각했다. 색안경을 썼던 여자는 떨리는 손으로 눈에 안약을 몇 방울

떨구고 있었다. 저렇게 하면 저 여자는 언제나, 내 눈에 흐르는 건 눈물이 아니에요, 하고 말할 수 있겠지.

몇 시간 뒤, 스피커에서 점심을 가져가라는 방송이 나왔을 때, 첫 번째로 눈이 먼 남자와 택시 운전사가 그 일을 하러 가겠다고 자원했다. 눈은 필요 없고 손으로만 만지면 되는 일이었기 때문이다. 그릇은 현관과 병실 복도 사이에 있는 문에서 조금 떨어진 곳에 있었다. 그들은 그것을 찾기 위해 바닥을 기면서, 한 팔은 앞으로 뻗어 상자를 찾고, 또 한 팔은 세 번째 발처럼 바닥을 짚고 있어야 했다. 그들이 무사히 병실로 돌아올 수 있었던 것은, 의사의 아내가 좋은 의견을 내놓은 덕분이었다. 그것은 담요를 갈기갈기 찢어서 임시 밧줄을 만들어, 한쪽 끝은 병실 문의 바깥쪽 손잡이에 묶고, 다른 쪽 끝은 음식을 가지러 가는 사람의 발목에 묶자는 것이었다. 그녀는 그것이 장님으로서의 개인적 경험을 통해 얻은 지혜라고 구구절절이 설명해야 했다. 어쨌든 두 사람은 무사히 나갔다 왔고, 이번에는 접시와 숟가락도 왔다. 그러나 양은 여전히 5인분이었다. 경비대의 상사가 안에 눈먼 사람이 여섯 명 더 있다는 것을 모르고 있을 가능성이 높았다. 건물 바깥에서 보면, 설사 정문 너머에서 벌어지는 일에 주의를 기울이고 있다 해도, 어둑어둑한 현관을 통해 한 병동에서 다른 병동으로 옮겨가는 것은 우연이 아니면 눈에 띄기 힘들었기 때문이다. 택시 운전사는 가서 모자란 양을 요구하자고 제안했다. 그리고 혼자 나갔다. 굳이 다른 사람을 데려가려고 하지도 않았다. 우린 다섯 명이 아닙니다, 여기에는 열한 명이 있습니다, 그는 군인들에게 말했다. 그러자 상사가 건너편에서 대답했다, 입 좀 다물고 있으쇼, 아직도 올 사람이 많소. 택시 운전사는 상사가 조롱하는 투로 이야기한다고 생각했는지, 병실로 돌아가서, 그는 나를 놀리는 것 같았소, 하고 덧붙였다. 그들은 음식을 나누어 먹었다. 다친 사람은 여전히 먹는 것을 거부하고 있었기 때문에, 5인분을 열 명이 나누어 먹었다. 다친 남자는 물만 달라고, 입술만 축여달라고 했다. 그의 살갗은 불이 붙은 듯이 뜨거웠다. 담요가 상처에 닿는 것도, 담요의 무게도 오랫동안 견디지 못했기 때문에 이따금씩 담요를 젖혔으나, 병실의 차가운 공기 때문에 곧 다시 덮고 말았다. 몇 시간 동안 그런 행동을 반복했다. 그는 끈질기게 계속되던 통증이 갑자기 심해져서 도저히 참을 수 없는 지경에 이른 것처럼, 목이 졸리는 듯한 숨소리를 내곤 했다. 이런 숨소리는 규칙적인 간격을 두고 반복되었다.

오후 중반에 다른 병동에서 쫓겨난 사람 셋이 더 들어왔다. 하나는 병원 간호사였는데, 의사의 아내는 바로 그녀를 알아보았다. 나머지 둘은, 운명이 정한 대로, 검은 색안경을 쓴 여자와 호텔에 함께 있었던 남자와 그녀를 집에까지 데려다준 무례한 경찰관이었다. 간호사는 침대에 자리를 잡고 앉자마자 절망감에 빠져 울기 시작했다. 두 남자는 자신들에게 일어난 일을 이해할 수 없다는 듯이 아무 말도 하지 않았다. 그때 갑자기 거리에서 사람들이 떠드는 소리가 들렸다. 큰 목소리가 명령을 내리고 있었다. 마치 무슨 폭동이라도 일어난 것처럼 시끄러웠다. 눈먼 사람들은 일제히 문 쪽으로 고개를 돌리고 기다렸다. 보이지는 않았지만, 그들은 이제 곧 무슨 일이 일어날지 잘 알고 있었다. 의사의 아내는 남편 옆에 앉아 낮은 목소리로 말했다, 이렇게 될 수밖에 없어요, 예정대로 지옥이 다가오는 거예요. 의사는 아내의 손을 잡고 중얼거렸다, 움직이지 마, 이제부터는 당신이 할 수 있는 일은 없어. 외치는 소리가 수그러드나 했더니, 이제 현관 쪽에서 웅성거리는 소리가 들렸다. 눈먼 사람들이 양떼처럼 밀려오고 있었다. 서로 부딪치며, 좁은 문으로 한꺼번에 밀려들었다. 일부는 방향 감각을 잃고 다른 병실로 가기도 했으나, 대부분은 불안하게 비틀거리면서, 떼를 지어 또는 하나씩 하나씩 흩어져, 물에 빠진 사람처럼 필사적으로 공중에 두 손을 휘저으며, 회오리바람처럼 그들이 있는 병실로 쏟아져 들어왔다. 마치 뒤에서 불도저로 밀어대는 것 같았다. 많은 사람들이 넘어져서 발에 짓밟히고 있었다. 새로 온 사람들은 좁은 복도를 채우더니, 점차 침대 사이의 공간을 메우기 시작했다. 마치 폭풍우 속에 들어갔다가 마침내 가까스로 항구에 도착한 배처럼, 그들은 얼른 침대를 하나씩 차지하고, 다른 사람이 더 들어올 공간은 없다고, 늦게 온 사람은 다른 데 가서 알아보라고 고집을 부리고 있었다. 병실 끝에서 의사가 다른 병실도 있다고 소리쳤지만, 침대를 차지하지 못한 소수의 사람들은 나가더라도 방, 복도, 닫힌 문, 계단으로 이루어진 미로에 빠져 길을 잃고 말 것이라는 생각 때문에 겁에 질려 있었다. 그러나 마침내 그들은 더 이상 그 병실에 있을 수 없다는 것을 깨달았다. 그들은 용감하게 미지의 세계로 나아가기로 했으나, 이번에는 들어왔던 문을 찾으려고 허우적거리기 시작했다. 이런 와중에, 두 번째로 들어온 다섯 사람은 마지막 하나 남은 안전한 피난처를 찾듯이, 그들과 처음 온 사람들 사이에 비어 있던 침대들로 자리를 옮겼다. 다친 남자만이 아무런 보호 없이 왼쪽 14번 침대에 고립되어 있었다.

15분 뒤, 흐느끼는 소리도 들리고, 부스럭거리며 자리를 잡는 소리도 들리기는 했지만, 병실에는, 마음의 평화를 줄 정도까지는 아니라 하더라도, 어느 정도 차분한 분위기가 회복되었다. 이제 빈 침대는 없었다. 저녁이 다가오고 있었다. 침침한 전등들이 힘을 얻는 것 같았다. 그때 갑자기 스피커에서 목소리가 들렸다. 첫날에도 나왔던, 병실을 유지하는 방법과 재소자가 지켜야 할 규칙이 되풀이되었다. 정부는 정부의 정당한 의무로 간주되는 행동을 긴급하게 이행할 수밖에 없었음을 유감스럽게 생각한다, 그것은 현재의 위기에서 가능한 모든 수단을 동원하여 주민을 보호하기 위한 조치였다, 등. 스피커 소리가 멈추자, 분개한 목소리들이 동시에 터져나왔다, 우린 여기 갇힌 거야. 우리 모두 여기서 죽게 될 거야. 이건 옳지 않아. 약속했던 의사들은 어디 있어. 마지막 이야기는 새로운 것이었다. 당국에서는 의사, 의료 지원, 나아가서 완전한 치료까지 약속했다는 것이었다. 병실에 있던 의사는 혹시 의사가 필요할 경우 자기가 도와주겠다는 말을 하지 않았다. 그런 말은 다시 하지 않을 작정이었다. 두 손만 가지고는 의사 노릇을 할 수 없었다. 의사는 약이라는 화학적 합성물을 이렇게 저렇게 섞어서 치료를 한다. 그러나 이곳에는 그런 물질은 흔적도 찾을 수 없고, 그것을 얻을 수 있을 것이라는 희망도 없었다. 게다가 눈이 안 보이기 때문에 병적으로 창백해진 모습을 눈치챌 수도 없고, 핏줄이 붉어지는 것을 관찰할 수도 없었다. 자세한 진찰을 해보지 않아도, 이런 외적인 징후가 병력에 대한 기록만큼 많은 것을 말해주는 경우가 얼마나 많은데. 점액이나 피부의 색깔만 가지고도 정확한 진단을 내릴 수 있는 경우가 얼마나 많은데. 따라서 이렇게 눈이 안 보이는 상황에서는 어쩔 수가 없었다. 근처의 침대들이 다 찼기 때문에, 의사의 아내는 이제 그에게 상황을 알려줄 수 없었다. 그러나 의사도 긴장되고 불편한 분위기를 느끼고 있었다. 당장이라도 노골적인 갈등으로 번져나갈 위험이 있었다. 그것은 조금 전에 재소자들이 도착함으로써 빚어진 분위기였다. 병실의 공기 자체가 무거워져, 강하고 잘 사라지지 않는 악취를 내뿜고 있는 것 같았다. 공기가 한 번 움직일 때마다 구역질이 날 것 같았다. 일주일 뒤에 이곳은 어떻게 될까, 의사는 생각했다. 일주일 뒤에도 이 자리에 그대로 갇혀 있을 것이라고 생각하니 끔찍했다. 식량은 제대로 공급될까, 사실 식량 부족 현상은 벌써 나타나고 있지 않은가, 밖에 있는 자들이 그때그때 여기 있는 사람들 수가 얼마인지 확인을 하고 있을까, 식량이 제대로 공급된다 해도 고민은 위생 문제를 어떻게 해결할 것인가 하는 거야, 어떻게 우리 몸을 청결하게 유지할 것인가 하는 것만이 문제가 아니야, 사실 눈이 먼 지 며칠 되지도 않았고 또 도와줄 사람이 없는 것도 큰 문제이지만, 어쨌든 샤워기가 작동하는지, 작동한다면 앞으로 얼마나 오래 작동을 할 것인지 하는 것만이 문제가 아니야, 나머지는, 다른 비슷한 문제들은 다 어떻게 처리할까, 만일 변소가 막혀버리면, 하나만 막혀도 이곳은 바로 하수구가 되어버릴 텐데. 의사는 두 손으로 얼굴을 문질렀다. 사흘 동안 면도를 못했더니 턱수염이 따갑게 느껴졌다. 그래도 이게 낫지, 여기로 면도날과 가위를 들여보내겠다는 끔찍한 생각은 하지 말아주었으면 좋겠는데. 의사의 가방에는 면도에 필요한 모든 도구가 있었다. 그러나 면도를 하려고 하는 것은 큰 실수가 될 것임을 잘 알고 있었다. 한다 해도 어디서 한단 말인가, 여기 이 병실에서, 이 모든 사람들 사이에서는 할 수 없는 일이고, 물론 아내가 해줄 수도 있겠지, 하지만 오래지 않아 사람들은 감을 잡을 것이고, 이곳에 그런 서비스해줄 수 있는 사람이 있다는 데 놀라겠지, 샤워장에서는 또 얼마나 큰 혼란이 벌어질까, 세상에, 눈이 안 보이는 것이 이렇게 안타까울 수가, 희미한 그림자만이라도 좋으니 볼 수만, 볼 수만 있다면, 거울 앞에 서서 어둡고 뿌연 얼룩을 보며, 저게 내 얼굴이로군, 하얗게 빛나는 부분은 내 것이 아니야, 하고 말할 수만 있다면.

불평은 조금씩 잦아들었다. 다른 병실에 들어갔던 사람이 와서 남은 음식이 있느냐고 물었다. 택시 운전사가 얼른 대답했다, 부스러기도 안 남았소. 그러자 약국 직원이 호의를 보여, 그 무례한 대답을 누그러뜨리려고 한마디 덧붙였다, 또 올지도 모릅니다. 그러나 아무것도 오지 않았다. 어두워졌다. 바깥으로부터는 음식도, 소식도 오지 않았다. 옆 병실에서 우는 소리가 들리다가 이윽고 그것도 사라졌다. 운다 해도, 아주 조용히 울고 있는 것이 분명했다. 어쨌든 울음소리는 벽을 뚫고 들어오지 않았다. 의사의 아내는 다친 남자가 어떤지 보러 갔다. 나예요, 그녀는 말하면서 조심스럽게 담요를 들어올렸다. 다리는 끔찍한 모습이었다. 허벅지부터 그 아래로는 엄청나게 부어 있었다. 상처는 피로 인한 자주색 반점들이 박힌 검은 원을 이루고 있었는데, 전보다 훨씬 커져 있었다. 마치 안에 있는 살이 늘어난 것 같았다. 상처에서 나는 냄새는 역겨우면서도 약간 달콤했다. 좀 어때요, 의사의 아내가 물었다. 와줘서 고맙소. 좀 어떤지 말해봐요. 나빠요. 통증이 있나요. 그렇기도 하고 아니기도 해요. 무슨 뜻이죠. 아프긴 해요, 하지만 이제는 내 다리가 아닌 것 같소, 내 몸에서 떨어져나간 것 같소, 어떻게 설명할 수 없네, 어쨌든 묘한 느낌이오, 마치 여기 누워서 내 다리가 나를 아프게 하는 걸 지켜보고 있는 느낌이오. 열이 있어서 그런 거예요. 그런지도 모르지. 잠을 좀 자도록 해요. 의사의 아내는 그의 이마를 짚어보았다. 이어 물러나며 잘 자라고 인사를 하려는데, 환자가 그녀의 팔을 잡아 자기 얼굴 쪽으로 잡아당겼다. 난 당신이 볼 수 있다는 걸 알아, 환자가 작은 목소리로 말했다. 의사의 아내는 놀라서 몸을 떨며 중얼거렸다, 잘못 안 거예요, 어쩌다 그런 생각을 하게 되었는지 몰라도, 나는 여기 있는 사람들과 똑같아요, 내 눈도 안 보여요. 날 속이려 하지 마시오, 당신이 볼 수 있다는 걸 잘 알고 있으니까, 하지만 걱정 마시오, 아무한테도 이야기하지 않을 테니까. 어서 자요, 자도록 해요. 날 못 믿는 거요. 물론 믿죠. 도둑의 말이라서 못 믿는 거요. 믿는다고 했잖아요. 그런데 왜 진실을 말해주지 않는 거요. 내일 이야기해요, 어서 잠부터 자요. 좋소, 내일 합시다, 내가 내일까지 살 수만 있다면. 나쁜 생각은 하지 말아요. 나는 생각하오, 아니면 열이 나 대신 생각하는 건지도 모르지만. 의사의 아내는 남편에게 돌아가서 그의 귀에 대고 속삭였다, 상처가 심각해요, 썩는 것 같기도 해요. 이렇게 짧은 시간에 그렇게까지 되지는 않을걸. 어쨌든 간에 상태가 안 좋아요. 의사는 일부러 큰 소리로 말했다, 우리를 여기에 이렇게 가두어둔 사람들은 우리가 눈이 먼 것만으로는 벌을 덜 받았다고 생각하는 모양이야, 이렇게 약 하나 안 줄 거라면, 차라리 우리 손발까지 묶어놓는 게 낫겠어. 왼쪽 14번 침대에서 환자가 말했다, 아무도 나를 묶지는 못하오, 의사 선생.

시간은 흘러갔고, 눈먼 사람들은 잠이 들었다. 어떤 사람들은 머리 끝까지 담요를 뒤집어쓰고 있었다. 마치 칠흑 같은 어둠, 진짜 어둠이 흐릿한 해가 되어버린 그들의 두 눈을 완전히 꺼버릴까 봐 걱정이라도 되는 것처럼. 팔이 닿지 않는 높은 천장에 걸린 세 개의 전등은 침대들 위로 흐리고 노르스름한 빛을 던지고 있었다. 심지어 그림자도 만들지 못하는 빛이었다. 마흔 명이 잠을 자고 있거나, 잠을 자려고 애쓰고 있었다. 어떤 사람들은 꿈을 꾸면서 한숨을 쉬거나 중얼거리고 있었다.

꿈에서는 앞이 보이는 모양이었다. 이것이 꿈이라면, 나는 깨어나고 싶지 않아, 하고 말하고 있는 것 같았다. 그들의 손목시계는 모두 멈춰 있었다. 태엽을 감아주는 것을 잊었거나, 아니면 쓸데없는 짓이라고 생각한 모양이었다. 의사 아내의 시계만 움직이고 있었다. 새벽 3시가 넘었다. 저 아래서, 도둑이 팔꿈치에 의지해 아주 천천히 몸을 일으키더니, 침대에 일어나 앉았다. 다친 다리에는 느낌이 없었다. 통증 외에는 아무것도 없었다. 나머지는 그의 것이 아니었다. 무릎은 뻣뻣했다. 그는 성한 다리가 있는 쪽으로 몸을 굴려, 다리를 침대 밖으로 내밀었다. 이어 두 손을 허벅지 밑에 집어넣어, 다친 다리도 같은 방향으로 끌어내리려고 했다. 갑자기 통증이 풀려난 이리 떼처럼 몸 전체로 퍼져나갔다가, 다시 어두운 구멍으로 돌아갔다. 그는 두 손을 엉덩이 밑에 깔고 통로 쪽으로 천천히 몸을 움직였다. 침대 발치에 있는 난간에 이르렀을 때는 잠시 쉬어야 했다. 그는 천식에 걸린 사람처럼 숨을 헐떡였다. 머리가 흔들거렸다. 똑바로 고개를 들고 있을 수 없었다. 몇 분 뒤 호흡이 좀 규칙적으로 이루어지자, 그는 천천히 일어섰다. 성한 다리에 몸무게를 싣고 있었다. 나머지 다른 다리는 아무런 소용이 없다는 것, 어디를 가나 질질 끌고 다녀야 한다는 것을 알았다. 갑자기 어지러웠다. 온몸이 떨리는데, 도무지 걷잡을 수 없었다. 추위와 열 때문에 이가 부딪쳤다. 그는 사슬 난간을 잡으며 가듯이, 침대 틀을 잡고 잠자는 사람들 사이를 천천히 나아갔다. 다친 다리는 가방처럼 끌고 갔다. 아무도 눈치채지 못했다. 누구도,

이 시간에 어디를 가시오, 하고 묻지 않았다. 누가 물어보면 그는, 오줌 누러 가오, 하고 대답할 생각이었다. 의사의 아내가 부르는 건 바라지 않았다. 그녀는 속일 수 없었다. 그녀에게는 속에 있는 생각을 털어놓게 될 것 같았다. 난 이 구덩이에서 썩고 있을 순 없소, 나도 당신 남편이 나를 돕기 위해 최선을 다했다는 것을 알고 있소, 하지만 차를 훔칠 때 누구한테 가서 나 대신 훔쳐달라고 하지 않듯이, 이 일도 마찬가지요, 내가 직접 가야 하오, 그들도 내 꼴을 보면, 내가 심각하다는 것을 바로 알아차릴 거요, 나를 구급차에 태워 병원으로 데려갈 거요, 눈이 먼 사람들을 위한 병원도 있을 테고, 거기에 한 사람쯤 더 들어간다 해서 크게 달라지는 것도 없을 테고, 거기서 내 상처를 치료해줄 거요, 사형 선고를 받은 사람들한테도 그렇게 해준다고 들었소, 그런 사람들이 맹장염에 걸리면 우선 그것부터 수술해주고 나서 처형을 한다는 거요, 건강하게 죽을 수 있도록 말이오, 나를 다시 이곳으로 데려와도 좋소, 그건 상관없소. 그는 조금 더 앞으로 나아갔다. 신음이 터져나오는 것을 막으려고 이를 악물고 있었다. 그러나 그 줄 마지막에 이르자마자 몸의 균형을 잃고 말았다. 너무나 약이 올라 눈물이 삐져나왔다. 침대 수를 잘못 센 것이다. 하나 더 있는 줄 알았다가, 허공을 짚고 말았다. 그는 바닥에 누워, 자기가 넘어지는 소리에도 불구하고 아무도 깨지 않았다는 것을 확인할 때까지 움직이지 않았다. 순간 그는 그런 자세가 눈먼 사람한테는 최고라는 것을 깨달았다. 네발로 기어서 움직이면 길을 쉽게 찾을 수 있기 때문이었다. 그는 다시 일어나, 발을 질질 끌고 현관까지 갔다. 거기서 발을 멈추고 어떻게 할지를 생각해보았다. 문간에서 소리쳐 부르는 것이 나을까, 아니면 밧줄을 난간 삼아 정문까지 가는 게 나을까. 밧줄은 틀림없이 그대로 있을 거야. 문간에서 도와달라고 소리치면, 군인들은 즉시 돌아가라고 명령을 내리겠지. 뻔했다. 그러나 흔들리는 밧줄에 의지해 걸어간다는 것은, 조금 전 침대라는 단단한 지지대에도 불구하고 겪은 고통 때문에, 약간 망설여졌다. 그는 잠시 후에 해결책을 생각해냈다. 네발로 가는 거야, 그는 생각했다, 밧줄 밑으로 기어가는 거야, 가끔 손을 들어 밧줄이 있는지 확인하면 옳은 방향으로 갈 수 있을 거 아냐. 차를 훔치는 것과 똑같지, 언제나 방법이 있게 마련이거든. 갑자기 그의 양심이 기습 공격을 했다. 양심은 그가 눈이 먼 불행한 사람으로부터 차를 훔친 것을 가혹하게 질책했다. 그는 생각했다, 지금 내가 이런 상황에 처한 것은 차를 훔쳤기 때문이 아니야, 내가 그 사람을 집까지 데려다주었기 때문이야, 그게 내 가장 큰 실수야. 그러나 그의 양심은 궤변을 받아줄 기분이 아니었는지, 아주 간단하고 명쾌하게 대꾸해버렸다, 눈먼 사람은 신성한 거야, 눈먼 사람의 물건을 훔치면 안 돼. 그는 다시 자신을 변호했다, 정확하게 말하면, 나는 그 사람의 물건을 빼앗은 게 아니야, 차라는 건 호주머니에 넣고 다닐 수 없는 거잖아, 그렇다고 내가 그의 머리에 총을 들이댄 것도 아니고. 그러자 그의 양심이 투덜거렸다, 궤변 좀 그만두고, 어서 가기나 해.

차가운 새벽 바람이 그의 얼굴을 식혀주었다. 여기 나오니 얼마나 숨쉬기가 편한가, 그는 생각했다. 다리 통증도 훨씬 가라앉은 느낌이었다. 그러나 그는 놀라지 않았다. 통증이 누그러지는 일은 그전에도 여러 번 있었기 때문이다. 그는 현관문 밖으로 나왔다. 이제 조금 있으면 계단에 도착할 것이다. 이제부터 좀 어색할 거야, 그는 생각했다, 계단을 머리부터 내려가야 하다니. 그는 한 손을 들어올려 밧줄이 있는지 확인하고, 계속 움직였다. 예상한 대로, 계단을 내려가는 것은 쉽지 않았다. 특히 도움이 되지 않는 다친 다리 때문이었다. 그런 자세로 내려가는 것이 어렵다는 것은 곧 증명되었다. 계단 가운데쯤 왔을 때, 그의 손 하나가 미끄러지면서 몸이 한쪽으로 기울었고, 동시에 그 몹쓸 다리의 무게에 몸이 질질 끌려갔다. 금방 통증이 몰려왔다. 누가 상처를 톱으로 썰고, 드릴로 뚫고, 망치로 때리는 것 같았다. 그 와중에도 어떻게 비명을 지르지 않았는지, 그 자신도 도저히 설명할 수 없었다. 그는 몇 분 동안 땅에 얼굴을 처박고 엎드려 있었다. 지면을 쓸고 가는 빠른 바람에 몸이 떨렸다. 그는 셔츠와 팬티 차림이었다. 상처가 땅에 닿아 눌리고 있었다. 그는 생각했다, 이러면 감염될지도 모르는데. 어리석은 생각이었다. 그는 자신이 현관에서부터 여기까지 쭉 다친 다리를 땅에 대고 기어왔다는 것을 잊고 있었던 것이다. 그래, 상관없어, 감염이 되기 전에 치료를 받을 수 있을 테니까, 그렇게 생각하자 마음이 편해졌다. 그는 밧줄을 향해 더 쉽게 손을 뻗을 수 있도록, 몸을 비스듬히 기울였다. 그러나 밧줄은 바로 잡히지 않았다. 계단을 굴러 내려오는 바람에 밧줄과 수직을 이루는 자세가 되었다는 것을 잊었다. 그러나 그는 본능적으로 그 자세 그대로 꼼짝도 하지 않았다. 이어 생각을 하면서 천천히 몸을 일으켜 앉은 자세를 취한 뒤 느릿느릿 뒤로 움직였다. 마침내 엉덩이가 첫 번째 계단에 닿았다. 그러고 나서 손을 들어올리자 밧줄이 손에 잡혔다. 그는 이루 말할 수 없는 승리감을 맛볼 수 있었다. 어쩌면 이런 승리감 덕분에 상처를 땅에 비비지 않으면서 움직일 수 있는 방법을 찾아낸 것인지도 모른다. 그는 정문을 향해 등을 돌리고 앉아, 목발을 짚은 절름발이들처럼, 두 팔을 목발로 사용하여 앉은 자세로 조금씩 나아갔다. 뒤로 움직였다는 것인가, 그렇다. 다른 경우도 그렇지만 이런 경우에도 미는 것보다 끄는 것이 훨씬 쉬웠기 때문이다. 이런 식으로 가면 다리도 덜 아팠다. 게다가 앞마당이 정문을 향해 부드러운 경사를 그리며 내려가고 있었다는 것도 큰 도움이 되었다. 밧줄을 놓칠 위험도 없었다. 머리가 밧줄에 거의 닿았기 때문이다. 그는 정문까지 얼마나 남았는지 궁금했다. 앉은 채로 손 반 뼘만큼씩 뒤로 움직이는 것은 걸어가는 것, 나아가 두 발로 성큼성큼 걷는 것과는 감각이 달랐기 때문에 얼마나 왔는지 무척 궁금했다. 그는 순간적으로 눈이 멀었다는 것을 잊고, 얼마나 남았나 확인하려고 고개를 뒤로 돌렸다. 그러나 전과 다름없이, 뚫고 들어갈 수 없는 백색과 마주치고 말았다. 밤일까, 아니면 낮일까, 그는 생각했다, 낮이었다면 난 벌써 들켰겠지, 게다가 아침 식사만 배달되었는데, 그 뒤로 아주 오랜 시간이 흘렀단 말이야. 그는 자신의 머리가 돌아가는 속도와 정확성에, 자신의 논리적 추론 능력에 감탄했다. 자신을 다른 각도에서 보게 되었다. 새로운 사람이었다. 이 염병할 다리만 아니라면, 평생 이렇게 기분이 좋을 때도 없을 텐데. 그의 허리가 정문 아래쪽에 붙어 있는 금속판에 닿았다. 다 온 것이다. 보초는 추위를 피해 초소 안에 들어가 있었는데, 뭔지 알 수 없는 희미한 소리를 들은 것 같았다. 그는 안에서 누가 나오는 일이 생길 거라고는 생각도 하지 않았다. 나무가 갑자기 바람에 흔들리다가, 가지 하나가 울타리에 스쳤겠거니 했다. 그러나 곧 다른 소리가 났다. 이번에는 달랐다. 쾅 하는 소리였다. 뭐가 부딪치는 소리였다. 바람에 의한 것이 아니었다. 신경이 날카로워진 보초는 초소에서 나왔다. 손가락은 자동소총 방아쇠에 걸려 있었다. 보초는 정문 쪽을 보았다. 아무것도 보이지 않았다. 그러나 다시 소리가 났다. 이번에는 더 컸다. 누가 손톱으로 거친 표면을 긁고 있는 것 같았다. 정문의 금속판이야, 보초는 생각했다. 보초는 막사로 가서 상사를 깨우려다가, 만일 허위 보고면 따귀라도 한 대 맞을 것 같아 주춤했다. 상사들은 잘 때 깨우는 것을 좋아하지 않았다. 깨울 만한 이유가 있을 때도 마찬가지였다. 보초는 정문을 응시하며, 바짝 긴장하고 기다렸다. 아주 천천히, 두 개의 수직 쇠막대 사이로, 유령처럼, 하얀 얼굴이 나타났다. 맹인의 얼굴이었다. 공포 때문에 보초는 피가 얼어붙는 것 같았다. 역시 공포 때문에 보초는 무기를 들어올려, 가까운 거리에 있는 목표물을 향해 총을 발사했다.

총소리가 나자마자 반쯤 옷을 걸친 군인들이 막사에서 튀어나왔다. 정신병원 경비 임무를 맡은 군인들이었다. 상사는 금세 현장에 나타났다. 대체 무슨 일인가. 맹인입니다, 맹인, 보초가 더듬거렸다. 어디에. 저깁니다. 보초는 개머리판으로 정문을 가리켰다. 아무것도 안 보이는데. 저기 있습니다, 분명히 봤습니다. 군인들은 이미 옷을 다 입고 줄을 서 있었다. 당장이라도 사격할 태세였다. 탐조등을 켜, 상사가 명령했다. 군인 하나가 트럭 짐칸으로 올라갔다. 몇 초 뒤 눈부신 빛이 정문과 건물 전면을 비추었다. 아무도 없잖아, 인마, 상사가 말했다. 막 멋들어지게 욕을 한바탕 퍼부으려는데, 문틈에서 흘러나온 액체로 이루어진 시커먼 웅덩이가 눈부신 빛에 드러났다. 사살했군, 상사가 말했다. 순간 상사는 상부로부터 받은 엄한 명령을 기억해내고는 소리쳤다, 어서 돌아가, 이건 옳는 거야. 군인들은 겁에 질려 뒤로 물러났으나, 좁은 길 작은 자갈들 사이의 공간을 천천히 채우고 있는 피 웅덩이에서 눈을 떼지 못했다. 죽었을까, 상사가 물었다. 틀림없습니다, 얼굴에 총을 맞았으니까요, 보초가 대답했다. 그는 이제 정확한 사격 솜씨를 과시하며 기뻐하고 있었다. 그때 다른 병사가 졸아든 목소리로 소리쳤다, 상사님, 상사님, 저기를 보세요. 계단 위였다. 탐조등의 하얀 불빛에 맹인 재소자들의 몸이 드러났다. 열 명이 넘었다. 거기서 움직이지 마, 상사가 재소자들을 향해 고함을 질렀다, 한 걸음이라도 다가오면, 다 날려버릴 거야. 맞은편 보균자 병동의

창에서, 총소리에 잠을 깬 몇 사람이 겁에 질려 내다보고 있었다. 상사가 소리쳤다, 당신들 네 명만 내려와서 시체를 가져가. 그러나 눈먼 재소자들은 보거나 셀 수가 없었기 때문에 여섯 명이 앞으로 나왔다. 넷이라고 했잖아, 상사가 신경질적으로 소리를 질렀다. 눈먼 재소자들은 서로 만져보고, 다시 만져보았다. 이윽고 두 사람이 뒤에 남았다. 나머지 네 사람은 밧줄을 잡고 앞으로 움직이기 시작했다.

삽 같은 걸 찾아보아야 합니다, 땅을 팔 수 있는 걸 찾아야 해요, 의사가 말했다. 아침이었다. 그들은 아주 어렵게 주검을 안마당으로 가지고 들어와, 쓰레기와 낙엽 사이에 눕혀놓았다. 이제 주검을 묻어야 했다. 의사의 아내만이 주검이 얼마나 끔찍한 상태인지 알고 있었다. 얼굴과 두개골은 총알에 맞아 산산조각이 났으며, 목과 가슴뼈에는 총알 구멍이 세 개가 나 있었다. 그녀는 또한 건물 어디에도 무덤을 파는 데 사용할 만한 도구는 없다는 것을 알고 있었다. 그녀는 병동을 뒤져보았으나, 쇠막대 외에는 아무것도 찾아내지 못했다. 쇠막대도 도움이 될 수는 있었으나 충분하지 않았다. 보균자들을 가둬놓은 병동에는 벽을 따라 창들이 달려 있었다. 그쪽은 담이 낮아서, 의사의 아내는 닫힌 창문들 너머로 자기 차례를 기다리고 있는 겁에 질린 얼굴들을 볼 수 있었다. 그들은 다른 사람들에게, 나도 눈이 멀었어요, 하고 말할 수밖에 없는 순간, 또는 그 사실을 감추려다가 엉뚱한 곳을 향해 고개를 돌린다든가, 눈에 빤히 보이는 사람과 부딪친다든가 하는 서툰 행동으로 인해 발각을 당하는, 그 피할 수 없는 순간을 기다리고 있었다. 의사도 이 모든 사실을 이미 알고 있었다. 그가 조금 전에 한 말은 둘이 짜낸 기만 전술의 일부일 뿐이었다. 의사의 아내는 남편이 한 말을 받아서 말했다. 그러지 말고 군인들한테 담 너머로 삽을 던져달라고 해보면 어떨까요. 그거 좋은 생각이야, 그렇게 한번 해봅시다. 모두들 동의했다. 검은 색안경을 썼던 여자만 삽을 찾는 문제에 대해 아무런 이야기를 하지 않았다. 그녀는 계속 훌쩍거리고 있었다. 다 내 잘못이야, 그녀는 중얼거렸다. 그것은 사실이었다. 아무도 그것을 부정할 수는 없었다. 그러나, 이것이 그녀에게 어떤 위로가 될지는 모르겠지만, 우리가 어떤 행동을 하기 전에 먼저 그 결과를 생각해본다면, 곧 즉각적인 결과, 확률이 높은 결과, 가능한 결과, 상상할 수 있는 결과를 차례대로 진지하게 생각해본다면, 우리 머리에 처음 떠오른 생각에 가로막혀 절대 어떤 한계 이상으로 나아가지 못하리라는 것 또한 사실이다. 사람들은 흔히 우리의 말과 행동에서 나온 선과 악이 미래에도 계속해서 살아남는다고 가정하는데, 이것은 상당히 일관되고 균형 잡힌 생각이라고 할 수 있다. 여기서 말하는 미래에는 우리가 이 세상을 떠난 이후의 무한한 기간이 포함된다. 물론 그 기간에는 우리가 직접 그

선악을 확인할 수도 없고, 그것을 가지고 자축할 수도, 용서를 구할 수도 없다. 어떤 사람들은 이것이야말로 흔히 말하는 불멸이라고 주장하기도 한다. 그럴 수도 있겠다. 어쨌든 이 사람은 죽었고, 따라서 묻어주어야 한다. 그래서 의사와 그의 아내는 협상을 하러 갔고, 검은 색안경을 썼던 여자도 비탄에 잠겨, 함께 가겠다고 했다. 양심의 가책 때문이었다. 그들이 현관 입구에 나타나자마자 군인이 소리쳤다, 정지. 그는 이렇게 힘차게 명령을 해놓고도, 그들이 그 말을 듣지 않을지도 모른다고 생각했는지, 공중에 대고 총을 쏘았다. 그들은 겁에 질려, 현관의 어둠 속으로, 열린 문의 두툼한 나무판 뒤로 물러났다. 이윽고 의사의 아내가 혼자 앞으로 나아갔다. 그녀는 군인의 움직임을 살피다가 필요하면 얼른 피할 수 있는 곳에 자리를 잡았다. 그녀가 말했다, 우리한테는 시체를 묻을 도구가 없어요, 삽이 필요해요. 정문에, 그러나 눈먼 남자가 쓰러졌던 곳 건너편에, 다른 군인이 나타났다. 그 역시 상사였으나, 앞서 그 상사는 아니었다. 왜 그러는 거요, 그가 소리쳤다. 삽이 필요해요. 여기에는 그런 게 없소, 어서 돌아가시오. 시체를 묻어야 해요. 귀찮게 묻을 생각 하지 말고, 그냥 썩게 내버려두시오. 시체를 그냥 놔두면 공기가 오염될 거예요. 그럼 오염되라지 뭐, 당신들한테는 그게 도움이 될지도 모르니까. 공기는 순환을 해요, 따라서 여기만이 아니라 거기까지도 오염되는 거예요. 그녀의 주장이 타당했으므로, 상사는 생각을 했다. 이 상사는 앞서 이곳에 있던 상사를 대신하러 왔다. 지난번의 그 상사는 눈이 멀었고, 바로 육군 소속 환자들을 수용하는 곳으로 이송되었다. 물론 공군이나 해군에도 자체 시설이 있었다. 그러나 육군의 경우보다 규모도 작고 시설도 변변치 않았는데, 그것은 공군과 해군의 숫자가 적었기 때문이다. 저 여자 말이 맞아, 상사는 생각했다, 이런 상황에서는 무조건 조심하는 게 좋아. 그들은 피웅덩이에도 이미 안전 조치를 취해놓았다. 병사 둘이 방독면을 쓰고 가서 커다란 병 두 개 분량의 암모니아를 쏟아부었던 것이다. 아직도 그 냄새 때문에 눈물이 나고, 목과 콧구멍이 따끔거렸다. 상사는 마침내 입을 열었다, 어떤 조치를 취할 수 있는지 알아보겠소. 그리고 우리가 먹을 음식은 어떻게 할 건가요, 의사의 아내는 기회를 놓치지 않고 말했다. 식량이 아직 도착하지 않았소. 우리 병동에만 쉰 명이 넘어요, 우린 배가 고파요, 지금 주고 있는 것으로는 턱없이 모자라요. 식량 보급은 육군의 책임이 아니오. 누군가는 해결해주어야 하는 것 아닌가요, 정부가 우리에게 먹을 것을 주기로 한 거잖아요. 안으로 들어가시오, 다시 그 문으로 나오지 마시오. 삽은 어떻게 할 건가요, 의사의 아내가 다시 물었다. 그러나 상사는 이미 사라지고 없었다. 오전 중에 병실의 스피커를 통해 목소리가 들렸다, 잘 들어라, 잘 들어라. 눈먼 사람들은 얼굴이 밝아졌다. 음식을 가져가라는 이야기가 나오는 줄 알았기 때문이다. 그러나 아니었다. 삽 이야기였다. 이쪽으로 와서 가져가기 바란다, 하지만 여럿이 오면 안 된다, 한 사람만 앞으로 나오도록 하라. 내가 갈게요, 이미 저 사람들과 이야기를 해보았으니까요, 의사의 아내가 말했다. 현관문을 나서자마자 삽이 보였다. 놓여 있는 위치와 거리로 보아, 담장 너머로 던진 것 같았다. 계단보다는 정문 쪽에 가까이 있었기 때문이다. 장님인 척하는 걸 잊으면 안돼, 의사의 아내는 생각했다. 어디 있죠, 그녀가 물었다. 계단을 내려오시오, 내가 안내를 하겠소, 상사가 대답했다, 잘하고 있소, 같은 방향으로 계속 오시오, 그래, 그래, 그만, 약간 오른쪽으로 몸을 트시오, 아니, 왼쪽으로, 조금만, 조금만, 이제 앞으로, 이제 계속 앞으로 가기만 하면 삽과 부딪치게 될 거요, 젠장, 방향을 바꾸지 말라고 했잖소, 아니, 아니, 이제 다시 가까워지고 있소, 더 가까워졌소, 됐어, 이제 반 바퀴만 도시오, 거기서부터 내가 안내할 테니까, 괜히 빙글빙글 돌다가 정문까지 오는 일이 있으면 안 된단 말이오. 걱정 마, 의사의 아내는 생각했다, 돌아갈 때는 헤매지 않고 곧장 갈 테니까, 사실 너희들이 내가 장님이 아니라고 의심한들 무슨 상관이겠어, 여기로 들어와서 나를 데려가지도 못할 거면서. 그녀는 무덤을 파러가는 사람처럼 어깨에 삽을 걸치고, 조금도 머뭇거림 없이 문쪽으로 걸어갔다. 어떤 병사가 감탄하여 소리쳤다, 저거 보셨어요, 상사님, 꼭 앞을 보고 가는 것 같은데요. 맹인들은 길 찾는 방법을 금방 배우는 법이야, 상사가 자신있게 설명했다.

　무덤을 파는 것은 힘든 일이었다. 사람들의 발에 다져진 땅은 단단했다. 게다가 지표 바로 밑에는 나무뿌리들이 있었다. 택시 운전사, 경찰관 두 사람, 처음 눈이 먼 남자가 번갈아가며 땅을 팠다. 흔히들, 주검과 직면하게 되면 그 사람에 대한 악감

정도 자연스럽게 그 힘과 독을 잃게 될 것이라고 생각한다. 그러나 사람들은 오래된 증오는 쉽게 사라지는 것이 아니라고 말하기도 하는데, 이 또한 사실이며, 문학과 현실에는 그것을 입증하는 엄청난 증거가 있다. 그러나 이 경우 사람들의 마음 깊은 곳에 있는 감정은 증오가 아니었다. 그리고 그리 오래된 것도 아니었다. 자동차 훔친 것을 어떻게 그것을 훔친 사람의 목숨에 비길 수 있단 말인가. 더군다나 그의 주검이 이렇게 비참한데. 주검의 얼굴에 코나 입이 없다는 것을 아는 데는 굳이 눈이 필요 없었다. 그들은 겨우 1미터 정도밖에 파지 못했다. 죽은 사람이 뚱뚱했다면 배가 땅보다 높이 튀어나올지도 모르는 일이었지만, 다행히도 도둑은 바짝 말랐다. 원래 뼈만 남은 사람이었는데다가, 요 며칠 동안 굶다시피하여 더 말라 있었다. 그래서 무덤은 그와 같은 크기의 주검이 둘은 들어갈 정도였다. 죽은 자를 위한 기도는 없었다. 십자가라도 세워줄 수 있잖아요, 검은 색안경을 썼던 여자가 말했다. 양심의 가책에서 한 말이었으나, 거기 있는 사람들 가운데 고인이 살아 있는 동안 신이나 종교에 조금이라도 관심을 가졌다고 생각하는 사람은 아무도 없었다. 주검을 앞에 두었을 때는, 다른 태도가 어떤 식으로 정당화될지는 몰라도, 일단 아무 말도 하지 않는 것이 최선이다. 게다가, 십자가를 만드는 것은 보기보다 훨씬 어려운 일이다. 그리고 그 많은 눈먼 사람들이 자기가 어디를 밟는지도 모르고 돌아다니는 상황에서, 십자가를 세운다 한들 그것이 얼마나 오래갈지도 모르는 일이다. 그들은 병실로 돌아갔다. 사람들이 많은 곳에서는, 마당처럼 완전히 트인 공간만 아니라면, 눈먼 사람들도 길을 잃지는 않는다. 한 팔을 앞으로 뻗어 손가락 몇 개를 더듬이처럼 움직임으로써, 어디를 가나 길을 찾을 수 있다. 심지어, 눈먼 사람들 가운데서도 좀 더 재능이 있는 사람들에게는 이마의 눈이라고 부를 만한 것이 금방 생겨나기도 한다. 의사의 아내를 예로 들어보자. 그녀는 방, 돌출부, 복도 등이 거의 미로처럼 얽혀 있는 이곳에서 방향 한번 잃지 않고 잘도 돌아다니고, 어디서 방향을 틀어야 할지 정확하게 알고 있으며, 문 앞에 이르면 발을 멈추고 나서 조금도 망설이지 않고 문을 열고, 자기 침대를 찾을 때도 앞에 있는 침대의 개수를 세어보지 않고 성큼성큼 다가간다. 정말 놀랄 만한 일이다. 지금도 그녀는 남편의 침대에 앉아, 평소와 다름없이 작은 목소리로 남편과 이야기하고 있다. 이들이 교육받은 사람들이란 것은 금방 알 수 있다. 그들은 늘 서로 뭔가 할 이야기가 있다. 그들은 다른 부부들과는 다르다. 예를 들어 첫 번째로 눈이 먼 남자와 그의 아내는 처음 만났을 때의 감격이 사라진 후, 거의 이야기를 나누는 법이 없다. 아마 현재의 불행이 과거의 사랑을 짓누르고 있기 때문일 것이다. 그러나 시간이 지나면 그들은 이 상황에 익숙해질 것이다. 늘 배가 고프다고 불평하는 아이는 사팔뜨기 소년이다. 그 아이는 검은 색안경을 썼던 여자가 자기 먹을 것까지 다 갖다 바치다시피 해도 늘 그렇게 칭얼댄다. 엄마를 안 찾은 지는 몇 시간이 되었지만, 먹고 난 다음이면, 즉 그의 몸이 스스로를 유지하고자 하는 단순하고도 긴급한 요구에서 발생하는 야만적인 이기심으로부터 해방되고 나면, 다시 엄마를 찾기 시작할 것이 틀림없다. 그날 아침 일찍 일어난 일 때문인지, 또는 우리가 알 수 없는 어떤 다른 이유 때문인지는 몰라도, 아침 식사 시간에 먹을 것이 오지 않았다는 것이 이곳의 슬픈 현실이다. 점심시간이 거의 다 되었다. 의사의 아내가 방금 슬쩍 훔쳐본 손목시계에 따르면 1시가 다 되었다. 따라서 인내심 없는 위액의 요구에 시달리다 못한 양쪽 병실의 눈먼 사람들 가운데 일부가 현관으로 나와 음식을 기다리게 된 것도 놀랄 일은 아니다. 이들이 이렇게 나오는 데는 두 가지 그럴듯한 이유가 있다. 하나는 그들 가운데 일부가 가지고 있는 공적인 이유로, 이런 식으로 하면 먹을 것을 병실까지 옮기는 시간을 단축할 수 있다는 것이다. 또 하나는 그들 가운데 다른 일부가 가지고 있는 사적인 이유로, 모두가 알다시피, 먼저 온 사람이 먼저 챙길 수 있다는 것이다. 그래서 모두 열 명쯤 되는 눈먼 사람들은 정문이 열리는 소리를, 그 고마운 식량 상자를 들고 오는 군인들의 발소리를 고대하고 있었다. 왼쪽 병동에 있는 보균자들은 현관에서 기다리고 있는 눈먼 사람들과 가까이 하면 눈이 멀까 두려워 감히 현관 밖으로 나오지 못했다. 그러나 몇 명은 문틈으로 밖을 살피며, 그들의 차례가 오기를 간절히 기다리고 있었다. 시간이 흘렀다. 기다리는 것에도 지쳐, 눈먼 사람들 가운데 일부는 땅에 주저앉았고, 두세 명은 병실로 돌아가버렸다. 그들이 병실로 돌아간 직후, 금속이 삐걱대는 소리가 들렸다. 틀림없이 정문이 열리는 소리였다. 눈먼 사람들은 흥분하여 서로 밀치면서, 문소리가 들린 쪽으로 움직이기 시작했다. 그러다가 갑자기, 모호한 불안감, 그들 자신도 정의하거나 설명하지 못할 불안감에 사로잡혀 동작을 멈추었고, 이어 어수선하게 뒤로 물러나기 시작했다. 음식을 가져오는 군인들과 그들을 호위하는 무장 군인들의 발소리가 벌써 분명하게 들려오고 있었다.

간밤의 비극적 사건으로 인한 충격의 여파가 아직 가시지 않았기 때문에, 음식을 배달하는 군인들은 전과는 달리, 병동으로 통하는 문 근처에 음식을 놓거나, 그냥 현관에 던져두고 돌아오기로 했다. 자기들끼리 알아서 정리를 하라지 뭐. 군인들은 바깥의 눈부신 강한 빛을 등 뒤로 받으며 갑자기 현관의 어둠으로 들어섰기 때문에, 처음에는 거기 나와 있는 눈먼 재소자들을 보지 못했다. 그러나 그들을 발견하기까지 그리 오랜 시간이 걸리지는 않았다. 군인들은 겁에 질려 소리를 지르며, 상자를 바닥에 던지고는 미친 듯이 문 밖으로 달아났다. 호위를 하러 온 두 병사는 밖에서 기다리고 있다가, 감탄할 만한 위기 대응 능력을 보여주었다. 어떻게 그럴 수 있었는지는 신만이 아시겠지만, 어쨌든 그들은 당연히 솟아오르는 공포를 억눌렀다. 그리고 현관으로 달려가 탄창을 다 비워버릴 정도로 총을 난사했다. 눈먼 사람들은 서로의 몸 위에 겹쳐 쓰러졌다. 쓰러지는 동안에도 그들의 몸에 총알이 박히고 있었는데, 그것은 총알의 낭비에 지나지 않았다. 이 모든 일이 믿을 수 없을 정도로 천천히 일어났다. 한 명이 쓰러지고, 그다음 다른 한 명이 쓰러졌다. 영원히 시간이 흘러도 계속 쓰러지고 있을 것 같았다. 마치 영화나 텔레비전에서 보듯이 말이다. 우리가 군인에게 그가 발사한 총알에 대해 책임을 물을 수 있는 시대에 살고 있다면, 그들은 자신들의 행동이 정당방위였다고, 뿐만 아니라 인도주의적 임무를 수행하러 갔다가 갑자기 다수의 눈먼 재소자들에게 위협을 당한 비무장 전우들을 방어하기 위한 것이었다고 국기에 대고 맹세라도 했을 것이다. 이어 그들은, 정문 밖의 군인들이 울타리 사이로 쑤셔넣고 있는 소총들의 엄호를 받으며, 미친 듯이 정문으로 퇴각했다. 마치 살아남은 눈먼 재소자들이 당장 보복 공격이라도 감행할 것 같은 분위기였다. 총을 발사했던 군인 하나는 얼굴이 새하얗게 질려 내뱉었다, 무슨 일이 있어도 다시는 저기 들어가지 않을 거야. 그는 그날 어둠이 다가올 무렵 보초 교대 시간에 갑자기 눈이 멀었다. 그나마 다행인 것은 그가 군인이었다는 것이다. 그렇지 않았다면 그는 눈먼 재소자들, 그가 총으로 쏘아 죽인 사람들의 동료들과 함께 그 건물 안에 있어야 했으며, 그랬을 경우 그들이 병사에게 무슨 짓을 했을지 누가 알겠는가. 상사는 딱 한 번만 입을 열었다, 굶어 죽게 내버려두는 게 낫다, 짐승이 죽으면 독도 함께 죽는 것 아니냐. 우리도 알다시피, 다른 사람들도 종종 그런 말을 했고, 또 그런 생각을 했다. 그러나 다행히도 그에게는 인도주의적인 마음이 얼마간 남아 있었으므로 이렇게 덧붙였다, 이제부터 식량 상자를 중간 지점에 갖다두도록 해라, 그리고 저 사람들더러 와서 가져가라고 해라, 우리는 계속 그들을 감시하다가, 조금이라도 수상쩍은 행동을 하면 그대로 쏴버리면 된다. 이어 상사는 지휘소로 가서 마이크 앞에 앉아, 비슷한 상황에서 들어보았던 말들을 떠올리며, 할 말을 정리해보려고 안간힘을 썼다. 이윽고 상사는 마이크에 대고 말했다, 군은 즉각적인 위험 상황을 초래할 수도 있는 선동적인 행동을 무력으로 진압할 수밖에 없었던 것을 유감스럽게 생각한다, 군은 금번 진압 작전에 대해 직간접적으로 아무런 책임이 없다, 이제부터 재소자들은 건물 바깥에서 식량을 가지고 가도록 하라, 조금 전과 어젯밤에 발생했던 것과 같은 소요를 되풀이하려는 시도가 있을 경우에는 엄중한 대가를 치러야 할 것이다. 상사는 어떻게 말을 맺으면 좋을지 몰라 말을 끊었다. 분명히 할 말이 있었는데 까먹어버렸다. 그래서 할 수 없이 다시 되풀이하고 말았다, 우리는 아무런 책임이 없다, 우리는 아무런 책임이 없다.

건물 안, 현관의 좁은 공간에서 귀가 멍멍하게 울려퍼진 총소리 때문에 극도의 공황 상태가 찾아왔다. 모두들 처음에는 군인들이 바로 병실 안으로 들이닥쳐 눈에 보이는 모든 것을 갈겨버릴 것이라고 생각했다. 정부가 방침을 바꾸어 재소자들을 모두 죽이기로 했다고 여긴 것이다. 어떤 사람들은 침대 밑으로 기어 들어갔고, 어떤 사람들은 공포에 질려 아예 꼼짝도 못했다. 어떤 사람들은 아예 그렇게 되는 것이 낫다고, 눈곱만큼 건강한 것보다는 아예 건강하지 않은 것이 낫다고, 죽을 거라면 빨리 죽는 게 낫다고 생각했는지도 모르겠다. 먼저 반응을 보인 쪽은 보균자들이었다. 그들은 총소리가 나자 달아나기 시작했다. 그러나 곧 정적이 찾아오자 돌아왔으며, 다시 현관으로 통하는 문 쪽으로 나가보았다. 그들은 주검들이 쌓여 있는 것을 보았다. 피는 마치 살아 있는 생물처럼 천천히 퍼지면서, 타일이 깔린 바닥을 구불구불 흘러가고 있었다. 그들은 음식이 담긴 상자들을 보았다. 그들은 굶주림에 시달리고 있었다. 그곳에는 그토록 바라던 음식이 있었다. 물론 그것은 눈먼 사람들 것이었다. 규칙에 따르면, 그들의 음식은 아직 기다려야 했다. 그러나 규칙은 무슨 놈의 규칙, 보는 사람이 아무도 없는데. 선인들이 우리에게 오랜 세월에 걸쳐 계속 일깨워주었듯이, 길을 밝혀주는 촛불이 가장 환하게 타오르는 법이다. 그러고 보면 옛날 사람들도 이런 상황에 대해 잘 알고 있었던 모양이다. 그러나 굶주림조차 그들이 세 걸음 이상을 움직이게 하지는 못했다. 이성이 개입하여, 앞으로 나아가려고 하던 경솔한 사람들에게, 그 생명 없는 몸뚱어리들에, 특히 그 피에 위험이 잠복해 있을 가능성이 있다고 경고해주었다. 주검의 벌어진 상처로부터 무슨 증기가, 무슨 발산물이, 무슨 독기가 뿜어져나왔을지 누가 알겠는가. 저 사람들은 죽었어, 아무 짓도 할 수 없어, 누군가가 말했다. 자신을 비롯하여 다른 사람들을 안심시키려는 말이었지만, 역효과만 가져왔다. 물론 그 눈먼 사람들은 죽었다. 그들은 움직이거나 볼 수 없었고, 몸을 들썩이거나 숨을 쉴 수도 없었다. 하지만 이 백색 실명이 영혼의 병이 아니라고 누가 말할 수 있겠는가. 만일 영혼의 병이라면, 눈먼 주검들의 영혼은 지금 몸에서 빠져나와 그 어느 때보다 자유롭게 움직이고 있지 않겠는가. 따라서 무슨 일이든 자기 마음대로 할 수 있지 않겠는가. 그렇다면 다른 무엇보다도, 악한 일을 하지 않겠는가. 모두가 인정하다시피 그것이 가장 하기 쉬운 일이므로. 그럼에도 내용물을 드러낸 채 놓여 있는 음식 상자에는 눈길이 가지 않을 수 없었다. 위장의 요구가 워낙 강렬했기 때문이다. 그들은 이제 무엇이 자신에게 도움이 되는 일인지에도 관심이 없었다. 한 상자에서 하얀 액체가 흘러나오더니, 천천히 피 웅덩이를 향해 퍼져나갔다. 분명히 우유였다. 색깔이 바로 우윳빛이었다. 보균자들 가운데 좀 더 용기 있는 두 사람, 아니, 구별이 쉬운 것은 아니지만, 그냥 좀 더 운명론적일 뿐인 두 사람이 앞으로 나섰다. 그들이 막 첫 상자에 탐욕스러운 손을 대려는 찰나, 다른 병동으로 들어가는 문간에 눈먼 사람들 한 무리가 나타났다. 상상력이란 특히 이런 무시무시한 상황에서는 묘한 장난을 치는 것인지라, 약탈을 하러 나갔던 두 사람은 그것을 보고 죽은 자들이 갑자기 바닥에서 일어난 줄 알았다. 물론 그렇다 해도 전과 다름없이 눈이 멀었겠지만, 그래도 전보다 훨씬 더 위험했다. 지금은 복수심에 가득 차 있을 것이 틀림없었기 때문이다. 두 사람은 말없이 신중하게 그들 병동 입구 쪽으로 물러났다. 어쩌면 눈먼 사람들은 자비심과 예의 때문에 시신들을 수습하러 나온 것인지도 몰랐다. 음식 상자를 가져가려고 나왔다 하더라도, 하나 정도는 실수로 빠뜨리고 갈 수도 있었다. 사실 이곳의 보균자들은 숫자가 그렇게 많지 않으니, 아무리 작은 상자라도 큰 도움이 되었다. 어

쩌면 그들에게, 제발, 우리를 도와주시오, 작은 상자 하나만 남
겨주고 가시오, 하고 부탁하는 것이 최선의 해결책인지도 몰랐
다. 오늘 일어난 일로 보아, 음식이 더 도착할 가능성은 없어 보
였기 때문이다. 눈먼 사람들은 그런 사람들에게서 예상할 수
있는 대로 움직이고 있었다. 앞을 더듬고, 비틀거리고, 발을 질
질 끌고 있었다. 그러나 그들은 잘 조직된 집단처럼 일을 효과
적으로 배분했다. 그들 가운데 일부는 끈적끈적한 피와 우유
웅덩이를 딛고 철벅거리며 시신들을 끌어 마당으로 옮겨가기
시작했다. 다른 사람들은 군인들이 던져놓고 간 음식 상자 여
덟 개를 하나씩 하나씩 운반했다. 눈먼 사람들 가운데는 신출
귀몰하는 것처럼 보이는 여자가 하나 있었다. 그녀는 짐 부리
는 것도 도와주고, 사람들을 안내하는 듯한 행동을 했다. 눈먼
여자라면 불가능한 일이었다. 우연인지 의도인지, 그녀는 보균
자들이 수용되어 있는 병동으로 여러 번 고개를 돌리기도 했
다. 그들을 볼 수 있는 것처럼, 아니면 그들이 있다는 것을 느
낄 수 있는 것처럼. 곧 현관은 텅 비었다. 거대한 피 웅덩이와
그 옆에 우유가 만든 조그만 흰 웅덩이만 남았다. 그것 말고는
어지럽게 오가는 뻘건 발자국, 아니면 그냥 물에 젖은 발자국
들뿐이었다. 보균자들은 체념하여 문을 닫고 어디 부스러기라
도 없나 찾으러 갔다. 얼마나 낙심했던지, 한 사람은, 우리가 어
차피 눈이 멀 거라면, 그게 우리 운명이라면, 차라리 지금 저
쪽 병동으로 옮겨가는 게 낫지 않겠어, 거기 가면 먹을 거라도
있잖아, 하고 말할 뻔했는데, 그것은 그들의 절망감이 어느 정

도인지를 잘 보여준다. 어쩌면 군인들이 곧 우리 식량을 가져올지도 모르잖습니까, 어떤 사람이 말했다. 당신 군대 가봤소, 다른 사람이 물었다. 아뇨. 내 그럴 줄 알았소.

양쪽 병실에서 죽은 사람들이 나왔으므로, 두 병실 사람들이 모여, 먼저 먹고 시체를 묻을 것인지, 아니면 반대로 할 것인지 의논했다. 누가 죽었는지에 관심을 가지는 사람은 아무도 없는 것 같았다. 죽은 사람들 가운데 다섯 명은 두 번째 병실 소속이었다. 그들이 이미 서로 아는 사이였는지 아닌지는 알 수 없었다. 만일 서로 모르는 사이였다면, 죽기 전에 서로 소개하고 속을 털어놓을 시간이나 의향이 있었는지 어떤지도 모르는 일이었다. 의사의 아내는 그들이 도착하는 것을 본 기억이 없었다. 죽은 사람들 가운데 나머지 넷, 그래, 그녀는 그들을 알아보았다. 그들은 그녀와 한 지붕 아래서 같이 잠을 잔 사람들이었다. 그들 가운데 하나에 대해서는 그것만이 그녀가 아는 전부였다. 하긴 그녀가 그 이상 어떻게 알 수 있겠는가. 조금이라도 자존심이 있는 남자라면 처음 만나는 사람한테 자신의 사생활, 예를 들어 호텔방에서 검은 색안경을 쓴 여자와 사랑을 나누었다든가 하는 사실을 이야기하며 돌아다니지는 않을 것이기 때문이다. 그리고 검은 색안경을 쓴 여자도 그녀가 모든 것을 하얗게 보게 해준 남자가 이곳에 수용되었다는 사실, 그리고 지금도 아주 가까이 있다는 사실을 전혀 모르고 있다. 택시 운전사와 두 경찰관도 사망자에 포함되었다. 자신을 돌볼 수 있는 건장한 사람들, 그리고 각기 다른 방법이기는 하지만 다른 사람들을 돌봐주는 직업을 가진 사람들이 한창때 잔인한 총알에 쓰러져, 다른 사람들이 그들의 운명을 결정해주기를 기다리고 있다. 그들은 생존자들이 식사를 끝낼 때까지 기다려야 할 것이다. 산 자들에게 일반적인 이기주의 때문이 아니라, 누군가 똑똑하게도, 삽 하나를 가지고 단단한 땅에 아홉 구의 시체를 묻는 일을 하고 나면 빨라도 저녁 식사 때가 될 것이라고 이야기했기 때문이다. 선의를 가진 자원봉사자들이 일을 하는 동안 다른 사람들이 배를 불릴 수는 없는 일이었으므로, 주검들은 나중에 처리하기로 결정했다. 식량은 1인용으로 포장되어 왔기 때문에 나누기가 편했다. 남는 것이 없어질 때까지, 여기 있소, 여기 있소, 하고 전달하기만 하면 되었다. 그러나 공정한 태도가 부족한 몇몇 사람들이 불안을 느끼는 바람에 정상적인 조건이라면 아주 단순하게 처리되었을 일이 복잡해졌다. 물론 차분한 마음으로 불편 부당하게 판단해보면, 여기서 벌어진 약간 지나친 일들도 그럴 만한 이유가 있다. 예를 들어, 처음에 식량 상자를 받았을 때, 그 양이 모든 사람이 먹기에 충분한지 아닌지 아무도 모른다는 것을 생각해보기만 하면 된다. 사실 눈먼 사람들의 전체 숫자를 파악하지 못한 상태에서 식량이나 사람들을 보지 못하고 식량을 나누어주는 일이 쉽지 않을 것임은 분명하다. 더욱이 두 번째 병실에 있는 사람들 가운데 일부는 괘씸하게도 자신들의 숫자를 실제보다 부풀리는 부정직한 행동을 했다. 늘 그렇듯이 이런 경우에 의사의 아내가 도움이 되었다. 장황한 연설을 늘어놓으면 사태가 악화되기만 할 시점에서, 그녀는 시의적절하게 몇 마디 던짐으로써 문제를 해결했다. 식량을 두 배로 타가려고 할 뿐만 아니라, 실제로 그 일에 성공하는 사람들도 사악하기는 마찬가지였다. 의사의 아내는 그런 행동들을 잘 알고 있었지만 아무 말도 안 하는 것이 지혜롭다고 생각했다. 그녀가 눈이 멀지 않은 것이 발각당할 경우 일어날 결과들은 생각만 해도 끔찍했다. 적어도 모두가 그녀를 부려먹는 사태가 벌어질 터였고, 최악의 경우 그녀는 그들 가운데 일부의 노예가 될 수도 있었다. 처음에 이야기됐던, 누군가 각각의 병실을 책임져야 한다는 제안이 이런 문제들과 더 심각한 문제들을 해결하는 데 도움이 될 수 있었을지도 모른다. 그러나 책임자가 선출돼도, 그 책임자의 권위는 약할 수밖에 없고, 불확실할 수밖에 없고, 매순간 문제 제기에 시달릴 수밖에 없었다. 따라서 책임자는 공명정대하게 모든 사람들의 이익을 위해 권위를 행사하고, 다수는 그 권위를 인정해야 한다는 조건이 붙어야 했다. 그런 권위가 생기지 않으면, 우리는 결국 이 안에서 서로를 다 죽이고 말 거야, 그녀는 생각했다. 그녀는 이 민감한 문제를 남편과 이야기하겠다고 다짐하고, 계속 식량을 나누어주었다.

어떤 사람들은 게을러서, 어떤 사람들은 비위가 약해서, 식사 후 무덤 파는 일에 참가하고 싶어 하지 않았다. 의사는 직업상 다른 사람들보다 더 책임감을 느꼈기 때문에, 별 의욕은 없었지만, 가서 시신을 묻읍시다, 하고 말했으나, 자원자는 한 명도 나타나지 않았다. 눈먼 사람들은 침대에 가만히 누워 먹은 것을 소화시키는 데만 몰두했었다. 어떤 사람들은 거의 바로 잠들어버렸다. 그것은 그들이 겪은 무시무시한 경험을 생각할 때 놀라운 일은 아니었다. 비록 먹은 것은 얼마 없었지만, 몸이 소화라는 느린 화학 작용에 굴복해버린 것이다. 나중에 저녁이 다가오면서, 자연광이 점차 시들해지는 것과 더불어 침침한 전등들이 약간의 힘을 얻어 미약하나마 그들이 달려 있는 목적에 충실하려고 애를 쓰는 것처럼 보일 때, 의사는 아내와 함께 그 병실의 두 남자를 설득하여 안마당으로 나갔다. 해야 할 일을 어림잡고, 이미 뻣뻣해지기 시작한 주검들을 구분하는 일만이라도 해놓으려는 것이었다. 각 병실 사람들이 각자의 병실에 소속된 주검을 각각 알아서 묻기로 했기 때문이다. 이 눈먼 사람들에게도 나름대로 유리한 점이 있었는데, 그것을 빛의 착각이라고 불러도 좋다. 사실 이들에게는, 낮이나 밤이나, 새벽의 첫빛이나 저녁의 어스름이나, 이른 아침의 고요한 시간이나 정오의 북적거리는 소란이나, 아무런 차이가 없었다. 이들은 늘 찬란한 백색에 싸여 있어, 안개 사이로 해가 비추고 있는 것 같았다. 이들에게 실명 상태란 평범한 어둠으로 빠져드는 게 아니라, 찬란한 후광 안에서 사는 것이었다. 의사가 그들에게 주검들을 구분하기로 했다고 말하자, 그를 돕겠다고 나온, 첫 번째로 눈이 먼 남자는 어떻게 그들을 알아볼 수 있느냐고 물었다. 눈먼 사람의 입장에서는 논리적인 질문이었으며, 의사도 그 질문에 말문이 막혔다. 이번에는 그의 아내도 도우러 나서지 않았다. 비밀이 탄로날 가능성이 있었기 때문이다.

의사는 과단성 있는 방법을 통해 이 곤경으로부터 멋지게 빠져나왔다. 즉, 자신의 잘못을 인정했다는 것이다. 의사는 자신을 조롱하는 듯한 즐거운 목소리로 말했다, 눈을 가지고 사는 데 너무 익숙해져 있다 보니, 더 이상 쓸모없는 눈을 달고 있는데도 그것을 사용할 수 있다고 생각을 했나 봅니다, 사실 우리가 알고 있는 것은 여기에 우리 병실 출신이 넷이라는 것뿐입니다, 택시 운전사, 경찰관 둘, 그리고 또 한 사람. 따라서 이 시신들 가운데 아무나 넷을 골라 제대로 묻어주기만 하면 되겠군요, 그렇게 하면 우리의 의무는 다하는 것입니다. 첫 번째로 눈이 먼 남자는 동의했다. 또 한 사람도 마찬가지였다. 그들은 다시 한 번 번갈아가며 무덤을 파기 시작했다. 그러나 도우러 나온 두 사람은 눈이 멀었기 때문에 절대 알 수 없는 일이 하나 있었으니, 그것은 그들이 묻는 주검이 예외 없이 그들의 병실에 있었던 사람들이라는 사실이다. 물론 의사는 무작위로 주검을 고르는 척했다. 그러나 그의 손이 아내 손의 안내를 받고 있었음은 굳이 말할 필요도 없을 것이다. 의사는 아내가 이끄는 대로 다리나 팔을 잡고, 이걸 묻읍시다, 하고 말하기만 하면 되었다. 그들이 두 구의 주검을 묻었을 때, 마침내 병실로부터 세 사람이 돕겠다고 나타났다. 누군가 벌써 한밤중이 되었다고 말해주었다면, 그들은 도우러 나올 마음을 거두어버렸을지도 모른다. 아무리 눈이 멀었어도, 심리적으로는 대낮에 무덤을 파는 것과 해가 진 다음에 무덤을 파는 것 사이에 상당한 차이가 있다는 것을 우리도 인정하지 않을 수 없다. 그들은 마침내 몸에 흙을 뒤집어쓴 채 땀을 뻘뻘 흘리며 병실로 돌아갔다. 콧구멍에서는 여전히 썩어가는 살의 역겨운 냄새가 진동했다. 병실에서는 스피커의 목소리가 평소의 명령을 되풀이하고 있었다. 벌어진 일에 대해서는 한마디도 이야기하지 않았다. 발포에 대한 언급도, 조준 사격으로 인한 사상자들에 대한 언급도 없었다. 허가 없이 건물을 나가지 말라, 그 즉시 사살당할 것이라든가, 어떠한 이유에서든 사망자가 발생할 경우 재소자들은 형식적 절차 없이 시체를 마당에 묻어야 한다는 등의 경고들은 이제, 모든 규율의 최고의 애인이라고 할 수 있는 삶의 혹독한 경험 덕분에 현실적인 의미를 부여받았다. 반면 하루에 세 번 식량 상자를 제공한다는 약속은 괴상한 농담으로 들렸다. 조롱거리가 될 정도였다. 목소리가 잦아들자, 의사는 이제 병동 구석구석을 잘 알았기 때문에, 혼자서 옆 병실의 문으로 가서 알렸다, 우리는 우리 쪽 시신을 다 묻었습니다. 묻는 김에 나머지도 마저 묻지 그랬소, 병실 안에서 한 남자가 대꾸했다. 각 병실이 자기 병실에 속한 사람들을 묻기로 약속하지 않았습니까, 우리는 네 명을 세어서 다 묻었습니다. 좋소, 이쪽 출신들은 내일 처리하겠소, 다른 남자가 말했다. 이어 그는 달라진 말투로 물었다, 혹시 음식이 더 오지는 않았나요. 아뇨, 의사는 대답했다. 하지만 스피커에서는 하루 세 번이라고 하던데. 저 사람들이 어디 그렇게 약속을 잘 지키겠습니까. 그럼 이제부터는 식량을 배급제로 해야겠네, 어떤 여자가 말했다. 그거 좋은 생각입니다, 원한다면 내일 그 이야기를 하죠. 좋아요,

여자가 말했다. 의사가 떠나려는데, 처음에 말을 한 남자의 목소리가 들렸다. 누가 여기서 명령을 하는 거야. 의사는 누군가 대답하기를 기대하며 발을 멈추었다. 아까 그 여자 목소리가 흘러나왔다. 우리가 제대로 된 조직체를 만들지 않으면, 굶주림과 공포가 이곳을 지배하게 될 거예요. 우리가 우리 쪽 시신을 묻으러 나가지 않은 것은 부끄러운 일이에요. 그렇게 똑똑하고 자신이 있으면 직접 나가서 묻어주지 그러쇼. 혼자 갈 수는 없지만, 도와줄 준비는 되어 있어요. 말다툼할 필요 없소, 다른 남자가 끼어들었다. 아침에 일어나자마자 그것부터 처리할 테니까. 의사는 한숨을 쉬었다. 이대로 함께 사는 것은 무척 어려울 거야. 의사는 병실로 돌아가다가 갑자기 용변을 보고 싶었다. 그가 있는 자리에서 변소를 찾을 수 있을지 자신할 수 없었지만, 한번 가보기로 했다. 의사는 길을 찾기 시작했다. 화장지는 음식 상자들과 함께 배달되었다. 그게 변소에 남아 있겠지. 의사는 두 번 길을 잃었다. 욕구가 점점 심해지는 바람에 상당히 괴로웠다. 마침내 더 이상 참을 수 없다고 느낄 무렵 간신히 바지를 내리고 변소에 쭈그리고 앉을 수 있었다. 악취가 코를 찔렀다. 물컹한 과육을 밟고 지나온 것 같은 느낌이었다. 변소의 구멍을 맞히지 못한 사람, 또는 다른 사람 생각은 하지도 않고 아무 데나 용변을 본 사람의 배설물이었다. 의사는 그곳이 어떤 모습일지 상상해보았다. 그에게는 모든 것이 하얗고, 밝고, 찬란할 뿐이었다. 실제로 벽과 바닥이 하얀지 아닌지는 알 도리가 없었다. 그는 자기 눈앞의 찬란한 백색이 끔찍한 악취를 풍긴다는 엉뚱한 상상을 했다. 우리는 결국 공포 때문에 미쳐버릴 거야, 의사는 생각했다. 이윽고 의사는 밑을 닦으려 했으나 휴지가 없었다. 손으로 뒤의 벽을 쓰다듬어보았다. 두루마리 화장지, 또는 화장지 걸이라도 있을 거라고 기대했다. 좋은 것은 없어도, 그래도 낡은 종이 조각들은 끼워져 있을 것이라고 기대했다. 그러나 아무것도 없었다. 비참한 기분이었다. 서글펐다. 자신의 모습이 참을 수 없을 정도로 가련하게 느껴졌다. 지저분한 바닥에 닿는 바지 자락을 추스르다가, 그는 무너지고 말았다. 눈먼 병신, 눈먼 병신, 눈먼 병신. 그는 더 이상 자신을 어쩌지 못하고 조용히 울기 시작했다. 그는 더듬거리며 몇 걸음 떼다가 맞은편 벽에 부딪혔다. 한 팔을 뻗었다가, 다른 팔을 뻗어보았다. 마침내 문을 찾았다. 그때 누가 발을 질질 끄는 소리가 들렸다. 변소를 찾는 것이 틀림없었다. 그는 계속 헛디디면서, 대체 어디 있는 거야, 하고 남의 일인 양 무심하게 투덜거렸다. 실제로는 변소를 찾는 데 전혀 관심이 없는 듯했다. 그는 누가 있다는 것도 모르고 변기들에 바짝 붙어 지나갔다. 그러나 다행히도, 옷도 제대로 추스르지 못하고 창피한 꼴을 들켜버리는 낯 뜨거운 상황은 벌어지지 않았다. 의사는 수치감에 어쩔 줄 모르다가, 마지막 순간에 바지를 치켜올렸던 것이다. 이어 다시 혼자라고 느꼈을 때 다시 바지를 내렸다. 그러나 이미 늦었다. 그는 자신이 더러워졌다는 것을 알았다. 평생 이렇게 더러웠던 때가 있었을까. 동물이 되는 데도 여러 가지 방법이 있구나, 그는 생각했다, 이건 그 가운데 첫 번째일 뿐이야. 그러나 사실 그는 불평할 입장이 못 되었다. 그에게는 여전히 거리낌없이 그를 씻겨줄 사람이 있으니까.

눈먼 사람들은 침대에 누워, 잠이 그들의 비참한 상태에 자비를 베풀어주기를 기다리고 있었다. 의사의 아내는 남들이 이 꼴사나운 광경을 볼 위험이 있기라도 한 것처럼, 은밀히, 그러나 꼼꼼하게 남편의 몸을 닦아주었다. 이제 병실에는, 환자들이 잠든 시간, 자면서도 괴로워하는 시간에 병원에 찾아오곤 하는 그 애처로운 정적이 흐르고 있었다. 의사의 아내는 말짱한 정신으로 침대에 일어나 앉아 다른 침대들을 바라보았다. 희끄무레한 형체들을 보았다. 창백함이 떠날 줄 모르는 어떤 얼굴을 보았다. 꿈을 꾸면서도 움직이는 어떤 팔을 보았다. 나도 과연 저들처럼 눈이 멀게 될까. 대체 어떤 이유로 나는 지금까지 눈이 멀지 않은 걸까. 그녀는 피곤한 표정으로 두 손을 들어올려 머리카락을 풀었다. 그녀는 생각했다, 곧 우리 몸에서 나는 악취가 코를 찌를 거야. 그때 한숨 소리가 들렸다. 신음, 처음에는 숨을 죽인 가운데 시작된 아주 작은 울음소리, 언어처럼 들리는 소리, 언어여야 하는 소리. 그러나 언어의 의미는 점점 높아지는 소리에 묻혀 사라져버렸다. 그 소리는 외침으로, 으르렁거리는 듯한 소리로, 마침내 무겁게 씩씩거리는 숨소리로 바뀌고 있었다. 병실 맞은편 끝에서 누군가가 야단을 쳤다, 이런 돼지들, 꼭 돼지들처럼 놀고 있군. 그러나 그들은 돼지가 아니었다. 한 눈먼 남자와 한 눈먼 여자일 뿐이었다. 그들도 아마 서로에 대해서는 그것밖에 알지 못할 터였다.

속이 비면 일찍 일어나게 된다. 눈먼 재소자들 가운데 일부는 동이 트기 한참 전에 눈을 떴다. 그러나 그들의 경우는 허기 때문이라기보다는, 생체 시계인지 뭔지가 제대로 작동하지 않았기 때문이다. 그들은 날이 환해졌다고 생각했다. 그래서, 어이쿠, 이거 늦잠을 잤구나, 하다가, 곧 그들이 틀렸다는 것을 깨달았다. 옆에 있는 사람들은 여전히 드르렁드르렁 코를 골고 있었다. 코 고는 소리를 잘못 알아들을 리는 없었다. 책을 봐서도 아는 것이고, 또 개인적인 경험을 통해서도 잘 아는 것이지만, 자기 의사에 의해서 일어났든 아니면 필요에 의해서 억지로 일어났든, 일찍 일어난 사람은 다른 사람들이 곤히 자고 있는 꼴을 못 본다. 지금과 같은 상황에서 더욱 그럴 것이, 잠을 자고 있는 눈먼 사람과 눈을 떠보았자 소용이 없는 눈먼 사람

사이에는 분명한 차이가 있기 때문이다. 이런 심리적 본성, 언뜻 보기에는 그 섬세한 측면들이 우리가 이야기하고자 하는 엄청난 격변과 아무런 관련이 없는 듯하지만, 어쨌든 그런 본성을 생각하면, 눈먼 사람들이 모두 그렇게 일찍 일어나는 이유가 설명될 수도 있을 것이다. 어떤 사람들은 우리가 앞에 말한 대로, 배가 고파 빈 위장이 꿈틀거리는 바람에 잠을 깼고, 어떤 사람들은 일찍 일어난 사람들이 참지 못하고 안달복달하는 바람에 어쩔 수 없이 잠을 깼다. 일찍 일어난 사람들은 거리낌없이 소리를 내며 움직였다. 그것은 막사나 병실에서 공동 생활을 할 때도 불가피하다고 인정해줄 수 있는 정도를 넘어선 큰 소리였다. 게다가 이곳에는 신중하고 예의 바른 사람들만 있는 것이 아니라, 옆에 있는 사람들은 아랑곳하지 않고 가래를 뱉거나 방귀를 뀌는, 정말 천박한 사람들도 몇 명 있었다. 그들은 거의 하루 종일 비슷하게 행동했기 때문에 공기는 점점 혼탁해졌다. 그러나 환기시킬 방법이 없었다. 유일하게 열려 있는 곳은 문뿐이었다. 창은 너무 높아 손이 닿지 않았다.

의사의 아내는 남편 곁에 가능한 한 바짝 붙어 누워 있었다. 침대가 좁아 어쩔 수 없기도 했지만, 스스로 선택한 위치이기도 했다. 한밤중에 예절을 지키는 것이, 누군가 돼지들이라고 말한 사람들처럼 행동하지 않는 것이 얼마나 힘들었던지. 그녀는 손목시계를 보았다. 2시 23분이었다. 좀 더 자세히 보았더니, 분침이 움직이지 않았다. 빌어먹을 시계의 태엽을 감는 걸 깜빡 잊었던 것이다. 내가 바보지, 고작 사흘 격리되어 있었다고 그런 간단한 일을 하는 것도 기억 못 하다니. 그녀는 자신을 억누르지 못하고, 갑자기 최악의 재난이라도 닥친 것처럼, 발작을 일으키듯 울음을 터뜨렸다. 의사는 아내가 눈이 먼 것이라고, 자신이 그렇게 두려워하던 일이 마침내 일어난 것이라고 생각했다. 의사도 정신을 못 차리고 막, 눈이 멀었어, 하고 물으려는 찰나, 그녀의 작은 목소리가 들렸다, 아니, 아니, 그게 아니에요, 그게 아니에요. 이어 둘 다 담요 속으로 머리를 처박은 상태에서, 그녀가 기어 들어가는 목소리로 말했다, 내가 얼마나 바보 같은지 모르겠어요, 시계 태엽 감는 걸 잊었지 뭐예요. 그러면서 계속 걷잡을 수 없이 흐느꼈다. 통로 건너편에서 검은 색안경을 썼던 여자가 침대에서 몸을 일으키더니, 흐느끼는 여자 쪽으로 다가와 두 팔을 뻗었다. 속상한 일이 생겼군요, 내가 해드릴 수 있는 일이 있나요, 그녀는 다가오면서 물었다. 그녀의 손이 침대에 있던 두 사람의 몸에 닿았다. 물론 즉시 뒤로 물러나는 것이 분별력 있는 태도였다. 그녀의 뇌도 그렇게 명령하고 있었다. 그러나 그녀의 손은 그 명령을 따르지 않았다. 오히려 좀 더 바짝 갖다 대고, 두껍고 따뜻한 담요를 부드럽게 쓰다듬기 시작했다. 내가 해드릴 수 있는 일이 있나요, 검은 색안경을 썼던 여자가 다시 물었다. 그녀는 두 손을 떼어내 위로 쳐들었다. 이제 두 손은 황폐한 백색 속에서 무력하게 허우적거렸다. 의사의 아내는 계속 흐느끼면서 침대에서 나와 검은 색안경을 썼던 여자를 껴안았다. 아무것도 아니에요, 갑자기 슬퍼져서 그래요. 강한 분이 이렇게 낙심하시면, 우리에게는 정말 구원이 없는 거네요. 의사의 아내는 이제 좀 차분해져서, 검은 색안경을 썼던 여자의 눈을 똑바로 보았다. 그녀는 생각했다, 결막염 증상은 거의 사라졌구나, 그걸 말해줄 수 없다니 정말 안타까운 일이야, 말해주면 아주 좋아할 텐데. 그랬다, 검은 색안경을 썼던 여자는 그 이야기를 들으면 실제로 좋아했을 것이다. 그런 만족감이 아무리 우스꽝스러운 것이라 하더라도. 그녀가 눈이 멀어서라기보다도, 다른 모든 사람이 눈이 멀었기 때문에. 봐줄 사람이 없는 데서 그렇게 아름답고 밝은 눈을 가지고 있어봐야 소용없는 일 아닌가. 의사의 아내가 말했다, 누구나 약해질 때가 있죠, 우리가 울 수 있다는 건 좋은 거예요, 때로는 눈물이 우리를 구해주기도 하거든요, 울지 않으면 죽을 것 같을 때도 있는 거죠. 우리한테는 구원이 없어요, 검은 색안경을 썼던 여자는 아까 했던 말을 반복했다. 아무도 모르죠, 이 실명은 다른 경우와는 달라요, 올 때처럼 갑자기 사라질지도 몰라요. 이미 죽은 사람들한테는 다 소용없는 거잖아요. 우리 모두 죽을 수밖에 없어요. 하지만 우리 모두가 남한테 죽임을 당하는 건 아니에요, 그리고 난 사람을 죽였어요. 자신을 탓하지 말아요, 그건 상황의 문제였어요, 여기 있는 우리 모두 죄가 있기도 하고 없기도 해요, 정말 나쁜 것은 우리를 보호한답시고 여기 와 있는 저 군인들의 행동이에요, 하지만 그들조차 모든 핑계 가운데도 가장 그럴듯한 핑계를 갖다 댈 수 있어요, 즉 두려움을 핑계로 내세울 수 있다는 거죠. 그 몹쓸 인간이 내 몸을 좀 만진들 그게 뭐 대수였을까요, 그냥 놔두었으면 그는 지금까지 살아 있을 텐데, 내 몸이야 지금과 다를 게 없을 테고. 이제 그런 생각은 그만하고 쉬어요, 잠을 더 자도록 해요. 의사의 아내는 그녀를 따라 침대까지 갔다. 자, 어서, 침대로 들어가요. 정말 고마워요, 검은 색안경을 썼던 여자는 목소리를 낮추어 말을 이었다, 참, 어째야 좋을지 모르겠어요, 생리할 때가 다 됐거든요, 그런데 생리대를 안 가져왔지 뭐예요. 걱정 말아요, 나한테 몇 개 있어요. 검은 색안경을 썼던 여자는 잠을 만한 데를 찾아 두 손을 뻗었다. 그 손을 살며시 잡아준 것은 의사 아내의 손이었다. 쉬어요, 푹 쉬어요. 검은 색안경을 썼던 여자는 눈을 감았다. 그런 상태로 잠시 가만히 있었다. 갑자기 병실에서 싸움이 벌어지지만 않았다면, 그대로 잠들었을지도 모른다. 누가 변소에 갔다 왔더니, 다른 사람이 자기 침대를 차지하고 있었던 것이다. 무슨 다른 의도가 있었던 것은 아니다. 남의 침대를 차지하고 있었던 사람도 같은 목적으로 나갔다 왔다. 둘은 오가는 길에 마주치기도 했다. 그러나 물론 그때는, 돌아가서 남의 침대에 들어가지 않도록 조심하시오, 하는 말이 머리에 떠오르지도 않았을 것이다. 의사의 아내는 선 채로 눈먼 두 사람이 말다툼을 벌이는 모습을 지켜보고 있었다. 그들은 아무런 몸짓도 하지 않았다. 몸도 거의 움직이지 않았다. 벌써 말로 주고받는 것 외에 다른 행동은 아무런 소용이 없다는 것을 배운 것이다. 물론 두 팔로 주먹질을 하고 드잡이를 할 수는 있었다. 그러나 실수로 남의 침대에 들어간 것을 가지고 그렇게 싸움질을 할 수는 없는 노릇이었다. 세상의 모든 다툼이 이와 같았으면. 그러면 그냥 어떤 합의에 이르기만 하면 되는데. 2번 침대는 내 거요, 당신 것은 3번이오, 그 점을 분명히 해둡시다. 우리가 눈만 멀지 않았다면 이런 혼란은 생기지도 않았을 겁니다. 그 말이 맞소, 문제는 우리가 눈이 멀었다는 거요. 의사의 아내는 남편에게 말했다, 여기에 온 세상이 다 들어와 있어요.

그러나 모두 들어와 있는 것은 아니었다. 예를 들어 식량은 바깥에 있었고, 도착하는 데 아주 오랜 시간이 걸렸다. 양쪽 병실에서 몇 사람이 현관으로 나가, 스피커에서 명령이 떨어지기를 기다리고 있었다. 그들은 초조해서 계속 발을 질질 끌며 돌아다녔다. 그들은 군인들이 약속대로 정문과 계단 사이에 식량 상자를 떨구고 가면, 앞마당으로 내려가 그것을 집어와야 한다는 것을 알았다. 그러나 혹시 거기에 무슨 책략이나 덫이 숨어 있지 않을까 걱정하고 있었다. 그들이 총질을 하지 않을 거라고 누가 장담하겠어. 지금까지 한 일을 보면 저놈들은 무슨 짓이든 할 수 있어. 저놈들은 믿을 수가 없어. 난 저기 안 갈 거야. 나도. 밥을 먹으려면 누군가는 나가야 하오. 총 맞아 죽는 게 나은 건지 굶어 죽는 게 나은 건지 잘 모르겠군. 내가 가겠소. 나도 가지. 모두 갈 필요는 없습니다. 그럼 군인들이 좋아하지 않을 거요. 괜히 겁을 먹고 우리가 탈출하려 한다고 생각할지도 모르지, 그래서 다리 다친 사람도 쏜 거잖아. 어쨌든 결정을 해야 됩니다. 조심해야 한다고, 어제만 해도 그래요, 죽은 사람이 무려 아홉 명이오. 군인들은 우리를 무서워하고 있습니다. 난 군인들이 무서운데. 내가 알고 싶은 것은 저 사람들도 눈이 멀 것인가 하는 거야. 저 사람들이 누군데. 군인들. 내 생각으로는 저 군인들이 제일 먼저 눈이 멀어야 해. 그 점에 대해서는 그들 모두 동의했다. 그러나 아무도 이유는 묻지 않았다. 그리고 그래야 하는 단 한 가지 중요한 이유, 그래야 군인들이 총을 겨누지 못한다는 것을 이야기하는 사람도 없었다. 시간이 계속 흘렀으나, 스피커는 잠잠했다. 그쪽 시신들은 묻었소, 첫 번째 병실에서 온 사람이 물었다. 달리 할 말이 없어서 물은 것이었다. 아직. 벌써 냄새가 나고, 주변을 오염시키고 있는데. 다 오염시키고 하늘까지 악취를 풍기라지, 나는 밥 먹기 전에는 아무 일도 할 생각이 없어, 속담에 나오는 대로, 밥을 먹어야 설거지를 하지. 그건 관습과는 달라요, 당신이 한 말이 틀린 거요, 일반적으로는 죽은 사람을 묻은 뒤에 조객들이 먹고 마시는 거지. 어쨌거나 나한테는 거꾸로요. 몇 분 뒤에 눈먼 사람들 가운데 하나가 다시 입을 열었다, 한 가지 신경 쓰이는 게 있는데. 그게 뭐요. 식량은 어떻게 나누지. 전에 했던 대로 하면 되잖소, 우리가 몇 명인지 아니까, 식량을 세어서, 모두 자기 몫을 받도록 하는 거지, 그게 가장 간단하고 공평한 방법 아니오. 하지만 그게 그렇게 안 돼, 하나도 못 받는 사람들도 있거든. 맞아, 두 배로 받는 사람들도 있고. 분배가 엉망이오. 사람들이 규율을 지키지 않으면 계속 그렇게 엉망일 수밖에 없어요. 눈이 조금이라도 보이는 사람이 있으면 좋겠구먼. 그럼 그 사람이 혼자 좋은 걸 차지하려고 꾀를 낼걸. 속담처럼,

장님 나라에서는 애꾸가 왕인 거지. 속담 얘기는 그만두쇼. 여긴 달라. 여기서는 모들뜨기라도 그런 짓을 했다가는 온전치 못할 거야. 내가 보기에는, 병실마다 식량을 똑같이 나누는 것이 최선의 해결책이야. 그럼 모두 만족할 거야. 누가 한 이야기요. 나요. 나가 누구요. 나라니까, 당신 어느 병실 사람이오. 두 번째 병실이오. 그런 교활한 술책에 누가 넘어가겠소, 두 번째 병실에는 사람이 적은데, 그렇게 하면 두 번째 병실만 좋은 일 시키는 거 아니오. 당연히 그쪽 사람들이 우리보다 잘 먹게 될 테니까, 우리는 꽉 찼단 말이오. 난 그저 도움이 되는 이야기라고 생각해서 한 것뿐이오, 속담에도 나오듯이, 물건을 나누어주는 사람이 좋은 걸 갖지 못하면, 그 사람은 바보 멍청이라고 하지 않소. 젠장, 정말 속담 이야기는 그만 좀 하시오, 그놈의 속담 때문에 신경질 나 죽겠네. 이렇게 해보죠, 모든 식량을 식당으로 가져가고, 각 병실에서 식량을 나눌 대표자 세 명을 뽑는 거요. 여섯 명이 식량을 세면 속이거나 가로챌 위험도 줄어들 거 아니오. 자기 병실에 몇 명이 있다고 할 때 그게 사실인지 아닌지 어떻게 알겠소. 우린 정직한 사람들이오. 그것도 속담이오. 아니, 그건 내 말이오. 이보쇼, 난 우리가 정직하다는 건 잘 모르겠고, 배가 고프다는 건 분명히 알겠소.

　마치 이제까지 어떤 암호나 주문을 기다리고 있었다는 듯, 열려라 참깨, 하는 말이라도 기다리고 있었다는 듯, 마침내 스피커에서 말이 나오기 시작했다, 잘 들어라, 잘 들어라, 재소자들은 나와서 식량을 가져가도 좋다, 그러나 조심하라, 정문

에 너무 가까이 다가오면 1차 경고를 받을 것이며, 그때도 즉
시 돌아가지 않으면 발포할 것이다. 눈먼 사람들은 천천히 앞
으로 나아갔다. 자신이 있는 축은 현관문이 있다고 생각하는
곳으로 곧장 나아갔고, 위치를 잡는 데 자신이 없는 축은 벽
을 따라 미끄러져갔다. 그렇게 하면 길을 헛갈릴 염려는 없으
니까. 모퉁이에 이르면, 직각으로 벽을 따라가기만 하면 되었
다. 그러면 현관문이 나왔다. 스피커의 목소리는 어서 나오라
고 안달하며 호통치고 있었다. 아무 의심을 품지 않았던 사람
들조차도 말투가 바뀐 것을 알아챘고, 사람들은 겁에 질렸다.
한 사람이 말했다, 난 여기서 움직이지 않을 거야, 저놈들은 우
리를 밖으로 나오게 해서 다 죽이려는 거야. 나도 안 나가, 다
른 사람이 맞장구쳤다. 나도, 세 번째 사람이 끼어들었다. 그들
은 그 자리에 얼어붙었다. 어쩔 줄 모르고 있었다. 어떤 사람들
은 가고 싶었지만, 두려움이 발을 잡아매고 있었다. 다시 목소
리가 들렸다, 앞으로 3분 내에 식량 상자를 가지러 나오지 않
으면 도로 가져가버리겠다. 이런 협박에도 그들의 두려움은 사
라지지 않았다. 그들의 두려움은, 공격할 기회를 기다리는 쫓
기는 짐승들처럼, 그들 마음속 깊은 곳에 있는 동굴 안으로 밀
려 들어갔을 뿐이다. 모두들 다른 사람 뒤에 숨으려 했다. 눈먼
사람들은 겁에 질린 채 계단 꼭대기로 나아갔다. 그들은 상자
들이 자기들의 예상과는 달리 안내용 밧줄로부터 떨어진 곳에
놓여 있는 것을 보지 못했다. 군인들은 전염에 대한 두려움 때
문에 눈먼 사람들이 잡고 다닌 밧줄 근처에는 가려고 하지도

않았던 것이다. 식량 상자들은 차곡차곡 쌓여 있었다. 의사의 아내가 삽을 집어왔던 곳 근처였다. 앞으로 나오라, 앞으로 나오라, 상사는 명령했다. 눈먼 재소자들은 혼란의 와중에도 질서 정연한 모습을 보이기 위해 줄을 서려고 했다. 상사가 고함을 질렀다, 식량은 거기에 없다, 밧줄을 놔라, 밧줄을 놔, 오른쪽으로 가라, 너희들 오른쪽으로, 너희들 쪽에서 봤을 때 오른쪽이란 말이다, 멍청이들, 눈이 없다고 오른손이 어디 붙었는지도 모르는가. 그 경고는 적절한 시점에서 나온 것이었다. 이런 문제에서 꼼꼼하기 짝이 없는 몇몇 사람은 그의 명령을 문자 그대로 해석하여, 오른쪽이라고 하면 논리적으로 볼 때 말하는 사람의 오른쪽이겠지, 라고 생각하고, 밧줄 밑으로 기어들어가 반대편에서 있지도 않은 상자들을 찾으려 했기 때문이다. 상황이 달랐다면, 아무리 자제력이 강한 구경꾼이라도 이 괴상한 광경에 큰 소리로 웃음을 터뜨리고 말았을 것이다. 말로 할 수 없을 정도로 우스운 꼴이었으니까. 눈먼 사람들 가운데 일부는 네발로 기고 있었다. 마치 돼지처럼 얼굴이 땅에 거의 닿은 채로, 한 팔을 허공에 젓고 있었다. 반면 어떤 사람들은 그들을 보호해줄 지붕도 없는 곳으로 나오게 되자 백색 공간이 자신들을 삼킬 것이 두려웠는지, 필사적으로 밧줄에 매달린 채 명령에 귀 기울이면서, 아무나 얼른 상자를 발견해 승리의 외침을 내질러주기를 기다리고 있었다. 사실 군인들은, 잃어버린 다리를 찾기 위해 불안하게 집게발을 휘젓고 있는 절름발이 게 같은 그 멍청이들을 조준한 다음, 시침을 뚝 떼고 와

장창 갈겨버리고 싶었을 것이다. 그날 아침 연대 사령관으로부터 들은 말도 있었다. 이 맹인 재소자들의 문제는 사이비 인도주의적인 고려 없이 그들 가운데 다수를, 이미 그곳에 있는 사람들과 앞으로 올 사람들 가운데 다수를 물리적으로 없애버림으로써만 해결될 수 있다는 이야기였다. 사령관의 말을 그대로 옮기자면, 그것은 몸 전체를 구하기 위해서 썩은 팔을 잘라버리는 것과 같았다. 사령관은 비유를 사용하여 말했다, 죽은 개의 광견병은 자연적으로 치유된다. 상징적 언어의 아름다움을 잘 모르는 일부 병사들은 광견병을 가진 개가 맹인들하고 무슨 상관이 있다는 것인지 이해하기 힘들었다. 그러나 연대 사령관의 말이란, 금과 같은 무게를 지닌 것이다. 생각하고 말하고 행동하는 것이 모두 옳지 않다면, 군대에서 그렇게 높은 지위까지 올라갈 수 없는 것 아니겠는가. 마침내 눈먼 사람 하나가 상자에 부딪혔다. 그는 상자를 붙들고 소리쳤다, 여기 있다, 여기 있어. 어느 날 이 사람이 시력을 회복하게 된다 해도, 지금보다 더 기쁘게 소리치지는 않을 것이다. 순식간에 사람들이 상자로 몰려드는 바람에 팔다리가 뒤엉켰다. 모두 상자 하나씩을 자기 앞으로 끌어당기고 우선권을 주장했다. 이건 내가 들고 갈 거야. 아냐, 내가 들고 갈 거야. 여태 밧줄을 잡고 있었던 사람들은 초조해지기 시작했다. 이제 아까와는 다른 두려움이 생긴 것이다. 게으름이나 소심함 때문에 식량 분배에서 제외당하는 일이 생기면 어떡하나. 아, 당신들은 총에 맞을 위험을 무릅쓴 채 엉덩이를 높이 쳐들고 땅바닥을 박박 기

지 않았잖아, 그러니 먹을 것도 없어, 모험 없이는 이익도 없다
는 속담도 모르나. 그 금언에 마음이 움직였는지, 밧줄을 잡고
있던 사람 하나가 밧줄을 놓고 두 팔을 벌린 채 소란이 벌어진
곳으로 향했다. 날 빼놓을 수는 없지. 그러나 갑자기 목소리들
이 잦아들었다. 사람들이 바닥을 기는 소리와 숨죽인 감탄사
만 들릴 뿐이었다. 사방에 흩어진 채 뒤죽박죽이 된 소리들의
덩어리는 어느 곳에서나 들리는 것 같기도 했고, 아무 데서도
안 들리는 것 같기도 했다. 그는 발을 멈추었다. 마음을 정하지
못하다가, 결국 안전한 밧줄 쪽으로 돌아가기로 했다. 그러나
이미 방향 감각을 잃은 상태였다. 백색 하늘에는 별도 없었다.
이제 들리는 소리라고는 식량 상자를 놓고 말다툼을 벌이는
사람들에게 계단으로 돌아가라고 명령하는 상사의 목소리뿐
이었다. 상사는, 당신들 있고 싶은 곳에 있어라, 그러나 모든 것
이 당신들이 어디 있느냐에 달려 있다, 하고 말했는데, 그것이
어디로 가라는 소리인지는 뻔했다. 이제 밧줄을 잡고 있는 사
람들은 없었다. 그들은 왔던 길로 되돌아가면 그만이었다. 이
제 그들은 계단 꼭대기에서 다른 사람들이 오기를 기다렸다.
길을 잃은 사람은 있는 곳에서 감히 움직이지를 못했다. 그는
공포에 사로잡혀 큰 소리로 외쳤다, 날 좀 도와주시오. 물론 그
는 군인들이 자기에게 총을 겨누고, 자신이 삶과 죽음을 가르
고 있는 그 보이지 않는 선을 넘어오기를 기다리고 있다는 것
은 몰랐다. 거기 하루 종일 있을 건가, 이 눈먼 박쥐 같은 인간
아, 상사가 말했다. 약간 초조해하는 목소리였다. 사실 그는 사

령관과는 생각이 달랐다. 똑같은 운명이 내일 내 집 문을 두드리지 않는다고 누가 장담할 수 있는가. 군인들은 명령만 떨어지면 죽일 수도 있고, 또 명령만 떨어지면 죽을 수도 있는 사람들이었다. 내 명령이 있을 때만 발포해, 상사는 소리쳤다. 그 말에 눈먼 사람은 자신의 목숨이 위험에 처했다는 것을 깨달았다. 그는 무릎을 꿇고 애원했다, 제발 도와주십시오, 어디로 가야 하는지 말해주십시오. 그냥 계속 걸어와, 계속 이쪽으로 걸어오란 말이야, 정문 너머에서 병사 하나가 짐짓 우정 어린 목소리로 말했다. 눈먼 사람은 일어서서 세 걸음을 걸었다. 그러다 갑자기 다시 멈추었다. 말이 이상했던 것이다. 이쪽으로 계속 걸어오라는 말은 계속 가라는 말과는 다르다. 이쪽으로 계속 걸어오라는 말은 이쪽으로, 바로 이쪽으로, 이 방향으로 계속 오면 너를 부르는 사람이 있는 곳에 도착할 수 있다는 뜻이다. 총알과 마주쳐서, 현재의 실명 상태를 다른 형태의 실명 상태로 바꾸게 될 것이라는 뜻이다. 이런 범죄에 가까운 권유를 한 사람은 그 성질 때문에 평판이 좋지 않은 병사였다. 상사는 즉시 그를 꾸짖고 날카로운 목소리로 연달아 두 마디의 명령을 뱉어냈다, 정지, 뒤로 돌아. 이어 상사는 어느 모로 보나 총을 맡겨서는 안 되는 부류에 속하는 그 고집통이 병사를 심하게 다그쳤다. 이미 계단에 올라가 있던 눈먼 재소자들은 상사의 친절한 개입에 고무되어 갑자기 시끄럽게 소리를 지르기 시작했다. 이것이 길을 잃은 사람에게 자극(磁極)과 같은 역할을 해주었다. 그는 이제 자신감을 얻어 똑바로 걸어가기 시작했다.

계속 소리쳐주시오, 계속 소리를 질러요, 그는 동료들을 향해 말했다. 계단 위의 눈먼 사람들은 마치 길고, 괴롭고, 극적인 달리기에서 결승점에 도착한 사람을 맞이하듯이 환호하고 있었다. 사람들은 그를 열광적으로 환영했다. 그것은 그들이 해줄 수 있는 최소한의 일, 입증된 것이건 예측할 수 있는 것이건 어떤 역경과 마주했을 때 누가 그의 친구인지 확인해주는 일이었다.

그러나 이런 우애 넘치는 분위기는 오래가지 않았다. 소란을 틈타 몇 사람이 식량 상자를 빼돌렸다. 그들은 자기들의 힘으로 가져갈 수 있는 만큼은 다 가져갔다. 분배에서 일어날 수 있으리라고 예상했던 모든 불의를 넘어서는, 노골적으로 신의를 저버린 행동이었다. 사람들이 뭐라고 하건 선한 믿음을 가진 사람들은 어디서나 찾아볼 수 있게 마련이다. 이곳에도 물론 그런 사람들이 있었는데, 그들은 분개하여, 이렇게는 살 수 없다고 목소리를 높였다. 우리가 서로를 신뢰하지 못한다면, 결국 우리 꼴이 어떻게 되겠습니까, 어떤 사람이 그렇게 물었다. 물론 모두가 그 답을 알고 있었다. 이 악당들이 매를 버는군, 다른 사람이 위협적으로 말했다. 물론 그 악당들이 의도적으로 매를 번 적은 없었으나, 모두들 그 말이 무슨 뜻인지 알고 있었다. 매우 적절하게 사용되었기 때문에 받아들여지는 부정확한 표현이라고 할 수 있겠다. 이미 현관에 모여 있던 눈먼 사람들은 합의에 이르렀다. 이 합의는 그들이 처한 어려운 상황을 해결하는 가장 현실적인 방법이라 할 수 있었다. 남은 상자들을 두 병실에 똑같은 숫자로 나눈다는 것이 첫 번째 합의 사항이었다. 다행히도 상자들의 개수는 짝수였다. 그리고 역시 똑같은 숫자의 사람들로 구성된 위원회를 조직하여, 사라진, 다시 말해서 도난당한 식량 상자들을 찾기 위한 조사를 한다는 것이 두 번째 합의 사항이었다. 그들은 전이냐 후냐를 놓고 토론하느라 약간 시간을 낭비했는데, 이것은 이제 습관이 되어 버리다시피 한 일이었다. 먼저 먹고 나서 조사를 할 것이냐, 아니면 그 반대냐를 놓고 토론한 것이다. 압도적 다수가, 그들이 굶주리며 보낸 그 긴 시간을 고려할 때, 우선 배를 채우고 그런 다음에 조사를 시작하는 것이 좋겠다는 쪽이었다. 그리고 당신네 쪽 시체들을 묻는 일도 잊지 마시오, 첫 번째 병실 출신의 누군가가 말했다. 아직 도둑들을 죽이지도 않았는데, 벌써 묻으라고 하면 어떡해, 두 번째 병실의 어떤 사람이 재치 있게 대꾸했다. 그는 자신의 말장난에 재미있어 했고, 다른 사람들도 모두 웃음을 터뜨렸다. 그러나 그들은 곧 범인들을 병실에서 찾아낼 수 없다는 것을 알게 되었다. 두 병실의 문간에서 식량이 오기를 기다리고 있던 사람들은, 어떤 사람들이 몹시 허둥대며 복도를 지나가는 소리를 들었다고 말했다. 그러나 병실로 들어온 사람, 하물며 식량 상자를 들고 들어온 사람은 하나도 없었다는 것이었다. 맹세를 해도 좋다고 했다. 누군가가 범인들을 확인하는 가장 좋은 방법은, 모두 각자의 침대로 돌아가보는 것이라고 말했다. 빈 침대의 주인이 도둑임이 분명했기 때문이다. 따라서 이제 할 일은 그들이 숨었던 곳에서 입맛을 다시며 나오기를 기다렸다가 일제히 달려들어, 집단 소유라는 성스러운 원칙에 대해 따끔하게 가르쳐주는 것뿐이었다. 그러나 그 계획이 비록 적절하고 모두의 마음 깊은 곳에 자리 잡은 정의감을 충족시켜주는 것이기는 하되, 거기에는 한 가지 심각한 약점이 있었다. 그것은 그토록 기다리던 아침 식사, 이미 식어버린 아침 식사를, 기약 없이 미루어야 한다는 점이었다. 먹고 나서 합시다, 한 사람이 제안했다. 그러자 다수도 먼저 먹는 것이 좋겠다고 동의했다. 그러나 슬프게도, 그들이 먹을 수 있는 것은 도둑질당하고 남은 얼마 안 되는 양이었다. 지금 이 시간에 이 낡고 황폐한 건물 어딘가의 은신처에서는 도둑들이 예기치 않게 두 배, 세 배로 늘어난 식량으로, 차갑긴 하지만 우유를 섞은 커피와 비스킷과 마가린을 바른 빵으로 배를 불리고 있을 텐데, 예의를 존중하려던 사람들은 그 2분의 1이나, 3분의 1, 심지어 그것조차도 안 되는 양으로 만족해야 하다니. 바깥에서는 보균자들에게 식량을 가져가라고 부르는 소리가 들렸다. 이 소리는 처량한 표정으로 크래커를 씹고 있는 우병동 재소자들 가운데 일부의 귀에도 들어갔다. 눈먼 사람 하나가 식량 도난의 여파로 인한 불건강한 분위기에 영향을 받아 한 가지 제안을 했다, 우리가 현관에서 기다리면, 그들은 우리를 보고 혼비백산해서 도망갈 거란 말이야, 그러면 그 와중에 상자를 하나 떨어뜨릴지 누가 알겠어. 그러나 의사는 그것이 옳지 못한 일이라고, 죄도 없는 사람한테 화풀이를 하는 것은 정의롭지 못한 일이라고 말했다. 식사를 마치자 의사의 아내와 검은 색안경을 썼던 여자는 판지 상자를 포함해서, 우유와 커피를 담았던 용기, 종이컵, 한마디로 먹을 수 없는 것은 모두 안마당으로 가지고 나갔다. 의사의 아내가 말했다, 쓰레기를 태워야 해요, 그래야 이 지겨운 파리들이 없어지죠.

눈먼 재소자들은 각자의 침대에 앉아 도둑의 무리가 돌아오기를 기다렸다. 도둑질이나 하는 개들, 그놈들이 도둑 개들이지 아니면 뭐야, 어떤 거친 목소리가 그렇게 내뱉었다. 그렇게 말한 사람은 몰랐지만, 마침 그때 다른 어떤 사람은 도둑질과 관련된 추억에 잠겨 있었다. 그는 누가 뭐래도, 그것을 추억이라고밖에 달리 부를 수가 없었다. 어쨌든 악당들은 나타나지 않았다. 낌새를 챈 것이 틀림없었다. 이쪽에서 누가 나서서 그들에게 매질을 해주자고 제안했듯이, 그쪽에서도 어떤 빈틈없는 사람이 상황이 심상치 않다고 이야기를 한 모양이었다. 몇 분이 지나갔다. 어떤 사람들은 누워 있었고, 어떤 사람들은 이미 잠이 들었다. 내 친구들이여, 먹고 자고 한다는 것이 바로 이런 것이다. 모든 점을 고려할 때, 상황은 더 나빠질 수 있다. 그러나 그들이 우리에게 계속 식량을 제공하는 한, 이것은 호텔에 있는 것이나 다름없다. 물론 식량이 없다면 죽은 목숨이겠지만. 반면 저 바깥 도시에 있는 눈먼 사람은 얼마나 괴로울까. 그래, 정말 괴로울 것이다. 길을 가다 걸려 넘어지기 일쑤이고, 모두들 그를 보기만 하면 달아날 것이고, 그의 가족은 공황에 빠져, 그에게 다가가는 것조차 두려워할 것이다. 어머니의 사랑, 자식의 사랑, 그런 것은 이미 전설이 되었을 것이다.

집에 있었다 해도 나는 아마 이곳에서 받는 것과 비슷한 대접을 받았을 것이다. 가족은 나를 방에 가두어두었을 것이고, 운이 좋다면, 문 밖에 음식 접시를 갖다놓았을 것이다. 객관적으로 상황을 본다면, 이성적 추론을 흐리는 선입관이나 적대감 없이 상황을 본다면, 당국이 눈먼 사람들을 눈먼 사람들과 합치기로, 각각을 그 동류와 합치기로 한 것은 선견지명이 있는 결정이었음을 인정하지 않을 수 없다. 문둥이들처럼 함께 살아야 하는 사람들에게는 그것이 지혜로운 것이다. 저기 병실 끝에 있는 의사가 조직을 갖추어야 한다고 말한 것도 분명히 맞는 이야기다. 사실 문제는 조직이다. 첫 번째가 먹을 것이오, 그 다음이 조직이다. 둘 다 사는 데는 불가결한 것이다. 믿을 만한 사람들을 골라 그들에게 책임을 맡기는 것. 이곳 병실에서 공존하기 위한 규칙을 세우고 승인하는 것. 바닥을 쓴다거나, 청소를 한다거나, 세탁을 하는 것 같은 간단한 일들의 규칙을 정하는 것. 그 점에 대해서는 우리는 불평할 것이 없다. 그들은 심지어 비누와 세제도 주었다. 늘 우리 침대를 정돈하라고 독려하고 있다. 중요한 것은 자존심을 잃지 않는 것이고, 우리를 경비하는 임무를 수행하고 있을 뿐인 군인들과 갈등을 일으키지 않는 것이다. 사상자는 더 이상 원치 않는다. 저녁에 이야기나 우화나 일화 같은 것으로 우리를 즐겁게 해줄 사람이 있는지 물어봐야지. 혹시 성경을 외우고 있는 사람이 있다면 얼마나 좋을까. 세상이 창조된 이후의 모든 일을 되새겨볼 수 있을 텐데. 중요한 것은 서로의 이야기에 귀를 기울인다는 것이다. 라디오가 없다는 것이 안타깝군. 음악은 늘 좋은 소일거리가 되는데. 세상 돌아가는 소식을 알 수도 있을 텐데. 예를 들어 우리 병을 치료하는 약이 혹시 발견되지는 않았는지. 그렇다면 얼마나 좋을까.

이윽고 불가피한 일이 벌어지고 말았다. 거리에서 총을 쏘는 소리가 들렸다. 우리를 죽이러 오는 거야, 누군가가 소리쳤다. 의사가 말을 받았다, 진정하십시오, 논리적으로 생각해야 합니다, 만일 우리를 죽이고 싶었다면, 여기로 들어와 우리를 쏘았지, 밖에서 쏘지는 않았을 겁니다. 사실 상사가 공포를 쏘라고 명령을 내린 것이다. 방아쇠에 손가락을 대고 있다가 갑자기 눈이 멀어버린 병사가 우발적으로 쏜 것이 아니었다. 승합차에서 내리며 비틀거리는 새 입소자들을 통제하고 협박하려면 달리 방법이 없었던 것이 분명했다. 앞서 보건부는 국방부에 통보를 했다, 승합차 네 대를 보내겠소. 그게 몇 명이오. 200명쯤 될 거요. 그 사람들을 다 어디에 수용한단 말이오, 맹인 재소자들을 위해 준비해놓은 병실은 오른쪽 병동의 병실 세 개뿐이오, 우리가 통보받은 바에 따르면, 총 수용 가능 인원은 120명이오, 그런데 안에는 이미 60~70명의 재소자들이 있소, 물론 거기서 사살할 수밖에 없었던 여남은 명은 제해야겠지만. 한 가지 방법이 있소, 모든 병실을 개방하는 거요. 그렇게 되면 보균자들이 맹인들과 직접 접촉하게 되는데. 어차피 보균자들은 조만간 눈이 멀 가능성이 아주 높소, 게다가, 상황이 이 지경이라면, 우리 모두가 감염될 판이오, 맹인이 볼 수 없는 곳에서만 살아갈 수 있는 사람은 하나도 없으니까. 궁금해서 묻는 건데, 맹인이 볼 수 없는 사람을 뜻한다면, 어떻게 그가 보는 것을 통해 병이 옮을 수 있다는 거요. 장군, 이건 세상에서 가장 논리적인 병이오, 멀어버린 눈이 멀지 않은 눈에 실명을 옮기는 거요, 이보다 더 간단한 게 어디 있겠소. 여기 있는 대령은 맹인이 나타나는 즉시 사살하는 것이 해결책이라고 말하던데. 맹인을 시체로 만든다고 해서 상황이 개선되는 것은 아니오. 눈먼 것과 죽은 것은 다르오. 그렇지요, 하지만 죽으면 눈이 멀게 되지요. 그러니까 200명 정도라 이거지요. 그렇소. 승합차 운전사들은 어떻게 하면 좋겠소. 그들도 안에 집어넣으시오. 같은 날 늦은 오후, 국방부는 보건부에 연락을 했다, 최신 소식을 하나 알려드릴까, 아까 말했던 대령이 눈이 멀었소. 지금은 아까 그 기발한 발상에 대해 어떻게 생각하는지 궁금하기 짝이 없구려. 별로 궁금할 것도 없소, 이미 자기 머리에 총을 쏘아 자살했으니까. 그 사람, 태도 하나는 일관성이 있군. 군은 늘 모범을 보일 준비가 되어 있소.

정문은 활짝 열려 있었다. 상사는 군의 관행에 따라 오열 종대로 서라고 명령했다. 그러나 눈먼 재소자들은 숫자를 제대로 맞추지 못했다. 때로는 다섯 명이 넘기도 하고, 때로는 다섯 명이 안 되기도 했다. 결국 그들은 입구에 어중이떠중이로 대충 서 있었다. 역시 민간인은 어쩔 수 없는 것인지, 질서 감각이라고는 찾아볼 수가 없었다. 게다가 그들은 난파선 이야기도 못 들었는지, 여자와 아이들을 먼저 보낼 생각은 하지도 않았다.

아, 잊기 전에 하나 이야기해두어야 할 것이 있다. 모든 사격이 공포는 아니었다는 것이다. 승합차 운전사 하나가 눈먼 재소자들과 함께 들어가려 하지 않았던 것이다. 그는 자기 눈은 아주 잘 보인다고 항변했다. 그 결과, 3초 뒤, 죽으면 눈도 먼다는 보건부의 이야기가 증명이 되고 말았다. 상사는 앞서와 같은 명령을 내렸다, 계속 가라, 그러면 계단이 나오는데 모두 여섯 단이다, 거기 도착하면 천천히 계단을 올라가라, 한 명이라도 발을 헛디디면 그 결과가 어떻게 될지는 아무도 모른다. 하나 빠뜨린 것은 밧줄을 따라가라는 것이었다. 그들이 밧줄을 이용했다면 들어가는 데 엄청난 시간이 걸렸을 것이다. 이제 모두가 정문 안으로 들어갔기 때문에 상사는 마음의 부담을 상당히 덜었다. 상사는 다시 이야기를 했다, 오른쪽에 병실 세 개가 있고, 왼쪽에 세 개가 있다, 각 병실에는 침상이 마흔 개 있다, 가족은 함께 지내도록 하라, 혼잡을 피하기 위해, 입구에서 기다렸다가 이미 입소한 사람들의 도움을 받아라, 곧 익숙해질 것이다, 들어가서 조용히 있어라, 조용히 있도록 해라, 식량은 나중에 배달될 것이다.

이 눈먼 사람들, 그것도 그렇게 많은 사람들이, 도살장으로 끌려가는 양들처럼, 평소 습관대로 매애 하고 울면서, 그래, 약간 혼잡하긴 하지만 그것이 늘 살아온 방식이니까 이번에도 어김없이 친밀하게 꼭 붙어서, 서로 숨결과 냄새를 섞으며 차분하게 들어갔을 것이라고 상상하는 사람은 아무도 없을 것이다. 여기에는 울음을 멈출 수 없는 사람들도 있고, 두려움 때문에 또는 격분 때문에 소리를 지르는 사람들도 있고, 욕을 하는 사람들도 있다. 어떤 사람들은 효과는 없지만 무시무시한 협박을 하기도 한다. 너희들 내 손에 잡히기만 하면 눈알을 뽑아버릴 거야. 여기서 너희들이란 아마 군인들일 것이다. 계단에 처음 도착한 사람들은 불가피하게 한 발로 계단의 높이와 깊이를 재볼 수밖에 없었다. 그렇게 잠깐 지체하는 바람에, 뒤에서 오는 사람들의 압력에 못 이겨 앞줄에 섰던 사람들 가운데 두셋이 땅에 쓰러졌다. 다행히도 더 심각한 일은 일어나지 않았다. 종아리 살갗이 좀 벗겨진 정도였다. 상사의 경고가 효과를 발휘한 순간이었다. 새로 도착한 사람들 가운데 많은 수가 이미 현관에 들어서 있었다. 그러나 200명이, 그것도 눈이 멀고 안내자가 없는 200명이 쉽게 대오를 정돈할 수는 없는 노릇이다. 이런 고통스러운 상황은 우리가 낡은 건물, 그것도 엉터리로 설계된 건물 안에 있다는 사실 때문에 더 심각해지고 있다. 군사적인 일밖에 모르는 상사가 양쪽에 병실이 세 개씩 있다고 말해준 것만으로는 아무런 도움이 되지 못한다. 내부가 어떻게 생겼는지를 알아야 한다. 문간은 너무 좁아 꼭 병목처럼 보인다. 복도는 이 정신병원의 다른 재소자들 머릿속처럼 정신없이 뒤엉켜 있다. 분명한 이유도 없이 앞이 뚫리기도 하고, 예상치 못한 곳이 막히기도 한다. 이래 가지고는 아무도 길을 제대로 찾을 수가 없었다. 선두는 본능적으로 둘로 나뉘어, 들어갈 수 있는 문을 찾아 각각 벽을 따라 움직였다. 그것은 길을 막고 있는 가구가 없다면, 분명히 안전한 방법이라고 할 수 있다. 조만간, 요령도 생기고 인내심도 생기면, 새 입소자들은 안정을 찾을 것이다. 그러나 그러기 위해서는 우선 왼쪽으로 들어간 사람들이 그쪽에 수용되어 있던 보균자들과의 싸움에서 이겨야만 한다. 그것은 당연히 예상할 수 있는 싸움이었다. 왼쪽 병동은 보균자들에게 주어진 것이라는 합의가 있었다. 심지어 보건부에서 정해놓은 규칙도 있었다. 그들 모두가 결국 틀림없이 눈이 멀 것이라는 예측이 사실이라 하더라도, 순수한 논리의 면에서 볼 때, 그들이 진짜로 눈이 멀기 전까지는 눈이 멀 운명이라고 아무도 장담할 수 없다는 것 또한 사실이었다. 그럼에도, 편안하게 앉아, 적어도 나만큼은 모든 것이 잘될 것이라고 믿고 있던 사람에게, 갑자기 그가 가장 두려워하는 사람들의 무리가 울부짖으며 정면으로 다가오는 상황이 벌어졌다. 처음에 보균자들은 그들이 자신들과 같은 집단이고, 단지 숫자만 많은 것이라고 생각했다. 그러나 그런 착각은 오래가지 않았다. 그 사람들은 분명히 눈이 멀었던 것이다. 당신들은 여기 들어올 수 없소, 이 병동은 우리 것이오, 이곳은 눈먼 사람들이 오는 데가 아니오. 당신네들은 건너편으로 가야 하오, 문간에 서 있던 사람들은 그렇게 소리쳤다. 그러자 눈먼 사람들 가운데 일부는 방향을 틀어 다른 입구를 찾으려 했다. 그들은 왼쪽으로 가든 오른쪽으로 가든 상관하지 않았다. 그러나 밖에서 계속 밀려 들어오는 사람들이 그들을 무자비하게 밀어붙였다. 보균자들은 주먹과 발길질로 문을 방어했다. 눈먼 사람들은 있는 힘을 다해 대응했다. 그들은 적을 볼 수는 없었지만, 어디서 주먹과 발이 날아오는지는 알 수 있었다. 현관 쪽은 200명은커녕 그 이하도 수용할 수가 없었다. 따라서 오래지 않아 앞마당으로 향하는 꽤 넓은 문이 완전히 막혀버리고 말았다. 마치 마개로 막아놓은 것 같았다. 안에 들어가 있는 사람들은 앞으로도 뒤로도 움직일 수가 없었다. 시간이 갈수록 짓눌려 납작해지기만 할 뿐이었다. 그들은 옆사람에게 발길질을 하고 또 팔꿈치로 밀치기도 하면서 자신을 보호하려 했다. 숨이 막혔다. 비명이 들렸다. 눈먼 아이들이 흐느끼고 있었다. 눈먼 어머니들이 기절하고 있었다. 그런데도 들어오지 못한 거대한 무리는 더 세게 밀어붙였다. 그들은 군인들의 고함에 겁을 먹고 있었다. 군인들은 왜 저 멍청이들이 안으로 들어가지 못하는지 이해하지 못했다. 이윽고 물결이 뒤로 거세게 밀려가는 끔찍한 순간이 왔다. 사람들은 혼란으로부터, 당면한 압사 위험으로부터 탈출하려고 몸부림쳤다. 차라리 군인들 앞으로 가는 게 낫겠어. 군인들은 안으로 들어갔던 상당한 숫자의 사람들이 갑자기 밖으로 토해져 나오는 것을 보았다. 군인들은 즉시 최악의 상황을 상정했다. 새로 도착한 사람들이 돌아나오려고 하는구나, 선례를 기억하자. 대학살이 벌어질 수도 있는 순간이었다. 다행히도 상사는 다시 한 번 위기를 감당해냈다. 그는 직접 공포를 쏘았다. 단순히 주의를 끌기 위해서였다. 그리고 스피커에 대고 소리쳤다, 진정하라, 계단에 올라간 사람들은 뒤로 약간 물러서라, 길을 터줘라, 밀지 말고 서로 도와라. 그러나 명령은 먹히지 않았다. 안에서는 싸움이 계속되고 있었기 때문이다. 그러나 많은 수가 오른쪽 병동의 문으로 이동한 덕분에 현관에는 점차 여유 공간이 생기고 있었다. 오른쪽으로 간 사람들은 이미 안에 있던 사람들의 따뜻한 안내를 받아 3호 병실로 갔다. 3호 병실은 지금까지는 비어 있었다. 2호 병실의 빈 침대로 간 사람도 있었다. 잠시 전투는 보균자들에게 유리한 쪽으로 끝날 것처럼 보였다. 그들이 눈도 보이고 힘도 더 세서가 아니라, 눈먼 사람들이 건너편 입구가 저항이 덜하다는 것을 알아채고, 상사가 전략과 기본 군사 전술에 대한 토론에서 사용했을 법한 용어로 말하자면, 보균자들과의 모든 교전을 중단했기 때문이다. 그러나 우병동에서 공간이 없다고, 병실이 모두 꽉 찼다고 알리는 소리가 들려왔다. 여전히 사람들은 현관으로 계속 밀고 들어오고 있었다. 바로 그때, 현관 입구를 막고 있던 인간 마개가 흩어지면서, 바깥에 있던 많은 사람들이 앞으로 전진하게 되었다. 마침내 그들도 군사들의 위협에서 벗어나 안전한 곳으로 들어오게 됐다. 그러나 거의 동시에 이루어진 이 두 차례의 자리바꿈 결과 좌병동 입구에서는 다시 싸움이 시작되었다. 다시 주먹질이 시작되었고, 다시 외치는 소리가 들렸다. 그것만으로 부족했는지, 혼란한 와중에 당황한 사람들의 일부가 뒤에서 미는 바람에 어쩔 수 없이 현관에서 곧장 안마당으로 향하는 문을 열었고, 곧이어 거기에 시체들이 있다고 소리쳤다. 그들이 겪었을 공포를 상상해보라. 그들은 있는 힘을 다해 뒤로 물러섰다. 저기 시체들이 있어, 그들은 다시 소리쳤다. 마치 그들이 다음에 죽을 차례인 것처럼. 순식간에 혼란의 소용돌이가 일어나면서 복도는 최악의 상황으로 빠져들었다. 이어 갑자기, 필사적인 힘에 의해, 인간들의 덩어리가 왼쪽 병동을 향해 쏟아져 들어갔다. 그 앞에 있는 모든 것을 휩쓸고 나아갔다. 보균자들의 저항선은 무너졌다. 그들 가운데 다수는 이제 단순한 보균자가 아니었다. 어떤 보균자들은 미친 듯이 이 검은 운명으로부터 달아나려고 했다. 그러나 소용없었다. 그들은 하나씩 하나씩 눈이 멀었다. 그들의 눈은 갑자기 복도, 병실, 온 공간에 범람하기 시작한 무시무시한 백색의 물결에 잠겨버렸다. 현관과 안마당에서는 눈이 먼 무력한 사람들, 주먹에 맞아 심하게 멍이 들기도 하고, 발에 짓밟히기도 한 사람들이 발을 질질 끌며 움직이고 있었다. 그들 대부분은 노인들이었고, 부녀자도 많았다. 방어력이 없는 사람들이었다. 그럼에도 묻어주어야 할 시체가 더 생기지 않았다는 것은 거의 기적에 가까웠다. 바닥에는 주인을 잃은 구두들 외에도 가방, 옷가방, 보따리들이 흩어져 있었다. 모두가 주인에게는 귀중한 물건이지만, 이제 주인과는 영원히 이별을 한 거나 다름없었다. 누구든지 줍는 사람이 임자라고 나설 분위기였다.

눈에 검은 안대를 한 노인이 안마당으로부터 들어왔다. 짐을 잃었는지 아니면 아무것도 들고 오지 않았는지, 빈손이었다. 그는 시체들에 발이 걸린 사람들 가운데 하나였으나, 소리를 지르지는 않았다. 노인은 시체들 곁에 그대로 서서, 평화와 고요가 회복되기를 기다렸다. 그는 한 시간을 기다렸다. 마침내 그가 피난처를 구할 차례가 왔다. 그는 두 손을 앞으로 뻗고 천천히 길을 찾아나갔다. 그는 오른쪽 첫 번째 병실 문을 만났다. 이어 안에서 들려오는 사람들 목소리를 듣고 물었다, 여기 혹시 침대 남는 것 있소.

많은 사람들이 새로 도착함으로써 적어도 한 가지, 아니 두 가지 이점이 생긴 것 같았다. 그 가운데 첫 번째는 말하자면 심리적인 것이었다. 언제라도 새로운 사람들이 나타날지 모른다고 조바심 내며 기다리는 것과 이제 건물이 마침내 다 찼다는 사실을 알고 있는 것 사이에는 엄청난 차이가 있다. 지금까지와는 달리 앞으로는 방해를 받지 않고 이웃과 지속적이고 안정적인 관계를 형성하고 유지하는 것이 가능할 것이다. 지금까지는 새로 도착하는 사람들이 계속 방해하고 개입함으로써 늘 새로운 의사 소통 통로를 마련해야 했다. 두 번째 이점은 현실적이고, 직접적이고, 실질적인 것으로, 민간인지 군부인지는 몰라도 어쨌든 바깥의 당국이 수십 명의 사람들에게 식량을 공급하는 것과 온갖 유형, 배경, 기질을 가진 240명을 먹이는 갑작스럽고 복잡한 책임을 감당하는 일은 다르다는 것을 이해했다는 점이다. 사실 전에는 대부분의 사람들이 인내심이 있는 편이기도 했지만, 워낙 숫자가 적어서 이따금씩 식량 공급에서 실수나 지연이 생겨도 그러려니 체념해버리기 일쑤였다. 그러나 이제는 무려 240명이다. 말이 240명이지, 침대가 없어 바닥에서 자는 사람이 적어도 스무 명은 되니까, 실제로는 260명이 넘는다고 봐야 한다. 어쨌든 열 명이 먹을 식량을 서른 명이 나누어 먹는 것과 240명이 먹을 식량을 260명이 나누어 먹는 것은 똑같지 않다는 점을 인식해야 한다. 그 차이는 사실눈에 잘 보이지 않는다. 이제 이런 가중된 책임을 감당해내려는 의식적인 노력 때문에, 그리고 무시하지 못할 하나의 가설로, 더 큰 소요가 발생할지도 모른다는 두려움 때문에, 당국의 일처리 방식에 변화가 생겼다. 즉 식량을 정시에 정량 공급하게 되었다는 것이다. 우리가 목격해야 했던, 그 모든 면에서 개탄할 만한 격투 뒤에도, 그렇게 많은 눈먼 사람들이 동시에 자리를 잡는다는 것은 아무런 갈등 없이 쉽게 끝날 수 있는 일이아니었다. 격투 전에는 눈이 보였으나 이제는 아무것도 볼 수없게 된 가엾은 보균자들, 헤어진 부부와 잃어버린 자식들, 맞고, 쓰러지고, 짓밟힌 사람들, 어떤 경우에는 두세 번이나 되풀이해 그 꼴을 당하는 바람에 심한 불편을 겪게 된 사람들, 잃어버린 귀중품을 찾아 돌아다니지만 결국 찾지 못하는 사람들만 떠올려보아도 그 사태의 후유증을 짐작할 수 있다. 정말 무감각한 사람이 아니고서는 이런 가엾은 사람들의 불행을 아무

일도 아닌 것처럼 잊어버릴 수 없다. 그럼에도 점심이 배달된다는 소식이 모든 사람에게 위로가 되었다는 것은 부정할 수 없다. 그런 엄청난 양의 식량을 가져와서 수많은 사람들에게 분배하는 일을 할 만한 조직이 없고 또 필요한 규율을 강제할 권위도 없다는 것을 고려할 때, 식량의 운송과 분배가 더 큰 오해들을 불러일으켰다는 것을 부정할 수는 없지만, 그럼에도 분위기는 상당히 좋은 쪽으로 바뀌었으며, 낡은 정신병원 전체에 260개의 입이 음식을 씹는 소리 외에는 아무런 소리도 안 들렸다는 점도 인정해야겠다. 나중에 먹고 남은 쓰레기들을 누가 치울 것이냐 하는 것은 아직까지는 답이 나오지 않은 문제다. 오후 늦게 스피커를 통해 공익과 질서를 위해 준수해야 할 행동 규칙이 반복되고 나서야, 새로 도착한 사람들이 이 규칙들을 얼마나 존중할 것인지가 분명해질 것이다. 우병동의 2호 병실 사람들이 마침내 사망자들을 묻기로 결정한 것은 사소한 일이 아니다. 이제 그래도 그 악취는 없앨 수 있게 되었으니까. 살아 있는 사람의 냄새는 아무리 역겹다 해도 죽은 사람의 냄새보다는 쉽게 적응이 되는 법이다.

1호 병실은 가장 오래되고, 따라서 그동안 실명 상태에 적응하는 과정에서 질서가 잡혔기 때문인지 몰라도, 식사 후 15분이 지나자 바닥에는 더러운 종이 조각 하나, 놓고 간 접시 하나, 커피나 우유 찌꺼기가 남아 있는 그릇 하나 보이지 않았다. 그들은 모든 것을 거두어들였다. 작은 물건은 큰 물건 안에 넣고, 더러운 것은 덜 더러운 것 안에 넣었다. 위생을 위한 합리적인 규칙이 요구하는 대로 따르고 있었다. 찌꺼기와 쓰레기를 거두어들이는 데 가능한 최대의 능률을 발휘하도록 주의를 기울였으며, 그 일을 수행하는 데 필요한 노력도 최대한 절약하도록 주의를 기울였다. 이런 사회적 행위를 강제하는 기초가 되는 정신 상태는 즉석에서 생기는 것도 아니고, 자발적으로 생기는 것도 아니다. 현재 면밀하게 살펴보고 있는 이 병실의 경우에는, 병실 맨 끝에 있는 눈먼 여자의 교육자적인 태도가 결정적인 영향력을 발휘한 것으로 보인다. 안과 의사의 부인인 이 여자는 지칠 줄 모르고 우리에게 이야기를 한다, 우리가 완전히 인간답게 살 수 없다면, 적어도 완전히 동물처럼 살지는 않도록 우리가 할 수 있는 일을 다 합시다. 그녀가 이 말을 자주 되풀이했기 때문에, 병실에 있는 사람들은 결국 그녀의 충고를 하나의 금언으로, 격언으로, 교리로, 생활 규칙으로 받아들이게 되었다. 깊이 파고 들어가 보면 그 말은 아주 단순하고 기본적인 것이었다. 검은 안대를 한 노인은 문 밖에서 안을 들여다보며 사람들에게, 여기 혹시 침대 남는 것 있소, 하고 물었을 때 따뜻한 환대를 받았다. 이것 역시, 다른 사람들의 요구와 조건을 우호적으로 이해하고자 하는 그런 정신 상태가 없었다면 가능한 일이 아니었을지도 모른다. 행복한 우연의 일치로 그 병실에는 침대가 하나 남아 있었는데, 이것은 미래에 뭔가 좋은 일이 있을 것이라는 암시가 분명했다. 딱 하나뿐이었다. 그 침대가 침략에서 어떻게 살아남았는지는 추측에 맡기겠다. 그것은 자동차 도둑이 말할 수 없는 고통을 겪던 침대였다. 그

때문에 침대에는 고난의 기운이 서려 있고, 그래서 사람들이 그 침대를 멀리했던 것인지도 모른다. 이런 것들은 운명의 작용이오, 알 수 없는 신비의 작용이다. 우연의 일치는 그것만이 아니었다. 결코 아니었다. 첫 번째로 눈이 먼 남자가 안과에 나타났을 때 대기실에 있던 환자들이 모두 이 병실에 모이게 되었다는 사실만 보아도 그것을 알 수 있을 것이다. 그러나 이때조차도 아무도 이런 우연의 일치에 또 다른 미래가 있을 것이라고는 생각하지 않았다. 의사의 아내는 평소와 마찬가지로, 아무도 그녀의 존재의 비밀을 의심하지 않도록 조심하며, 낮은 목소리로 남편의 귀에 대고 속삭였다, 저 사람도 당신 환자였나 본데요, 노인이에요, 대머리에, 머리는 다 하얗게 셌어요, 한쪽 눈에 검은 안대를 하고 있어요, 당신이 저 노인 이야기를 하던 게 기억나요. 안대를 한 게 어느 쪽 눈이야. 왼쪽이에요. 그럼 틀림없어. 의사는 통로로 나아가며 약간 목소리를 높여 말했다, 방금 들어오신 분을 좀 만져보고 싶습니다, 이쪽으로 오시지요, 저도 그쪽으로 갈 테니. 두 사람은 중간에서 마주쳤다. 손과 손이 만났다. 마치 두 마리의 개미가 더듬이를 움직여 서로를 알아보는 듯했다. 그러나 이 경우는 좀 달랐다. 의사는 실례한다고 하더니, 두 손으로 노인의 얼굴을 만졌고, 곧 안대를 찾아냈다. 틀림없습니다, 여기에 빠져 있던 한 분을 드디어 만났군요, 검은 안대를 하신 환자죠. 무슨 소리요, 당신은 누구요, 노인이 물었다. 나는 안과 의사입니다, 기억나세요, 백내장 수술을 할 날짜를 잡지 않았습니까. 나인지 어떻게 알았소. 우선 목소리로 알았지요, 앞이 보이지 않는 사람들에게는 목소리가 눈과 다름없으니까요. 그래, 목소리, 나도 선생 목소리가 귀에 익은 것 같소, 누가 이렇게 되리라고 생각이나 했겠소, 의사 선생, 어쨌든 수술은 할 필요가 없게 되었구려. 이 병에 치료법이 있다면, 우리 둘 다에게 그것이 필요하겠지요. 선생이 하던 말이 기억나는구려, 수술을 받고 나면 내가 살던 세상도 제대로 알아보지 못할 거라고 했지, 이제 선생 말이 정말 맞는 이야기가 되었소. 언제 눈이 멀었습니까. 어젯밤이오. 그런데 벌써 이리로 오신 거로군요. 저 바깥의 공황은 말도 못 하오, 오래지 않아 눈이 멀었다는 것이 확인되는 즉시 사살을 하게 될 거요. 여기서도 벌써 열 명이나 죽었습니다, 어떤 사람의 목소리가 끼어들었다. 나도 만나보았소, 검은 안대를 한 노인이 간단하게 말을 받았다. 그들은 다른 병실 출신입니다, 우리 병실 출신들은 벌써 묻었습니다, 같은 목소리가 말했다. 마치 보고서를 마무리 짓는 것 같았다. 검은 색안경을 썼던 여자가 노인에게 다가갔다. 저 기억나세요, 저는 검은 색안경을 쓰고 있었는데, 암, 백내장이 있긴 했지만, 잘 기억하고 말고, 아주 예뻤던 것으로 기억하오. 여자는 웃음을 지었다. 고맙습니다, 여자는 그렇게 말하고 자기 자리로 돌아갔다. 그리고 소리쳤다, 꼬마도 여기 있어요. 엄마 보고 싶어요, 소년의 목소리가 들렸다. 그 목소리는 소용없는 외로운 울음 때문에 많이 약해진 것 같았다. 저는 제일 먼저 눈이 먼 사람입니다, 첫 번째로 눈이 먼 남자가 말을 이었다, 여기 아내도 함께 있습니다. 저는 안과 간호사예요, 안과 간호사가 말했다. 의사의 아내가 말을 받았다, 저만 소개하면 될 것 같네요. 그녀는 자기 소개를 했다. 그러자 노인이 환대에 답례라도 하듯이 말했다, 나한테 라디오가 있소. 라디오, 검은 색안경을 썼던 여자가 탄성을 지르며 손뼉을 쳤다, 음악, 얼마나 좋을까. 그렇소, 하지만 작은 라디오요, 건전지를 넣는 거지, 건전지는 영원히 가지 않는다오, 노인이 말했다. 설마 우리가 여기 영원히 갇혀 있을 거란 말씀은 아니겠죠, 첫 번째로 눈먼 남자가 말했다. 영원히라니, 천만에, 영원은 늘 너무 긴 시간이지. 뉴스를 들을 수 있겠군요, 의사가 말했다. 그리고 음악도 좀 듣고요, 검은 색안경을 썼던 여자가 말했다. 모든 사람이 똑같은 음악을 듣고 싶어 하는 건 아닙니다, 하지만 우리 모두 바깥세상이 어떻게 돌아가는지는 알고 싶을 겁니다, 따라서 뉴스를 위해 건전지를 아끼는 게 좋을 거예요. 나도 같은 생각이오, 검은 안대를 한 노인이 말했다. 노인은 웃옷 호주머니에서 아주 작은 라디오를 꺼내더니 스위치를 올렸다. 노인은 여러 방송을 찾아 주파수를 옮겨봤지만, 손이 아직은 불안정하여 제대로 맞추지 못했다. 처음에는 간헐적으로 소음, 단편적인 음악과 말이 들리더니, 마침내 노인의 손이 안정되면서, 음악 소리가 꾸준히 들렸다. 거기 잠깐 놔두세요, 검은 색안경을 썼던 여자가 간절한 목소리로 말했다. 말도 분명하게 들리기 시작했다. 그건 뉴스가 아닌데요, 의사의 아내가 말했다. 이어 갑자기 무슨 생각이 떠올랐는지, 그녀는, 지금 몇 시죠, 하고 물었다. 그러나 그녀는 아무도 자신에게 이야기해줄 수 없다는 것을 깨달았다. 노인은 계속 주파수를 돌렸다. 작은 상자는 계속 소음을 뱉어냈다. 이윽고 노인의 손이 한 군데서 멈추었다. 노래였다. 아무 의미 없는 노래였다. 그러나 눈먼 사람들은 천천히 주위에 모여들었다. 밀거나 하지는 않았다. 앞에 다른 사람의 존재가 느껴지면 그 순간 발을 멈추고 그 자리에 그대로 서서 귀를 기울였다. 크게 뜬 눈들은 노래를 부르는 목소리가 나오는 방향으로 맞추어져 있었다. 어떤 사람들은 울고 있었다. 샘에서 물이 흐르듯 그냥 눈물이 흘러내리고 있었다. 아마 눈먼 사람만이 그렇게 울 수 있지 않을까. 노래가 끝났고, 아나운서가 말했다, 딩동댕 소리와 함께 4시를 알려드리겠습니다. 눈먼 여자 하나가 웃음을 터뜨리며 말했다, 오후 4시라는 거야, 새벽 4시라는 거야. 그녀는 자신의 웃음소리에 스스로 상처를 받는 것 같았다. 의사의 아내는 몰래 시곗바늘을 맞추고 밥을 주었다. 오후 4시였다. 그러나 사실 시계는 그런 데 관심이 없다. 시계는 1에서 12까지 움직일 뿐이고, 나머지는 그저 인간의 정신 속에 있는 관념일 뿐이다. 무슨 소리가 들린 것 같은데, 검은 색안경을 썼던 여자가 묻고는 말을 이었다, 마치. 그녀가 말을 맺기도 전에 의사의 아내가 선수를 쳤다, 내가 낸 소리예요, 라디오에서 4시라는 말을 듣고 시계 태엽을 감았어요, 그냥 손이 저절로 그렇게 움직이네요. 이어 그녀는 그런 모험을 할 필요가 없었다고 후회했다. 오늘 도착한 사람 가운데 누가 시계를 찼는지만 확인하면 그만인 것을. 오늘 도착한 사람들 가운데는 아직 멈추지 않은 시계를 찬 사람이 틀림없이 있을 것이다. 사실, 검은 안대를 한 노인도 시계를 차고 있었다. 그의 시계는 정확한 시각을 가리키고 있었다. 의사가 입을 열었다, 바깥의 상황이 어떤지 이야기 좀 해주시죠. 검은 안대를 한 노인이 말했다, 그러지요, 하지만 우선 좀 앉아야겠소, 줄곧 서 있기만 했거든. 사람들은 서너 명씩 침대에 모여 앉았다. 서로 벗하며 이야기를 나누려는 것이었다. 눈먼 사람들은 조심스레 자리를 잡고 입을 다물었다. 이윽고 검은 안대를 한 노인이 자신이 아는 것, 자신이 아직 시력을 잃지 않았을 때 본 것, 전염병이 시작되고 나서 자신의 눈이 멀 때까지 며칠 동안 들은 것을 이야기하기 시작했다.

소문이 사실이라면, 첫 스물네 시간 동안 수백 명이 그 병에 걸렸소, 모두 똑같았소, 똑같은 증상을 보인 거요, 모두 즉시 눈이 멀었지만, 이상하게도 눈에서는 어떤 증세도 찾아볼 수 없었지, 또 시야는 눈부신 백색이었고, 눈이 멀기 전이나 후에 아무런 통증이 없었소, 둘째 날이 되자 새로 병에 걸리는 사람들 숫자가 약간 줄어들었다는 이야기가 나왔소, 수백 명에서 수십 명으로 줄었다는 거였소, 그러자 정부는 즉시, 상황을 곧 통제할 수 있을 것이라는 발표를 했소. 이 다음부터는 몇 군데 불가피한 부분만 빼고는 검은 안대를 한 노인의 이야기를 그대로 따라가지 않겠다. 좀 더 정확하고 적절한 어휘를 사용하여 그의 이야기를 재정리한 것으로 그가 직접 한 이야기를 대신하도록 할 생각이다. 미리 예측할 수 없었던 이러한 변화가 일어난 것은 노인이 다소 형식적이고 통제된 언어를 사용하기 때문이다. 이 점에서 그는 보완적인 보고자로서 완전한 자격을 갖추지 못했다고 할 수 있다. 물론 그는 이 특별한 사건들의, 방금 했던 표현을 그대로 사용한다면, 보완적 보고자로서 중요한 인물이다. 그가 없다면 우리는 바깥 세계에서 일어난 일을 알 도리가 없으므로. 그러나, 우리가 알다시피, 사용되는 언어가 엄격성과 적합성을 제대로 갖출수록, 사실들은 더 확실하게 묘사되는 법이다. 다시 당면한 문제로 돌아가보자. 따라서 정부는 원래 세웠던 가설, 곧 어떠한 잠복기 증상도 없이 즉각 발병하는, 미확인 병원균에 의한 전례 없는 전염병이 나라를 휩쓸 것이라는 가설을 폐기하게 되었다. 대신 정부는, 최신의 과학적 견해와 거기에 기초를 둔 최신의 행정적 해석에 의거하여, 아직 해명되지 않은 불행한 상황이 우연적이고 일시적으로 동시에 발생하고 있을 뿐이라고 발표했다. 정부는 성명에서, 이용 가능한 자료 분석에 기초하여 병의 발전 양상을 추적해볼 때, 이 병은 소멸을 향해 하강 곡선을 그리기 시작했음이 확인되었다고 강조했다. 즉 병이 쇠퇴하고 있는 징후들을 확인했다는 것이었다. 어떤 해설자는 텔레비전에 나와 적절한 비유를 들기도 했다. 그는 이 전염병인지 뭔지를 공중에 쏜 화살에 비유하면서, 그것이 최고점에 달해, 마치 정지한 듯 잠시 머물렀다가, 불가피하게 하강 곡선을 그리기 시작했다고 말했다. 중력은 화살의 하강 속도를 증가시키는 경향이 있으므로, 신이 허락하신다면, 해설자는 이렇게 잠시 신에게 의탁한 뒤에 다시 인간의 담론이라는 하찮은 영역으로 돌아와 이른바 전염병 이야기를 하면서, 우리를 괴롭히는 이 끔찍한 악몽도 마침내 사라지게 될 것이라고 말했다. 이후 언론 매체에서는 늘 이 비유가 인용되었다. 그리고 늘 그 끝에는 경건한 태도로, 눈먼 불행한 사람들이 곧 시력을 회복하기를 바란다고 이야기하고, 더불어 공적인 영역과 사적인 영역을 떠나 사회 전체가 눈먼 사람들과 유대를 강화하겠다고 약속했다. 먼 옛날에 보통 사람들은 대담한 낙관주의에 기초하여, 그 해설자가 말한 것과 비슷한 주장과 비유를, 좋은 일이건 나쁜 일이건 영원한 것은 없다는 말로 표현했다. 그것은 오랜 세월에 걸쳐 삶과 운의 성쇠로부터 지혜를 배운 사람들이 간직해온 탁월한 격언이었다. 이것이 눈먼 자들의 땅으로 옮겨지면 이렇게 번역될 수 있겠다, 어제는 우리도 볼 수 있었으나, 오늘은 볼 수 없다, 내일은 다시 볼 수 있겠지. 마지막 말은 약간 물어보는 듯한 느낌으로 해야 한다. 막 말을 뱉으려는 순간, 만약의 경우에 대비하는 신중한 태도 때문에, 희망 섞인 결론에 약간의 의심을 덧붙이는 것처럼.

슬프게도, 그런 희망이 헛되다는 것은 곧 분명해졌다. 정부의 기대와 과학계의 예측은 금방 종적을 감추고 말았다. 실명은 모든 것을 삼키고 앞에 있는 모든 것을 쓸어가버리는 갑작스러운 물살이 아니라, 천천히 땅을 적시다, 어느 순간 갑자기 땅을 완전히 삼켜버리는 수많은 개울들처럼 교활하게 침투하고 있었다. 이러한 사회적 재난에 직면하여, 이미 과감하게 행동할 태세를 갖추고 있던 당국은 서둘러 의학협의회를 조직했다. 특히 안과 의사와 신경 전문의들을 불러모았다. 일부는 학술 대회를 요구했지만, 준비에 시간이 걸리기 때문에 열리지 않았다. 대신 공동 토의, 세미나, 원탁 회의 등이 열렸다. 일부는 대중에게 공개되기도 하고, 일부는 비공개로 열리기도 했다. 그러나 그런 토론의 명백한 무용성 때문에 거의 모든 신문, 라디오, 텔레비전은 이런 회의에 관심을 잃었다. 회의 도중에 갑작스러운 실명이 발생하는 일, 즉 연사가 말을 하다 말고, 눈이 안 보입니다, 눈이 안 보여요, 하고 소리치는 일이 결정적 요인으로 작용했다. 다른 사람들의 행운과 불행을 중심으로 한 온갖 선정적인 이야기를 취재 대상으로 삼는 일부 매체만이 신중하고, 또 모든 의미에서 칭찬할 만한 행동을 보여주었을 뿐이다. 그들은 예를 들어 안과학 교수가 갑자기 눈이 머는 극적인 상황을 생중계로 보도할 기회를 놓칠 수 없었던 것이다.

국민의 전체적인 사기가 점차 저하되고 있다는 증거는 다름 아닌 정부에서 제공해주었다. 정부의 전략이 엿새 동안에 두 번이나 바뀌었던 것이다. 처음에 정부는 눈먼 사람들과 보균자들을 특정 구역, 예를 들어 우리가 있는 곳과 같은 정신병원에 수용함으로써 병의 확산을 억제할 수 있다는 자신감을 보였다. 그런데도 실명이 꾸준히 증가하자 정부 내의 영향력 있는 인사들은 정부가 당면한 상황에서 공식적으로 주도권을 쥐고 나가는 것만으로는 충분하지 않으며, 이러다가는 엄청난 정치적 대가를 치를지도 모른다고 우려하게 되었다. 그 결과 그들은 눈먼 사람들을 집 안에 가두고 절대 밖에 나가지 못하게 하는 일은 가족의 책임이라는 입장을 옹호하기 시작했다. 그렇게 해야 이미 어려워질 대로 어려워진 교통 상황이 더 악화되는 것을 막을 수 있고, 아직 눈이 멀지 않은 사람들의 불안을 자극하지 않을 수 있다는 것이 구실이었다. 아직 눈이 멀지 않은 사람들은 국민을 안심시키려는 정부의 발표와는 관계 없이, 백색 질병이, 마치 악마의 눈(이 눈을 가진 사람이 노려보기만 하면 화가 닥친다는 전설이 있다―옮긴이)의 경우처럼, 시각적 접촉에 의해서 퍼진다고 믿고 있었다. 사람들은 슬픈 생각이든, 하찮은 생각이든, 행복한 생각이든, 행복한 생각이라는 것이 아직도 존재하는지는 모르겠지만, 어쨌든 자기 나름의 생각에 몰두하여 길을 걷다가, 자기 쪽으로 다가오던 사람의 표정에 갑자기 변화가 생기는 것을 보곤 했다. 곧 그 얼굴에서는 지독한 공포의 모든 표시들이 나타났으며, 그의 입에서는 피할 수 없는 그 외침 소리, 눈이 안 보여, 눈이 안 보여, 하는 소리가 터져나오고 말았다. 이런 경험을 한 사람들이 정부가 기대하는 반응을 보이리라고 생각하는 것은 말도 안 됐다. 아무리 신경이 무딘 사람이라도, 거리에서 마주치는 그런 경험을 차분하게 받아들일 수는 없는 노릇이니까. 최악의 사태는 가족 모두가, 특히 소가족일 경우에 심한데, 빠른 속도로 눈이 멀어버린다는 것이다. 이렇게 되면 그들을 인도하거나 돌봐줄 사람이 남지 않는다. 그것은 동시에 시력을 가진 이웃도 그들로부터 보호받지 못한다는 뜻이다. 이렇게 눈이 먼 사람들은, 평소에는 아무리 애정이 많은 아버지나 어머니나 자식이었다 해도, 이제는 서로를 돌봐줄 수가 없다. 서로를 돌봐주려 하다가는 그림 속에 나오는 눈먼 사람들과 같은 운명, 함께 돌아다니고, 함께 넘어지고, 결국 함께 죽어가는 운명과 마주치게 될 테니까.

이런 상황에 직면하자 정부는 재빨리 후진 기어를 넣을 수밖에 없었다. 정부는 징발할 수 있는 장소에 대한 기준을 대폭 확대하여, 빈 공장, 빈 교회, 운동 경기장, 빈 창고 등을 즉각 수용소로 활용하기로 했다. 지난 이틀 동안은 군용 천막을 세운다는 이야기까지 있었소, 검은 안대를 한 노인이 덧붙였다. 처음에는, 그러니까 맨 처음 단계에는, 몇 군데 자선단체에서 자원봉사자들을 보내 눈이 먼 사람들을 도와주었다. 그들은 침대를 정돈해주고, 변소를 청소하고, 옷을 빨아주고, 음식을 준비해주는 등, 눈이 보이는 사람이건 보이지 않는 사람이건 생활을 유지해나가기 위해서는 최소한으로 필요한 일을 보살펴주었다. 그러나 이 훌륭한 사람들도 곧 눈이 멀고 말았다. 그들의 선행이야 역사에 기록되겠지만. 여기 그런 자원봉사자가 있소, 검은 안대를 한 노인이 물었다. 아뇨, 그런 사람은 아무도 안 왔어요, 의사의 아내가 대답했다. 그럼 그것도 헛소문이었는지도 모르겠군. 교통 상황은 어떻습니까, 첫 번째로 눈이 먼 남자가 물었다. 자기 차가 기억이 났고, 더불어 그를 안과까지 태워다주고 이곳에서는 무덤을 파는 일도 함께했던 택시 운전사의 차도 기억이 났던 것이다. 교통은 그야말로 혼돈 상태지요, 검은 안대를 한 노인이 대답했다. 이어 구체적인 사고들에 대해 자세히 이야기하기 시작했다. 버스 운전사가 도로에서 차를 몰고 가다 갑자기 눈이 머는 일이 처음으로 발생했을 때는 그 사고로 인해 사상자가 나왔는데도, 사람들은 별 관심을 가지지 않았다. 습관의 힘 때문이었다. 버스 회사의 홍보 담당자도 별 고민 없이, 운전사의 실수로 인한 사고라고 발표했다. 물론 운전사가 당한 일 자체는 안타깝지만, 모든 점을 고려할 때, 그 사고는 평소 가슴에 전혀 통증을 못 느끼던 사람이 심장 마비를 당한 경우처럼 예측 불가능한 일이었다는 것이다. 홍보 책임자는 말했다, 우리 직원들은 우리 버스의 기계 부품이나 전자 부품과 마찬가지로 정기적으로 엄격한 검진을 받으며, 그 분명하고도 직접적인 결과로, 우리 회사 차량들의 사고 비율은 전체적으로 보아 극히 낮습니다. 이렇게 수고스럽게 설명을 한 내용이 신문에 실렸으나, 사람들은 단순한 버스 사고에 대해서 걱정할 만큼 한가하지 않았다. 사실 그 사고는 버스의 브레이크가 고장나 일어난 사고의 경우와 별반 다르지 않게 취급되었다. 그러나 이틀 뒤에는 바로 그런 브레이크 고장으로 인해 다른 사고가 발생했다. 그러자 이번에는 거꾸로 사고 버스의 운전사가 눈이 멀었다는 소문이 돌았다. 우리가 사는 세상에서는 이런 식으로 진실이 자기 목적을 달성하기 위해 거짓으로 위장을 하기도 하는 법이다. 대중에게 사고의 진상을 아무리 설명해도 소용이 없었다. 그리고 그런 불신의 결과는 곧 분명하게 나타났다. 사람들이 갑자기 버스를 이용하지 않게 된 것이다. 사람들은 다른 사람이 눈이 머는 바람에 죽느니, 차라리 스스로 장님이 되는 게 낫다고 이야기했다. 그 직후 같은 이유로 세 번째 사고가 발생했는데, 이번 버스에는 승객이 하나도 없었다. 사람들은 그 사고를 두고, 대중 특유의 그럴 줄 알았다는 투로, 거봐, 잘못했다간 내가 당했을 수도 있잖아, 하고 이야기들을 했다. 그러나 그렇게 말한 사람들조차 자기 말이 얼마나 정확한지는 상상도 못 했다. 여객기를 몰던 두 조종사가 동시에 눈이 멀어버리는 바람에 비행기가 땅에 추락하여 화염에 휩싸이고, 승객과 승무원 전원이 사망하는 사고가 일어났다. 이 경우에는, 나중에 유일한 생존자인 블랙 박스가 밝혀주었듯이, 기계 및 전자 장비에는 아무런 문제가 없었다. 그런 규모의 비극은 평범한 버스 사고와는 차원이 다르다. 따라서 그때까지도 어떤 환상을 품고 있던 사람들마저도 환상을 버렸고, 곧 크든 작든, 빠르든 느리든, 엔진 소리와 바퀴 소리는 아예 들리지 않게 되었다. 전에는 입버릇처럼 점점 증가하는 교통 문제에 대해 불평하던 사람들, 정지해 있든 움직이든, 끊임없이 앞길을 가로막는 차들 때문에 어디로 가야 할지 모르던 보행자들, 한 블록을 수도 없이 뱅뱅 돌다가 마침내 간신히 주차 공간을 찾아내곤 하던 운전자들이 모두 보행자가 되어 보행자로서의 불평을 늘어놓기 시작했다. 그러나 처음에는 목소리를 높였지만, 이제는 다들 만족하고 사는 것 같았다. 다만 이제 아무리 가까운 거리라 해도 아무도 감히 차를 운전하려 하지 않기 때문에, 승용차, 트럭, 오토바이, 심지어 자전거까지 도시 전역에 아무렇게나 어지럽게 놓여 있는 것이 문제였다. 운전하던 사람들이 갈 길이 급하다는 마음보다 두려움이 앞서는 순간, 그대로 차를 버려두고 갔다. 승용차의 앞바퀴 축에 사슬을 걸어 들어올린 견인차 한 대가 도로 중간에 멈춰 선 기괴한 모습이 모든 것을 말해주는 셈이었다. 아마 이 경우에는 견인차 운전사가 먼저 눈이 멀어버렸겠지만. 모두에게 상황은 심각했다. 그러나 눈이 먼 사람들에게는 그야말로 재난이었다. 그들은 어디를 디뎌야 하는지 볼 수가 없었기 때문이다. 눈먼 사람들이 잇달아 버려진 차에 부딪혀 정강이가 깨지는 모습을 보면 안쓰러웠다. 어떤 사람들은 넘어져서, 날 좀 일으켜주십시오, 하고 소리치기도 했다. 그러나 어떤 사람들은 원래가 우악스러운 기질을 타고났는지 아니면 절망감 때문에 그렇게 되었는지 몰라도, 누가 도와주려고 하면 욕을 하고 손을 뿌리치면서, 놔둬, 당신도 곧 내 꼴이 될 거야, 하고 악을 쓰곤 했다. 그러면 동정심을 발휘하려 했던 사람은 기겁하고 얼른 달아나 그 짙은 하얀 안개 속으로 사라졌다. 그는 달아나면서 자신의 친절이 얼마나 위험한 일이었는지를 깨닫게 되고, 결국 거기에서 몇 걸음 못 가 실제로 눈이 멀었다.

바깥 사정은 그렇다오, 검은 안대를 한 노인은 이야기를 끝내가고 있었다. 나도 다 알지는 못하오, 내 두 눈으로 본 이야기만 할 수 있을 뿐이니까. 노인은 여기서 말을 끊더니, 자기 말을 정정했다. 내 두 눈이 아니지, 나는 눈이 하나밖에 없으니까, 지금은 그마저도 없지만, 아니, 있기는 하지만 쓸모없다고 해야겠지. 왜 유리 눈을 안 끼우고 안대를 하고 계시는지 한 번도 여쭈어보지 못했군요. 내가 왜 그래야 하오, 말해보시오, 검은 안대를 한 노인이 되물었다. 그게 보기가 나으니까 보통 그렇게 하지요, 게다가 더 위생적이기도 하거든요, 틀니처럼 뺐다가 씻어서 다시 끼울 수도 있으니까요. 그렇군요, 선생, 하지만 지금의 상황에서는 어떨지 생각해봅시다, 만일 지금 눈이 먼 사람들 모두가 그들의 두 눈을 잃어버렸다고, 그러니까 진짜로 잃어버렸다고 해봅시다, 그들이 지금 유리 눈알 두 개를 끼고 돌아다니는 것이 무슨 소용이 있겠소. 맞습니다, 아무 소용이 없겠군요. 우리 모두가 장님이 되고 말았는데, 어쨌든 지금 그렇게 되어가는 것으로 보이는데, 누가 보기 좋은 것에 관심을 가지겠소, 그리고 위생 얘긴데, 이보시오, 의사 선생, 이런 곳에서 어떤 위생을 바란단 말이오. 어쩌면 눈먼 사람들의 세상에서만 모든 것이 진실한 모습을 드러내는지도 모르겠습니다, 의사가 말했다. 사람들도 그럴까요, 검은 색안경을 썼던 여자가 물었다. 사람들 역시 그럴 겁니다, 그들을 보는 사람이 없을 테니까. 검은 안대를 한 노인이 말했다, 방금 생각이 하나 떠올랐소, 시간을 보내기 위해 우리 놀이나 하나 합시다. 우리가 뭘 하는지 보이지도 않는데 무슨 놀이를 할 수 있겠어요, 첫 번째로 눈이 먼 남자의 아내가 말했다. 꼭 놀이라고는 할 수 없지, 우리 모두 우리가 눈이 머는 순간에 보았던 것을 이야기하는 거요. 창피한 걸 수도 있는데요, 누군가가 말했다. 놀이에 참여하고 싶지 않은 사람은 가만히 있어도 좋소, 중요한 건 거짓으로 꾸며내지 않는 거요. 먼저 한번 해보시지요, 의사가 말했다. 그럽시다, 검은 안대를 한 노인이 말을 이었다,

나는 눈이 멀 때 내 멀어버린 눈을 보고 있었소. 무슨 뜻이죠. 아주 간단하오, 내 텅 빈 안구에 염증이 생긴 것 같은 느낌이 들어, 어떻게 된 건가 보려고 안대를 벗었는데, 그 순간에 눈이 멀어버렸소. 꼭 알레고리처럼 들리는군요, 누군지 알 수 없는 목소리가 말하더니 덧붙였다, 자신의 부재를 인정하려 하지 않는 눈. 의사가 말했다, 내 경우는 말이죠, 집에서 안과학 책을 보고 있었습니다, 바로 지금 벌어지고 있는 이런 일 때문이었죠, 내가 마지막으로 본 것은 어떤 책 위에 올려진 내 손이었습니다. 의사의 아내가 말을 받았다, 나는 달랐어요, 내가 마지막으로 본 것은 남편을 태워주던 구급차 안이었죠. 내 경우는 이미 의사 선생님한테 설명을 했습니다, 첫 번째로 눈이 먼 남자가 말을 이었다, 차를 타고 신호등 앞에 멈춰 있었죠, 신호등은 빨간불이었고요, 한쪽 끝에서 반대편으로 길을 건너는 사람들이 있었습니다, 그 순간 눈이 멀어버렸습니다, 그랬는데 며칠 전에 죽은 사람이 나를 집까지 데려다주었죠, 물론 나는 그 사람 얼굴은 못 봤구요. 첫 번째로 눈이 먼 남자의 아내가 말을 받았다, 내 경우에는 마지막으로 본 것이 내 손수건이었어요, 집에 앉아서 눈알이 빠지게 울고 있었죠, 그러다 눈물을 닦으려고 손수건을 들어올렸는데, 그 순간 눈이 멀어버렸어요. 안과 간호사가 말을 받았다, 내 경우에는 엘리베이터에 타서 단추를 누르려고 손을 뻗는데, 갑자기 아무것도 안 보였어요, 얼마나 괴로웠을지 상상할 수 있겠죠, 나 혼자 그 안에 갇혀 있었으니 말이에요, 내려가게 될지 올라가게 될지도 몰랐어요, 문을 여는 버튼을 찾을 수도 없었죠. 약국 직원이 말을 받았다, 내 상황은 그보다는 간단했습니다, 사람들이 눈이 멀고 있다는 소문이 들렸는데, 어느 때인가, 눈이 멀면 어떨지 궁금해졌어요, 그래서 눈을 감고 상상을 해보려 했죠, 그랬다가 눈을 떴는데 진짜로 눈이 멀어 있었습니다. 그것도 또 알레고리처럼 들리는군, 누군지 알 수 없는 목소리가 다시 끼어들었다, 눈이 멀고 싶어 하라, 그러면 눈이 멀 것이오. 사람들은 입을 다물고 있었다. 다른 눈먼 사람들은 자기 침대로 돌아갔다. 그것도 쉬운 일은 아니었다. 다들 자기 번호는 알고 있었지만, 한쪽 끝의 1번에서 시작하여 위로 올라가든지 다른 쪽 끝의 20번에서 시작하여 아래로 내려가든지 해야만 가고 싶은 곳에 갈 수 있었다. 기도문 낭송 소리처럼 단조로운 숫자 세는 소리가 사그라들자, 검은 색안경을 썼던 여자는 자기에게 일어났던 일을 이야기했다, 나는 호텔 방에 있었는데, 남자가 내 몸 위에 올라와 있었죠. 거기서 그녀는 입을 다물었다. 너무 창피해서 그때 일을 이야기할 수가 없었다. 실제로 눈이 멀기 전부터 모든 것이 하얗게 보였다고 말할 수는 없었다. 그러자 검은 안대를 한 노인이 물었다, 그러다 모든 게 하얗게 보였다는 거지요. 네, 그녀가 대답했다. 어쩌면 댁의 실명은 우리의 경우와는 다를지도 모르겠구려, 검은 안대를 한 노인이 말했다. 마지막으로 남은 사람은 호텔 청소부였다. 나는 침대를 정리하고 있었어요, 그 침대에서 어떤 사람이 눈이 멀었죠, 나는 하얀 시트를 들어올려 활짝 펼치고, 누구나 그러듯이 옆자락을 매트리스 밑으로 쑤셔넣었어요, 그리고 두 손으로 시트를 평평하게 펴고 있는데, 갑자기 앞이 보이지 않았죠, 내가 어떻게 시트를 평평하게 폈는지 기억이 나네요, 아주 천천히 폈어요, 바닥에 까는 시트였죠, 그녀는 특별히 의미가 있는 것이라도 되듯이 마지막 말을 덧붙였다. 자기가 볼 수 있었던 마지막 순간에 대해 다 이야기를 한 거요, 검은 안대를 한 노인이 물었다. 다른 사람이 없다면 내 이야기를 하죠, 누군지 알 수 없는 목소리가 말했다. 다른 사람이 있으면, 그 사람은 댁 다음에 하면 되지, 어서 이야기해보시오. 내가 마지막으로 본 것은 그림이었습니다. 그림, 검은 안대를 한 노인이 되묻고는 덧붙였다, 그 그림이 어디 있었소. 나는 미술관에 있었습니다, 옥수수밭을 그린 그림이었지요, 까마귀도 있고, 사이프러스 나무도 있고, 다른 태양들의 조각으로 만들어진 것처럼 보이는 태양도 있었습니다. 꼭 어떤 네덜란드 화가의 그림 같군. 아마 그거였던 것 같습니다, 하지만 그 그림에는 물에 빠진 개도 있었지요, 이미 반쯤은 물에 잠겼습니다, 가엾은 것. 그렇다면 그건 어떤 스페인 화가의 그림인데, 그 화가 전에는 아무도 그런 상황에 처한 개를 그린 적이 없고, 그 뒤에는 아무도 그런 개를 그릴 용기를 낼 수가 없었는데. 그런지도 모르죠, 그리고 건초가 잔뜩 실린 수레도 있었습니다, 말이 그 수레를 끌고 개울을 건너고 있었죠. 왼쪽에 집이 있지 않았소. 맞습니다. 그럼 그건 어떤 영국 화가의 그림인데. 그럴지도 모르죠, 하지만 그런 것 같지는 않습니다, 아이를 품에 안은 여자도 있었으니까요. 어머니와 자식의 모습은 그림에는 아주 흔한 거요. 그렇죠, 나도 그렇게 생각했습니다. 내가 이해할 수 없는 것은 어떻게 하나의 그림에 그렇게 많은 모습들, 그것도 서로 다른 화가들이 그린 모습들이 담겨 있을 수 있느냐 하는 거요. 그리고 식사를 하는 남자들도 있었습니다. 미술사를 보면 점심 식사를 하는 모습, 오후에 간식을 먹는 모습, 저녁을 먹는 모습을 그린 그림들이 아주 많소, 따라서 그것만으로는 식사를 하는 사람들이 누구인지 알 수가 없는 걸. 남자는 모두 열세 명이었습니다. 아, 그럼 쉽군, 계속해보시오. 또 금발의 벌거벗은 여인도 있었습니다, 바다에 떠 있는 조가비 안에 들어가 있었지요, 여자 주위에는 꽃들이 많았고요. 이탈리아 그림인 게 분명하군. 그리고 전투 장면도 있었습니다. 연회 장면이나 아이를 품에 안은 어머니의 모습을 그린 그림과 마찬가지로, 전투 장면만 가지고는 누가 그 그림을 그렸는지 알 수가 없는 걸. 시체와 부상자들도 있었습니다. 그거야 당연하지, 조만간 모든 아이는 죽게 되고, 병사들 역시 마찬가지이니까. 그리고 공포에 질린 말이 한 마리 있었습니다. 두 눈알이 막 튀어나오려는 것 같지 않았소. 바로 그랬습니다. 뭐 말들이야 다 그렇지, 그래, 그 그림에 또 어떤 장면들이 있었소. 슬프게도 그 이상은 알아낼 수가 없었습니다, 그 말을 보는 순간 눈이 멀어버렸거든요. 두려움은 실명의 원인이 될 수 있어요, 검은 색안경을 썼던 여자가 말했다. 그거야말로 진리로군, 그것보다 더 참된 말은 있을 수 없어, 우리는 눈이 머는 순간 이미 눈이 멀어 있었소, 두려움 때문에 눈이 먼 거지, 그리고 두려움 때문에 우리는 계속 눈이 멀어 있을 것이고. 지금 말하는 사람은 누굽니까, 의사가 물었다. 눈먼 사람이오, 어떤 목소리가 대답하더니 덧붙였다, 그냥 눈먼 사람, 여기에는 그런 사람밖에 없으니까. 그러자 검은 안대를 한 노인이 물었다, 눈을 멀게 하는 데는 눈먼 사람이 몇 명이나 필요하오. 아무도 대답을 못 했다. 검은 색안경을 썼던 여자가 노인에게 라디오를 켜달라고 했다. 뉴스가 나올지도 몰라요. 뉴스는 나중에 나왔다. 그때까지 그들은 음악을 조금 들었다. 중간에 눈먼 사람들 몇 명이 병실 문간에 나타났다. 그들 가운데 하나가 말했다, 기타를 가져올 생각을 한 사람이 하나도 없다니 참으로 안타까운 일이야. 희망을 주는 뉴스는 없었다. 곧 거국 내각이 구성되어 전국적인 구조 사업을 벌일 것이라는 소문이 돌고 있다는 이야기뿐이었다.

처음에 이 병실의 눈먼 사람들을 열 손가락으로 꼽을 수 있었을 때는 두세 마디만 나누면 낯선 사람도 불행을 같이 겪는 동반자로 바뀔 수 있었다. 그리고 서너 마디만 더 하면 서로 모든 허물을, 그 허물들 가운데 일부는 정말 심각한 것이었음에도, 용서해줄 수가 있었다. 당장 완전한 용서가 이루어지지 않는다 해도, 참을성 있게 2~3일만 기다리면 되었다. 그러면 이가엾은 사람들이 말도 안 되는 고통을 수도 없이 겪어야만 한다는 것을 분명하게 알 수 있었다. 그들은 몸이 어서 용변을 보라고 다그칠 때마다, 또는 어서 욕구를 충족시켜달라고 다그칠 때마다 고통을 겪었다. 그럼에도 불구하고 이 격리 수용소에 처음 들어온 사람들이 용변이라는 문제에서 인류의 탁월한 본성이 부과하는 십자가를 대체로 양심적으로 또 위엄 있게 지고 갈 능력이 있었다는 것은 인정해주어야 한다. 물론 완벽한 예의라는 것은 드물며, 아무리 신중하고 겸손한 사람이라도 약점은 있지만. 그러나 이제 모든 침대가 꽉 차, 바닥에서 자는 사람들을 빼고도 무려 240명이 모여 살게 되자, 비교를 하고, 이미지를 만들고, 비유를 하는 데 제아무리 뛰어난 상상력을 가진 사람이라도 이곳의 더러움은 제대로 묘사할 수 없는 지경에 이르고 말았다. 변소들은 삽시간에 벌을 받는 영혼들이 들어간다고 하는 지옥의 도랑처럼 악취가 나는 동굴로 바뀌어버렸다. 그러나 그것만 가지고 이러는 것은 아니다. 어떤 경우는 예의가 없어서였겠고, 또 어떤 경우는 갑자기 용무가 급해서였겠지만, 사람들은 복도와 다른 통로들을 변소로 만들어버렸다. 처음에는 그런 일이 이따금씩 벌어졌지만, 이제는 습관적인 것이 되어버렸다. 부주의하거나 초조한 나머지, 상관없어, 아무도 볼 수 없는데 뭐, 하는 생각이 들면, 그 이상 가려고 하지를 않았다. 어떤 의미에서든 변소까지 가는 것이 불가능해지자, 사람들은 안마당을 소변과 대변을 보는 장소로 이용하기 시작했다. 본성 때문이든 교육 때문이든 고상한 인격을 지닌 사람들은 하루 종일 참다가, 밤이 되면, 다시 말해서 대부분의 사람들이 병실에서 자고 있으므로 밤으로 추측되는 시간이 오면, 배를 움켜쥐고 또는 다리를 비비 꼬면서 한두 발 간격 정도의 빈 곳을 찾아나섰는데, 발에 짓밟힌 배설물이 양탄자처럼 끝도 없이 깔린 곳에 그런 공간이 있으면 다행이었다. 더 심각한 것은 안마당이라는 무한한 공간에서 길을 잃을 위험이 있다는 것이었다. 그곳에는 이전 사람들이 미친 듯이 탐색을 하는 동안에 만지고 부딪혔음에도 용케 살아남은 나무 몇 그루, 그리고 이제는 거의 평평해져 시체를 살짝만 덮고 있는 둔덕들 몇 개 외에는 이정표가 될 만한 지형지물이 없었다. 하루에 한 번, 늘 늦은 오후에, 마치 일정한 시간에 맞춰놓은 자명종이 울리듯이 스피커에서 목소리가 튀어나와 귀에 익은 명령과 금지 사항을 되풀이했다. 그 목소리는 또 세제를 정기적으로 사용하라고 권고했으며, 필요한 물자가 떨어질 때마다 요청할 수 있도록 각 병실에 전화가 있다는 사실을 상기시켰다. 그러나 정말로 필요한 것은 그 똥을 다 씻어낼 수 있는 호스 달린 분사기, 그리고 물탱크를 수리해 다시 물이 나오게 만들어줄 수 있는 많은 수의 배관공, 하수관을 통해 그 쓰레기들을 원래 가야 할 곳으로 씻어보낼 수 있는 물, 그것도 많은 양의 물이었다. 그리고 진심으로 탄원하나니, 눈, 성한 두 눈이 필요하다. 우리를 이쪽저쪽으로 안내할 수 있는 손, 나한테, 이쪽으로 와, 하고 말해줄 수 있는 목소리가 필요하다. 이 눈먼 사람들은 우리가 도와주지 않는다면 곧 짐승으로 변할 것인데, 더 심각한 것은, 이들이 눈먼 짐승으로 변할 것이라는 점이다. 이런 말을 한 사람은 그림과 이 세상의 이미지들에 대해 말하던 누군지 알 수 없는 그 목소리가 아니었다. 비록 표현은 약간 달랐지만, 밤늦게 그 말을 한 사람은 남편 곁에 누워 있는 의사의 아내이다. 둘은 함께 누워 담요를 머리까지 뒤집어쓰고 있다. 이 끔찍하고 지저분한 상황을 해결할 수 있는 방법을 찾아야 해요, 난 더 이상은 못 참겠어요, 계속 눈이 안 보이는 척하지는 못하겠어요. 그 결과를 생각해봐, 이 사람들이 당신을 노예로 만들려고 할 게 분명해, 당신은 모든 사람의 종이 되는 거라고, 누구든 부르면 달려가야 하는 사람이 되는 거란 말이야, 사람들은 당신한테 먹여달라고 할 거고, 씻겨달라고 할 거고, 침대에 눕혀달라고 할 거고, 아침에 깨워달라고 할 거고, 여기저기로 데려다달라고 할 거고, 코를 풀어달라고 할 거고, 눈물을 닦아달라고 할 거야, 당신이 자고 있을 때도 부를 거고, 기다리게 한다고 욕을 할 거야. 어떻게 다른 사람도 아닌 당신이 나더러 계속 이 비참한 꼴을 보라고 할 수 있어요, 그냥 이 사람들을 놔두라고 할 수 있어요, 이들을 돕기 위해 손가락 하나 까딱하지 말라고 할 수 있어요. 당신은 이미 아주 많은 일을 했어. 내 가장 큰 관심사는 내가 볼 수 있다는 것을 발각당하지 않으려는 건데, 그러면서 무슨 큰 도움이 될 수 있겠어요. 어떤 사람들은 당신이 볼 수 있다는 것 때문에 당신을 미워할 거야, 우리가 눈이 멀어서 더 착해졌다고 생각하지는 마. 더 악해진 것도 없잖아요. 하지만 악의 길로 가는 중이야, 음식을 나누어줄 시간에 어떤 일이 생기는지만 봐도 알 수 있잖아. 바로 그거예요, 볼 수 있는 사람이 음식 분배를 감독해야 해요, 여기 있는 모두에게 상식을 가지고 공평하게 나누어줄 수 있도록, 그러면 더 이상 불평도 없을 거예요, 그 끝도 없이 계속되는 말다툼 때문에 나는 돌아버릴 것 같은데, 그것도 사라질 것 아니에요, 눈먼 두 사람이 싸우는 꼴이 어떤지 당신은 모를 거예요. 싸움이란 건 언제나 실명의 한 형태라고 할 수 있지. 이건 달라요. 당신이 최선이라고 생각하는 대로 해, 하지만 우리가 눈이 먼 채로, 완전히 눈이 먼 채로 여기 있다는 것만 잊지 마, 우리는 따뜻한 말을 할 줄도 모르고 동정심도 없는 장님들이야, 그림책에 나오는, 눈이 먼 어린 고아들의 세계는 끝이 났어, 우리는 지금 냉혹하고, 잔인하고, 준엄한 장님들의 왕국에 들어와 있는 거야. 내가 봐야만 하는 걸 당신도 볼 수 있다면, 당신은 차라리 눈이 머는 게 낫다고 생각할 거예요. 당신 말이 옳겠지, 하지만 그럴 필요 없어, 난 이미 눈이 멀었으니까. 미안해요, 여보, 하지만 당신이 이걸 알기만 한다면. 알아, 안다고, 난 평생 사람들 눈을 들여다보며 살았어, 사람 몸에서 그래도 영혼이 남아 있는 곳이 있다면 그게 바로 눈일 거야, 그런데 그 눈을 잃은 사람들이니. 내일 사람들한테 눈이 보인다고 말할 거예요. 후회할 일이 아니기를 빕시다. 내일 이야기할 거예요, 그녀는 잠시 말을 끊었다가 덧붙였다, 그때까지도 내가 아직 그들의 세계에 들어가 있지 않다면 말이에요.

그러나 아직은 그렇게 될 때가 아니었는지, 다음 날 아침 평소처럼 일찍 잠을 깼을 때, 그녀의 눈은 전과 다름없이 잘 보였다. 병실 안의 다른 사람들은 모두 잠들어 있었다. 어떻게 이야기하면 좋을까, 모두 불러모아 발표를 할까, 어쩌면 신중하게 하는 게 더 나을지도 몰라, 과시하지 말고, 마치 별 이야기 아니라는 듯이 툭 던지는 거야, 하지만 생각해봐, 이 수많은 눈먼 사람들 가운데서 내가 눈이 멀지 않고 버텨왔다고 누가 상상이나 할 수 있겠어. 그러니까 눈이 멀었다가 갑자기 다시 시력을 회복했다고 하는 것이 더 현명할 수도 있었다. 그러면 사람들한테 희망도 줄 수 있다. 만일 그녀가 다시 볼 수 있게 되었다고 말한다면, 사람들은 서로, 어쩌면 우리도 그렇게 될지 모르지, 하고 말할 것이다. 그러나 그녀한테, 만일 그렇다면, 여기서 나가시오, 떠나시오, 하고 말할지도 모른다. 그러면 그녀는 남편 없이는 못 떠나겠다고 말할 생각이었다. 군인들이 눈이 먼 남편을 풀어줄 리 없으니, 그녀도 남아 있을 수밖에 다른 도리가 없다. 몇몇 사람이 침대에서 몸을 꿈틀대기 시작했다. 여느 아침과 다를 바 없이 사람들은 방귀를 뀌어대기 시작했다. 그러나 그것 때문에 더 구역질이 난다거나 하지는 않았다. 이미 그런 냄새가 포화 상태에 이른 모양이었다. 꼭 내장 속에 있는 변소에서 나오는 구린 냄새만 역겨운 것이 아니다. 250명의 몸 냄새가 합쳐진 것 역시 만만치 않았다. 그들은 자신의 땀에 젖어 있었으며, 씻을 수도 없고 씻는 방법도 몰랐으며, 매일 점점 더러워지는 옷을 입고 있었으며, 이미 수도 없이 똥을 묻힌 침대에서 잠을 잤다. 어딘가에서 쓸모없이 나뒹굴고 있을 비누가, 표백제가, 세제가 무슨 소용이 있을까. 이미 많은 샤워기가 막히거나, 목이 부러져 있는데. 하수구에서는 구정물이 역류하여 세면실 바깥으로 넘치면서 복도의 마룻바닥까지 적시고, 판석 틈에까지 스며들고 있는데. 여기 개입할 생각을 하다니, 그 무슨 미친 짓일까, 의사의 아내는 생각했다, 설사 그들이 나에게 일을 시키지 않는다 해도, 나 스스로 힘이 다할 때까지 닦고 씻기고 하지 않고는 견디지를 못할 텐데, 하지만 이건 혼자서 다 할 수 있는 일이 아니야. 말에서 행동으로 옮겨갈 때가 되자, 그녀의 코를 파고들고 눈을 자극하는 비참한 현실과 직면하게 되자, 그렇게 단단하게 느껴졌던 그녀의 용기가 부서지면서, 점차 그녀에게서 멀어지기 시작했다. 나는 겁쟁이야, 그녀는 화가 나서 중얼거렸다, 소심한 선교사처럼 돌아다니느니 차라리 눈이 머는 게 나을 거야. 눈먼 사람 셋이 자리에서 일어나 있었다. 약국 직원도 그들 가운데 하나였다. 그들은 1호 병실에 할당된 식량을 가져오기 위해 현관으로 나가려 했다. 그들은 눈으로 보면서 분배를 할 수 없었으므로, 상자 하나가 남고 모자르고를 쉽게 확인할 수 없었다. 상자 개수를 헤아리다가 헷갈려 처음부터 다시 시작하는 모습은 안쓰러울 정도였다. 의심이 많은 사람은 다른 사람들이 정확히 몇 개를 가져가는지 확인하고 싶어 했다. 그러다 보면 결국에는 말다툼이 벌어졌고, 이따금씩 떠미는 일도 불가피하게 발생했는데, 이것은 눈먼 여자들에게는 따귀를 맞는 것과 같은 일이었다. 이제 병실의 모든 사람들이 일어나, 먹을 것을 받을 준비를 갖추고 있었다. 그들은 경험을 통해 상당히 간편한 분배 체계를 만들어냈다. 우선 그들은 모든 음식을 병실 한쪽 끝에 갖다놓았다. 한쪽에는 의사와 그의 아내, 다른 쪽에는 검은 색안경을 썼던 여자와 엄마를 찾는 아이가 있었다. 그들은 두 사람씩 음식을 가지러 갔다. 입구에서 제일 가까운 침대인 오른쪽 1번과 왼쪽 1번이 제일 먼저, 이어 오른쪽 2번과 왼쪽 2번, 이런 식이었다. 험한 말이 오가거나 다른 사람을 밀치는 일은 없었다. 물론 시간은 더 걸렸지만, 평화를 유지하기 위해서라면 그 정도는 기다릴 만했다. 음식에서 가장 가까이 있는 사람들이 가장 나중에 먹었다. 물론 사팔뜨기 소년은 예외였다. 그는 늘 검은 색안경을 썼던 여자가 음식을 받기도 전에 다 먹어치웠다. 그래서 그녀의 배 속으로 들어가야 할 음식 가운데 일부가 늘 소년의 배 속으로 들어갔다. 이제 병실 안에 있는 사람들은 모두 문 쪽으로 고개를 돌리고, 동료들의 발소리, 뭔가를 들고 오는 사람의 그 주춤거리는 발소리가 들리기를 이제나저제나 기다리고 있었다. 그러나 갑자기 그들의 귀에 들려온 소리는 빠르게 달려오는 사람들의 발소리였다. 발 디딜 곳을 보지 못하는 사람들이 그렇게 달릴 수 있다는 것이 믿어지지 않겠지만, 그들이 문간에 나타났을 때 숨을 헐떡거리고 있었으니, 달리 어떻게 표현한단 말인가. 대체 밖에서 무슨 일이 있었기에 그들이 이렇게 달려왔을까. 세 명 모두 그 예기치 않은 소식을 전하려는 마음이 바빠, 동시에 문으로 들어오려 하고 있었다. 먹을 걸 가져가지 못하게 합니다, 한 사람이 말했다. 나머지 두 사람도 그 말을 되풀이했다, 허락을 안 해요. 누가요, 군인들이 말이오, 어떤 사람이 물었다. 아뇨, 눈먼 사람들이오. 어떤 눈먼 사람들, 여기 있는 사람들 모두 눈이 멀었잖소. 우리도 누군지 모르겠습니다, 약국 직원이 말하고는 덧붙였다, 하지만 나중에 함께 몰려온 사람들 가운데 일부 같습니다, 맨 마지막에 온 사람들 말입니다. 그런데 음식을 가져오지 못하게 하다니, 그게 무슨 이야기입니까, 의사가 묻고는 덧붙였다, 지금까지는 아무 문제가 없지 않았습니까. 이제 상황이 달라졌다고 합니다, 이제부터는 먹고 싶은 사람들은 돈을 내야 한답니다. 병실 사방에서 항의가 터져나왔다. 그럴 순 없어. 우리 먹을 걸 빼앗은 거야. 도둑놈들. 이런 창피한 일이 있나, 어떻게 같은 눈먼 사람들끼리. 내 생전에 이런 꼴을 보리라고는 생각도 못 했네. 가서 상사한테 이야기합시다. 좀 더 단호한 사람은 모두 함께 가서 그들의 정당한 몫을 요구하자고 제안했다. 그건 쉽지 않을 겁니다, 약국 직원이 말했다, 그 사람들은 수가 많거든요, 분명히 숫자가 많다는 인상을 받았습니다, 더 심각한 문제는 그들이 무장을 하고 있다는 겁니다. 무장을 하고 있다니, 무슨 소리요. 적어도 곤봉은 가지고 있습니다, 그걸로 한 대 맞는 바람에 아직도 팔이 아파요, 다른 두 사람 가운데 하나가 말했다. 평화적으로 해결해보도록 합시다, 의사가 말했다, 내가 가서 그 사람들과 이야기해보겠습니다, 무슨 오해가 있는 것이 틀림없습니다. 물론 그렇겠죠, 의사 선생님, 나도 선생님 생각을 지지하기는 합니다, 약국 직원이 말을 이었다, 하지만 그들이 행동하는 걸 볼 때, 선생님도 그들을 설득하지는 못할 것 같습니다. 그렇다 해도, 거기에 가보기는 해야 돼요, 이렇게 당하고만 있을 수는 없어요, 나도 함께 가겠어요, 의사의 아내가 말했다. 모여 있던 몇 사람은 병실을 나갔다. 팔이 아프다고 하는 사람은 남았다. 그는 자신의 의무는 다했다고 생각했는지, 남아서 다른 사람들에게 자신의 위험천만한 모험 이야기를 들려주었다, 식량 상자는 두 발자국 떨어진 곳에 있었는데, 사람들이 벽을 이루고 그쪽으로 가는 길을 막고 있었어요, 곤봉도 들었다니까요, 그는 다시 강조했다.

그들은 보병 소대처럼 다른 병실에서 나온 사람들을 뚫고 앞으로 나아갔다. 마침내 현관에 이르렀을 때, 의사의 아내는 즉시 협상이 불가능하다는 것을 깨달았다. 대화 자체가 불가능할 것 같았다. 눈먼 사람들이 현관 한가운데서 식량 상자들을 뺑 둘러싸고 있었다. 그들은 침대에서 빼낸 나무 막대기와 쇠막대로 무장하고, 마치 총검처럼 그것으로 사람들을 겨누고 있었다. 다른 사람들은 낭패한 표정으로 그들과 마주 서서, 방어선을 뚫고 들어가려는 서툰 시도를 하고 있었다. 어떤 사람들은 혹시나 사람들 사이의 간격이 벌어져 생긴 틈이나 없을까 하여 비집고 들어가다가, 상대의 주먹 세례를 받고 쫓겨나기도 했다. 어떤 사람들은 네발로 기어가다가 상대의 다리에 부딪혀, 등에 주먹질을 당하거나 발에 차여 물러나기도 했다. 그들은 흔히 하는 말대로, 눈에 뵈는 게 없다는 듯이 마구잡이로 주먹질과 발길질을 해대고 있었다. 주변 사람들은 분개하여 큰 소리로 항의하고 있었다. 우리에게 먹을 걸 줘. 우리도 먹을 권리가 있어. 악당들. 이건 말도 안 돼. 순진하다고 해야 할지, 제정신이 아니라고 해야 할지, 어떤 사람은 믿을 수 없게도, 경찰을 불러, 하고 소리치고 있었다. 어쩌면 그들 사이에 경찰관들이 몇 명 있는지도 몰랐다. 모두가 알다시피, 실명이라는 것은 어떤 특별한 직업이라고 봐주는 법이 없으니까. 그러나 갑자기 눈이 멀게 된 경찰관은 원래부터 눈이 먼 경찰관과는 달리 무력하기 짝이 없다. 그나마 우리가 아는 두 사람은 이미 죽었고, 아주 힘겹게 땅에 묻었다. 한 여자는 어떤 권위를 가진 존재가 정신병원을 이전의 고요한 상태로 되돌려주고, 정의를 강제하고, 마음의 평화를 되돌려줄 것이라는 어리석은 희망을 품었는지, 있는 힘을 다해 정문 쪽으로 다가가, 모두가 들으라고 소리를 질렀다, 우리를 도와주세요, 이 악당들이 우리가 먹을 걸 훔쳐가려고 해요. 군인들은 못 들은 체했다. 공식 시찰을 나왔던 대위는 상사에게 아주 분명한 내용의 명령을 전달하고 갔다. 그들이 결국 서로 죽이게 된다면, 그보다 더 좋은 것이 없다, 그들의 숫자가 줄어들 테니까. 눈먼 여자는 과거의 미친 여자들이 그랬듯이 고함을 지르고 주절주절 이야기를 늘어놓았다. 사실 그녀 자신도 거의 미치다시피 했다. 그러나 그것은 순전히 절망감 때문이었다. 결국 그녀는 자신의 호소가 쓸데없다는 것을 깨닫고 입을 다물었다. 그녀는 흐느껴 울면서 안으로 들어갔다. 그러나 어디로 가는지도 모르고 다가가다가, 사람들의 벽에 부딪혀 머리를 한 대 맞고 바닥에 쓰러지고 말았다. 의사의 아내는 달려가 돕고 싶었다. 그러나 갑자기 일어난 혼란 때문에 두 걸음도 떼어놓지를 못했다. 먹을 것을 요구하러 나온 사람들은 이미 지리멸렬 흩어지고 있었다. 그들은 방향 감각을 완전히 잃고 서로의 발에 걸려 넘어졌다, 일어나고, 다시 넘어졌다. 어떤 사람들은 아예 일어날 생각을 포기하고, 그대로 바닥에 엎드려 있었다. 지치고, 가련하고, 고통에 시달리는 표정이었다. 그들의 얼굴은 타일 바닥에 짓눌리고 있었다. 순간 의사의 아내는 눈먼 깡패 하나가 호주머니에서 총을 꺼내 공중으로 쑥 쳐드는 것을 보고 공포에 사로잡혔다. 총소리와 함께 회반죽을 발라놓은 천장에서 크고 얇은 시멘트 조각 하나가 그들의 맨머리로 떨어졌고, 그 바람에 공황은 더 심각해졌다. 총을 든 깡패가 소리를 질렀다, 모두 입 다물어, 조용히 해, 누구든 목소리를 높이면, 그냥 쏴버리겠다, 누가 맞든 상관하지 않겠다, 그럼 불평도 싹 사라지겠지. 눈먼 사람들은 움직이지 않았다. 총을 든 남자가 말을 이었다, 분명히 말해두는데, 이제부터는 사정이 다르다, 오늘부터는 우리가 음식을 맡겠다, 미리 경고해두는데, 아무도 음식을 찾으러 저 앞마당으로 나가겠다는 생각은 하지 않는 게 좋을 것이다, 우리가 입구에 경비를 세워둘 테니까, 누구든 이 명령을 어기는 자는 그 결과가 어떻게 되든 우리는 책임 못 진다, 이제부터 음식은 돈을 받고 팔겠다, 먹고 싶은 사람은 돈을 내라. 돈을 어떻게 내죠, 의사의 아내가 물었다. 아무도 말하지 말라고 했잖아, 총을 든 깡패가 고함을 지르며 무기를 흔들었다. 누군가는 말을 해야 할 거 아니에요, 그래야 우리가 앞으로 어떻게 해야 하는지 알죠, 음식은 어디로 가지러 가면 되는지, 모두 함께 가야 하는지, 아니면 하나씩 가야 하는지. 저 여자가 무슨 수작을 부리려는가 본데요, 깡패 무리 가운데 한 사람이 말을 이었다, 저 여자를 쏘면 먹을 입이 하나 줄어들 것 같습니다. 보이기만 하면 벌써 배에 총알을 박았지, 이어 깡패는 모든 사람을 향해 말했다, 다들 즉시 자기 병실로 돌아가라, 당장, 일단 음식을 안으로 들여놓은 다음에, 어떻게 할 것인지 이야기해주겠다. 돈은 어떻게 내는 건데요, 의사의 아내가 다시 말했다, 우유를 탄 커피와 비스킷에는 얼마를 내야 하는 건가요. 저 여자가 정말로 죽고 싶은가 본데요, 같은 목소리가 말했다. 저 여자는 나한테 맡겨, 깡패가 말했다. 이어 깡패는 목소리를 바꾸어 말했다, 각 병실은 두 사람을 뽑아 사람들의 귀중품을 거두어오도록 하라, 돈, 보석, 반지, 팔찌, 귀고리, 시계, 종류에 관계 없이 가지고 있는 모든 물건을 모아서, 우리가 있는 좌병동 3호 병실로 가져와라, 한마디 우정 어린 충고를 하겠다, 우리를 속일 생각은 마라, 너희들 가운데 귀중품을 감출 사람이 있다는 것을 잘 알고 있다, 하지만 경고하건대, 그러지 않기를 바란다, 너희들이 충분히 거두어오지 않았다고 생각하면, 먹을 것을 조금도 주지 않을 것이다, 그때 가서 지폐나 다이아몬드를 씹어먹고 있든지 마음대로 해라. 우병동 2호 병실 출신의 눈먼 사람이 물었다, 어떻게 하라는 거요, 모든 걸 한번에 내놓으라는 거요, 아니면 먹을 때마다 그것에 해당하는 양을 내놓으라는 거요. 내 설명이 충분치 못한 것 같군, 총을 든 남자는 웃음을 터뜨리더니 말을 이었다, 먼저 돈을 내고, 그다음에 먹는 거다, 그리고 먹을 때마다 돈을 내는 것은 계산이 매우 복잡해진다, 한번에 다 내는 것이 좋다, 그걸 가지고 너희가 얼마나 먹을 자격이 있는지 평가하겠다, 하지만 다시 경고하는데, 감출 생각은 하지 마라, 만일 감추면 큰 대가를 치러야 할 것이다,

그리고 혹시 우리가 성실하게 일을 처리하지 않는다고 비난할 지도 모르니, 너희가 가진 것을 내놓은 다음에 수색하도록 하 겠다, 수색에서 한 푼이라도 발각되면 가만두지 않겠다, 자 이 제 모두 가능한 한 빨리 여기서 사라지도록 해라. 깡패는 손을 들어올리더니 다시 한 발을 쏘았다. 다시 시멘트 조각이 바닥 에 떨어졌다. 그리고 너, 총을 든 깡패가 말을 이었다, 네 목소 리는 잊지 않겠어. 나도 네 얼굴을 잊지 않겠어, 의사의 아내가 대꾸했다.

눈먼 여자가 볼 수도 없는 얼굴을 잊지 않겠다고 말한 것이 얼마나 터무니없는 소리인지 아무도 눈치채지 못한 것 같았다. 사람들은 벌써 빠른 속도로 물러나며 문을 찾고 있었다. 1호 병실 사람들은 곧 동료들에게 상황을 전했다. 방금 들은 이야 기로 판단해보건대, 당분간은 그들의 말을 따를 수밖에 없을 것 같습니다, 의사가 말을 이었다, 숫자도 많은 것 같고, 더 심 각한 건, 그들이 무기를 가지고 있다는 겁니다. 우리도 무장할 수 있습니다, 약국 직원이 말했다. 그래요, 팔 닿는 높이에 가 지가 남아 있으면 나뭇가지 몇 개를 꺾을 수는 있겠지요, 힘이 없어 휘두르지는 못하겠지만, 침대에서 쇠막대 몇 개를 뽑아들 수도 있고요, 하지만 저 사람들은 적어도 총 한 자루는 가지고 있단 말입니다. 나는 저 눈먼 개자식들한테 내 걸 줄 수가 없 소, 누군가가 말했다. 나도 마찬가지요, 다른 사람도 합세했다. 알았습니다, 어쨌든 우리 모두 가진 걸 다 내놓거나, 아니면 아 무것도 못 얻어먹거나, 둘 중 하나입니다, 의사가 말했다. 의사의 아내가 말을 받았다, 우리한테는 다른 대안이 없어요, 이곳의 체제는 바깥에서 강요하는 것과 똑같아요, 돈을 내고 싶지 않은 사람은 안 내도 돼요, 그건 그 사람 권리예요, 하지만 먹을 걸 얻지는 못할 거예요, 다른 사람이 돈 내고 사온 걸 나누어 먹자고 할 수는 없어요. 가진 걸 다 주어야 합니다, 의사가 말했다. 내놓을 게 없는 사람은 어떡하죠, 약국 직원이 물었다. 다른 사람들이 주는 대로 먹어야지요, 말마따나, 능력에 따라 내고, 필요에 따라 갖는 겁니다. 잠시 침묵이 흘렀다. 이윽고 검은 안대를 한 노인이 물었다, 그렇다면 누구한테 그 일의 책임을 맡기면 좋겠소. 나는 의사 선생님이 좋을 것 같아요, 검은색안경을 썼던 여자가 말했다. 투표할 필요도 없었다. 병실 전체가 동의했다. 두 사람이 있어야 합니다, 의사가 말했다, 자원할 분 안 계십니까. 내가 하죠, 다른 사람이 안 나선다면 말입니다, 첫 번째로 눈이 먼 남자가 말했다. 좋습니다, 우선 모으는 일부터 시작하지요, 먼저 자루나 가방이나 작은 옷가방이 필요한데요, 그런 종류면 아무 거나 됩니다. 이걸 쓰면 돼요, 의사의 아내가 말했다. 그녀는 화장품을 비롯해, 지금의 상황을 상상도 못 했던 때에 챙긴 물건들이 든 가방을 비웠다. 바깥세상으로부터 온 병, 상자, 튜브들 사이에, 길고 끝이 뾰족한 가위도 있었다. 그녀는 그것을 넣은 기억이 나지 않았지만, 어쨌든 거기에 있었다. 의사의 아내가 고개를 들었다. 눈먼 사람들은 기다리고 있었다. 남편은 첫 번째로 눈이 먼 남자의 침대로 가서 그와 이야기를 하고 있었다. 검은 색안경을 썼던 여자는 사팔뜨기 소년에게 먹을 것이 곧 도착할 거라고 말하고 있었다. 그녀의 침대 탁자 뒤켠에는 피가 묻은 생리대가 처박혀 있었다. 처녀다운 수줍음 때문에 불안했던 모양인지, 보지도 못하는 사람들의 눈으로부터 그것을 감춰두는 헛된 수고를 한 것이다. 의사의 아내는 가위를 보고 있었다. 왜 내가 이걸 이런 식으로 노려보고 있는 걸까, 어떤 식으로, 이런 식으로. 그러나 그녀는 이유를 떠올릴 수 없었다. 사실 손에 놓인 기다란 가위에서 무슨 이유를 찾아낼 수 있단 말인가. 니켈 도금을 한 두 날의 날카로운 끄트머리는 빛을 발하고 있었다. 준비됐어, 의사가 물었다. 네, 여기 있어요, 그녀는 대답하면서 한쪽 팔을 내밀어 빈 가방을 들어올리고, 다른 팔은 등 뒤로 돌려 가위를 감추었다. 왜 그래, 의사가 물었다. 아무것도 아니에요, 아내가 대답했다. 당신이 볼 수 있는 건 아무것도 없어요, 그냥 내 목소리가 이상했던 것뿐이에요, 다른 건 없어요, 그렇게 대답할 수도 있었을 텐데. 의사는 첫 번째로 눈이 먼 남자와 함께 아내에게 와, 멈칫거리는 두 손으로 가방을 받아들고 말했다, 당신 물건도 준비해, 이제 물건을 거두어야 하니까. 의사의 아내는 손목시계를 풀고, 남편 것도 풀어주고, 귀고리, 루비가 박힌 작은 반지, 금목걸이, 그녀의 결혼 반지, 남편의 결혼 반지도 뺐다. 두 반지 모두 쉽게 빠졌다. 우리 손가락이 가늘어졌군, 그녀는 생각했다, 그녀는 모든 것을 가방에 담기 시작했다. 그리고 집에서 가져온 돈도 넣었다. 액수가 다른 지폐들이 상당히 많았고, 동전도 몇 개 있었다. 이게 다예요, 그녀가 말했다. 확실해, 의사가 묻고는 덧붙였다, 잘 봐. 값나가는 건 이게 다예요. 검은 색안경을 썼던 여자는 이미 자기 물건을 다 모아놓았다. 그녀의 물건도 크게 다르지 않았다. 팔찌는 하나가 아니라 두 개였고, 결혼 반지는 없었다. 남편과 첫 번째로 눈이 먼 남자는 그녀에게 등을 돌렸다. 검은 색안경을 썼던 여자가 사팔뜨기 소년에게 허리를 굽히며, 나를 네 엄마로 생각해, 내가 우리 둘 거를 다 내는 거야, 하고 말했다. 의사의 아내는 그때를 기다렸다가 벽이 있는 곳으로 물러났다. 그곳에는 다른 벽들과 마찬가지로, 커다란 걸이들이 튀어나와 있었다. 이곳에 있던 미친 사람들이 소지품을 걸어두던 곳이 분명했다. 그녀는 손이 닿는 제일 높은 걸이를 골라 가위를 걸어두었다. 이어 그녀는 자기 침대에 가서 앉았다. 그녀의 남편과 첫 번째로 눈이 먼 남자는 천천히 문 쪽으로 나아가고 있었다. 그들은 양쪽으로부터 물건을 거두기 위해 발을 멈추곤 했다. 어떤 사람은 환한 대낮에 강도를 당하다니 이 무슨 창피냐고 항변하기도 했는데, 그것은 틀림없는 사실이었다. 어떤 사람들은, 모든 것을 고려해볼 때 이 세상 것들 가운데 절대적인 의미에서 자신에게 속한 것은 없다고 생각하는 듯이 무관심한 태도로 자기 물건을 내주었다. 그것 역시 또 하나의 투명한 진리였다. 의사는 거둘 것을 다 거두고 병실 문에 이르자 입을 열었다, 다 낸 겁니까. 체념한 목소리들이 그렇다고 대답했다. 어떤 사람들은 아무 말도 하지 않았다. 시간이 지나면 우리는 그런 침묵이 거짓말을 감추기 위한 의도였는지 아닌지 알게 될 것이다. 의사의 아내는 가위를 쳐다보았다. 아주 높은 곳에 걸려 있는 바람에 깜짝 놀랐다. 자신이 걸어둔 것 같지 않았다. 이윽고 그녀는 가위를 가져오기를 아주 잘했다고 생각했다. 이제 남편 턱수염도 다듬어줄 수 있을 것 같았다. 그러면 그나마 남편 얼굴도 좀 괜찮아 보일 것 같았다. 알다시피, 이런 상황에서 살다 보면, 남자가 평소와 같은 방법으로 면도하는 것이 불가능하기 때문이다. 그녀가 다시 문 쪽을 보았을 때, 두 남자의 모습은 이미 복도의 어둠 속으로 사라지고 없었다. 그들은 시킨 대로 식대를 내기 위해 좌병동 3호 병실 쪽으로 가고 있었다. 그 전부가 오늘치 식대일까. 어쩌면 내일 것도 될 수 있고, 또 어쩌면 이번 주 것 전부가 될 수도 있었다. 그다음에는. 그 질문에는 답이 없었다. 우리가 가진 모든 것이 이미 식대로 사라져버렸을 테니까.

　놀랍게도 복도는 평소와는 달리 복잡하지 않았다. 보통 병실을 나서다 보면 발이 걸리고, 사람에게 부딪히고, 넘어지게 마련이었다. 예상치 못한 공격을 당한 사람은 상스러운 말을 내뱉었고, 그러면 실수로 부딪힌 사람도 그 이상의 욕설로 보복했다. 그러나 아무도 신경 쓰지 않았다. 사람이란 어떻게든 자기 감정을 분출해야 하는 법이니까. 특히 눈이 멀었을 경우에는. 앞쪽에서 발소리와 목소리가 들렸다. 명령에 순응하여 길을 나선, 다른 병실의 사절들인 듯했다. 이게 무슨 꼴입니까, 의사 선생님, 첫 번째로 눈이 먼 남자가 말했다, 눈먼 것만으로도 모자라, 이제 눈먼 도둑들의 손아귀에 걸려들고 말았으니, 이게 내 팔자인가 봅니다, 처음에는 차 도둑이고, 이번에는 총을 들이대고 우리 먹을 걸 훔쳐가는 이 패거리들이라니. 하지만 차이가 있지요, 이들은 무장을 했습니다. 하지만 탄창이 영원한 건 아니지 않습니까. 영원한 것은 없죠, 하지만 이 경우에는 차라리 영원한 게 좋을 것 같습니다. 왜죠. 탄창이 바닥났다는 것은 누군가 그걸 사용했다는 거고, 그만큼의 시체가 생겼다는 뜻일 테니까요. 우린 빼도 박도 못하는 상황에 처한 것 같군요. 처음 이곳에 왔을 때부터 그런 상황이었죠, 하지만 우리는 계속 견뎌낼 겁니다. 선생님은 낙관주의자시로군요. 아니, 나는 낙관주의자가 아닙니다, 단지 현재의 우리 모습보다 더 나쁜 건 상상할 수 없을 뿐이죠. 글쎄요, 나는 불행이나 악에 한계라는 게 있는지 잘 모르겠습니다. 그 말이 맞는지도 모릅니다, 의사는 그렇게 말을 받더니, 마치 혼자말을 하듯 중얼거렸다. 이러다 무슨 일이 일어나고야 말지. 그것은 모순을 내포한 결론이다. 결국 이보다 더 나쁜 일이 있을 것이라는 말이거나, 아니면, 비록 모든 증거는 반대를 가리키고 있지만, 이제부터 상황이 나아질 것이라는 뜻이기 때문이다. 꾸준히 앞으로 나아가다, 모퉁이 몇 개를 돌자, 곧 3호 병실이 나타났다. 의사도 첫 번째로 눈이 먼 남자도 여기까지 와본 적은 없었다. 그러나 두 병동의 구조는 엄격한 대칭을 이루고 있었기 때문에, 논리적으로 보자면 오른쪽 병동에 익숙한 사람이라면 왼쪽 병동에서 방향을 잡는 데 어려움이 없어야 했고, 그 반대도 마찬가지였다. 한 병동에서 왼쪽으로 방향을 틀어야 하는 경우라면, 다른 동에서는 오른쪽으로 틀면 되니까. 사람들 목소리가 들렸다. 먼저 온 사람들인 것 같았다. 기다려야 할 겁니다, 의사가 작은 목소리로 말했다. 왜요. 저 안에 있는 사람들은 가져온 물건이 무엇인지 꼼꼼하게 확인하려 할 테니까요. 그게 저 사람들에게 그렇게 중요한 일은 아닐 테지만, 이미 식사를 했으니까 서둘려고 하지 않겠지요. 벌써 점심시간이 다 된 것 같습니다. 두 사람이 앞을 볼 수 있다 해도, 이 경우에는 별 도움이 되지 않았을 것이다. 두 사람에게는 이제 시간을 확인할 손목시계조차 없었으니까. 대략 15분 정도 뒤에 앞 사람들의 물물 교환이 끝났다. 두 남자가 의사와 첫 번째로 눈이 먼 남자 앞을 지나갔다. 그들의 대화로 볼 때, 음식을 들고 가는 것 같았다. 조심해, 하나도 떨어뜨리면 안 돼, 둘 가운데 하나가 말했다. 그러자 또 한 사람이 투덜거렸다, 정말이지 이게 모든 사람이 먹을 만한 양인지 모르겠어. 허리띠를 졸라매야 돼. 의사는 손으로 벽을 더듬으며 앞으로 나아갔다. 첫 번째로 눈이 먼 남자가 바로 뒤에서 따라왔다. 마침내 의사의 두 손이 문설주에 닿았다. 우병동 1호 병실에서 왔습니다, 의사가 소리쳤다. 그는 한 걸음 앞으로 나아가려 했는데, 장애물에 다리가 부딪혔다. 그는 앞에 침대가 가로놓여 있다는 것을 깨달았다. 계산대 역할을 하는 셈이었다. 이들은 제대로 조직되어 있군, 의사는 속으로 생각했다, 이 조직은 갑자기 즉흥적으로 만들어진 게 아니야. 목소리, 발소리들이 들렸다. 이들은 몇이나 될까. 그의 아내는 아까 열 명이라고 했다. 그러나 그보다 훨씬 더 많을 가능성도 있었다. 음식을 가지러 올 때 다 몰려나온 것은 아닐 테니까. 총을 가진 남자가 두목이었다. 그가 조롱하는 목소리로 말하고 있었다, 어디, 우병동 1호 병실에서 어떤 보물을 가져왔나 구경해볼까. 이어 아주 작은 목소리로, 옆에 서 있는 것으로 짐작되는 사람에게 말했다, 적어봐. 의사는 어리둥절했다. 이게 무슨 뜻일까. 방금 두목은, 적어봐, 하고 말했는데, 그렇다면 여기에 글을 쓸 수 있는 사람, 눈이 멀지 않은 사람이 있다는 뜻이었다. 그럼 눈이 보이는 사람이 둘이 되는 셈이었다. 조심해야겠군, 내일 이 악당이 우리 바로 옆에 서 있어도, 우리는 그걸 모를 수도 있겠군. 의사의 이런 생각은 첫 번째로 눈이 먼 남자의 생각과 별반 다르지 않았다. 총에다가 첩자까지, 우린 망했군, 우린 다시는 고개도 못 들겠어. 안쪽의 눈먼 남자, 즉 도둑들의 두목은 이미 가방을 열었다. 그는 익숙한 솜씨로 물건을 들어올려 쓰다듬어보면서 물건과 돈을 확인하고 있었다. 만져만 봐도 그것이 금인지 아닌지 알 수 있고, 만져만 봐도 그것이 얼마짜리 지폐이고 동전인지 알 수 있는 것이 분명했다. 이것은 숙련되면 충분히 가능한 일이다. 몇 분 뒤에야 의사는 종이 찍는 소리를 들었다. 그는 곧 그것이 무슨 소리인지 알았다. 두목 옆에는 점자 타자기를 찍는 사람이 있었던 것이다. 포인터가 금속판 위에 놓인 두꺼운 종이를 때리는 소리가 작지만 또렷하게 들렸다. 그러니까 이 눈먼 악당들 사이에는 정상적으로 눈이 먼 사람이 있다는 이야기였다. 과거에 눈이 멀었다고 지칭되던 사람. 그런 사람이 최근에 병으로 눈이 먼 다른 사람들과 더불어 얼떨결에 끌려들어온 것이 분명했다. 그러나,

당신 최근에 눈이 먼 사람이오, 아니면 눈이 먼 지 몇 년 된 사람이오, 어떻게 눈이 멀게 되었는지 이야기해주시오, 하고 캐물을 수 있는 상황이 아니었다. 악당들은 정말 운이 좋았다. 서기로 쓸 만한 사람을 옆에 두게 되어서만이 아니라, 그를 안내자로도 이용할 수 있었기 때문이다. 오래전에 눈이 먼 사람은 방금 눈이 먼 사람들과는 다르다. 그는 그의 몸무게만큼의 금에 해당하는 가치를 지닌다고 할 수 있다. 확인 작업은 계속되었다. 총을 든 악당은 이따금씩 눈먼 회계사에게 자문을 구했다, 이게 뭔 것 같나. 그러면 회계사는 장부 정리를 중단하고 자기 의견을 말해주었다. 싸구려 모조품 같은데요, 그는 그렇게 말하곤 했는데, 그럴 경우 총을 든 남자는 이렇게 한마디 던졌다, 이런 게 많으면 먹을 걸 줄 수가 없지. 또는, 좋은 물건인데요, 하기도 했는데, 그럴 경우 총을 든 남자는 이렇게 한마디 던졌다, 정직한 사람들과 거래를 하는 것만큼 기분 좋은 일은 없단 말이야. 결국 침대 위에 음식 상자 세 개가 올라왔다. 가져가, 총을 든 두목이 말했다. 의사는 그것을 세어보았다. 세 개로는 부족합니다, 우리가 음식을 챙길 때는 네 개를 받았습니다. 그 순간 의사는 목에 차가운 총구를 느꼈다. 눈먼 사람치고는 겨냥이 나쁘지 않았다. 불평할 때마다 상자를 하나씩 빼겠어, 자, 어서 가, 이걸 가져가서, 아직도 먹을 것이 있다는 걸 하느님께 감사해. 알았소. 의사는 상자 두 개를 들었고, 첫 번째로 눈이 먼 남자가 나머지 상자를 들었다. 그들은 짐 때문에 훨씬 느려진 걸음으로 병실까지 길을 되밟아갔다. 현관에 이르러, 주위에 아무도 없는 것 같다는 느낌이 들자, 의사는 말했다, 다시는 그런 기회가 없을 텐데. 무슨 말입니까, 첫 번째로 눈이 먼 남자가 말했다. 아까 총을 내 목에 댔을 때 그걸 빼앗을 수도 있었습니다. 그건 위험하죠. 그렇게 위험하지도 않아요, 나는 총이 어디 있는지 알고 있었고, 그는 내 손이 어디 있는지 알 수 없었으니까, 게다가 그 순간에는 틀림없이 우리 둘 가운데 그자가 더 눈이 멀었을 텐데, 바보같이 그 생각을 못하다니, 아니면 생각은 했는데 용기가 없었던 건가. 그래서 어쩌려고요, 첫 번째로 눈이 먼 남자가 물었다. 무슨 말입니까. 그자의 총을 빼앗았다 칩시다, 그래도 선생님이 총을 사용하지는 못 했을 것 같은데요. 만일 그래서 문제가 해결된다고 확신한다면, 사용하고 말고요. 하지만 그것을 확신하지 못하잖습니까. 그래요, 사실 그렇습니다. 그럼 그자들이 총을 가지고 있는 게 낫겠군요, 그걸 우리한테 사용하지만 않는다면 말입니다, 총을 가진 사람을 위협한다는 것은 그자들을 공격하는 것과 같습니다, 만일 그자의 총을 빼앗았다면, 진짜 전쟁이 시작됐을 것이고, 우리는 절대 살아서 이곳을 빠져나가지 못할 겁니다. 그 말이 맞습니다, 의사가 말했다, 내가 그런 생각을 다 해서 총을 안 빼앗았던 것으로 하지요 뭐. 조금 전에 나한테 한 말씀 잊지 마세요. 내가 뭐라고 했는데요. 이러다 무슨 일이 일어나고야 만다는 이야기 말입니다. 이미 일어났지요, 그런데 나는 그 기회를 이용하지 못했던 거고요. 그것과는 다른 일일 겁니다, 그 일 말고 다른 일이오.

병실에 들어가 그들이 가저온 빈약한 식량을 내놓자, 어떤 사람들은 더 달라고 요구하지 못한 것이 그들 책임이라고 생각했다. 그런 일을 하라고 그들을 대표로 뽑은 것 아닌가. 이윽고 의사는 있었던 일을 이야기했다. 눈먼 서기에 대해서, 총을 가진 남자의 모욕적인 행동에 대해서, 총에 대해서. 그러자 불평분자들은 목소리를 낮추었다. 결국 병실의 이해를 대변할 사람을 제대로 뽑았다는 데 동의한 것이다. 마침내 음식이 분배되었다. 어떤 사람들은 참지 못하고, 초조하게 음식을 기다리고 있는 사람들을 향해, 굶는 것보다 별로 나을 게 없다고 투덜거렸다, 게다가 시간은 벌써 점심시간이 다 되어갈 텐데 말이오. 이러다가 우리가 이야기에 나오는 그 말처럼 되는 게 아닌지 모르겠소, 어떤 말 한 마리가 먹는 습관에서 벗어났나 했더니 죽어버렸다는 이야기 있잖소, 누군가가 그렇게 말했다. 다른 사람들은 희미한 미소를 지었다. 한 사람이 말을 받았다, 그 말은 죽으면서 자기가 죽을 거라는 걸 몰랐다는데, 그게 사실이라면 그렇게 죽는 것도 나쁘지는 않겠군요.

검은 안대를 한 노인은 휴대용 라디오가 약한 기계 구조로 보나 짧은 수명으로 보나 식대로 내놓아야 하는 귀중품 축에는 들지 않는다고 생각했다. 라디오의 수명이 우선은 그 안에 건전지가 있느냐 없느냐에, 그다음으로는 건전지가 얼마나 오래가느냐에 달려 있다고 생각할 수 있다. 그러나 그 작은 상자에서 흘러나오는 약간 쉰 목소리로 판단하건대, 라디오의 수명은 얼마 남지 않았다는 것이 분명했다. 그래서 검은 안대를 한 노인은 일반 방송은 그만 듣기로 했다. 또 좌병동 3호 병실 사람들은 이 물건을 다른 관점에서 볼 수 있다는 점도 고려했다. 라디오의 물질적 가치를 달리 볼 것이라는 뜻이 아니다. 방금 보았듯이, 물질적 가치라는 것은 얼마 후에 수명이 끝나는 것과 더불어 사라져버릴 것이다. 그러나 그 즉각적 효용성은 상당하다고 볼 수 있었다. 게다가 총이 한 자루 있는 곳에는 건전지가 있을 가능성도 높다는 것을 생각하지 않을 수 없었다. 그래서 검은 안대를 한 노인은 앞으로는 담요를 뒤집어쓰고 뉴스를 듣겠으며, 흥미 있는 소식이 있으면 바로 알려주겠다고 말했다. 검은 색안경을 썼던 여자는 이따금씩 음악을 조금 듣게 해달라고 부탁했다. 잊어버리지 않으려고요, 그녀는 그렇게 이유를 댔다. 그러나 노인은 완강했다. 중요한 것은 바깥세상에서 벌어지는 일을 아는 것이며, 음악을 원하는 사람은 자기 머릿속에서 들을 수 있다고 고집을 부렸다. 우리의 기억력도 좋은 용도로 사용해봐야 하는 것 아니냐면서. 검은 안대를 한 노인의 말이 옳았다. 라디오에서 나오는 음악은 이미 신경에 거슬리는 소리를 냈다. 오직 고통스러운 기억만이 이 정도로 신경에 거슬리지 않을까 하는 생각이 들 정도였다. 그래서 노인은 가능한 한 소리를 줄여놓고, 뉴스가 나오기를 기다렸다. 그러다가 뉴스가 나오면 소리를 좀 크게 하고, 한마디도 놓치지 않으려고 귀를 기울였다. 그러다가 자신의 말로 뉴스를 요약해서, 바로 옆에 있는 이웃들에게 전달했다. 그러면 뉴스는 침대에서 침대로 천천히 전달되었다. 그러나 침대 하나를 건널 때마다 뉴스는 점점 왜곡되었다. 정보를 전달하는 사람의 개인적 낙관주의나 비관주의에 따라 세부 사항이 축소되기도 하고 과장되기도 했기 때문이다. 그러다가 뉴스 전달이 완전히 끊기는 순간이 찾아왔다. 검은 안대를 한 노인은 더 이상 할 이야기가 없었다. 라디오가 망가졌거나 건전지가 다 닳아서가 아니었다. 자신의 삶, 또 다른 사람들의 삶의 경험에 비추어보면 누구도 시간을 지배하지 못한다는 것을 알 수 있다. 이 작은 기계 역시 영원히 지속될 가능성은 없었다. 그러나 현실에서 벌어진 일은, 라디오가 입을 다물기 전에 사람이 먼저 입을 다물어버렸다는 것이다. 눈먼 깡패들의 손아귀에 잡혀 하루를 보내는 동안 검은 안대를 한 노인은 줄곧 라디오에 귀 기울이며 뉴스를 전달해주었다. 물론 정부 공식 발표의 낙관적 예측에 담겨 있는 뻔뻔스러운 거짓말은 알아서 빼기도 했다. 그러다가 밤이 깊어지자 노인은 안전하다고 판단하고 담요를 걷어치웠다. 그는 계속 라디오에 귀 기울였다. 라디오의 약해지는 힘 때문에 아나운서의 목소리는 씨근덕거리는 것처럼 들렸다. 그러다 갑자기 라디오에서, 눈이 안 보여, 하고 외치는 소리가 들렸다. 이어 뭔가가 마이크를 치는 소리가 났고, 황급하게 움직이는 어수선한 소리들이 이어졌고, 감탄사들이 들렸고, 그다음은 침묵이었다. 노인이 주파수를 잡을 수 있었던 유일한 방송국이 먹통이 되어버린 것이다. 검은 안대를 한 노인은 그러고도 한참 동안, 마치 아나운서의 목소리가 돌아와 뉴스를 계속해주기를 바라기라도 하듯이, 이제 무기력해진 라디오에 계속 귀를 댔다. 그러나 노인은 다시 소리가 나오지 않을 것이라는 느낌을 받았다. 아니, 확실히 알았다. 백색 질병은 아나운서의 눈만 멀게 한 것이 아니라, 화약을 이어놓은 줄처럼 스튜디오에 있는 모든 사람들의 눈에서 눈으로, 빠른 속도로 잇달아 작열한 것이다. 순간 검은 안대를 한 노인은 라디오를 바닥에 떨구었다. 눈먼 깡패들이 감춘 보석의 냄새를 맡으러 왔다 해도, 라디오가 그렇게 바닥에 떨어져 있으면, 그것이 귀중품 목록에서 빠진 이유에 대한 설명이 될 수도 있었다. 그들이 그런 설명을 들으려 할지는 알 수 없지만. 검은 안대를 한 노인은 마음껏 울고 싶어서 머리 끝까지 담요를 뒤집어썼다.

침침한 등의 음울하고 노르스름한 빛 아래서 병실은 점차 깊은 잠으로 빠져들었다. 좀처럼 드문 일이었지만, 그날은 세 끼 식사를 다 한 덕분에 몸들은 편안했다. 만일 이런 식으로 계속된다면, 우리는 다시 한 번, 최악의 불행에 빠졌을 때도 그 불행을 인내로 견뎌낼 수 있게 해주는 선을 찾을 수 있다는 결론에 이를 것이다. 현 상황에 비추어볼 때 이 선이란, 처음의 불안한 예측과는 달리, 식량 공급을 단일한 집단에게 집중시켜 할당과 분배를 맡기는 것에 긍정적인 측면도 있다는 뜻이다. 일부 이상주의자들이, 비록 자신의 고집스러움 때문에 굶는 일이 생긴다 해도, 자기는 자기 나름의 수단으로 목숨을 걸고 투쟁하는 쪽을 택하겠다고 항변한다 해도 말이다. 모든 병실의 눈먼 사람들 다수는 내일에 대한 걱정 없이, 미리 돈을 내면 결국 형편없는 음식이 나오게 된다는 일반적인 사실도 잊고, 깊은 잠에 빠졌다. 그렇지 않은 사람들도 오늘 겪은 원통한 일을 명예롭게 처리할 방법을 찾느라 헛된 고민을 하다가 지쳐 하나씩 잠이 들어, 오늘보다 나은 날, 더 풍요롭지는 않더라도 더 자유로운 날을 꿈꾸고 있었다. 우병동 1호 병실에서는 의사의 아내만 깨어 있었다. 그녀는 침대에 누운 채 남편이 아까 했던 말을 생각하고 있었다. 그가 잠시, 눈먼 도둑들 사이에 볼 수 있는 사람, 첩자로 이용할 수 있는 사람이 있다는 생각을 했었다는 이야기였다. 두 사람이 전에 이야기했던 문제, 그녀가 볼 수 있다는 것을 공개하는 문제를 다시 거론하지 않고 있다는 것은 이상한 일이었다. 의사는 너무 익숙해진 나머지, 자기 아내가 아직 볼 수 있다는 사실을 의식하지 못하는 것 같았고, 그래서 그 이야기를 다시 안 꺼내는 것 같기도 했다. 그녀는 다시 이야기를 꺼내볼까 생각을 했지만, 그렇게 하지는 않았다. 뻔한 이야기, 당신이 하지 못하는 일을 나는 할 수 있어요, 라는 말을 하고 싶지 않았던 것이다. 말을 한다면, 의사는 알아듣지 못하는 척하면서, 그게 뭔데, 하고 물을 것이 뻔했다. 이제 의사의 아내는 벽에 걸린 가위에 시선을 고정시킨 채 생각했다, 내 눈이 무슨 소용이란 말인가. 그 눈 때문에 그녀는 도저히 상상도 할 수 없었던 무시무시한 광경을 보아야 했고, 이럴 바에야 차라리 눈이 머는 편이 낫겠다는 생각까지 하게 되었다. 그녀는 조심스럽게 움직여 침대에 일어나 앉았다. 맞은편에는 검은 색안경을 썼던 여자와 사팔뜨기 소년이 자고 있었다. 그녀는 그들의 침대가 붙어 있다는 것을 알았다. 검은 색안경을 썼던 여자가 자기 침대를 아이 침대 쪽으로 밀어놓던 것이다. 엄마 없는 아이가 위로받고 싶어 하거나 눈물을 닦아달라고 할 때 조금이라도 더 가까이 있고 싶어서였을 것이다. 왜 내가 진작 저 생각을 하지 못했을까, 우리 침대도 붙여놓았으면, 그이가 침대에서 떨어질까 봐 전전긍긍하는 일 없이 함께 잘 수 있었을 텐데. 그녀는 남편을 보았다. 남편은 깊이 잠들어 있었다. 순전히 피로로 인한 깊은 잠이었다. 그녀는 아직 가위를 가져왔다는 이야기, 곧 턱수염을 깎아주겠다는 이야기를 하지 않았다. 턱수염을 깎는 일은 날을 살갗에 너무 가까이 대지만 않으면 눈먼 사람도 할 수 있는 일이었다. 그녀는 가위 이야기를 하지 않은 것에 대해 좋은 핑계를 찾아냈다. 그랬다가는 이곳에 있는 모든 남자들이 나에게 졸라댈 거고, 나는 하루 종일 턱수염 다듬어주는 일만 할 거 아냐. 그녀는 몸을 침대 옆으로 돌려, 발을 바닥에 내린 다음 신발을 찾았다. 그녀는 신발을 신다가 뒤로 주춤 물러나, 신발을 꼼꼼히 살폈다. 이윽고 고개를 저으며, 소리를 내지 않고 신발을 도로 벗어놓았다. 그녀는 침대들 사이의 통로를 따라 천천히 문 쪽으로 갔다. 맨발이 바닥의 미끈거리는 배설물에 닿았다. 복도로 나가면 상태가 훨씬 더 심각해질 것임을 잘 알고 있었다. 그녀는 혹시 잠이 깬 사람이 없나 확인하려고 연신 고개를 좌우로 움직였다. 몇 사람이 깨어 있다 해도, 아니 병실 전체가 깨어 있다 해도, 그녀가 소리만 내지 않으면 아무 문제 될 것이 없었지만. 사실 그녀가 소리를 내도 상관없었다. 우리는 생리 현상이라는 것이 얼마나 다급하게 찾아오는지 잘 알지 않는가. 그것은 때를 가리지 않는다. 한마디로 그녀가 걱정하는 것은 남편이 깨서 그녀가 없다는 것을 알고, 어디 가는 거야, 하고 묻는 것이었다. 그것은 아마 남편들이 아내에게 가장 많이 하는 질문일 것이다. 또 하나는, 어디 갔었어, 하는 질문일 것이고. 한 여자가 침대에 일어나 앉아 침대의 낮은 머리 받침에 어깨를 기대고 있었다. 그녀의 텅 빈 눈길은 맞은편 벽에 고정되어 있었지만, 그녀는 볼 수가 없었다. 의사의 아내는 잠시 발을 멈추었다. 공중에 걸려 있는 그 보이지 않는 실, 여자의 눈과 벽을 연결하고 있는 실을 건드려야 할지 말아야 할지 망설이는 것처럼. 혹시나 조금이라도 거기에 닿으면 그 실이 완전히 끊어져 버리기라도 할 것처럼. 눈먼 여자는 팔을 들어올렸다. 공기 중의 미세한 진동을 느낀 것이 틀림없었다. 이윽고 그녀는 더 이상 관심 없다는 듯이 팔을 내렸다. 옆 사람들의 코 고는 소리에 잠을 못 자는 것만으로도 충분히 피곤했던 것이다. 의사의 아내는 계속 걸었다. 문이 가까워질수록 속도를 더 냈다. 현관으로 향하기 전, 그녀는 다른 병실로 통하는 복도를 눈으로 따라가보았다. 그 복도를 따라가면 변소가 나오고, 끝까지 가면 주방과 식당이 나왔다. 벽에 붙어 누워 있는 사람들이 보였다. 이곳에 도착했을 때 공격에서 뒤처졌거나, 아니면 침대를 놓고 벌인 쟁탈전에서 힘이 부족하여 침대를 차지하지 못한 사람들이었다. 10미터 떨어진 곳에 눈먼 남자가 눈먼 여자의 몸 위에 올라가 있는 모습이 보였다. 여자가 두 다리로 남자의 몸을 감고 있었다. 그들은 그런 대로 예절을 아는 사람들이었는지, 최대한 신중하게 움직이고 있었다. 그러나 그들이 무엇을 하는지 아는 데에는 그리 뛰어난 청각이 필요하지 않았다. 하물며 더 이상 참지 못하고, 처음에는 한 사람이, 곧이어 다른 사람이 한숨과 신음, 그리고 알아들을 수 없는 말을 내뱉고 있었음에

랴. 그것은 곧 그 일이 끝날 것이라는 표시이기도 했다. 의사의 아내는 걸음을 멈추고 그들을 지켜보고 있었다. 부러움 때문이 아니었다. 그녀에게도 남편이 있었고, 남편은 그녀에게 만족을 주었다. 그것은 어떤 다른 종류의 느낌 때문이었다. 뭐라고 말하기 힘든 감정. 어쩌면 공감 같은 것인지도 몰랐다. 내가 있는 것은 신경 쓰지 말아요, 나도 그것이 무슨 의미인지 알아요, 계속해요, 하고 말하고 싶은 심정. 어쩌면 동정심일 수도 있었다. 설사 그 더없는 쾌락이 평생 지속된다 해도, 두 사람은 결코 하나가 될 수 없을 거예요, 하고 말하고 싶은 심정. 눈먼 남자와 눈먼 여자는 이제 떨어져서 쉬고 있었다. 둘이 나란히 누웠으나, 여전히 손을 잡고 있었다. 둘 다 젊었다. 어쩌면 영화관에 갔다가 눈이 먼 연인인지도 모른다. 아니면 따로따로 이곳에 왔다가 기적적으로 만나게 된 경우인지도 모른다. 만일 그런 경우라면 둘이 어떻게 서로를 알아보았을까. 어떻게라니, 당연히 목소리겠지. 눈이 없어도 알 수 있는 것은 피붙이의 목소리만이 아니다. 사람들이 흔히 눈이 멀었다고 표현하는 사랑도 그 나름의 목소리를 가지고 있다. 그러나 두 사람은 동시에 이곳에 들어왔을 가능성이 높았다. 그런 경우라면 둘이 손을 잡은 것은 최근의 일이 아닐 것이다. 그들은 처음부터 손을 잡고 있었을 것이다.

의사의 아내는 한숨을 쉬었다. 두 손을 눈으로 들어올렸다. 앞이 잘 보이지 않아서 그렇게 할 수밖에 없었다. 그러나 놀라지는 않았다. 눈물 때문인 것을 알고 있었기 때문이다. 그녀는 계속 걸어갔다. 현관에 이르자, 앞마당과 통하는 문으로 갔다. 바깥을 보았다. 정문 뒤로 불빛이 있고, 그 불빛 때문에 한 병사의 모습이 검은 실루엣으로 보였다. 거리 건너의 건물들은 모두 어둠에 싸여 있었다. 그녀는 계단 위로 갔다. 위험은 없었다. 군인이 그녀의 그림자를 보았다 해도, 그녀가 계단을 내려가 더 가까이 다가가지 않으면 상관없었다. 가까이 다가간다 해도, 군인은 그가 머릿속으로 정해놓은 안전선을 벗어나지 않은 상태에서 경고를 하고, 그런 다음에 쏠 것이 틀림없었다. 병실 안의 끊임없는 소음에 익숙해져 있었기 때문에, 의사의 아내는 바깥의 정적이 낯설게 느껴졌다. 부재의 공간을 채우고 있는 듯한 정적. 인간, 모든 인간은 사라지고, 오직 불빛 하나와 그것을 지키는 병사 하나만 남은 공간. 그녀는 바닥에 주저앉아 문설주에 등을 기댔다. 병실 안의 눈먼 여자와 같은 자세였다. 그녀는 그 여자처럼 앞을 응시했다. 밤은 추웠다. 건물 앞면을 따라 바람이 지나가고 있었다. 이 세상에 여전히 바람이 불고, 밤이면 어두워진다는 것이 실감나지 않았다. 그녀는 자신의 입장에서 생각하는 것이 아니라, 눈먼 사람들의 입장, 낮이 무한한 사람들의 입장에서 생각하고 있었다. 불빛 너머로, 또 하나의 실루엣이 나타났다. 지금 있는 보초와 교대하러 온 병사인 것 같았다. 이상 무, 보초를 서던 병사는 그렇게 말하고 천막으로 자러 들어가겠지. 둘 다 정문 안에서 무슨 일이 벌어졌는지 전혀 모르고 있었다. 어쩌면 눈먼 깡패가 쏜 총소리도 못 들었을지 모른다. 총소리는 보통 그렇게 크게 들리지 않으니까. 가위 소리는 더 작겠지, 의사의 아내는 생각했다. 그녀는, 도대체 어쩌다가 내가 이런 생각을 하게 되었을까, 하는 자문 따위는 하지 않았다. 그런 생각이 이렇게 늦게 찾아왔다는 것이, 첫 마디가 그렇게 늦게 나타난 것이, 그다음 말들이 그렇게 늦게 뒤따라 나온 것이 놀라울 뿐이었다. 그녀는 또 그 생각이 전부터 이미 어딘가에 존재하고 있었다는 것을 알고 놀랐다. 말만 빠져 있었을 뿐인데, 이제 그 말이 찾아온 것이다. 마치 눕는다는 생각만 하면, 몸이 침대에서 자신을 위해 준비되어 있는 우묵한 공간을 찾아가는 것처럼. 보초가 정문 쪽으로 다가왔다. 빛을 등지고 있지만 이쪽을 보고 있는 것이 분명하다. 꼼짝도 않는 검은 형체가 있다는 것을 눈치챈 것이 분명하다. 비록 지금은 어두워서, 그 검은 형체가 바닥에 주저앉아 있는 여자라는 것, 그 여자가 두 팔로 다리를 감싸 안은 채 무릎에 턱을 올려놓고 있다는 것을 볼 수는 없지만. 보초는 손전등으로 여자를 비춘다. 이제 의심의 여지가 없다. 여자다. 그녀는 조금 전에 생각이 찾아오던 것만큼이나 느린 속도로 일어서려는 참이다. 그러나 보초는 그것을 알 턱이 없다. 그가 아는 것이라고는 일어서는 데 오랜 세월이 걸릴 것처럼 보이는 여자의 모습이 무섭다는 것뿐이다. 순간적으로 보초는 위급한 사태가 발생했다고 보고할까 하는 생각을 한다. 그러나 다음 순간 그러지 않기로 마음을 돌린다. 여자 한 명에 불과하지 않은가. 그리고 거리도 떨어져 있지 않은가. 어쨌든 보초는 조심하기 위해 총을 여자 쪽으로 겨눈다. 그러나 그렇게 하려면 손전

등을 치워야 한다. 손전등을 치우다가 잘못해서 손전등의 밝은 빛이 눈을 정면으로 비추었다. 갑자기 눈에 불을 들이댄 것 같았다. 망막에 눈부심의 잔상이 남았다. 그의 눈이 다시 보였을 때, 여자는 사라지고 없었다. 이제 이 보초는 그를 교대하러 오는 사람에게, 이상 무, 라고 말할 수 없을 것이다.

의사의 아내는 이미 좌병동에 들어가 있다. 이제 복도를 쭉 따라가면 결국 3호 병실이 나올 것이다. 이곳에도 눈먼 사람들이 바닥에서 자고 있다. 우병동보다 숫자가 많다. 그녀는 소리 없이 천천히 걷는다. 바닥의 끈적거리는 배설물이 발에 달라붙는 것을 느낄 수 있다. 그녀는 첫 두 병실 안을 들여다본다. 예상했던 광경이 눈에 들어온다. 담요를 덮고 누워 있는 몸들. 이곳에서 역시 잠 못 이루는 눈먼 남자가 하나 있어, 절망적인 목소리로 잠이 안 온다고 중얼거리고 있다. 대부분의 사람들은 띄엄띄엄 끊어지는 소리로 코를 골고 있다. 그녀는 병실 안의 냄새에는 놀라지 않는다. 어차피 건물 전체에 다른 냄새는 없다. 그것은 그녀의 몸에서 나는 냄새이기도 하고, 그녀가 입고 있는 옷에서 나는 냄새이기도 하다. 그녀는 모퉁이를 돌아 3호 병실로 가는 복도로 접어들다가 발을 멈춘다. 문간에 남자가 있다. 이 사람도 보초다. 손에 몽둥이를 들고 좌우로 천천히 흔들고 있다. 다가가려는 사람을 막고 있는 듯한 동작이다. 이곳에는 바닥에서 자는 사람도 없고, 복도도 깨끗하다. 문간의 눈먼 사람은 계속 좌우로 막대기를 흔드는 동작을 반복하고 있다. 지치지도 않는 것 같지만, 사실은 짜증을 내고 있다. 그는 몇 분 뒤에 막대기를 다른 손으로 옮겨 잡고, 다시 휘두르기 시작한다. 의사의 아내는 맞은편 벽에 바짝 붙어 앞으로 나아갔다. 몸이 벽에 닿지 않도록 조심했다. 막대기가 그리는 곡선은 넓은 복도의 반에도 미치지 못한다. 장전이 안 된 총을 들고 경비를 서고 있는 것과 같다고 말하고 싶을 정도다. 의사의 아내는 이제 눈먼 남자를 정면으로 마주 보고 있다. 뒤로 병실이 보인다. 침대가 다 차지 않았다. 몇 명이나 있을까. 그녀는 조금 더 앞으로 나아갔다. 막대기가 몸에 스치는 느낌이었다. 그녀는 그곳에서 발을 멈추었다. 눈먼 남자는 그녀가 서 있는 쪽으로 고개를 돌렸다. 뭔가 다른 것을 느낀 것처럼. 한숨이라든가, 공기의 떨림이라든가. 남자는 키가 컸다. 손도 컸다. 남자는 먼저 막대기 쥔 손을 앞으로 내밀어, 빠른 동작으로 앞의 허공을 쓸어보고, 이어 짧게 한 걸음을 내디뎠다. 순간적으로 의사의 아내는 그가 눈으로 그녀를 보면서, 공격하기 좋은 위치를 찾고 있다는 두려움에 사로잡혔다. 저 눈은 장님의 눈이 아니야, 라고 생각하며 깜짝 놀랐다. 아냐, 당연히 안 보이는 눈이지, 이 사람도 이 지붕 밑에, 이 벽들 사이에 있는 모든 사람들처럼, 그 모든 사람들처럼, 나를 제외한 모든 사람들처럼 눈이 멀었어. 눈먼 남자는 속삭이는 듯한 작은 목소리로 물었다, 거기 누구요. 그는 진짜 보초처럼, 누구냐, 아군인가 적군인가, 하고 소리치지 않았다. 적당한 대답은, 아군이다, 가 될 거고, 그러면 보초는, 통과, 그러나 거리는 유지하라, 하고 외칠 것이다. 그러나 상황은 그렇게 전개되지 않았다. 그는 마치, 무슨 영

뚱한 생각을 하는 거야, 누가 있을 수가 있어, 다들 자는 시간
인데, 하고 혼자말을 하듯이 고개를 저을 뿐이었다. 그는 빈손
으로 더듬으며 다시 문 쪽으로 물러났다. 그리고 자신의 생각
에 마음이 차분해진 듯, 두 손을 아래로 늘어뜨렸다. 그는 졸렸
다. 동료가 나와서 교대해주기를 얼마나 기다렸는지 모른다. 그
러나 동료가 마음속에서 들려오는 의무의 목소리를 듣고 스
스로 잠을 깨지 않으면 교대는 불가능했다. 이곳에는 자명종도
없고, 또 있다 해도 그것을 조작할 수 있는 사람이 없기 때문
이다. 의사의 아내는 조심스럽게 문 맞은편으로 가 안을 보았
다. 병실은 만원이 아니었다. 그녀는 재빨리 계산을 해보고, 열
아홉 내지 스무 명 정도가 있다고 판단했다. 맞은편 벽에 식량
상자가 많이 쌓여 있는 것이 보였다. 빈 침대에도 쌓여 있었다.
예상은 했지만, 역시 받은 식량을 다 나누어주지 않았군, 그녀
는 생각했다. 보초는 다시 불안해하는 것 같았으나, 확인해볼
생각은 하지 않았다. 몇 분이 흘렀다. 안에서 누가 크게 기침하
는 소리가 들렸다. 줄담배를 피우는 사람의 기침 소리였다. 보
초는 불안하게 고개를 돌렸다. 마침내 잠 좀 자게 되나 보다,
하는 기대를 품고. 그러나 침대에 누워 있는 사람들 가운데 일
어나는 사람은 하나도 없었다. 이윽고 보초는 천천히 입구를
막고 있는 침대 가장자리에 앉았다. 위치를 무단 이탈하는 보
초처럼, 또는 규칙을 모조리 한꺼번에 어기는 보초처럼, 들킬
까 봐 걱정하는 표정이 역력했다. 그는 잠시 고개를 끄덕이다
가, 이내 잠의 강물에 떠내려가버렸다. 그는 잠에 굴복하면서,

상관없어, 아무도 나를 보지 못할 텐데 뭐, 하고 생각했을 것이 틀림없다. 의사의 아내는 다시 한 번 안에서 자고 있는 사람들의 숫자를 헤아렸다. 보초를 포함해 스무 명이었다. 그런 현실적인 정보라도 수집했으니, 밤 나들이는 헛된 것은 아니었다. 그러나 이것이 내가 여기에 온 유일한 목적일까, 그녀는 생각했다. 그러나 그녀는 대답을 찾으려 하지 않았다. 보초는 자고 있었다. 머리는 문설주에 기대고 있었다. 막대기는 소리 없이 바닥으로 떨어졌다. 이제 그는 무방비 상태의 눈먼 남자에 불과했다. 눈먼 삼손이 그랬던 것처럼 주위의 기둥들을 무너져내리게 할 수도 없었다. 의사의 아내는 의식적으로 이 사람이 식량을 훔쳤다고, 다른 사람 것을 훔쳤다고, 아이들의 입에서 먹을 것을 빼앗아갔다고 생각하려 했다. 그러나 이런 생각들에도 불구하고, 화는커녕 경멸감도 느낄 수가 없었다. 그녀 앞에 축 늘어져 있는 몸을 보며 묘한 동정심 외에는 아무것도 느낄 수가 없었다. 머리는 뒤로 젖혀져 있었는데, 긴 목에는 불거진 정맥들이 가득했다. 그녀는 병실을 떠난 후 처음으로 온몸에 차가운 소름이 돋는 것을 느꼈다. 밑의 차가운 판석들 때문에 발이 어는 것 같았다. 아니면 거꾸로 발이 불에 타는 것 같기도 했다. 열이 나면 안 되는데, 그녀는 생각했다. 그럴 리 없었다. 끝없이 밀려오는 피로 때문인 것 같았다. 그녀 자신의 내부로 움츠러들고 싶은 갈망 때문인 것 같았다. 눈, 특히 눈이 안을 향하여, 좀 더 안으로, 좀 더 안으로, 좀 더 안으로 들어가, 마침내 그녀 자신의 뇌의 내부에 이르러 그곳을 관찰하고 싶은 갈망. 보는 것과 못 보는 것의 차이가 맨눈에는 드러나지 않는 그곳을 관찰하고 싶은 갈망. 그녀는 천천히, 더 천천히, 몸을 끌고, 왔던 곳을 되짚어 자신이 속한 곳으로 갔다. 그녀는 몽유병자처럼 보이는 눈먼 사람들 옆을 지나갔다. 그녀도 그들에게는 그렇게 여겨졌을 것이다. 그녀는 눈이 먼 척할 필요가 없었다. 눈먼 연인들은 이제 손을 잡고 있지 않았다. 그들은 나란히 누워 서로의 몸에 웅크린 채 자고 있었다. 여자는 추위를 피해, 남자의 몸이 만든 곡선 안에 들어가 있었다. 자세히 보니, 그들은 여전히 손을 잡고 있었다. 그의 팔이 그녀의 몸을 감싸고 있었고, 둘의 손이 깍지를 끼고 있었다. 병실 안으로 들어가자, 잠을 못 이루는 여자가 여전히 침대에 일어나 앉아, 지친 몸이 마침내 그녀의 정신의 완강한 저항을 정복해주기를 기다리고 있었다. 다른 사람들은 모두 자고 있는 것 같았다. 어떤 사람들은 그들에게는 찾아오지 않는 어둠을 아직도 구하고 있는 것처럼, 담요를 머리 끝까지 뒤집어쓰고 있었다. 검은 색안경을 썼던 여자의 침대 옆 탁자에는 안약 병이 놓여 있었다. 그녀의 눈은 이미 나았지만, 그녀 자신은 그것을 알 도리가 없었다.

악당들이 부당하게 얻은 이득의 회계를 정리하는 일을 맡게 된 눈먼 사람이 갑자기 어떤 깨달음을 얻어 마음의 의심을 모두 떨쳐버리고 우병동으로 건너오기로 결심했다면, 그는 지금 책받침과 두꺼운 종이와 점자 찍는 기계를 이용하여, 모든 것을 빼앗긴 이 새로운 동료들의 굶주림을 비롯한 많은 참상에 대해 교훈적이고 슬픈 연대기를 쓰는 데 몰두하고 있을 것이 틀림없다. 그는 우선 자기가 떠나온 곳에 대한 이야기부터 시작할 것이다. 약탈자들은 병실 전체를 차지하기 위해 그들의 병실에서 품위 있는 사람들을 쫓아내버렸을 뿐 아니라, 좌병동의 다른 두 병실의 재소자들이 그쪽의 이른바 위생 시설들에 접근하거나 그것을 이용하는 것을 금지해버렸다. 그는 그런 흉악한 압제의 결과 그 모든 불쌍한 사람들이 오른쪽 화장실로 몰려들게 되었다고 기록할 것이다. 그 후의 일은 화장실의 이전 상태를 기억하고 있는 사람이라면 쉽게 상상할 수 있다. 그는 안마당을 걸어다니다 보면, 설사를 하는 사람들, 또는 많이 나올 것 같았으나 결국 아무것도 나오지 않는 바람에 괜히 얼굴만 찌푸리고 헛힘만 주고 있는 사람들이 발에 차이지 않을 수 없었다고 기록할 것이다. 게다가 그는 관찰력이 뛰어난 사람이기 때문에, 사람들의 적은 섭취량과 엄청난 배설량 사이의 모순을 의도적으로 기록해둘 것이다. 이 모순은 우리가 흔히 인용하는 유명한 인과 관계의 법칙이 적어도 양적인 측면에서는 늘 믿을 만한 것이 아님을 보여주는 증거라는 점도 빠뜨리지 않을 것이다. 그는 또 이 시간에 그 도둑 떼의 병실은 식량 상자들 때문에 비좁을 정도지만, 이곳에서는 오래지 않아 가엾은 사람들이 더러운 바닥에서 음식 부스러기를 긁어모으게 될 거라고 기록할 것이다. 또한 눈먼 회계사는 그 과정의 참가자이자 기록자라는 이중의 역할을 맡은 입장에서, 눈먼 억압자들이 음식을 갈급한 사람들에게 주느니 차라리 썩게 하는 쪽을 택했다고 비난할 것이다. 물론 이 음식들 가운데 일부는 개봉하지만 않으면 몇 주가 지나도 상관없지만, 나머지, 특히 조리된 음식은, 바로 먹어치우지 않으면 곧 쉬거나 곰팡이가 슬어, 인간이 먹을 수 없는 것으로 변질되기 때문이다. 이것은 이 가엾은 무리를 인간으로 생각해줄 때의 이야기이긴 하지만. 연대기 기록자는 다시 주제는 바꾸지 않고 소재만 바꿔, 이곳의 질병이 단지 먹을 것이 부족하거나, 먹은 것을 잘 소화시키지 못해 생기는 소화기 계통의 질병만이 아니라고 기록하며, 큰 슬픔을 느낄 것이다. 이곳에 온 대부분의 사람들은 처음에는 비록 눈이 멀기는 했지만 건강했다. 아니, 그 가운데 일부는, 어느 모로 보나, 건강미가 넘쳐흘렀다. 그런데 이제 그들이 다른 사람들과 다름없이, 어떻게 퍼지게 되었는지도 모를 인플루엔자에 걸려, 그 초라한 침대에서 몸을 일으키지도 못했다. 열을 내리게 하거나 두통을 덜어줄 얼마 안 되는 아스피린은 이미 다 없어져버려, 이제는 이 다섯 병실 어디에서도 단 한 알도 찾을 수가 없다. 여자들의 핸드백까지 뒤져보아도 마찬가지다. 연대기 기록자는 신중함 때문에, 이 비인간적인 수용소에 갇혀 있는 거의 300명에 가까운 사람들 대부분을 괴롭히는 다른 모든 병에 대해서는 자세히 기록할 생각을 포기할 것이다. 그러나 그도 이 가운데 상당히 악화된 암으로 고생하는 사람이 적어도 두 명 있다는 사실에 대해서는 언급하지 않을 수 없을 것이다. 당국은 눈먼 사람들을 모아 이곳에 가두면서 인도주의적인 배려를 전혀 하지 않았다. 그들은 심지어 일단 한 번 제정된 법은 만인에게 평등하며, 민주주의는 특별 대우와 양립할 수 없는 것이라는 말까지 했다. 운명의 잔인한 장난 때문에, 이 재소자들 가운데 의사는 단 한 명뿐이다. 그것도 하필이면 우리에게 가장 필요 없는 안과 의사다. 이 지점에 이르러 눈먼 회계사는 이 지독한 참상과 슬픔을 묘사하는 데 지친 나머지, 금속으로 된 점자 기계를 탁자에 내려놓고, 시간의 종말을 기록하는 자로서의 의무를 이행하는 동안 옆으로 밀쳐두었던 굶은 빵 한 조각을 찾아 떨리는 손을 뻗을 것이다. 그러나 그는 빵을 찾지 못할 것이다. 절박한 욕구로 후각이 매우 예민해진 다른 눈먼 사람이 훔쳐갔기 때문이다. 그러면 눈먼 회계사는 동료들에 대한 우정을 철회하고, 자신이 우병동으로 옮기기로 결심한 이유였던 이타주의적 충동을 억누르고, 아직 시간이 있을 때 좌병동 3호 병실로 돌아가는 것이 최선이라고 결정을 내릴 것이다. 그곳에 있으면 악당들의 불의의 행동으로 그의 정직한 마음에 적개심이 불타오르기는 하지만, 그래도 굶지는 않을 수 있기 때문이다.

이것이야말로 문제의 핵심이다. 음식을 가지러 간 사람들이 얼마 안 되는 양을 들고 올 때마다 사람들의 항의가 터져나온다. 그리고 늘 집단 행동, 대중 시위를 제안하는 사람이 있다. 그런 사람은 자기들이 숫자가 많아서 누적된 힘을 발휘할 수 있다고 강력하게 주장한다. 그들은 그 힘이 역사적으로 누차 확인되어왔으며, 또 단호한 의지들은 일반적인 경우처럼 서로 더해지기만 하는 것이 아니라, 어떤 상황에서는 서로 무한히 곱해지기도 한다는 변증법적인 원리가 바로 그런 힘을 긍정한 것이라고 말한다. 그러나 오래지 않아 사람들은 진정되었다. 좀 더 신중한 사람이 나서서 그런 행동의 이점과 위험에 대해 잘 생각해보자면서, 열성분자들에게 총으로 인해 생길 수 있는 치명적인 결과를 이야기해주었기 때문이다. 신중론자들은 이렇게 말하곤 했다, 앞서 나가는 사람들은 앞에서 무엇이 기다리고 있는지 알 겁니다, 그러나 뒤에 있는 사람들은 어떨까요, 우리가 첫 총성에 겁을 집어먹었을 때 벌어질 일에 대해서는 생각하고 싶지도 않습니다. 아마 총에 맞아 죽는 사람보다 발에 밟혀 죽는 사람이 더 많을 겁니다. 한 병실에서는 앞으로 식량을 받으러 갈 때 깡패들에게 조롱당하곤 하는 소규모 대표단을 보내는 대신, 상당한 규모의 집단, 좀 더 정확히 말하면 열 내지 열두 명을 보내기로 잠정적인 결론을 내렸고, 이런 결정은 다른 병실로도 전해졌다. 사람들이 많이 가면 한목소리로 전체의 불만을 표현할 수 있을 것이라는 기대에서 나온 결정이었다. 그러나 자원자들은 앞으로 나오라고 했을 때, 신중론자들이 조금 전과 같은 경고를 해서인지, 어떤 병실에서도 호응이 크지 않았다. 이것은 분명히 용기 부족을 보여주는 것이라고 말할 수 있지만, 다행히도 별 문제가 되지 않았고, 또 개인적인 수치감의 원인이 되지도 않았다. 처음에 그런 결정을 내린 병실에서 조직한 원정대가 맞이한 결과로 인해, 신중한 태도가 역시 올바른 대응이라는 것이 입증되었다. 그 병실에서 자원했던 여덟 명의 용감한 사람들은 즉시 곤봉에 두들겨맞고 쫓겨나고 말았던 것이다. 총알은 한 발밖에 발사되지 않았지만, 전에 쏜 총알들처럼 높은 곳을 겨냥한 것이 아니었다. 항의하러 갔던 사람들이 총알이 머리를 스쳐가며 휘파람 소리를 내는 것을 들었다는 주장이 그 증거였다. 정말로 죽이려는 의도였느냐 하는 것은 나중에 밝혀질지 몰라도, 우선은 이런 의심스러운 경우에 사법부에서 하듯이 피고에게 유리한 쪽으로 해석하기로 하자. 즉 발포는 지난번보다는 좀 더 심각한 경고였을지 모르지만, 어쨌든 경고의 범위를 벗어나지는 않았다는 것이다. 다만 그 악당 두목이 시위자들의 키를 실제보다 작다고 상상했을 수는 있다. 아니면 반대로, 당혹스러운 생각이기는 하지만, 사람들이 실제보다 더 크다고 상상한 것이 그의 실수라고 해석할 수도 있겠는데, 이 경우에는 불가피하게 살의를 고려하지 않을 수 없다. 어쨌든 이런 사소한 의문 사항은 젖혀두고, 일반적인 관심사인 당면 현안으로 돌아가볼 때, 항의자들이 자기들이 어느 병실 대표라고 밝힌 것은, 설사 우연의 일치라도, 진정 신의 섭리였다고 할 수 있다. 그 결과 그 병실 사람들만 벌로 사흘간 굶는 것으로 사태는 종결되었다. 이것은 그들에게도 다행인 것이, 깡패들은 그들의 식량을 영원히 끊어버리는 조치를 내릴 수도 있었기 때문이다. 사실 감히 먹이를 주는 손을 무는 경우에는 그런 조치가 정당하다고 할 수 있다. 따라서 사흘간 그 병실 사람들은 이 병실 저 병실을 돌아다니며, 제발 빵껍질이라도 달라고, 가능하다면 고기나 치즈 한 조각도 얹어달라고 구걸을 하는 수밖에 없었다. 물론 그들은 굶어 죽지는 않았지만, 그 따위 생각을 하고서는 뭘 바라는 거요, 만일 당신들 하자는 대로 했더라면 지금 우리가 다 어떻게 됐겠소, 하는 잔소리를 들어야 했다. 그러나 가장 심한 소리는, 배고파도 참으시오, 인내심을 가지고 견디시오, 하는 소리였다. 세상에 이보다 더 잔인한 말은 없으니, 그 말을 들으니 차라리 모욕을 당하는 것이 나았다. 사흘간의 처벌 기간이 끝나고 이제 새날이 동튼다고 믿었으나, 마흔 명의 반항적인 사람들이

기거하는 그 불행한 병실이 받아야 할 벌은 아직 다 끝난 것이 아니었다. 그전까지 스무 명 정도가 간신히 먹을 만했던 배급량이 이제 열 명의 허기도 채우지 못할 정도로 줄어버렸기 때문이다. 따라서 그들이 얼마나 격분하고 적개심을 품었을지는 충분히 상상할 수 있다. 또한, 이런 말 때문에 상처받을 사람이 있을지 몰라도 사실은 사실이니까 말하겠는데, 나머지 병실 사람들이 그 병실 사람들을 얼마나 두려워했을지도 능히 상상할 수 있는 일이다. 나머지 병실 사람들은 굶주린 사람들이 곧 몰려들 것이라고 했다. 그들의 반응은 인간적인 유대감이라는 고전적인 의무를 이행하자는 쪽과 남보다 가족을 먼저 사랑하라는 유서 깊은 격언을 존중하자는 쪽으로 갈렸다.

이런 상황에서 깡패들로부터 돈과 귀중품을 더 내놓으라는 명령이 떨어졌다. 식량 공급량이 처음에 낸 귀중품의 가치를 넘어섰다는 것이다. 그것도 상당히 값을 후하게 쳐주어서 나온 계산이라고 했다. 각 병실 사람들은 절망감에 젖어, 호주머니에 땡전 한 푼 남지 않았다고, 귀중품들은 이미 남김 없이 거두어다 바쳤다고 대답했다. 심지어 정말 창피한 주장이지만, 각 병실이 낸 금액의 차이를 무시하는 결정은 절대 공평한 것이 될 수 없다는 이야기도 나왔다. 쉬운 말로 하자면, 의로운 사람이 죄인의 죗값을 대신 치르는 것은 공평하지 않으며, 따라서 많이 냈기 때문에 아직도 받을 것이 있는 병실에는 식량 공급을 끊지 말아야 한다는 것이었다. 물론 어느 병실도 다른 병실이 얼마를 주었는지 몰랐다. 그러나 각 병실마다 다른 병실 사람들은 이미 먹을 만큼 먹었다 해도 자기들은 계속 먹을 권리가 있다고 생각하고 있었다. 다행히, 깡패들이 모두 명령에 따라야 한다고, 설사 갖다 낸 물건의 가치에 차이가 있다 해도 그것을 아는 사람은 눈먼 회계사뿐이라고 단호한 태도를 보이는 바람에, 잠복했던 갈등은 채 꽃이 피기도 전에 시들어버렸다. 한편 각 병실에서는 신랄하고 열띤 논란이 벌어져, 때로는 그것이 폭력적인 분위기로 발전하기도 했다. 어떤 사람들은 전에 귀중품을 낼 때 일부 이기적이고 부정직한 사람들이 물건을 다 내놓지 않았으며, 그 결과 공동체를 위해 모든 것을 낸 사람들의 희생을 대가로 이제까지 배를 불렸다고 생각했다. 어떤 사람들은 그때까지 병실 단위로 이야기되던 주장을 원용하여, 자기들이 넘겨준 것은, 기생하는 사람들에게 주지 않고 자기들만 먹는다면, 앞으로 긴 기간 동안 식량을 공급받기에 충분한 액수라고 주장했다. 눈먼 깡패들은 처음에 했던 협박, 즉 병실을 수색하여 그들의 명령에 복종하지 않은 사람들에게 벌을 줄 것이라는 협박을 실행에 옮기지 않았지만, 그 대신 자체적으로 병실을 수색하는 일이 벌어지고 말았다. 그 결과 정직한 사람들이 부정직한 사람들, 심지어 고의성이 있었던 사람들과 반목하게 되었다. 그러나 대단한 것이 나오지는 않았다. 손목시계와 반지 몇 개 정도였는데, 그 대부분이 남자 것이었다. 병실 내의 정의에 따라 이루어진 처벌이라고 한다면, 몇 번 앞뒤 가리지 않고 따귀를 때리거나, 별로 내키지 않는 마음으로 겨냥도 제대로 못하고 주먹을 휘두른 것밖에 없었다. 대부분의 경우는 욕설 정도로 끝이 났다. 어떤 비난의 경우는 과거의 수사로부터 표현을 빌려오기도 했는데, 예를 들어 이런 식이었다. 똑똑히 들어, 당신은 모든 사람이 눈이 머는 날에는 이런 식의 수치스러운 행위, 심지어 더 심각한 범죄들을 저질러도 괜찮다고 생각하고, 당신 어머니 물건이라도 훔칠 사람이야, 눈이 빛을 잃으면 우리를 인도하는 염치라는 마음도 잃는다고 생각하는 거겠지. 눈먼 깡패들은 가혹한 보복을 하겠다고 협박하며 귀중품을 받았는데, 다행히도 그 협박을 실행에 옮기지는 않았다. 그것을 보고 사람들은 그들이 잊어버린 것이라고 생각하기도 했지만, 사실 그들에게는 이미 다른 생각이 있었던 것이고, 그것은 곧 밝혀지게 될 것이다. 만일 그들이 협박을 실행에 옮기고 더 큰 불의를 저질렀다면, 그것으로 상황은 더 악화되었을 것이고, 어쩌면 바로 극적인 결과가 나타났을지도 모른다. 병실 두 군데서 귀중품을 내놓지 않은 범죄를 감추기 위해 다른 병실의 이름으로 그것을 내놓았고, 그럼으로써 죄 없는 병실들에 그들이 저지르지도 않은 죄를 덮어씌운 꼴이 되었기 때문이다. 사실 그런 무고한 병실들 가운데 한 곳은 워낙 정직하여 첫날 모든 것을 다 내놓기도 했던 것이다. 다행히도 눈먼 회계사는 자신의 일을 줄이기 위해 새로 들어온 다양한 귀중품들을 별도의 종이 한 장에 다 기록하기로 결정했다. 이것은 죄가 없는 병실과 죄를 지은 병실 양쪽에 다 도움이 되는 일이었다. 만일 그가 새로 들어온 귀중품들을 각각의 병실 이름으로 적어놓았다면 틀림없이 회계상의 문제를 눈치

챘을 것이다.

일주일 뒤, 눈먼 깡패들은 여자를 원한다는 메시지를 보냈다. 그냥, 우리에게 여자들을 보내라는 내용이었다. 특이하다고는 할 수 없었지만, 어쨌든 예상치 못했던 이 요구 때문에, 충분히 예상할 수 있겠지만, 항의하는 소리가 쏟아져나왔다. 그 말을 들은 당황한 병실 대표들은 즉시 병실로 돌아가 명령을 전달했다. 우병동의 세 병실과 좌병동의 두 병실, 그리고 바닥에서 잠을 자던 사람들마저도, 만장일치로 그 모욕적인 요구를 무시하기로 결정했다. 그들은 인간의 존엄성, 이 경우에는 여성의 존엄성이 이 정도로까지 짓밟힐 수는 없다, 좌병동 3호 병실에 여자가 없다 해도 다른 병실에서 그것을 책임져줄 수는 없다고 주장했다. 그러나 깡패들의 대답은 무뚝뚝했고, 타협의 여지가 없었다. 여자를 데려오지 않으면 먹을 것도 주지 않는다. 굴욕감에 사로잡힌 대표들은 병실로 돌아가 그 명령을 전했다. 여자들이 그곳으로 가지 않으면 먹을 것도 안 주겠답니다. 혼자 있는 여자들, 즉 짝이 없는, 적어도 고정된 짝이 없는 여자들은 즉시 항의했다. 그들은 남의 남자를 먹이기 위해 자신들의 다리 사이에 있는 것으로 대가를 지불할 생각은 없었다. 한 여자는 심지어, 자신의 성에 대한 예의마저 잊고 대담하게 이렇게 말하기까지 했다. 나는 원한다면 갈 거예요, 하지만 내가 버는 것은 다 내 거예요, 그리고 마음에 들기만 하면, 나는 그 병실에서 살 거예요, 그곳에 가면 침대도 있고, 내 먹을 것은 보장받을 수 있잖아요. 그녀는 분명하게 그렇게 말했으나, 그 말을 실행에 옮기지는 않았다. 욕정에 넘치는 스무 명의 남자들, 그렇게 다급해하는 것을 보면 혹시 욕정 때문에 눈이 먼 것이 아닐까 하는 생각이 드는 남자들의 성적인 광란을 혼자서 감당해야 할 경우에 겪어야 될 무시무시한 일들이 제때에 머리에 떠올랐던 것이다. 그러나 우병동 2호 병실에서는 그녀가 가볍게 내뱉은 그 말이 미처 바닥에 떨어지기도 전에, 직업 의식이 투철한 대표 하나가 얼른 그 말을 받아, 자원자들은 앞으로 나오라고 제안해버렸다. 물론 억지로 하는 일보다는 자발적으로 하는 일이 덜 힘들다는 점을 고려한 발언이었을 것이다. 그러나 그가 마지막 순간에 한 번만 망설였다면, 마지막으로 입조심하자는 생각을 한 번만 했다면, 그는, 마음이 기꺼우면 발걸음도 가볍다, 라는 속담을 인용하는 것으로 그의 호소를 끝맺지는 않았을 것이다. 그가 말을 끝내기가 무섭게 사방에서 분노에 찬 항의가 터져나왔다. 남자들은 연민과 동정심을 보여주지 않았기 때문에 도덕적으로 패배했다. 여자들의 분노는 정당했다. 여자들은 각자의 교양, 사회적 배경, 개인적 기질에 따라 남자들을 신둥부러진 놈, 기둥서방, 기생충, 흡혈귀, 착취자, 뚜쟁이 등으로 불러댔다. 어떤 여자들은 그동안 순전히 관용과 동정심 때문에 불행에 처한 동반자들의 성적인 제의를 수락해왔는데, 이제 그 일을 후회한다고 말했다. 그렇게 해주었는데도 이제 여자들을 최악의 운명으로 몰아넣으려 하는 이 배은망덕한 행동을 보라는 것이었다. 남자들은, 전혀 그런 것이 아니다, 제발 일을 너무 극적으로 과장하지 말아라,

이야기를 찬찬히 해보면 서로 이해할 수도 있다, 그런 이야기가 나온 것은 어렵고 위험한 상황에서는 자원자들을 앞으로 나오라고 하는 것이 관행이기 때문이다, 당신들이나 우리나 다 굶어 죽게 생긴 지금이야말로 그런 어렵고 위험한 상황 아니냐, 하는 식으로 변명했다. 여자들 가운데는 이런 식의 설득에 진정되는 사람들도 있었다. 그러나 그렇지 않은 여자들 가운데 하나가 갑자기 무슨 영감이라도 받은 듯, 장작불에 장작을 하나 더 집어넣는 행동을 했다. 그 여자는 비꼬는 목소리로, 만일 이 악당들이 여자가 아니라 남자들을 요구했으면 당신들은 어떻게 했겠어요, 그럼 어떻게 했겠어요, 어서 모두 들을 수 있도록 큰 소리로 대답해봐요, 하고 물었던 것이다. 여자들은 신이 나서, 말해봐, 말해봐, 하고 합창을 했다. 여자들은 남자들을 궁지에 몰아넣은 것에, 남자들 자신의 논리를 통해 그들을 탈출구가 없는 함정에 빠뜨린 것에 기뻐했다. 이제 여자들은 그렇게 칭송받는 남성적 논리가 어디까지 가는지 보고 싶어 했다. 여기에 동성애하는 남자는 없소, 한 남자가 대담하게 맞섰다. 여기에는 창녀도 없어요, 방금 도발적인 질문을 했던 여자가 쏘아붙이고는 덧붙였다, 설사 있다 해도 당신들을 위해 몸을 팔 생각은 없을 거예요. 궁지에 몰린 남자는 어깨를 으쓱했다. 그도 이 복수심에 사로잡힌 여자들을 만족시키는 대답은 하나밖에 없다는 것을 알았다. 그들이 남자를 원한다면 우리는 가겠소, 하는 대답이었다. 그러나 남자들 가운데는 이 짧고, 분명하고, 대담한 말을 할 용기가 있는 사람이 없었다. 너무 당황한 나머지 그 말을 해도 해가 될 것은 없다는 사실, 그 개자식들은 남자가 아니라 여자에게 욕망을 해갈하는 데만 관심이 있다는 사실을 잊었던 것이다.

순간 남자들에게는 안 떠오른 생각이 여자들에게는 떠올랐던 것 같다. 그렇지 않고서야 이런 갈등이 빚어지던 병실에 점차 정적이 깔렸을 리 없다. 여자들은 남자들과의 말싸움에서 재치로 승리를 거두는 것이 그 뒤에 불가피하게 따르게 되는 패배와 다르지 않다는 것을 이해했는지도 모른다. 어쩌면 다른 병실들에서 벌어진 논쟁도 이와 똑같았을 것이다. 우리가 알다시피, 인간의 이성과 비이성은 어디에서나 똑같은 것 아닌가. 이 병실에서 최종 판단을 내린 사람은 이미 오십 줄에 들어선 여자였다. 그녀는 노모와 함께 있었는데, 음식을 얻을 다른 수단이 없었다. 내가 가겠어요, 그녀가 말했다. 물론 그녀는 우병동 1호 병실에서 의사의 아내가 똑같은 말을 하고 있다는 것을 몰랐다. 의사의 아내가 있는 병실에는 여자의 수가 적었다. 어쩌면 그래서 항의하는 사람도 적고 또 덜 격렬했는지도 모르겠다. 이곳에는 검은 색안경을 썼던 여자, 첫 번째로 눈이 먼 남자의 아내, 안과 간호사, 호텔 청소부, 아무도 어떤 사람인지 모르는 여자, 불면증에 걸린 여자가 있었다. 그러나 불면증에 걸린 여자는 워낙 가녆고 비참해 보이는 모습이라, 그냥 놔두는 것이 좋을 것 같았다. 여자들의 단결된 행동에 의해 남자들만 이익을 보란 법은 없지 않은가. 맨 먼저 입을 연 사람은 첫 번째로 눈이 먼 남자였다. 그는 자신의 아내에게 무슨 일이 있어도 낯선 사람들에게 몸을 내주는 수모를 당하게 할 수는 없다고 선포했다. 그녀도 그럴 마음이 없었고, 남편도 허락하지 않으려 했다. 존엄성이란 값으로 매길 수 있는 것이 아니며, 조금씩 양보하기 시작하면, 결국 인생이 모든 의미를 잃게 되기 때문이다. 그러자 의사는 그들 모두가 굶주리고, 오물에 뒤덮이고, 이에 시달리고, 빈대에 물리고, 벼룩에 뜯기는 상황에서 무슨 의미를 찾을 수 있느냐고 물었다. 나 역시 내 아내가 가지 않았으면 좋겠습니다, 하지만 내가 무엇을 원하느냐 하는 것은 아무런 도움이 안 됩니다, 나도 압니다, 남자다운 자존심, 아니 이건 남성의 자존심이라고 해야겠죠, 어쨌든 지금까지 많은 수모를 겪은 뒤에도 우리가 여전히 그런 이름을 붙일 만한 것을 가지고 있다면, 그 자존심이 고통을 겪으리라는 것, 이미 겪기도 했지만, 다시 겪으리라는 것, 그것을 피할 수 없다는 것을 나도 압니다, 하지만 우리가 살고 싶다면, 이것이 어쩌면 유일한 해결책인지도 모릅니다. 각자 자신이 가지고 있는 윤리에 따라 행동하는 거지요, 나는 그렇게 생각합니다, 그리고 나는 생각을 바꿀 마음이 전혀 없습니다, 첫 번째로 눈이 먼 남자는 그렇게 도전적으로 쏘아붙였다. 그러자 검은 색안경을 썼던 여자가 말을 받았다, 다른 사람들은 여기에 여자가 몇 명이 있는지 몰라요, 따라서 아저씨가 아저씨의 아내를 혼자서 차지해도 아무도 모를 거예요, 아저씨와 아저씨의 아내는 우리가 먹여 살릴게요, 하지만 그렇게 되면 아저씨가 말하는 존엄은 어떻게 되는 건지 정말 궁금하네요, 우리가 아저씨한테 가져다주는 음식이 어떤 맛일지 궁금해요. 그게 중요한 게 아닙니다, 첫 번째로 눈이 먼 남자가 대답했다, 중요한 것은. 그러나 그는 말을 마무리 지을 수가 없었다. 사실 그는 무엇이 중요한지 몰랐다. 그가 앞서 말한 모든 것은 모호한 의견, 이 세계가 아니라 다른 세계에 속한 의견에 지나지 않았다. 그가 당연히 했어야 할 일은 두 손을 하늘로 들어올리고, 수치심을 집에 두고 오는 덕분에 다른 사람의 아내가 먹여 살려주는 것을 알면서도 괴로워하지 않게 된 행운에 감사를 드리는 것이었다. 정확히 말하자면, 의사의 아내가 먹여 살려주는 것이었지만. 다른 여자들은 남편이 있는지 몰라도, 어쨌든 여기에는 보이지 않았기 때문이다. 그리고 검은 색안경을 썼던 여자야 물론 미혼에 자유로운 몸이고, 또 그녀의 방탕한 생활 방식에 대해서는 우리에게 충분하고도 남을 정보가 있다. 첫 번째로 눈이 먼 남자의 중간에 끊겨버린 말 다음에 이어진 정적은 누군가 나서서 단번에 상황을 정리해주기를 기다리는 듯했다. 이런 이유 때문에, 오래지 않아 당연히 말해야 할 사람이 말을 하게 되었다. 그것은 첫 번째로 눈이 먼 남자의 아내였다. 그녀는 전혀 떨리지 않는 목소리로 말했다, 나도 다른 여자들과 다를 게 없어요, 나도 다른 사람들이 하는 일을 하겠어요. 첫 번째로 눈이 먼 남자가 그녀의 말을 자르고 나섰다, 당신은 내가 하라는 대로 해야 돼. 명령하지 말아요, 여기서는 명령해도 소용없어요, 당신이나 나나 똑같이 눈이 멀었어요. 그건 추잡한 짓이야. 추잡하기 싫으면 당신은 앞으로 먹지 않으면 되잖아. 그것이 그녀의 잔인한 대답이었다. 조금 전까지 남편 앞에서 그렇게 유순하고 예의 바르던 여자에게서는 전혀 예상할 수 없던 반응이었다. 갑자기 짧은 웃음소리가 터져나왔다. 호텔 청소부의 입에서 나온 소리였다. 아, 먹어요, 먹어, 뭘 어쩌겠어요, 가엾은 양반. 갑자기 그녀의 웃음은 울음으로 변했다. 그녀의 말투도 달라졌다, 우린 어떻게 하면 좋죠. 그것은 질문이었으나, 답이 없는 체념조의 질문이었다. 낙담하여 고개를 젓는 것과 똑같은 것이었다. 안과 간호사는 심하게 상심하여 계속, 우린 어떻게 하면 좋죠, 라는 말만 되풀이했다. 의사의 아내는 고개를 들어 벽에 걸린 가위를 보았다. 그녀의 눈을 보면 그녀가 안과 간호사와 똑같은 질문을 되풀이하고 있는 것처럼 보이기도 했다. 그러나 그녀는 사람들에게 되던진 질문의 답을 구하고 있었다. 나한테서 뭘 원하는 거죠.

그러나 모든 것에는 때가 있는 법, 일찍 일어난다고 해서 더 빨리 죽는 것은 아니다. 좌병동 3호 병실에 있는 사람들은 잘 조직되어 있다. 그들은 이미 가장 가까운 병실에서부터 시작하기로, 즉 그들 쪽 병동의 병실에 있는 여자들부터 시작하기로 결정해놓고 있었다. 이런 순환제를, 이것은 매우 적절한 표현인 것 같은데, 적용하는 것에는 장점만 있고 단점은 없다. 첫째로, 그렇게 하면 어떤 순간에 지금까지 무엇을 했고 앞으로 무엇을 해야 하는지를 알 수 있었다. 마치 시계를 보고 하루 가운데 지난 시간을 보며, 나는 여기에서 여기까지 살았구나, 이제 이렇게 많이, 또는 이렇게 적게 남았구나, 하고 말할 수 있는 것과 같다. 두 번째로, 병실의 순환이 한 바퀴 완료되어 다시 처음으로 돌아가게 되면, 그때는 분명 뭔가 새로워지는 분위기가 형성된다. 특히 감각적 기억의 지속 시간이 매우 짧은 사람들에게는. 어쨌든 순환제 덕분에 우병동 병실들에 있는 여자들은 당분간은 평화롭게 살 수 있었다. 나는 내 이웃의 불행을 감당할 수 있다. 우병동의 여자들 가운데 아무도 그렇게 말은 하지 않았지만, 모두 그렇게 생각하고 있었다. 사실 우리가 이기주의라고 부르는 그 제2의 살갗 없이 태어난 인간은 없으며, 제2의 살갗은 너무 쉽게 피를 흘리는 원래의 살갗보다도 훨씬 오래 지속되게 마련이다. 그 여자들은 순서가 늦어졌다는 것 말고도 또 한 가지 점에서 즐거운 시간을 보내고 있다는 것도 이야기해두어야겠는데, 이것 역시 인간 영혼의 신비라고 할 수 있겠다. 각 병실에서는 서로 점차 익숙해지면서 관능적인 욕구가 시들해지고 있었는데, 피해갈 수 없는 임박한 수모의 위협이 자극제가 되면서 갑자기 그 욕구가 기승을 부렸다. 남자들은 여자들을 빼앗기기 전에 그 몸에 자신의 표식을 남기려고 필사적인 것 같았다. 여자들은 가능하면 거부하고 싶은 감각의 공격으로부터 자신을 방어하기 위해, 자신의 기억 속에 자발적으로 경험하는 감각들을 가득 채워넣고 싶어 하는 것 같았다. 우리는 예를 들어, 우병동 1호 병실의 경우, 남자들과 여자들의 수의 차이 문제가 어떻게 해결되었는지 물어보지 않을 수 없다. 남자들 가운데 예를 들어 검은 안대를 한 노인처럼 무기력한 남자들은 제외한다 해도 말이다. 이런저런 이유로 우리의 이야기에서 거론할 가치가 있는 말이나 행동을 하지 않아서 신원이 밝혀지지 않은 사람들 가운데도, 늙었든 젊었든, 그런 무기력한 사람들이 있을 것이다. 앞서 말한 대로, 이 병실에는 불면증에 시달리는 여자, 아무도 누구인지 모르는 여자를 포함해 여자가 일곱 명 있으며, 이른바 정상적인 부부는 둘이 있는데, 이렇게 되면 전체 마흔 명이 넘는 사람들 가운데 남자들이 여자들보다 훨씬 많다는 것을 알 수 있다. 물론 사팔뜨기 소년은 빼고 하는 말이다. 어쩌면 다른 병실에는 남자보다 여자가 더 많은지도 모른다. 그러나 모든 문제는 발생한 그 병실에서 해결해야 한다는 것이 곧 모든 사람들의 불문율이 되었으며, 이어 선포된 법령에 맞먹는 권위를 지니게 되었다. 그리고 그 문제를 해결하는 방식은 선인들의 훈계에 따랐는데, 우리가 아무리 칭송해도 모자랄 그 훈계란, 좋은 대접을 받고자 한다면 먼저 대접하라는 것이다. 그래서 오른쪽 1호 병실의 여자들은 같은 지붕 밑에서 살아가는 남자들의 욕구를 풀어주게 되었다. 다만 의사의 아내는 예외였는데, 이런저런 이유로 어떤 남자도 감히 말을 하거나 손을 내밀어서 그녀에게 졸라대지 않았기 때문이다. 첫 번째로 눈이 먼 남자의 아내는 남편에게 느닷없는 대꾸를 함으로써 첫발을 내디딘 뒤에, 비록 신중하게 움직이기는 했지만, 그녀 자신이 선언한 대로 이미 다른 여자들이 한 일을 하고 있었다. 그러나 이성으로도 감성으로도 어쩌지 못하는 저항도 있었다. 예를 들어 검은 색안경을 썼던 여자의 경우가 그러한데, 약국 직원이 무슨 주장을 펼쳐도, 아무리 여러 번 호소해도, 그녀는 말을 들어주지 않았다. 그럼으로써 약국 직원은 맨 처음 그녀를 만났을 때 존중해주지 않은 대가를 치른 셈이었다. 그러나 여자란 이해할 수 없는 것이, 그 여자, 여기 있는 모든 여자들 가운데 가장 예쁘고, 가장 몸매가 잘 빠지고, 가장 매력적인 여자, 그녀의 탁월한 외모에 대한 소문이 퍼졌을 때 모든 남자가 동경의 대상으로 삼았던 여자, 그 여자가 어느 날 밤 그녀 자신의 의지로 검은 안대를 한 노인과 함께 잠자리에 들었던 것이다. 노인은 여름날 소나기처럼 반갑게 그녀를 맞이했으며, 최선을 다해 그녀를 만족시켜주었다. 그것은 나이를 고려하면 상당히 대단한 것이었는데, 여기서 다시 한 번, 사람은 겉모습에 속기 쉽다는 것, 사람의 얼굴이나 물렁물렁한 몸으로 마음의 힘을 판단하면 안 된다는 것이 입증된 셈이다. 병실의 모든 사람이 검은 색안경을 썼던 여자가 검은 안대를 한 노인에게 자신의 몸을 제공한 것은 자선 행위에 불과하다고 생각했다. 그러나 예민한 몽상가 축에 속하는 남자들 가운데 이미 그녀의 호의를 누려본 사람들은 이런저런 백일몽에 잠겼다가 이런 생각도 해보게 되었다. 남자가 혼자 침대에 몸을 뻗고 누워 불가능한 일들을 생각하고 있을 때, 여자가 살며시 이불을 들어올리고 미끄러져 들어와 천천히 몸에 몸을 비비고, 이어 가만히 누워 그들의 피의 온기로 놀란 살갗의 갑작스러운 전율이 진정되기를 기다리는 것보다 더 좋은 선물은 없다. 그것도 어떤 이유가 있어서가 아니라, 단지 그녀가 원해서 그럴 때. 이런 것은 아무한테나 주어지는 행운이 아니다. 때로는 늙은 남자, 멀어버린 눈 위에 안대를 덮고 있는 남자만이 그런 행운을 얻을 수 있다. 그 외에도 세상에는 설명하지 않고 놔두는 것이 최선인 일들이 있다. 이런 경우에는 사람의 내적인 생각과 감정은 파고들지 않고, 그냥 일어난 사건만 이야기하는 것이 최선이다. 의사의 아내가 침대에서 나와 사팔뜨기 소년의 흘러내린 이불을 다시 덮어주었을 때 일어난 일이 바로 그런 것이다. 그녀는 바로 침대로 돌아가지 않았다. 그녀는 병실 끝 벽에 기대어, 두 줄의 침대 사이의 좁은 공간에서, 절망감에 사로잡혀 맞은편 끝에 있는 문을 바라보고 있었다. 지금은 너무나도 멀게 느껴지는 어느 날 그들이 들어왔던 문, 이제는 어디로도 통하지 않는 문. 그녀는 거기 서 있다가 남편이 일어나는 것을 보았다. 그는 마치 몽유병에 걸린 사람처럼 정면을 바라보며, 검은 색안경을 썼던 여자의 침대로 갔다. 의사의 아내는 남편을 막으려 하지 않았다. 그녀는 꼼짝도 않고 서서, 남편이 이불을 들어올리고 눕는 것을 보았다. 그러자 검은 색안경을 썼던 여자는 잠을 깨고 저항 없이 그를 받아들였다. 의사의 아내는 두 입이 서로를 찾다가 마침내 포개지는 것을 보았다. 이윽고 불가피하게 일어날 수밖에 없는 일들을 보았다. 한 사람의 쾌락, 또 한 사람의 쾌락, 두 사람 모두의 쾌락, 숨죽인 외침. 검은 색안경을 썼던 여자는 말했다, 오, 의사 선생님. 그 말은 매우 우스꽝스럽게 들릴 수도 있었으나, 실제로는 그렇지 않았다. 의사는 말했다, 용서해주시오, 나도 무슨 생각을 한 것인지 모르겠습니다. 역시 우리가 생각한 것이 옳았다. 우리가, 제대로 보지도 못하는 우리가, 행동한 사람 자신도 모르는 것을 어떻게 알 수 있겠는가. 그들은 좁은 침대에 누워 있었다. 자신들을 지켜보는 눈이 있으리라고는 상상도 하지 못했을 것이다. 의사도 물론 그런 상상을 하지 못했다. 그럼에도 그는 갑자기 걱정이 되었다. 아내가 자고 있을까, 그는 생각했다, 아니면 매일 밤 그러는 것처럼 복도를 배회하고 있을까. 의사는 자기 침대로 돌아가려 했다. 그러나 어떤 목소리가 말했다, 일어나지 말아요. 이어 새처럼 가벼운 손이 가슴을 눌렀다. 그는 입을 열려고 했다. 아마, 나도 무슨 생각을 한 것인지 모르겠다, 라는 말을 되풀이하려는 의도였을 것이다. 그러나 그 목소리는 말했다, 당신이 아무 말도 하지 않는 편이 오히려 내가 이해하기가 더 쉬울 거예요. 검은 색안경을 썼던 여자는 울기 시작했다, 정말이지 우리가 얼마나 불행한 사람들인지 모르겠어요, 그녀는 중얼거리더니 덧붙였다, 나도 원했어요, 나도 원했어요, 선생님 탓이 아니에요. 조용히 해요, 의사의 아내가 작은 소리로 말했다, 모두 조용히 있기로 해요, 말이 도움이 안 되는 때가 있는 거예요, 나도 울 수 있다면, 모든 것을 눈물로 말할 수 있다면, 이해를 구하려고 말할 필요가 없다면 얼마나 좋을까. 의사의 아내는 침대 가장자리에 앉아 두 사람의 몸 위로 팔을 뻗었다. 마치 한 번의 포옹으로 두 사람을 다 거두려는 것 같았다. 그녀는 검은 색안경을 썼던 여자의 몸 위로 허리를 굽히고, 그녀의 귀에 대고 말했다, 나는 눈이 보여. 검은 색안경을 썼던 여자는 가만히 있었다. 차분했다. 오히려 자기가 놀라지 않는 것에 어리둥절해하고 있었다. 첫날부터 알고 있었지만, 자기 것이 아닌 비밀이라 소리내어 말하고 싶지 않았을 뿐인 것 같았다. 그녀는 아주 조금 고개를 돌리더니, 의사 아내의 귀에 대고 속삭였다, 나도 알았어요, 하지만 확신은 없었어요, 그래도 알고 있었던 것 같아요. 이건 비밀이야, 아무한테도 말하지 마, 난 아가씨를 믿어. 꼭 믿으셔야 해요, 사모님을 배반하느니 차라리 죽어버리겠어요. 나를 사모님이라고 부르지 않아도 돼, 편하게 대해도 돼. 오, 아니에요, 그렇게는 못하겠어요, 정말 그렇게는 못해요. 그들은 계속 속삭였다. 처음에는 한 사람이, 그다음에는 다른 사람이. 입술로 서로의 머리카락과 귓불을 더듬으면서. 하찮은 대화였다. 동시에, 앞의 말과 양립할 수 있는 말인지는 모르지만, 심오하고 진지한 대화였다. 둘 사이에 누워 있는 남자를 무시하는 것처럼 보이면서도, 상식적인 관념이나 현실 세계를 벗어난 논리로 남자를 포용하는, 짧고 음모적인 대화였다. 이윽고 의사의 아내가 남편에게 말했다, 조금 더 누워 있어요, 원한다면. 아냐, 우리 침대로 갈 거야. 그럼 내가 도와드리죠. 그녀는 남편에게 움직일 공간을 주기 위해 몸을 일으켜 앉았다. 순간적으로 그녀는 더러운 베개를 베고 나란히 누워 있는 눈먼 두 사람의 머리를 뚫어져라 응시했다. 더러운 얼굴들, 엉키고 헝클어진 머리카락. 눈만 쓸모없이 빛나고 있었다. 의사는 잡을 것을 찾으며 천천히 일어났다. 이어 침대 한 편에서 꼼짝도 하지 않았다. 어떻게 움직일지 모르는 듯했다. 갑자기 자기가 어디에 있는지

까맣게 잊은 것 같았다. 그러자 그녀가 늘 해오던 대로 그의 한쪽 팔을 잡았다. 그러나 그 행동은 지금 다른 의미를 지니고 있었다. 의사는 이 순간만큼 자신을 안내해줄 사람이 간절하게 필요한 적이 없었다. 그러나 의사 자신은 그 간절함이 어느 정도인지 전혀 알 수 없었다. 오직 두 여자만이 알고 있었다. 의사의 아내는 다른 손으로 누워 있는 여자의 뺨을 쓰다듬어 주었다. 여자는 충동적으로 그 손을 잡아 자신의 입술로 가져갔다. 의사는 흐느끼는 소리를 들은 것 같았다. 거의 알아들을 수 없는 소리였다. 입꼬리로 천천히 흘러내리는 눈물에서만 나올 수 있는 소리였다. 눈물은 그곳에서 사라져, 인간의 불가해한 기쁨과 슬픔이 형성하고 있는 영원한 순환 주기 속으로 다시 편입될 터였다. 검은 색안경을 썼던 여자는 이제 혼자 있어야 했다. 위로받아야 할 사람은 그녀였다. 그래서 의사의 아내는 일부러 천천히 손을 떼어냈다.

다음 날 식사 시간에, 딱딱하게 굳은 빵과 곰팡내 나는 고기 몇 조각을 식사라 부를 수 있을지 모르지만, 어쨌든 식사 시간에 다른 병동에서 온 남자 셋이 병실 문간에 나타났다. 이 병실에는 여자가 몇 명이야, 그들 가운데 하나가 물었다. 여섯 명이에요, 의사의 아내가 대답했다. 불면증에 시달리는 여자를 빼주고자 하는 선의에서 한 말이었다. 그러나 불면증에 시달리는 여자가 가라앉은 목소리로 그 말을 정정했다, 일곱 명 있어요. 눈먼 깡패들은 웃음을 터뜨렸다. 그들 가운데 하나가 말했다, 정말 안됐군, 당신들은 수가 적으니 오늘 밤에 그만큼 더 열심히 일해야 할 거야. 다른 사람이 말했다, 다른 병실로 가서 여자들을 더 구해오는 게 어때. 그럴 필요 없어, 계산이 빠른 세 번째 남자가 말을 받더니 덧붙였다, 여자 하나에 남자 셋이면 해결돼, 그 정도는 이 여자들도 견딜 수 있어. 그 말에 다시 웃음이 터져나왔다. 여자가 몇 명이냐고 물었던 남자가 명령했다, 준비가 되면 우리가 있는 곳으로 와, 남자는 덧붙였다, 내일도 식사를 하고 남자들한테 젖을 먹이고 싶다면 말이야. 그들은 병실에 갈 때마다 그 이야기를 했다. 그럼에도 여전히 재미있는지, 그 말을 처음 생각해낸 날과 똑같이 폭소를 터뜨렸다. 그들은 허리를 접고, 발을 쾅쾅거리고, 굵은 곤봉으로 바닥을 두드려대며 웃었다. 이윽고 한 남자가 갑자기 정색을 하더니 말했다, 잘 들어, 혹시 생리를 하는 여자가 있으면 그 여잔 필요 없어, 그런 여자는 다음에 데려가겠어. 생리하는 사람은 없어요, 의사의 아내가 차분하게 대꾸했다. 그럼 준비해, 너무 오래 끌지는 말고, 기다리고 있을 테니까. 그들은 몸을 돌려 사라졌다. 병실에는 오랫동안 침묵이 흘렀다. 이윽고 첫 번째로 눈이 먼 남자의 아내가 말했다, 더 이상 못 먹겠어요. 그녀는 손에 얼마 안 되지만 귀중한 음식을 들고 있었다. 그런데 그것을 도저히 먹을 수가 없었다. 나도, 불면증에 시달리는 여자가 말했다. 나도, 아무도 누구인지 모르는 여자가 말했다. 난 다 먹었어요, 호텔 청소부가 말했다. 나도요, 안과 간호사가 말했다. 난 맨 먼저 내 가까이에 오는 놈 얼굴에 토해버릴 거야, 검은 색안경을 썼던 여자가 말했다. 모두 일어섰다. 불안한 자세이기는 했지만 단호한 모습이었다. 의사의 아내가 말했다, 내가 앞장 설게요. 첫 번째로 눈이 먼 남자는 머리까지 담요를 뒤집어썼다. 이미 눈이 멀었는데 그것이 무슨 소용이 있을까마는. 의사는 아내를 자기 쪽으로 끌어당기더니, 아무 말 없이 이마에 재빨리 입을 맞추었다. 그 이상 무엇을 할 수 있을까. 병실에 있는 다른 남자들에게는 별 상관없는 일이었다. 그들은 이 여자들에 관한 한 남편으로서의 권리도 의무도 없었다. 따라서 아무도 여자들 앞에 나서서, 자기 발로 가서 다른 남자하고 그짓을 하는 건 남편을 두 번 배반하는 짓이오, 하고 말할 수 없었다. 검은 색안경을 썼던 여자가 의사의 아내 뒤에 섰다. 그 뒤에 호텔 청소부, 안과 간호사, 첫 번째로 눈이 먼 남자의 아내, 아무도 누구인지 모르는 여자가 섰고, 마지막으로 불면증에 시달리는 여자가 섰다. 더러운 냄새가 나는 여자들, 넝마가 된 더러운 옷을 입은 여자들이 그렇게 줄 서 있는 모습은 기괴해 보였다. 동물적인 성욕이 강하다 보면 감각 중에 가장 예민한 후각마저 마비시키게 되는 것일까. 꼭 이런 표현을 사용하지는 않았지만, 지옥에서 합리적인 삶을 영위하려 할 때 가장 힘든 것이 그곳의 무시무시한 악취에 익숙해지는 것이라고 말한 신학자도 있을 정도인데. 여자들은 앞사람의 어깨에 손을 얹고 의사 아내의 안내를 받아 천천히 걷기 시작했다. 모두 맨발이었다. 곧 닥칠 시련과 고난의 와중에 신발을 잃어버리고 싶지 않았기 때문이다. 앞문이 보이는 현관에 이르자, 의사의 아내는 현관문 쪽으로 향했다. 세상이 아직 존재하는지 알고 싶어 그러는 것 같았다. 호텔 청소부는 신선한 공기를 느끼자 깜짝 놀라서 말했다, 밖에는 못 나가요, 저기엔 군인들이 있어요. 불면증에 시달리는 여자가 말을 받았다, 잘됐지 뭐, 순식간에 죽을 수 있는데, 우리는 그렇게 될 수밖에 없어, 다 죽을 거야. 여기 우리가 그렇게 된다는 건가요, 안과 간호사가 물었다. 아니, 우리 모두, 이 건물 안에 있는 여자들 모두, 그렇게 되면 우리는 적어도 왜 눈이 멀었는지, 그 가장 좋은 이유 하나를 확인할 수 있겠지. 그녀는 이곳에 온 이후로 스스로 그렇게 많은 말을 한 적이 없었다. 의사의 아내가 말했다, 갑시다, 죽어야 할 사람만 죽는 거니까, 죽음은 상대를 고를 때 미리 경고하지 않아요. 그들은 왼쪽 병동으로 통하는 문을 통과하여, 긴 복도를 따라 걸어갔다. 첫 두 병실에 있는 여자들은 그럴 마음만 있었다면, 그들이 곧 어떤 일을 당해야 하는지 말해줄 수도 있었다. 그러나 그들은 흠씬 두들겨 맞은 동물들처럼 침대에 웅크리고 있었다. 남자들은 감히 그들의 몸에 손도 대지 못했다. 아예 가까이 가지도 못했다. 그런 낌새만 보이면 여자들이 비명을 질러댔기 때문이다.

마지막 복도에 이르자, 의사의 아내는 맞은편 끝에서 평소처럼 망을 보고 있는 눈먼 사람을 보았다. 그는 여자들이 발을 질질 끄는 소리를 들었는지, 다른 사람들에게 알렸다, 온다, 온다. 안에서 외침 소리, 낄낄거리는 소리, 실없이 크게 웃는 소리가 들렸다. 남자 넷이 얼른 입구를 막고 있는 침대를 치웠다. 남자 하나가 말했다, 아가씨들, 얼른 들어와, 어서 들어와, 여기 있는 우리 모두 몸이 뜨거운 종마들이니까, 곧 너희들 배가 그득하게 찰 거야. 눈먼 깡패들이 여자들을 둘러싸고, 몸을 만지려 했다. 그러나 그들의 두목인 총을 가진 남자가 소리를 지르는 바람에 황급히 뒤로 물러났다, 너희들도 잘 알다시피, 내가 먼저 고르는 거야. 모든 남자들의 눈이 간절하게 여자들을 찾고 있었다. 어떤 남자들은 탐욕스러운 손을 내밀었다. 손이 움직이다 여자 몸에 닿으면, 그쪽을 보아야 한다는 것을 알 수 있었기 때문이다. 여자들은 침대들 사이의 통로 한가운데, 사열을 기다리는 병사들처럼 줄을 지어 서 있었다. 눈먼 깡패들의 두목, 손에 총을 든 자가 여자들에게 다가갔다. 마치 여자들을 볼 수 있기라도 한 것처럼 민첩하고 활달하게 움직였다. 그는 불면증에 시달리는 여자에게 손을 갖다 댔다. 그녀가 줄의 맨 앞에 있었기 때문이다. 두목은 그녀의 등과 배, 엉덩이, 젖가슴, 다리 사이를 만져보았다. 눈먼 여자는 비명을 질렀고, 두목은 그녀를 밀어버렸다, 넌 싸구려 창녀야. 두목은 다음 여자로 옮겨갔다. 아무도 누구인지 모르는 여자였다. 이제 두목은 총을 바지 주머니에 넣고, 두 손으로 여자를 만지고 있었다. 흠, 이건 나쁘지 않은데. 이어 두목은 첫 번째로 눈이 먼 남자의 아내에게로 옮겨갔다. 그다음에는 안과 간호사, 그다음에는 호텔 청소부에게로 옮겨갔다. 두목은 큰 소리로 말했다, 이야, 얘들아, 이번 암말들은 아주 좋은데. 눈먼 깡패들은 말 울음소리를 내면서, 발을 굴러 쿵쿵거리는 소리까지 보탰다. 어서 골라요, 시간만 보내지 말고, 누가 소리쳤다. 서둘지 마, 총을 가진 깡패가 말을 이었다, 나머지도 다 보고 나서 결정할 거야. 그는 검은 색안경을 썼던 여자를 만져보더니 휘파람을 불었다, 이거 대단한데, 정말 운이 좋아, 이제까지 이런 암말이 나타난 적은 없었어. 두목은 흥분하여 검은 색안경을 썼던 여자의 몸을 계속 만지다가, 의사의 아내 쪽으로 옮겨가더니 다시 휘파람을 불었다, 이건 잘 익은 쪽인데, 하지만 대단한 여자가 될 가능성이 있어. 두목은 두 여자를 자기 쪽으로 끌어당기더니, 침을 질질 흘리는 듯한 목소리로 말했다, 이 둘은 내 거야, 끝나고 나서 너희들한테 넘겨줄게. 두목은 두 여자를 끌고 병실 끝으로 갔다. 그곳에는 음식 상자, 봉투, 깡통들이 쌓여 있었다. 한 연대를 먹일 만한 양이었다. 이미 여자들은 목이 찢어져라 비명을 지르고 있었다. 주먹질하는 소리, 따귀 때리는 소리, 명령하는 소리가 들렸다, 시끄러, 이 창녀들아, 이년들은 다 똑같아, 늘 소리부터 지른단 말이야. 네가 한번 멋지게 잘해줘봐, 그럼 곧 잠잠해질 테니까. 내 차례만 돌아와봐라, 저년들이 더 해달라고 조르는 꼴을 보여주고야 말겠어. 좀 서둘러라, 더 이상 못 참겠다. 불면증에 시달리는 여자는 거대한 몸집을 가진 남자 밑에 깔려 절망감에 사로잡혀 울고 있었다. 나머지 넷도 바지를 내린 남자들에게 둘러싸여 있었다. 남자들은 시체를 둘러싼 하이에나처럼 서로 밀치고 있었다. 두목에게 끌려간 의사의 아내는 침대 옆에 서 있었다. 그녀는 총을 가진 눈먼 두목이 검은 색안경을 썼던 여자의 치마를 잡아당겨 찢고, 자기 바지를 내리고, 손으로 방향을 확인한 다음, 그의 성기로 여자의 성기를 겨누는 것을 보았다. 이윽고 그는 힘으로 밀어붙이기 시작했다. 의사 아내의 귀에 두목의 끙끙대는 소리, 외설적인 말이 들렸다. 검은 색안경을 썼던 여자는 아무 말도 하지 않았다. 그냥 입을 벌리고 토하기만 했을 뿐이다. 그녀는 머리를 옆으로 뉘고, 눈으로는 의사의 아내 쪽을 보고 있었다. 두목은 여자가 토하고 있다는 것을 눈치채지도 못했다. 토사물의 냄새는 공기에서 똑같은 냄새가 나지 않을 때만 알아차릴 수 있으니까. 마침내 남자는 머리에서 발끝까지 몸을 떨더니, 대들보세 개에 큰 못을 박기라도 하듯이 몸을 앞으로 세 번 격렬하게 내리꽂았다. 이어 숨막히는 돼지처럼 헐떡거리기 시작했다. 끝난 것이다. 검은 색안경을 썼던 여자는 소리 없이 울고 있었다. 총을 가진 눈먼 남자는 아직도 정액이 뚝뚝 떨어지고 있는 음경을 꺼내더니, 의사의 아내 쪽으로 팔을 뻗으며 우물쭈물 말했다, 질투하지 마, 이제 널 상대해줄 테니. 이어 그는 목소리를 높였다, 얘들아, 와서 이걸 가져가라, 하지만 잘 다뤄라, 내가 다시 사용할지도 모르니까. 대여섯 명 되는 눈먼 남자들이 불안한 걸음으로 통로를 따라오더니, 검은 색안경을 썼던 여자를 붙들어, 거의 끌다시피 데리고 갔다. 내가 먼저야, 내가 먼저야, 모두들 한목소리로 소리치고 있었다. 총을 가진 눈먼 남자는 침대에 앉아 있었다. 음경은 매트리스 가장자리에 늘어져 있었다. 바지는 발목까지 내려가 있었다. 여기 내 다리 사이에 무릎을 꿇어, 남자가 말했다. 의사의 아내는 무릎을 꿇었다. 빨아, 남자가 말했다. 싫어요, 그녀가 말했다. 빨아, 아니면 맞을 줄 알아, 그리고 먹을 것도 못 가져갈 거야, 남자가 말했다. 내가 당신 그것을 물어뜯어 버릴지도 모르는데 겁나지 않나요, 그녀가 물었다. 어디 한번 해봐, 난 두 손으로 네 목을 쥐고 있을 테니까, 네가 피를 빨려고 하면 먼저 네 목부터 조를 거야, 남자가 위협적으로 대꾸했다. 잠시 후 남자가 말을 이었다, 네 목소리가 기억날 것 같은데. 난 당신 얼굴이 기억날 것 같은데. 넌 눈이 멀었으니, 날 볼 수 없어. 그래요, 못 보죠. 그런데 왜 얼굴이 기억난다고 하는 거야. 그런 목소리를 가질 수 있는 얼굴은 하나밖에 없으니까. 잔소리 그만하고 어서 빨아. 싫어. 빨아, 아니면 네 병실은 빵 부스러기 하나 구경 못 할 거야, 돌아가서 네가 날 빨아주지 않는 바람에 아무것도 못 먹게 생겼다고 말하고 싶어, 그리고 돌아와서 어떤 일이 생겼는지 말해줄래. 의사의 아내는 몸을 앞으로 기울여, 오른손의 두 손가락 끝으로 남자의 끈적거리는 음경을 잡았다. 왼손은 바닥을 짚고 있다가, 그의 바지를 잡고 더듬었다. 차갑고 단단한 금속의 느낌이 손에 전해졌다. 널 죽일 수도 있어, 그녀는 생각했다. 그러나 죽일 수가 없었다. 바지를 발목까지 내리고 있었기 때문에, 그가 총을 넣은 호주머니에 손을 넣을 수가 없었던 것이다. 지금은 죽일 수 없어, 그녀는 생각했다. 그녀는 머리를 앞으로 숙이고 입을 벌렸다. 그녀는 다시 입을 다물고는 보지 않으려고 눈을 감았다. 그리고 빨기 시작했다.

눈먼 깡패들이 여자들을 보내주었을 때는 동이 트고 있었다. 불면증에 시달리는 여자는 동료들이 부축해야 했다. 동료들 역시 자기 몸 하나 움직이는 것도 감당하기 힘들었다. 그들은 몇 시간 동안 남자에게서 남자에게로, 수모에서 수모로, 폭행에서 폭행으로 옮겨 다녔다. 그들은 여자를 살려놓고 할 수 있는 짓은 다 했다. 이미 알고 있겠지만, 화대는 물건으로 줄게, 너희들의 형편없는 남자들한테 와서 먹을 걸 가져가라고 해, 총을 든 눈먼 남자는 여자들이 떠날 때 그렇게 조롱했다. 이어 다시 놀리는 말투로 덧붙였다, 또 만나, 아가씨들, 다음에 만날 때를 대비해 몸 잘 가꾸고 있어. 다른 눈먼 깡패들도 목소리를 모아 소리쳤다, 또 만나. 어떤 남자들은 여자들을 암말이라고 불렀고, 어떤 남자들은 창녀라고 불렀다. 그러나 목소리에 힘이 없는 것을 보니 성욕이 사그라들고 있는 것이 분명했다. 여자들은 귀가 멀고, 눈이 멀고, 벙어리가 된 채로 비틀거리며 걸어갔다. 앞에 있는 여자의 손을 놓치지 않을 만큼의 의지력밖에 남아 있지 않았다. 올 때와는 달리 어깨가 아닌 손을 서로 잡았다. 누가 왜 돌아갈 때는 손을 잡고 가느냐고 물어도, 여자들 가운데 누구도 대답을 못 했을 것이다. 그냥 그렇게 된 것이다. 모든 행동을 늘 쉽게 설명할 수는 없다. 때로는 어렵게도 설명할 수가 없다. 현관을 지날 때, 의사의 아내는 바깥에서 군인들만이 아니라 트럭도 보았다. 격리 수용소에 있는 사람들에게 식량을 운반하는 데 사용하는 트럭이 틀림없었다. 바로 그 순간, 불면증에 시달리는 여자의 다리가 힘을 잃었다. 마치 두 다리가 한칼에 잘려나간 것 같았다. 그녀의 심장도 힘을 잃었다. 조금 전에 시작한 율동적인 수축도 마저 마치지 못한 것이

다. 마침내 우리는 왜 이 눈먼 여자가 잠을 잘 수 없었는지 알
게 되었다. 그러나 이제는 잠을 자게 될 것이다. 그녀를 깨우지
말도록 하자. 죽었어요, 의사의 아내가 말했다. 그녀의 목소리
에는 아무런 감정이 없었다. 산 사람의 입에서 그런 목소리가
나올 수 있는 것인지 몰라도, 어쨌든 그녀가 방금 한 표현을
빌리자면, 죽은 목소리였다. 그녀는 갑자기 늘어진 몸을 들어
올렸다. 두 다리는 피범벅이었다. 배에는 멍이 들어 있었다. 드
러난 젖가슴은 가엾게도 상처투성이였다. 어깨에는 잇자국이
있었다. 이게 바로 내 몸이야, 그녀는 생각했다, 여기 있는 모든
여자들의 몸이야, 이 유린당한 자국과 우리의 슬픔 사이에는
한 가지 차이밖에 없어, 우리가 지금은 살아 있다는 것. 어디
로 데려갈까요, 검은 색안경을 썼던 여자가 물었다. 우선 병실
로 데리고 갔다가 나중에 묻어줘야지, 의사의 아내가 말했다.

　남자들은 문간에서 기다리고 있었다. 첫 번째로 눈이 먼 남
자만 보이지 않았다. 그는 여자들이 돌아온다는 것을 알자 다
시 머리에 담요를 뒤집어썼다. 사팔뜨기 소년도 보이지 않았
는데, 그는 자고 있었다. 의사의 아내는 망설임 없이, 침대 수
를 세지도 않고, 불면증에 시달리던 눈먼 여자를 그녀의 침대
에 눕혔다. 그녀는 다른 사람들이 그런 거침없는 행동을 이상
하게 생각할지도 모른다는 걱정은 하지 않았다. 사실 그곳에
있는 모든 사람들은 그녀가 이곳의 구석구석을 가장 잘 아는
여자라는 것을 알았다. 죽었어요, 그녀가 말했다. 어떻게 된 거
야, 의사가 물었다. 그러나 의사의 아내는 대답하려 하지 않았

다. 그의 질문은 단순히 말 그대로의 뜻, 그녀가 어떻게 죽은 거야 하는 것일 수도 있었으나, 거기에는 또한, 거기에서 그놈들이 당신한테 무슨 짓을 한 거야, 하는 뜻도 내포되어 있었다. 이제 이 질문 가운데 어느 쪽이든 답이 있을 수가 없었다. 그녀는 죽었다. 어떻게 죽었느냐는 중요하지 않다. 어떻게 죽었느냐고 묻는 것은 어리석은 일이다. 시간이 지나면 원인은 잊히고 오직 두 마디만 남을 것이다, 그녀는 죽었다. 이제 우리는 이 병실을 떠났을 때와 같은 여자들이 아니다. 아까 그 여자들이 했던 말을 이제 우리는 할 수 없다. 그리고 그 이후의 일들, 그것은 이름을 붙일 수 없는 것이다. 그것이 그 이름이다. 다른 것은 없다. 가서 먹을 걸 가져와요, 의사의 아내가 말했다. 우연, 운명, 운, 숙명, 워낙 많은 이름을 가지고 있어 어떤 것이 정확한 이름인지는 모르겠지만, 어쨌든 그것은 순전히 아이러니로 이루어진 것이다. 그렇지 않고서야 병실을 대표해 음식을 가지러 가는 역할을 맡은 사람들이 하필이면 두 여자의 남편들이라는 것을 달리 어떻게 이해할 수 있겠는가. 그것은 방금 여자들이 치른 방식으로 음식의 대가를 치르게 될 것이라고는 아무도 상상할 수 없었을 때 결정된 것이다. 애초에 다른 남자들로 결정될 수도 있지 않았을까. 결혼하지 않고, 자유롭고, 지켜야 할 혼인의 명예가 없는 남자들. 그러나 당시에는 이 두 남자가 그 일을 맡을 수밖에 없었다. 물론 그들은 지금 그들의 아내를 범한 그 타락한 악당들에게 손을 내밀어 구걸하는 수치를 견디고 싶지 않을 것이다. 아닌 게 아니라, 첫 번째로 눈이 먼 남자는 단호한 결심이 묻어나는 목소리로 이야기했다, 나는 절대 안 갑니다. 나는 가겠습니다, 의사가 말했다. 내가 함께 가리다, 검은 안대를 한 노인이 말했다. 먹을 걸 많이 주지는 않지만, 그래도 꽤 무거울 텐데요. 나도 내가 먹을 걸 들고 올 힘은 있소. 늘 남들이 먹는 빵이 더 무거운 법입니다. 나에게는 불평할 권리가 없소, 남들이 감당하는 무게 때문에 내가 먹고 사는 거니까. 대화는 이미 다 끝났으니까, 대화가 아니라 대화에 참여했던 사람들을 상상해보도록 하자. 그들은 마주 보고 있다. 마치 서로를 볼 수 있는 것처럼. 물론 이 경우에 그것은 불가능하다. 그들 각자의 기억이 눈부신 백색의 세상으로부터 말하는 상대의 입을 건져올렸다면, 그것으로 충분하다. 이어 이 입이라는 중심에서 천천히 빛이 발산되는 것처럼, 얼굴의 나머지 부분이 나타나기 시작한다. 하나는 늙은 남자의 얼굴이고, 또 하나는 그렇게 늙지 않은 남자의 얼굴이다. 이런 식으로라도 볼 수 있는 사람을 정말로 눈이 멀었다고 할 수 있을까. 그들이 수치의 대가를 가지러 떠나고, 첫 번째로 눈이 먼 남자 혼자서 분개해 항변하고 있을 때, 의사의 아내는 다른 여자들에게 말했다, 여기 있어요, 난 잠깐 나갔다 올게요. 그녀는 자기가 원하는 것이 무엇인지는 알았으나, 그것을 찾을 수 있을지는 자신할 수 없었다. 그녀는 물통, 아니면 그런 용도로 사용할 수 있는 다른 것이라도 찾아볼 생각이었다. 거기에 악취가 나는 물이라도, 오염된 물이라도 담아서, 불면증에 시달리던 여자의 주검을 닦아주고 싶었다. 그녀 자신의 피와 남자들의 정액을 닦아내고, 그녀를 정결하게 해준 후 땅으로 돌려보내고 싶었다. 우리가 살고 있는 이 정신병원에서 몸의 정결에 대해 말하는 것이 아직도 의미가 있다면. 어차피 영혼의 정결은, 우리가 알다시피, 누구도 다다를 수 없는 것이고.

식당의 긴 탁자들 위에는 눈먼 남자들이 몸을 뻗고 누워 있었다. 쓰레기가 가득 찬 싱크대 위의 수도꼭지에서는 실처럼 가느다란 물줄기가 흘러내리고 있었다. 의사의 아내는 물통이나 세숫대야를 찾아 주위를 두리번거렸으나, 원하는 그릇을 찾을 수가 없었다. 눈먼 사람 하나가 그녀가 움직이는 것 때문에 잠이 깨어 물었다, 누구요. 그녀는 대답하지 않았다. 그녀는 자신이 환영받지 못하리라는 것을 잘 알고 있었다. 물이 필요하다고요, 그럼 가져가시오, 죽은 여자의 시신을 닦기 위한 것이라면, 원하는 대로 다 가져가시오, 하고 말할 사람은 아무도 없을 것이다. 바닥에는 비닐 봉투들이 흩어져 있었다. 음식을 담을 때 쓰는 것이었다. 그 가운데 몇 개는 컸다. 그녀는 그 봉투들이 다 찢어졌을 거라고 생각했다. 그러나 두 개나 세 개를 겹쳐 사용하면 물이 그렇게 많이 새지는 않을 거라고 판단했다. 그녀는 빠르게 움직였다. 눈먼 남자들이 벌써 탁자에서 내려와 묻고 있었다, 누구요. 물소리가 나자 더 놀라는 것 같았다. 그들은 물 쪽으로 다가왔다. 의사의 아내는 몸을 옆으로 피하며, 남자들이 오는 방향으로 탁자를 밀어놓았다. 그들이 가까이 오지 못하도록 길을 막았던 것이다. 이어 그녀는 봉투를 수도꼭지에 갖다 댔다. 물은 천천히 나왔다. 그녀가 절망감에 사로잡혀 수도꼭지를 비틀자 마치 감옥에 갇혔다 풀려나는 것처럼 물이 갑자기 분출하며 사방으로 튀었다. 그녀도 머리에서 발끝까지 다 젖었다. 눈먼 사람들은 겁을 먹고 물러났다. 그들은 파이프가 터진 것이라고 생각했다. 물이 그들의 발까지 다가오자 더욱더 그렇게 생각할 수밖에 없었다. 그들은 그것이 식당 안으로 들어온 낯선 사람이 흘린 것임을 알 수가 없었다. 여자는 비닐 봉투가 너무 무거워 들고 갈 수가 없다는 것을 깨달았다. 그녀는 봉투를 묶고, 어깨에 걸쳤다. 그리고 있는 힘을 다해 그곳을 빠져나왔다.

의사와 검은 안대를 한 노인이 먹을 것을 가지고 병실로 돌아왔을 때, 그들은 벌거벗은 일곱 여자를 보지 못했다. 볼 수가 없었다. 불면증에 시달리던 여자는 자신의 침대에 몸을 쭉 뻗고 있었다. 그녀는 평생 그 어느 때보다도 깨끗했다. 다른 여자가 동료들의 몸을 차례로 닦아주고, 이어 자신의 몸도 닦고 있었다.

나흘째 되는 날, 깡패들이 다시 나타났다. 그들은 2호 병실의 여자들에게 식대를 징수하러 왔으나, 1호 병실 문간에 잠깐 들러 그곳 여자들에게, 성적 광란의 밤을 보낸 지 며칠 되었는데 이제 몸이 다 회복되었느냐고 물었다. 멋진 밤이었지, 정말 멋진 밤이었어, 한 남자가 소리치며 입맛을 다셨다. 다른 사람이 말을 받았다, 여기 일곱 명은 열네 명의 가치가 있어, 물론 하나는 그저 그랬지만, 하긴 그 소란통에 누가 그걸 따지겠어, 어쨌든 이 여자들을 데리고 사는 남자들은 정말 운 좋은 놈들이야, 제대로 감당할지는 모르지만 말이야. 감당을 못 했으면 좋겠어, 그래야 여자들이 우리한테 더 열심히 달려들 거 아냐. 병실 끝에서 의사의 아내가 말했다, 이제 일곱이 아니야. 왜, 어디로 내빼기라도 했어, 남자들 가운데 하나가 웃음을 터뜨리며 물었다. 내뺀 게 아니라 죽었어. 이런 젠장, 그럼 너희들은 다음에 그 여자 몫만큼 더 열심히 뛰어야 할 거야. 그럴 필요까지는 없어, 죽은 여자가 바로 그저 그런 여자였으니까, 의사의 아내가 말했다. 깡패들은 당황하여 뭐라고 대답하지 못했다. 그들은 방금 들은 말이 추잡하다고 생각했다. 그들 가운데 한 사람은 심지어, 결국 여자들은 다 암캐라니까, 하고 생각하기에 이르렀다. 저렇게 예의 없이 말하는 것 좀 봐, 젖이 좀 늘어지고, 엉덩이가 빵빵하지 않다고 해서 여자를 두고 저런 식으로 말하다니. 의사의 아내는 그들을 보고 있었다. 그들은 어떻게 할지 결정을 못 내리고 문간에서 어슬렁거리고 있었다. 몸을 움직이는 것이 꼭 기계 인형들 같았다. 의사의 아내는 그들을 알아보았다. 그녀는 그들 셋 모두로부터 강간을 당했다. 마침내 한 남자가 막대기로 바닥을 두드리며 말했다, 가자. 그들은 복도를 따라 걸으면서, 막대기로 바닥을 두드리는 동시에, 물러나라, 물러나라, 우리다, 하고 외쳤다. 그들이 멀어지자 그 소리도 사그라들었고, 이윽고 정적이 찾아왔다. 이어 희미한 소리가 들렸다. 2호 병실의 여자들이 저녁 식사 후에 깡패들의 병실로 오라는 명령을 받고 있었다. 다시 막대기로 바닥을 두드리는 소리와 함께, 물러나라, 물러나라, 하고 외치는 소리가 들렸다. 이어 눈먼 세 남자의 그림자가 문간을 지나 사라져갔다.

의사의 아내는 사팔뜨기 소년에게 옛날 이야기를 해주고 있다가, 팔을 들어올려 소리 없이 가위를 집어들었다. 그녀는 소녀에게 말했다. 나중에 이야기를 마저 해줄게. 병실의 누구도 그녀에게, 왜 불면증에 시달리던 여자에 대해 그렇게 모욕적으로 이야기했느냐고 묻지 않았다. 잠시 후, 의사의 아내는 신발을 벗고 남편을 안심시키러 갔다. 잠깐 나갔다 올게요, 금방 돌아올 거예요. 그녀는 문으로 향했다. 그녀는 그곳에서 발을 멈추고 기다렸다. 10분 뒤 2호 병실의 여자들이 복도에 나타났다. 열다섯 명이었다. 어떤 여자들은 울고 있었다. 그녀들은 줄을 서지 않았다. 몇 명씩 무리를 지어 걸어갔다. 침대보를 잘라 만든 것으로 보이는 띠로 서로 묶고 있었다. 그들이 지나가자, 의사의 아내는 그 뒤를 따라갔다. 아무도 그녀가 쫓아온다는 것을 알아채지 못했다. 그들은 자기들이 당할 일을 알고 있었다. 여자들이 그곳에서 당하는 학대에 대한 이야기는 비밀이 아니었다. 또 절대 새로운 것도 아니었다. 틀림없이 세상은 그런 식으로 시작되었을 것이기 때문이다. 그들이 두려워하는 것은 강간 자체라기보다는, 그 광란, 그 수치, 그리고 코앞에 다가온 끔찍한 밤에 대한 상상이었다. 열다섯 명의 여자가 침대나 바닥에 사지를 뻗은 채 누워 있고, 남자들이 돼지처럼 씩씩거리며 이 여자에게서 저 여자로 건너다닐 거라는 상상. 무엇보다 걱정되는 것은 내가 혹시나 약간의 쾌락을 느낄지도 모른다는 거야, 한 여자는 속으로 생각했다. 여자들이 병실로 향하는 복도로 접어들자, 망을 보고 있던 눈먼 남자가 다른 사람들에게 알렸다, 소리가 들린다, 이제 곧 올 거야. 문으로 사용되는 침대는 곧 치워졌다. 여자들은 하나씩 안으로 들어갔다. 우아, 무지하게 많네, 눈먼 회계사가 열심히 숫자를 세며 소리쳤다, 열하나, 열둘, 열셋, 열넷, 열다섯, 열다섯, 모두 열다섯이야. 그는 마지막 여자를 뒤따라가며, 두 손으로 열심히 치마 위를 어루만졌다. 이게 쓸 만한데, 이 여자는 내 거야, 회계사가 말했다. 그들은 여자들의 몸 크기를 재고, 신체적 특성에 대한 예비 평가를 했다. 어차피 여자들 모두에게 똑같은 운명을 안겨줄 생각이라면, 키나 가슴이나 엉덩이 크기에 따라 선택을 하느니 마느니 하는 것은 사실 시간 낭비이고, 욕망의 김을 빼는 일이었다. 그들은 곧 여자들을 침대로 데리고 갔다. 벌써 강제로 옷을 벗기고 있었다. 오래지 않아 예의 그 울음소리와 애원 소리가 들리기 시작했다. 그러나 대답은 늘 똑같았다. 먹고 살고 싶으면 다리를 벌려. 그러면 여자들은 다리를 벌렸다. 어떤 여자들은 지금 깡패 두목의 무릎 사이에 웅크리고 있는 여자처럼 입을 사용하라는 명령을 받았다. 깡패 앞에 웅크린 여자는 아무 말도 하지 않고 있었다. 의사의 아내는 병실로 들어가, 침대 사이를 천천히 미끄러져 들어갔다. 그러나 사실 그렇게 주의할 필요도 없었다. 나막신을 신고 걸어갔어도 아무도 그 소리를 듣지 못했을 것이다. 설사 이 난리통 속에서 어떤 눈먼 남자의 손이 우연히 그녀의 몸에 닿아 그녀가 여자라는 것을 알았다 해도, 그녀 역시 다른 여자들과 같은 꼴을 당하는 것으로 끝이 났을 것이다. 그녀가 열다섯 명에 속한 여자가 아니라는 것은 아무도 눈치채지 못했다. 이런 상황에서는 열다섯과 열여섯의 차이를 구별하는 것은 쉬운 일이 아니니까.

깡패 두목은 여전히 식량 상자들이 쌓여 있는 병실 끝쪽의 침대를 사용했다. 근처의 침대들은 치워져 있었다. 두목은 옆 사람들에게 부딪히지 않고 마음대로 움직이고 싶었던 것이다. 그를 죽이는 일은 간단할 것 같았다. 의사의 아내는 천천히 좁은 통로를 따라 움직이면서, 그녀가 죽이려고 하는 남자의 동작을 관찰했다. 그는 쾌락을 느끼면서 고개를 뒤로 젖히고 있었다. 마치 그녀에게 목을 내미는 것처럼. 의사의 아내는 천천히 다가가, 침대를 빙 돌아 두목의 뒤에 자리를 잡았다. 앞의 눈먼 여자는 그녀에게 요구되는 행동을 계속하고 있었다. 의사의 아내는 천천히 가위를 들어올렸다. 두 개의 단검처럼 목을 꿰뚫을 수 있도록, 가위의 양날을 약간 벌렸다. 바로 그때, 막 찌르려는 찰나, 눈먼 두목은 근처에 사람이 있다는 것을 눈치챈 것 같았다. 그러나 그는 오르가슴 때문에 정상적인 감각의 세계로부터 떠나 있었다. 반사 작용을 할 능력이 없었다. 넌 절정에 이르지 못할 거야, 의사의 아내는 그런 생각을 하면서, 엄청난 힘으로 가위를 아래로 내리찍었다. 가위는 눈먼 남자의 목 깊숙이 파고들었다. 가위는 연골과 막조직의 저항을 뚫고 들어가면서 저절로 비틀렸고, 이어 사나운 힘으로 더 파고들어 목뼈에 가 박혔다. 비명은 거의 들리지 않았다. 막 사정하려는 동물이 내는 소리처럼 들리기도 했다. 다른 남자들 몇 명도 비슷한 소리를 내고 있었다. 어쩌면 진짜로 그 소리였는지도 모른다. 앞에 있던 눈먼 여자의 얼굴에 피가 튀는 것과 동시에 입으로는 정액이 쏟아져 들어갔기 때문이다. 눈먼 남자들이 깜짝 놀란 것은 그녀의 비명 때문이었다. 그들도 비명에는 익숙할 대로 익숙한 사람들이었지만, 이번 것은 다른 비명들과는 사뭇 달랐다. 그 눈먼 여자는 악을 쓰고 있었다, 이게 웬 피야. 그녀는 어쩌면 자신이, 머릿속을 잠깐 스쳐갔던 생각을 실행에 옮겨, 그의 음경을 물어버린 것인지도 모른다고 생각했다. 어쩌다 그렇게 되었는지는 몰라도. 눈먼 남자들은 여자들을 버려두고, 더듬거리며 다가오고 있었다. 무슨 일이야, 대체 웬 비명이야, 그들은 소리쳤다. 그런데 어떤 손이 눈먼 여자의 입을 막았다. 그리고 누군가 그녀의 귀에 대고 소곤거렸다, 조용히 해요. 이어 그녀의 몸을 살며시 뒤로 잡아당겼다. 아무 말도 하지 말아요. 여자 목소리였다. 그 목소리에 눈먼 여자는 차분해졌다. 이런 혼미한 상황에서 차분해지는 것이 가능한 일인지는 모르겠지만. 눈먼 회계사가 다른 사람들보다 먼저 도착했고, 다른 사람들보다 먼저 침대 위에 나자빠진 몸에 손을 댔고, 다른 사람들보다 먼저 그 몸을 쓸어보았다. 죽었어, 그는 즉시 이렇게 소리쳤다. 두목의 머리는 침대 가장자리 너머에서 대롱거리고 있었고, 목에서는 아직도 피가 쏟아져나오고 있었다. 여자들이 죽였어, 회계사가 말했다. 눈먼 남자들은 발을 멈추었다. 자신들의 귀를 믿을 수가 없었다. 어떻게 여자들이 그를 죽일 수 있단 말이야, 누가 죽인 거야. 목에 커다랗게 벤 자국이 있어, 두목과 함께 있던 창녀가 한 짓이 틀림없어, 그년을 잡아야 돼. 눈먼 남자들은 다시 몸을 움직이기 시작했다. 그러나 그들의 두목을 죽인 칼날이 자기에게도 다가올 것이 두려

웠는지, 이번에는 아까보다 천천히 움직였다. 그들은 눈먼 회계
사가 서둘러 죽은 남자의 호주머니들을 뒤져, 총과 열 개 정도
의 탄창이 든 작은 비닐 봉투를 꺼내는 것을 보지 못했다. 갑
자기 여자들이 소리를 질러대는 바람에, 모두 정신을 차릴 수
가 없었다. 두려움에 어찌할 바를 모르는 여자들은 벌써 일어
서서 얼른 그곳을 벗어나려고 안달이었다. 그러나 몇 사람은
병실 문이 어디 있는지 전혀 감을 잡지 못했다. 여자들은 엉뚱
한 방향으로 움직여 눈먼 남자들과 부딪혔다. 남자들은 그것
을 여자들이 자신들을 공격하는 것으로 착각했다. 그와 동시
에 몸들이 뒤엉키며 일어난 혼란 때문에 아까와는 다른 광란
이 벌어졌다. 병실 끝에서 의사의 아내는 탈출할 수 있는 적당
한 때를 조용히 기다리고 있었다. 한 손으로는 눈먼 여자의 몸
을 꽉 잡고, 다른 손으로는 가위를 들었다. 어떤 남자든 가까
이 오면 바로 찌를 태세였다. 지금은 비교적 넓은 공간에 자유
롭게 있을 수 있으나, 그곳에 오래 머물 수는 없었다. 많은 여
자들이 마침내 문을 찾아냈다. 다른 여자들은 그들을 잡은 손
에서 빠져나오려고 발버둥치고 있었다. 심지어 남자의 목을 졸
라 또 하나의 시체를 만들려고 애쓰는 여자도 있었다. 눈먼 회
계사는 권위를 내세우는 목소리로 남자들에게 명령했다, 침착
해, 겁내지 마, 곧 진상을 파악할 수 있을 거야. 그는 안달이 났
는지, 자신의 명령을 좀 더 설득력 있게 내세우기 위해 공중에
총을 한 방 쏘았다. 그러나 그가 예상하던 것과 정반대의 결과
가 나타났다. 눈먼 남자들은 총이 이미 다른 사람의 손에 들어

갔다는 것, 이제 곧 새로운 지도자를 맞게 된 것에 놀라 여자들과의 싸움을 중단했고, 여자들을 지배하려는 시도를 포기했다. 한 남자는 목이 졸려 죽었기 때문에 일찌감치 싸움을 포기했다. 바로 그 순간 의사의 아내는 움직이기로 결정했다. 그녀는 왼쪽과 오른쪽을 닥치는 대로 찔러대며 길을 뚫었다. 이번에는 눈먼 깡패들이 비명을 질렀다. 그들은 쓰러지며 서로의 몸 위로 기어 올라가려 했다. 볼 수 있는 눈을 가진 사람이 그곳에 있었다면, 그 광경과 비교할 때 이전의 소동은 애들 장난이었다고 생각했을 것이다. 의사의 아내는 사람을 더 죽이고 싶은 마음은 없었다. 그녀가 원하는 것은 가능한 한 빨리 빠져나가는 것이었고, 무엇보다도 그곳에 눈먼 여자를 하나도 남겨두지 않는 것이었다. 그녀는 한 남자의 가슴에 가위를 꽂으며 생각했다, 이놈은 살기 힘들겠군. 다시 총소리가 들렸다. 어서 가요, 어서 갑시다, 의사의 아내는 앞에서 만나는 눈먼 여자들을 무조건 앞으로 밀면서 말했다. 그녀는 여자들을 일으켜세우며 다시 말했다, 얼른, 얼른. 그때 병실 끝에서 눈먼 회계사가 소리를 질렀다, 저년들을 잡아, 빠져나가지 못하게 해. 그러나 이미 늦었다. 여자들은 이미 복도로 다 나갔다. 여자들은 반쯤 벌거벗은 모습으로, 넝마가 된 옷을 움켜쥐고 비틀거리며 달아나고 있었다. 의사의 아내는 병실 입구에 가만히 서서 격노한 목소리로 소리쳤다, 내가 며칠 전에 한 말을 잊지 않았겠지, 그때 난 절대 저놈의 얼굴을 잊지 않겠다고 말했다, 앞으로는 내가 지금 하는 말을 잘 기억해라, 나는 너희들 얼굴도 잊지 않겠다. 넌 이런 짓을 저질렀으니 비싼 대가를 치르게 될 거야, 너하고 네 동료들하고, 이른바 너희 남편이라는 것들 모두 가만두지 않겠어, 눈먼 회계사가 협박했다. 너는 내가 누군지도, 내가 어디서 왔는지도 모르잖아. 여자를 부르러 왔던 자가 나섰다, 너는 우병동 1호 병실에서 온 년이야. 눈먼 회계사가 말을 받았다, 네 목소리를 잘 알고 있어, 내 앞에서 한마디만 더 해봐, 그걸로 넌 죽은 목숨이야. 아까 그놈도 그런 말을 했지, 그런데 그놈은 지금 시체가 됐어. 하지만 나는 그자나 네년 같은 장님하고는 달라, 너희들이 눈이 멀었을 때, 나는 이미 이 세상의 모든 것을 알고 있었어. 내 눈에 대해 알지도 못하는 주제에. 네년은 눈이 멀지 않았구나, 날 속일 수는 없어. 어쩌면 내가 이 가운데 가장 눈먼 사람인지도 모르지, 난 이미 살인을 했고, 필요하다면 또 할 테니까. 그전에 네가 먼저 굶어 죽을걸, 오늘부터는 네년들이 모두 와서, 가지고 태어난 구멍 세 개를 쟁반 위에 올려서 바친다 해도 먹을 걸 주지 않을 테니까. 너 때문에 우리가 먹을 걸 못 먹게 되면, 네놈들 가운데 이 문밖으로 나오는 놈 하나씩을 날마다 죽이겠어. 이러고도 무사하진 못할걸. 천만에, 무사할 수 있고말고, 이제부터는 우리가 식량을 거두어올 거야, 너희는 거기 쌓아둔 거나 맘대로 처먹어. 미친 년. 미친 년은 인간이 아니야, 그냥 미친 년일 뿐이지, 너도 이제 미친 년한테 어떤 대가를 치러야 하는지 잘 알게 되었잖아. 눈먼 회계사는 격분하여 문 쪽으로 총을 쏘았다. 총알은 핑 소리를 내며 눈먼 남자들의 머리를 스쳐 복도 벽에 가서 박혔다. 사람은 맞지 않았다. 맞히지도 못하는 주제에, 의사의 아내가 말하고는 덧붙였다, 조심해, 그 총알이 다 떨어지면, 여기 있는 사람들이 너 대신 두목이 되고 싶어 할 테니까.

그녀는 문간을 지나 몇 걸음 걸어갔다. 여전히 단호한 모습이었다. 그러나 복도 벽을 따라 움직이다 하마터면 기절할 뻔했다. 갑자기 다리에서 힘이 빠졌다. 그녀는 바닥에 쓰러졌다. 눈앞이 뿌예졌다. 눈이 머는구나, 그녀는 생각했다. 순간 아직은 아니라는 것을 깨달았다. 시야를 흐리게 만든 것은 눈물일 뿐이었다. 그녀가 평생 흘렸던 것과는 다른 눈물이었다. 난 사람을 죽였어, 그녀는 낮은 목소리로 말했다, 난 사람을 죽이고 싶어 했고, 그래서 죽였어. 그녀는 고개를 돌려 병실 문 쪽을 보았다. 지금 눈먼 남자들이 쫓아온다면, 그녀는 자신을 방어할 수 없었다. 복도에는 아무도 없었다. 여자들은 사라졌다. 눈먼 남자들은 총소리에 놀라, 그리고 동료들의 시체 때문에 더 놀라, 감히 밖으로 나오지 못했다. 그녀는 조금씩 힘을 회복했다. 눈물은 계속 흘러내렸다. 그러나 아까보다 느린 속도였고 또 마음은 고요했다. 마치 돌이킬 수 없는 어떤 것과 마주친 것처럼. 그녀는 간신히 몸을 일으켰다. 두 손과 옷에 피가 묻어 있었다. 갑자기 지친 몸이 그녀에게 너는 늙었다고 말했다. 늙었지, 그리고 살인자이고, 그녀는 생각했다. 그러나 필요하다면 다시 살인할 것임을 알고 있었다. 언제 살인이 필요할까, 그녀는 생각하면서 현관 쪽으로 향했다. 그녀는 자신의 질문에 대답했다, 아직 살아 있는 것이 이미 죽은 것이 될 때. 그녀는 고개를 저으며 생각했다, 그게 무슨 뜻일까, 말이야, 그저 말일 뿐이야. 그녀는 혼자 걸어갔다. 그녀는 앞마당으로 통하는 문으로 다가갔다. 정문의 쇠막대들 사이로 보초를 서는 병사의 그림자가 보였다. 밖에는 여전히 사람들이 있구나, 볼 수 있는 사람들. 그녀 뒤에서 발소리가 다가왔다. 그녀는 몸을 떨었다. 그놈들이야, 그녀는 이렇게 생각하며, 가위를 치켜들고 얼른 몸을 돌렸다. 그러나 남편이었다. 2호 병실 여자들은 지나가면서 좌병동에서 있었던 일을 큰 소리로 이야기했다. 어떤 여자가 깡패 두목을 찔러 죽였다는 것, 총이 발사되었다는 것. 의사는 그 여자가 누구냐고 묻지 않았다. 그의 아내일 수밖에 없었기 때문이다. 그녀는 사팔뜨기 소년에게 이야기해주다가, 나중에 마저 해주겠다고 말하고 밖으로 나갔었다. 그런데 어떻게 되었을까. 어쩌면 죽었을지도 모른다. 나 여기 있어요, 그녀는 말하면서, 다가가 남편을 끌어안았다. 남편에게 피가 묻는 것도 모르면서. 아니, 알았지만 상관하지 않은 것일까. 지금까지 그들은 모든 것을 나누어왔으므로. 어떻게 된 거야, 의사가 물었다, 사람이 죽었다고 하던데. 그래요, 내가 죽였어요. 왜. 누군가는 해야 할 일이었으니까요, 그리고 그 일을 할 사람이 나 말고는 없었으니까요. 그럼 이제는. 이제 우린 자유예요, 이제 저놈들은 다시 우리를 학대하려고 할 경우에 어떤 일을 당하게 될지 알고 있어요. 전투가, 아니 전쟁이 벌어질지도 모르겠군. 눈먼 사람들은 늘 전쟁을 하고 있어요, 늘 전쟁을 해왔죠. 또 죽일 거야. 죽여야 한다면요, 나는 이 눈먼 상태로부터 절대 자유로워지지 못할 거예요. 먹을 것은 어떻게 됐어. 이제 우리가 가져올 거예요, 저자들은 감히 이리로 나오지 못할 거예요, 적어도 앞으로 며칠 동안은, 자기들한테도 똑같은 일이 생길까봐, 가위에 목이 찔릴까 봐 겁을 먹고 있을 거예요. 그들이 처음 요구했을 때 당연히 저항했어야 하는 건데, 그걸 못한 거야. 물론이에요, 우리는 두려웠고, 두려움이 늘 지혜로운 조언자 노릇을 하는 건 아니죠, 돌아가요, 안전을 위해 병실 문에 침대로 바리케이드를 쌓아올려야 해요, 저놈들이 하는 것처럼요, 안됐지만 우리 가운데 몇 사람은 바닥에서 자야 할 거예요, 하지만 그게 굶어 죽는 것보다는 낫죠.

그다음 며칠 동안 그들은, 결국 이렇게 되고야 마는 것인가, 하는 생각을 했다. 처음에는 놀라지 않았다. 그들은 처음부터 그것에 익숙해 있었기 때문이다. 식량 배달은 늘 지연되었다. 눈먼 깡패들은 군인들이 때때로 늦게 온다고 했는데, 거기까지는 맞았다. 그러나 그들은 이것을 빙자해, 장난스러운 목소리로, 바로 그 점 때문에 배급제를 실시할 수밖에 없으며, 그것이 통치하는 사람들의 고통스러운 의무라고 말했다. 사흘째 되는 날에도 고기 껍질 한 점, 빵 부스러기 한 조각이 오지 않자, 의사의 아내와 몇 사람의 동료는 앞마당으로 나가 물어보았다, 이봐요, 왜 이렇게 늦는 거죠, 우리 식량은 어떻게 된 거예요, 우린 지난 이틀 동안 아무것도 못 먹었단 말이에요. 지난번과는 다른 상사가 울타리 쪽으로 다가와, 군은 책임이 없다, 이곳에 있는 누구도 남의 먹을 것을 빼앗을 생각이 없다, 군의 명예가 그것을 허락하지 않는다, 만일 먹을 것이 없다면 그것은 먹을 것이 오지 않아서이다, 그리고 너희들 모두 있는 곳에 그대로 있어라, 앞으로 나오는 자는 어떤 운명이 기다리는지 잘 알 것이다, 명령은 하나도 바뀌지 않았다, 라고 말했다. 사람들은 그 경고를 듣고 다시 안으로 들어갔다. 그들은 자기들끼리 회의를 했다. 먹을 걸 갖다주지 않으면 이제부터 어떻게 하지요. 내일은 좀 갖다줄지도 몰라요. 아니면 모레나. 아니면 우리가 움직일 힘도 없을 때. 밖으로 나가야 합니다. 그래봐야 정문도 넘지 못할 텐데요. 눈이 보이기만 하면 얼마나 좋을까. 눈이 보였다면 이 지옥으로 들어오지도 않았을 겁니다. 바깥에서는 어떻게 살고 있을지 궁금하군요. 깡패들한테 가서 먹을 걸 달라고 하면 좀 줄지도 몰라요, 빨리 가야 합니다, 우리가 식량이 부족한 걸 보면, 저놈들도 지금 먹을 것이 바닥이 나고 있을 게 틀림없으니까. 바로 그 이유 때문에 저놈들은 자기들이 가진 걸 안 줄 겁니다. 저놈들 먹을 게 떨어지기 전에 우리가 먼저 굶어 죽겠지요. 그럼 어떻게 하면 좋습니까. 그들은 현관 바닥에 대충 원을 그리고 앉아 있었다. 머리 위에서는 노르스름한 전등 하나가 빛나고 있었다. 의사와 그의 아내, 검은 안대를 한 노인이 있었고, 그 외에 각 병실에서 한두 명씩 대표로 나온 사람들이 있었다. 우병동만이 아니라 좌병동에서도 나왔다. 이 눈먼 사람들의 세계란 어쩔 수 없는 것인지, 이윽고 늘 일어나는 일이 일어나고야 말았다. 남자 하나가 말했다, 한가지 분명한 것은 저 깡패들 두목을 죽이지만 않았으면 우리가 절대 이런 상황에 처하지 않았을 거라는 점이오, 여자들이 한 달에 두어 번 저기로 가서, 자연이 남자들한테 주라고 만들어놓은 것을 깡패들한테 좀 준다 한들 그게 뭐가 대단한 일이 난 말이오. 어떤 사람들은 그 말이 재미있다고 생각했고, 어떤 사람들은 억지로 웃었다. 그 말에 항의하고 싶은 사람들은 배 속이 비어 그만두고 말았다. 그 말을 한 사람이 말을 이었다, 내가 알고 싶은 것은 누가 칼질을 했느냐 하는 거요. 그때 거기 있던 여자들은 자기들은 아니라던데요. 우리는 우리 손으로 법을 시행하여, 그 범인이 정의의 심판을 받도록 해야 하오. 누가 그랬는지 안다면, 깡패들한테 가서 이 사람이 너희들이 찾는 사람이다, 그러니 이제 먹을 걸 다오, 할 수 있겠지요. 누가 그랬는지만 안다면 그럴 수 있을 텐데. 의사의 아내는 고개를 숙이고 생각했다, 저 사람 말이 맞아, 여기 있는 사람들 가운데 누군가가 굶어 죽는다면 그건 내 책임이야. 그러나 그녀 내부에서 솟구쳐오르는 분노의 목소리가 그런 식으로 책임을 받아들이지 못하게 막았다, 그러나 이 남자들이 먼저 죽게 하라, 내 죄가 그들의 죄를 갚을 수 있도록. 이윽고 그녀는 고개를 들며 생각했다, 지금 내가 이 사람들한테 내가 그자를 죽였다고 말한다면, 이들은 그들이 나를 죽일 것을 뻔히 알면서도 넘겨주겠지. 하도 배가 고파 정신이 혼미해서인지, 아니면 그 생각이 갑자기 어떤 심연처럼 그녀를 유혹해서인지, 눈이 부실 때처럼 머리에서 현기증이 일었다. 몸은 그녀의 의지와 상관없이 움직였다. 그녀의 입이 벌어지며 말이 쏟아져나오려 했다. 그러나 바로 그 순간 누군가 그녀의 팔을 꽉 움켜쥐었다. 그녀는 그쪽을 돌아보았다. 검은 안대를 한 노인이었다. 노인이 말했다, 누구든 항복하는 사람이 있으면, 그자를 내 손으로 죽여버리겠소. 왜요, 원을 그리고 앉은 사람들이 물었다. 우리가 살아가야 하는 이 지옥에서, 우리 스스로 지옥 가운데도 가장 지독한 지옥으로 만들어버린 이곳에서, 수치심이라는 것이 지금도 어떤 의미를 가지고 있다면, 그것은 오로지 하이에나의 굴로 찾아가 그를 죽일 용기를 가졌던 사람 덕분이기 때문이오. 그 말이야 맞지만, 수치심이 우리에게 먹을 걸 주는 건 아니지 않습니까. 누가 한 말인지 몰라도, 그 말은 맞소, 늘 수치심이 없어 배를 채울 수 있었던 자들이 있었소, 하지만 우리는 우리 분수에 맞지 않은 마지막 한 조각의 존엄성 외에는 아무것도 가진 것이 없소, 이제 우리에게도 마땅히 우리 것이어야 하는 것을 찾기 위해 싸울 능력 정도는 있다는 것을 보여줍시다. 무슨 말을 하려는 겁니까. 우리는 마치 비열한 기둥서방들처럼 여자들을 깡패 소굴로 들여보냈고, 그 대가로 배를 채웠소, 이제 그곳으로 남자들을 들여보낼 때가 왔소, 여기 남자들이 있다면 말이오. 무슨 말인지 자세히 이야기해보시오, 하지만 그전에 어느 병실 출신인지부터 밝히시오. 나는 우병동 1호 병실 출신이오. 그럼 계속해보시오. 아주 간단한 거요, 가서 우리 손으로 먹을 걸 들고 나오자는 거요. 저 사람들은 무장을 했습니다. 우리가 아는 한, 저자들에게는 총이 한 자루밖에 없고, 총알은 조만간 떨어질 거요. 그래도 우리 몇 명을 죽일 총알은 있습니다. 어떤 사람들은 이보다 작은 일에도 목숨을 걸었소. 나는 다른 사람들의 배를 불려주기 위해 내 목숨을 내놓을 생각은 없어요. 그럼 당신은 누군가 당신에게 먹을 걸 주기 위해 목숨을 잃었을 때, 그걸 먹지 않고 굶을 생각은 있소. 검은 안대를 한 노인이 신랄하게 쏘아붙였다. 상대는 아무런 대답도 하지 못했다.

우병동 병실 쪽으로 통하는 문간에서, 안 보이는 데서 이야기를 듣고 있던 여자가 나타났다. 그녀는 얼굴에 쏟아지는 피를 뒤집어쓴 여자, 입으로 죽은 남자의 정액을 받은 여자, 의사의 아내가 귀에 대고, 조용히 해요, 하고 속삭였던 여자였다. 의사의 아내는 생각했다, 다른 사람들과 함께 앉아 있는 이 자리에서는 당신한테 조용히 하라고 말할 수가 없군요, 나를 이르지 말아요, 당신은 틀림없이 내 목소리를 알겠죠, 그걸 잊는다는 것은 불가능하겠죠, 내 손으로 당신 입을 막았고, 당신은 몸을 나에게 기댔죠, 나는 당신한테, 조용히 해요, 하고 말했어요, 이어 내가 진정 구한 게 누구인지, 당신이 누구인지 알게 되는 순간이 왔어요, 그래서 내가 지금 크고 분명한 소리로 말하려는 거예요, 당신이 나를 고발할 수 있도록, 그것이 당신의 운명이고 내 운명이라면, 나는 이제 말하겠어요. 남자들만이 아니라 여자들도 갈 거예요, 우리는 그들이 우리를 모욕한 곳으로 돌아갈 거예요, 모욕이 하나도 남지 않도록 하기 위해서, 그들이 우리 입에 사정한 것을 우리가 뱉어냈던 것과 마찬가지로, 우리 자신에게서 모욕의 흔적을 없애버리기 위해서.

의사의 아내는 그 말을 하고 기다렸다. 마침내 그 여자가 말했다, 당신이 어디를 가든, 나도 가겠어요. 그것이 그녀가 한 말이었다. 검은 안대를 한 노인이 웃음 지었다. 행복한 웃음 같았다. 실제로 그랬는지도 모른다. 그러나 지금은 그에게 물어볼 때가 아니다. 다른 눈먼 남자들의 얼굴에 나타난 놀란 표정들을 관찰하는 것이 더 재미있다. 마치 그들의 머리 위로 뭐가 지나간 것 같았다. 새 한 마리가, 구름 한 점이, 머뭇거리며 나온 아침의 첫 희미한 빛이. 의사는 아내의 손을 잡으며 물었다, 여기 아직도 그놈을 죽인 사람이 누구인지 밝히고 싶은 사람이 있습니까, 아니면 그놈을 찌른 손이 우리 모두의 손이라고, 아니 좀 더 정확히 말해서 우리 각자의 손이라고 합의한 겁니까. 아무도 대답하지 않았다. 의사의 아내가 말했다, 그놈들에게 조금 더 시간을 주도록 해요, 내일까지, 그때까지도 군인들이 먹을 걸 가져오지 않으면, 그때 쳐들어가는 거예요. 그들은 일어서서 각자의 길로 갔다, 일부는 오른쪽으로, 일부는 왼쪽으로. 그들은 경솔하게도 깡패들의 병실에서 온 사람이 그들의 말을 엿들었을지도 모른다는 생각은 하지 않았다. 그러나 다행히도 악마가 늘 문 뒤에 숨어 있는 것은 아니다. 지금처럼 그 속담이 어울리는 때도 없는 것 같다. 그러나 그때 스피커를 찌렁찌렁 울리며 나온 목소리는 별로 어울리는 것 같지 않았다. 최근에는 어떤 날에는 스피커에서 소리가 나오고, 어떤 날에는 나오지 않았다. 그러나 나올 때는 약속한 대로 시간은 꼭 지켰다. 녹음된 테이프를 정확한 시간에 돌리는 타이머가 발신기에 부착되어 있는 것이 분명했다. 그런데 왜 그 기계가 가끔 고장을 일으키는지야 우리로서는 절대 알 수 없다. 그것은 바깥 세계에서 걱정할 문제다. 어차피 달력, 이른바 날짜 세는 일을 뒤죽박죽으로 만든다는 것 외에는 중요한 문제도 아니니까. 어떤 눈먼 사람들, 날 때부터 질서에 대한 강박 관념을 지닌 사람들, 또는, 강박 관념의 약한 형태이긴 하지만, 질서를 사랑하는 사람들은 일기를 쓰듯이 줄에 매듭을 묶음으로써 날짜가 가는 것을 꼼꼼하게 계산하려 했다. 이것은 물론 자신의 기억력을 믿지 못하는 사람들이 하는 일이었다. 그러나 방송이 매일매일 나오지 않으면서, 그것에 맞추어 매듭을 묶는 것도 소용없는 일이 되어버리는 때가 왔다. 계전기가 비틀린 것인지, 납땜한 곳이 헐거워진 것인지, 어쨌든 기계가 고장난 것이 틀림없었다. 고장 때문에 녹음이 계속 처음으로 돌아가 되풀이되는 일은 없기를 빌자. 그래야만 우리가 눈이 멀고 동시에 미쳐버리는 일을 피할 수 있으니까. 복도에서, 병실에서, 마치 최후의 헛된 경고처럼, 권위적인 목소리가 울려퍼지기 시작했다, 정부는 정부의 정당한 의무로 간주되는 행동을 긴급하게 이행할 수밖에 없었음을 유감스럽게 생각한다, 그것은 현재의 위기에서 가능한 모든 수단을 동원하여 주민을 보호하기 위한 조치였다, 현재 여러 정황으로 보아 실명 전염병이 발발한 것으로 보이기 때문이다, 그 전염병은 임시로 백색 질병이라고 부르고 있다, 우리는 공민 정신과 모든 시민의 협조에 의지하여 병이 더 이상 전염되는 것을 막고자 한다, 우리는 일단 이 병이 우연히 여러 사람에게 동시에 발생한 것이 아니라, 하나의 전염병이라고 가정하고 있다. 그래서 신중한 고려 끝에 감염된 사람들을 모두 한 군데 모아놓고, 또 그들과 어떤 식으로든 접촉한 사람들을 모두 인접한 별도의 시설에 모아놓기로 결정한 것이다. 정부는 정부의 책임을 인식하고 있다. 동시에 이 메시지를 듣는 사람들이 그들에게 내려진 금번 격리 조치가 개인적 차원의 문제가 아니라, 국가 공동체의 나머지 구성원들과의 연대에 기초한 것임을 명심하고, 정직한 시민들로서 책임을 다해주기를 바라고 있다. 이런 전제하에 우리는 모든 사람들이 다음과 같은 규칙을 준수해주기를 바란다. 하나, 전등은 항상 켜둔다. 스위치를 조작하려 해보았자 소용없다. 어차피 작동하지 않을 것이다. 둘, 허가 없이 건물을 나가지 말라. 그 즉시 사살당할 것이다. 셋, 각 병실에는 전화가 있는데, 그것은 위생과 청결을 목적으로 외부로부터 새로운 보급품을 요구할 때만 사용할 수 있다. 넷, 자기 옷은 자기 손으로 빨래해야 한다. 다섯, 병실 대표를 선임할 것을 권고한다. 이것은 명령이 아니라 권고다. 재소자들은 앞서 말한 규칙과 앞으로 말할 규칙에 순응한다는 전제하에, 적당한 방법으로 조직을 결성하도록 하라. 여섯, 하루 세 번 식량을 담은 상자들이 현관문 오른쪽과 왼쪽에 놓일 것이다. 오른쪽 것은 환자들에게 가는 것이고, 왼쪽 것은 보균자에게 가는 것이다. 일곱, 남은 음식은 반드시 태워야 한다. 여기에는 음식만이 아니라 상자도 포함된다. 접시와 숟가락도 다 연소 가능한 물질로 제작되었다. 여덟, 소각은 건물의 안마당

또는 운동장에서 이루어져야 한다, 아홉, 이 소각이 원인이 되어 일어나는 피해에 대해서는 재소자들이 책임져야 한다, 열, 우연히 또는 고의로 화재가 발생하더라도 소방대는 투입되지 않는다, 열하나, 마찬가지로 병, 무질서, 폭력이 발생한다 해도 재소자들은 외부의 개입을 요청할 수 없다, 열둘, 어떠한 이유에서든 사망자가 생길 경우 재소자들은 형식적 절차 없이 시체를 마당에 묻어야 한다, 열셋, 환자와 보균자 사이의 접촉은 중앙 현관에서 이루어져야 한다, 열넷, 보균자가 갑자기 실명할 경우 즉시 환자 병동으로 이동해야 한다, 열다섯, 이상의 규칙은 새로 도착하는 사람들을 위하여 매일 같은 시간에 낭독될 것이다, 정부와, 그러나 바로 이 순간 불이 나가는 것과 동시에 스피커가 먹통이 되어버렸다. 눈먼 사람 하나는 별 관심 없이 손에 들고 있던 끈의 매듭을 하나 묶고, 그 숫자, 매듭의 숫자, 여기서 보낸 날들의 숫자를 세어보려 했다. 그러나 포기하고 말았다. 겹쳐 묶인 매듭들이 있었기 때문이다. 말하자면, 눈먼 매듭이라고 할 수 있었다. 의사의 아내가 남편에게 말했다, 불이 나갔어요. 전등의 퓨즈가 녹았나 보지, 지금까지 계속 켜놓았으니 당연한 일이야. 아니, 불이 전부 나갔어요, 밖에 무슨 문제가 있는 게 틀림없어요. 이제 당신도 우리처럼 눈이 먼 셈이군. 나는 해가 뜰 때까지만 기다리면 돼요. 그녀는 병실을 나가, 현관으로 가서 바깥을 보았다. 그 구역 전체가 어둠에 휩싸여 있었다. 군인들의 탐조등도 들어오지 않았다. 아마 탐조등도 일반 전원에 연결해놓고 사용했던 모양이다. 어쨌든 이제

전기가 나가버린 것 같았다.

다음 날, 여러 병실 사람들이 건물 바깥 계단에 모이기 시작했다. 어떤 사람들은 일찍 나왔고, 어떤 사람들은 늦게 나왔다. 눈먼 사람들에게는 해가 동시에 뜨지 않기 때문이다. 눈먼 사람에게 해가 언제 뜨느냐 하는 것은 그 사람의 청각이 얼마나 예민하냐에 좌우되는 경우가 많다. 어쨌든 이곳에 모이지 않은 사람들도 있었다. 그들은 물론 깡패들이었다. 그들은 이 시간에 아침 식사를 하고 있을 것이 틀림없었다. 모인 사람들은 정문이 쿵 소리를 내며 열리기를, 기름칠이 필요한 경첩이 삐걱이는 소리를 내기를, 식량이 도착했다는 소리가 나오기를, 이어 당직 상사가, 그 자리에 그대로 있어라, 아무도 접근하지 말라, 하고 명령하는 소리가 들리기를, 군인들이 발을 질질 끄는 소리가 들리기를, 상자들이 둔탁한 소리를 내며 땅에 떨어지는 소리가 들리기를, 군인들이 서둘러 물러나는 소리가 들리기를, 다시 정문이 삐걱이는 소리가 들리기를, 그리고 마지막으로, 이제 나와도 좋다, 라는 권위적인 목소리가 들리기를 기다렸다. 그들은 거의 한낮이 될 때까지 기다렸다. 한낮은 다시 오후가 되었다. 아무도, 심지어 의사의 아내도 먹을 것에 대해 묻고 싶지 않았다. 그것을 묻지 않는 한 그 무시무시한 대답, 없다는 대답을 안 들을 수 있었다. 그 대답을 듣지 않는 한, 온다, 온다, 참아라, 조금만 더 참으면 된다, 라는 말을 들을 수 있는 희망은 있었기 때문이다. 그러나 어떤 사람들은 아무리 기다리고 싶어도 더 견딜 수가 없었다. 그들은 그 자리에서 기절해버렸다. 갑자기 잠이 들어버린 듯했다. 다행히도 의사의 아내가 그들을 구하러 갔다. 이 여자는 어떻게 모든 일을 알 수 있는지, 도무지 믿어지지가 않았다. 어떤 육감 같은 것, 눈 없이 볼 수 있는 어떤 능력을 가지고 있는 것이 틀림없었다. 덕분에 그 불쌍한 사람들은 땡볕에 누워 있는 괴로움을 피할 수 있었다. 그들은 바로 안으로 후송되었다. 시간이 좀 지나, 물을 주고 얼굴을 살짝 때리자, 결국 모두 정신을 차렸다. 하지만 그들에게 전쟁의 과업을 맡길 수는 없는 노릇이었다. 그들은 암코양이 꼬리도 잡을 수 없었기 때문이다. 이것은 구식 표현인데, 어떤 이유 때문에 암고양이가 수고양이보다 다루기 쉽다고 생각했는지, 그 이유는 밝혀놓지 않았다. 마침내 검은 안대를 한 노인이 말했다. 식량은 오지 않았소, 앞으로도 안 올 거요, 우리먹을 걸 가지러 갑시다. 어디서 일어설 힘이 나왔는지 모르지만, 어쨌든 그들은 일어섰다. 이어 며칠 전의 경솔한 행동을 되풀이하지 않고, 깡패들의 요새로부터 가장 멀리 떨어진 병실에 집결했다. 거기에서 좌병동으로 첩자들을 보냈다. 그쪽 병동에 살고 있어 그곳 환경에 익숙한 사람들이었다. 수상한 낌새만 있으면 당장 우리에게 와서 알려주시오. 의사의 아내는 그들과 함께 갔는데, 돌아와서 맥 빠지는 정보를 알려주었다, 침대 네 개를 겹겹이 쌓아 입구를 막아버렸어요. 어떻게 네 갠지 아시오, 어떤 사람이 물었다. 어렵지 않았어요, 손으로 만져보았거든요. 거기까지 갔는데도 그쪽에서는 아무도 눈치채지 못했나요. 눈치 못 챈 것 같아요. 이제 어떻게 할까요. 갑시다, 검은 안대를 한 노인이 다시 제안했다, 결정한 대로 합시다, 그렇게 하지 않으면 천천히 죽는 길밖에 없으니까. 공격을 하면 몇 사람은 일찍 죽을 겁니다, 첫 번째로 눈이 먼 남자가 말했다. 죽을 사람은 이미 죽은 건데 그걸 모르고 있을 뿐이오. 우리가 죽는다는 건 날 때부터 아는 거지요. 바로 그거요, 그런 점에서, 우리는 죽은 채로 태어나는 것과 같다고도 할 수 있소. 이제 쓸데없는 이야기는 그만 좀 해요, 검은 색안경을 썼던 여자가 말하고는 덧붙였다, 나는 혼자서는 거기 갈 수 없어요, 하지만 우리가 이미 결정한 것에서 물러선다면, 나는 그냥 침대에 누워 죽기를 기다릴 거예요. 어차피 죽을 팔자인 사람만 죽습니다, 다른 사람은 아무도 안 죽어요, 의사가 말했다. 이어 의사는 목소리를 높여 물었다, 가겠다고 결심한 사람은 손을 들어보세요. 이것이야말로 말을 하기 전에 두 번 생각해보지 않는 사람이 저지르는 실수다. 셀 수 있는 사람도 없는데, 적어도 대부분은 없다고 믿고 있는데, 손을 들라고 하는 것이 무슨 소용이 있단 말인가. 예를 들어, 열셋, 하고 셀 수 있는 사람이 있어야, 그런 숫자가 나올 경우, 그 불길한 숫자를 피하기 위해 다른 자원자를 한 사람 더 나서라고 하는 게 옳은 일인지, 아니면 제비를 뽑아 한 사람을 빼는 것이 옳은 일인지, 논리적인 관점에서 토론이라도 할 것 아닌가. 몇몇 사람이 자신없는 태도로 손을 들었다. 곧 마주할 위험을 의식해서 그런지, 아니면 손을 들라는 명령이 터무니없다는 것을 알아서 그런지, 망설임과 의심을 감추지 않았다. 의사는 웃음을 터뜨렸다. 이런 우스운 일이 있나, 여러분한테 손을 들라고 하다니, 다른 식으로 합시다, 갈 수 없거나 가고 싶지 않은 사람은 빠지세요, 그리고 행동 결정에 따르겠다는 사람은 그대로 남으십시오. 움직임, 발소리, 중얼거림, 한숨. 약하고 소심한 사람들은 천천히 빠져나갔다. 의사의 제안은 탁월한 동시에 관대했다. 이렇게 하면 누가 빠지고 누가 남았는지 아는 것이 쉽지 않았기 때문이다. 의사의 아내는 남아 있는 사람들의 숫자를 세어보았다. 그녀와 남편을 포함해서 열일곱 명이었다. 우병동 1호 병실에서는 검은 색안경을 썼던 여자, 약국 직원, 검은 안대를 한 노인이 남았다. 다른 병실에서 나온 자원자들은 모두 남자였는데, 다만, 당신이 어디를 가든, 나도 가겠어요, 하고 말했던 여자만이 예외였다. 그들은 통로에 줄을 섰다. 의사는 숫자를 셌다. 열일곱, 우린 열일곱이군. 별로 많지가 않군요, 약국 직원이 말하고는 덧붙였다, 이걸로는 안 될 거예요. 군사 용어를 좀 쓰자면, 공격 일선은 좁아야 하오, 검은 안대를 한 노인이 말을 이었다, 우리는 문을 통과해 들어갈 수 있어야 하오, 우리 숫자가 더 많으면 오히려 문제가 복잡해지기만 할 뿐이오. 그럼 저놈들이 쏠 사람만 많아지는 거지, 다른 사람도 맞장구쳤다. 이제 모두 숫자가 적다는 것을 기뻐하는 것 같았다.

그들의 무기는, 우리가 이미 잘 알고 있는 대로, 침대에서 뽑아낸 막대기였다. 이것은 공병이 전투에 들어가느냐 공격 부대가 전투에 들어가느냐에 따라 쇠지레의 역할, 창의 역할도 할 수 있었다. 검은 안대를 한 노인은 젊은 시절에 전술에 대해 좀 배운 것 같았는데, 모두가 함께 붙어서 같은 방향을 보고 있어야 한다고 말했다. 그렇게 하는 것이 자기 편끼리 공격하는 것을 피할 수 있는 유일한 방법이었다. 그리고 아무 소리도 내지 말고 전진해야 한다고 말했다. 그래야 기습 공격의 효과를 낼 수 있다. 모두 신발을 벗읍시다, 노인이 제안했다. 그럼 나중에 우리 신발을 찾기가 힘들 텐데요, 누군가가 말했다. 그러자 다른 사람이 말을 받았다, 남는 신발은 그야말로 죽은 사람한테 신기는 신발이 되겠군, 다만 이 경우에는, 적어도 그 신발을 대신 신어줄 사람이 있다는 게 다른 점이지만. 죽은 사람한테 신기는 신발이니 뭐니 그게 다 무슨 소리요. 왜 그런 말이 있잖아요, 죽은 사람한테 신기는 신발을 기다린다, 그건 아무것도 기다리지 않는다는 뜻이죠. 왜요. 죽은 사람이 묻힐 때 신는 신발은 종이로 만들거든요, 사실 그거면 충분하잖아요, 우리가 아는 한 영혼은 발이 없으니까요. 노인이 말을 끊고 들어왔다, 또 한 가지가 있소, 거기 가면, 우리 가운데 여섯, 가장 용감한 여섯 명은, 있는 힘을 다해 침대를 안으로 밀어야 하오, 그래야 우리가 다 들어갈 수 있으니까. 그렇다면 우리 무기로 아래를 내리찍어야겠네. 꼭 그럴 필요는 없을 거요, 위로 들어올려도 도움이 될 수 있소. 노인은 말을 끊더니, 이윽고 침울한 목소리로 말을 이어나갔다, 무엇보다 중요한 것은, 절대 흩어져서는 안 된다는 거요, 흩어지면 죽는 거나 다름없소. 여자들은 어떻게 할까요, 검은 색안경을 썼던 여자가 말을 이었다, 여자들을 잊지 마세요. 아가씨도 가는 거요, 검은 안대를 한 노인이 묻더니 덧붙였다, 아가씨는 가지 말았으면 좋겠는데. 왜요, 이유를 알고 싶어요. 아가씨는 아주 젊으니까. 여기에서는 나이가 문제가 안 돼요, 성별도 그렇고요, 그러니까 여자들을 잊지 마세요. 알았소, 잊지 않겠소. 그 말을 하는 노인의 목소리는 마치 다른 대화에서 따온 것 같았다. 갈 사람들은 이미 자리를 잡고 있었다. 그런데 말이오, 당신네 여자들 가운데 한 명이 우리가 볼 수 없는 것을 보고, 우리를 바른 길로 인도해 주면 얼마나 좋을까, 우리 쇠막대 끝으로 저 깡패들의 목을 정확히 겨눌 수 있도록 말이오, 그 여자가 했던 것처럼 정확하게. 의사의 아내가 말했다, 그건 무리한 요구예요, 한 번 한 일을 되풀이하는 것은 쉽지 않아요, 게다가, 그 여자는 그때 그 자리에서 죽었는지도 모르잖아요, 지금까지 그 여자 소식이 없으니 말이에요. 검은 색안경을 썼던 여자가 말을 받았다, 여자들은 번갈아가며 다시 태어나요, 점잖은 여자는 창녀로 다시 태어나고, 창녀는 점잖은 여자로 다시 태어나죠. 이어 긴 침묵이 흘렀다. 여자들에 대해서는 나올 이야기가 다 나왔다. 이제 남자들이 할 말을 찾을 때였으나, 남자들은 자기들이 아무 말도 할 수 없다는 것을 이미 알았다.

그들은 대오를 갖췄다. 약속대로 용감한 여섯 사람이 앞에 나섰다. 그 가운데는 의사와 약국 직원도 있었다. 이어 그 뒤로 다른 사람들이 섰다. 모두 침대에서 빼낸 쇠막대로 무장하고 있었다. 초라하고 남루한 창기병대였다. 현관을 걸어가다가, 한 사람이 무기를 떨어뜨렸다. 쇠막대는 바닥에 부딪히며 총소리처럼 귀를 먹먹하게 하는 소리를 냈다. 만일 깡패들이 이 소리를 듣고 우리가 하는 일의 낌새를 채면, 우리는 지는 것인데. 의사의 아내는 누구에게도 말하지 않고, 남편에게도 말하지 않고, 앞으로 달려가 복도를 살폈다. 그리고 아주 천천히, 벽에 바짝 붙어, 병실 입구 쪽으로 다가갔다. 그곳에서 가만히 귀를 기울였다. 안에서 들려오는 목소리들은 놀란 목소리가 아니었다. 그녀는 즉시 그 정보를 전했고, 다시 진군이 시작되었다. 군대는 말없이 천천히 움직이고 있었지만, 깡패들의 요새 앞쪽에 위치한 두 병실에 있는 사람들은 곧 벌어질 일을 알고, 임박한 전투의 함성을 놓치지 않기 위해 문간에 모여 있었다. 그 가운데 일부는 곧 불이 지펴질 화약 냄새에 흥분을 했는지, 마지막 순간에 입대하기로 마음을 고쳐먹었다. 몇 사람은 무장을 하러 안으로 들어갔다. 그 결과 그들의 수는 이제 열일곱이 아니었다. 적어도 그 두 배는 되었다. 검은 안대를 한 노인은 지원병이 왔다는 사실을 알았으면 불쾌해했겠지만, 그는 자신이 지금 한 부대가 아니라 두 부대를 지휘하고 있다는 사실을 몰랐다. 안마당으로 난 몇 개의 창을 통해 마지막 날빛이 희미하게 비쳐들고 있었다. 소멸해가는 잿빛이었다. 빛은 빠르게 희미해지면서, 이미 코앞에 닥친 어둠의 깊고 검은 우물 안으로 미끄러져 들어가고 있었다. 물론 이 눈먼 사람들은 영문도 모르고 당한 실명 때문에 위로할 수 없는 슬픔을 느끼고 있었다. 그러나 적어도, 이런 빛의 변화나 다른 대기의 변화로 인한 우울증은 면제받은 셈이었다. 이들이 볼 수 있는 눈을 가졌던 먼 옛날에는 그런 변화 때문에 헤아릴 수 없이 많은 절망적인 행동을 했겠지만. 그들이 그 저주받은 병실 문에 이르렀을 때는 이미 날이 어두워, 의사의 아내는 그곳에 침대 네 개가 아니라 여덟 개로 형성된 장애물이 있다는 것을 눈치채지 못했다. 공격자들과 마찬가지로 숫자가 두 배로 불어난 것이다. 그러나 침대 숫자가 늘어난 것은 공격자들의 숫자가 늘어난 것과는 달리 훨씬 더 심각한 결과를 낳을 수 있었다. 이것은 곧 확인될 것이다. 검은 안대를 한 노인의 목에서 외침이 터져나왔다. 그것은 명령이었다. 그는 평소에 많이 쓰는 표현인 돌격이라는 말을 기억하지 못했다. 아니, 어쩌면 기억했을 수도 있다. 그러나 그랬다 해도, 노인은 그 더러운 침대들의 장벽을 그렇게 군사적으로 대접해주는 것을 우스꽝스럽게 생각했을 것이다. 사실 그 침대들은 벼룩을 비롯한 벌레들로 가득했고, 매트리스는 땀과 오줌으로 썩고 있었으며, 넝마가 된 회색 담요들은 이미 제 색을 잃어버리고, 역겨움을 일으킬 수 있는 온갖 색깔을 지니고 있었다. 의사의 아내는 침대가 그런 꼴이라는 것을 이미 잘 알고 있었다. 지금 보아서 아는 것이 아니었다. 지금은 어두워서 바리케이드가 보강되었다는 것조차 눈치를 못 챌 정도니까. 눈먼 사람들은 자신의 광휘에 둘러싸인 대천사들처럼 돌진했다. 그들은 가르쳐준 대로 무기를 곧추세우고 장애물을 찔러댔다. 그러나 침대들은 움직이지 않았다. 이 용감한 전위의 힘도 그 뒤에 따라오는 허약한 사람들의 힘보다 별로 나을 것이 없는 것 같았다. 뒤에 오는 사람들은 이제 창도 제대로 들

수가 없어, 꼭 십자가를 등에 지고 와, 이제 거기에 매달리기를 기다리는 사람들 같았다. 침묵은 사라졌다. 바깥에 있는 사람들이 소리를 지르고 있었다. 안에 있는 사람들도 소리를 지르기 시작했다. 아마 아무도 이날까지는 눈먼 사람들의 외침이 이렇게 무시무시할 수 있다는 것을 몰랐을 것이다. 그들은 아무런 이유도 없이 소리를 지르는 것 같았다. 우리는 그들에게 조용히 하라고 말하고 싶지만, 그러다 보면 우리도 결국 소리를 지르게 된다. 우리에게 부족한 것이 있다면 우리는 그들처럼 눈이 멀지 않았다는 것뿐이다. 그러나 결국은 그런 날이 오게 될 것이다. 어쨌든 그때의 상황은 이랬다. 한쪽에서는 공격하면서 소리를 질렀고, 다른 한쪽은 방어하면서 소리를 질렀다. 바깥에 있는 사람들은 침대를 움직일 수 없다는 데 좌절해 막무가내로 무기를 휘둘렀다. 모두가 동시에 밀어대기 시작했다. 문간의 공간으로 비집고 들어온 사람들은 침대를 밀었고, 들어오지 못한 사람들은 뒤에서 앞에 있는 사람들을 밀었다. 그들이 성공할 것처럼 보이기도 했다. 실제로 침대가 조금 움직이기도 했다. 그때 갑자기, 예고도 위협도 없이, 세 발의 총성이 울려퍼졌다. 눈먼 회계사가 낮게 겨냥하고 쏘았던 것이다. 공격하던 사람 둘이 총에 맞아 쓰러졌고, 다른 사람들은 혼비백산해 재빨리 물러났다. 물러나다가 쇠막대에 걸려 넘어지기도 했다. 복도의 벽들은 발광한 것처럼 그들의 외침 소리를 증폭시켰다. 다른 병실에서도 외침 소리가 들렸다. 이제 거의 깜깜해졌다. 누가 총에 맞았는지 알 도리가 없었다. 물론 멀리서, 누가 맞았소, 맞은 사람은 대답해보시오, 하고 소리칠 수는 있었으나, 이런 경우에 적절한 행동인 것 같지는 않았다. 부상자들은 예의와 배려로 보살펴주어야 한다. 살살 다가가, 불행히도 이마에 총을 맞은 것이 아니라면 이마에 손을 얹고, 작은 목소리로 기분이 어떠냐고 물어보아야 한다. 그리고 부상은 심각한 것이 아니라고, 지금 들것이 오는 중이라고 안심을 시켜주어야 한다. 마지막으로 물도 좀 주어야 한다. 물론 응급 처치법 책에 분명하게 나와 있는 대로, 배에 부상을 당한 경우라면 물을 주어서는 안 되겠지만. 이제 어떻게 하죠, 의사의 아내가 말을 이었다, 바닥에 부상자 둘이 누워 있는데. 아무도 그녀에게, 어떻게 둘인지 아느냐, 총소리는 세 방이었는데, 거기에다 다른 사람의 몸에 맞은 총알에 다시 맞은 사람이 있을 수도 있는데, 하고 묻지 않았다. 가서 데려와야 해, 의사가 말했다. 너무 위험하오, 검은 안대를 한 노인이 의기소침한 목소리로 말했다. 자신의 공격 전술이 재난을 초래했다는 것을 알았기 때문이다. 노인이 덧붙였다, 여기 사람들이 있다는 것을 알면 다시 총을 쏠 거요. 노인은 말을 끊더니, 이윽고 한숨과 함께 말을 이었다, 하지만 우리는 가야 하오, 나는 갈 각오가 되어 있소. 나도 가겠어요, 의사의 아내가 말하고는 덧붙였다, 기어가면 위험이 덜할 거예요, 중요한 건 안에서 대응할 시간을 주지 말고 얼른 그들을 데리고 오는 거예요. 나도 가겠어요, 며칠 전에, 당신이 어디를 가든, 나도 가겠어요, 하고 말했던 여자였다. 거기 있는 많은 사람들 가운데 한 사람도, 누가 부상을 당했는지, 아니, 잘

못 말했다. 누가 부상을 당하거나 죽었는지 확인하는 것이 그렇게 어려운 일이 아니라는 말을 하는 사람은 없었다. 어쨌든 지금 당장은 그 방법을 아무도 모르는 것 같았다. 그들이 모두 돌아가면서, 나도 가겠다, 나는 안 가겠다, 하고 말을 하기만 하면 되는 거였는데. 아무 말도 안 하는 사람이 부상을 당하거나 죽은 사람 아니겠는가.

그래서 네 명의 자원자가 기어가기 시작했다. 공교롭게도 여자 둘이 가운데 자리를 잡고, 남자들이 양쪽 가장자리에 있었다. 그러나 여자들을 보호해야겠다는 남성으로서의 예의나 신사다운 본능 때문에 그렇게 한 것은 아니었다. 사실, 눈먼 회계사가 다시 총을 쏠 경우, 모든 것은 총을 쏘는 각도에 달려 있는 것이니까. 그리고 아예 총을 안 쏠 수도 있는 것이니까. 검은 안대를 한 노인은 가기 전에 한 가지 제안을 했다. 이것은 앞서의 제안들보다는 나은 것 같았는데, 그곳에 있는 동료들이 목청껏 소리 높여 이야기를 하거나, 심지어 소리를 지르라는 것이었다. 사실 그곳에 있는 사람들은 그런 이야기가 없어도 그러고 싶던 참이었다. 어쨌든 그렇게 하면, 그 소리가 그들이 오고 가면서 낼 수밖에 없는 소리, 그리고 도중에 일어날 수도 있는 일, 그 일이 무엇인지는 몰라도 하여간 그 일 때문에 생기는 소리를 삼킬 수 있다는 이야기였다. 몇 분이 안 되어 구조대는 목적지에 도착했다. 그들은 몸뚱어리들을 만져보기도 전에 결과를 알 수 있었다. 그들이 기어가는 복도에 덮여 있는 피가 전령으로서 그들에게 다가와 이야기해주고 있었기 때문이다,

나는 생명이었습니다, 지금 내 뒤에는 아무것도 없습니다. 맙소사, 이게 다 피야, 의사의 아내는 생각했다. 그것이 사실이었다. 그들은 끈적끈적한 피웅덩이를 기어가고 있었다. 그들의 손과 옷은, 풀이 쏟아진 마루와 타일 바닥 위를 기어갈 때처럼 바닥에 달라붙고 있었다. 의사의 아내는 팔꿈치에 기대어 몸을 일으켜 계속 앞으로 나아갔다. 다른 사람들도 똑같이 움직였다. 마침내 그들의 뻗은 팔이 주검들에 닿았다. 뒤에 있는 동료들은 계속 큰 소리를 지르고 있었다. 무아지경에 빠진 직업적인 조객들 같았다. 의사의 아내와 검은 안대를 한 노인의 손이 한 사망자의 두 발목을 잡았다. 의사와 다른 여자도 다른 부상자의 팔다리를 잡았다. 이제 그들은 주검들을 끌고 사선(射線)에서 벗어나려고 애를 쓰고 있었다. 쉽지 않은 일이었다. 그렇게 하기 위해서는 몸을 약간 들어올리고, 네발로 움직여야 했기 때문이다. 그러나 그것이 그들에게 남은 얼마 안 되는 힘을 좋은 데 쓸 수 있는 유일한 길이었다. 총성이 울려퍼졌다. 그러나 이번에는 아무도 맞지 않았다. 그들은 엄청난 두려움에도 불구하고 달아나지 않았다. 오히려 그 두려움 덕분에 필요한 마지막 힘을 짜낼 수 있었다. 곧 그들은 위험에서 벗어났다. 그들은 병실 문이 달린 벽에 가능한 한 바짝 붙었다. 이제는 제멋대로 튀는 총알이 아니라면 두렵지 않았다. 눈먼 회계사가 아무리 초보적인 수준이라 하더라도 탄도학에 조예가 있을 것 같지는 않았다. 그들은 주검들을 들어올리려다 포기했다. 무게 때문에 끌고 갈 수밖에 없었다. 반쯤 응고된 피가 롤러로 펼치는 것처럼 뒤에 자국을 남겼다. 그리고 상처에서는 아직 굳지 않은 피가 계속 흘러나오고 있었다. 누굽니까, 기다리고 있던 사람들이 물었다. 보이지도 않는데 어떻게 알겠소, 검은 안대를 한 노인이 대꾸했다. 여기 그대로 있을 수는 없습니다, 누군가가 말했다. 저놈들이 공격하게 되면 사상자가 더 생깁니다, 다른 사람이 말했다. 시체가 더 생긴다고 해야겠죠, 의사가 말을 받고는 덧붙였다, 이 사람들에게서는 맥박을 전혀 느낄 수가 없으니까요. 그들은 퇴각하는 군인들처럼 주검을 들고 복도를 따라 걸어갔다. 그들은 현관에서 발을 멈추었다. 그것을 보고, 이곳에서 진을 치기로 했다고 결정했나 보다, 하고 생각할지 모르겠지만, 사실은 달랐다. 완전히 진이 빠져버렸던 것이다. 나는 여기 그대로 있겠소, 더 이상 갈 수가 없어. 여기서 잠시 눈먼 깡패들의 놀랄 만한 변화에 주목해도 좋다. 눈먼 깡패들은 전에는 매우 고압적이고 호전적인 태도를 보였고 또 아주 쉽게 잔인한 짓을 했다. 그러나 이제는 바리케이드를 쌓고 방어하면서, 안에서만 총을 쏴댔다. 밖으로 나와 열린 공간에서, 얼굴과 얼굴을 맞대고, 눈과 눈을 마주치면서 싸우는 것을 두려워하는 것 같았다. 삶의 다른 모든 것들과 마찬가지로 여기에도 이유가 있다. 그것은 그들의 첫 두목의 비극적 죽음 뒤에 그 병실에서 모든 규율과 복종이 사라져버렸다는 것이다. 총을 소유하는 것만으로 권력을 찬탈할 수 있다는 생각은 눈먼 회계사의 심각한 실수였다. 결과는 그 정반대였던 것이다. 그가 총을 쏠 때마다 총알이 거꾸로 튀고 있는 셈이었다. 다시 말해, 그는 총을 쏠 때마다 조금씩 권위를 잃어갔다. 따라서 총알이 다 떨어졌을 때 무슨 일이 일어날지 두고 보자. 수도사의 옷을 입었다고 해서 수도사가 되는 것이 아니듯, 왕의 홀을 쥐었다고 해서 왕이 되는 것은 아니다. 이것이 우리가 잊지 말아야 할 사실이다. 지금은 눈먼 회계사가 왕의 홀을 쥐고 있지만, 사람들은 선왕을 계속 기억하고 있다. 선왕은 비록 죽었지만, 죽어서 그 자신의 병실에 묻혀 있지만, 그것도 겨우 1미터 깊이에 대충 묻혀 있지만, 적어도 그는 그 악취를 통해 자신의 강력한 존재를 느끼게 해주고 있다고 말할 수 있다. 어쨌든 달이 나타났다. 앞마당을 내다보고 있는 현관문을 통해 빛이 흩어져 들어오는데, 그 빛은 점점 밝아지고 있다. 바닥에 누워 있는 몸들, 그 가운데 둘은 죽었고, 나머지는 아직 살아 있다. 그 몸들이 천천히 부피, 형태, 특징, 이목구비, 그리고 이름 없는 공포의 모든 무게를 드러내기 시작한다. 이윽고 의사의 아내는 계속 장님인 척하는 것에 의미가 없다는 것을, 설사 전에는 있었다 해도, 지금은 없다는 것을 알았다. 여기서는 아무도 구원을 얻을 수 없다는 것이 분명하다. 실명은 또 이런 것, 모든 희망이 사라진 세계에서 살아간다는 것이기도 하다. 그녀는 누가 죽었는지 알 수 있었다. 한 사람은 약국 직원, 다른 한 사람은 눈먼 깡패들이 무차별적으로 총을 쏠 거라고 말했던 사람. 그들 둘 다 그런대로 바른말을 한 셈이었다. 어떻게 그들인지 알았느냐고 묻지 말아줘요, 그 답은 간단하니까, 나는 눈이 보여요. 거기 있는 사람들 가운데 일부는 그 정도는 이미 알고 있었지만 그동안 입을 다물고 있었다. 어떤 사람들은 한동안 그럴지도 모른다는 생각을 가지고 있다가 이제 그것을 확인했다. 그 외 다른 사람들의 놀라는 모습은 예상치 못한 것이었다. 그러나 생각해보면, 우리의 예상이 잘못된 것이었는지도 모른다. 다른 상황에서 그것을 공개했다면, 사람들은 대경실색했을 것이고, 걷잡을 수 없이 흥분했을 것이다. 정말 잘됐군요, 어떻게 이 모두가 당하는 재난을 피할 수 있었어요, 당신이 사용한 안약 이름이 뭐요, 당신이 가는 병원이 어디인지 좀 가르쳐주십시오, 내가 이 감옥에서 벗어나도록 도와주세요. 그러나 지금은 눈이 보여도 결과는 똑같았다. 죽으면 모두가 똑같이 눈이 멀게 되는 것이니까. 그들은 거기 그대로, 그렇게 무력하게 있을 수 없었다. 그들은 심지어 쇠막대도 뒤에 두고 왔다. 그들의 주먹은 아무런 도움이 되지 않았다. 그들은 의사 아내의 인도로 주검들을 끌고 앞마당으로 나갔다. 그들은 달빛 속에, 달의 우윳빛 백색 아래 주검들을 놓아두었다. 바깥은 흰색이었고, 마침내 안은 검은색이었다. 병실로 돌아갑시다, 검은 안대를 한 노인이 말했다, 앞으로 어떻게 할지는 나중에 다시 생각해봅시다. 그는 그렇게 뒷말을 덧붙였으나, 그것은 아무도 주의를 기울이지 않는 헛소리에 불과했다. 그들은 어느 병실 출신이냐에 따라 갈라지지 않았다. 지금까지 같이 행동하는 가운데 새로 만나 사귀게 되었기 때문이다. 어떤 사람들은 좌병동으로 갔고, 어떤 사람들은 우병동으로 갔다. 당신이 어디를 가든, 나도 가겠어요, 하고 말했던 여자는 그때까지는 의사의 아내와 동행하고 있었다.

그러나 지금은 그럴 생각을 하지 않았다. 그 반대였다. 그러나 그녀는 그 이야기를 하고 싶어 하지 않았다. 늘 맹세를 지킬 수는 없는 법이다. 때로는 의지가 약해서, 때로는 우리가 고려하지 못했던 어떤 우월한 힘 때문에.

한 시간이 흘렀다. 달은 더 높이 올라갔다. 굶주림과 공포 때문에 잠이 오지 않았다. 병실의 모두가 깨어 있었다. 그러나 이유는 그것만이 아니었다. 비록 무참하게 깨졌다 해도 조금 전의 전투에 흥분해서인지, 아니면 공기 중에 뭐라 규정할 수 없는 어떤 분위기가 감돌아서인지, 눈먼 사람들은 불안해하고 있었다. 아무도 감히 복도로 나가지는 못했다. 그러나 각 병실 내부는 수벌들이 살고 있는 벌집 같았다. 모두가 알다시피 질서와 조직에는 별 관심이 없이 윙윙거리기만 하는 곤충들 말이다. 이 곤충들은 평생 무슨 일을 한다는 증거도 없으며, 미래에 대해 조금이라도 고민한다는 증거도 없다. 물론 눈이 먼 불행한 사람들의 경우에는, 그들을 착취자나 기생자라고 비난하는 것은 부당할 것이다. 그들이 무슨 빵 부스러기를 착취했으며, 무슨 과자 부스러기에 기생했다는 말인가. 비교할 때는 신중해야 한다. 잘못하다가는 경박해질 수 있으니까. 그러나 예외 없는 규칙은 없는 법. 여기에도 예외가 있다. 그 예외는 한 여자의 모습으로 나타났는데, 그녀는 우병동 2호 병실로 들어가 곧바로 자기의 넝마가 된 옷을 뒤지더니, 마침내 조그만 물건을 찾아내고, 그것을 손바닥에 꽉 쥐었다. 마치 다른 사람들의 살피는 눈으로부터 그것을 감추려는 듯이. 이렇게 오래된 습관들은 쉽게 사라지지 않는 법이다. 이미 오래전에 그 습관에서 벗어났다고 생각하는 바로 그 순간에도. 이곳에서, 한 사람은 모든 사람을 위해야 하고 모든 사람은 한 사람을 위해야 마땅한 이곳에서, 우리는 강한 사람들이 잔인하게도 약한 사람들의 입에 들어갈 빵을 빼앗아가는 것을 목격했다. 그리고 방금 이 여자는 손가방에 라이터를 하나 넣어왔다는 것을 기억하고는, 지금까지 벌어졌던 난장판 가운데서 잃어버리지 않았다면 아직도 있겠거니 하고 열심히 찾아보았다. 그리고 이제 그것을 찾아 몰래 감추었다. 마치 자신의 생존이 거기 달린 것처럼. 그녀는 불행에 처한 동료들 가운데 하나가 마지막 남은 담배를 한 개비 가지고 있는데, 그 아주 작지만 필수적인 불이 없어서 피우지 못하고 있을지도 모른다는 생각은 하지 않았다. 그런 사람이 있다 해도, 이제는 그녀에게 불을 빌려달라고 할 수 없을 것이다. 여자는 아무 말 없이, 작별 인사도 없이, 안녕이라는 말도 없이 나가버렸으니까. 그녀는 사람 없는 복도를 따라 걸어간다. 1호 병실의 문을 지나친다. 그 안의 누구도 그녀가 지나가는 것을 보지 못한다. 그녀는 현관을 가로지른다. 지는 달이 바닥 타일에 하얀 우유통 하나를 그려놓았다. 이제 여자는 다른 병동에 들어가 있다. 다시 복도가 나타난다. 그녀의 목적지는 저끝이다. 직선으로 가면 된다. 잘못 갈 리 없다. 게다가 그녀를 부르는 소리까지 들려오고 있다. 물론 상징적으로 한 이야기다. 그녀가 들을 수 있는 것은 마지막 병실의 깡패들이 소란을 피우는 소리다. 그들은 승리를 축하하며, 마음껏 먹고 마시고 있다. 여기서 일부러 과장한 것은 무시하라. 인생의 모든 것은 상대적임을 잊지 말자. 그들은 그저 수중에 있는 것을 먹을 뿐이다. 그것이 부디 오래 지속되기를. 다른 사람들도 이 잔치에 몹시 참석하고 싶어 한다. 그러나 그럴 수 없다. 다른 사람들과 이곳의 접시들 사이에는 여덟 개의 침대로 이루어진 바리케이드와 장전된 총이 있다. 여자는 병실 입구에 무릎을 꿇는다. 바리케이드 바로 앞이다. 그녀는 천천히 이불들을 벗긴다. 이어 일어나서 꼭대기에 있는 침대의 이불도 벗긴다. 이어 세 번째 침대도. 네 번째 침대에는 팔이 닿지 않는다. 상관없다. 도화선은 준비가 되었다. 이제 불을 붙이기만 하면 된다. 어떻게 하면 라이터에서 긴 불길이 올라오도록 조절할 수 있는지 지금도 기억이 난다. 불길이 올라온다. 아주 작은 불의 단검. 가위의 뾰족한 끄트머리처럼 밝게 빛난다. 그녀는 꼭대기에 있는 침대부터 시작한다. 불길은 열심히 더러운 시트를 핥는다. 이윽고 시트에 불이 붙는다. 이제 중간에 있는 침대 차례다. 그리고 아래 있는 침대. 여자는 자기 머리카락이 그을린 냄새를 맡았다. 조심해야 한다. 그녀는 화장용 장작에 불을 붙이려는 사람이지, 타죽으려는 사람이 아니다. 안에 있는 깡패들이 고함을 지르는 소리가 들린다. 순간 갑자기 떠오르는 생각이 있다, 저 안에 물이 있어서 불을 끄면 어떡하지. 그녀는 절망감에 사로잡혀 첫 침대 밑으로 기어 들어가 매트리스에 불을 붙인다. 여기, 저기. 갑자기 불길들이 합쳐진다. 저절로 하나의 커다란 불의 장막으로 바뀐다. 물이 장막을 뚫고 들어온다. 여자에게도 물이 튄다. 그러나 소용없다. 그녀 자신의 몸이 이미 햇불을 먹여 살리고 있다. 병실 안에 있다면 어떤 기분일까. 아무도 감히 안으로 들어가볼 수는 없다. 그러나 우리의 상상력이 어느 정도 도움이 될 수는 있다. 불은 곧 침대에서 침대로 옮겨붙는다. 마치 동시에 모든 침대에 불을 붙이고 싶어 하는 것 같다. 그리고 결국 성공한다. 깡패들은 그들이 가지고 있는 얼마 안 되는 물을 무분별하게 뿌려대지만, 소용이 없다. 이제 그들은 창문을 향해 손을 뻗는다. 아직 불이 붙지 않은, 침대의 머리 받침대 위에 불안한 자세로 올라서 있다. 그러나 갑자기 그곳에 불이 옮겨붙는다. 그들은 미끄러지고 넘어진다. 강한 열 때문에 유리창에 금이 가고, 이어 부서진다. 신선한 공기가 휘파람 소리를 내며 들어와 불길에 부채질을 한다. 아, 그래, 잊을 뻔한 것이 있다. 격분과 공포로 인한 발악, 고통과 괴로움으로 인한 비명. 이제 그 이야기도 했다. 어쨌든, 그렇게 소리를 질러도, 그들은 서서히 죽어갈 것임을 잊지 말라. 예를 들어 라이터를 들고 있던 여자는 벌써 한참 동안 입을 다물고 있다.

이 무렵 다른 눈먼 사람들이 공포에 젖어 연기가 가득 찬 복도로 뛰쳐나온다. 불이야, 불이야, 그들은 소리치고 있다. 여기서 우리는 보육원, 병원, 정신병원 등의 공동 생활을 위한 구조물들이 얼마나 형편없이 설계되고 만들어졌는지를 실감나게 관찰할 수 있다. 뾰족한 금속 막대들이 침대의 틀을 이루고 있기 때문에, 침대 하나하나가 치명적인 덫으로 변할 수도 있다는 것에 주목하라. 바닥에서 자는 사람들을 빼고도 마흔 명이 있는 병실에 문이 하나밖에 없는 것이 초래한 끔찍한 결과를 보라. 만일 문에 먼저 불이 붙어 출구를 막아버린다면, 아무도 탈출하지 못할 것이다. 다행히도, 인간의 역사가 보여주듯이, 악에서도 선이 나오는 것은 드문 일이 아니다. 그러나 선에서도 악이 나올 수 있다는 것에 대해서는 이야기들을 잘 하지 않는다. 어쨌든 이런 것들이 우리가 살고 있는 세계의 모순들이며, 경우마다 둘 가운데 어느 한쪽을 더 많이 생각해볼 필요가 있다. 이 경우 선은 병실마다 문이 하나밖에 없다는 바로 그 사실이다. 그 덕분에, 깡패들을 태운 불은 그 병실에서 한참 능장을 부렸다. 따라서 혼란이 더 심해지지만 않는다면, 다른 생명의 손실 때문에 탄식할 일은 생기지 않을지도 모른다. 물론 이 눈먼 사람들 가운데 다수가 발에 짓밟혔고, 앞으로 밀렸고, 팔꿈치에 갈비뼈를 맞았다. 이것은 공황의 결과, 자연스러운 결과였다. 동물의 본성이 이와 같다고 말할 수도 있다. 만일 뿌리를 땅에 박고 있지 않다면, 식물도 똑같이 행동할 것이다. 불길을 피해 달아나는 숲의 나무들을 볼 수 있다면 얼마나 멋질까. 어떤 눈먼 사람들은 안마당 쪽으로 난 복도 유리창을 열면 되겠다고 생각하고, 그곳을 통해 안전한 안마당으로 나갔다. 그들은 뛰어내렸고, 비틀거렸고, 넘어졌다. 그들은 울면서 비명을 지르지만, 그래도 당분간은 안전하다. 잠시 후면 불이 지붕을 무너져내리게 하면서 불길의 소용돌이가 일어날 것이다. 그때 불씨들이 하늘과 바람 속으로 들어가 날려도, 안마당에 있는 나무 우듬지들로 번져가는 일만은 없기를 바라자. 다른 쪽 병동에서도 공황은 마찬가지다. 눈먼 사람은 연기 냄새만 맡으면 곧 불길이 바로 옆에 와 있다고 상상하게 된다. 물론 그것은 사실이 아니지만, 어쨌든 복도는 곧 사람들로 가득 찼다. 누군가 명령을 내리지 않으면, 상황은 곧 재난으로 이어질 판이다. 누군가 의사의 아내가 아직도 시력을 가지고 있다는 사실을 기억했다. 그 여자는 어디 있는 거야, 사람들이 물었다, 그 여자라면 무슨 일이 벌어지는지, 우리가 어디로 가야 하는지 말해줄 수 있는데, 그 여자는 도대체 어디 있는 거야. 나 여기 있어요, 방금 간신히 병실에서 빠져나왔어요, 사팔뜨기 아이 때문이에요, 아무도 그 애가 어디로 갔는지 몰랐거든요, 하지만 지금은 나와 함께 있어요, 내가 그 애 손을 꼭 잡고 있어요, 아이를 떼어내려면 내 팔부터 잘라야 할 거예요, 다른 손으로는 남편 손을 잡고 있어요, 그리고 내 뒤에 검은 색안경을 썼던 여자가 오고 있어요, 그다음에는 검은 안대를 한 노인이, 그다음에는 첫 번째로 눈이 먼 남자가, 그다음에는 그 사람 아내가 와요, 모두 함께 있어요, 솔방울처럼 꼭 붙어 있어요, 이 열기 속에서도 솔방울이 벌어지지 않기를 바랄 뿐이에요. 한편 이곳의 수많은 눈먼 사람들도 좌병동 사람들의 예를 따라, 안마당으로 뛰어내렸다. 그들은 좌병동 건물 대부분이 이미 커다란 화염에 휩싸여 있는 것을 보지 못했다. 그러나 그곳으로부터 불어오는 바람에 실린 열기는 얼굴과 손으로 느낄 수 있다. 지금은 그래도 지붕이 버티고 있다. 나뭇잎들은 천천히 구부러지고 있다. 그때 누군가가 소리쳤다, 여기서 뭐하고 있는 거야, 왜 밖으로 나가지 않는 거야. 이 머리들의 바닷속 어딘가로부터 들려온 대답은 단 두 마디였다, 군인들이 있잖아. 그러자 검은 안대를 한 노인이 말했다, 불에 타죽는 것보다는 총에 맞아 죽는 게 낫소. 그 말은 마치 경험에서 나온 목소리처럼 들렸다. 따라서 그 말을 한 사람은 사실 그 노인이 아니었는지도 모른다. 어쩌면 라이터를 들고 있던 여자가 노인의 입을 통해 말한 것인지도 모른다. 눈먼 회계사가 마지막으로 쏜 총알에 맞아 죽는 행운을 얻지 못했던 여자. 그러자 의사의 아내가 말했다, 나를 좀 지나가게 해줘요, 내가 군인들한테 말할게요, 그들도 우리를 이렇게 죽게 내버려두지는 못할 거예요, 군인들한테도 감정이란 게 있을 테니까. 군인들에게도 정말 감정이 있을 것이라는 희망 덕분인지, 아주 좁은 틈이 열렸다. 의사의 아내는 그 틈을 통해 힘겹게 앞으로 나아갔다. 그녀의 일행도 데리고 갔다. 연기 때문에 앞이 안 보였다. 곧 그녀도 다른 사람들처럼 앞이 안 보이게 될 것 같았다. 현관으로 들어가는 것은 거의 불가능했다. 앞마당으로 통하는 현관문은 부서져 있었다. 그곳에 피난해 있던 사람들은 곧 그곳이 안전하지 않다는 것을 깨달았다. 그들은 밖으로 나가고 싶어, 있는 힘을 다해 밀었으나, 앞에 있는 사람들이 저항하며 최대한 버티고 있었다. 지금으로서는 군인들이 갑자기 나타날지도 모른다는 것이 더 큰 두려움이었다. 그러나 앞에 있는 사람들의 힘이 약해지고, 불이 점점 다가오자, 검은 안대를 한 노인의 말이 옳다는 것이 입증되었다. 총알에 맞아 죽는 게 나을 것이다. 오래 기다리지 않아, 의사의 아내는 마침내 현관문 밖으로 나설 수 있었다. 그녀는 거의 반은 벌거벗은 모습이었다. 그녀는 두 손 다 다른 사람을 잡고 있어서, 자신의 작은 무리에 끼고 싶어 하는 사람들을 뿌리칠 수가 없었다. 그녀의 일행이 앞으로 나아가자 사람들은 움직이는 기차에 올라타듯이 뒤에 따라붙었다. 군인들은 그녀가 젖가슴을 반쯤 드러낸 모습으로 그들 앞에 나타나는 것을 보면 눈이 튀어나올 것이다. 이제 정문까지 넓고 텅 빈 공간을 밝히는 것은 달빛이 아니라, 화염의 강렬한 빛이었다. 의사의 아내가 소리쳤다, 제발, 당신들의 마음의 평화를 위해서, 우리를 내보내줘요, 쏘지 말아요. 아무런 대답도 들리지 않았다. 탐조등은 여전히 꺼져 있었다. 군인들은 보이지 않았다. 의사의 아내는 초조하게 계단 두 단을 내려갔다. 어떻게 된 거야, 남편이 물었다. 그러나 그녀는 대답하지 않았다. 자신의 눈을 믿을 수가 없었다. 그녀는 남은 계단을 마저 내려가 정문 쪽으로 갔다. 여전히 사팔뜨기 소년, 남편을 비롯한 일행을 이끌고 있었다. 의심의 여지가 없었다. 군인들은 사라졌다. 아니면 끌려갔는지도 모른다. 그들 역시 눈이 멀어서. 마침내 모두가 눈이 멀어서.

이어, 상황을 간결하게 마무리 짓기 위해서 그랬는지, 모든 일이 동시에 일어났다. 의사의 아내는 큰 목소리로 그들이 자유라고 외쳤다. 더불어 우병동 지붕이 무시무시한 소리와 함께 무너져내리며, 사방으로 불꽃이 튀었다. 눈먼 사람들은 있는 대로 악을 쓰며 앞마당으로 몰려나왔다. 그러나 어떤 사람들은 성공하지 못했다. 그들은 안에 남아 벽에 짓눌렸다. 어떤 사람들은 발에 짓밟혀 형체도 없는 피떡이 되고 말았다. 갑자기 퍼진 불길이 곧 이 모든 것을 재로 바꾸어버릴 것이다. 정문은 넓게 열려 있다. 그곳으로 미친 사람들이 탈출하고 있다.

눈먼 사람에게 말하라, 너는 자유다. 그와 세계를 갈라놓던 문을 열어주고, 우리는 그에게 다시 한 번 말한다, 가라, 너는 자유다. 그러나 그는 가지 않는다. 그는 길 한가운데서 꼼짝도 않고 그대로 있다. 그와 다른 사람들은 겁에 질려 있다. 어디로 가야 할지 모른다. 그들은 정신병원이라고 정의된 곳에서 살았다. 사실, 그 합리적인 미로에서 사는 것과 도시라는 미쳐버린 미로로 나아가는 것 사이에는 차이가 없다. 더군다나 그들에게는 안내하는 손길이나 개줄도 없다. 도시의 미로에서는 기억도 도움이 되지 않을 것이다. 기억이란 어떤 장소의 이미지를 생각나게 해주는 것뿐이지, 우리가 그 장소에 이르는 길을 생각나게 해주는 것은 아니기 때문이다. 눈먼 사람들은 이미 한쪽 끝에서 다른 쪽 끝까지 완전히 불이 붙은 건물 앞에 서 있다. 얼굴에 불의 열기가 살아 있는 물결처럼 밀려오는 것을 느낄 수 있다. 그들은 그 물결을 어떤 면에서는 그들을 보호해주는 것으로 받아들이고 있다. 벽들이 한때 그랬던 것처럼, 감옥인 동시에 피난처였던 것처럼. 그들은 흩어지지 않고 함께 있다. 양떼처럼 서로 꼭 붙어 있다. 누구도 그곳에서 길 잃은 양이 되고 싶어 하지 않는다. 길 잃은 양을 찾아와줄 목자가 없다는 것을 알고 있기 때문이다. 불길은 점차 사그라들기 시작한다. 달빛이 다시 비춘다. 눈먼 사람들은 불안을 느끼기 시작한다. 그들 가운데 한 사람이 말한 대로 그들은 그 자리에 영원히 그대로 있을 수는 없다. 누군가 낮인지 밤인지 묻는다. 그런 어울리지 않는 호기심이 발동한 이유는 곧 분명해졌다. 혹시 모르잖소, 군인들이 먹을 걸 가져올지, 어쩌면 약간의 혼선이, 약간의 지연이 있었던 것인지도 모르잖소, 전에도 그랬던 것처럼 말이오. 하지만 군인들은 이제 여기 없어요. 그것은 아무런 의미도 없소, 더 이상 필요하지 않아서 가버린 것일 수도 있으니까. 무슨 말인지 모르겠는데요. 예를 들어, 이제 감염의 위험이 사라졌을 수도 있잖소. 아니면 우리 병의 치료 방법이 발견되었거나. 그럼 좋겠지, 정말 좋고말고. 이제 어떻게 할까요. 나는 동이 틀 때까지 여기 있겠소. 동이 트는지는 어떻게 압니까. 해가 알려주겠지, 해의 온기가. 날이 흐리면 어쩌려고. 어차피 이제 불과 몇 시간 안 남았소, 곧 낮이 될 거요. 많은 사람들이 지쳐서 땅에 주저앉았다. 어떤 사람들은 그들보다 힘이 더 없어서, 그냥 쓰러져 서로의 몸 위에 포개졌다. 어떤 사람들은 기절했다. 차가운 밤공기가 그들의 의식을 회복시켜줄지도 모른다. 그러나 자리를 뜰 때가 오면, 그들 가운데 몇 명은 불행히도 일어나지 못할 것이 확실하다. 그들은 지금까지 간신히 버텨왔다. 그들은 결승선을 3미터 남겨놓고 쓰러져 죽은 마라톤 선수와 같다. 결국 분명한 것은 모든 생명은 제 명을 다하지 못한다는 점이다. 여전히 군인들을 기다리는 사람들도 땅에 앉아 있거나 누워 있다. 또는 군인들이 아닌 다른 사람들을 기다리는 것일 수도 있다. 예를 들어 적십자라든가. 그런 단체가 먹을 것과 기본적인 위문품을 가져다줄지도 모른다고 생각하는 것이다. 이런 사람들에게는 환멸이 약간 늦게 찾아올 것이다. 그것이 차이일 뿐이다. 이곳에 있는 사람들 가운데 우리의 실명에 대한 치료 방법이 발견되었다고 믿는 사람이 있을지 모르나, 그 사람이 그것 때문에 더 만족스러워하는 것처럼 보이지는 않는다.

의사의 아내는 다른 이유 때문에 밤새 기다리는 것이 더 낫다고 생각했다. 그녀는 일행에게도 그렇게 말했다, 지금 가장 급한 일은 먹을 걸 찾는 거예요, 하지만 어두울 때는 그게 쉽지 않아요. 우리가 어디 있는지는 알겠어, 남편이 물었다. 어쨌든 집에서는 멀어요, 아주 멀어요. 다른 사람들도 자기들이 집에서 얼마나 멀리 떨어져 있는지 알고 싶어 했다. 그들은 주소를 말해주었다. 의사의 아내는 최선을 다해 설명해주었다. 사팔뜨기 소년은 주소를 기억하지 못했다. 그리고 당연한 일일 수도 있지만, 한참 동안 엄마를 찾지 않았다. 만일 그들이 거기 있는 사람들의 집에서 집으로 움직일 것이라면, 즉 가장 가까운 집에서 가장 먼 집으로 움직일 것이라면, 제일 먼저 갈 집은 검은 색안경을 썼던 여자의 집이고, 두 번째는 검은 안대를 한 노인의 집이고, 그다음이 의사 아내의 집이고, 마지막이 첫 번째로 눈이 먼 남자의 집이다. 그들은 이 순서를 따르게 될 것 같다. 검은 색안경을 썼던 여자가 가능하면 빨리 집에 데려다 달라고 부탁을 했기 때문이다. 부모님이 지금 어떻게 살고 계실지, 도저히 상상도 못 하겠어요, 그녀가 말했다. 행실이 난잡한 사람들, 특히 공중 도덕 문제에서 행실이 난잡한 사람들, 슬프게도 그 수는 매우 많은데, 어쨌든 그런 사람들에게는 효심을 포함한 진지한 감정이 없다고 주장하는 자들이 있지만, 검은 색안경을 썼던 여자의 이런 진지한 걱정을 보면 그런 자들의 선입관이 얼마나 근거 없는 것인지 금방 알 수 있다. 밤공기가 차가워졌다. 이제는 태울 것도 별로 남지 않았다. 깜부기불에서 나오는 열기로는 추위에 몸이 마비된 사람들의 몸을 따뜻하게 데울 수 없다. 정신병원 정문에서 멀리 떨어져 있는 사람들이 특히 심한 추위에 시달리고 있는데, 의사 아내의 일행이 그런 경우다. 그들은 다닥다닥 붙어 앉아 있다. 세 여자와 소년이 가운데 앉고, 세 남자가 그들을 둘러싸고 있다. 거기서 그들을 본 사람이라면, 그들이 그런 모습으로 태어났다고 말할지도 모르겠다. 사실 그들은 하나의 몸, 하나의 숨결, 하나의 굶주림이라는 인상을 준다. 그들은 차례차례 잠이 들었지만 풋잠에서 몇 번 깨기도 했다. 무감각 상태에서 벗어난 사람들이 자리에서 일어나, 졸면서 비틀비틀 다가오다 이 인간 장애물에 걸려 넘어지곤 했기 때문이다. 그런 사람들 가운데 하나는 그들 뒤에 그대로 머물기도 했다. 거기서 자나 다른 데서 자나 아무런 차이가 없었지만. 동이 틀 무렵에는 깜부기불에서 가느다란 연기만 몇 가닥 피어오르고 있었지만 그리 오래가지 못했다. 곧 비가 내리기 시작했기 때문이다. 가느다란 안개비였으나, 오랫동안 그치지 않았다. 처음에는 불에 달구어진 땅에 제대로 접근하지도 못하고 증기로 변해버렸으나, 비는 계속 내렸고, 그 결과 모두가 아는 현상이 일어났다. 부드러운 물은 단단한 돌도 먹어치우나니. 그러나 이것을 가지고 시를 짓는 일은 다른 사람에게 맡기도록 하자. 이 사람들 가운데 일부는 눈만 먼 것이 아니라 이해력마저도 뿌연 상태. 그렇지 않다면 그들이 비비 꼬인 추론을 통해, 이런 빗속에서는 그들이 바라마지않는 음식이 도착하지 않을 것이라고 결론을 내리게 된 것을 설명할 도리가 없다. 그들에게 그 전제가 틀렸으며, 따라서 결론 역시 틀린 것이 분명하다고 납득시킬 방법이 없었다. 아침을 먹기에는 아직 이른 시간이라고 해도, 그들은 들으려 하지 않았다. 그들은 절망감 때문에 눈물을 펑펑 쏟으며 땅에 쓰러졌다. 오지 않을 거야, 비가 오잖아, 식량은 오지 않을 거야, 그들은 그런 말만 되풀이했다. 불타고 남은 초라한 폐허가 여전히 원시적인 주거로라도 사용될 수 있다면, 그것은 이전의 정신병원처럼 이 사람들을 수용해야 할 판이었다.

걸려 넘어진 뒤에 그들 뒤에서 그날 밤을 보낸 눈먼 사람은 일어나지 못했다. 배에 남은 마지막 온기를 보호하려는 듯 몸을 잔뜩 웅크린 채, 비가 와도 몸을 움직이지 않았다. 비는 점점 세차게 내렸다. 죽었어요, 의사의 아내가 말하고는 덧붙였다, 우리도 힘이 남아 있을 때 여기를 떠나는 게 좋겠어요. 그들은 간신히 몸을 일으켰다. 몸은 비틀거렸고, 머리는 어찔어찔했다. 그들은 서로 붙잡고 줄을 섰다. 맨 앞에 볼 수 있는 눈을 가진 여자가 섰고, 그다음에 눈을 가지고 있지만 볼 수는 없는 사람들이 섰다. 검은 색안경을 썼던 여자, 검은 안대를 한 노인, 사팔뜨기 소년, 첫 번째로 눈이 먼 남자의 아내, 그녀의 남편, 그리고 맨 마지막에 의사가 섰다. 그들이 택한 길은 도심으로 향하고 있었다. 그러나 이것은 의사 아내의 의도가 아니었다. 그녀가 원하는 것은 빨리 안전한 곳을 찾아, 뒤따르는 사람들을 그곳에 두고, 혼자 먹을 것을 찾으러 나가는 것이다. 거리에는 사람이 없다. 너무 이르기 때문일 수도 있고, 점점 심해지는 빗줄기 때문일 수도 있다. 어디에나 쓰레기다. 문을 연 가게도 있지만, 대부분은 문을 닫았다. 안에는 사람의 그림자도 보이지 않는다. 불빛도 없다. 의사의 아내는 일행을 이런 가게 한 곳에 들어가게 하는 것이 좋겠다고 생각했다. 그리고 돌아올 때 혹시 길을 잃을 것에 대비해 거리의 이름과 가게 주소를 외워두기로 했다. 그녀는 발을 멈추고 검은 색안경을 썼던 여자에게 말했다, 여기서 나를 기다려요, 움직이지 말아요. 그녀는 어떤 약국의 유리문 안을 들여다보았다. 바닥에 사람들의 희끄무레한 형체들이 누워 있는 것 같았다. 그녀는 유리를 두드렸다. 형체 하나가 몸을 움직였다. 다시 문을 두드렸다. 다른 형체들도 천천히 움직이기 시작했다. 한 사람이 일어서서 소리가 난 쪽으로 고개를 돌렸다. 다 눈이 멀었구나, 의사의 아내는 생각했다. 그러나 어떻게 그들이 이곳에 와 있는 것인지 도무지 짐작이 가지 않았다. 어쩌면 약사의 가족인지도 몰랐다. 그렇다면 왜 훨씬 편안한 집에 있지 않고 이 딱딱한 바닥에 누워 있는 것일까. 약국을 지키려는 것이 아니라면. 지킨다면 누구로부터, 무슨 목적으로. 그곳에 있는 물건들은, 약이 본디 그렇듯이, 병을 치료할 수도 있고 사람을 죽일 수도 있는 것들인데. 그녀는 뒤로 물러났다. 조금 더 가서 다른 가게 안을 들여다보았다. 그곳에도 사람들이 누워 있는 것이 보였다. 여자들, 남자들, 아이들. 그 가운데 일부는 떠날 준비를 하는 것 같았다. 한 사람은 문으로 다가와, 밖으로 팔을 내밀더니 말했다, 비가 와. 많이 와요, 안에서 그런 질문을 했다. 응, 빗줄기가 좀 가늘어질 때까지 기다려야겠어. 남자였다. 의사의 아내로부터 두 발자국 떨어져 있었다. 그러나 그녀가 있다는 것을 전혀 눈치채지 못했다. 그래서 그녀가, 안녕하세요, 라고 하자 깜짝 놀랐다. 그는, 안녕하십니까, 하고 인사하는 습관을 이미 잃어버렸다. 눈먼 사람들의 시절이라 엄격히 말해서 안녕할 수가 없어서이기도 하지만, 시간대에 따라 구별되는 인사를 하려 할 경우에는 아무도 지금이 오후인지 밤인지 자신할 수가 없었기 때문이다. 그러나, 방금 말한 것과 모순되는 것처럼 보이지만, 이 사람들은 대체로 아침에 맞추어 일어났다. 그것은 이들 가운데 일부가 불과 며칠 전에 눈이 멀어, 아직도 낮과 밤이 이어지는 감각, 자고 일어나는 것이 이어지는 감각을 완전히 잃지 않았다는 뜻이다. 남자가 말했다, 비가 오는군요, 이어 덧붙였다, 누구시오. 난 이곳 사람이 아니에요. 먹을 걸 찾고 있는 거요. 네, 우린 나흘 동안 먹지를 못했어요. 어떻게 나흘이 되었는지 아시오. 내 계산이 그랬어요. 혼자요. 남편도 있고, 다른 일행도 있어요. 몇 명이오. 모두 일곱이에요. 여기서 우리와 함께 있을 생각이라면, 참아주시오, 이미 여기에도 사람이 많소. 우리는 그냥 지나가는 길이에요. 어디서 오는 길이오. 우리는 실명 전염병이 시작된 이후로 줄곧 수용되어 있었어요. 아, 그래, 격리, 아무 소용이 없기는 했지만. 왜 그렇게 말씀하시는 거죠. 당신들은 떠나도 좋다는 허락을 받았나 보구려. 불이 났어요, 그런데 나와보니 우리를 지키던 군인들이 없어졌더군요. 그래서 떠났다는 거로군. 네. 아마 그 군인들이 마지막으로 눈이 먼 사람들이었나 보오, 지금은 모두 눈이 멀었소, 도시 전체가, 나라 전체가, 아직 눈이 보이는 사람이 있을지 모르지만, 어쨌든 그들은 입을 다물고 있소. 왜 집에서 살지 않는 거죠. 이제 집이 어디 있는지 알 수가 없으니까. 집이 어디인지 모른다고요. 댁은 어떻소, 댁은 집이 어디인지 알고 있소. 나요. 의사의 아내는, 남편을 포함한 일행과 함께 우리 집으로 가는 중이다, 우리는 먹을 것을 약간 얻어 움직일 수 있는 기력을 회복하고 싶을 뿐이다, 라고 말하려 했으나, 그전에 상황을 분명히 깨달았다. 집 밖에서 눈이 먼 사람이 다시 집을 찾는다는 것은 기적이 아니면 불가능한 일이었다. 전에는 눈먼 사람이라도 지나가는 사람의 도움을 얻어, 길을 건너야 하는지 아닌지를 알 수도 있었고, 자기도 모르게 평소 다니던 길에서 벗어났을 때는 올바른 길로 돌아갈 수도 있었다. 그러나 이제는 그것이 불가능했다. 그냥 집에서 멀다는 것만 알고 있을 뿐이에요, 그녀는 그렇게 대답했다. 그럼 당신은 절대 집에 가지 못할 거요. 그래요. 이제 아셨군, 당신들도 나와 같소, 모든 마찬가지요, 격리되어 있던 사람들은 배워야 할 게 많소, 당신들은 이런 상황에서는 살 곳을 잃어버리기 십상이라는 걸 잘 모를 거요. 무슨 말인지 모르겠는데요. 우리처럼 무리를 지어 돌아다니는 사람들, 대부분이 다 그렇지만, 어쨌든 우리 같은 사람들은 음식을 찾으러 나설 때 반드시 함께 다녀야 하오, 그래야 서로를 놓치지 않으니까, 이렇게 모두 밖에 나와 있기 때문에, 아무도 뒤에 남아 집을 지키지 않기 때문에, 설사 우리가 살던 곳을 다시 찾아간다 해도, 이미 그 집은 자기 집을 찾지 못한 다른 무리가 차지하고 있을 가능성이 높소, 회전목마를 타고 있는 셈이지, 처음에는 약간의 갈등이 있었소, 하지만 우리에게는, 우리 눈먼 사람들에게는, 우리 것이라 할 수 있는 게 거의 없다는 것을 곧 알게 되었소, 입고 있는 것 말고는 말이오. 그럼 먹을 걸 파는 집에 사는 게 해결책이 되겠군요, 먹을 게 남아 있는 한은 밖으로 나갈 필요가 없으니까요. 그런 데 사는 사람은 절대 잠시도 평온할 수가 없소, 그 정도면 다행이게, 내가 이렇게 말하는 이유는 실제로 그런 데서 살았던 사람들에 대한 이야기를 들은 게 있기 때문이오, 그들은 문을 아예 잠가놓고 살았다오, 하지만 음식 냄새까지 없앨 수는 없었소, 그 냄새 때문에 먹을 게 필요한 사람들이 바깥에 모여들었소, 그런데도 안에 있는 사람들이 문을 열지 않으려 하자, 사람들이 가게에 불을 질러버렸다오, 지독한 사람들이지, 내가 직접 본 건 아니오, 다른 사람들한테 들은 거요, 어쨌든 지독한 사람들이오, 그리고 내가 아는 한 그 후로는 다른 누구도 감히 그런 짓을 하지 못했소. 그럼 사람들은 이제 주택이나 아파트에서는 살지 않나요. 아니, 살지, 하지만 결과는 같소, 내 집도 수많은 사람들이 거쳐 갔을 거요, 내가 그 집을 다시 찾게 될지 어떨지 누가 알겠소, 게다가 이런 상황에서는 1층에 있는 가게에서 자는 게 현실적이오, 아니면 창고 같은 데서, 그러면 계단을 오르내릴 걱정은 안 해도 되니까. 비가 그쳤네요, 의사의 아내가 말했다. 비가 그쳤어, 남자가 안에 대고 말해주었다. 그 말을 듣자 그때까지도 누워 있던 사람들이 짐, 배낭, 손가방, 천이나 플라스틱으로 만든 봉투를 챙기기 시작했다. 무슨 탐험을 떠나는 사람들 같았다. 사실이 그랬다. 그들은 먹을 것을 찾아 떠날 예정이었다. 그들은 한 사람씩 가게에서 나왔다. 의사의 아내는 그들이 옷을 잔뜩 걸쳤다는 것을 알았다. 비록 옷 색깔의 조화는 엉망이었고, 또 바지가 너무 짧아 종아리가 드러나거나 너무 길어서 아랫단을 접기도 했지만. 춥지는 않을 것 같았다. 남자 몇 사람은 레인코트나 외투를 걸치고 있었다. 여자 두 명은 긴 모피코트를 입고 있었다. 우산은 보이지 않았다. 가지고 다니기가 불편해서 그런 것 같았다. 또 우산살에 눈이 찔릴 염려도 있었다. 열다섯 명쯤 되는 그 무리는 가게를 떠났다. 길에는 다른 무리들도 나타났다. 혼자 다니는 사람들도 있었다. 남자들은 아침이면 방광에서 느끼게 되는 다급한 요구를 벽에 대고 해결했다. 여자들은 버려진 차 옆의 은밀한 곳을 더 좋아했다. 여기저기에 쌓여 있던 배설물들이 비를 맞아 물렁해지면서 인도 사방으로 흩어졌다.

의사의 아내는 일행에게 돌아갔다. 그들은 본능적으로 상한 크림을 비롯해 다른 음식물 썩은 냄새가 풍겨나오는 빵집 처마 밑에 모여 있었다. 가요, 의사의 아내가 말을 이었다, 있을 곳을 찾았어요. 그녀는 다른 사람들이 방금 떠난 가게로 그들을 데려갔다. 가게의 물건들은 말짱했다. 물건들 가운데 먹거나 입을 수 있는 것은 없었다. 냉장고, 세탁기, 식기 세척기, 전자레인지, 가스레인지, 믹서, 주서, 진공 청소기 등을 비롯해 생활의 편의를 돕는 수많은 가전 제품들이 있었다. 공기에는 불쾌한 냄새가 가득해서 가게 안에 진열된 물건들의 변함없는 흰색이 왠지 어울리지 않았다. 의사의 아내가 말했다, 여기서 쉬세요, 난 가서 먹을 걸 찾아볼게요, 어디 가서 찾아야 할지는 모르겠어요, 가까운 데 있을지, 먼 데 있을지, 나도 몰라요, 그러니까 느긋하게 기다리세요, 밖에는 사람들이 돌아다니고 있어요, 누가 들어오려고 하면, 여기에 이미 사람들이 있다고 하세요, 그럼 떠날 거예요, 그게 지금 관습이라니까. 내가 함께 갈게, 남편이 말했다. 아녜요, 혼자 가는 게 나아요, 사람들이 어떻게 살아가고 있는지 배워야 해요, 내가 들은 바로는 모든 사람이 눈이 먼 것 같아요. 그렇다면, 우리는 정신병원에 그대로 있는 셈이군, 검은 안대를 한 노인이 재치 있게 한마디했다. 그때와는 비교가 안 되죠, 우린 지금 자유롭게 돌아다닐 수 있잖아요, 먹는 문제도 해결할 방법이 있을 거예요, 우린 굶어 죽지 않을 거예요, 그리고 옷도 좀 찾아보겠어요, 우리 옷은 다 넝마가 되었거든요. 누구보다 옷이 가장 필요한 사람은 바로 의사의 아내였다. 그녀는 허리 위로는 거의 벗은 것이나 다름없었다. 그녀는 남편에게 입을 맞추었다. 순간, 가슴에 통증 같은 것을 느꼈다. 제발, 무슨 일이 있어도, 설사 누가 들어오려고 해도, 이곳을 떠나지 말아요, 만에 하나 쫓겨난다 해도, 그런 일은 없을 거라고 생각하지만, 만일의 경우에 대비해서 이야기하는 거예요, 그럴 경우에도 내가 도착할 때까지 문 근처에 함께 있어요. 그녀는 일행을 보았다. 눈에 눈물이 고였다. 그들은 어머니에게 의지하는 어린아이들처럼 그녀에게 의지하고 있었다. 만약 내가 이 사람들을 실망시킨다면, 그녀는 생각했다. 그녀는 주위의 모든 사람들이 눈이 멀었음에도 불구하고 그럭저럭 살아가고 있다는 생각은 하지 못했다. 사람들이 무엇에든 익숙해진다는 것, 특히 사람이기를 포기했을 경우에는 그것이 얼마든지 가능하다는 것을 이해하려면, 그녀 역시 눈이 멀어야 했다. 물론 그들은 아직 사람이기를 포기할 지경에는 이르지 않았지만, 이제 엄마를 찾지 않는 사팔뜨기 소년도 조건에 익숙해지는 사람의 한 예라고 할 수 있다. 그녀는 거리로 나가, 문에 달린 주소를 보고 외웠고, 가게 이름도 외웠다. 이제 모퉁이에 있는 거리 이름도 확인해야 했다. 먹을 것을 찾다가 어디까지 가야 할지 알 수 없었다. 어떤 음식을 찾게 될지도 몰랐다. 세 집 건너서 발견할 수도 있었고, 300곳의 집을 가야 발견할 수도 있었다. 어쨌든 길을 잃을 수는 없었다. 누구에게도 길을 물을 수가 없었기 때문이다. 전에는 볼 수 있어 이 길을 잘 알던 사람들이 눈이 머는 바람에, 지금도 볼 수 있는 그녀가 길을 잃고 헤매는 일이 생길 수 있었다. 해가 뜨기 시작했다. 쓰레기 사이에 고인 물 웅덩이에도 해가 비쳤다. 그러자 인도에 깔린 돌 틈에 솟아오르는 잡초들이 선명하게 드러났다. 거리에는 사람들이 많아졌다. 이 사람들은 어떻게 길을 찾아다닐까, 의사의 아내는 생각했다. 사실 그들은 길을 찾아다니는 것이 아니었다. 그들은 건물들에 바짝 붙어 팔을 앞으로 뻗고 걸어갈 뿐이었다. 좁은 길을 가는 개미들처럼 끊임없이 서로 부딪쳤지만, 그런 일이 생겨도 아무도 항의하지 않았고, 무슨 말을 할 필요도 없었다. 어떤 가족이 더듬고 가던 벽을 떠나 반대 방향의 벽을 향해 움직이는 것이 보였다. 그들은 다음 벽을 만날 때까지 앞으로 나아갔다가, 이번에는 그 벽을 따라 움직였다. 이따금씩 발을 멈추고, 가게 문간에서 혹시 음식 냄새가 나나 코를 킁킁거렸다. 어떤 음식이든 상관없었다. 이어 그들은 다시 길을 가다가 모퉁이를 돌았고, 시야에서 사라졌다. 곧 다른 무리가 나타났다. 그들은 원하는 것을 찾지 못하고 있는 것 같았다. 의사의 아내는 그런 사람들보다 훨씬 빠르게 움직일 수 있었다. 그녀는 먹을 것을 찾기 위해 가게마다 들어가 보느라 시간을 낭비하지 않았다. 그러나 많은 양을 거두어가는 일은 쉽지 않다는 것이 금방 분명해졌다. 그녀가 발견한 몇 안 되는 식품점은 안을 싹 쓸어가버려, 텅 빈 조개 껍질처럼 보였다.

그녀는 이미 남편과 일행을 두고 온 곳으로부터 멀리 떠나왔다. 도로, 큰길, 광장을 건너고 또다시 건넜을 때, 그녀는 어떤 슈퍼마켓 앞에 서 있었다. 그 안도 다를 바 없었다. 텅 빈 선반, 뒤집힌 진열대. 한가운데서는 눈먼 사람들이 움직이고 있었다. 혹시나 쓸모 있는 것을 찾을 수 있을까 해서, 대부분의 사람들은 네발로 기어다니며 손으로 더러운 바닥을 쓸고 있었다. 그러나, 필사적으로 열려고 달려들었지만 결국 열리지 않은 과일 통조림 한 개, 안에 무엇이 들었는지 모를 봉투 한두 개, 짓밟힌 감자 하나, 돌처럼 딱딱해진 빵 껍질, 그 정도뿐이었다. 의사의 아내는 생각했다, 아무리 이렇다 해도, 뭔가가 틀림없이 있을 거야, 이곳은 아주 넓으니까. 눈먼 남자 하나가 일어나 무릎에 유리 조각이 박혔다고 소리를 질렀다. 다리에서는 벌써 피가 흐르고 있었다. 그가 속한 무리의 눈먼 사람들이 주변에 모여들었다. 무슨 일이야, 왜 그래. 무릎에 유리 조각이 박혔어. 어느 쪽 무릎. 왼쪽. 눈먼 여자 하나가 남자 앞에 웅크렸다. 조심해요, 유리 조각들이 또 있을지 모르니까. 그녀는 조심하며 손으로 더듬어 두 무릎 가운데 왼쪽 무릎을 찾았다. 여기 있군, 그녀가 말했다, 아직도 삐죽하니 튀어나와 있네. 그러자 남자들 가운데 하나가 웃음을 터뜨리며 음탕하게 말했다, 아직 삐죽하니 튀어나와 있을 때 잘 이용해봐. 그러자 다른 남자들과 여자들도 웃음을 터뜨렸다. 그녀는 엄지와 검지를 이용했다. 그것은 훈련이 필요 없는 자연스러운 동작이었다. 그녀는 유리 조각을 빼더니, 어깨에 걸친 가방에서 찾아낸 천 조각으로 무릎을 싸매주었다. 마침내 그녀가 농담으로 다른 사람들을 다시 즐겁게 해주었다, 이제 할 게 없네, 삐죽하니 튀어나온 게 없어졌거든. 모두 웃음을 터뜨렸다. 부상당한 남자가 말을 받았다, 그렇게 하고 싶으면 언제든지 진짜 잘 튀어나온게 뭔지 확인시켜줄 수 있지. 이 무리에는 결혼한 남자나 여자는 없는 것이 분명했다. 아무도 그런 말에 충격받지 않았기 때문이다. 그들은 우연히 만나게 된, 도덕 관념이 해이해진 사람들임에 틀림없다. 물론 두 사람이 부부라면 서로에 대해 그렇게 자유롭게 이야기할 수도 있다. 그러나 두 사람이 부부인 것 같지는 않았다. 결혼한 부부라면 사람들 앞에서 그런 이야기를 하지 않을 테니까. 의사의 아내는 주위를 둘러보았다. 그나마 쓸모 있는 것들이 나타나면 사람들은 말다툼을 하며 주먹을 날렸는데, 그 주먹은 거의가 빗나갔다. 적군과 아군을 가리지 않고 서로 밀치기도 했다. 그런 싸움의 원인이 된 물건이 그들의 손을 벗어나 땅에 떨어지기도 했고, 다른 사람이 거기에 걸려 넘어지기도 했다. 젠장, 난 절대 여기서 벗어날 수 없을 거야, 그녀는 생각했다. 평소에 하지 않던 말을 사용하고 있었다. 여기에서 다시 한 번 상황의 힘과 특성이 사람의 언어에 상당한 영향을 준다는 것을 알 수 있다. 항복하라는 명령을 받았을 때, 제기랄, 하고 내뱉는 군인을 생각해보라. 그렇게 함으로써 그가 그 후로 내뱉는 욕설들은 무례하다는 지탄을 면제받게 된다. 그보다 덜 위험한 상황에서라면 당연히 그런 지탄을 받겠지만. 젠장, 난 절대 여기서 벗어날 수 없을 거야, 그녀는 다시 생각했다. 그녀가 막 떠날 채비를 할 때, 마치 행복한 영감처럼 다른 생각이 떠올랐다, 이런 시설에는 반드시 창고가 있을 거야, 큰 창고는 아니겠지만, 큰 창고야 다른 데 있을 테고, 좀 떨어진 곳에, 하지만 늘 공급해주어야 하는 물품들은 이 안에 쟁여두었을 거야. 그녀는 그 생각에 흥분하며, 보물 창고로 들어가는 닫힌 문을 찾기 시작했다. 그러나 문들은 모두 열려 있었다. 그리고 그 내부 역시 똑같이 황폐한 상태였다. 똑같이 눈먼 사람들이 똑같은 쓰레기를 뒤지고 있었다. 마침내 그녀는 빛이 거의 들어오지 못하는 어두운 복도에서 화물 엘리베이터처럼 보이는 것을 찾았다. 금속으로 된 문은 닫혀 있었는데, 그 옆에 다른 문이 있었다. 표면이 매끄러운 문이었다. 선로 같은 것이 있어, 미끄러져 열리게 되어 있는 문이었다. 지하실이야, 그녀는 생각했다. 여기까지 온 눈먼 사람들은 앞길이 막혀 있다는 것을 알았다. 그들도 엘리베이터가 있다는 것까지는 파악했을 것이다. 그러나 엘리베이터가 있다면, 전원이 끊기는 경우, 바로 지금과 같은 경우에 대비해 계단도 있을 거라는 생각은 하지 못했던 것이다. 그녀는 문을 열었고, 그와 동시에 두 가지를 강하게 느꼈다. 첫째, 지하실에 가기 위해서는 반드시 뚫고 가야 하는 칠흑 같은 어둠. 둘째, 분명한 음식 냄새. 설사 이른바 밀폐 용기나 병에 넣어 밀봉해둔 것이라 해도 굶주린 사람은 후각이 예민해져, 개처럼 모든 장벽을 뚫고 냄새를 맡을 수 있게 된다. 그녀는 얼른 몸을 돌려 쓰레기들 사이에서 음식을 담을 비닐 봉투 몇 개를 집었다. 동시에 떠오르는 생각이 있었다. 빛도 없는데, 뭘 담을지 어떻게 알지. 그녀는 어깨를 으쓱했다. 별 쓸데없는 걱정을 다 하는군. 지금 그녀가 걱정할 문제는, 현재의 약한 몸을 고려할 때, 음식을 가득 채운 봉투들을 들고 왔던 길을 되돌아갈 수 있느냐 하는 것이었다. 순간 그녀는 무시무시한 공포에 사로잡혔다. 남편이 기다리고 있는 곳으로 돌아갈 수 없을 것이라는 두려움이었다. 그녀는 거리의 이름을 알고 있었다. 그것은 잊지 않았다. 그러나 오는 동안 방향을 튼 것이 한두 번이 아니었다. 절망감에 몸이 마비되었다. 이윽고 정지했던 뇌가 마침내 다시 가동을 시작했는지, 자신이 도시의 지도 위에 몸을 굽히고, 손가락 끝으로 지름길을 찾는 모습이 눈앞에 천천히 떠올랐다. 마치 두 쌍의 눈이 있어, 한 쌍은 지도를 보는 그녀의 모습을 관찰하고, 다른 한 쌍은 지도를 보며 길을 찾고 있는 것 같았다. 지하실로 통하는 복도에는 사람이 없었다. 그녀가 자신이 발견한 것 때문에 몹시 초조해했던 것을 생각하면, 그것은 행운이라 할 만했다. 그녀는 문 닫는 것을 깜빡 잊었다가, 잠시 후에야 조심스럽게 문을 닫았다. 그와 동시에 완전한 어둠으로 빠져들었다. 이제 그녀도 밖에 있는 눈먼 사람들과 다를 게 없었다. 차이가 있다면 색깔을 구분할 수 있다는 것이었다. 엄격한 의미에서 흑백을 색깔이라고 할 수 있는지는 모르지만. 그녀는 벽에 바짝 붙어 계단을 내려가기 시작했다. 만일 이곳이 비밀 장소가 아니라서, 누군가 저 깊은 어둠으로부터 올라온다면, 두 사람은 그녀가 거리에서 본 사람들처럼 교차해서 지나가야 할 것이다. 즉 한 사람은 기댈 곳이라는 안전함을 버리고 약간 옆걸음질을 한 다음, 희미하게 느껴지는 상대의 존재를 스쳐 지나가야 한다. 그 순간 어리석게도, 자기가 떠나온 벽이 계속 이어지지 않을지도 모른다는 두려움에 사로잡혔다. 내가 미쳐가고 있어, 그녀는 생각했다, 미치는 것도 당연하지, 빛도 없이, 빛을 보게 될 것이라는 희망도 없이, 이런 어두운 구덩이로 내려가고 있으니, 얼마나 가야 할까, 이런 지하 창고들은 보통 별로 깊지 않은데. 첫 번째 계단이다, 이제 눈이 먼다는 것이 무슨 뜻인지 알겠어. 두 번째 계단이다, 비명을 지르고 싶어, 소리를 지르고 싶어. 세 번째 계단이다. 이제 어둠은 끈끈한 풀처럼 그녀의 얼굴에 달라붙는다. 그녀의 두 눈은 두 개의 검은 공으로 변했다. 내 앞에 있는 이게 뭐지. 이어 다른 생각, 훨씬 더 무서운 생각이 찾아왔다, 이따가 어떻게 다시 계단을 찾을 수 있을까. 갑자기 몸이 균형을 잃었고, 그녀는 넘어지지 않기 위해 몸을 웅크렸다. 그대로 기절해버릴 것 같았다. 그녀는 더듬더듬 중얼거렸다, 깨끗해. 바닥이 그렇다는 뜻이었다. 그녀에게는 놀라운 일이었다, 깨끗한 바닥이라니. 그녀는 조금씩 감각을 회복했다. 배 속에서 둔한 통증이 느껴졌다. 그것은 새로운 것이 아니었다. 그러나 그 순간 그녀의 몸에 살아 있는 다른 기관은 없는 것 같았다. 다른 기관들도 틀림없이 존재했지만, 존재한다는 신호를 보내지 않았다. 그녀의 심장, 그래, 그녀의 심장만은 큰북처럼 울려댔다. 어둠 속에서 맹목적으로 일을 하고 있었다. 모든 어둠 가운데 첫 어둠, 즉 자신이 만들어진 자궁 안에서부터 시작하여, 마침내 일을 그만둘 마지막 어둠에 이를 때까지. 그녀는 여전히 비닐 봉투를 쥐고 있었다. 버리지 않았다. 이제 그녀가 할 일은 차분하게 그 봉투를 채우는 것뿐이었다. 창고는 유령과 용들이 사는 곳이 아니다. 이곳에는 어둠만 있다. 어둠은 물지도 않고 공격하지도 않는다. 계단을 반드시 찾을 수 있을 거야, 설사 이 끔찍한 장소를 다 도는 한이 있어도. 그녀는 결심했다. 그녀는 일어서려다가, 자신은 지금 다른 사람들과 마찬가지로 눈이 먼 것과 다름없으며, 따라서 눈먼 사람들이 하는 대로 하는 것이 더 낫겠다는 생각이 들었다. 뭔가에 부딪힐 때까지 네 발로 기어가는 것이다. 먹을 것들이 놓인 선반과 부딪치면 좋겠는데. 있는 그대로, 요리를 하지 않고, 특별한 준비 없이 먹을 수만 있다면 무엇이라도 좋은데. 멋진 요리를 할 여유는 없으니까.

몇 미터 나아가지도 않았는데, 다시 두려움이 슬며시 찾아왔다. 어쩌면 그녀의 생각이 틀렸는지도 모른다. 어쩌면 그녀 앞에, 눈에 보이지는 않지만, 용 한 마리가 입을 벌리고 있는지도 몰랐다. 아니면 유령이 그녀를 죽은 자들의 무시무시한 세계, 늘 누군가 와서 소생시키는 바람에 끊임없이 새로 죽어야 하는 자들의 세계로 데려가려고 두 손을 펼치고 있거나. 이어, 무한하기 때문에 오히려 체념해버릴 수 있는 슬픔이 찾아오면서, 마음이 건조해지면서, 그녀가 온 곳은 음식 창고가 아니라 주차장이라는 생각이 들었다. 정말 가솔린 냄새가 나는 것 같았다. 정신은 스스로 창조해낸 괴물에 굴복할 때 망상을 겪게 되는 것이니까. 순간 그녀의 손에 뭔가 닿았다. 유령의 찐득찐득한 손가락이 아니었다. 용의 불이 붙은 혀나 어금니가 아니었다. 그녀는 차가운 금속과 마주쳤다. 반들반들한 수직면이었다. 그녀는 그것을 뭐라고 부르는지 몰랐다. 그러나 똑바로 서 있는 선반의 한 면일 것이라고 짐작했다. 그녀는 이와 똑같은 선반들이 이것과 평행으로 놓여 있을 것이라고 생각했다. 그것이 관례였으니까. 이제 문제는 식료품이 어디 있는지 알아내는 것이었다. 여기는 아냐, 이 냄새는 분명해, 이건 세제 냄새야. 그녀는 계단을 찾는 것이 어려울 거라는 걱정은 다시 하지 않고, 선반들을 조사하기 시작했다. 더듬고, 냄새를 맡고, 흔들어보았다. 판지 상자도 있었고, 유리나 플라스틱으로 만들어진 병도 있었고, 온갖 크기의 단지도 있었고, 통조림이 분명한 캔도 있었고, 다양한 상자, 봉지, 가방, 튜브도 있었다. 그녀는 닥치는 대로 비닐 봉투를 채웠다. 이게 다 먹는 것일까, 그녀는 불안한 마음으로 생각했다. 의사의 아내는 다음 선반으로 갔다. 그때 예상치 않은 일이 벌어졌다. 어디로 가는지도 모르고 더듬던 손이 아주 작은 상자들을 건드려 떨어뜨렸던 것이다. 상자들이 바닥에 떨어지며 내는 소리에 그녀는 심장이 멈추는 줄 알았다. 성냥이야, 그녀는 생각했다. 그녀는 흥분에 몸을 떨면서 허리를 굽혀 손으로 바닥을 쓸어보았다. 그녀가 원하던 것을 찾을 수 있었다. 거기에서는 절대 다른 것과 혼동할 수 없는 냄새가 났다. 그리고 상자를 흔들었을 때 성냥개비들이 내는 소리, 미끄러져 열리는 뚜껑, 바깥쪽의 사포처럼 거친 느낌. 황이 붙은 곳이다. 성냥개비의 머리가 긁히는 소리, 이어 딱 소리와 함께 마침내 아주 작은 불꽃이 피어올랐다. 안개 속에서 희미하게 깜빡이는 별처럼, 산만한 빛의 원이 주위의 공간을 밝혔다. 어머나, 여기 빛이 있어, 이제 나에게도 볼 수 있는 눈이 있어, 빛을 찬양할지어다. 이제부터는 먹을 걸 거두는 것도 쉬워지겠지. 그녀는 우선 성냥 상자들부터 모았다. 그러자 봉투가 거의 다 찼다. 그걸 다 가져갈 필요는 없어, 상식의 목소리가 그녀에게 말하고 있었다. 이어 깜빡거리는 불빛들이 선반을 비추기 시작했다. 여기, 그리고 저기. 곧 봉투들이 다 찼다. 첫 번째 봉투는 비워야 했다. 쓸모 있는 것이 하나도 없었기 때문이다. 나머지 봉투들에는 이미 도시 전체를 살 수 있을 만한 부가 담겨 있었다. 이런 가치의 변화에 놀랄 필요는 없다. 옛날에 말 한 마리와 자기 왕국을 바꾸고 싶어 했던 왕이 있었다는 이야기만 기억해보면 된다. 만일 그 왕이 굶어 죽어간다면, 이 먹을 것으로 가득 찬 비닐 봉투들의 유혹을 받았을 때, 무엇인들 내놓지 않겠는가. 계단은 저기야, 출구가 오른쪽이었군. 그러나 우선 의사의 아내는 바닥에 앉아 초리조 소시지(향신료와 마늘을 넣어서 강한 맛을 낸 소시지—옮긴이) 껍질을 벗기고, 검은 빵의 봉투를 뜯고, 물병 마개를 열어, 아무런 양심의 가책 없이 먹기 시작했다. 만일 지금 먹지 않으면 필요한 곳까지 식량을 운반할 힘이 없었다. 그녀는 식량을 공급하는 사람이다. 그녀는 다 먹고 나서 봉투들을 팔에 끼웠다. 한 팔에 세 개씩 끼웠다. 그녀는 두 손을 앞으로 들어올려 계단에 도착할 때까지 계속 성냥을 켰다. 이어 약간 힘겹게 계단을 올라갔다. 아직 먹은 것이 소화되지 않은 것이다. 먹은 것이 위에서 근육과 신경으로 전달되어, 그녀의 경우에 가장 큰 저항을 보여왔던 머리까지 전달되는 데는 시간이 필요했다. 문은 소리 없이 미끄러져 열렸다. 문 밖에 누가 있으면 어떡하지, 의사의 아내는 생각했다, 어떻게 한다. 그러나 아무도 없었다. 그래도 그녀는 다시 생각했다, 어떡한다. 그녀는 슈퍼마켓으로 나오자, 안에 있는 사람들에게 외칠 수도 있다는 생각을 했다, 여기 먹을 게 있어요, 계단을 내려가면 지하실에 창고가 있어요, 그걸 이용하세요, 문은 열어놓았어요. 그녀는 그렇게 할 수도 있었으나, 하지 않기로 결심했다. 그녀는 어깨를 이용해 문을 닫았다. 아무 이야기도 하지 않는 게 좋다. 어떤 일이 벌어질지 상상해보라. 눈먼 사람들이 미친 사람들처럼 그곳으로 달려가면, 정신병원에서 불이 났을 때와 같은 일이 벌어질 것이다. 그들은 계단을 굴러 내려갈 것이고, 뒤에 오는 사람들한테 밟히고 짓눌릴 것이다. 뒤에 오는 사람들도 비틀거리다 넘어질 것이다. 단단한 계단을 딛는 것과 미끌미끌한 몸뚱어리를 딛는 것은 다르니까. 이걸 다 먹으면, 다시 가지러 와야지, 그녀는 생각했다.

그녀는 두 손으로 봉투들을 쥐고, 깊은 숨을 쉰 다음, 출구를 향해 움직였다. 사람들은 그녀를 볼 수 없었지만, 그녀가 먹은 것의 냄새는 났다. 소시지. 내가 바보지, 이건 살아 있는 흔적을 남기는 것과 같잖아. 그녀는 이를 악물고, 온 힘을 다해 봉투들을 움켜쥐었다. 뛰어야 해, 그녀는 말했다. 그녀는 유리 조각에 무릎이 찔린 남자를 기억했다. 나한테도 같은 일이 생길지 몰라, 조심하지 않으면 유리를 밟을지도 몰라. 잊고 있었을지 모르나, 이 여자는 신발을 안 신고 있다. 아직 이 도시의 눈먼 사람들처럼 신발 가게에 갈 시간이 없었다. 그들은, 불행하게도 눈은 안 보이지만, 손으로 만져서 신발을 고를 수는 있었다. 어쨌든 그녀는 뛰어야 했고, 또 그렇게 했다. 눈먼 사람들의 무리 사이를 통과할 때도, 처음에는 사람들을 건드리지 않고 지나가려 했다. 그러나 그렇게 하자니 속도가 너무 느렸다. 피해갈 수 있는 방향을 확인하기 위해 몇 번 발을 멈추기도 해야 했는데, 그 틈에 먹을 것 냄새가 풍겼다. 이 냄새도 향긋하고 영묘한 향기에 맞먹는 위력을 지니고 있었다. 곧 눈먼 남자 하나가 소리쳤다, 누가 여기서 소시지를 먹고 있는 거야. 그 말이 나오자마자 의사의 아내는 조심스런 태도를 떨쳐버리고 앞뒤 안 가리고 달리기 시작했다. 부딪치고, 밀치고, 사람들을 쓰러뜨렸다. 이런 무모한 태도는 비난받아 마땅한 것이었다. 불행하기 짝이 없는 눈먼 사람들을 대접하는 올바른 태도가 아니기 때문이다.

　거리로 나오자, 비가 억수로 퍼붓고 있었다. 차라리 잘됐어,

그녀는 숨을 헐떡이며 생각했다. 다리가 후들거리고 있었다. 이런 빗속에서는 냄새가 잘 안 날 테니까. 슈퍼마켓 안에서 누가 그녀의 허리 윗부분을 간신히 가리고 있던 마지막 누더기를 잡아챘는지, 그것마저 사라지고 없었다. 이제 그녀는 세련된 표현을 사용하자면, 하늘에서 내리는 물로 번들거리는 젖가슴을 드러낸 채 움직이고 있었다. 그러나 그녀는 민중을 이끄는 자유의 여신이 아니었다. 다행스럽게도 가득 차 있는 봉투들은 너무 무거워서 그녀는 그것을 자유의 여신의 깃발처럼 들어올릴 수도 없었다(으젠느 들라크르와의 그림 「민중을 이끄는 자유의 여신」을 빗대어 이야기하고 있다-옮긴이). 사실 이것 때문에 약간 불편했다. 이 감칠나는 냄새가 개들을 불러들일 만한 높이에서 솔솔 흘러나가기 때문이었다. 이제 한 무리의 개들이 의사의 아내를 따르고 있었다. 물론 먹여주고 돌봐줄 주인들이 없는 개들이었다. 이 개들 가운데 한 마리가 비닐이 얼마나 질긴지 물어뜯는 일이 없기를 빌도록 하자. 이렇게 대홍수라도 날 것처럼 비가 억수로 퍼붓는 때라면, 사람들이 어디서 비를 피하며 날씨가 좋아지기를 기다릴 것이라고 생각할지 모르겠다. 그러나 현실은 그렇지 않다. 눈먼 사람들은 길을 가득 메운 채, 하늘을 향해 입을 벌려 갈증을 해소하고, 몸 구석구석에 빗물을 받아들이고 있다. 그리고 좀 더 선견지명이 있고 또 무엇보다도 지혜가 있는 사람들은 물통, 그릇, 냄비 등을 들고 나와 관대한 하늘을 향해 쳐들고 있다. 분명히 신은 갈증이 있는 곳에 구름을 준다. 의사의 아내는 집 안의 수도꼭지에서 그

귀중한 액체가 한 방울도 나오지 않을 가능성에 대해서는 생각해본 적이 없었다. 이것이 문명의 결점이다. 우리는 집 안에 들어오는 수도에 익숙해져 있기 때문에, 그것이 가능하기 위해서는 급수 밸브를 열고 잠그는 사람들, 전기가 필요한 급수탑과 펌프, 부족분을 확인하고 여유분을 관리할 컴퓨터들이 필요하다는 것을 잊곤 한다. 그리고 이런 모든 일을 하는 데는 사람의 눈이 필요하다는 것을. 또 눈은 이 모습, 비닐 봉투를 든 한 여자가 빗물이 흥건한 도로를 따라 걸어가는 모습을 보는 데도 필요하다. 그녀는 썩어가는 쓰레기와 인간과 짐승의 배설물 사이를, 큰길을 막고 있는 버려진 자동차들과 트럭들 사이를 걸어가고 있다. 어떤 자동차의 타이어 주위에는 이미 잡초가 무성했다. 그녀는 또 백색의 하늘을 올려다보며 입을 벌리고 있는 눈먼 사람들 사이를 지나가고 있다. 그런 하늘에서 비가 내린다는 것이 믿어지지 않기는 하지만. 의사의 아내는 걸어가며 도로 표지판을 읽고 있다. 어떤 이름들은 기억이 나고, 어떤 이름들은 전혀 기억이 나지 않는다. 이어 어느 순간 그녀는 길을 잃었다는 것을 깨닫는다. 의심의 여지가 없다. 길을 잃은 것이다. 그녀는 한 번 방향을 틀고, 다시 방향을 틀어본다. 그러나 이제는 거리도 생소하고, 이름도 생소하다. 그녀는 참담한 마음에, 검은 진흙이 두텁게 깔린 더러운 바닥에 주저앉았다. 힘이, 온 힘이 빠져버렸다. 그녀는 울음을 터뜨렸다. 개들이 그녀 주위에 몰려들어, 봉투에 코를 대고 킁킁거렸다. 그러나 이미 식사 시간이 지나기라도 한 것처럼, 별로 의욕 있는 모습이 아니었다. 개 한 마리가 그녀의 얼굴을 핥았다. 강아지였을 때부터 눈물을 핥아주는 데 익숙해져 있나 보다. 여자는 개의 머리를 쓰다듬고, 비에 젖은 등도 어루만져주었다. 그녀는 개를 끌어안고 남은 눈물을 마저 흘렸다. 그녀가 마침내 고개를 들었을 때, 그녀의 눈앞에 커다란 지도가 보였다. 교차로의 신을 수만 번이라도 찬양할지어다. 시의회에서 도심 전역에 세워놓은 지도였다. 특히 외부의 방문객들에게 도움을 주려고. 그런 사람들은 자기가 지금 정확히 어디에 있는지 알고 싶은 것만큼이나, 자기가 지금까지 어디를 거쳐왔는지를 알고 싶어 하기 때문이다. 그러나 이제 모두가 눈이 멀었으니, 그렇게 지도를 세워놓은 것이 결국 돈 낭비 아니었느냐 하고 생각하고 싶을지도 모르겠다. 그러나 다시 한 번 말하거니와, 인내심을 가져라. 시간이 제 갈 길을 다 가도록 해주어라. 운명은 많은 우회로를 거치고 나서야 목적지에 도달한다는 것을 아직도 확실히 깨닫지 못했는가. 여기에 이 지도를 세우기 위해, 그리하여 이 여자가 자신이 어디에 있는지 알도록 해주기 위해, 운명이 얼마나 많은 길을 돌아왔는지는 운명 자신밖에 모를 것이다. 그녀는 생각했던 것과는 달리 그렇게 멀리 있지 않았다. 다른 방향으로 약간 우회한 것뿐이었다. 이제 지금 앉아 있는 도로를 쭉 따라가다 보면 광장이 나올 것이고, 거기서 왼쪽으로 두 번째 도로로 들어가고, 이어 오른쪽 첫 번째 도로를 따라가면, 당신이 찾던 길, 당신이 잊지 않았던 주소가 있는 길이 나온다. 개들은 점차 그녀 곁을 떠나기 시작한다. 길에 있는 뭔가에 정신이 팔린 것인지, 아니면 지금 있는 동네에 익숙해져 너무 멀리 가고 싶지 않은 것인지 알 수 없다. 오직 그녀의 눈물을 핥아주었던 개만이 눈물을 흘렸던 여자를 따라왔다. 어쩌면 이 여자와 지도가 극적으로 만나도록 준비해놓은 운명이 개도 함께 준비해놓은 것인지도 모르겠다. 사실 그들은 가게에도 함께 들어갔다. 눈물을 핥아주는 개는 사람들이 바닥에 누워 있는데도, 죽은 것인지도 모른다는 생각이 들 정도로 꼼짝 않고 있는데도, 전혀 놀라지 않았다. 개는 이런 광경에 익숙했다. 때때로 사람들은 개를 그들 사이에서 자게 해주기도 했는데, 일어날 때가 되면, 사람들이 거의 언제나 살아 있었다. 자고 있으면 일어나요, 먹을 걸 가져왔어요, 의사의 아내는 말했다. 그러나 그전에 먼저 문부터 닫아두었다. 거리를 지나가던 사람이 그녀의 말을 들을지도 모른다고 걱정했기 때문이다. 사팔뜨기 소년이 제일 먼저 고개를 들었다. 그러나 힘이 없어 그 이상은 움직이지 못했다. 다른 사람들은 좀 더 오래 걸렸다. 그들은 자기가 돌이 된 꿈을 꾸고 있었다. 돌이 얼마나 깊은 잠을 자는지는 우리 모두가 아는 일이다. 시골에 나가 산책만 해보아도 그 사실을 알 수 있다. 돌들은 땅에 반쯤 묻힌 채 누워 잠을 자면서 깰 때를 기다리고 있다. 돌이 깨어난다는 것이 무슨 의미인지 누가 알겠느냐만. 그러나 먹을 것이라는 말은, 특히 굶주림이 심할 때는 마술적인 힘을 가지고 있다. 심지어 언어를 모르는, 눈물을 핥아주는 개도 꼬리를 흔들기 시작했다. 그런 본능적인 행동을 하다가 개는 젖은 개들이 당연히 해야 하는 행동을 아직 하지 않았다는 것을 깨달았다. 몸을 힘차게 흔들어 사방으로 물을 튀기는 행동이다. 개들에게는 그것이 쉬운 일이다. 그들은 외투를 입듯이 털가죽을 입고 있으니까. 하늘에서 직접 내려온 가장 효험 좋은 성수(聖水)가 개의 몸에서 튀자, 돌이 사람으로 변하는 것도 빨라졌다. 의사의 아내도 비닐 봉투들을 하나씩 열어 이 변화의 과정을 촉진하는 데 일조했다. 모든 것이 자신이 안에 담고 있는 냄새를 풍기지는 않았다. 그러나 딱딱한 빵 한 조각의 냄새는, 숭고한 표현을 사용하자면, 삶 자체의 본질과 다름없었다고 할 수 있다. 마침내 그들 모두 일어났다. 손이 떨렸다. 간절하게 기다리는 표정이었다. 이윽고, 눈물을 핥아주는 개는 전에도 겪은 일이지만, 의사는 자기가 무엇을 하는 사람이라는 것을 기억했다. 조심하세요, 너무 많이 먹으면 안 좋습니다, 오히려 해로울 수도 있어요. 우리에게 해로운 건 굶주림입니다, 첫 번째로 눈이 먼 남자가 말을 받았다. 의사 선생님이 하라는 대로 해요, 그의 아내가 면박을 주었다. 그러자 그녀의 남편은 입을 다물고 말았다. 그러나 분한 마음이 가시지 않는지 속으로는 이렇게 생각했다, 눈에 대해서도 아무것도 모르는 주제에. 이것은 부당한 말이다. 특히 의사가 다른 사람들과 다름없이 눈이 먼 상태라는 것을 고려할 때 그렇다. 의사가 눈이 멀었다는 증거는 그가 자기 아내가 상체를 벌거벗었다는 것을 모른다는 것이다. 그에게 몸을 가리기 위해 웃옷을 달라고 한 사람은 그녀였다. 다른 눈먼 사람들은 그녀쪽을 보았다. 그러나 이미 늦었다. 조금만 더 일찍 보았으면 좋았을 것을.

먹으면서 그녀는 자신의 모험을 이야기해주었다. 그녀는 자기에게 일어난 일, 자기가 한 일을 모두 이야기해주었다. 그러나 창고 문을 닫아두고 왔다는 이야기는 뺐다. 자신은 인도주의적인 동기에서 그렇게 했다고 생각하지만, 왠지 자신이 없었다. 그것을 보상하기 위해 그녀는 무릎에 유리가 박힌 남자 이야기를 해주었다. 모두가 마음껏 웃음을 터뜨렸다. 아니, 모두는 아니다. 검은 안대를 한 노인은 피곤한 웃음만 지었을 뿐이고, 사팔뜨기 소년의 귀에는 자기가 음식을 씹는 소리만 들렸을 뿐이다. 눈물을 핥아주는 개도 자기 몫을 받았다. 그는 밖에서 누가 문을 세게 흔들 때마다 사납게 짖어댐으로써 곧 보답했다. 누군지는 몰라도 계속 문을 흔들어대지는 못했다. 미친 개가 돌아다닌다는 이야기가 있었기 때문이다. 발을 어디에 디딜지 모른다는 것만으로도 이미 미쳐버릴 노릇인데. 이윽고 차분한 분위기가 회복되었다. 모두 허기를 달랬을 때, 의사의 아내는 그들이 있는 가게에 먼저 들어와 있던 남자와 나누었던 이야기를 전해주었다. 이어 그녀는 결론을 내렸다, 그 사람이 한 말이 사실이라면, 우리가 집에 가보아도 나올 때 그대로일 거라고 기대할 수는 없어요, 그리고 집에 들어갈 수 있을지 없을지조차 몰라요, 나올 때 열쇠를 가지고 오지 않았거나, 중간에 잃어버린 사람들 이야기를 하는 거예요, 예를 들어 우리 부부는 열쇠가 없어요, 불이 났을 때 사라져버렸어요, 지금 재 속에서 그걸 찾는 것은 불가능하죠. 그녀는 그 말을 하면서 눈으로는 불길이 가위를 삼키는 광경을 보고 있었다. 처음에는 가위에 남아 있던 응고된 피를 태우고, 이어 뾰족한 끄트머리를 핥아 뭉툭하게 다듬어버리고, 점차 그 전체를 무디게, 물렁물렁하게, 부드럽게 만들고, 마침내 형체를 완전히 없애버리는 광경. 이제 아무도 그 도구가 사람의 목에 구멍을 뚫을 수 있었다는 것을 믿으려 하지 않을 것이다. 불이 제 일을 다 마친 뒤에는 녹아 뭉쳐진 쇠붙이 덩어리들 가운데 어느 것이 가위이고 어느 것이 열쇠인지 구별할 수도 없을 것이다. 나한테 열쇠가 있어, 의사가 말했다. 이어 서툰 동작으로 손가락 세 개를 낡은 바지의 허리춤에 있는 작은 호주머니에 집어넣더니, 열쇠 세 개가 달린 작은 고리를 꺼냈다. 핸드백에 넣어두고 왔는데 어떻게 그걸 당신이 가지고 있어요. 내가 꺼냈지. 나는 잃어버린 줄 알았어요. 내가 가지고 있는 게 더 안전하다고 생각했지, 또 내 입장에서는 그것이 언젠가 우리가 집에 갈 수 있을 것이라는 믿음을 잃지 않는 방법이기도 했고. 열쇠를 가지고 있으니 안심이에요, 하지만 우리 집 문이 부서져 있을지도 몰라요. 어쩌면 말짱할지도 모르지. 잠시 그들은 다른 사람들을 잊었다. 그러나 이제 모두에게 자기 열쇠가 어떻게 되었는지 확인하는 일이 중요했다. 검은 색안경을 썼던 여자가 맨 먼저 입을 열었다. 구급차가 나를 데리러 왔을 때 부모님은 집에 계셨어요, 나중에 그분들이 어떻게 되셨는지는 모르겠어요. 이어 검은 안대를 한 노인이 말했다, 나는 눈이 멀었을 때 집에 있었소, 사람들이 문을 두드리더군, 집주인이 와서 남자 간호사들이 나를 찾고 있다고 말했소, 그때는 열쇠를 생각할 겨를이 없었소. 이제 첫 번째로 눈이 먼 남자의 아내만 남았다. 그러나 그녀는 말했다, 모르겠어요, 기억이 나지 않아요. 물론 그녀는 알고 있었고, 기억하고 있었다. 그러나 그녀가 고백하고 싶지 않았던 것은, 자신이 갑자기 눈이 멀었다는 것을 알았을 때, 집에서 비명을 지르며 뛰쳐나와 이웃들을 불렀다는 것이다. 그 건물에 있던 사람들은 그녀를 도우러 가는 것을 망설였다. 어쨌든 그녀는 남편이 불행을 당했을 때는 그렇게 침착하고 능력 있는 모습을 보여주었으면서도, 정작 자신이 눈이 멀자 정신을 하나도 못 차리고, 문을 활짝 열어놓은 채 집을 버리고 나와버렸던 것이다. 자신을 데리러 온 사람들에게 잠깐만 들어갔다 오게 해달라고, 가서 문만 닫고 금방 돌아오겠다고 말할 생각조차 나지 않았다. 사팔뜨기 소년에게는 아무도 그의 집 열쇠에 대해 묻지 않았다. 그 아이는 자기가 어디 사는지도 기억하지 못했기 때문이다. 의사의 아내는 검은 색안경을 썼던 여자의 손을 부드럽게 만지며 말했다. 아가씨 집부터 가보는 걸로 해, 그곳이 가장 가까우니까, 하지만 먼저 옷하고 신발을 좀 찾아봐야 돼, 이런 꼴로 몸도 못 닦고 누더기를 걸친 채 돌아다닐 수는 없는 노릇이니까. 의사의 아내는 일어섰다. 그러나 이제 위로도 받고 허기도 달랜 사팔뜨기 소년이 다시 잠든 것을 보았다. 그녀가 말했다, 먼저 좀 쉬기로 해요, 좀 자도록 하죠, 나중 일은 나중에 생각해보기로 하고. 그녀는 비에 젖은 치마를 벗고, 온기를 찾아 남편에게 달라붙었다. 첫 번째로 눈이 먼 남자와 그의 아내도 같은 행동을 했다. 당신이야, 첫 번째로 눈이 먼 남자가 물었을 때, 아내는 집 생각이 나 마음이 아팠다. 그녀는, 나를 위로해줘요, 하고 말하지는 않았으나, 그런 생각을 하고 있는 것 같았다. 우리가 알 수 없는 것은 검은 색안경을 썼던 여자가 무슨 생각으로 검은 안대를 한 노인의 어깨를 안았느냐 하는 것이다. 그러나 그렇게 한 것은 분명하며, 그들은 그런 채로 누워 있었다. 그녀는 잠이 들었으나, 노인은 자지 않았다. 개는 문간으로 가 입구를 막고 누웠다. 이 개는 거칠고 성질 더러운 짐승이다. 누군가의 눈물을 핥아줄 때가 아니면.

그들은 옷을 입고 신발을 신었다. 아직 해결하지 못한 문제는 몸을 씻는 것이었다. 그러나 그들은 그 정도로도 벌써 다른 눈먼 사람들과는 완전히 달라 보였다. 사람들이 흔히 그 수가 적음을 손으로 과일을 한 알씩 따는 것에 비유하듯, 옷 색깔이 다양하지는 못해도 서로 조화는 이루고 있었다. 이것은 옷을 입을 때 누군가 우리에게, 이것을 입으세요, 이게 그 바지와 더 잘 어울리는데요, 줄무늬와 물방울무늬도 서로 그렇게 튀지는 않네요, 하는 식으로 자세한 충고를 해줄 때 누리게 되는 이점이다. 물론 눈먼 사람에게 이런 것이 조금이라도 중요하다는 것은 아니다. 그러나 검은 색안경을 썼던 여자와 첫 번째로 눈이 먼 남자의 아내는 자기들이 어떤 색깔과 어떤 스타일의 옷을 입는지 알려달라고 고집을 부렸다. 그래서 그들은 상상의 힘을 빌려 자기들이 어떤 모습인지 대충 그려볼 수 있었다. 신발에 대해서는 모두들 모양보다 편안함이 우선이라는 데 동의했다. 예쁘장한 끈이나 높은 굽도 필요 없었고, 송아지 가죽이나 에나멜 가죽도 필요 없었다. 사실 길의 상태로 볼 때 그런 고급 구두는 전혀 쓸모가 없었다. 그들에게 필요한 것은 고무 장화였다. 완전 방수에 무릎까지 올라오고, 신고 벗기 편한 것이면, 진창에는 최고였다. 불행히도 이런 고무 장화를 모두에게 마련해줄 수는 없었다. 예를 들어 사팔뜨기 소년에게 맞는 장화는 찾을 수가 없었다. 암만 작은 것이라도 아이의 발에는 보트 같았다. 그래서 아이는 보통 운동화로 만족해야 했다. 아이의 어머니가 어디에 있는지는 몰라도, 누가 그녀에게 이 일을 이야기해주었다면, 그녀는 이렇게 말했을 것이다, 이럴 수가, 바로 그게 우리 아들이 눈이 보이면 골랐을 운동화예요. 검은 안대를 한 노인은 발이 큰 편이라 농구화를 신는 것으로 문제를 해결했다. 180센티미터의 키에 팔다리가 긴 선수들을 위해 특별히 제작된 농구화였다. 사실 노인은 약간 우스워 보였다. 마치 하얀 슬리퍼를 신고 있는 것 같았다. 그러나 그것도 잠시일 것이다. 10분이 안 되어 그의 신발은 삶의 다른 모든 것들과 마찬가지로 더러워질 테니까. 시간이 가게 놔두면 시간이 알아서 해결책을 찾아주는 법이다.

비는 그쳤다. 이제 입을 벌리고 서 있는 눈먼 사람들은 없다. 뭘 하러 가는지 모르지만 어디론가 가고 있다. 그들은 거리 이곳저곳을 배회하지만, 그리 오래 움직이지는 않았다. 그들에게는 걷는 것이나 서 있는 것이나 차이가 없다. 그들에게는 먹을 것을 찾는 것 외에 다른 목적은 없다. 어디에서도 음악은 들리지 않는다. 세상이 이렇게 조용했던 적은 없다. 영화관과 극장은 먹을 것 찾는 일을 포기한 집 없는 사람들이 들락거릴 뿐이다. 몇 군데 큰 극장들은 눈먼 사람들을 격리시키는 데 이용했던 곳이다. 그러나 그것은 정부, 또는 소수의 생존자들이 과거 황열병을 비롯한 다른 전염병에도 별로 효과가 없었던 방법과 전략들로 백색 질병을 치료할 수 있다고 믿던 시기의 일이다. 이제 격리는 끝이 났다. 이곳에서는 화재도 필요가 없었다. 박물관을 생각하면 정말 가슴 아프다. 그 모든 사람들, 나는 정말로 사람들 이야기를 하는 것이다, 그리고 그 모든 그림들, 그 모든 조각들, 그들 앞에는 단 한 사람의 관람객도 없다. 이 도시의 눈먼 사람들은 무엇을 기다리고 있을까. 누가 알겠는가. 그들은 여전히 치료법이 있을 것이라고 믿고 기다리는지도 모른다. 그러나 이 실명 전염병이 한 사람도 피해가지 않았다는 것, 현미경의 렌즈를 들여다볼 사람이 단 한 사람도 남지 않았다는 것, 연구소들도 다 텅 비어 박테리아들도 살려면 서로 잡아먹는 수밖에 없다는 것이 널리 알려지자, 사람들은 치료법에 대한 희망을 버렸다. 초기에만 해도 가족의 유대감이 어느 정도 남아 있어, 친척들이 눈먼 사람들을 끌고 병원으로 달려가는 일이 많았다. 그러나 병원에서 그들은 눈먼 의사들이 보이지도 않는 환자들의 맥박을 짚어보고, 가슴과 등에 청진기를 갖다 대는 광경을 보았을 뿐이다. 의사들이 할 수 있는 일은 그뿐이었다. 그래도 청력은 남아 있었기 때문이다. 이윽고 굶주림에 시달린 환자들 가운데 아직 걸을 수 있는 사람들은 병원에서 달아나기 시작했다. 그들은 결국 보호를 받지 못한 채 거리에서 죽고 말았다. 그들에게 아직 가족이 있다 해도, 어디 있는지 알 수가 없었다. 그들이 매장되기 위해서는 사람들이 걸려 넘어지는 것만으로는 부족했다. 시체에서 냄새까지 나야 사람들은 손을 쓰기 시작했다. 그것도 큰길에서 죽은 경우에만 해당되는 이야기였다. 개들이 그렇게 많은 것도 놀랄 일이 아니었다. 일부는 이미 하이에나를 닮아가고 있었다. 개의 몸에 박힌 점들은 꼭 부패한 자국처럼 보였다. 개들은 꼬리를 안으로 말고 뛰어다녔다. 그들이 뜯어먹은 시신이 살아나, 방어할 수 없는 자들을 뜯어먹은 수치스러운 일을 추궁할까 봐 두려워하는 것 같았다. 요새 세상은 어떤 모습이오, 검은 안대를 한 노인이 물었다. 의사의 아내가 대답했다, 안과 밖, 여기와 저기, 다수와 소수, 우리가 겪고 있는 일과 앞으로 겪어야 할 일 사이에 차이가 없어요. 그럼 사람들은, 사람들은 어떻게 대처하고 있죠, 검은 색안경을 썼던 여자가 물었다. 유령처럼 돌아다니고 있어, 이게 바로 유령이라는 말의 의미일 거야, 모두들 생명이 존재한다는 것은 알고 있지, 네 가지 감각이 그렇게 말해 주니까, 하지만 그걸 보지는 못하잖아. 자동차들은 많습니까, 첫 번째로 눈이 먼 남자가 물었다. 자신의 차를 도둑맞은 것을 잊을 수가 없었던 것이다. 꼭 공동 묘지 같아요. 의사와 첫 번째로 눈이 먼 남자의 아내는 아무것도 묻지 않았다. 답이 그런 식인데 물어본들 무엇하랴. 사팔뜨기 소년은 늘 신고 싶던 신발을 신은 만족감 때문에, 신발을 볼 수 없다는 사실에도 슬퍼하지 않는다. 그 아이가 유령처럼 보이지 않는 것은 바로 그 이유 때문인 것 같다. 그리고 의사의 아내를 따라다니는 눈물을 핥아주는 개, 그 개는 하이에나라고 부를 수 없다. 그 개는 죽은 고기의 냄새를 쫓지 않고, 건강하게 살아 있는 두 눈을 따라다니기 때문이다.

검은 색안경을 썼던 여자의 집은 멀지 않다. 그러나 일주일을 굶은 뒤에 이들은 이제야 비로소 기운을 차리기 시작했다. 그래서 그들은 천천히 걷고 있다. 쉬려면 땅바닥에 주저앉는 수밖에 없다. 사실 옷의 색깔과 스타일을 고르는 데 그렇게 신경쓸 이유가 없었다. 그들의 옷은 벌써 더러워졌기 때문이다. 검은 색안경을 썼던 여자가 사는 거리는 짧을 뿐 아니라 좁다. 그래서 그곳에는 차가 보이지 않는다. 원래가 일방통행 도로였고, 주차할 곳은 없었다. 주차 금지 구역이기도 했다. 사람들이 없다는 것도 놀랄 일이 아니었다. 이런 외진 거리에는 하루 종일 사람이 하나도 안 보이는 때가 많기 때문이다. 집 주소가 뭐야, 의사의 아내가 물었다. 7번지요, 우리 아파트는 2층 왼쪽이에요. 창문 하나가 열려 있었다. 다른 때라면 그것이 집에 누가 있다는 확실한 표시였으나, 이제는 어떤 것도 확실치 않았다. 의사의 아내가 말했다, 우리가 다 올라갈 필요는 없겠죠, 우리 둘만 가볼게요, 다른 분들은 아래서 기다리세요. 그녀는 거리와 맞닿은 현관문이 강제로 열려 있는 것을 보았다. 막대

자물쇠는 비틀려 있었다. 문 기둥에서 긴 나무 조각 하나가 거의 떨어져 나오다시피 했다. 그러나 의사의 아내는 그런 이야기를 하지 않았다. 그녀는 검은 색안경을 썼던 여자가 앞장서도록 했다. 길을 아는 사람이 앞에 가는 것이 좋기 때문이었다. 계단이 어두컴컴했으나, 그것은 전혀 걱정하지 않았다. 검은 색안경을 썼던 여자는 초조해서 서두르는 바람에 두 번이나 비틀거렸다. 그러나 웃음으로 털어버렸다. 참 나, 눈을 감고도 오르내릴 수 있던 계단인데. 상투적 표현이란 그런 것이다. 의미의 미묘한 차이를 무시해버린다. 예를 들어 이 경우에는 눈을 감는 것과 눈이 머는 것 사이의 차이를 구별하지 않았다. 2층 층계참에 이르자, 그들이 찾던 문이 닫혀 있다는 것을 알 수 있었다. 검은 색안경을 썼던 여자는 손으로 쇠시리를 더듬다가 초인종을 찾아냈다. 전기가 나갔어요, 의사의 아내가 말했다. 모두가 아는 사실을 되풀이했을 뿐인데도, 검은 색안경을 썼던 여자는 그 두 마디를 불길한 소식을 전해주는 메시지처럼 받아들였다. 그녀는 문을 두드렸다. 한 번, 두 번, 세 번. 세 번째는 주먹으로 세게 두드리며, 어머니, 아버지, 하고 소리를 지르기까지 했다. 아무도 문을 열어주지 않았다. 그런 애정 어린 호칭들도 현실에 영향을 주지는 못했다. 아무도 그녀를 맞으러 나와, 어이구 내 딸아, 드디어 네가 돌아왔구나, 우리는 널 다시 못 볼 줄 알았다, 어서 들어오너라, 어서 들어와, 이 부인은 네 친구인 것 같은데, 어서 안으로 모셔라, 집이 누추하지만 욕하지 마세요, 하고 말해주지 않았다. 문은 그대로 닫혀 있었다.

아무도 없군요, 검은 색안경을 썼던 여자는 말하더니, 문에 기대어 울음을 터뜨렸다. 문에 두 팔을 포개고, 그 위에 머리를 얹고 있었다. 마치 온몸을 바쳐 간절하게 탄원하는 것 같았다. 만일 우리가 인간 정신의 복잡 다단함에 대한 경험이 충분치 못하다면, 우리는 그녀가, 그렇게 자유분방한 여자가, 이렇게 애통해할 정도로 부모를 사랑한다는 것에 놀랄 것이다. 그러나 그녀로부터 멀지 않은 곳에, 그 둘 사이에는 어떠한 모순도 존재하지 않으며, 또 존재한 적도 없다는 것을 이미 인정한 사람이 있다. 의사의 아내는 그녀를 위로하려 했으나, 할 말이 별로 없었다. 사람들이 자기 집에 오랫동안 그대로 남아 있는 것이 거의 불가능하다는 것은 이제 잘 알려져 있다. 이웃들한테 물어봐요, 의사의 아내가 제안하고 나서 덧붙였다, 혹시 이웃이 있으면 말이에요. 그래요, 가서 물어보도록 하죠, 검은 색안경을 썼던 여자가 말했다. 그러나 목소리에는 희망이 없었다. 그들은 층계참 건너편의 문을 두드리기 시작했다. 그곳에서도 대답이 없었다. 위층의 문은 열려 있었다. 그곳의 아파트들은 약탈당했다. 옷장도 텅 비어 있었으며, 음식이 있던 찬장에도 아무것도 남아 있지 않았다. 얼마 전까지 사람이 있었다는 흔적이다. 방랑자들의 무리가 틀림없다. 그들은 집에서 집으로, 빈 곳에서 빈 곳으로 배회했다.

그들은 1층으로 내려갔다. 의사의 아내는 가장 가까운 문을 두드렸다. 예상했던 대로 대답이 없었다. 그러나 잠시 후에 의심을 품은 퉁명스러운 목소리가 들려왔다, 누구요. 검은 색안

경을 썼던 여자가 앞으로 나섰다, 저예요, 위층에 사는 사람이
에요, 부모님을 찾고 있어요, 혹시 어디로 가셨는지 아세요, 어
떻게 되셨는지 아시나요. 발을 질질 끄는 소리가 들렸다. 문이
열리더니 뼈만 앙상하게 남은 노파가 나타났다. 길고 하얀 머
리카락은 헝클어져 있었다. 구역질 나는 곰팡내와 뭔지 알 수
없는 부패한 냄새에 두 여자는 뒤로 물러섰다. 노파는 눈을 크
게 떴다. 거의 흰자위뿐이었다. 네 부모는 어떻게 되었는지 모
르겠어, 너를 데려간 다음 날 네 부모를 데리러 사람들이 왔었
지, 그때까지만 해도 나는 눈이 보였는데. 이 건물에 다른 분
은 안 계시나요. 이따금씩 사람들이 오르내리는 소리는 들려,
하지만 바깥 사람들이고, 여기에는 자러 오는 것뿐이야. 제 부
모님은요. 이미 말했잖니, 나는 아무것도 모른다고. 여기 할아
버지는요, 그리고 아드님과 며느리는요. 다 데려갔어. 그런데
할머니는 남겨두었군요, 왜 그랬죠. 난 숨어 있었거든. 어디에
요. 어디긴, 바로 너희 아파트지. 거기에는 어떻게 들어가셨어
요. 뒷문으로 나가 비상 계단으로 올라갔지, 그런 다음 유리
창을 깨고 손을 안으로 집어넣어 문을 열었어, 열쇠는 자물쇠
에 꽂혀 있더구나. 그다음부터는 어떻게 아파트에서 혼자 사
셨어요, 의사의 아내가 물었다. 여기 다른 사람이 또 있나, 노
파가 깜짝 놀라 고개를 돌리며 물었다. 제 친구예요, 제 일행
중의 한 분이에요, 검은 색안경을 썼던 여자가 노파를 안심시
켰다. 혼자 사는 것만이 문제가 아니었을 텐데요, 식사는 어떻
게 하셨어요, 그동안 먹을 건 어디서 구하셨어요, 의사의 아내

가 집요하게 물었다. 나도 바보가 아니어서 내 몸 하나는 돌볼 수 있다우. 말하고 싶지 않으시면 안 해도 돼요, 그냥 궁금해서 여쭤본 거예요. 그럼 말해줄게, 우선 나는 이곳에 있는 아파트들을 돌아다니며 먹을 것을 다 긁어모았어, 상할 만한 건 바로 먹어치웠지, 나머지는 보관하고. 지금도 남은 게 있나요, 검은 색안경을 썼던 여자가 물었다. 아니, 다 먹었어, 갑자기 노파의 보지도 못하는 눈에 불신의 표정이 드러났다. 이런 상황에서는 보통 눈에 그런 표정이 드러난다고 이야기하는 것이 상례인데, 사실 이런 표현은 근거가 없다. 눈에는, 엄격히 말해서 눈에는, 아무런 표정이 없기 때문이다. 심지어 눈알을 뽑아냈을 때도, 그것은 그저 아무런 활력이 없는 두 개의 둥그런 물체에 불과하다. 여러 가지 시각적 웅변과 수사를 전달하는 것은 눈꺼풀, 속눈썹, 눈썹이다. 사람들은 보통 눈이 그렇게 한다고 생각하지만. 그럼 지금은 어떻게 사세요, 의사의 아내가 물었다. 거리에는 죽음이 휩쓸지만, 뒤뜰에서는 삶이 계속되고 있다우, 노파는 수수께끼처럼 대답했다. 무슨 뜻이죠. 뒤뜰에는 양배추도 있고, 토끼도 있고, 닭도 있지, 또 꽃도 있고, 꽃이야 먹는 것은 아니지만. 그래서 어떻게 한다는 거죠. 때로는 양배추를 뜯어먹고, 때로는 토끼나 닭을 잡아먹지. 그럼 그걸 날로 먹나요. 처음에는 불을 지피곤 했지만, 이제는 날고기에도 익숙해졌다우, 그리고 양배추 줄기도 알고 보면 달큰하지, 내 걱정은 하지 말아요, 내가 누구 딸인데 굶어 죽겠어. 노파는 두 걸음 뒤로 물러났다. 그러자 몸이 집의 어둠 속으로 거의 사라져버렸다. 오직 그녀의 하얀 눈만 빛을 발하고 있었다. 노파가 안에서 말했다, 네 아파트로 가고 싶으면 가려무나, 막지 않을 테니까. 검은 색안경을 썼던 여자는, 아니에요, 고맙지만 사양하겠어요, 그럴 필요는 없어요, 무슨 소용이 있겠어요, 부모님도 안 계신데, 하고 말하려다가, 갑자기 자신의 방을 보고 싶은 욕망을 느꼈다. 내 방을 보겠다니, 어리석긴, 난 눈이 멀었는데, 하지만 벽을, 이불을, 미친 듯한 머리를 뉘던 베개를, 가구를 만져볼 수는 있겠지, 어쩌면 서랍장 위에는 내가 기억하는 꽃병에 꽃이 꽂혀 있을지도 몰라, 이 할머니가 먹지 못하는 것이라고 화가 나서 바닥에 내동댕이치지만 않았다면. 그녀는 말했다, 글쎄요, 괜찮으시다면, 그렇게 하도록 하죠, 정말 고마워요. 들어와, 들어와, 하지만 먹을 게 있을 거라고 기대하진 마, 내가 가진 건 나 먹기에도 모자라니까, 게다가 네가 날고기를 좋아하지 않는다면 소용도 없을 테니까. 걱정 마세요, 우리 먹을 건 있어요. 아, 그러니까 너 먹을 건 있다는 거지, 그럼 내 은혜에 보답하는 셈치고 좀 남겨놓고 가려무나. 좀 드리고 갈게요, 걱정 마세요, 의사의 아내가 말했다. 그들은 이미 집 안 복도를 따라 걸어가고 있었다. 악취가 참을 수 없을 정도였다. 바깥의 시들어가는 빛이 들어오는 부엌은 침침했는데, 바닥에 토끼 가죽과 닭 깃털, 뼈가 있었다. 식탁에는 마른 피가 범벅이 된 더러운 접시에 뭔지 알 수 없는 고기 조각이 놓여 있었다. 여러 번 되씹은 것 같은 느낌을 주었다. 토끼하고 닭은 뭘 먹지요, 의사의 아내가 물었다. 양배추, 잡초, 또 뭐든 남은 찌꺼기를 먹지, 노파가 대답했다. 설마 닭과 토끼도 고기를 먹는 건 아니겠죠. 토끼는 아직 안 먹지, 하지만 닭들은 좋아한다우, 짐승은 사람하고 같아, 결국에는 모든 것에 익숙해지지. 노파는 비틀거리지 않고 안정된 자세로 걷고 있었다. 마치 눈에 보이는 것처럼 앞을 가로막은 의자를 치웠고, 비상 계단으로 통하는 문을 가리키기도 했다. 이리로 가야 해, 미끄러지지 않도록 조심해, 난간이 위태위태하니까. 문은 어떻게 하죠, 검은 색안경을 썼던 여자가 물었다. 그냥 밀면 돼, 열쇠는 나한테 있어, 여기 어디 있을 텐데. 검은 색안경을 썼던 여자는, 그건 우리 열쇠예요, 하고 말하려다가, 만일 부모님, 또는 부모님을 대신해 다른 사람들이 나머지 열쇠, 즉 앞문 열쇠를 가져갔다면 그 열쇠가 있어도 소용없을 것이라는 생각이 들었다. 들락거리고 싶을 때마다 이 이웃에게 지나가게 해달라고 부탁할 수는 없는 노릇이었다. 그녀는 심장이 약간 수축되는 것을 느꼈다. 이제 자신의 집으로 들어가 부모님이 안 계시다는 것을 확인할 순간이라 그런 것 같았다. 아니면 무슨 다른 이유가 있었을지도 모르지만.

부엌은 깨끗하고 단정했다. 가구에도 먼지가 많지 않았다. 비가 많이 내린 덕택이었다. 물론 이런 날씨 덕분에 양배추와 채소들이 무럭무럭 자랐지만. 그러고 보니 의사의 아내가 위에서 본 뒷마당은 정글의 축소판 같았다. 저기서 토끼들이 마음대로 뛰어다니고 있을까, 의사의 아내는 생각했다. 그럴 가능성은 없을 것 같았다. 토끼들은 토끼장에서 눈먼 사람의 손이 양배추 잎을 갖다주기를 기다리고 있을 터였다. 가끔 그 손은 토끼의 두 귀를 잡은 다음, 발버둥 치는 토끼를 밖으로 끌어내, 다른 손으로 토끼의 두개골 근처 척추를 부러뜨리기도 하겠지. 검은 색안경을 썼던 여자는 기억에 의존하여, 의사의 아내를 이끌고 아파트 안으로 들어갔다. 아래층 노파와 마찬가지로 발이 걸리지도 주춤거리지도 않았다. 그녀 부모의 침대는 어수선했다. 아마 이른 아침에 그들을 데리러 온 모양이었다. 그녀는 그곳에 앉아 울었다. 의사의 아내는 그녀 곁에 앉아서 말했다, 울지 마. 달리 무슨 말을 할 수 있을까. 세상이 모든 의미를 잃었는데 눈물이 무슨 의미가 있느냐고 말할까. 검은 색안경을 썼던 여자의 방 서랍장에는 유리 꽃병이 놓여 있고, 거기에 시든 꽃들이 꽂혀 있었다. 물은 증발하고 없었다. 눈먼 여자는 꽃병 쪽으로 손을 움직였다. 그녀는 손가락으로 죽은 꽃잎들을 쓰다듬었다. 버려진 생명은 얼마나 연약한가. 의사의 아내는 창문을 열고 아래 거리를 내려다보았다. 일행은 바닥에 주저앉아 참을성 있게 기다리고 있었다. 눈물을 핥아주는 개만이 그 날카로운 청력 때문에 긴장해 머리를 들고 있었다. 다시 흐려진 하늘은 어두워져 밤이 다가오고 있었다. 그녀는 오늘은 다른 잠자리를 찾아 나설 필요 없이, 검은 색안경을 썼던 여자의 집에 머물면 되겠다고 생각했다. 모든 사람들이 아래층 노파의 집을 거쳐가면, 그 노파는 좋아하지 않겠지, 그녀는 중얼거렸다. 그때 검은 색안경을 썼던 여자가 그녀의 어깨를 만지며 말했다, 열쇠는 자물쇠에 꽂혀 있었어요, 안 가져가셨어요. 노파의 집을 거쳐오는 것이 문제였다면, 이제 그것은 해결된 셈이다. 1층 노파가 고약하게 성질 부리는 것을 참고 받아줄 필요가 없게 되었다. 내가 가서 사람들을 불러올게, 곧 밤이 될 거야, 얼마나 좋아, 적어도 오늘은 머리 위에 지붕이 있는 제대로 된 집에서 잘 수 있으니 말이야, 의사의 아내가 말했다. 사모님하고 선생님은 부모님 침대에서 주무시면 돼요. 그건 나중에 생각하자고, 명령하는 사람은 나니까. 여긴 내 집인데요. 그 말이 맞아, 아가씨 원하는 대로 해. 의사의 아내는 검은 색안경을 썼던 여자를 안아주고는 다른 사람들을 찾아 아래로 내려갔다. 사람들은 흥분하여 재잘거리며 계단을 올라갔다. 안내자가, 계단마다 단이 열 개예요, 하고 주의를 주었음에도 이따금씩 발이 걸리기는 했지만, 모두 손님으로 남의 집을 방문한 사람들 같았다. 눈물을 핥아주는 개는 마치 매일 치르는 일인 것처럼 조용히 그들을 따라왔다. 검은 색안경을 썼던 여자는 층계참에서 내려다보고 있었다. 누가 올라올 때는 그렇게 하는 것이 관례였다. 낯선 사람일 때는 누군지 확인하기 위해, 친구일 때는 환영의 말을 던지기 위해. 지금은 누가 오는지 아는 데 눈이 필요하지 않았다. 들어오세요, 어서 들어오세요, 편안하게 쉬세요. 1층의 노파는 호기심으로 자기 아파트 문 뒤에 다가와 있었다. 그녀는 이 일당이 잠을 자기 위해 나타나곤 하는 그 패거리들 가운데 하나라고 생각했다. 아주 틀린 생각은 아니었다. 노파가 물었다, 누구세요. 검은 색안경을 썼던 여자가 위층에서 대답했다, 내 일행이에요. 노파는 어리둥절했다.

저 애가 어떻게 층계참에 갈 수 있었을까. 순간 떠오르는 것이 있었고, 그녀는 앞문 열쇠 챙겨두는 것을 잊은 자신에게 화가 났다. 몇 달 동안 이 건물의 유일한 거주자로 살면서 누려온 주인으로서의 권리를 잃은 기분이었다. 그녀는 문을 열면서, 나한테 먹을 걸 주겠다고 한 거 잊지 마, 잊어버리고 그냥 가지 마, 하고 말했다. 갑작스러운 좌절감을 보상하는 데 그렇게 말하는 것보다 좋은 방법은 없었다. 그러나 의사의 아내도 검은 색안경을 썼던 여자도 대답하지 않았다. 의사의 아내는 도착하는 사람들을 안내하느라 바빴고, 검은 색안경을 썼던 여자는 사람들을 받아들이느라 바빴다. 노파는 신경질적으로 소리쳤다, 내 말 들었어. 그러나 그것은 노파의 실수였다. 마침 그녀 옆을 지나가고 있던 눈물을 핥아주는 개가 그녀에게 달려들며 사납게 짖어대기 시작했기 때문이다. 계단 전체에 개 짖는 소리가 쩌렁쩌렁 울렸다. 완벽한 기습이었다. 노파는 놀라서 비명을 지르며 그녀의 아파트 안으로 달려들어가 문을 쾅 닫았다. 저 늙은 마녀는 누군고, 검은 안대를 한 노인이 물었다. 이런 말은 우리가 자신을 제대로 알지 못할 때 하는 소리다. 그 노인이 노파가 사는 것처럼 산다면, 그의 교양 있는 태도가 과연 얼마나 오래 지속될지 한번 보고 싶다.

그들에게는 봉투에 넣어 들고 온 것 외에는 음식이 없었다. 그들은 그것을 마지막 한 조각까지 아껴 먹어야 했다. 그러나 조명 면에서는 아주 운이 좋았던 것이, 부엌 찬장에 초 두 개가 있었다. 전기가 나갈 때 쓰려고 보관해둔 것이었다. 의사의 아내는 자신을 위해 초를 켜두었다. 다른 사람들에게는 불빛이 필요하지 않았다. 그들은 이미 머릿속에 빛이 있었으니까. 빛이 너무 강해 눈이 멀어버렸으니까. 이 소규모 일행은 가진 것이 별로 없었는데도 가족 잔치를 벌일 수 있었다. 한 사람에게 속한 것이 곧 모두에게 속한 것이 되는 드문 잔치였다. 식탁에 앉기 전, 검은 색안경을 썼던 여자와 의사의 아내는 아래층으로 내려갔다. 약속을 지키러 간 것이다. 요구를 들어주러 갔다고 말하는 것이 더 정확할지도 모른다. 세관 노릇을 하는 집을 통과한 대가로 주는 음식이었으니까. 노파는 음식을 받아들며, 침울한 표정으로 그 염병할 개가 자신을 잡아먹지 않은 게 기적이라고 투덜거렸다. 그런 짐승을 먹일 수 있는 걸 보니먹을 게 아주 많은가 보네, 노파는 넌지시 찔러보았다. 그런 비난조의 발언을 통해 이 두 사절에게 양심의 가책을 불러일으키려는 듯했다. 그녀가 진짜로 하고 있는 말은, 먹다 남은 음식으로 그런 멍청한 개가 배를 불리는 동안 가엾은 노파가 굶어 죽도록 방치하는 것은 비인간적인 일이라는 것이었다. 그러나 두 여자는 음식을 더 가지러 돌아가지 않았다. 그들이 가져온 것도 현재의 어려운 생활 형편을 고려할 때 상당히 많은 양이었다. 묘하게도 아래층 노파도 상황을 그렇게 평가했다. 결국그녀도 보기보다는 성질이 고약하지는 않았는지, 안으로 들어가 뒷문 열쇠를 찾아와 검은 색안경을 썼던 여자에게 주면서말했다, 가져가, 이 열쇠는 네 거야. 그리고 그것으로는 부족하다 싶었는지, 문을 닫을 때도, 정말 고마워, 하고 중얼거렸다.

두 여자는 놀라서 2층으로 돌아갔다. 그러니까 그 늙은 마녀에게도 감정이 있었던 것이다. 저 할머니도 나쁜 분은 아니었어요, 오랫동안 혼자 살다 보니 정신이 좀 흐트러지신 모양이에요, 검은 색안경을 썼던 여자가 그렇게 말했으나, 자기가 무슨 말을 하는지 깊이 생각하는 것 같지는 않았다. 의사의 아내는 대답하지 않았다. 그녀는 모든 대화는 나중으로 미루어두기로 결심했다. 다른 사람들이 다 잠자리에 들고, 일부는 깊이 잠들자, 두 여자는 마치 남은 집안일을 마저 하기 전에 숨을 돌리는 모녀처럼 부엌에 앉았다. 의사의 아내가 말했다, 이제 어떻게 할 거야. 어떻게 하긴요, 여기서 부모님이 돌아오실 때까지 기다릴 거예요. 눈도 멀었는데 혼자서. 눈먼 데는 익숙해졌어요. 외로움은 어쩌고. 받아들여야겠죠, 아래층 할머니도 혼자 사시는데요 뭐. 아래층 할머니처럼 되고 싶지는 않을 거 아냐, 양배추와 날고기를 먹으면서 살 거야, 그게 얼마나 갈지는 모르겠지만, 이 건물에 다른 사람은 사는 것 같지도 않은데, 여기서 둘만 살겠다는 거야, 아마 두 여자는 먹을 게 혹시 떨어질까 봐 두려워 서로 미워하게 될걸, 양배추 줄기를 하나 뜯을 때마다 상대방의 입에 들어갈 걸 빼앗는 기분일 거야, 아가씨는 저 가엾은 노파를 못 보았어, 그냥 아파트에서 나는 악취만 맡았을 뿐이야, 내 장담하는데 우리가 전에 살던 수용소도 그렇게 비위가 상하지는 않았어. 조만간 우리 모두 그 할머니처럼 될 텐데요 뭐, 그럼 모든 게 끝나겠죠, 더 이상 삶이란 건 없겠죠. 하지만 우리는 아직 살아 있어. 사모님은 나보다 아는 게 훨씬 많아요. 나는 사모님과 비교하면 무지한 어린애에 불과해요. 하지만 내 생각으로는 우린 이미 죽은 거예요, 다르게 말하자면, 우리는 눈이 멀었기 때문에 죽은 거예요, 그게 그거지만요. 나는 아직 볼 수 있어. 사모님은 운이 좋은 거죠, 선생님도 운이 좋은 거고, 나도 운이 좋은 거고, 여기 있는 다른 사람들도 운이 좋은 거예요, 하지만 사모님이 앞으로 얼마나 오래 볼 수 있을지는 모르는 거잖아요, 사모님도 눈이 멀면 우리와 똑같아질 거예요, 우리는 모두 아래층 할머니처럼 되고 말거예요. 오늘은 오늘이야, 내일 일은 또 내일 걱정하지 뭐, 어쨌든 오늘은 내가 책임져야 해, 내가 눈이 멀면 내일은 책임지지 못하겠지만. 책임이라니, 무슨 뜻이죠. 다른 사람들은 시력을 잃었는데 나는 내 시력을 잃지 않았다는 데서 오는 책임감. 이 세상 모든 눈먼 사람들을 위해 길을 인도하거나 먹을 걸 갖다주는 것이 사모님의 희망이 될 수는 없어요. 그렇게 해야 돼. 하지만 그럴 수 없어요. 사람들을 돕기 위해서 내가 할 수 있는 모든 일을 할 거야. 물론 그러시겠죠, 사모님이 없었다면 난 오늘 살아 있지도 않을 거예요. 그리고 난 아가씨가 지금 죽기를 바라지도 않아. 나는 여기 있어야 해요, 그게 내 의무예요, 만에 하나 부모님이 돌아오신다면, 나는 그때 내가 여기 있었으면 좋겠어요. 그건 방금 아가씨 자신이 말한 대로, 만에 하나의 경우야, 게다가 그분들이 여전히 아가씨 부모님일지 아닐지도 모르는 거야. 무슨 말씀인지 모르겠는데요. 아래층 노파도 원래는 마음씨 좋은 사람이었다면서. 가엾은 할머니. 아가씨의 부모님도 가엾게 되고, 아가씨도 가엾게 될 거야, 아가씨가 부모님을 만났을 때는 둘 다 눈도 멀고 감정도 멀었을 거야, 우리가 전에 지니고 살았던 감정, 과거에 우리가 사는 모습을 규정하던 감정은 우리가 눈을 가지고 태어났기 때문에 가능했던 거야, 눈이 없으면 감정도 다른 것이 되어버려, 어떻게 그렇게 될지는 모르고, 다른 무엇이 될지도 모르겠지만, 아가씨는 우리가 눈이 멀었기 때문에 죽은 것이라고 말했는데, 바로 그게 그 얘기야. 선생님을 사랑하시나요. 응, 나 자신을 사랑하는 만큼, 하지만 만에 하나 내가 눈이 먼다면, 내가 눈이 먼 다음에 다른 사람이 된다면, 내가 어떻게 그이를 계속 사랑할 수 있을까, 무슨 감정으로 사랑을 할까. 전에 우리가 볼 수 있었을 때도 눈이 먼 사람들이 있었잖아요. 지금과 비교하면 거의 없었다고 할 수 있지, 일반적인 감정은 볼 수 있는 사람의 감정이었고, 따라서 눈먼 사람들도 눈먼 사람들의 감정이 아니라 성한 사람들의 감정을 가지고 있었어, 그런데 이제 눈먼 사람들의 진짜 감정들이 분명하게 나타나고 있어, 아직도 시작일 뿐이야, 지금은 그래도 우리가 가졌던 감정에 대한 기억에 의존해 살고 있잖아, 지금 삶이 어떻게 바뀌었는지 아는 데는 눈이 필요 없어, 과거에 누가 나더러 언젠가 사람을 죽일 것이라고 말했다면, 나는 그것을 모욕으로 받아들였을 거야, 하지만 나는 이미 사람을 죽였어. 그럼 나더러 어떻게 하라는 거죠. 나와 함께 가, 우리 집으로 가. 다른 사람들은 어떻게 하고요. 다른 사람들도 마찬가지야, 하지만 내가 가장 걱정하는 건 아가씨야. 왜요. 나도 스스로 그 이유를 물어보았어, 어쩌면 아가씨가 내 여동생처럼 느껴졌기 때문인지도 몰라, 어쩌면 내 남편이 아가씨와 잤기 때문인지도 몰라. 용서해주세요. 죄를 지은 것도 아닌데 용서를 빌 게 뭐가 있어. 우리는 기생충처럼 사모님 피를 빨게 될 거예요. 우리가 볼 수 있을 때도 그런 사람들은 많았어, 게다가 피란 어차피 그 주인의 목숨을 유지해주는 것 외에 다른 목적에도 봉사해야 돼, 이제 잠을 좀 자도록 해, 내일은 또 다른 날이 될 테니까.

또 다른 날일 수도 있고, 똑같은 날일 수도 있다. 사팔뜨기 소년은 잠에서 깨었을 때 변소에 가고 싶어 했다. 설사가 나오려 했다. 몸이 약해서 먹은 게 잘못된 모양이었다. 그러나 변소에는 들어갈 수 없다는 것이 곧 분명해졌다. 아래층 노파가 건물의 모든 변소를 더 이상 이용할 수 없을 때까지 이용한 것이 틀림없었다. 특별히 운이 좋아서 그랬는지 전날 밤에는 자기 전에 장을 비우고 싶은 충동을 느낀 사람이 아무도 없었다. 그런 사람이 있었다면 변소들이 얼마나 역겨운 상태인지 이미 알고 있었을 것이다. 이제 모두 용변을 보고 싶은 욕구를 느꼈다. 특히 가엾은 소년은 더 이상 참을 수 없는 것 같았다. 사실 우리는, 아무리 받아들이기 싫더라도, 삶의 이런 마음에 들지 않는 현실들을 고려해야만 한다. 장 기능이 정상적일 때는 누구라도 예를 들어 눈과 감정 사이에 직접적인 관계가 존재하는지 아닌지, 또는 책임감이 멀쩡한 시력의 자연스러운 결과인지 아닌지 생각해볼 수도 있고 토론해볼 수도 있다. 그러나 우리가 심한 고난을 당해 통증과 괴로움에 시달릴 때, 그때는 우리의 본성이 지닌 동물적 측면이 가장 분명하게 부각된다. 뒤뜰, 의사의 아내가 소리쳤다. 그녀가 옳았다. 그렇게 이른 시간만 아니었다면 우리는 그곳에 아래층 이웃이 이미 나와 있는 것을 보았을 것이다. 지금까지는 예의 없이 그녀를 노파라고 불렀지만, 이제 그렇게 부르지 말아야 할 때가 되었다. 어쨌든 다시 하던 이야기로 돌아가서, 시간이 조금 늦었다면 우리는 그녀가 닭들에 둘러싸인 채 거기에 쭈그리고 앉아 있는 것을 보게 되었을 것이다. 왜 닭들에게 둘러싸여 있느냐고 묻는 사람은 닭이 어떤 짐승인지 모르는 사람임이 분명하다. 사팔뜨기 소년은 배를 움켜쥐고 의사 아내의 부축을 받으며 괴로운 표정으로 계단을 내려갔다. 그러나 소년이 마지막 계단에 이르렀을 때, 그의 괄약근은 내부의 압력에 대한 저항을 포기하고 말았다. 결과는 충분히 상상할 수 있을 것이다. 한편 다른 다섯 사람은 그들 나름대로 최선을 다해 비상 계단으로 내려올 수 있었다. 비상 계단이란 이름이 지금은 아주 적절한 것 같다. 격리 수용소 생활을 겪고도 이들에게 아직 어떤 심리적 억제가 남아 있다면, 지금이야말로 그것을 버릴 기회였다. 그들은 뒤뜰 전체에 흩어져, 힘을 주느라 끙끙대며, 남아 있던 모든 헛된 수치감으로 괴로워하며, 볼일을 보았다. 심지어 의사의 아내도 그들을 보고 울면서 볼일을 보았다. 그녀는 그들 모두를 대신해 울었다. 그들은 이제 울 수 없는 것 같았다. 그녀의 남편, 첫 번째로 눈이 먼 남자와 그의 아내, 검은 색안경을 썼던 여자, 검은 안대를 한 노인, 소년. 의사의 아내는 그들이 마디가 많은 양배추 줄기들 사이 잡초 위에 쭈그리고 앉아 있는 것을 보았다. 눈물을 핥아주는 개도 그들과 함께 내려와 숫자를 보탰다. 주위에서는 닭들이 지켜보고 있었다. 그들은 최선을 다해 밑을 닦았다. 그러나 팔이 닿는 곳에 있는 한 줌의 풀이나 부서진 벽돌 조각으로 서둘러 대충 닦을 수밖에 없었다. 어떤 경우에는 닦는다는 것이 오히려 상태를 더 악화시키기도 했다. 그들은 말없이 비상 계단으로 다시 올라갔다. 1층의 이웃이 나타나, 누구냐고, 어디서 왔느냐고, 어디로 가느냐고 물어보지는 않았다. 저녁 식사의 포만감 때문에 아직도 자고 있는 것이 분명했다. 아파트로 들어갔을 때 그들은 처음에는 무슨 말을 해야 좋을지 몰랐다. 이윽고 검은 색안경을 썼던 여자가 이런 상태로 있을 수는 없다고 말했다. 물론 몸을 닦을 물은 없었다. 안타깝지만 어제처럼 비가 억수로 퍼붓지도 않았다. 비만 온다면 다시 한 번 뒤뜰로 나갈 수도 있을 텐데. 이번에는 부끄러움도 잊은 채 벌거벗고 머리와 어깨로 하늘에서 내려오는 푸짐한 물을 받아들일 수도 있을 텐데. 등과 가슴을 타고 흘러, 다리까지 내려가는 물을 느껴볼 수도 있을 텐데. 빗물을 두 손에 모아 마침내 구석구석 깨끗이 닦을 수도 있고, 이렇게 두 손에 모은 물을 다른 사람에게 주며 갈증을 달래라고 할 수도 있을 텐데. 그것이 누구든. 물을 먹는 사람의 입술은 물을 찾기 전에 먼저 물을 주는 사람의 살갗에 가볍게 닿을 수도 있을 텐데. 갈증에 애태우던 사람들은 그 조개 껍질 같은 손아귀 안

359

에 있는 물을 마지막 한 방울까지 열심히 찾아 마실 텐데. 몰라, 그러다 갈증만 더 심해지는 건 아닐지. 우리가 다른 경우에도 보았듯이, 검은 색안경을 썼던 여자가 나쁜 길로 빠져들게 되는 것은 그녀의 이런 상상력 때문이다. 이런 비극적이고, 기괴하고, 절망적인 상황에서 그녀가 기억해내야 하는 것은 무엇일까. 이런 상상력에도 불구하고, 그녀는 현실 감각이 전혀 없는 사람은 아니었다. 그녀가 자신의 방에 있는 옷장을 열러 갔다는 것이 그 증거다. 이어 그녀는 부모님의 옷장도 열었다. 그녀는 두 옷장에서 시트와 수건을 모았다. 이걸로 몸을 닦아요, 없는 것보다는 낫잖아요. 그것이 좋은 생각이라는 데는 의심의 여지가 없었다. 식사를 하기 위해 식탁에 앉았을 때, 그들은 기분이 한결 나아져 있었다.

식탁에 앉았을 때 의사의 아내는 마음속에 있던 이야기를 꺼냈다. 이제 어떻게 할지 결정해야 할 때가 왔어요, 모든 사람들이 눈이 먼 것이 확실해요, 지금까지 내가 만난 사람들의 행동을 관찰하면서 그런 느낌을 받았어요, 물은 없어요, 전기도 없어요, 공급되는 물자도 없어요, 혼돈이란 것이 바로 이런 것임에 틀림없어요, 이것이야말로 혼돈이라는 말의 의미예요. 정부는 있지 않겠습니까, 첫 번째로 눈이 먼 남자가 말했다. 모르겠어요, 하지만 있다 해도, 눈먼 사람들이 눈먼 사람들을 통치하는 정부겠죠, 그러니까 무(無)가 무를 조직하려는 것과 똑같을 거예요. 그럼 미래가 없겠구려, 검은 안대를 한 노인이 말했다. 미래가 있다 없다 하는 이야기는 못하겠어요, 지금 중요한 것은 당장 어떻게 살아갈 것인지 방법을 찾는 거예요. 미래가 없다면 현재도 소용이 없소, 현재도 없는 것과 마찬가지이기 때문이오. 아마 인류는 눈 없이도 살아가게 되겠죠, 하지만 그것은 이제 인류라고 부를 수 없을 거예요, 그 결과는 분명해요, 우리 가운데 누가 우리 자신을 전과 같은 인간이라고 생각할 수 있겠어요, 예를 들어, 나는 사람을 죽였어요. 사람을 죽였다고요, 첫 번째로 눈이 먼 남자가 깜짝 놀라서 되물었다. 네, 좌병동에서 명령하던 깡패를 죽였어요, 가위로 목을 찔러 죽였어요. 검은 색안경을 썼던 여자가 말을 받았다, 사모님은 우리의 복수를 하려고 죽인 거예요, 여자의 복수는 여자만이 해줄 수 있어요, 복수도 정의롭기만 하면 인간적인 거예요, 부정한 방법으로 피해를 준 사람에 대해 피해자가 아무런 권리도 가질 수 없다면 정의도 있을 수 없어요. 그럼 인간이고 뭐고 없는 거지, 첫 번째로 눈이 먼 남자의 아내가 맞장구를 쳤다. 하던 이야기로 돌아가도록 하죠, 의사의 아내가 말을 이었다, 우리는 함께 있으면 어떻게든 살아갈 수 있을 거예요, 하지만 흩어지면 사람들 무리에 삼켜져 죽고 말 거예요. 당신은 전에 눈먼 사람들이 조직적인 집단을 이루고 있다고 했잖아, 의사가 말하고는 덧붙였다, 그것은 새로운 삶의 방식이 만들어지고 있다는 것이고, 따라서 당신 말과는 달리, 우리가 꼭 죽임을 당하지는 않을 수도 있다는 거지. 그 사람들이 어느 정도나 제대로 조직되어 있는지는 모르겠어요, 나는 그들이 먹을 것과 잘 곳을 찾아 돌아다니는 것을 보았을 뿐이에요, 그 이상은 없어요. 우리는 다시 원시적인 유목민 무리로 돌아가겠군, 검은 안대를 한 노인이 말을 이어나갔다, 차이가 있다면 우리는 통이 크고 때가 묻지 않은 수천의 무리가 아니라, 뿌리 뽑히고 고갈된 세계에서 살아가는 수십억의 무리라는 것이지. 게다가 눈이 멀었고요, 의사의 아내가 덧붙이고는 말을 이었다, 물과 음식을 찾는 일이 어려워지기 시작하면, 이 무리는 거의 틀림없이 흩어질 거예요, 모두가 혼자 있으면 살아남기가 더 쉬울 거라고 생각할 거예요, 어떤 것도 다른 사람과 나누어 가지려 하지 않을 거예요, 손에 쥘 수 있는 것은 무조건 자기 것이라고 생각하고 절대 다른 사람과 공유하지 않을 거예요. 돌아다니는 무리에게도 지도자가 있지 않겠습니까, 명령을 내리고 조직을 하는 사람 말입니다, 첫 번째로 눈이 먼 남자가 말했다, 그럴 수도 있겠죠, 그렇다 해도 명령을 내리는 사람도 명령을 받는 사람들과 똑같이 눈이 멀었다는 게 문제예요. 검은 색안경을 썼던 여자가 끼어들었다, 사모님은 눈이 멀지 않았잖아요, 그래서 사모님이 우리에게 명령을 내리고 우리를 조직할 수 있는 사람이 된 거잖아요. 나는 명령을 내리지 않아요, 그저 최선을 다해 조직하려 할 뿐이죠, 나는 그저 다른 사람들에게는 없는 눈일 뿐이에요. 자연스러운 지도자지, 장님의 나라에서는 눈을 가진 사람이 왕이니까, 검은 안대를 한 노인이 말했다. 그렇다면 내눈이 보일 때까지는 내 안내를 받도록 하세요, 내가 제안하는 것은 흩어지지 말고, 그러니까 각자의 집으로 가지 말고, 계속 함께 살자는 거예요. 그럼 여기 그대로 있으면 되겠네요, 검은 색안경을 썼던 여자가 말했다. 우리 집이 더 커요. 하지만 그곳에 다른 사람들이 들어와 있으면 소용없는 거죠, 첫 번째로 눈이 먼 남자가 말했다. 가서 확인해보면 돼요, 만일 다른 사람들이 있으면 다시 이리로 오면 되고요, 아니면 두 분 집에 가봐도 되고요, 아니면 저분 댁에 가봐도 되고요. 마지막 말은 물론 검은 안대를 한 노인의 집을 가리킨 것이다. 노인이 대답했다, 나는 집이 없소, 그냥 방 하나에서 혼자 살았소. 가족이 없나요, 검은 색안경을 썼던 여자가 물었다. 아무도 없소. 부인이나 자녀나 형제나 누이도요. 아무도 없소. 부모님이 나타나지 않으면, 나도 아저씨처럼 혼자가 될 거예요. 내가 함께 있을게요, 사팔뜨기 소년이 말했다. 그러나 소년은, 엄마가 나타나지 않으면요, 하는 조건은 덧붙이지 않았다. 이상한 행동이었다. 아니, 어쩌면 그렇게 이상하지 않을지도 모른다. 어린아이들은 금방 적응하니까. 아직 앞날이 창창하니까. 자, 어떻게 생각하세요, 의사의 아내가 물었다. 저는 사모님과 함께 갈래요, 검은 색안경을 썼던 여자가 말을 이었다, 하지만 한 가지 부탁이 있는데, 혹시 부모님이 돌아오실지 모르니까, 일주일에 한 번씩 이곳으로 저를 데려와주세요. 아래층 이웃에게 열쇠를 맡겨놓을 건가요. 다른 대안이 없어요, 할머니는 지금까지 우리 집에 있는 걸 가져갔으니, 이제 더 가져갈 것도 없어요. 안에 있는 물건들을 부술지도 모르는데. 내가 왔다 갔으니까 그렇게는 못할 거예요. 우리도 함께 가겠습니다, 첫 번째로 눈이 먼 남자가 말하고는 덧붙였다, 가능한 한 빨리 우리 집으로 가서 어떻게 되었는지 확인해보고 싶기는 하지만. 물론 그래야죠. 우리 집에는 안 들러도 괜찮소, 이미 말했듯이 방 하나에 불과하니까. 어쨌든 함께 가실 거죠. 그래요, 하지만 한 가지 조건이 있소. 은혜를 입는 사람이 조건을 내건다는 것은 언뜻 말도 안 되는 것처럼 보이기도 한다. 하지만 어떤 노인들은 이런 식이다. 얼마 남지 않은 여생 동안 자존심을 잃지 않으려는 것이다. 무슨 조건인데요, 의사가 물었다. 내가 대책 없는 짐이 되거든 나에게 말해주시오, 설사 여러분이 우정이나 연민 때문에 나에게 아무 말을 하지 않는다 해도, 나에게 필요한 일을 할 판단력은 남아 있기를 바랄 뿐이오. 그 필요한 일이란 게 뭔데요, 궁금해요, 검은 색안경을 썼던 여자가 물었다. 물러나는 거지, 떠나는 거요, 사라지는 거야, 코끼리들이 그랬듯이, 최근에는 상황이 달라졌다는 이야기를 듣긴 했지만, 요즘에는 노년에 이르는 코끼리가 한 마리도 없다는 거요. 아저씨는 코끼리가 아니에요. 그렇다고 사람이라고 할 수도 없지. 그렇게 어린애처럼 대꾸를 하면 정말로 사람이 아니죠, 검은 색안경을 썼던 여자가 쏘아붙였다. 대화는 더 진전되지 않았다.

이제 비닐 봉투들은 이곳에 올 때보다 훨씬 가벼워졌다. 아래층 이웃도 함께 먹었으니 당연했다. 아래층 이웃은 두 번 그 음식을 먹었다. 어젯밤에 한 번, 그리고 오늘도 그들은 열쇠를 맡기면서 정당한 주인이 나타날 때까지 잘 맡아달라는 말과 함께 음식을 조금 더 주었다. 이제 그 노파의 성격에 대해서는 충분히 알았겠지만, 그것이 그녀를 착하게 만드는 방법이었다. 게다가 눈물을 핥아주는 개에게도 먹이를 주어야 했다. 오직 돌 같은 심장을 가진 사람만이 그 애처로운 눈 앞에서 무관심한 척할 수 있다. 그런데 우리가 이 이야기를 하는 동안, 개는 어디론가 사라져버렸다. 아파트에는 없다. 문 밖으로 나가지도 않았다. 따라서 뒤뜰에 있을 수밖에 없다. 의사의 아내는 살펴보러 나갔다. 과연 개는 그곳에 있었다. 눈물을 핥아주는 개는 그곳에서 닭을 잡아먹고 있었다. 너무 재빠른 공격이라 닭은 비명 한번 제대로 지르지 못했다. 만일 아래층 노파가 볼 수 있어 닭의 숫자를 헤아리고 있었다면, 누가 알겠는가, 노파의 분노 때문에 열쇠가 어떤 운명에 처했을지. 눈물을 핥아주는 개는 범죄를 저질렀다는 의식과 자신이 보호하던 인간이 떠난다는 깨달음 사이에서 아주 짧은 순간 망설이더니, 즉시 부드러운 땅을 발로 긁기 시작했다. 1층의 노파가 아파트 안으로 들려온 소리를 듣고 냄새를 맡기 위해 비상구의 층계참으로 나왔을 때, 닭의 주검은 이미 땅에 묻혀 있었다. 범죄의 흔적은 덮었고, 양심의 가책은 다음 기회로 미루어두게 된 것이다. 눈물을 핥아주는 개는 노파의 치마 옆을 바람처럼 스치며 소리 없이 계단을 올라갔다. 노파는 자신이 방금 마주했던 위험을 전혀 깨닫지 못했다. 개는 의사 아내의 옆에 자리를 잡고, 하늘을 향해 큰 소리로 방금 자신이 달성한 업적을 보고했다. 1층의 노파는 개가 사납게 짖어대는 소리를 듣고 두려움에 사로잡혔다. 그러나 우리가 너무 늦게 알게 된 일이지만, 그녀의 두려움은 식료품 저장실의 안위 때문이었다. 그녀는 목을 위로 길게 빼고 소리를 질렀다, 그 개가 내 닭을 죽이지 않도록 잘 잡고 있으시우. 의사의 아내가 대답했다, 걱정 마세요, 이 개는 배가 고프지 않아요, 이미 먹이를 먹었거든요, 그리고 우리는 곧 떠날 거예요. 곧 떠난다고, 노파는 그 말을 되풀이했는데, 목소리가 갈라져 있었다. 고통을 느낀 듯, 아니면 그녀의 말을 완전히 다른 식으로 이해해주기를 바라는 듯. 예를 들어, 여기 나를 혼자 남겨놓고 떠난다는 것이냐는 뜻으로. 그러나 그녀는 다른 말은 하지 않았다. 곧 떠난다고, 하는 답을 원하지 않는 말뿐이었다. 아무리 단단한 마음에도 그 나름의 슬픔이 깃드는 법이다. 이 여자의 마음도 그런 식이어서, 나중에 그녀는 집에 들어오게 해주었는데도 은혜를 모르는 그 사람들한테 문을 열고 인사를 하지도 않았다. 그녀는 사람들이 아래층으로 내려오는 소리를 들었다. 그들은 자기들끼리 이야기를 하고 있었다. 넘어지지 않도록 조심해요, 손을 내 어깨에 올려놔요, 난간을 잡아요. 뭐 그런 뻔한 말들이었다. 눈먼 사람들의 세계에서 더욱 흔해진 말들이었다. 그러나 그녀는 한 여자가, 여기는 너무 어두워서 하나도 안 보이네, 하고 말하는 소리를 듣는 순간 깜짝 놀랐다. 눈먼 상태가 백색이 아니라는 것 자체로도 놀라운 일이었다. 그런데 너무 어두워서 볼 수가 없다니. 그게 무슨 소리일까. 그녀는 생각을 하고 싶었다. 열심히 노력했다. 그러나 둔한 머리가 따라와주지 않았다. 곧 그녀는 혼잣말을 했다, 내가 잘못 들은 게지. 의사의 아내는 거리에 나와 자기가 한 말을 기억했다. 말을 조심해야 했다. 움직이는 것은 눈을 가진 사람처럼 움직여도 괜찮았다. 그러나 내 말은 눈먼 사람의 말이어야 해, 그녀는 생각했다.

그녀는 인도에 모인 사람들을 세로 석 줄로 세웠다. 맨 앞줄에는 남편과 검은 색안경을 썼던 여자를 서게 했고, 그 가운데 사팔뜨기 소년을 집어넣었다. 두 번째 줄에는 검은 안대를 한 노인과 첫 번째로 눈이 먼 남자를 세우고, 그 가운데 첫 번째로 눈이 먼 남자의 아내를 집어넣었다. 그녀는 그들 모두가 자기에게 바짝 붙어 있길 바랐다. 흔히 하듯이 허약하게 일렬 종대로 세워놓으면, 언제 열이 흐트러질지 알 수가 없었다. 좀 더 수가 많은 집단, 좀 더 호전적인 집단을 만나면 그것으로 끝장이었다. 바다의 기선이 앞길을 가로막는 돛단배를 둘로 가르고 가는 것과 다를 바 없었다. 우리는 그런 사고의 결과를 잘 알고 있다. 난파한 배, 갑자기 닥친 재난, 익사한 사람들, 광대한 바다에서 살려달라고 헛되이 외치는 소리. 기선은 부딪혔는지도 모르고 이미 저만치 앞서가고 있을 텐데. 이 집단에게도 그런 일이 일어날 수 있다. 한 사람씩 흩어져 다른 눈먼 사람들이 이루고 있는 바다의 무질서한 물결, 멈출 줄도 모르고 어디로 가는지도 모르는 파도 속에서 길을 잃을 수 있다. 그렇게 되면 의사의 아내도 누구 먼저 도와야 할지 모르고 허둥댈 수 있다. 우선 남편의 팔을 잡고, 그다음에는 아마 사팔뜨기 소년의 팔을 잡을 것이다. 그렇게 되면 검은 색안경을 썼던 여자를 놓치고 만다. 검은 안대를 한 노인을 비롯해 다른 두 사람도 놓칠 것이다. 그럼 노인은 멀리, 코끼리 무덤으로 가버리겠지. 그래서 그녀는 다른 사람들이 자는 동안 천 조각을 묶어 만든 띠를 자신의 몸에 두르고, 다른 사람들의 몸에도 둘러주었다. 나를 잡지 마세요, 온 힘을 다해 이 줄을 잡으세요, 무슨 일이 있어도 절대 놓치면 안 돼요. 그들은 서로 발이 걸리는 것을 피하기 위해 너무 가까이 붙지 않도록 조심했다. 그러나 옆 사람의 존재를 느끼지 못할 만큼 멀리 떨어지고 싶어 하지는 않았다. 가능하면 직접적인 접촉을 원했다. 오직 한 사람만이 이 육상 전술의 새로운 문제들에 대해 걱정하지 않았는데, 바로 사팔뜨기 소년이었다. 그는 중앙에서 걸어가면서 사방으로부터 보호를 받고 있었다. 우리의 눈먼 친구들 가운데 누구도 다른 집단들은 어떻게 움직이냐고, 그들 역시 이런저런 방법으로 서로 몸을 묶고 다니느냐고 묻지 않았다. 그러나 우리가 이제까지 본 것만으로도 답은 충분히 해줄 수 있다. 우리가 모르는 어떤 이유가 있어 남들보다 더 응집력이 강한 집단을 제외한 일반적인 집단들은 하루를 지내는 동안에 접착력이 강해지기도 하고 약해지기도 한다. 늘 혼자 따로 떨어져 길을 잃는 사람이 생긴다. 또 늘 인력에 의해 뒤따라 붙는 사람이 생긴다. 그런 사람은 손에 뭘 들고 있느냐에 따라 받아들여질 수도 있고, 받아들여지지 않을 수도 있다. 아래층의 노파는 천천히 창문을 열었다. 그녀는 누구에게도 자기가 그런 감상적인 약점을 가지고 있다는 것을 알리고 싶지 않았다. 그러나 거리에서는 이제 아무 소리도 들리지 않았다. 그들은 이미 떠났다. 거의 아무도 지나다니지 않는 이곳을 떠나버렸다. 노파는 기뻐해야 마땅했다. 이제 닭과 토끼를 다른 사람들과 나누어 갖지 않아도 되니까. 그녀는 기뻐해야 마땅한데, 실제로는 그렇지가 않다. 그녀의 멀어버린 두 눈에 눈물이 고인다. 처음으로 그녀는 자신이 계속 살고 싶은 이유가 있는지 물어보았다. 그러나 답을 찾을 수가 없었다. 답이란 필요하다고 해서 꼭 나타나는 것은 아니니까. 유일한 답은 답을 기다려보는 것일 경우가 많다.

그들이 택한 길로 가다 보면 검은 안대를 한 노인의 방이 있는 집에서 두 블록 떨어진 곳을 지나게 된다. 그러나 이미 그곳에는 들르지 않고 계속 가기로 결정했다. 그곳에는 먹을 것은 없고, 그들에게 필요하지 않은 옷과 그들이 읽을 수 없는 책만 있을 뿐이다. 거리는 먹을 것을 찾아나선 사람들로 가득하다. 그들은 가게를 들락거린다. 빈손으로 들어갔다가 거의 늘 빈손으로 나온다. 이어 그들은 자기들끼리 이 동네를 떠나 도시의 다른 지역에 가서 식량을 구할 필요가 있다고, 또 그러는 것이 더 낫지 않겠느냐고 토론을 벌인다. 수돗물도 나오지 않고, 가스관도 텅 비어 집 안에서 화재가 발생할 위험도 없는 이런 상황에서 큰 문제는, 설사 우리가 소금이나 기름이나 양념이 있는 곳을 찾을 수 있어 과거의 맛이 약간은 나는 요리를 준비하려 해도, 조리가 불가능했다. 채소가 조금 있다면 그것을 삶는 것만으로도 만족할 수 있을 것이다. 고기도 마찬가지다. 평소처럼 토끼나 닭은 못 먹는다 해도, 요리만 할 수 있다면 개와 고양이라도 먹을 수 있을 것이다. 잡을 수만 있다면. 그러나 경험은 진정 삶의 애인인 것이, 전에는 길들여져 주검조차 불신하도록 배운 이 짐승들조차 이제 떼를 지어 다니며 사람들의 사냥으로부터 자신들을 방어하고 있다. 게다가, 다행히도 이들은 아직 눈이 있기 때문에 위험을 피하고, 또 필요하다면 공격할 수 있는 장비가 더 잘 갖추어져 있는 셈이다. 이런 상황과 이유 때문에 우리는 인간에게 가장 좋은 음식은 캔과 단지에 보존되어 있는 것이라고 결론을 내리지 않을 수 없다. 그것은 이미 조리되어 있어 바로 먹을 수 있는 경우가 많았고, 운반도 쉬워 즉시 이용하기도 편리했다. 그런 제품들을 넣어 파는 캔, 단지, 다양한 봉투에는 모두 유효 기간이 찍혀 있어, 어떤 경우에는 그 기한을 넘으면 상당히 심각한 문제가 발생할 수도 있다. 그러나 대중의 지혜는 재빠른 반응을 보여서 요즘에는 그와 관련된 말이 널리 퍼져 있다. 어떤 면에서는 무책임하다고도 할 수 있는 이 속담은 지금은 많이 사용되지 않는 다른 속담, 눈이 보지 못하는 것에 대해서는 마음도 슬퍼하지 않는다, 라는 속담과 대칭을 이루는 것이다. 요즘 유행하는 그 속담이란, 눈이 보이지 않으면 위가 쇠처럼 단단해진다, 하는 것이다. 그래서 사람들은 그렇게 쓰레기를 먹어대고 있는 것인지도 모른다. 의사의 아내는 일행을 이끌고 가면서 머릿속으로 먹을 것이 얼마나 남았는지 계산해본다. 개를 뺀다면, 한 끼 식사는 충분하다. 개는 자기가 사용할 수 있는 수단으로 스스로 문제를 해결하도록 놔두어도 된다. 아까 닭의 목을 비틀어 그 목소리와 생명을 빼앗는 데 사용했던 것과 같은 유용한 수단 말이다. 기억할지 모르겠지만, 그녀의 집에는 상당한 양의 통조림이 있다. 물론 그것은 다른 사람들의 침입이 없었다는 것을 전제로 하는 말이다. 어쨌든 그것은 부부에게는 충분한 양이었지만, 여기에는 먹어야 할 사람이 일곱 명이니, 설사 철저한 배급제를 실시한다 해도 그것은 오래가지 못할 것이다. 내일, 또는 며칠 내로, 그녀는 슈퍼마켓의 지하 창고로 돌아가야 할 것이다. 혼자 갈 것인지, 아니면 남편을 데리고 갈 것인지, 그것도 아니면 더 젊고 더 민첩한 첫 번째로 눈이 먼 남자를 데려갈 것인지 결정해야 한다. 이것은 다음 두 가지 가운데 어느 쪽을 선택할 것인가 하는 문제다. 먹을 것을 더 많이 가져오느냐, 아니면 퇴각 조건을 염두에 두고 신속하게 움직이느냐. 어제 억수같이 쏟아져내린 비로 인해 반쯤 액체 상태로 바뀐 인간의 배설물, 걸쭉해져 질질 흐르는 배설물, 우리가 지나가는 지금 이 순간 사람들이 쏟아내는 배설물 때문에 정말 끔찍한 악취가 공기를 가득 채우고 있다. 거기에 어제보다 두 배는 늘어난 것 같은 쓰레기도 악취를 심하게 하는 데 단단히 한몫한다. 엄청난 힘을 들여야 앞으로 나아갈 수 있는 짙은 안개를 헤치고 가는 기분이다. 가운데 조각상이 있고 주위에 나무가 있는 광장에서는 개 떼가 사람 시체를 먹고 있다. 조금 전에 죽었는지 팔다리가 아직 경직되지 않았다. 개들이 이빨로 문 살점을 뼈에서 떼어내려고 주검을 흔들어댈 때 보면 알 수 있다. 까마귀 한 마리가 이 잔치에 참여할 틈을 노리고 주위에서 깡충깡충 뛰어다닌다. 의사의 아내는 눈길을 피했으나 이미 늦었다. 창자에서 올라오는 구역질을 막을 수가 없었다. 두 번, 세 번. 그녀의 아직 살아 있는 몸이 다른 개 떼에게, 절대적 절망의 떼에게 물어뜯기고 있는 기분이었다. 내가 갈 수 있는 것은 여기까지야, 여기서 죽고 싶어. 남편이 물었다, 무슨 일이야. 줄로 묶여 있는 다른 사람들도 가까이 다가왔다. 모두 갑자기 놀란 표정이었다. 무슨 일입니까, 먹은 게 잘못되었나요. 뭐가 상했나 보군. 나는 괜찮은데. 나도. 그들은 모르는 게 나을 것 같았다. 그들이 들을 수 있는 소리는 시끄럽게 짖어대는 개 소리뿐이었다. 이어 갑자기 까마귀가 까악까악 대는 소리가 들렸다. 혼란의 와중에 개 한 마리가 까마귀의 날개를 물었던 것이다. 전혀 의도하지 않은 행동이었다. 이윽고 의사의 아내가 입을 열었다, 참을 수가 없었어요, 미안해요, 개들이 죽은 개를 먹고 있거든요. 우리 개를 먹고 있나요, 사팔뜨기 소년이 물었다. 아냐, 네가 말하는 우리 개는 멀쩡하게 살아 있어, 다른 개들 주위에서 어슬렁거리고 있기는 하지만, 거리는 유지하고 있어. 아까 닭을 먹었으니 별로 배가 고프지 않을 겁니다, 첫 번째로 눈이 먼 남자가 말했다. 이제 좀 괜찮아, 의사가 물었다. 네, 어서 가요, 의사의 아내는 사팔뜨기 소년을 향해 말을 이었다, 저 개는 우리 개가 아니야, 그냥 우리를 따라온 거지, 이제 아마 다른 개들하고 함께 있으려고 할지 몰라, 전에도 다른 개들하고 함께 있었을 거야, 이제 자기 친구들을 다시 찾은 거야. 응가하고 싶어요. 여기서 말이야. 배가 아파요, 몹시 아파요, 아이가 말했다. 아이는 그 자리에서 재주껏 변을 보았다. 의사의 아내는 다시 한 번 토했다. 그러나 이번에는 이유가 달랐다. 이어 그들은 넓은 광장을 가로질렀다. 나무 그늘에 이르렀을 때, 의사의 아내는 뒤를 돌아보았다. 개들의 숫자는 불어나 있었다. 이미 얼마 안 남은 시체를 가지고 다투고 있었다. 눈물을 핥아주는 개는 무슨 흔적을 찾듯이 땅에 코를 박고 킁킁거리며 다가왔다. 단지 습관이었을 뿐이다. 그냥 곁눈질만 해도 자기가 찾고 있는 여자를 발견할 수 있었기 때문이다.

행군은 계속되었다. 검은 안대를 한 노인의 집은 이미 뒤로 한참 멀어졌다. 이제 그들은 양쪽에 키가 크고 당당한 건물들이 서 있는 대로를 따라 걸었다. 이곳의 차들은 비싼 것들이었다. 공간도 널찍하고 안락했다. 그래서 많은 눈먼 사람들이 차를 숙소로 이용하고 있었다. 거대한 리무진 하나는 완전히 집으로 바뀌어 있었다. 집으로 돌아가는 것보다 차로 돌아가는 것이 훨씬 더 쉽다는 것도 하나의 이유임에 틀림없었다. 차에서 사는 사람들은 격리 수용소에서 침대를 찾을 때 하던 것과 똑같은 행동을 했다. 모퉁이에서 길을 따라 걸어가며 손으로 더듬어 차의 숫자를 세는 것이다. 스물일곱, 오른쪽, 집에 다 왔구나, 이런 식으로. 리무진이 주차해 있는 건물은 은행이었다. 리무진은 은행장을 싣고 주간 지점장 총회에 나온 길이었다. 백색 전염병이 돈 이후 처음 열린 회의였다. 그러나 기사는 차를 지하 주차장에 주차시키고 회의가 끝나기를 기다릴 수가 없었다. 그는 은행장이 평소처럼 정문으로 들어가려 했을 때 눈이 멀고 말았다. 그는 소리를 질렀으나, 은행장은 그 소리를 듣지 못했다. 총회에는 그 이름이 암시하는 것과는 달리 모든 참석자가 참석하지 못했다. 지난 며칠 동안 지점장 몇 명이 눈이 멀었기 때문이다. 또 은행장은 회의를 개회하지도 못했다. 그날 회의의 안건은 지점장과 부지점장들이 모두 눈이 멀 경우 취할 조치를 의논하는 것이었다. 은행장은 또 회의실에 들어가지도 못했다. 그가 탄 엘리베이터가 15층을 목표로 올라가다가 정확히 9층과 10층 사이에 이르렀을 때, 전기가 나갔다. 전기는 다시 들어오지 않았다. 설상가상이라고, 그 순간 건물 내부 전력 공급을 담당하는, 따라서 발전기 수리도 담당하는 전기공이 눈이 멀어버렸다. 발전기는 구형이라 자동이 아니었으며, 오래전부터 교체가 거론되어 왔다. 어쨌든 그 결과, 앞서 말했듯이, 엘리베이터는 9층과 10층 사이에 멈춘 채로 계속 움직이지 않았다. 은행장은 그를 수행하던 비서가 눈이 머는 것을 보았다. 그 자신은 한 시간 뒤에 눈이 멀었다. 전기는 그 이후 다시 들어오지 않았고, 그날 은행 안에서는 실명 환자가 급증했다. 따라서 은행장과 비서는 여전히 엘리베이터 안에 있을 가능성이 높았다. 물론 강철로 된 관(棺) 안에 갇힌 채 죽었을 것이며, 따라서 다행히도 탐욕스러운 개들로부터는 안전했다.

목격자가 없어서, 또 있다 해도 그들을 부검에 소환해 증언을 들을 수 없기 때문에, 누군가 일이 그런 식이 아니라 다른 식으로 일어났을지 어떻게 아느냐고 묻는다 해도 그것은 충분히 이해할 수 있는 일이다. 그 질문에 대한 답은 모든 이야기가 천지 창조에 대한 이야기와 같다는 것이다. 아무도 그 자리에 없었고, 아무도 어떤 것도 목격하지 못했다. 그러나 모두 무슨 일이 있었는지 알지 않는가. 의사의 아내는 물었다. 은행은 어떻게 되었을까요. 그렇다고 무슨 큰 관심이 있었던 것은 아니다. 물론 어떤 은행에 맡겨놓은 돈이 있기는 하지만, 그 질문은 단순한 호기심에서 나왔다. 그냥 생각이 났던 것이다. 그 이상은 없었다. 그렇다고 누가 예를 들어, 태초에 하느님이 천지를 창조하시니라, 땅이 혼돈하고 공허하며 흑암이 깊음 위에 있고 하느님의 신은 수면에 운행하시니라, 같은 대답을 해주기를 기대한 것도 아니었다. 그러나 대로를 함께 걸어가던 검은 안대를 한 노인이 입을 열었다. 내가 아직 볼 수 있는 눈이 있었을 때 겪었던 상황으로 판단해보자면, 은행은 완전히 복마전이었소. 사람들은 눈이 멀어 먹을 것을 구하지 못하는 일이 생길까봐, 돈을 인출하러 은행으로 달려갔소. 자신의 미래를 안전하게 보호해야 한다고 생각한 거지. 물론 이건 이해할 수 있는 일이오. 앞으로 일을 못하게 될 것이라는 판단이 들면, 유일한 해결책은 열심히 일하던 때에 장기 계획을 세워놓고 저축한 돈에 의지해 남은 인생을 사는 것일 테니까. 물론 조금씩이라도 저축을 해놓을 만큼 신중한 사람들에게 해당되는 이야기이긴 하지만, 어쨌든 많은 사람들이 이렇게 성급하게 은행으로 달려간 결과, 스물네 시간이 안 되어 일부 주요 은행은 파산에 직면하게 되었소. 그러자 정부가 개입해서 사람들에게 진정해달라고 간청하고, 시민적 양심에 호소하기도 했소. 그러면서 정부는 시민이 직면하고 있는 이 공적 재난으로부터 발생하는 모든 책임과 의무를 정부가 떠안겠다고 엄숙하게 선언했소. 그러나 이런 진정 조치에도 불구하고 위기 상황은 완화되지 않았소, 사람들이 계속 눈이 멀었기 때문만이 아니라, 아직 볼 수 있었던 사람들이 자신의 귀중한 돈을 챙기는 데만 관심을 가졌기 때문이오, 결국 은행들은 파산했건 아니건 문을 닫고 경찰의 보호를 요청하지 않을 수 없었소, 그러나 소용없었소, 은행 앞에 모여 소리를 지르는 군중 틈에서는, 경찰관들도 사복을 입고 나와 자기가 그렇게 힘들게 모은 돈을 내놓으라고 요구하고 있었기 때문이오, 경찰 가운데 일부는 마음대로 시위에 참여하기 위해 상관에게 눈이 멀어서 경찰 일을 그만두겠다고 통보하기도 했소, 어떤 경찰관들은 여전히 제복을 입고 적극적으로 복무하고 있었지만, 불만에 찬 대중을 향해 무기를 겨누고 있다가 갑자기 목표물이 보이지 않기도 했소, 이렇게 눈이 먼 경찰관들은 설사 은행에 돈이 있다 해도, 모든 희망을 잃어버렸소, 그러나 그것으로는 부족했는지, 사람들로부터 기존 권력과 결탁한 자들이라는 비난까지 받아야 했소, 상황은 더 악화되었소, 성난 무리, 그 가운데 일부는 눈이 멀었고 일부는 멀지 않았는데, 어쨌든 모두 필사적이었소, 어쨌든 그 무리가 은행을 공격한 거요, 이제 카운터에서 차분하게 통장을 건네면서 은행원에게, 저금한 돈을 찾고 싶습니다, 하고 말하는 상황이 아니었소, 그들은 닥치는 대로 모든 것에 손을 댔소, 돈궤에 들어 있던 현금에, 이 서랍 저 서랍, 부주의하게도 열어두었던 금고, 구세대 할아버지들이 사용하던 구식 돈주머니 등에 남아 있던 모든 돈에, 그 광경이 어땠는지는 상상을 못 할 거요, 크고 널찍한 본점, 여러 동네의 조그만 지점을 가릴 것 없이 정말 무시무시한 광경이 벌어졌소, 현금 자동 지급기도 마찬가지였소, 사람들은 그것을 강제로 열어 마지막 지폐 한 장까지 가져갔소, 어떤 기계의 화면에는, 우리 은행을 선택해주셔서 고맙습니다, 하는 수수께끼 같은 말이 나타나기도 했소. 기계들은 정말 어리석다. 아니, 이 기계들이 주인을 배반했다고 말하는 것이 더 정확하겠다. 한마디로, 전 은행 시스템이 붕괴해버렸다. 카드로 만든 집처럼 날아가버렸다. 이제 사람들이 돈의 소유를 높이 평가하지 않기 때문이 아니다. 돈을 가진 사람은 그것을 놓고 싶어 하지 않는다는 것이 그 증거다. 그런 사람들은 내일 무슨 일이 일어날지 예측할 수 없다고 주장한다. 금고를 보관하는 은행 지하실에 들어간 눈먼 사람들도 같은 생각을 하고 있음이 틀림없다. 그들은 자신들이 돈에 접근하는 것을 막는 그 묵직한 금속 문이 열리는 기적이 일어나기를 기다리고 있다. 그들은 음식과 물을 찾을 때만, 또는 몸의 다른 요구들을 만족시킬 때만 그곳을 떠났다가, 얼른 자기 자리로 돌아온다. 그들은 낯선 사람이 그들의 요새로 뚫고 들어오지 못하도록 암호와 수신호를 정해놓았다. 말할 필요도 없이 그들은 완전한 어둠 속에서 살고 있다. 물론 이 실명 상태에서는 모든 것이 백색이기 때문에 그것이 중요하지는 않지만. 그들이 천천히 도시를 가로지르는 동안 검은 안대를 한 노인은 은행과 금융계에 일어난 이 엄청난 일들을 이야기해주었다. 그들은 이따금씩 발을 멈추었는데, 사팔뜨기 소년이 내장에서 벌어진 참을 수 없는 소동을 진정시키고 싶어 했기 때문이다. 노인은 설득력 있는 말투로 감동적인 이야기를 했지만, 그럼에도 그의 이야기에는 약간의 과장이 있다고 생각하는 것이 논리적일 것이다. 은행 지하실에 살고 있는 눈먼 사람들에 대한 이야기를 예로 들어보자. 노인이 암호나 수신호를 모른다면 그 사실을 어떻게 알 수 있었겠는가. 그래도 그의 이야기 덕분에 은행의 상황에 대해 대충 감을 잡을 수 있었다.

그들이 마침내 의사와 그의 아내가 살고 있는 집에 도착했을 때는 날이 저물고 있었다. 다른 곳과 다를 바 없었다. 사방이 지저분했다. 눈먼 사람들이 무리를 지어 정처 없이 배회했다. 처음으로 거대한 쥐 두 마리가 보였다. 사실 그때까지 그런 쥐들을 만나지 않은 것은 순전히 우연이었다. 그런 쥐들이 어슬렁거릴 때는 심지어 고양이들도 피했다. 그런 쥐들은 크기가 거의 고양이만 했으며, 고양이보다 훨씬 더 사나울 것이 틀림없었다. 눈물을 핥아주는 개는 다른 감정 영역에 살고 있는 사람처럼 무덤덤한 태도로 쥐와 고양이들을 보았다. 그 개가 변함없이 지금의 개, 즉 인간적 유형의 짐승의 모습을 유지하고 있기 때문에 그런 식의 표현이 어색하게 들리겠지만. 의사의 아내는 낯익은 장소들을 보고도 우울한 생각에 빠지지 않았다. 예를 들어, 세월이 빠르기도 하지, 며칠 전만 해도 우리는 이곳에서 행복하게 살았는데, 하는 식의 말을 하지 않았다는 것이다. 그녀가 충격을 받은 것은 실망감 때문이었다. 그녀는 자기도 모르는 새에, 이곳은 자기 집이니까, 거리도 깨끗하고, 청소도 되어 있고, 단정하게 정리되어 있을 것이라고 믿었다. 이웃들이 눈은 멀었지만 이해력도 멀지는 않았을 것이라고 믿었다. 난 참 어리석기도 하지, 그녀는 그렇게 말했다. 왜, 무슨 문제가 있어, 남편이 물었다. 아무것도 아니에요, 백일몽일 뿐이에요. 그동안 시간이 많이도 흘렀군, 우리 아파트는 어떻게 되었을까, 남편이 궁금해했다. 곧 알게 되겠죠. 그들에게는 힘이 별로 남아 있지 않았다. 그래서 아주 천천히 계단을 올라갔고, 층계참마다 쉬었다. 5층이에요, 의사의 아내는 그렇게 말해두었다. 그들은 있는 힘을 다해 올라갔다. 모두 안간힘을 쓰고 있었다. 눈물을 핥아주는 개는 이제 앞서거니 뒤서거니 하면서 움직였다. 마치 양떼를 보호하기 위해 태어난 개가, 양을 한 마리도 잃어버리지 않겠다는 사명감으로 행동하는 것 같았다. 문이 열린 곳이 있었는데, 안에서 사람들 목소리가 흘러나왔다. 다른 곳과 마찬가지로 역한 냄새가 났다. 두 번이나 눈먼 사람들이 문간에 나타나 텅 빈 눈으로 바라보며 물었다, 누구요. 의사의 아내는 그 가운데 한 사람의 목소리를 알아들었다, 또 한 목소리는 그 건물에 살던 사람의 목소리가 아니었다. 이곳에 살던 사람이에요, 그녀는 그렇게만 말했다. 이웃의 얼굴에서도 목소리를 알겠다는 표정이 스쳐 지나갔다. 하지만 그 이웃은, 혹시 의사 선생님 사모님 아니세요, 하고 묻지 않았다. 안으로 들어가서는, 5층 사람들이 돌아왔어요, 하고 말할지도 모르지만. 마지막 층계에 이르러, 아직 층계참에 발을 올려놓기도 전에, 의사의 아내는 벌써 말했다, 문이 잠겨 있어요. 무단 침입을 시도한 흔적은 있지만, 문이 공격을 버텨낸 것이다. 의사는 새 웃옷 안쪽 호주머니에 손을 넣어 열쇠를 꺼냈다. 그는 열쇠를 든 손을 내밀고 아내가 가져가기를 기다렸다. 그러나 아내는 살며시 그의 손을 열쇠 구멍으로 인도했다.

집 안 가구들에는 사람들이 없는 틈을 타 먼지들이 내려앉아 얇은 막을 이루고 있었다. 먼지의 입장에서 보자면 이런 경우가, 먼지떨이나 진공 청소기의 방해를 받지 않고, 뛰어다니는 아이들이 지나가면서 일으키는 공기 소용돌이의 방해를 받지 않고 편안히 쉴 수 있는 유일한 기회라고 할 수 있다. 어쨌든 그것만 빼면 아파트는 깨끗했다. 약간 정돈되지 않은 면이 있다 해도, 그것은 황망히 집을 나설 때 생길 수 있는 정도를 넘지 않았다. 사실 의사의 아내는 보건부와 병원에서 연락이 오기를 기다리던 날, 선견지명을 가지고 설거지를 하고, 침대를 정리하고, 화장실을 청소해놓았다. 분별력 있는 사람들이 살아 있는 동안 자신의 일을 처리해놓음으로써 죽은 뒤 경황없는 가운데 남들이 대신 정리를 하느라 짜증내는 일이 없

도록 하는 것과 마찬가지였다. 그 결과가 비록 완벽하지는 못
하다 해도, 두 눈에 눈물이 가득한 채 덜덜 떨리는 손으로 일
을 해야 했던 여자에게 그 이상을 요구한다는 것은 정말 잔인
한 일이다. 그럼에도 일곱 순례자는 천국에 도착한 느낌이었다.
이런 느낌이 워낙 압도적이어서, 엄밀한 의미에 구애받지 않고
말한다면, 초월적이어서, 그들은 아파트의 예기치 않은 냄새에
마비된 듯 입구에서 발을 멈추고 말았다. 그 냄새란 환기가 필
요한 아파트 냄새에 지나지 않았다. 다른 때였다면 우리는 얼
른 모든 창문을 열면서, 환기를 해야 돼, 하고 말했을 것이다.
그러나 오늘은 바깥의 부패한 냄새가 안으로 들어오지 못하도
록 창문들을 밀봉해놓는 것이 최선이었다. 첫 번째로 눈이 먼
남자의 아내가 말했다, 우리 때문에 온 집 안이 더러워지겠군
요. 그녀의 말이 옳았다. 그들이 진흙과 배설물로 뒤덮인 신발
을 신고 안으로 들어간다면, 천국은 순식간에 지옥으로 바뀔
것이다. 능력 있는 권위자들의 말에 따르면, 저주받은 영혼들
이 고약하고, 구리고, 구역질 나고, 유독한 악취를 견뎌야 하는
또 하나의 장소가 바로 지옥이다. 그 악취에 비하면 불타는 부
젓가락, 역청이 펄펄 끓는 솥 등 주물이나 주방과 관련된 물건
들은 아무것도 아니라는 것이다. 기억할 수 없는 옛날부터 주
부들은, 들어오세요, 들어와요, 정말 괜찮아요, 나중에 청소하
면 되지요 뭐, 하고 말하는 것이 관례였다. 그러나 이 집의 주
부는 손님들과 마찬가지로, 그들이 어디에서 왔는지 알고 있
다. 그녀는 자신이 살고 있는 세상이 더러운 것이 더 더러워지

는 곳임을 알고 있다. 그래서 그녀는 손님들에게 미안하지만 층계참에 신발을 벗어두고 들어올 수 없느냐고 물었다. 그들의 발 역시 깨끗하다고 할 수는 없으나, 그래도 신발에 비할 바가 아니었다. 검은 색안경을 썼던 여자가 준 수건과 시트가 약간의 효과가 있어, 그래도 발의 더러운 것은 대부분 닦았기 때문이다. 그래서 그들은 신발을 신지 않고 안으로 들어갔다. 의사의 아내는 커다란 비닐 봉투를 찾아내, 거기에 신발들을 다 집어넣었다. 나중에 닦을 생각이었다. 언제 어떻게 닦아야 할지는 그녀도 알 수 없었지만. 그녀는 봉투를 들고 발코니로 나갔다. 바깥 공기가 이 신발들 때문에 더 나빠지지는 않을 것이다. 하늘이 어두워지기 시작했다. 먹구름이 잔뜩 끼어 있었다. 비가 좀 와주면 좋으련만, 그녀는 생각했다. 그녀는 곧바로 해야 할 일을 떠올리고 일행에게 돌아갔다. 그들은 응접실에 말없이 서 있었다. 피곤했지만 감히 의자에 앉지 못했다. 오직 의사만이 머뭇거리며 가구를 어루만졌다. 그 바람에 가구 표면에 자국이 났다. 1단계 먼지 청소를 하는 셈이었다. 덕분에 손끝에는 그 먼지 일부가 달라붙었다. 의사의 아내가 말했다, 옷을 벗으세요, 이렇게 있을 수는 없어요, 우리 옷은 신발만큼이나 더러워요. 옷을 벗으라고요, 첫 번째로 눈이 먼 남자가 물었다, 여기서 말인가요, 사람들 앞에서, 그건 옳지 않은 일 같은데요. 원한다면 여러분을 각각 다른 곳으로 안내해드리겠어요, 의사의 아내는 비꼬는 투로 대꾸했다, 그러면 창피할 일도 없겠죠. 나는 여기서 그냥 벗겠어요, 첫 번째로 눈이 먼 남자의 아내가 말했다, 사모님만 나를 볼 수 있을 텐데요 뭐, 그게 아니라 해도, 나는 사모님이 그저 벌거벗은 것과는 비교가 안 되는 내 모습을 보았다는 것을 잊지 않고 있어요, 내 남편이 기억력이 좀 나쁠 뿐이죠. 이미 잊은 지 오래된 불쾌한 일을 자꾸 들먹이는 게 대체 무슨 도움이 되는지 모르겠군, 첫 번째로 눈이 먼 남자가 투덜거렸다. 아저씨가 여자였고, 그래서 우리가 갔던 곳에 갔다면, 아저씨도 태도가 바뀌었을 거예요, 검은 색 안경을 썼던 여자는 그렇게 쏘아붙이고 사팔뜨기 소년의 옷을 벗기기 시작했다. 의사와 검은 안대를 한 노인은 이미 웃옷을 다 벗었다. 이제 바지를 벗고 있었다. 검은 안대를 한 노인은 옆에 있는 의사에게 말했다, 바지를 벗을 동안만 좀 기대겠소. 그 가엾은 남자들이 바지를 벗으려고 뒤뚱거리는 것이 너무 우스꽝스러워, 오히려 울고 싶어질 정도였다. 의사가 몸의 균형을 잃고 쓰러지는 바람에 검은 안대를 한 노인도 함께 쓰러졌다. 다행히 둘 다 그런 상황을 재미있어 했다. 그들의 모습은 애처로웠다. 몸에는 상상할 수 있는 온갖 종류의 오물이 묻어 있었고, 음부 역시 지저분하기 짝이 없었다. 거기에 하얀 털, 검은 털. 존경받는 노년의 남자와 훌륭한 직업을 가진 남자가 어쩌다 이 지경에 이르렀는지. 의사의 아내는 다가가 그들이 일어나는 것을 도와주었다. 이제 곧 어둠이 깔리기 때문에 아무도 창피해할 필요가 없을 것 같았다. 집 안에 초가 있을까, 의사의 아내는 생각했다. 순간 골동품에 가까운 램프 두 개를 본 기억이 났다. 노즐이 세 개 달린 낡은 석유 램프와 유리 깔때기가 달린 등유 램프였다. 지금은 석유 램프만으로도 충분하겠군, 석유는 있고, 심지는 대충 만들면 되니까, 내일은 가게에 가서 등유를 찾아봐야지, 음식 통조림을 찾는 것보다는 훨씬 쉬울 거야, 식품점에 가서 찾지만 않는다면 말이야. 그녀는 자신이 이런 상황에서도 농담을 할 수 있다는 것에 놀랐다. 검은 색안경을 썼던 여자는 천천히 옷을 벗었다. 아무리 많이 벗어도 벗을 것이 또 남아 있는 듯한 인상, 나체를 가릴 마지막 옷가지 하나는 남겨둘 것 같은 인상을 주었다. 그녀는 자신이 갑자기 이렇게 수줍어하는 이유를 설명할 수가 없었다. 의사의 아내가 좀 더 가까이 있었다면, 검은 색안경을 썼던 여자가 비록 얼굴은 무척 더러웠지만, 얼굴을 붉히기까지 했다는 것을 알았을 것이다. 여자를 이해할 수 있는 사람은 이 여자들을 한번 이해해보라. 한 여자는 잘 알지도 못하는 남자들과 잠을 자며 돌아다닌 뒤에 이제 와서 갑자기 수치심에 시달린다. 또 한 여자는 그녀의 귀에 대고 아주 차분하게, 부끄러워하지 마, 저 이는 아가씨를 못 봐, 하고 말할 수 있다. 물론 그녀가 가리키는 남자는 자신의 남편일 것이다. 여기서 우리는 그 부끄러움을 모르는 여자가 그녀의 남편을 침대로 유혹했다는 사실을 잊으면 안 된다. 글쎄, 모두가 알다시피, 여자들은 늘 그 일을 구매자 쪽에서 조심해야 하는 것으로 취급하기는 하지만. 어쩌면 검은 색안경을 썼던 여자가 부끄러워한 이유는 다른 데 있는지도 모른다. 이곳에는 벌거벗은 남자가 둘 더 있다. 그리고 그녀는 그 가운데 하나와 잤다.

의사의 아내는 바닥에 흩어진 옷들을 모았다. 바지, 셔츠, 웃옷, 속치마와 블라우스, 지저분한 속옷. 속옷은 적어도 한 달은 물에 담가두었다가 빨아야 할 것 같았다. 그녀는 한아름에 그것들을 다 끌어안았다. 다들 여기 그대로 있어요, 그녀가 말했다, 곧 돌아올 테니까요. 그녀는 옷도 신발과 마찬가지로 발코니에 내놓았다. 그리고 그곳에서 그녀도 무거운 하늘 아래 검은 도시를 바라보며 옷을 벗었다. 어떤 창문에도 창백한 불빛하나 없었다. 어떤 집의 앞면에도 희미한 반사광 한줄기 비쳐들지 않았다. 그곳에 있는 것은 도시가 아니었다. 거대하고 시커먼 역청 덩어리였다. 역청이 식으면서 건물, 지붕, 굴뚝, 모든 죽은 것, 모든 사라진 것의 형태로 단단하게 굳어버린 것이었다. 눈물을 핥아주는 개가 발코니에 나타났다. 불안해하고 있었다. 그러나 지금은 핥아줄 눈물이 없었다. 절망은 모두 그녀 내부에 있었고, 눈물은 말라 있었다. 의사의 아내는 추위를 느꼈다. 이어 방 한가운데 벌거벗고 서서 무엇을 기다려야 하는지도 모르면서 무작정 기다리고 있을 다른 사람들을 기억했다. 그녀는 안으로 들어갔다. 사람들은 단순하고 성별 없는 형태로, 모호한 형체로, 어스름한 빛 속에서 사라져가는 그림자로 변해 있었다. 그러나 이런 빛의 변화는 이 사람들에게 영향을 주지 않아, 그녀는 생각했다, 이들은 그들을 둘러싸고 있는 빛 속으로 사라져버렸어, 이들이 보는 것을 허락하지 않는 빛 속으로. 불을 켤게요, 그녀가 말했다, 지금은 나도 여러분과 마찬가지로 눈이 안 보여요. 전기가 들어왔나요, 사팔뜨기 소년이 물었다. 아니, 석유 램프를 켤 거야. 석유 램프가 뭔데요, 아이가 다시 물었다. 나중에 보여줄게. 그녀는 비닐 봉투에서 성냥갑을 찾아 부엌으로 갔다. 그녀는 석유를 어디에 두었는지 알고 있었다. 많이 필요하지는 않았다. 그녀는 행주를 찢어 심지를 만들었다. 그리고 다시 램프가 있는 방으로 돌아갔다. 이제 램프는 만들어진 이후 처음으로 본래의 용도로 이용될 것이다. 처음에는 이것이 이 램프의 운명이 아닐 줄 알았다. 그러나 램프든, 개든, 사람이든, 누구도 또 어떤 것도 처음에는 왜 이 세상에 나왔는지 그 이유를 모른다. 램프의 세 노즐 위로 차례차례 아주 작은 세 개의 아몬드빛 불이 켜졌다. 가끔 깜박거리는 바람에 불길의 윗부분이 공중으로 사라질 것 같은 느낌이 들기도 했으나, 곧 다시 자리를 잡고 밀도 있고, 단단하고, 작은, 빛의 조약돌 같은 모습을 보여주었다. 의사의 아내가 말했다, 이제 보이네요, 가서 깨끗한 옷을 가져올게요. 하지만 우리 몸이 더러운데요, 검은 색안경을 썼던 여자가 말했다. 그녀와 첫 번째로 눈이 먼 남자의 아내는 손으로 젖가슴과 성기를 가리고 있었다. 나 때문에 저러는 게 아니야, 의사의 아내는 생각했다, 램프의 빛이 보고 있기 때문이야. 이윽고 의사의 아내는 입을 열었다, 더러운 몸에 깨끗한 옷을 입는 것이 깨끗한 몸에 더러운 옷을 입는 것보다 낫지. 그녀는 램프를 들고 서랍장과 옷장으로 옷을 찾으러 갔다. 잠시 후 그녀는 파자마, 화장복, 블라우스, 드레스, 바지, 속옷 등 일곱 명이 품위 있게 옷을 입는 데 필요한 모든 것을 가져왔다. 사람들의 몸 크기가 다 다르기는 했지만, 워낙 마른 상태였기 때문에 모두 쌍둥이로 보였다. 의사의 아내는 그들이 옷 입는 것을 도와주었다. 사팔뜨기 소년은 의사의 바지를 입었다. 해변이나 시골에 갈 때 입는 바지, 입고 있으면 모두 아이가 되는 바지였다. 이제 앉을 수 있겠네, 첫 번째로 눈이 먼 남자의 아내가 안도의 한숨을 쉬며 말을 이었다, 우리를 안내해주세요, 우리는 어디에 앉아야 할지 몰라요.

방은 다른 집의 응접실들과 똑같았다. 가운데 낮은 탁자가 있고, 그 주위에 모두가 앉을 수 있는 소파가 있었다. 한쪽 소파에는 의사와 그의 아내, 그리고 검은 안대를 한 노인이 앉았고, 다른 쪽에는 첫 번째로 눈이 먼 남자와 그의 아내가 앉았다. 그들은 지쳐 있었다. 아이는 램프는 까맣게 잊어버리고, 검은 색안경을 썼던 여자의 무릎을 베고 곧 잠이 들었다. 한 시간이 흘렀다. 이것이 행복처럼 느껴졌다. 아주 부드러운 불빛 아래서 보니, 그들의 더러운 얼굴도 새로 씻은 것 같았다. 잠을 자지 않는 사람들의 눈은 빛이 났다. 첫 번째로 눈이 먼 남자는 손을 뻗어 아내의 손을 잡더니 꼭 쥐었다. 이런 동작을 보면서 우리는 편안한 몸이 마음의 평화에 큰 기여를 한다는 것을 알 수 있다. 이윽고 의사의 아내가 말했다, 곧 식사를 하게 될 거예요, 하지만 그전에 우리가 여기서 어떻게 살아갈 것인지를 결정해야겠어요, 걱정 마세요, 스피커에서 나오던 이야기를 반복하려는 게 아니니까요, 이곳은 모두가 쓸 수 있을 만큼 공간이 충분해요, 침실이 두 개 있으니, 그건 부부들이 사용하면 될 거예요, 다른 사람들은 이 방에서 소파를 하나씩 차지하고 자면 돼요, 내일 나는 음식을 찾으러 나가야 해요, 먹을 게 바닥났거든요, 여러분 가운데 한 사람이 나와 함께 가서 음식을 들고 오는 것을 도와주면 고맙겠어요, 하지만 같이 가자는 데는 그런 목적 말고도 다른 목적이 있어요, 여러분도 집으로 오는 길과 거리들을 익혀둘 필요가 있다는 거예요, 나도 언젠가 병에 걸리거나 눈이 멀 수 있으니까요, 나는 늘 그런 일이 생기기를 기다리고 있어요, 그때가 되면 내가 여러분에게 배워야겠죠, 그리고 발코니에는 우리의 생리적 요구를 해결하기 위해 물통을 갖다놓겠어요, 나도 그곳에 나가는 것이 기분 좋은 일이 아니라는 건 알아요, 비가 많이 오기도 했고 또 춥기도 하니까요, 하지만 그것이 집에서 악취가 나는 것보다는 나아요, 수용소 생활을 할 때 우리가 그런 악취 속에서 살았다는 걸 잊지 않았으면 좋겠어요, 우리는 모욕의 모든 단계를 내려갔죠, 그걸 다 내려가서 마침내 완전한 타락에 이르렀어요, 방식은 다를지라도 여기서도 똑같은 일이 생길 수 있어요, 그래도 그곳에서는 그런 타락이 다른 사람들 탓이라고 핑계댈 수 있었어요, 지금은 그게 안 돼요, 이제는 선과 악에 관한 한 우리 모두 평등해요, 선은 무엇이고 악은 무엇이냐고는 묻지 말아주세요, 눈먼 것이 드문 일이었을 때 우리는 늘 선과 악을 알고 행동했어요, 무엇이 옳으냐 무엇이 그르냐 하는 것은 그저 우리와 다른 사람들과의 관계를 이해하는 서로 다른 방식일 뿐이에요, 우리가 우리 자신과 맺는 관계가 아니고요, 우리는 우리 자신을 믿지 말아야 해요, 이런 도덕적인 설교를 해서 미안해요, 다른 모든 사람이 눈먼 세상에서 눈을 가진다는 것이 어떤 의미인지 여러분은 몰라요, 알 수가 없어요, 나는 장님 나라의 여왕이 아니에요, 나는 이 무시무시한 광경을 보려고 태어난 사람일 뿐이에요, 여러분은 그것을 느낄 수 있을 뿐이죠, 나는 느낄 수도 있고 볼 수도 있어요, 이런 장황한 이야기는 이제 그만하죠, 가서 식사를 합시다. 아무도 질문하지 않았다. 의사만 한마디했다, 내가 다시 시력을 회복한다면, 나는 다른 사람들의 눈을 주의 깊게 볼 거야, 마치 그들의 영혼을 들여다보는 것처럼. 방금 그들의 영혼이라고 했소, 검은 안대를 한 노인이 물었다. 아니면 그들의 마음일 수도 있고요, 이름은 상관없습니다. 바로 그때, 마치 별로 교육을 받지 못한 사람에게서 예상치 못한 지혜로운 이야기를 들었을 때처럼 놀라게 되는 일이 벌어졌다. 검은 색안경을 썼던 여자가 이렇게 말했던 것이다, 우리 내부에는 이름이 없는 뭔가가 있어요, 그 뭔가가 바로 우리예요.

의사의 아내는 벌써 식탁에 얼마 남지 않은 음식 가운데 일부를 차려놓았다. 그리고 사람들이 자리에 앉도록 도와준 다음에 말했다, 천천히 씹으세요, 그럼 위가 양이 많은 줄 알고 속을 거예요. 눈물을 핥아주는 개는 먹을 것을 찾으러 오지 않았다. 그 개는 굶는 데 익숙했다. 게다가 그날 아침에 잔치까지 벌였으니, 눈물을 흘렸던 여자로부터 얼마 안 되는 음식이라도 빼앗을 권리가 없다고 생각했음이 틀림없다. 다른 사람들은 개에 관심이 없는 것 같았다. 세 개의 불꽃을 가진 램프는 탁자 한가운데서 의사의 아내가 약속한 설명을 해줄 것을 기다리고 있었다. 마침내 식사를 마친 뒤에 그녀는 설명하기 시작했다. 손을 이리 줘봐, 의사의 아내는 사팔뜨기 소년에게 말했다. 그리고 아이의 손가락을 천천히 인도하며 말했다, 이게 받침대야, 보다시피 둥그렇지, 이건 석유 그릇이 든 윗부분을 받치는 기둥이야, 여기, 손을 데지 않도록 조심해, 이건 노즐이야, 하나, 둘, 셋, 여기에 꼬아놓은 끈 같은 게 달려 있어서 안에 있는 석유를 빨아들여, 여기에 성냥불을 대면, 불이 붙어서 기름이 다 없어질 때까지 타는 거야, 불빛은 약하지만 우리가 서로 얼굴을 볼 수 있을 정도는 돼. 나는 안 보여요. 언젠가는 보게 될 거야, 그렇게 되면 너한테 이 램프를 선물로 줄게. 색깔은 뭐예요. 놋쇠로 만든 물건을 본 적 있니. 모르겠어요, 기억이 안 나요, 놋쇠가 뭐예요. 놋쇠는 노란색이야. 아. 사팔뜨기 소년은 잠시 생각했다. 이제 자기 엄마를 찾겠구나, 의사의 아내는 생각했다. 그러나 그녀가 틀렸다. 아이는 그냥 물이 마시고 싶다고, 목이 몹시 마르다고 말했다. 내일까지 기다려야 돼, 이 집에는 물이 없어. 순간 그녀는 물이 있다는 것을 기억했다. 귀중한 물이 5리터 정도 있었다. 변기 수조에 들어 있는 것이었다. 그 물이 그들이 수용소에서 마시던 물보다 나쁠 리는 없었다. 어둠 속이라 앞이 안 보였지만, 그녀는 화장실로 가서 앞을 더듬으며 움직였다. 그녀는 수조의 뚜껑을 들어올렸다. 물이 있는지 없는지 보이지 않았다. 있구나. 그녀의 손가락이 말해주었다. 그녀는 유리컵을 찾아, 조심스럽게 수조에 담그고 물을 채웠다. 문명은 끈적거리는 물이끼를 키우는 원시적 공간으로 돌아가 있었다. 그녀가 방으로 돌아갔을 때, 사람들은 모두 있던 그대로 앉아 있었다. 램프가 그녀 쪽을 향한 얼굴들을 비추고 있었다. 마치 그녀가, 보시다시피 내가 돌아왔어요, 불빛을 이용해서 나를 보세요, 이 불빛은 영원히 지속되지 않는다는 것을 기억하세요, 하고 말하기라도 한 것 같았다. 의사의 아내는 유리잔을 사팔뜨기 소년의 입술에 갖다 대고 말했다, 자, 물이야, 천천히 마셔, 천천히, 맛을 보면서, 한 잔의 물은 놀라운 거야. 아이에게 말하는 것이 아니었다. 누구에게 말하는 것도 아니었다. 그냥 세상을 향해 한 잔의 물이 얼마나 놀라운 것이냐고 말하고 있었다. 그게 어디서 났어, 빗물이야, 남편이 물었다. 아뇨, 변기 수조에서요. 집에 큰 물병이 하나 있지 않았나, 남편이 다시 말했다. 아내가 말했다, 맞아요, 왜 내가 그 생각을 못 했을까, 반쯤 찬 물병이 하나 있고, 또 따지도 않은 게 하나 있었어요, 이런 행운이 있나, 마시지 마, 그만 마셔, 그녀는 아이에게 말하고는 덧붙였다, 우리 모두 신선한 물을 마시는 거예요, 가장 좋은 잔을 내올게요, 모두 신선한 물을 마시기로 해요. 그녀는 이번에는 아예 램프를 들고 부엌으로 가서 물병을 들고 왔다. 불빛이 안에 든 물을 통과하자, 물이 보석처럼 반짝거렸다. 그녀는 물병을 탁자에 놓고, 잔을 가지러 갔다. 그들이 가진 가장 멋진 잔, 좋은 수정으로 만든 잔을 가지러 갔다. 이어 마치 무슨 의식을 거행하듯, 천천히 잔을 채웠다. 마침내 그녀가 말했다, 마셔요. 눈먼 사람들은 손으로 더듬어 잔을 찾아, 떨리는 손으로 들어올렸다. 마셔요, 그녀가 다시 말했다. 탁자 한가운데 놓인 램프는 빛나는 별들에 둘러싸인 태양 같았다. 잔을 식탁에 내려놓았을 때, 검은 색안경을 썼던 여자와 검은 안대를 한 노인은 울고 있었다.

불안한 밤이었다. 처음에는 모호했고, 또 부정확했지만, 꿈들은 분명히 잠자는 사람들 사이를 옮겨 다녔다. 여기에 머물렀다가 다시 저기에 머물렀다. 꿈들은 그들에게 새로운 기억, 새로운 비밀, 새로운 욕망을 가져다주었다. 그래서 잠자는 사람들은 한숨을 쉬며 투덜거렸다, 이 꿈은 내 것이 아니야. 그러나 꿈은 대답했다, 너는 네 꿈이 뭔지 아직 몰라. 이런 식으로 검은 색안경을 썼던 여자는 두 걸음 떨어진 곳에서 자고 있는 검은 안대를 한 노인이 누구인지 알아냈다. 이런 식으로 노인은 검은 색안경을 썼던 여자가 누구인지 안다고 생각하게 되었다. 그는 안다고 생각했을 뿐이다. 꿈이 똑같아지기 위해서는 상호 관계를 이루는 것만으로는 충분하지 않기 때문이다. 동이 틀 무렵 비가 내리기 시작했다. 창문을 사납게 두드려대는 바람 소리는 수없이 채찍을 휘두르는 소리처럼 들렸다. 의사의 아내는 일어나 눈을 뜨고 중얼거렸다, 저 빗소리 좀 들어봐. 이어 그녀는 다시 눈을 감았다. 방 안은 여전히 검은 밤이었다. 그녀는 다시 잠이 들었다. 그러나 1분이나 잤을까, 그녀는 할 일이 있다는 생각에 갑자기 잠을 깼다. 그러나 아직 그 일이 무엇인지는 몰랐다. 그러나 비가 말하고 있었다, 일어나. 비가 뭘 원할까. 그녀는 남편이 깨지 않도록 천천히 일어나, 침실을 나가 응접실을 가로질렀다. 소파에 있는 사람들이 잘 자나 보려고 잠시 발을 멈추었다. 이어 복도를 통해 부엌까지 갔다. 그곳이 바람에 실려온 빗줄기가 가장 강하게 떨어지는 곳이었다. 그녀는 실내용 가운 소매로 뿌연 유리창을 닦고 밖을 보았다. 하늘 전체가 거대한 구름이었다. 비는 억수로 퍼부었다. 발코니 바닥에는 그들이 벗어놓은 더러운 옷들이 있었다. 비닐 봉투에는 닦아주기를 기다리는 더러운 신발들이 있었다. 닦는 거야. 잠의 마지막 베일이 갑자기 찢어졌다. 그것이 그녀가 해야할 일이었다. 그녀는 문을 열고 한 걸음 내디뎠다. 그 즉시 머리부터 발끝까지 비에 흠뻑 젖고 말았다. 마치 폭포 아래 서 있는 것 같았다. 이 비를 이용해야 돼, 그녀는 생각했다. 그녀는 부엌으로 돌아가, 가능한 한 소리를 내지 않고, 사발, 단지, 냄비 등 하늘에서 쏟아지는 비를 담을 수 있는 것은 죄다 긁어모았다. 비는 바람에 시달리며 크고 시끄러운 빗자루처럼 도시의 지붕들을 쓸고 있었다. 그녀는 그릇들을 가지고 밖으로 나가, 난간 옆에 쭉 늘어놓았다. 이제 더러운 옷과 지저분한 신발을 닦을 수 있는 물이 생기겠구나. 그치지 말아다오, 그녀는 중얼거리며, 부엌에서 비누와 세제, 솔 등 이 견딜 수 없는 영혼의 더러움을 조금이라도, 조금만이라도 닦아내는 데 사용할 수 있는 것들을 찾았다. 몸의 더러움도, 그녀는 마치 조금 전의 형이상학적인 생각을 수정하려는 듯이 말했다가 곧바로 덧붙였다, 그거나 그거나 똑같아. 이어 그것이 불가피한 결론임을 증명하듯이, 그녀가 한 말과 그녀가 생각한 것이 조화를 이루었음을 증명하듯이, 그녀는 재빨리 비에 젖은 실내용 가운을 벗어버렸다. 그리고 이제 때로는 애무하는 듯하고 때로는 채찍질하는 듯한 빗줄기를 맨몸으로 받으며, 옷도 빨고 몸도 씻었다. 그녀를 둘러싼 빗소리 때문에 그녀는 자신이 혼자가 아니라는 것을 금방 알아차리지 못했다. 발코니 문간에는 검은 색안경을 썼던 여자와 첫 번째로 눈이 먼 남자의 아내가 서 있었다. 어떤 육감, 어떤 직관, 어떤 내부의 목소리가 그들을 깨웠는지는 알 수 없다. 그들이 여기까지 오는 길을 어떻게 알았는지도 알 수 없다. 그러나 지금은 설명하려는 것이 소용없는 일이다. 마음대로 추측하라. 날 좀 도와줘요, 의사의 아내가 그들을 보고 말했다. 어떻게요, 우린 눈이 보이지도 않는데요, 첫 번째로 눈이 먼 남자의 아내가 말했다. 옷을 벗어요, 나중에 말릴 게 적을수록 좋아요. 하지만 우린 앞이 안 보이는데요, 첫 번째로 눈이 먼 남자의 아내가 되풀이했다. 상관없어요, 검은 색안경을 썼던 여자가 말을 이었다, 우리가 할 수 있는 일을 하면 돼요. 내가 나중에 마무리를 하면 되죠, 의사의 아내가 말을 받고는 덧붙였다, 나는 더러운 건 무엇이든 다 씻어버릴 거예요, 자, 이제 일을 해요, 시작합시다, 우리는 세상에서 눈이 두 개이고 팔이 여섯 개인 유일한 여자예요. 계속 두들겨대는 빗소리에 잠을 깼는지, 건너편 건물에서도 눈먼 사람 몇 명이 차가운 유리창에 머리를 갖다 대고, 유리에 불어대는 그들의 숨결로 밤의 음산한 기운을 쫓으며, 지금처럼 하늘에서 비가 떨어지는 것을 마지막으로 보았던 때를 떠올리고 있다. 그들은 자신들 말고도 저 건너에 벌거벗은 세 여자, 태어날 때처럼 벌거벗은 세 여자가 있다는 것을 상상도 하지 못한다. 그 여자들은 미친 것 같다. 아니 미친 것이 틀림없다. 제정신을 가진 사람이라면 이웃들이 보는 발코니에서 빨래를 하지 않는다. 더군다나 그런 모습으로는. 우리가 모두 눈이 멀었다는 것이 뭐가 중요하단 말인가. 이것은 해서는 안 되는 일이다. 오, 비가 그들의 몸 위로 얼마나 심하게 쏟아지는지. 비는 그들의 젖가슴 사이를 간질이며 흘러, 어두운 치골에 머물다 사라졌다가, 마침내 허벅지를 흠뻑 적시며 아래로 떨어져내린다. 어쩌면 우리가 잘못 판단한 것인지도 모른다. 어쩌면 우리는 이것이 이 도시의 역사에서 일어난 가장 아름답고 가장 영광스러운 일이라는 것을 깨닫지 못할지도 모른다. 거품이 종잇장처럼 발코니 바닥으로 흘러내렸다. 나도 그 거품과 함께 갈 수 있다면. 깨끗하게 정화된 벌거벗은 몸으로 끝도 없이 떨어져내릴 수 있다면. 오직 신만이 우리를 볼 거예요, 첫 번째로 눈이 먼 남자의 아내가 말했다. 그녀는 이때까지 실망과 좌절을 겪었으면서도 신은 눈이 멀지 않았다는 믿음을 고수했다. 그 말에 의사의 아내는 대답한다, 신도 못 볼 거예요, 하늘에 구름이 잔뜩 끼었거든요, 오직 나만 볼 수 있죠. 내가 추한가요, 검은 색안경을 썼던 여자가 물었다. 아가씨는 여위고 더럽긴 하지만, 절대 추하지는 않아. 나는요, 첫 번째로 눈이 먼 남자의 아내가 물었다. 댁도 저 아가씨처럼 더럽고 여위었어요, 그리고 저 아가씨만큼 예쁘지는 않아요, 하지만 나보다는 예쁘죠. 사모님은 아름다워요, 검은 색안경을 썼던 여자가 말했다. 그걸 어떻게 알아, 날 한 번도 보지 못했으면서. 사모님 꿈을 두 번 꾸었어요. 언제. 두 번째 꾼 것은 어젯밤이었어요. 이제 안정되고 차분해지니까 집에 대한 꿈을 꾼 것이로군, 우리가 겪은 걸 생각해보면 그게 자연스러운 일이지, 아가씨 꿈속에서 나는 집이었어, 그리고 나를 보기 위해서는 얼굴이 필요했겠지, 그래서 아가씨가 그 얼굴을 만들어낸 거야. 첫 번째로 눈이 먼 남자의 아내가 끼어들었다. 나도 사모님이 아름답다는 걸 알아요, 하지만 난 사모님 꿈을 꾼 적은 없어요. 그렇게 말한다면 사람들 눈이 먼 게 못생긴 여자에게는 행운이라고밖에 말할 수 없겠는걸요. 사모님은 추하지 않아요. 맞아요, 사실 난 추하지는 않아요, 하지만 내 나이에 무슨. 몇 살인데요, 검은 색안경을 썼던 여자가 물었다. 쉰이 다 됐지. 우리 엄마하고 같군요. 그럼 어머니는. 엄마가 뭐요. 여전히 아름다우신가. 전에는 아름다웠죠, 우리 다 그런 것 같아요, 우리 모두 전에는 지금보다 아름다웠어요. 아가씨는 지금이 가장 아름다운 걸, 첫 번째로 눈이 먼 남자의 아내가 말했다. 말이란 것이 그렇다. 말이란 속이는 것이니까, 과장하는 것이니까. 사실 말은 자기가 어디로 가는지도 모르는 것 같다. 우리는 갑자기 튀어나온 두 마디나 세 마디나 네 마디 말, 그 자체로는 단순한 말, 인칭대명사 하나, 부사 하나, 동사 하나, 형용사 하나 때문에 흥분한다. 그 말이 저항할 수 없는 힘으로 살갗을 뚫고, 눈을 뚫고 겉으로 튀어나와 우리 감

정의 평정을 흩뜨려놓는 것을 보며 흥분한다. 때로는 신경마저
도 더 이상 견디지 못하고 돌파당하고 만다. 사실 신경은 많은
것을 견딘다. 모든 것을 견딘다. 갑옷을 입고 있다고 말할 수도
있다. 의사의 아내의 신경은 강철로 되어 있다. 그러나 인칭대
명사 하나, 부사 하나, 동사 하나, 형용사 하나 때문에, 이런 단
순한 문법적 범주들 때문에, 단순한 부호 때문에 눈물을 흘리
고 만다. 두 여자, 부정(不定)대명사로 표현하자면 다른 사람들
(서양어의 문법적 범주에서는 부정대명사가 됨—옮긴이), 그들 역시
울고 있다. 그들은 온전한 문장으로 이루어진 여자를 끌어안
는다. 쏟아지는 비 아래 미의 세 여신이다. 그러나 이런 순간은
영원히 지속될 수 없는 법이다. 이 여자들이 여기에 나온 지도
한 시간이 넘었다. 이제 추위를 느낄 때다. 추워요, 검은 색안경
을 썼던 여자가 말했다. 의사의 아내가 말했다, 옷은 더 어쩌지
못하겠군요, 신발은 이제 아주 깨끗해요. 이제 세 여자가 자기
들 몸을 닦을 차례다. 그들은 머리를 물에 적시고, 서로의 등
을 닦아준다. 그들은 눈이 멀기 전인 어린 소녀 시절 정원에서
술래잡기를 할 때처럼 깔깔거리며 웃는다. 동이 텄다. 첫 햇살
이 세상의 어깨 너머로 들여다보다가 다시 구름 뒤로 숨었다.
비는 계속 내리지만 빗줄기는 가늘어졌다. 여자들은 부엌으로
돌아가, 몸의 물기를 말리고, 의사의 아내가 세면장에서 가져
온 수건으로 몸을 문지른다. 그들의 몸에서는 비누 냄새가 강
하게 난다. 그것이 인생이다. 사냥에 데리고 나갈 개가 없다면
고양이라도 데리고 가야 하는 것이다. 비누는 눈 깜짝할 새에

없어졌다. 이 집에는 없는 것이 없는 것 같은데. 아니면 이 집 주인들은 그저 자기들이 가진 것을 최대한 이용하는 방법을 알고 있을 뿐일까. 마침내 그들은 옷을 입었다. 이곳이 바로 천국이었다. 의사 아내는 실내용 가운이 완전히 젖었기 때문에, 오랫동안 입지 않았던 꽃무늬 드레스를 입었다. 그래서 그녀는 셋 가운데 가장 예뻐 보였다.

응접실로 들어갔을 때 의사의 아내는 검은 안대를 한 노인이 잠을 잤던 소파에 앉아 있는 것을 보았다. 노인은 두 손으로 머리를 받쳐들고 있었다. 그의 손가락들은 이마와 목덜미에서 여전히 자라고 있는 텁수룩한 하얀 머리카락 속에 파묻혀 있었다. 차분하면서도 긴장한 모습이었다. 마치 자신의 생각을 지금 그대로 유지하고 싶어 하는 것 같았다. 아니면 반대로, 모두 정지시키고 싶어 하는 것일까. 노인은 여자들이 들어오는 소리를 들었다. 그는 여자들이 어디서 들어왔는지도 알고 있었고, 무엇을 했는지도 알고 있었고, 벌거벗었다는 것도 알고 있었다. 그러나 그가 이 사실을 알게 된 것은 갑자기 시력을 회복해서도 아니었고, 어떤 다른 노인들처럼 살금살금 기어가 목욕하고 있는, 하나도 아닌 세 사람의 수산나를 엿보아서도 아니었다(성서 외경의 '다니엘'에 두 노인이 정숙한 여인 수산나가 목욕하는 것을 훔쳐보는 이야기가 나온다ー옮긴이). 그는 여전히 눈이 안 보였다. 그는 부엌문으로 갔다가, 발코니에서 흘러나오는 말소리, 웃음소리, 빗소리, 물이 바닥에 부딪히는 소리를 들었던 것이다. 그리고 비누 냄새도 맡았다. 이윽고 그는 소파로 돌아와 이 세상에는 아직도 삶이 있다고 생각했다. 그리고 스스로에게 물어보았다, 그 삶 가운데 나에게 남은 것이 아직도 있을까. 의사의 아내가 말했다, 여자들은 벌써 씻었어요, 이제 남자들 차례예요. 검은 안대를 한 노인이 물었다, 아직 비가 옵니까. 네, 비가 오고 있고, 발코니의 대야에 물도 있어요. 그렇다면 나는 화장실 욕조에서 씻고 싶소만. 그는 마치 출생 증명서를 내보이듯이 그 말을 했다. 나는 통에 물을 받아놓고 들어가 목욕을 하던 세대요, 하고 말하고 싶어 하는 것 같았다. 이어 노인은 덧붙였다, 물론 괜찮다면 말이오, 나도 이 집을 더럽히고 싶지는 않소, 바닥에 물을 조금도 흘리지 않겠다고 약속하리다, 적어도 최선은 다하겠소. 그럼 화장실로 물을 가져갈게요. 내가 돕겠소, 사실 혼자서도 할 수 있소, 어쨌든 나도 무슨 도움이 되어야 하는 것 아니겠소, 환자도 아닌데. 그럼, 오세요. 발코니에서 의사의 아내는 물이 가득 찬 대야를 안으로 들여놓았다. 여기를 잡으세요, 그녀는 검은 안대를 한 노인에게 말하면서, 손을 이끌어주었다. 이어 그들은 한번에 대야를 들어올렸다. 도와주러 오시기를 잘했어요, 나 혼자서는 못했을 거예요. 이런 속담 아시오. 어떤 속담요. 노인들은 할 수 있는 일이 많지 않지만, 그들이 하는 일을 멸시해서는 안 된다. 아무도 그러지 않잖아요. 좋소, 그럼 노인 대신에 아이들이라 하고, 멸시한다는 말 대신에 가치 없게 여긴다고 해봅시다, 속담이라는 게 계속 의미를 지니고 사용되려면 시대에 적응해야 하니까. 이제 보니 철학자시군요. 무슨 소리, 난 그저 평범한 노인에 불과하오. 그들은 대야의 물을 욕조에 부었다. 이어 의사의 아내는 서랍을 열었다. 아직 새 비누가 하나 남은 것이 기억났다. 그녀는 비누를 검은 안대를 한 노인에게 건네주었다. 이제 몸에서 좋은 냄새가 날 거예요, 우리보다 더 좋은 냄새가요, 이걸 다 쓰셔도 돼요, 걱정 마세요, 어디든 슈퍼마켓에 가보면 먹을 건 없을지 몰라도 비누는 많이 있을 테니까. 고맙소. 미끄러지지 않도록 조심하세요, 원하신다면 남편을 불러 도와드리라고 할게요. 고맙소만, 혼자 씻고 싶소. 편할 대로 하세요, 아, 잠깐, 손 좀 내미세요, 여기 면도기하고 칫솔이 있어요, 혹시 턱수염을 깎고 싶다면 깎으세요. 고맙소. 의사의 아내는 떠났다. 검은 안대를 한 노인은 옷을 나누어줄 때 받았던 파자마를 벗었다. 그리고 조심스럽게 욕조로 들어갔다. 물은 차가웠고 양도 얼마 되지 않았다. 깊이가 30센티미터도 안 되었다. 세 여자가 그랬던 것처럼 하늘에서 퍼붓는 물을 뒤집어쓰는 것과 이 초라한 물 웅덩이에 들어가는 것은 완전히 달랐다. 노인은 욕조 바닥에 무릎을 꿇고 깊은 숨을 쉬었다. 이어 갑자기 두 손을 다 사용해 가슴에 물을 끼얹기 시작했다. 숨이 멎을 것 같았다. 그는 오한에 걸리지 않도록 재빨리 몸 전체에 물을 뿌렸다. 이어 단계적으로, 체계적으로, 몸에 비누질을 하고, 어깨부터 시작해, 팔, 가슴과 배, 사타구니, 음경, 다리 사이를 빡빡 문질렀다. 난 짐승보다 못해, 그는 생각했다. 이어 여윈 허벅지부터 발에 덮인 때까지 문질렀다. 그는 세척 작용을 강화하기 위해 비누 거품을 만들었다. 그는 말했다, 머리를 감아야 해. 그리고 두 손을 뒤로 돌려 안대를 풀었다. 너도 목욕을 좀 해야겠지. 노인은 안대를 물에 떨구었다. 이제 몸이 따뜻하게 느껴졌다. 머리에 물을 적시고 비누질을 했다. 그는 거품 인간이 되었다. 거대한 백색 실명 한가운데서 백색으로 있으니 아무도 그를 찾지 못할 것 같았다. 그러나 그가 그렇게 생각했다면, 그는 자신을 속이고 있는 셈이었다. 그 순간 그의 등을 만지는 두 손을 느꼈기 때문이다. 그 두 손은 그의 두 팔과 가슴에서 거품을 걷어 그 것으로 등을 문질렀다. 안 보이기 때문에 더 꼼꼼하게 해야 한 다는 듯이 천천히 문질렀다. 노인은 묻고 싶었다, 누구요. 그러 나 말을 할 수가 없었다. 그는 몸을 떨었다. 추위 때문이 아니 었다. 두 손은 계속 그를 부드럽게 닦아주었다. 여자는 나는 의 사의 아내예요, 나는 첫 번째로 눈이 먼 남자의 아내예요, 나 는 검은 색안경을 썼던 여자예요, 하는 말을 하지 않았다. 두 손은 일을 끝내고 물러났다. 정적 속이라 목욕탕 문이 닫히는 작은 소리도 들렸다. 이제 검은 안대를 한 노인은 혼자였다. 하 늘로부터 은혜를 간구하듯 욕조 속에 무릎을 꿇고 앉아, 부들 부들, 부들부들 몸을 떨었다. 누구였을까, 노인은 생각했다. 그 의 이성은 그 사람이 의사의 아내였을 것이라고 말해주었다, 그 여자는 볼 수 있잖아, 그 여자가 우리를 보호해주고, 우리 를 보살펴주고, 우리에게 먹을 것을 주었잖아, 그 여자가 사려 깊게 나에게 이런 관심을 가져주었다 해도 놀랄 일이 아니야. 노인의 이성은 그렇게 말했다. 그러나 그는 이성을 믿지 않았 다. 그는 계속 몸을 떨었다. 흥분 때문인지, 추위 때문인지 알 수 없었다. 그는 욕조 바닥에서 안대를 찾아, 세게 문지르고 짜서 다시 썼다. 그러자 벌거벗은 느낌이 덜했다. 그가 몸을 닦고 향기로운 냄새를 풍기며 응접실로 들어가자, 의사의 아내가 말했다, 벌써 한 남자는 몸도 닦고 면도도 했네요. 이어 당연히 했어야 할 일을 깜빡했다가 이제야 기억한 사람의 말투로 말을 이었다, 어머나, 혼자서 등을 닦으셨겠네요. 검은 안대를 한 노인은 대답하지 않았다. 그저 이성을 믿지 않은 것이 역시 옳았다고 생각했을 뿐이다.

그들은 남아 있는 얼마 안 되는 음식을 사팔뜨기 소년에게 주었다. 다른 사람들은 새로 먹을 것을 조달해올 때까지 기다려야 했다. 식료품실에는 과일을 절여둔 단지 몇 개, 마른 과일 몇 개, 설탕, 먹다 남은 비스킷, 말라빠진 식빵 몇 조각이 있었다. 그러나 그들은 이것을 비롯해 다른 몇 가지 음식은 긴요할 때 먹기 위해 남겨두기로 했다. 매일 먹을 음식은 그때그때 조달해야 했다. 쟁여놓은 음식은 원정대가 어떤 불행한 일을 당해 빈손으로 돌아올 때를 대비한 것이었다. 아침에는 한 사람당 비스킷 두 개와 잼 한 숟갈만 먹기로 했다. 딸기 잼과 복숭아 잼이 있어요, 어느 걸로 할래요. 거기에 반 쪽짜리 호두 세 개와 물 한 잔이 있었다. 계속 이렇게 먹을 수만 있다면 호사스럽게 사는 것이라고 할 수 있었다. 첫 번째로 눈이 먼 남자의 아내가 자기도 먹을 것을 찾으러 가고 싶다고 말했다. 아무리 눈이 멀었다 해도 셋이면 일이 크게 틀어질 것이 없었다. 셋 가운데 둘은 먹을 것을 들고 올 수 있었다. 게다가 첫 번째로 눈이 먼 남자의 아내는 가능하기만 하다면 집에도 한번 가서 어떤 상태인지 확인하고 싶었다. 이곳이 집에서 멀지 않다는 것을 잊지 않았던 것이다. 자신의 집에 누가 와서 살고 있는지, 그렇다면 혹시 아는 사람들은 아닌지. 예를 들어 같은 건물의 이웃이 들어와 살고 있을 수도 있었다. 시골에 사는 친척들이 전염병의 습격을 받은 마을을 떠나 피신하러 오는 바람에 숫자가 불어, 그녀의 집을 잠시 이용할 수도 있으니까. 도시는 늘 시골보다 풍부한 자원을 향유하는 법이므로, 그런 일도 충분히 있을 수 있었다. 그래서 세 사람은 집 안에서 찾아낼 수 있는 마른 옷들을 껴입고 집을 나섰다.

세탁한 옷들은 날씨가 좋아지기를 기다려 널어야 했다. 하늘은 여전히 흐렸으나, 비가 올 것 같지는 않았다. 경사진 도로에는 빗물에 쓸린 쓰레기들이 가장자리에 작은 더미를 이루면서, 인도 가운데 깨끗한 부분이 생겨났다. 비가 계속 와주면 좋을 텐데, 이런 상황에서는 햇빛이 비추는 것이 우리에게 일어날 수 있는 최악의 일일 거예요, 의사의 아내가 말을 이었다, 이미 세상은 지저분해질 대로 지저분해지고 또 악취도 더 이상 견딜 수 없을 정도니까. 우리가 깨끗해서 그게 더 심하게 느껴지는 거예요, 첫 번째로 눈이 먼 남자의 아내가 말했다. 그녀의 남편도 동의했다. 그는 찬물로 목욕해서 감기가 든 것이 아닌가 생각했다. 거리는 눈먼 사람들로 붐볐다. 그들은 비가 잠깐 그친 틈을 이용해 먹을 것을 찾고, 또 먹고 마신 것이 얼마 없는데도 여전히 그들을 자극하는 배변 욕구를 즉석에서 해결했다. 개들은 사방에서 코를 킁킁대며 쓰레기를 헤집었다. 한 마리는 물에 빠져 죽은 쥐를 입에 물고 있었다. 쥐가 물에 빠져 죽는 일은 드문데, 그만큼 밤새 비가 많이 내렸다는 증거였다. 쥐는 빠져나오기 힘든 장소에 있다가 큰물을 만난 것이 분명했다. 그런 경우에는 헤엄을 잘 치는 것도 소용이 없으니까. 눈물을 핥아주는 개는 떼를 지어 사냥하는 이전의 동료들 틈에 끼지 않았다. 그는 이미 선택을 했다. 그러나 먹이를 주기를 기다리지는 않았다. 그는 이미 뭔지 모를 것을 씹고 있었다. 이 쓰레기더미는 개들에게는 상상도 못 할 보물을 감추고 있었다. 보물을 찾아내려면 그냥 헤집기만 하면 되었다. 눈먼 남자와 그의 아내 역시 나중에 필요한 경우에는 자신의 기억을 헤집어야 할 때가 올지도 몰랐다. 그래서 그들은 거리의 네 모퉁이를 외워두었다. 그들이 살고 있는 집의 네 모퉁이가 아니었다. 그 집에는 모퉁이가 훨씬 더 많았다. 그들이 외운 것은 그들이 사는 거리의 네 모퉁이였다. 그것이 앞으로 그들에게 기본 방위 역할을 해줄 것이다. 눈먼 사람들은 동서가 어디이고, 남북이 어디인지에는 관심이 없다. 그들이 원하는 것은 그들의 더듬는 손이 그들에게 올바른 길을 말해주는 것이다. 전에 눈먼 사람들의 수가 적었을 때는 하얀 지팡이를 짚고 다녔다. 땅과 벽을 계속 두드려댈 때 나는 소리가 일종의 암호 역할을 해, 길을 확인할 수 있었다. 그러나 모든 사람들이 눈이 먼 지금 이 어지러운 환경에서는 하얀 지팡이는 별 도움이 되지 않았다. 게다가 자신을 둘러싼 백색 속에 잠겨 있어서, 자기가 손

405

에 뭘 들고 있다는 것조차 의심할 수도 있다. 다 알다시피, 개들은 우리가 본능이라고 부르는 것과 더불어, 방향을 찾는 다른 수단들을 가지고 있다. 물론 개들은 근시라서 시력에는 많이 의존하지 않는다. 그러나 코가 눈보다 훨씬 앞서니까, 늘 원하는 곳에 갈 수 있다. 지금도 눈물을 핥아주는 개는 위치를 확실히 해두기 위해 바람의 네 모퉁이를 향해 다리를 들어올린다. 혹시 길을 잃을 경우에도 바람이 안내자의 역할을 해줄 것이다. 길을 따라가면서 의사의 아내는 도로 아래위를 둘러보며, 많이 부실해진 식료품실을 채울 가게를 찾았다. 약탈이 완벽하게 이루어지지 않았는지, 구식 식료품 가게 창고에 강낭콩이나 이집트콩이 아직 약간 남아 있었다. 이것들은 마른 콩이기 때문에 요리에 시간이 많이 걸린다. 또 물과 연료도 문제다. 그래서 요즘에는 그런 콩들을 높이 쳐주지 않는다. 의사의 아내는 사람들이 말하는 속담에 별로 관심을 가지지 않았다. 그럼에도 그런 옛날 속담들 가운데 몇 가지가 그녀의 기억에 남아 있었던 것이 틀림없다. 가져온 비닐 봉투 두 개에 강낭콩과 이집트콩을 가득 채운 것이 그 증거였다. 이 경우의 속담은, 개똥도 약에 쓰려면 없다, 정도가 되겠는데, 그것은 그녀의 할머니가 이야기해준 것들 가운데 하나다. 콩을 담가두는 물은 요리하는 물로도 사용할 수 있을 것이다. 요리하고 남은 것은 물은 아니지만 묽은 수프는 될 수 있을 것이다. 모든 것이 사라지는 법은 없고 때로는 뭔가가 생기기도 한다는 것은 자연에만 해당되는 것이 아니다.

그들의 첫 번째 목적지는 눈이 먼 남자 부부가 사는 거리였다. 아직 그곳에 가려면 멀었는데 왜 벌써 콩을 비롯해 가다 눈에 띄는 것들을 봉투에 잔뜩 담느냐는 질문은 평생 결핍이라는 것을 겪어보지 못한 사람만이 할 수 있는 것이다. 돌멩이라도 무조건 집으로 가져가라. 이것 역시 의사 아내의 할머니가 했던 말이다. 그러나 할머니도, 설사 지구를 뺑 돌아가는 한이 있어도, 하는 말을 덧붙이는 것은 잊었다. 사실 그들은 바로 지금 그런 업적을 세우려 하고 있었다. 가장 먼 길을 우회하여 집으로 갈 작정이었기 때문이다. 여기가 어디죠, 첫 번째로 눈이 먼 남자가 의사의 아내에게 물었다. 눈이 있어서 좋다는 것이 바로 그런 질문에 대답할 수 있는 것이니까. 그녀가 대답하자 남자가 말했다, 여기가 바로 내가 눈이 먼 곳입니다, 신호등이 있는 이 사거리였지요, 바로 여기였습니다, 이 사거리, 정확히 이 지점이었습니다, 그때 일은 기억하고 싶지도 않습니다, 앞도 안 보이는데 차 안에 갇혀 있었지요, 사람들은 밖에서 소리를 질러댔고요, 나는 필사적으로 눈이 안 보인다고 소리쳤습니다, 그러다 마침내 그 남자가 나타나 나를 집에까지 데려다주었지요. 가엾은 사람, 첫 번째로 눈이 먼 남자의 아내가 말을 이었다, 그 사람은 이제 다시 차를 훔치지 못할 거예요. 의사의 아내가 말을 받았다, 우리는 죽어야 한다는 생각이 너무 두려워서, 늘 죽은 사람들에 대해서는 용서해줄 구실을 찾으려고 하죠, 우리 차례가 될 때를 대비해 미리 우리 자신에 대한 용서를 구해놓듯이 말이에요. 이 모든 일이 아직도 꿈 같아요, 첫 번째로 눈이 먼 남자의 아내가 말했다, 내가 눈이 먼 꿈을 꾸고 있는 것 같아요. 내가 집에서 당신을 기다리고 있을 때 나도 그런 생각을 했어, 그녀의 남편이 말했다. 그들은 그 일이 일어났던 광장을 떠났다. 이제 그들은 미로처럼 좁은 도로를 올라갔다. 의사의 아내는 거의 모르는 지역이었으나, 첫 번째로 눈이 먼 남자는 길을 잃지 않았다. 그는 길을 알고 있었다. 그녀가 도로 이름을 말해주면 그는 말했다, 왼쪽으로 꺾어요. 오른쪽으로 꺾어요. 마침내 그가 말했다, 여기가 우리가 사는 거리예요, 우리가 사는 건물은 왼쪽에 있어요, 한 중간쯤 되죠. 몇 번지인데요, 의사의 아내가 물었다. 그는 기억하지 못했다. 어디 보자, 내가 기억을 못 하는 게 아니에요, 그게 내 머리에서 사라져버린 겁니다, 그가 말했다. 그것은 불길한 징조였다. 우리가 어디 사는지조차 기억하지 못한다면, 그 꿈이 우리 기억을 바꿔치기해버린 것이라면, 결국 어떻게 되겠는가. 그러나 괜찮다. 이번 경우는 심각한 사태가 벌어지지 않았다. 첫 번째로 눈이 먼 남자의 아내가 함께 나오겠다고 한 것이 다행이었다. 그녀는 벌써 번지수를 말했다. 덕분에 의사의 아내는 첫 번째로 눈이 먼 남자의 기억에 의지하지 않아도 되었다. 첫 번째로 눈이 먼 남자는 접촉이라는 마술로 대문을 알아볼 수 있다는 것을 자랑스러워했다. 마치 마술 지팡이를 가진 것처럼, 한 번 건드리면 금속이 나타나고, 또 한 번 건드리면 나무가 나타나고, 서너 번 더 건드리면 완전한 무늬가 나타나는 것 같았다. 이게 확실합니다. 그들은 안으로 들어갔다. 의사의 아내가 앞장섰다. 몇 층이죠, 그녀가 물었다. 3층입니다, 첫 번째로 눈이 먼 남자가 대답했다. 그의 기억도 아까보다는 괜찮은 것 같았다. 우리는 어떤 것들은 잊는다. 그것이 인생이다. 그리고 어떤 것들은 기억한다. 예를 들어 그가 이미 눈이 먼 상태에서 그 대문으로 들어왔을 때, 차를 훔친 남자는, 몇 층에 사시오, 하고 물었고, 그는, 3층입니다, 하고 대답했다는 것을 기억한다. 차이가 있다면 이번에는 엘리베이터로 올라가지 않는다는 것이다. 그들은 보이지 않는 계단을 올라간다. 계단은 어두운 동시에 밝다. 눈이 멀지 않은 사람들은 전깃불빛, 또는 햇빛, 또는 촛불빛을 얼마나 아쉬워하는지. 이윽고 의사의 아내는 어둑어둑한 곳에 익숙해졌다. 그들은 반쯤 올라가다가 위에서 내려오던 눈먼 여자 둘과 마주쳤다. 어쩌면 3층에서 내려오는 것인지도 몰랐다. 그러나 아무도 물어보지 않았다. 이웃이 전같지 않다는 말은 과연 맞는 말이다.

문은 닫혀 있었다. 이제 어떻게 할까요, 의사의 아내가 물었다. 나한테 맡기시죠, 첫 번째로 눈이 먼 남자가 말했다. 그들은 한 번, 두 번, 세 번, 문을 두드렸다. 아무도 없군, 셋 가운데 한 사람이 그렇게 말하는 순간 문이 열렸다. 늦게 나온 것도 놀랄 일은 아니었다. 아파트 뒤쪽에 있던 눈먼 사람이 문까지 달려올 수는 없는 노릇이니까. 누구요, 무슨 일이오, 문을 연 남자가 물었다. 그는 진지한 표정이었고 정중했다. 따라서 이야기가 통할 수 있는 사람임에 틀림없었다. 첫 번째로 눈이 먼 남자가 말했다, 나는 이 아파트에 살던 사람입니다. 아, 이어 문을 연 남자가 물었다, 함께 온 사람이 있소. 내 아내, 그리고 내 친구도 있습니다. 이게 당신 아파트라는 걸 어떻게 증명할 수 있소. 그건 쉬워요, 첫 번째로 눈이 먼 남자의 아내가 말했다, 난 그 안에 있는 걸 다 말할 수 있어요. 문을 연 남자는 잠시 입을 다물고 있다가 말했다, 들어오시오. 의사의 아내는 맨 나중에 들어갔다. 여기서는 안내자가 필요 없었다. 문을 연 남자가 말했다, 지금은 나 혼자요, 내 가족은 먹을 걸 찾으러 갔소, 어쩌면 가족이라는 말 대신 여자들이라는 말을 써야 할지도 모르겠구려, 하지만 나는 그것이 적절치 못하다고 생각하오. 그는 잠시 말을 끊더니 덧붙였다, 하지만 어쩌면 당신들은 내가 이런 문제에 대해 정확히 알아야 한다고 생각할지도 모르겠소. 무슨 말이죠, 의사의 아내가 물었다. 내가 여자들이라고 말한 사람들은 내 아내와 두 딸이오, 내 말은 언제 여자들이라는 말을 쓰는 게 좋은지에 대해 내가 알아야 한다는 거요, 나는 작가요, 우리는 그런 것들을 알아야 하는 사람들이지요. 첫 번째로 눈이 먼 남자는 기분이 좋았다. 상상해보라, 작가가 내 아파트에 살고 있다니. 그러나 잠시 후 의문이 생겼다. 이 사람에게 이름을 물어보는 것이 실례가 아닐까. 어쩌면 이름을 들어본 사람일 수도 있었다. 그의 책을 읽어보았을 수도 있었다. 그는 계속 호기심과 신중함 사이에서 머뭇거렸다. 그때 그의 아내가 단도직입적으로 물어보았다, 성함이 어떻게 되시죠. 눈먼 사람들에게는 이름이 필요 없소, 내 목소리가 나요, 다른 건 중요하지 않소. 하지만 책을 쓰셨을 거고, 그 책에는 이름이 실려 있을 거 아니에요, 의사의 아내가 말했다. 이제 아무도 그걸 읽을 수 없소, 따라서 그 책들은 존재하지 않는 것과 같소. 첫 번째로 눈이 먼 남자는 이야기가 그가 가장 관심을 가지는 화제로부터 너무 멀리 나아간다고 생각했다. 어떻게 내 아파트에 오시게 된 겁니까, 그가 물었다. 자기 집에 살지 않는 다른 많은 사람들의 경우와 같소, 나는 내 집에 이성에 귀를 기울이고 싶어 하지 않는 사람들이 살고 있다는 것을 알게 되었소, 말하자면 우리는 우리 집 계단에서 걸어차인 셈이오. 선생 댁이 멉니까. 멀지 않소. 되찾으려고 해보셨나요, 의사의 아내가 물었다, 지금은 사람들이 이 집 저 집 옮겨 다니는 게 일반적이잖아요. 두 번 시도해보았소. 그런데 그들이 아직도 거기 살던가요. 그렇소. 이제 여기가 우리 아파트라는 것을 알았으니 어떻게 하실 겁니까, 첫 번째로 눈이 먼 남자가 물었다. 그 사람들처럼 우리를 쫓아내실 겁니까. 아니, 난 그럴 힘도 없는 나이요, 설사 내가 젊어서 힘이 있다 해도, 나는 그런 신속한 절차를 밟을 수 있는 사람은 못 되는 것 같소, 작가란 삶에서 글을 쓰는 데 필요한 인내나 얻는 사람이오. 그럼 우리한테 아파트를 넘겨주시겠다는 겁니까. 그렇소, 다른 해결책을 찾을 수 없다면 말이오, 하지만 다른 해결책이 있을까 모르겠소. 의사의 아내는 작가의 대답을 이미 짐작하고 있었다. 작가가 말을 이었다. 당신과 당신 부인, 그리고 당신과 함께 있는 친구도 어디 아파트에 살고 있지 않소. 맞습니다, 사실 내 친구 아파트에 살고 있습니다. 그곳이 멀리 떨어져 있소. 그렇지는 않습니다. 그렇다면 실례를 무릅쓰고 한 가지 제안을 하고 싶소. 해보시죠. 지금 이대로 살아가자는 거요, 지금은 우리 둘 다 살 수 있는 곳을 가지고 있소, 나는 내 아파트가 어떻게 되는지 계속 주의 깊게 지켜볼 생각이오, 언젠가 그곳이 비게 되면 나는 즉시 그곳으로 옮겨가겠소, 당신도 그렇게 하시구려, 이곳에 정기적으로 와보고, 이곳이 비어 있거들랑 들어와 사시오, 나도 이게 좋은 생각인지는 모르겠소, 당신도 이 제안이 마음에 들지 않을 것 같구려, 하지만 당신이 다른 유일한 대안을 더 좋아할 거라는 생각이 들지는 않소. 그게 뭡니까. 당신이 지금 당장 당신 아파트를 되찾는 거요. 하지만, 그렇게 되면. 맞소, 그렇게 되면 우리는 다른 곳을 찾아야겠지. 아니에요, 그런 생각은 하지도 마세요, 첫 번째로 눈이 먼 남자의 아내가 끼어들었다, 지금 이대로 살면서, 앞으로 어떻게 되나 보기로 해요. 방금 또 하나의 해결책이 있다는 생각이 들었소, 작가가 말했다. 그건 뭡니까, 첫 번째로 눈이 먼 남자가 물었다. 당신들이 이곳으로 들어오고, 우리는 이곳에 당신네 손님으로 사는 거요, 이곳은 우리 모두가 살 수 있을 만큼 넓으니까. 아니에요, 첫 번째로 눈이 먼 남자의 아내가 말을 이었다, 우리는 전처럼 살 거예요, 우리 친구네서 살겠어요, 괜찮으냐고 물을 필요도 없겠죠. 마지막 말은 의사의 아내에게 한 것이었다. 대답할 필요도 없겠죠. 여러분 모두에게 고맙소, 작가가 말을 이었다, 지금까지 나는 누가 아파트를 다시 찾으러 올 거라고 생각하고 조마조마했소. 눈이 멀었을 때는 자기가 가진 것을 받아들이는 것이 가장 자연스러운 거예요, 의사의 아내가 말했다. 당신들은 전염병이 생긴 이후로 어떻게 살아왔소. 우린 겨우 사흘 전에 수용소에서 나왔어요. 아, 격리된 분들이었군. 네. 힘들었소. 힘들었다는 말로는 부족하죠. 정말 무시무시했겠구려. 선생님은 작가예요, 조금 전에 말씀하셨듯이 말을 알아야 할 의무가 있어요, 따라서 그런 형용사들은 우리에게 아무 쓸모가 없다는 걸 아실 거예요, 예를 들어 사람이 사람을 죽이면, 그 사실을 공개적으로, 직접적으로 말하는 게 나아요, 그 행동 자체의 무시무시함이 워낙 충격적이라 우리가 굳이 입으로 그것이 무시무시하다고 말할 필요는 없는 거예요. 그러니까 필요 이상으로 많은 말을 가지고 있다는 뜻이오. 우리가 가지고 있는 감정이 너무 적다는 뜻이에요. 또는 우리가 감정들은 가지고 있지만 그 감정들이 표현하는 말은 사용하지 않게 되었다거나. 그래서 그 말들을 잃어버리는 거죠. 나한테 수용소에서 어떻게 살았는지 이야기해주면 좋겠소. 왜요. 나는 작가니까. 직접 거기 있어봐야만 알 수 있어요. 작가란 다른 사람들과 똑같소, 모든 것을 알 수도 경험할 수도 없소, 따라서 물어보아야 하고 상상해야 하오. 언젠가는 그곳이 어땠는지 말씀드릴 수 있을지도 몰라요, 그럼 그때 책을 쓰도록 하세요. 그래요, 사실 나는 지금 책을 쓰고 있소. 어떻게요, 눈도 안 보일 텐데. 눈먼 사람도 글은 쓸 수 있소. 점자를 배워두셨단 말인가요. 나는 점자는 모르오. 그럼 어떻게 쓸 수 있다는 겁니까, 첫 번째로 눈이 먼 남자가 물었다. 내가 보여드리지. 작가는 의자에서 일어

413

나더니 방을 떠났다가 잠시 후에 돌아왔다. 손에 종이와 볼펜을 들고 있었다. 이것이 내가 마지막으로 완성한 페이지요. 우린 볼 수 없는데요, 첫 번째로 눈이 먼 남자의 아내가 말했다. 나도 마찬가지요, 작가가 대꾸했다. 그럼 어떻게 쓸 수 있죠, 의사의 아내가 물으면서 종이를 보았다. 방 안이 어둠침침하긴 했지만 그녀는 빽빽한 문장들을 볼 수 있었다. 문장들은 이따금씩 아래위가 겹치기도 했다. 손으로 만지면서 쓰는 거죠, 작가는 웃으며 대답했다, 쉬운 일이오, 종이를 부드러운 데, 예를 들어 종이 몇 장을 겹쳐놓은 데 올려놓으면 돼요, 그다음부터는 쓰기만 하면 되는 거요. 하지만 아무것도 볼 수 없잖습니까, 첫 번째로 눈이 먼 남자가 물었다. 볼펜은 눈먼 작가에게는 탁월한 도구요, 물론 무엇을 썼는지 읽게 해주지는 못하지, 하지만 어디까지 썼는지는 알려주거든, 손으로 마지막 쓴 글이 남긴 자국을 따라가기만 하면 되는 거요, 그리고 종이 가장자리까지 써가는 거요, 그다음에 다음 줄까지의 간격을 정하는 것은 매우 쉽소. 몇 줄은 겹친 것 같은데요, 의사의 아내가 말하며, 그의 손에서 종이를 살짝 집어들었다. 어떻게 아시오. 나는 볼 수 있으니까요. 볼 수 있다고, 시력이 회복되었다는 말이오, 어떻게, 언제. 작가는 흥분해서 물었다. 아마 내가 처음부터 시력을 잃지 않은 유일한 사람인 것 같아요. 어떻게, 어떻게 그걸 설명할 수 있을까. 설명은 못 해요, 어쩌면 설명이 없을지도 몰라요. 그럼 당신은 일어난 모든 일을 보았군요. 나는 보이는 것을 볼 수밖에 없었어요, 선택의 여지가 없었어요. 수용소에는 몇 명쯤 있었소. 거의 300명쯤요. 언제부터 거기 있었소. 처음부터요, 아까 말씀드린 대로 우리는 거기서 불과 사흘 전에 나왔어요. 아마 내가 처음 눈이 먼 사람 같습니다, 첫 번째로 눈이 먼 남자가 말했다. 그거 정말 무시무시했겠소. 또 그 말을 쓰시네, 의사의 아내가 말했다. 미안하오, 우리가, 내 가족과 내가 눈이 먼 이후로, 내가 써온 모든 것이 갑자기 우습게 느껴지는구려. 무엇에 대해 쓰셨는데요. 우리가 겪은 것에 대해서, 우리 삶에 대해서. 모든 사람은 자기가 아는 것에 대해 말을 해야 해요, 그리고 모르는 것은 물어봐야 해요. 그래서 내가 묻고 있는 거요. 그럼 내가 대답하죠, 하지만 언제일지는 모르겠어요, 언젠가는 반드시 대답할게요. 의사의 아내는 종이로 작가의 손을 건드렸다. 어디서 일하시는지, 무엇을 쓰고 계신지 보여주시겠어요. 물론이오, 날 따라오시오. 우리도 가도 될까요, 첫 번째로 눈이 먼 남자의 아내가 물었다. 이 아파트는 당신들 거요, 작가가 말했다, 나는 그저 지나가는 사람일 뿐이오. 침대에는 아주 작은 탁자가 있었고, 그 위에 불이 켜지지 않은 램프가 있었다. 창문을 통해 들어오는 침침한 빛 덕분에 왼쪽에 백지들이 몇 장 놓여 있는 것이 보였다. 오른쪽에 쌓인 종이에는 글씨가 적혀 있었다. 가운데는 글씨가 반쯤 채워진 종이가 있었다. 램프 옆에는 새 볼펜 두 자루가 있었다. 여기요, 작가가 말했다. 의사의 아내가 물었다, 좀 봐도 될까요. 그녀는 대답을 기다리지 않고 글이 적힌 종이들을 집어들었다. 스무 장가량 되었다. 그녀는 아주 작은 글씨들을 훑어보았다. 위로 아래로 춤을 추는 문장들, 종이 위에 기록된 말들, 실명 상태에서 기록된 말들. 나는 그저 지나가는 사람일 뿐이오, 작가는 그렇게 말했다. 그리고 이것들은 그가 지나가면서 남긴 흔적들이었다. 의사의 아내는 작가의 어깨에 팔을 얹었다. 작가는 두 손으로 그 손을 잡더니 천천히 자기 입술 위로 들어올렸다. 이윽고 작가가 말했다, 자기 자신을 잃지 마시오, 자기 자신이 사라지도록 내버려두지 마시오. 이것은 예상치 못한 말이었다. 상황에 어울리는 것 같지 않은 수수께끼 같은 말이었다.

그들은 집으로 돌아갔다. 사흘 먹기에 충분한 음식을 들고 들어갔다. 의사의 아내는 있었던 일을 이야기해주었다. 첫 번째로 눈이 먼 남자 부부가 흥분해서 끼어들곤 했다. 그날 밤, 의사의 아내는 당연한 일인 것처럼 서재에서 책을 한 권 꺼내와, 모든 사람에게 몇 페이지를 읽어주었다. 사팔뜨기 소년은 그 이야기에 관심이 없었다. 잠시 후 아이는 검은 색안경을 썼던 여자의 무릎을 베고, 검은 안대를 한 노인의 두 다리에 발을 올려놓고 잠이 들었다.

이틀 뒤에 의사가 말했다. 병원이 어떻게 되었는지 알고 싶어, 지금이야 우리가, 그러니까 병원이나 내가 아무 쓸모없지만, 언젠가는 사람들이 시력을 회복할 테고, 그때를 대비해 준비가 되어 있어야 하는데. 언제든지 원할 때 가볼 수 있어요, 그의 아내가 대답했다. 지금 가면 안 될까. 그럼 나가는 김에 우리 집도 들러보고 싶어요, 괜찮다면 말이에요, 검은 색안경을 썼던 여자가 말을 이었다, 그렇다고 부모님이 돌아오셨다고 생각하는 건 아니에요, 그저 그렇게 해야 내 마음이 편할 것 같아서 그러는 것뿐이에요. 아가씨 집에도 갈 수 있어, 의사의 아내가 말했다. 다른 사람들은 이 정찰대에 끼고 싶어 하지 않았다. 첫 번째로 눈이 먼 남자 부부는 그들의 집을 믿음직한 사람에게 맡겼다고 생각했고, 검은 안대를 한 노인은 집

에 갈 필요가 없다고 여겼으며, 사팔뜨기 소년은 아직도 자기
가 사는 동네 이름을 기억하지 못했다. 날씨는 맑았다. 비는 이
미 그쳤고, 약하긴 했지만 살갗에 햇살도 느낄 수 있었다. 더위
가 심해지면 어떻게 살지 모르겠어, 의사가 말했다, 이 쓰레기
들이 사방에서 썩어갈 거 아냐, 죽은 짐승들도 썩어갈 거고, 심
지어 사람 시체도 그렇게 될 거고, 틀림없이 집 안에서 죽은 사
람들이 있을 거야, 가장 큰 문제는 우리에게 조직이 없다는 거
야, 각 건물마다, 각 거리마다, 각 지역마다 조직이 있어야 해.
정부가 필요하다는 거로군요, 아내가 말했다. 조직이 있어야지,
인간의 몸 역시 조직된 체계야, 몸도 조직되어 있어야 살 수 있
지, 죽음이란 조직 해체의 결과일 뿐이야. 눈먼 사람들의 사회
가 어떻게 조직을 가지고 살아갈 수 있겠어요. 스스로를 조직
해야지, 자신을 조직한다는 것은, 어떤 면에서는 눈을 갖기 시
작하는 거야. 어쩌면 당신 말이 맞을지도 몰라요, 하지만 이 실
명의 경험은 우리에게 죽음과 고통만을 주었어요, 내 눈도 당
신 병원처럼 쓸모가 없어요. 사모님 눈 덕분에 우리는 아직 살
아 있잖아요, 검은 색안경을 썼던 여자가 말했다. 내가 눈이 멀
었다 해도 우리는 살아 있을 거야, 세상은 눈먼 사람들로 가득
해, 하지만 난 결국 우리 모두가 죽을 거라고 생각해, 시간의
문제일 뿐이야. 죽는 건 늘 시간의 문제였지, 의사가 말했다. 하
지만 눈이 멀었기 때문에 죽는다니, 이런 식으로 죽는 것보다
더 비참한 건 없을 거예요. 우리는 병으로 죽기도 하고, 사고로
죽기도 해. 게다가 이제 우리는 또 눈이 멀어서 죽을 거예요,

내 말은 우리가 실명과 암으로, 실명과 결핵으로, 실명과 에이
즈로, 실명과 심장 마비로 죽을 거라는 거예요, 병은 사람마다
다를 수 있지만, 지금 정말로 우리를 죽이고 있는 것은 실명이
라는 거죠, 우리는 불멸의 존재가 아니에요, 우리는 죽음을 피
할 수 없어요, 하지만 우리는 적어도 눈은 멀지 말아야 해요,
의사의 아내가 말했다. 어떻게, 이 실명은 구체적이고 현실적인
데, 의사가 말했다. 잘 모르겠어요, 아내가 말했다. 나도 모르겠
어요, 검은 색안경을 썼던 여자가 말했다.

　문을 강제로 열 필요는 없었다. 정상적으로 열렸다. 열쇠는
그들이 격리 수용소로 떠날 때 집에 두고 간 의사의 열쇠 고
리에 걸려 있었다. 여기가 대기실이에요, 의사의 아내가 말했
다. 내가 들어갔던 방이로군요, 검은 색안경을 썼던 여자가 말
을 이었다. 꿈이 계속돼요, 하지만 이게 무슨 꿈인지 모르겠어
요, 내가 눈이 멀 거라는 꿈을 꾸던 날 경험했던 꿈속의 꿈인
지, 아니면 이미 눈은 멀었는데, 계속 눈이 멀 거라는 꿈을 꾸
면서, 눈이 멀 위험도 없는 결막염 치료를 받으러 병원에 가는
꿈인지. 격리되었던 것은 꿈이 아니야, 의사의 아내가 말했다.
물론 아니죠, 우리가 강간을 당했던 것도 꿈이 아니고요. 내가
사람을 찌른 것도. 내 진찰실로 데려다줘, 혼자서도 갈 수 있지
만, 좀 데려다주었으면 좋겠어, 의사가 말했다. 문은 열려 있었
다. 의사의 아내가 말했다. 뒤죽박죽이네요, 서류들은 바닥에
떨어져 있고, 파일 캐비닛 서랍은 다 빠져 있고. 보건부 사람들
이 그랬을 거야, 서류를 찾느라 급했을 테니까. 그럴지도 모르

겠군요. 장비들은 어때. 언뜻 보기에는 괜찮은 것 같은데요. 그거 하나는 다행이군, 의사가 말했다. 의사는 혼자 두 팔을 뻗고 앞으로 나아갔다. 그는 렌즈들이 든 상자, 검안경, 책상을 만져보았다. 이어 검은 색안경을 썼던 여자에게 말했다, 조금 전에 꿈속에 살고 있다고 했을 때, 무슨 이야기를 하고 싶었는지 알겠습니다. 의사는 의자에 앉아, 먼지가 덮인 책상에 두 손을 올려놓았다. 이어 마치 맞은편에 앉아 있는 사람에게 이야기하듯, 슬픈 것도 같고 비꼬는 것 같기도 한 웃음을 지으며 말했다, 아뇨, 존경하는 의사 선생님, 대단히 죄송하지만, 선생님의 병에는 치료법이 알려져 있지 않군요, 마지막 충고를 하나 드려도 좋다면, 옛 속담대로 하라는 겁니다, 옛날 사람들은 인내가 눈에 좋다고 했는데, 그 말이 옳습니다. 여자가 말했다, 우리를 괴롭히지 말아요. 용서해줘, 두 사람 다, 우리는 기적이 이루어지던 곳에 들어와 있어, 그런데 지금 내 마술의 힘은 흔적도 없이 사라져버렸어, 다 빼앗겨버렸어. 우리가 이루어낼 수 있는 유일한 기적은 계속 살아가는 거예요, 여자가 말을 이었다, 매일매일 연약한 삶을 보존해가는 거예요, 삶은 눈이 멀어 어디로 갈지 모르는 존재처럼 연약하니까, 어쩌면 진짜 그런 건지도 몰라요, 어쩌면 삶은 진짜 어디로 갈지 모르는 건지도 몰라요, 삶은 우리에게 지능을 준 뒤에 자신을 우리 손에 맡겨버렸어요, 그런데 지금 이것이 우리가 그 삶으로 이루어놓은 것이에요. 꼭 사모님도 눈이 먼 것처럼 말씀하시네요, 검은 색안경을 썼던 여자가 말했다. 어떤 면에서는 나도 눈이 멀었지,

당신들의 먼 눈이 내 눈도 멀게 한 거야, 볼 수 있는 사람들이 더 많다면 나도 더 잘 볼 수 있을지 모르겠어. 안됐지만 당신은 누군지도 모르는 사람에게 소환당해 무슨 일인지도 모를 일을 진술하기 위해 법정을 찾아가는 증인 같군, 의사가 말했다. 시간은 종말에 이르고 있어요, 부패는 널리 퍼지고, 병은 열린 문을 찾고, 물은 바닥이 나고, 음식은 독이 되고 있어요, 이것이 내 첫 번째 진술이 될 거예요, 의사의 아내가 말했다. 그럼 두 번째는요, 검은 색안경을 썼던 여자가 물었다. 우리 눈을 뜹시다. 못해, 우리는 눈이 멀었어, 의사가 말했다. 가장 심하게 눈이 먼 사람은 보이는 것을 보고 싶어 하지 않는 사람이라는 말은 위대한 진리예요. 나는 보고 싶어요, 검은 색안경을 썼던 여자가 말했다. 하지만 그 마음만 가지고 눈을 뜰 수는 없습니다, 유일한 차이는 아가씨는 이제 가장 심하게 눈이 먼 사람이 아니라는 거지요, 자, 갑시다, 여기서는 더 볼 게 없군, 의사가 말했다.

검은 색안경을 썼던 여자의 집으로 가는 길에 그들은 커다란 광장을 가로질렀다. 그곳에서는 눈먼 사람들의 무리가 다른 눈먼 사람들의 이야기를 듣고 있었다. 언뜻 보기에는 둘 다 눈이 먼 것 같지 않았다. 말하는 사람들은 흥분하여 듣는 사람들 쪽으로 고개를 돌리고 있었고, 듣는 사람들은 열중한 표정으로 말하는 사람들 쪽으로 고개를 돌리고 있었다. 그들은 세상의 종말, 회개를 통한 구원, 일곱째 날의 비전, 천사의 승천, 우주의 충돌, 태양의 죽음, 부족 정신, 맨드레이크 수액, 호랑이 기름, 증표의 힘, 바람의 규율, 달의 향기, 어둠의 재옹호, 주술의 힘, 뒤꿈치의 표적, 장미의 십자가 처형, 림프액의 정결, 검은 고양이의 피, 그늘의 잠, 바다의 융기, 식인 풍습의 논리, 통증 없는 거세, 성스러운 문신, 자발적인 실명, 볼록한 생각, 또는 오목한 생각, 또는 수평적이거나 수직적인 생각, 또는 경사진 생각, 또는 집중된 생각, 또는 흩어진 생각, 또는 덧없는 생각, 성대(聲帶)의 약화, 말의 죽음에 대해 이야기하고 있었다. 여기서는 아무도 조직 이야기를 하지 않는군요, 의사의 아내가 말했다. 어쩌면 다른 광장에서는 조직 이야기를 하는지도 모르지, 의사가 대꾸했다. 그들은 계속 길을 갔다. 조금 더 갔을 때, 의사의 아내가 말했다. 이 도로에는 다른 곳보다 죽은 사람들이 많네요. 우리의 저항은 막바지에 이르고 있어, 시간이 부족해, 물이 모자라, 병이 퍼지고 있어, 음식은 독이 되고 있어, 당신이 조금 전에 그렇게 말했지, 의사가 말했다. 내 부모님도 이 죽은 사람들 가운데 있을지 몰라요, 검은 색안경을 썼던 여자가 말했다, 나는 그 사람들을 보지도 못하고 지나가고 있는데. 죽은 자들 옆을 지날 때는 그들을 보지 않는 것이 오래된 관습이야, 의사의 아내가 말했다.

검은 색안경을 썼던 여자가 사는 거리는 평소보다 사람이 더 드문 것 같았다. 건물 문간에는 어떤 여자의 주검이 있었다. 길 잃은 짐승들에게 반쯤 먹힌 모습이었다. 다행히도 눈물을 핥아주는 개는 오늘 따라오고 싶어 하지 않았다. 그가 왔다면 그가 주검을 물어뜯는 것을 막아야 했을 것이다. 1층 이웃의 시체로군요, 의사의 아내가 말했다. 누구라고, 어디에, 남편이 물었다. 바로 여기예요, 1층 이웃이에요, 냄새는 나죠. 가엾은 할머니, 검은 색안경을 썼던 여자가 말을 이었다, 왜 거리로 나왔을까, 한 번도 나온 적이 없는데. 아마 죽음이 가까웠다고 느꼈을 겁니다, 아파트에서 혼자 썩어간다는 생각을 견딜 수 없었을 거예요, 의사가 말했다. 이제 집에 들어갈 수가 없네요, 나한테는 열쇠가 없으니까요. 어쩌면 부모님이 돌아오셔서 안에서 기다리고 계실지도 모르지 않습니까, 의사가 말했다. 그럴리 없어요, 검은 색안경을 썼던 여자가 말했다. 그럴 리 없다는 말이 맞아요, 의사의 아내가 말을 이었다, 여기 열쇠가 있거든. 바닥에 누워 있는 죽은 여자의 반쯤 벌어진 손에 열쇠들이 있었다. 빛을 받아 반짝였다. 어쩌면 할머니네 건지도 몰라요, 검은 색안경을 썼던 여자가 말했다. 아닐 거야, 죽으러 나오는데 자기 집 열쇠를 가져올 이유가 없지. 하지만 이 할머니가 내가 아파트에 들어갈 수 있도록 열쇠를 가지고 나온 것이라 해도, 나는 눈이 멀어서 그걸 볼 수 없잖아요. 이 여자가 열쇠를 가져나오기로 했을 때 무슨 생각을 했는지는 몰라, 어쩌면 아가씨가 다시 볼 수 있을 거라고 생각했는지도 모르지, 어쩌면 우리가 이곳에서 눈먼 사람들답지 않게 너무 쉽게 돌아다녀 의심을 했는지도 모르지, 어쩌면 내가 계단이 어둡다고, 그래서 잘안 보인다고 했던 이야기를 들었던 것인지도 몰라, 어쩌면 그도 저도 아니고 그저 정신 착란을 일으킨 건지도 모르지, 치매에 걸린 건지도 모르고, 그래서 제정신이 아닌 상태에서 아가씨에게 열쇠를 주어야 한다는 생각을 했는지도 몰라, 우리가 아는 것은 이 여자가 문밖으로 발을 내디뎠을 때 생명이 끝났다는 것뿐이야. 의사의 아내는 열쇠를 집어 검은 색안경을 썼던 여자에게 건네주고 나서 물었다. 자, 어떻게 할까, 이 여자를 여기에 놔둘까. 이 여자를 거리에 묻을 수는 없어, 여기 깔린 돌들을 들어올릴 도구가 없잖아, 의사가 말했다. 뒤뜰이 있잖아요. 그렇게 하려면 우리는 이 여자를 2층으로 들고 올라갔다가, 다시 비상 계단으로 내려가야 해. 그게 유일한 방법이에요. 우리에게 그런 일을 할 만한 힘이 있나요, 검은 색안경을 썼던 여자가 물었다. 우리한테 그럴 힘이 있느냐 없느냐는 중요하지 않아, 문제는 이 여자를 여기에 내버려둘 수 있느냐 없느냐 하는 거야. 물론 여기에 내버려둘 수는 없지, 의사가 말했다. 그럼 힘을 내야죠. 그들은 일을 시작했다. 그러나 주검을 위층으로 끌고 올라가는 것은 힘든 일이었다. 그 작은 몸이 무거워서가 아니었다. 그녀는 원래 몸집이 작았던데다가, 고양이와 개들이 뜯어먹어서 더 작아져 있었다. 문제는 주검이 뻣뻣하다는 것이었다. 그래서 좁은 계단을 올라가며 방향을 트는 것이 쉽지 않았다. 얼마 되지도 않는 계단을 올라가는 동안 네 번이나 쉬어야 했다. 주검을 운반하는 소리에도, 그들의 목소리에도, 부패의 냄새에도 층계참으로 나와보는 사람은 없었다. 내가 말한 대로예요, 부모님은 여기 안 계세요, 검은 색안경을 썼던 여자가 말했다. 마침내 문에 이르렀을 때 그들은 탈진 상태였다. 아직도 아파트 안으로 쑥 들어가, 비상 계단을 내려가는 일이 남아 있었다. 그러나 성자들이 도우셨는지, 그들은 비상 계단을 내려갈 수 있었다. 주검은 한결 가볍게 느껴졌다. 비상 계단은 바깥에 나 있어서 모퉁이를 돌아가기도 훨씬 쉬웠다. 손에서 가엾은 주검을 놓치지 않도록 조심하기만 하면 되었다. 주검이 계단에서 굴러떨어지게 되면 도저히 수습할 길이 없을 것이다. 주검이 겪게 될 고통, 죽음 뒤라 더 심한 고통은 말할 것도 없고.

　뒤뜰은 탐험된 적이 없는 정글 같았다. 얼마 전에 내린 비 때문에 무성하게 자란 풀과 잡초가 바람에 흔들렸다. 여기저기 뛰어다니는 토끼들에게 싱싱한 먹이는 부족하지 않을 것 같았다. 그리고 닭이야 원래 어려운 시절에도 잘 살아가는 동물이니까. 그들은 바닥에 앉아 숨을 헐떡거렸다. 주검을 끌고 오느라 힘이 다 빠진 것이다. 그들 옆에서 주검도 그들처럼 쉬고 있었다. 의사의 아내는 주검을 보호하기 위해 닭과 토끼를 쫓았다. 토끼들은 그저 궁금해서 코를 씰룩거리며 다가왔다. 닭들은 부리를 총검처럼 치켜들고 무엇에라도 달려들 태세였다. 의사의 아내가 말했다, 이 여자는 집을 나가기 전에 잊지 않고 토끼장 문을 열어놓았군요, 토끼가 굶어 죽지 않도록 해준 거예요. 의사가 말을 받았다, 다른 사람들과 사는 것이 어려운 게 아니야, 다른 사람들을 이해하는 것이 어려운 거지. 검은 색안경을 썼던 여자는 풀을 한 움큼 뽑아 더러워진 손을 닦았다. 그녀 자신의 잘못이었다. 주검에서 잡지 말았어야 할 부분을 잡았던 것이다. 어차피 눈이 멀었을 때는 피할 수 없는 일이지만. 의사가 말했다, 삽이 필요한데. 여기서 우리는 말이야말로 영원히 회귀하는 것임을 알 수 있다. 지금도 우리는 말이 회귀한 것을 보았는데, 이 경우에는 이유도 똑같다. 처음에는 자동차를 훔친 남자 때문에 그 말이 사용되었으며, 지금은 열쇠를 돌려준 노파 때문에 그 말이 사용되었다. 그러나 일단 묻고 나면 아무도 그 차이를 모를 것이다. 누가 특별히 그들을 기억하지 않는 한. 의사의 아내는 깨끗한 시트를 찾기 위해 검은 색안경을 썼던 여자의 아파트로 올라갔다. 그녀는 가장 덜 더러운 것을 선택할 수밖에 없었다. 그녀가 내려오자 닭들이 시트를 공격했다. 토끼들은 싱싱한 풀만 뜯고 있었다. 의사의 아내는 시트로 주검을 덮고 싼 뒤 삽을 찾으러 갔다. 그녀는 뒤뜰의 헛간에 다른 도구들과 함께 놓여 있는 삽을 발견했다. 내가 팔게요, 그녀가 말했다, 땅이 축축하니까 파기 쉬울 거예요, 두 사람은 쉬어요. 그녀는 도끼로 잘라야 하는 뿌리가 없는 곳을 골랐다. 그러나 이것이 쉬운 일이었을 것이라고 상상하지는 말라. 뿌리들에게는 그 나름의 사는 방법이 있다. 뿌리들은 외부의 타격을 피하고, 기요틴의 치명적인 힘을 약화시키기 위해 흙의 부드러운 부분을 이용하는 방법을 알고 있다. 의사의 아내도, 그녀의 남편도, 검은 색안경을 썼던 여자도 주위의 여러 발코니에 눈먼 사람들이 나타난 것을 알아채지 못했다. 의사의 아내는 땅을 파고 있어서 몰랐고, 나머지 둘은 눈이 안 보였기 때문에 몰랐다. 숫자는 많지 않았고, 모든 발코니에서 다 나온 것도 아니었다. 그들은 땅을 파는 소리를 듣고 나온 것이 틀림없었다. 아무리 부드러운 땅이라도 소리는 나는 법이니까. 그리고 늘 감추어진 돌이 있어 삽에 부딪히면 큰 소리로 반응한다는 것도 잊지 말아야 할 것이다. 그들은 마치 유령처럼 유동적인 몸을 가지고 있는 것 같았다. 아닌 게 아니라, 그들은 호기심에서, 또는 그저 자기들이 묻히던 때는 어땠는지를 회상해보기 위해서, 타인의 매장에 참석한 유령들이라 해도 좋을 것 같았다. 의사의 아내는 무덤을 다 팠을 때, 마침내 그들을 보았다. 그녀는 아픈 허리를 펴고, 손으로 이마의 땀을 닦았다. 이어 어떤 저항할 수 없는 충동에 이끌려, 특별한 생각 없이, 그 눈먼 사람들에게, 그리고 세상의 모든 눈먼 사람들에게, 이 여자는 부활할 거예요, 하고 소리쳤다. 그다지 중요한 문제는 아니지만, 그녀가, 이 여자는 다시 살 거예요, 하고 말하지 않았다는 점에 주목하라. 물론 사전에서는 그 두 말이 완전하고 절대적인 동의어가 될 수 있다고 확인하고, 다짐하고, 주장하고 있지만. 눈먼 사람들은 겁을 먹고 아파트 안으로 들어갔다. 그들은 왜 그 여자가 그런 말을 했는지 이해할 수 없었다. 하물며 그런 계시를 받을 준비가 되어 있지도 않았다. 그들은 사람들이 마술의 말들을 쏟아내던 광장에 나가보지 않은 것이 분명했다. 그 이야기가 나와서 말인데, 아까 그 광장에는 기도하는 사마귀의 머리와 자살하는 전갈만 있었으면 모든 것이 완벽했을 것이다. 의사가 말했다, 왜 저 여자가 부활할 거라고 했어, 누구한테 한 말이야. 발코니에 나온 눈먼 사람들 몇 명한테요, 난 그 사람들을 보고 깜짝 놀라서 한 말인데, 그 사람들은 거꾸로 내 말에 겁을 집어먹었나 봐요. 그런데 왜 하필이면 그런 말을 했어. 모르겠어요, 그냥 떠올라서 한 말이에요. 다음에 광장을 지나갈 때는 당신이 설교를 하겠군. 그래요, 토끼의 이빨과 닭의 부리에 대해 설교를 하죠, 이제 나를 좀 도와줘요, 이쪽이에요, 맞아요, 발을 잡아요, 내가 이쪽에서 들어올릴게요, 무덤에 빠지지 않도록 조심해요, 그래요, 그렇게, 천천히 아래로 내리세요, 좀 더, 좀 더, 닭 때문에 무덤을 조금 깊이 팠어요, 닭들이 헤집기 시작하면 어디까지 갈지 모르니까요, 됐어요. 그녀는 삽을 이용해 무덤에 흙을 채우고, 발로 땅을 단단히 다지고, 흙으로 돌아가는 흙 가운데 늘 땅 위에 남게 되는 작은 봉분을 만들었다. 그녀는 평생 다른 일은 해본 적이 없는 사람처럼 능숙하게 그 일을 했다. 마지막으로 그녀는 마당 한구석에 있는 장미 덤불에서 가지를 하나 꺾어, 무덤 꼭대기에 꽂아놓았다. 그 할머니가 부활할까요, 검은 색안경을 썼던 여자가 물었다. 이 여자는 아니야, 부활하지 않아, 의사의 아내가 대답하고는 덧붙였다, 더 중요한 건 지금 살아 있는 사람들이 스스로 부활하는 거야, 그런데 그렇게 못하고 있지. 우리는 이미 반은 죽었어, 의사가 말했다. 반은 살아 있는 것이기도 하죠, 그의 아내가 대꾸했다. 그녀는 삽을 헛간에 갖다두고, 모든 것이 제대로 되어 있는지 마당을 꼼꼼히 둘러보았다, 제대로 되어 있는 게 뭐지, 그녀는 생각하다가 스스로 답했다, 죽은 자들이 그들이 있어야 할 자리, 즉 죽은 자들 사이에 있는 것, 살아 있는 자들이 살아 있는 자들 사이에 있는 것, 닭과 토끼가 먹이를 먹고 또 먹이가 되는 것. 부모님을 위해 작은 표시를 남겨놓고 싶어요, 검은 색안경을 썼던 여자가 말했다, 내가 살아 있다는 것을 아실 수 있도록 말이에요. 의사가 말을 받았다, 그 희망을 꺾고 싶지는 않지만, 그러려면 우선 그분들이 집을 찾아와야 하는데, 그건 가능성이 거의 없는 일입니다, 우리도 우리를 안내해줄 사람이 없었다면 우리 집에 가지 못했을 거라는 점을 잊지 마세요. 그 말씀이 맞아요, 그리고 그분들이 살아 계실지 어떨지도 잘 모르겠어요, 하지만 어떤 표시를, 뭔가를 남겨놓지 않으면, 꼭 내가 그분들을 버린 것 같은 기분을 지울 수가 없을 거예요. 그럼 뭘 남길까, 의사의 아내가 물었다. 손으로 만져서 알 수 있는 것이면 좋겠는데, 검은 색안경을 썼던 여자가 대답했다, 안타까운 건 이제 나에게 옛날에 가졌던 것들 가운데 남아 있는 게 하나도 없다는 거예요. 의사의 아내는 그녀를 바라보았다. 검은 색안경을 썼던 여자는 비상 계단의 첫 단에 앉아 두 손을 무릎 위에 늘어뜨렸다. 예쁜 얼굴에는 괴로움이 가득했다. 머리카락은 어깨 위로 늘어져 있었다. 뭘 남기면 좋을지 생각났어요, 의사의 아내가 말했다. 그녀는 얼른 계단을 올라갔다. 그녀는 집 안으로 들어가서 가위와 끈 하나를 가지고 나왔다. 뭘 하시려는 거예요, 검은 색안경을 썼던 여자가 물었다. 가위로 자기의 머리카락을 자르는 소리를 듣고 걱정이 되었던 것이다. 혹시 부모님이 돌아오시면, 문 손잡이에 머리카락이 한 묶음 걸려 있는 걸 알 수 있을 거예요, 그것이 딸의 머리카락이 아니면 누구 거겠어요, 의사의 아내가 말했다. 그 말씀을 들으니 울고 싶어져요, 검은 색안경을 썼던 여자가 말했다. 그 말을 하기가 무섭게 그녀는 팔짱을 낀 두 팔에 머리를 묻고 서러움에, 슬픔에, 의사의 아내가 한 이야기 때문에 자극받은 감정에 굴복해버렸다. 이윽고 그녀는, 어떤 감정의 통로를 통해 거기에 이르렀는지는 모르지만, 어쨌든 1층의 노파 때문에도 울고 있다는 것을 알았다. 날고기를 먹던 여자, 무시무시한 마녀, 죽은 손으로 그녀의 아파트 열쇠를 되돌려준 사람. 의사의 아내가 말했다, 우리가 대체 어떤 시대에 살고 있는지 모르겠어요, 사물의 질서가 뒤집혀 있어요, 늘 죽음을 나타내던 상징이 삶의 상징이 되어버렸어요. 그런 이적, 또 더 큰 이적을 일으킬 수 있는 손이 있지, 의사가 말을 받았다. 필요는 막강한 무기예요, 여보, 여자가 말하고는 덧붙였다, 자 이제 철학과 마법은 그만하면 됐으니, 손을 잡고 계속 살아가도록 해요. 검은 색안경을 썼던 여자가 직접 문 손잡이에 머리카락을 묶어놓았다. 부모님이 이걸 확인하실까요, 그녀가 물었다. 문 손잡이는 집이 내밀고 있는 손 같은 거니까, 의사의 아내가 말했다. 이 평범한 말로, 그들은 검은 색안경을 썼던 여자의 집 방문을 마무리 지었다.

그날 밤 그들은 다시 책 읽어주는 소리를 듣게 되었다. 다른 오락은 없었다. 안타까운 일이었지만, 의사는 예를 들어 아마추어 바이올린 연주자가 아니었다. 그렇기만 했다면 이들이 사는 5층에서 달콤한 세레나데가 흘러나올 수도 있었을 텐데. 그러면 이웃들은 부러워서 이렇게 말했을 것이다, 저 사람들은 아주 잘 살아가고 있거나, 아니면 아주 무책임해서 남들의 고통을 비웃음으로써 자신의 고통을 피할 수 있다고 생각하는 모양이야. 그러나 지금은 말의 음악밖에 없다. 이런 말의 음악이란, 특히 책 속에 나오는 말의 음악이란 두드러지지 않다. 그래서 설사 이 건물에 사는 누군가가 호기심에 이들의 문간에 귀를 대어보았다 해도, 한 사람이 웅얼거리는 소리, 무한으로 뻗어나가는 긴 실 같은 소리밖에 못 들었을 것이다. 이 세상의 책이란, 그것을 다 합쳤을 때는, 사람들이 우주를 두고 하는 말처럼, 무한한 것이다. 밤늦게 낭독이 끝나자, 검은 안대를 한 노인이 말했다, 결국 우리는 이렇게 되었군, 다른 사람이 책 읽어주는 소리를 듣게 되었소, 불평하는 건 아니오, 나는 영원히라도 이곳에 있을 수 있소. 검은 색안경을 썼던 여자가 말을 받았다, 나도 불평을 하는 게 아니에요, 우리에게는 이것이 최선이라고 말하고 싶을 뿐이에요, 다른 사람이 우리보다 앞서 존재했던 인류의 이야기를 읽어주는 소리를 듣는 것이 말이에요, 여기 우리에게 아직도 볼 수 있는 두 눈, 마지막 두 눈이 있는 사람이 있다는 것을 기뻐하도록 해요, 만일 그 눈마저 언젠가 소멸해버린다면, 그런 생각은 하고 싶지도 않지만, 그럼 우리와 인류를 연결시켜주는 끈이 끊어지고 말겠죠, 그렇게 되면 마치 허공에 따로따로 떨어져 있는 것과 같을 거예요, 영원히, 모두 눈이 먼 채로. 검은 색안경을 썼던 여자가 말을 이었다, 나는 가능하다면 계속 희망을 갖고 싶어요, 내 부모님을 찾겠다는 희망, 아이의 엄마가 나타날 거라는 희망. 우리 모두가 갖고 있는 희망은 얘기 안 했구려. 그게 뭔데요. 시력을 회복할 것이라는 희망. 그런 희망에 집착한다는 건 미친 짓이에요. 글쎄, 나는 그런 희망들이 없었다면 오래전에 포기했을 거라고 말할 수 있을 것 같은데. 어떤 희망요. 다시 볼 수 있을 것이라는 희망. 이미 그 이야기는 했잖아요, 다른 걸 이야기해보세요. 하지 않겠소. 왜요. 아가씨는 관심이 없을 테니까. 어떻게 내가 관심이 없을 거라는 걸 알죠, 나에 대해 뭘 안다고, 내가 관심을 가지는 것이 이것이고 관심을 가지지 않는 것이 저것이고 하는 식으로 판단하시는 거예요. 화내지 마시오, 마음을 아프게 하려는 의도는 아니었소. 남자들은 다 똑같아요, 남자들은 여자 배 속에서 나왔으니까 여자에 대해 알 건 다 안다고 생각해요. 나는 여자에 대해서는 아는 게 거의 없소, 더군다나 아가씨에 대해서는 아무것도 모르오, 남자 이야기가 나와서 말인데, 내 생각으로는, 현대적 기준에서 볼 때 나는 이제 노인이오, 게다가 눈이 하나일 뿐만 아니라 그 눈마저 멀어버렸소. 그것 말고 또 자신을 비하할 말은 없나요. 아주 많지, 아가씨는 나이가 들어갈수록 자신을 책망할 사항들을 적은 목록이 늘어난다는 걸 잘 모를 거요. 나는 젊지만 벌써 나 나름대로 그런 점들을 가지고 있어요. 아가씨는 아직 진짜로 나쁜 짓은 하지 않았소. 그걸 어떻게 아세요, 나하고 살아본 적도 없으면서. 맞소, 난 아가씨와 살아본 적이 없지. 왜 그런 목소리로 내 말을 되풀이하시는 거예요. 무슨 목소리 말이오. 바로 그 목소리요. 내가 한 말은 아가씨와 살아본 적이 없다는 것뿐인데. 왜 이러세요, 왜 이래, 모르는 척하지 마세요. 그렇게 몰아붙이지 마시오, 부탁이오. 난 몰아붙이고 싶어요, 알고 싶어요. 희망 이야기로 돌아갑시다. 좋아요. 내가 이야기하지 않으려고 하던 희망은 이런 거였소. 뭔데요. 그건 자책 사항 목록의 맨 마지막에 들어가게 될 항목이 될 거요. 어서요, 설명을 해보세요, 난 수수께끼 같은 건 잘 몰라요. 우리가 절대 시력을 회복하지 못했으면 좋겠다는 끔찍한 소망이오. 왜요. 그냥 우리가 이대로 살 수 있도록. 우리 다 함께 말이에요, 아니면 아저씨하고 나만요. 그 대답은 요구하지 마시오. 아저씨가 보통 남자라면 대답을 피할 수도 있을 거예요, 다른 남자들처럼 말이에요, 하지만 아저씨는 스스로 자신이 노인이라고 말했어요, 노인은, 그렇게 오래 산 것이 무슨 의미가 있는 거라면, 진실에서 고개를 돌리지 말아야 해요, 대답해주세요. 아가씨와 함께라는 의미였소. 왜 나와 함께 살고 싶어 하시는 건데요. 내가 모든 사람들 앞에서 이야기하기를 바라는 거요. 우리는 함께 가장 더러운 짓, 가장 추한 짓, 가장 역겨운 짓도 했어요, 아저씨가 말씀하시는 것이 그보다 더 나쁠 수는 없어요. 좋소, 굳이 그렇게 나온다면, 어쩔 수 없지, 나는 아직 남자이며, 그런 남자로서 여자인 당신을 사랑하오. 사랑을 선언하는 게 그렇게 힘들었나요. 내 나이에는 남들 앞에서 우스워지는 것을 두려워하게 되지. 하나도 우습지 않았어요. 그 이야긴 제발 그만합시다. 나는 그만둘 생각도 없고, 아저씨를 그만두게 하고 싶은 생각도 없어요. 말도 안 되는 일이오, 아가씨는 나에게서 강제로 그 이야기를 끌

433

어냈고, 지금은. 지금은 내 차례예요. 나중에 후회할 말은 하지 마시오, 아까 말했던 자책 사항 목록을 잊지 마시오. 내가 오늘 진지하다면, 내일 후회한다 해도 그게 뭐가 문제예요. 제발 그만하시오. 아저씨는 나와 함께 살고 싶어 하고, 나도 아저씨와 함께 살고 싶어요. 미쳤군. 지금부터 함께 살아요, 부부처럼, 그리고 우리 친구들과 헤어지는 날이 와도 계속 함께 살아요, 눈먼 사람 둘이면 하나보다는 잘 볼 수 있을 거예요. 미친 짓이야, 아가씨는 나를 사랑하지도 않소. 사랑이라니 그게 무슨 말이에요, 나는 누구도 사랑한 적이 없어요, 그저 남자들과 잠자리를 했을 뿐이에요. 그러니까 내 말이 맞다는 거로군. 그렇진 않아요. 아가씨는 진지함에 대해 이야기를 했잖소, 그러니까 나를 정말로 사랑하는지 아닌지 이야기해보구려. 나는 아저씨와 함께 있고 싶어 할 만큼 아저씨를 사랑해요, 그리고 누구에게 이런 이야기를 해본 것은 처음이에요. 전에 다른 데서 나를 만났다면 그런 이야기는 하지 않았을 거요, 나이도 들 대로 들었고, 머리도 하얗게 셌는데 그나마 반은 벗어지고, 한쪽 눈에는 안대를 하고 있고, 다른 쪽 눈에는 백내장이 생긴 남자한테 말이오. 내가 과거의 그 여자라면 이런 말을 하지 않았을 거예요, 그건 나도 그렇게 생각해요, 하지만 조금 전의 그 말을 한 사람은 오늘의 이 여자예요. 그럼 내일의 여자는 또 어떤 말을 할까. 나를 시험하는 건가요. 무슨 터무니없는 소리, 내가 뭔데 아가씨를 시험하겠소, 그런 일들을 결정하는 것은 삶이오. 그럼 삶은 이미 한 가지 결정을 했어요.

그들은 서로 마주 보고 이런 대화를 나누었다. 멀어버린 눈이 멀어버린 눈을 응시했다. 그들의 얼굴은 감동으로 불그레하게 달아올랐다. 한 사람이 그 말을 했고, 두 사람이 그것을 원했으므로 그들은 삶이 함께 살라는 결정을 내렸다는 데 합의했다. 검은 색안경을 썼던 여자는 두 손을 내밀었다. 앞을 더듬으려는 것이 아니라, 그냥 상대에게 내어주려고 내밀었다. 두 손이 검은 안대를 한 노인의 두 손과 만났다. 노인은 살며시 여자를 자기 쪽으로 끌어당겼다. 그렇게 그들은 나란히 앉았다. 물론 처음은 아니었다. 하지만 지금은 언약을 한 뒤였다. 다른 사람들은 아무 말도 하지 않았다. 아무도 그들을 축하해주지 않았다. 아무도 그들에게 영원한 행복을 빌어주지 않았다. 솔직히 지금은 축제와 희망의 시절이 아니다. 두 사람의 경우처럼 진지한 결정이 내려졌을 때 사람들이 이런 식으로, 침묵이 가장 좋은 축하 인사라는 식으로 행동하는 것을 이해하려면 본인이 직접 눈이 멀어봐야 할지도 모른다. 의사의 아내는 소파의 쿠션 몇 개를 현관 쪽으로 가져가 편안한 침대를 만들어놓고, 사팔뜨기 소년에게 말했다, 오늘부터 너는 여기서 자거라. 첫날밤에 거실에서는 무슨 일이 있었을까. 그렇게 물이 많던 날 아침, 정화의 물이 그렇게 쏟아져내리던 날 아침, 검은 안대를 한 노인의 등을 닦아준 수수께끼의 손이 누구의 손이었는가 하는 것이 마침내 분명해졌다는 것 하나는 확실하게 말할 수 있겠다.

다음 날, 침대 속에서 의사의 아내는 남편에게 말했다, 남은 음식이 별로 없어요, 다시 나가야 해요, 오늘은 그 슈퍼마켓 지하 창고로 가볼까 하는 생각을 했어요, 첫날 갔던 데 말이에요, 아무도 그곳을 발견하지 못했다면, 우리가 한두 주 먹을 건 구할 수 있을 거예요. 내가 함께 가지, 그리고 다른 사람들도 한두 명 함께 가자고 하지 뭐. 당신하고 둘만 갔으면 좋겠어요, 그게 더 편할 것 같아요, 길을 잃을 위험도 줄어들고요. 당신이 여섯 명의 무력한 사람들을 부양하는 짐을 얼마나 오래 지고 갈 수 있을까. 할 수 있을 때까지는 할 거예요, 하지만 당신 말이 맞아요, 나도 지치기 시작했어요, 때로는 나도 눈이 멀었으면, 다른 사람들과 똑같았으면, 다른 사람들이 지고 있는 의무 이상을 지지 않았으면 하고 바랄 때가 있어요. 우리는 당신한테 의지하는 데 익숙해졌어, 당신이 없다면, 우리는 한 번 더 눈이 머는 꼴이 될 거야, 당신 눈 덕분에 우리는 그래도 눈이 좀 덜 먼 셈이지. 할 수 있을 때까지는 해볼게요, 그 이상은 약속 못 해요. 언젠가, 우리가 더 이상 도움도 안 되고 쓸모도 없다는 것을 깨달으면, 그 사람 말대로, 그냥 이 세상을 떠나버릴 용기를 가져야 할 거야. 누가 그런 말을 했는데요. 어제 행운을 만난 남자가. 그 사람도 오늘은 그런 말을 안 할 것 같은데요, 생각을 바꾸는 데는 진짜 희망만큼 도움이 되는 게 없죠. 그는 이제 그런 희망을 가지고 있어, 그 희망이 오래 지속되기를 바라야지. 꼭 속이 뒤집힌 사람 같은 말투로 이야기하네요. 내가 속이 뒤집혔다고, 왜. 뭔가를 빼앗긴 것 같은 말투였어요. 우리가 그 끔찍한 곳에 있었을 때 그 여자와 나 사이에 있었던 일을 말하는 거야. 네. 잊지 마, 나와 섹스를 하고 싶어한 건 그 여자였어. 당신 기억이 속임수를 쓰고 있군요, 당신이 그 여자를 원한 거예요. 당신이 어떻게 알아. 난 눈이 멀지 않았어요. 글쎄, 그 여자가 나를 원한 거라니까. 당신은 자신을 속이고 싶어 할 뿐이에요. 기억이 우리를 속이는 걸 보면 참 이상도 하지. 이 경우에는 그 이유를 아는 게 어렵지 않죠, 우리에게 제공된 것은 우리가 정복해야 하는 것보다 더 우리 것이라는 느낌이 드는 법이니까요. 하지만 그 여자는 그 후로는 두 번 다시 나에게 접근하지 않았어, 그리고 나도 마찬가지고. 원한다면 서로의 기억을 찾을 수도 있어요, 그래서 기억이 좋다는 거 아니겠어요. 질투하는군. 아뇨, 질투하는 게 아니에요, 나는 그 현장에서도 질투하지 않았어요, 나는 그 여자가 안쓰러웠고 당신도 안쓰러웠어요, 그리고 당신을 돕지 못하는 나 자신도 안타까웠고요. 물은 얼마나 있지. 얼마 없어요. 그들은 매우 검소하게 아침 식사를 했다. 전날 밤의 사건에 대해 이따금씩 웃음 지으며 암시를 하곤 했기 때문에 분위기는 가벼웠다. 그러나 말은 적당히 삼갔다. 대단한 것은 아니지만, 묘하게도 조심하는 분위기였다. 그가 격리되었던 동안에 목격한 끔찍한 장면들을 기억한다면 충분히 이해할 만한 분위기라고 할 수 있다. 식사 후에 의사의 아내와 그녀의 남편은 떠났다. 이번에는 집에 있고 싶어 하지 않았던 눈물을 핥아주는 개만 동행했다.

시간이 갈수록 거리의 상태는 악화되었다. 밤 동안에 쓰레기는 더 늘어난 듯했다. 마치 바깥으로부터, 아직 정상 생활을 하는 어떤 미지의 나라로부터, 밤 사이에 사람들이 와서 쓰레기통을 비우고 간 것 같았다. 만일 우리가 있는 곳이 눈먼 사람들의 땅이 아니라면, 우리는 이 백색 어둠의 한가운데를 뚫고, 쓰레기, 파편, 돌조각, 화학 폐기물, 재, 타버린 기름, 뼈, 병, 내장, 납작한 건전지, 비닐 봉투, 산더미 같은 종이를 가득 싣고 오는 유령 같은 짐마차와 트럭들을 볼 수 있을 텐데. 그러나 그들은 먹다 남은 음식은 가져오지 않는다. 심지어 과일 껍질조차 가져오지 않는다. 그것이라도 있으면 늘 코앞에 다가와 있는 더 나은 날을 기다리며 허기라도 달랠 수 있을 텐데. 아직 이른 아침인데 벌써 날씨는 무더웠다. 엄청난 쓰레기 더미에서 유독한 가스의 구름이 올라오듯 악취가 올라왔다. 오래 지 않아 전염병들이 발생할 거야, 의사는 다시 말했다, 아무도 빠져나가지 못할 거야, 우리에게는 아무런 방어 수단이 없어. 비가 오지 않으면, 질풍이 불어대는 꼴이로군요, 여자가 말했 다. 아니, 그것조차 없는 거지, 비가 오면 적어도 갈증은 달랠 수 있고, 바람이 불면 악취라도 좀 날아가련만. 눈물을 핥아주 는 개는 불안하게 코를 킁킁거리며 돌아다니다가 어떤 쓰레기 더미 앞에 멈추어 조사하기 시작했다. 아마 다른 데서는 찾을 수 없는 진귀한 먹이가 그 안에 감추어져 있나 보다. 만일 혼자 라면 그 개는 그곳에서 조금도 움직이지 않으려 할 것이다. 그 러나 눈물을 흘렸던 여자는 이미 걸어가고 있었다. 그리고 그 녀를 따르는 것이 그의 의무였다. 언제 다시 눈물을 핥아줄 일 이 생길지 모르는 것 아닌가. 걷기가 힘든 길이 있다. 특히 가 파른 거리에서는 힘이 든다. 쏟아진 폭우가 격류로 변하면서, 서 있던 차들이 물살에 휩쓸려 다른 차나, 건물을 들이받았다. 그 바람에 문들이 부서지고, 가게 유리창들이 박살났다. 바닥 에는 깨진 유리 조각들이 빽빽하게 덮여 있다. 두 자동차 사이 에 낀 남자의 주검은 썩어갔다. 의사의 아내는 눈길을 돌린다. 눈물을 핥아주는 개는 가까이 다가가지만, 죽음에 겁을 집어 먹는다. 그럼에도 두 발자국 더 전진한다. 갑자기 개는 털을 쭈 뼛 세운다. 목에서 늑대의 울음소리를 닮은 긴 울부짖음이 터 져나온다. 이 개의 문제는 인간에게 너무 가까워졌다는 것이 다. 이러다가는 꼭 인간처럼 괴로움을 겪을 것이다. 그들은 광장을 가로질렀다. 그곳에서는 눈먼 사람들이 다른 눈먼 사람들의 연설에 귀를 기울이며 즐거워하고 있었다. 언뜻 보기에는 둘 다 눈이 먼 것 같지 않았다. 말하는 사람들은 흥분하여 듣는 사람들 쪽으로 고개를 돌리고 있었고, 듣는 사람들은 열중한 표정으로 말하는 사람들 쪽으로 고개를 돌리고 있었다. 그들은 위대한 조직 체계, 사적 소유, 자유 통화 시장, 시장 경제, 주식 매매, 과세, 이자, 몰수와 도용, 생산, 분배, 소비, 수요와 공급, 빈부, 통신, 억압과 비행, 복권, 감옥, 형법, 민법, 도로 교통법, 사전, 전화번호부, 매춘망, 군수 공장, 군대, 공동묘지, 경찰, 밀수, 마약, 허용된 불법 차량, 약학 연구, 도박, 사제와 장례 비용, 정의, 채무, 정당, 선거, 의회, 정부, 볼록하거나, 오목하거나, 수평적이거나, 수직적이거나, 경사지거나, 집중되거나, 확산되거나, 덧없는 생각들, 성대의 소모, 말의 죽음 등에 대해 이야기하며, 그 근본 원리들의 장점을 찬양했다. 여기서는 조직에 대해 이야기하는데요, 의사의 아내가 남편에게 말했다. 나도 들었어, 의사는 그렇게만 대답하고는 더 이상 이야기하지 않았다. 의사의 아내는 도로 지도를 살펴보러 갔다. 도로 지도는 옛날에 길가에 서 있던, 방향을 가리키는 십자가 같았다. 그 슈퍼마켓은 아주 가까워요. 길을 잃었던 날 그녀는 이 근처에서 무너졌고, 결국 울고 말았다. 운 좋게도 가득 채울 수 있었던 비닐 봉투들이 기괴한 모습으로 그녀를 짓눌렀다. 혼란과 괴로움 속에서 그녀는 개에게 의지해 위로를 받았다. 지금 그 개가 가까이 다가오는 개 떼들을 향해 으르렁거렸다. 마치, 나한테 까불지 마, 가까이 오지 말고 떨어져, 하고 말하는 것 같았다. 왼쪽으로, 다시 오른쪽으로. 그러자 슈퍼마켓 입구가 나타났다. 처음에는 문만 보였다. 그래, 저거다. 저 문이다. 이윽고 건물 전체가 눈에 들어왔다. 그러나 들락거리는 사람들은 보이지 않았다. 길을 오가는 거대한 군중에 의지해 살고 있는 이런 가게들에서 늘 볼 수 있는 개미 떼 같은 사람들은 보이지 않았다. 의사의 아내는 최악의 상황이 걱정되어 남편에게 말했다, 우리가 너무 늦게 왔나 봐요, 부스러기 하나도 남지 않았나 봐요. 왜 그런 소리를 해. 들락거리는 사람이 하나도 안 보여요. 사람들이 아직 지하 창고를 발견하지 못한 것일 수도 있잖아. 나도 그러기를 바라요. 그들은 슈퍼마켓 반대편 인도에 서서 그런 이야기를 했다. 그들 옆에는, 마치 교통 신호등이 녹색으로 바뀌기를 기다리듯, 눈먼 사람 셋이 서 있었다. 의사의 아내는 그들의 얼굴 표정의 변화를 보지 못했다. 그들은 놀라서 어리둥절한 표정을 지었다. 뭔지 모를 두려움에 사로잡힌 모습이었다. 의사의 아내는 그들 가운데 하나가 말할 것처럼 입을 열었다 다시 다무는 것을 보지 못했다. 그녀는 그가 갑자기 어깨를 으쓱하는 것을 보지 못했다. 곧 알게 될 거야, 우리는 그 눈먼 남자가 속으로 그런 말을 했을 것이라고 짐작해볼 수 있다. 의사의 아내와 남편은 도로를 건넜다. 그들은 다른 눈먼 사람이 하는 말을 듣지 못했다. 왜 저 여자가 본다 못 본다 하는 얘기를 하는 거죠. 들락거리는 사람이 하나도 안 보인다고 했잖아요. 또 다른 눈먼 사람이 대꾸했다, 그냥 말이 그런 거지 뭐,

조금 전에 내가 넘어질 뻔했을 때, 당신이 나더러 잘 보고 다니라고 했잖아, 그것하고 똑같은 거야, 우린 아직 보는 습관을 잃지 않은 거야. 오, 맙소사, 그 소리를 얼마나 많이 들었는지 모르겠군, 어깨를 으쓱했던 눈먼 남자가 소리를 질렀다.

날빛이 슈퍼마켓의 넓은 홀을 환하게 비추었다. 선반들은 거의 뒤집혀 있었다. 쓰레기, 깨진 유리, 빈 포장지밖에 남은 것이 없었다. 의사의 아내가 말했다, 이상하네, 아무리 여기에 음식이 없다 해도, 사람들이 하나도 없다는 건 이해가 가지 않아요. 의사가 말을 받았다, 그 말이 맞아, 정상적으로 보이지를 않는군. 눈물을 핥아주는 개가 작은 소리로 낑낑거렸다. 다시 털이 쭈뼛 서 있었다. 의사의 아내가 남편에게 말했다, 여기에서는 나쁜 냄새가 나요. 어디 가나 그렇지 뭐, 남편이 말했다. 그게 아니에요, 다른 냄새예요, 썩는 냄새. 어딘가 시체가 있나 보지 뭐. 안 보이는데요. 그럼 당신이 냄새 난다고 상상한 거겠지. 개가 다시 낑낑거리기 시작했다. 개가 왜 이러지, 의사가 물었다. 신경이 날카로운가 봐요. 이제 어떻게 하지. 어디 보자, 시체가 있다 해도 피하면 그만이죠 뭐, 이제는 시체 보고 겁을 먹을 일은 없으니까. 나야 더 쉽지, 아예 보이지 않으니까. 그들은 슈퍼마켓 안을 가로질러, 지하실로 가는 복도로 통하는 문에 이르렀다. 눈물을 핥아주는 개는 그들을 따라왔으나, 이따금씩 발을 멈추고 그들을 향해 길게 울부짖었다. 그러나 의무감 때문에 계속 따라왔다. 의사의 아내가 문을 열자, 악취는 더 심했다. 냄새가 지독하군, 남편이 말했다. 당신은 여기 있어요, 내가 금방 갔다 올게요. 그녀는 복도를 따라 걸었다. 한 걸음 내디딜 때마다 복도는 더 어두워졌다. 눈물을 핥아주는 개는 질질 끌려오듯이 그녀를 따라갔다. 부패한 냄새가 빽빽하게 들어찬 공기는 답답했다. 그녀는 반쯤 걸어가다 결국 토하고 말았다. 대체 여기서 무슨 일이 있었던 거야. 그녀는 구역질하면서 그런 생각을 했다. 그녀는 같은 말을 계속 중얼거리다가 마침내 지하실로 내려가는 금속 문에 이르렀다. 그녀는 구역질로 제정신이 아니었기 때문에, 앞쪽에서 약한 불빛이 희미하게 반짝이는 것을 미처 눈치채지 못했다. 이제 그녀는 그것을 보았고, 무엇인지 알았다. 두 개의 문 가장자리에서 작은 불길들이 깜빡거렸다. 하나는 계단으로 통하는 문이었고, 하나는 화물용 엘리베이터 문이었다. 다시 구역질 때문에 위가 뒤틀렸다. 너무 심하게 욕지기를 하는 바람에 개도 그녀 쪽으로 고개를 돌렸다. 눈물을 핥아주는 개는 아주 길게 울부짖었다. 그칠 것 같지 않은 울음소리였다. 지하실에 있는 죽은 자들의 마지막 목소리처럼 개의 탄식이 복도에 울려퍼졌다. 의사는 구역질 소리, 경련을 일으키는 소리, 기침 소리를 들었다. 그는 있는 힘을 다해 앞으로 달려갔다. 가다가 비틀거리며 넘어졌으나, 다시 일어났고 또 넘어졌다. 마침내 그는 아내를 품에 안을 수 있었다. 무슨 일이야, 그가 물었다. 그녀는 떨리는 목소리로 대답했다, 여기서 나가게 해줘요, 어서, 여기서 나가게 해줘요. 실명이 시작된 이래 처음으로 의사가 아내를 인도했다. 어디가 어딘지도 모르면서, 문으로부터, 그가 보지도 못하는 불빛으로부터 무조건 멀리 떨어진 곳으로 아내를 인도했다. 마침내 복도에서 나왔을 때, 그녀는 무너지고 말았다. 그녀는 발작적으로 흐느꼈다. 이런 울음에는 눈물을 닦아줄 도리가 없다. 시간이 지나 지쳐야만 끝이 나는 울음이었다. 그래서 개도 다가가지 않았다. 손이나 핥아주려고 그녀의 손만 찾았다. 무슨 일이야, 의사는 다시 물었다, 뭘 본 거야. 죽었어요, 그녀는 흐느끼다가 간신히 대답했다. 누가 죽었어. 사람들이오. 그녀는 더 말을 잇지 못했다. 일단 진정하고, 나중에 말을 할 수 있을 때 이야기해줘. 잠시 후 그녀는 말했다. 사람들이 죽었어요. 직접 봤어, 문을 열었어, 남편이 물었다. 아뇨, 문 가장자리에서 도깨비불만 봤어요, 도깨비불이 문 가장자리에 붙어 춤을 추고 있었어요, 사라지지를 않았어요, 시체들의 부패 때문에 생긴 인광인가 봐요. 무슨 일이 생긴 건데. 사람들이 지하실을 찾아낸 거겠죠, 그래서 먹을 걸 찾으러 계단을 달려 내려갔을 거예요, 지하실 계단은 미끄러져 넘어지기 십상이에요, 한 사람만 넘어지면 다 넘어지는 거죠, 아마 지하실까지 가지도 못했을 거예요, 내려간 사람들이 있다 해도 사람들의 시체로 계단이 막혀 돌아올 수 없었을 거예요. 하지만 문이 닫혀 있었다면서. 다른 눈먼 사람들이 닫았겠죠, 지하실을 거대한 무덤으로 만들어버린 거예요, 내 탓이에요, 거기서 봉투에 먹을 것을 담아 달려나왔을 때, 사람들은 내가 먹을 걸 가지고 나왔다고 짐작하고 찾으러 갔을 거예요. 어떤 면에서는 우리가 먹는 모든 것은 다른 사람들의 입에 들어갈 걸 빼앗은 거야, 우리가 너무 많이 빼앗았다면 우리는 그들의 죽음에 책임이 있는 거지, 이런저런 면에서 우리는 모두 살인자야. 약간 위로가 되긴 하네요. 난 당신이 없는 죄를 만들어서 괴로워하는 걸 원치 않아, 당신은 이미 여섯 명의 쓸모없는 입을 책임지느라 힘겨워하고 있어. 당신의 쓸모없는 입이 없다면 내가 어떻게 살 수 있을지 모르겠어요. 나머지 다섯 사람을 부양하기 위해 살아가겠지. 문제는 얼마나 오랫동안 그럴 수 있느냐 하는 거예요. 그리 오래가지 않을 거야, 모든 것이 사라지면 우리는 먹을 걸 찾아 밭을 헤매겠지, 나무에 있는 과일을 모조리 따먹고, 손에 잡히는 짐승은 다 죽일 거야, 그전에 개와 고양이들이 우리를 잡아먹지 않는다면 말이야. 눈물을 핥아주는 개는 아무런 반응도 보이지 않았다. 그는 사람을 잡아먹는 문제에는 관심이 없었다. 최근에 눈물을 핥아주는 개로 변신한 것이 헛된 일은 아니었던 모양이다.

의사의 아내는 제대로 걸을 수도 없었다. 충격 때문에 탈진했다. 슈퍼마켓을 나섰을 때, 그녀는 힘이 없어 비틀거렸고, 그는 눈이 멀어 비틀거렸다. 누가 누구를 부축하는지 알 수가 없었다. 빛이 너무 강했는지, 그녀는 어지러움을 느꼈다. 그녀는 드디어 시력을 잃는가 보다고 생각했다. 그러나 걱정할 필요 없었다. 현기증이 심해 기절할 지경에 이르렀을 뿐이었다. 그러나 그녀는 쓰러지지도, 의식을 잃지도 않았다. 다만 눕고 싶은 마음만 간절했다. 눈을 감고 숨을 천천히 쉬고 싶었다. 조금만 쉰다면 다시 기운을 차릴 수 있을 것이 틀림없었다. 또 쉬었다 일어나야, 아직 텅 비어 있는 비닐 봉투를 채우러 돌아다닐 수 있었다. 그러나 더러운 거리에는 눕고 싶지 않았다. 슈퍼마켓으로 돌아가고 싶지도 않았다. 죽어도 돌아가고 싶지 않았다. 그녀는 주위를 둘러보았다. 길 건너편에서 조금 떨어진 곳에 성당이 보였다. 어디나 다름없이 그곳에도 사람들이 많겠지만, 그래도 쉬기에는 좋은 곳일 것이다. 적어도 과거에는 그랬다. 그녀는 남편에게 말했다, 기운을 차려야겠어요, 저쪽으로 좀 데려다줘요. 저쪽이라니, 어디를 말하는 거야. 미안해요, 나를 부축해줘요, 내가 방향을 말해줄 테니까. 어디로 가는 건데. 성당이오, 잠시 누웠다 일어나면 다시 기운이 날 거예요. 그럼 어서 가. 성당에는 계단이 여섯 단 있었다. 의사의 아내는 그 여섯 단을 무척 힘겹게 올라갔다. 남편을 안내해야 해서 더 그랬다. 문은 활짝 열려 있었다. 그것은 정말 반가운 일이었다. 만일 아무리 단순하다 해도 회전문이 달려 있었다면, 지금은 그것이 무척 어려운 장애물이 되었을 것이다. 눈물을 핥아주는 개는 입구에서 머뭇거렸다. 개들은 최근 몇 달 동안 행동의 자유를 누려왔지만, 그럼에도 그들 모두에게는 오래전에 주입된 금지 사항, 즉 성당에는 들어가지 못한다는 금지 사항이 뇌에 유전적으로 프로그램되어 있었다. 그것은 아마 성당에 들어갈 경우에는, 어디를 가나 영토 표시를 해놓아야 한다는 다른 유전적 의무 사항을 이행할 수 없기에 생긴 금지 사항일 것이다. 이 눈물을 핥아주는 개의 조상들은 성자들이 성자로 인정이나 승인을 받기 전에 그들 몸의 곪은 상처들을 핥아주며 선하고 충실하게 봉사했다. 이것은 성자의 명성에 기대고자 하는 사심과는 아무런 관계가 없는, 오로지 이타적인 동정심에서 우러나온 행동이었다. 우리가 잘 알듯이, 몸에 아무리 상처가 많다 해도, 그리고 개의 혀가 닿을 수 없는 영혼에 아무리 상처가 많다 해도, 모든 거지가 다 성자가 되는 것은 아니다. 눈물을 핥아주는 개는 그런 혈통에 힘입어, 신성한 공간으로 들어갈 용기를 냈다. 문은 열려 있었고, 문지기도 없었다. 무엇보다 중요한 이유는, 눈물을 흘렸던 여자가 이미 안으로 들어갔다는 것이다. 그녀가 어떻게 그 몸으로 안에까지 들어갈 수 있었는지는 모르겠다. 그녀는 남편에게 한마디만 했다, 날 좀 잡아줘요. 성당은 사람들로 가득했다. 몇 뼘의 빈 공간도 찾기가 힘들었다. 머리를 뉠 돌 하나 없다는 말이 이런 경우에 들어맞았다. 여기서 다시 눈물을 핥아주는 개가 자신이 쓸모 있는 존재임을 입증해 보였다. 개가 두 번 으르렁거리고 또 두어 번 돌진을 하자, 전혀 악의가 없는 행동이었음에도, 곧 의사의 아내가 누울 만한 자리가 생겼다. 그녀는 기절할 듯한 기분에 몸을 맡기고, 마침내 완전히 눈을 감을 수 있었다. 남편은 그녀의 맥을 짚어보았다. 흔들림 없이 규칙적으로 뛰고 있었다. 약간 약해졌을 뿐이었다. 이어 그는 그녀의 몸을 들어올리려 했다. 그녀의 자세가 좋지 않아서였다. 뇌의 관개(灌漑) 활동을 촉진하기 위해 뇌로 피를 빨리 보내줄 필요가 있었다. 가장 좋은 것은 그녀를 일어나 앉게 하고, 머리를 두 무릎 사이에 끼워 자연이 제공하는 중력의 힘에 몸을 맡기는 것이었다. 몇 번 실패한 끝에, 마침내 그는 그녀의 몸을 들어올릴 수 있었다. 잠시 후, 의사의 아내는 깊은 숨을 쉬었고, 거의 알아챌 수 없을 만큼 몸을 움직이더니 의식을 회복하기 시작했다. 아직 일어나지 마, 그녀의 남편이 말했다, 좀 더 머리를 내리고 있어. 그러나 그녀는 괜찮다고 생각했다. 현기증은 사라졌다. 그녀가 눕기 전에 눈물을 핥아주는 개가 힘차게 긁어대는 바람에 비교적 깨끗하게 드러난 바닥 타일들도 알아볼 수 있을 정도였다. 그녀는 고개를 들어 늘씬한 기둥들과 높은 지붕을 보았다. 자신의 혈액 순환의 안정성을 확인할 수 있었다. 그녀가 말했다, 난 괜찮아요. 순간 그녀는 자신이 미쳤거나, 아니면 현기증 때문에 머리가 붕 떠 환각을 보고 있는 것이라고 생각했다. 눈앞에 보이는 것이 사실이라고 믿어지지가 않았다. 십자가에 못이 박힌 남자는 하얀 붕대로 눈을 가리고 있었다. 그의 옆에는 여자가 있었는데, 그녀는 심장에 일곱 개의 칼이 꽂혀 있었고, 눈에는 역시 하얀 붕대가 덮여 있었다. 그런 식으로 눈을 가린 것은 두 사람만이 아니었다. 성당에 있는 모든 성상들이 다 눈을 가리고 있었다. 조각의 눈에는 하얀 천을 묶어놓았고, 그림의 눈에는 하얀 물감으로 두껍게 붓질을 해놓았다. 어떤 여자는 딸에게 읽기를 가르치고 있었는데, 둘 다 눈을 가리고 있었다. 어떤 남자는 책을 펼치고 있고, 그 위에 어린아이가 앉아 있었는데, 둘 다 눈을 가리고 있었다. 또 한 남자의 몸에는 많은 화살이 박혀 있었는데, 그도 눈을 가리고 있었다. 불이 켜진 등을 들고 있는 여자도 눈을 가리고 있었다. 손과 발과 가슴에 상처가 있는 남자도 눈을 가리고 있었다. 사자와 함께 있는 남자는 사자와 남자 둘 다 눈을 가리고 있었다. 양과 함께 있는 남자도 둘 다 눈을 가리고 있었다. 독수리와 함께 있는 남자도 둘 다 눈을 가리고 있었다. 머리에는 뿔이 달리고 발에는 발굽이 달린 남자가 쓰러져 있고 창을 든 남자가 그를 바라보며 서 있었는데, 둘 다 눈을 가리고 있었다. 저울을 든 남자도 눈을 가리고 있었다. 하얀 백합을 든 늙은 대머리 남자도 눈을 가리고 있었다. 또 다른 노인은 칼집을 벗긴 칼에 몸을 기대고 있었는데, 그도 눈을 가리고 있었다. 비둘기와 함께 있는 여자는 그녀와 비둘기 둘 다 눈을 가리고 있었다. 까마귀 두 마리와 함께 있는 남자는 셋 다 눈을 가리고 있었다. 눈을 가리지 않은 여자가 딱 하나 있었는데, 그녀는 자신의 파낸 두 눈알을 은쟁반에 받쳐들고 있었다. 의사의 아내는 남편에게 말했다, 내 눈앞에 보이는 것들을 당신한테 이야기해주어도 믿지 않을 거예요, 이 성당에 있는 모든 성상들은 눈을 가리고 있어요. 그거 이상한 일이군, 왜 그럴까. 내가 어떻게 알겠어요, 어쩌면 자신이 남들과 마찬가지로 눈이 멀 것임을 깨닫는 순간 믿음이 심하게 흔들린 사람이 한 일일지도 모르죠, 혹시 이 동네 사제가 한 일일지도 몰라요, 눈먼 사람들이 성상들을 볼 수 없다면, 성상들도 눈먼 사람들을 볼 수 없어야 한다고 생각한 것인지도 모르죠. 원래 성상들은 못 보잖아. 그렇지 않아요, 성상들은 그들을 보는 사람들의 눈을 통해 봐요, 다만 이제 실명이 모든 사람들의 운명이 되는 바람에 성상들도 못 보게 된 거죠. 당신은 여전히 볼 수 있잖아. 점점 안 보이고 있어요, 설사 내가 시력을 잃지 않는다 해도, 나를 봐줄 사람들이 없을 테니까, 나도 점점 눈이 멀어갈 거예요. 사제가 성상들의 눈을 가린 거라면 좋겠군. 그건 내 생각일 뿐이에요. 그게 말이 되는 유일한 가설이야, 그게 우리의 수난에 어떤 위엄을 줄 수 있는 유일한 가설이지, 난 눈먼 사람들의 세계로부터 이 안으로 들어온 그 사제를 상상하고 있어, 그는 결국 그 세계로 돌아가야겠지, 그 자신도 눈이 멀기 위해서 말이야, 난 닫힌 문들, 텅 빈 성당, 그 안의 정적을 상상하고 있어, 난 성상들, 그림들을 상상하고 있어, 그가 성상이나 그림을 하나씩 찾아가는 모습이 보여, 제단에 올라가 붕대를 두르고, 저절로 풀어져서 흘러내리지 않도록 매듭을 두 번 단단히 묶는 모습이 보여, 그림들이 맞이한 백색의 밤이 더 짙어지도록 하얀 물감을 두 번 칠하는 모습이 보여, 그 사제는 모든 시대와 모든 종교에서 최악의 신성 모독을 저지른 사람임에 틀림없어, 그러나 그 신성 모독은 가장 공명 정대하고 또 가장 근본적으로 인간적인 것이기도 해, 그 사람은 궁극적으로 신은 볼 자격이 없다는 것을 선포하러 여기에 온 거야. 의사의 아내가 뭐라고 대답하기도 전에, 옆에 있는 누군가가 먼저 말을 했다, 그게 대체 무슨 소리요, 당신은 누구요. 댁처럼 눈이 먼 사람이에요, 그녀가 말했다. 하지만 조금 전에는 볼 수 있다고 말한 것 같은데. 그건 그냥 말버릇일 뿐이에요, 쉽게 없어지지 않는 버릇이죠, 도대체 그 이야기를 몇 번이나 더 해야 되는지 모르겠네. 그럼 성상들이 눈을 가렸다는 이야기는 뭐요. 그건 사실이에요. 눈이 멀었다면서 그걸 어떻게 안단 말이오. 내가 한 것처럼 해보면 댁도 알 수 있을 거예요, 가서 손으로 만져봐요, 눈먼 사람들한테는 손이 눈이잖아요. 어떻게 그걸 만질 생각을 했소. 우리가 이 지경에 이르게 된 것은 우리 말고 다른 누군가가 눈이 멀었기 때문이라고 생각했어요, 그래서 누가 눈이 멀었나 확인해보러 간 거예요. 아까 교구 사제가 성상들의 눈을 가렸다는 이야기를 했는데, 내가 그 양반을 아주 잘 알고 있소. 그는 그런 짓을 할 수 없는 사람이오. 사람이 어떤 일을 할 수 있는지 없는지는 미리 알 수 없는 거예요, 기다려봐야 해요, 시간을 줘봐야 해요, 세상을 다스리는 것은 시간이에요, 시간은 도박판에서 우리 맞은편에 앉아 있는 상대예요, 그런데 혼자 손에 모든 카드를 쥐고 있어요, 우리는 삶에서 이길 수 있는 카드들이 어떤 것인지 추측할 수밖에 없죠, 그게 우리 인생이에요. 성당에서 도박 이야기를 하는 것은 죄요. 일어나보세요, 내 말이 의심스러우면 직접 손을 이용해보세요. 성상들의 눈이 가려졌다는 게 사실이라고 맹세할 수 있소. 뭘 걸고 맹세하면 되죠. 당신 눈을 걸고 맹세하시오. 눈에 걸고 두 번 맹세하겠어요, 내 눈과 댁의 눈을 걸고. 당신 말이 사실이오. 사실이에요. 바로 옆에 있던 눈먼 사람들도 그 대화를 듣고 있었다. 그녀의 맹세를 기다릴 필요도 없이 입에서 입으로 소식이 퍼지기 시작했다는 것은 말할 필요도 없을 것이다. 웅성거리는 소리들이 들리기 시작했다. 분위기는 자꾸 바뀌었다. 처음에는 믿을 수 없다는 분위기이다가, 이어 경악하는 분위기, 다시 믿을 수 없다는 분위기로 바뀌었다. 회중 가운데 미신을 믿는 마음이 강하고 거기에 상상력도 풍부한 사람들이 몇 명 있다는 것이 불행이었다. 그들은 성상들이 눈이 멀었다는 생각, 그 동정심과 연민으로 가득한 눈들이 오직 자신의 실명 상태만을 응시하고 있을 뿐이라는 생각을 갑자기 견딜 수 없었다. 그것은 그들이 살아 있는 주검에 둘러싸여 있다고 말해주는 것과 똑같았다. 한 사람의 비명으로 충분했다. 잇달아 비명들이 연거푸 터져나오고, 이어 모든 사람이 두려움 때문에 자리에서 일어섰다. 그들은 공황에 사로잡혀 문으로 밀려나갔다. 그러자 이곳에서도 불가피한 일이 되풀이되었다. 공황은 그것을 지닌 사람의 다리보다 훨씬 더 빠르기 때문이다. 달아나는 사람 하나가 뛰다가 발을 헛디딘다. 눈이 멀었을 때는 그런 일이 더욱 흔하게 벌어진다. 그는 바닥에 널브러진다. 공황이 그에게 말한다, 일어나, 뛰어, 가만 있으면 사람들에게 밟혀 죽을 거야. 일어날 수만 있으면 좋으련만, 다른 사람들도 이미 뛰고 있고 또 넘어지고 있다. 뒤엉킨 몸뚱어리들 사이에서 어서 빠져나가려고 자기 팔과 다리를 찾아 버둥거리는 이 기괴한 모습에 웃음을 터뜨리지 않으려면 마음을 단단히 먹어야 한다. 바깥의 여섯 단으로 이루어진 계단은 낭떠러지 역할을 하게 될 것이다. 그러나 낙상은 그렇게 심각하지 않을 것이다. 낙상하는 것도 습관이 되면 몸이 단단해진다. 공중에서 바닥에 닿는 것은 그 자체로는 마음 놓이는 일이다. 나는 내 자리에 머물고 있구나, 하는 것이 처음에 드는 생각이다. 물론 목숨을 잃는 경우에는 그것이 마지막 생각이 되기도 하지만. 어쨌든 달라지지 않는 것은 꼭 다른 사람들의 불행을 악용하는 사람들이 있다는 것이다. 잘 알려져 있다시피, 이것은 세상이 시작된 이래 대를 이으며 계속되어 온 일이다. 달아나는 사람들은 워낙 경황이 없어 가진 것을 다 두고 갔다. 잠시 후 몸의 욕구가 두려운 마음을 누르게 되어, 그들이 소지품을 찾으려고 다시 돌아온다 해도, 그때는 어느 게 내 것이고 어느 게 네 것이냐를 만족스러운 방법으로 해결하기가 어려울 것이다. 게다가 우리는 우리가 가지고 있던 얼마 안 되는 음식 가운데 일부가 사라졌음을 알게 된다. 어쩌면 바로 이것이 성상들이 눈을 가리고 있다고 말한 여자의 야비한 계략이었는지도 모른다. 깊은 우물이 있다고 말하면, 어떤 사람들은 몸을 구부리고 그곳을 들여다보게 마련이니까. 그런 식으로 가난한 사람들에게서 얼마 되지도 않는 부스러기를 빼앗아가려고 허황된 이야기를 지어내는 사람들이 있게 마련이니까. 그러나 지금은 모든 것이 눈물을 핥아주는 개 탓이라고 할 수 있었다. 그 개는 성당 안이 텅 빈 것을 보고 먹이를 뒤지며 돌아다녔다. 그리고 그 노력에 대한 보상을 받았다. 이것은 지극히 정당하고 자연스러운 일이다. 그리고 이 개는 의사의 아내와 남편에게, 말하자면, 보고(寶庫)의 입구를 보여주었다. 그 결과 의사의 아내와 남편은 도둑질에 대한 가책 없이 봉투들을 반쯤 채워 성당을 떠났다. 하지만 그들이 가져간 것의 반이라도 먹을 수 있다면 그들은 만족할 것이다. 나머지 반에 대해서는, 도대체 사람이 어떻게 이런 것을 먹을 수 있는지 모르겠어, 하고 말할 것이다. 불행이 모두에게 닥쳐도, 늘 남들보다 더 심하게 그 불행을 겪는 사람들이 있는 것이다.

이런 사건들에 대해 하나하나 이야기해주자, 그들 일행의 다른 사람들은 깜짝 놀라며 어리둥절해했다. 그러나 의사의 아내가, 아마 말로 제대로 표현할 수 없어서 그랬겠지만, 지하실 문에서, 다른 세계로 통하는 계단 꼭대기에서, 희미하게 깜빡거리는 사각형의 불빛을 보았을 때 겪었던 그 절대적인 공포의 느낌을 다른 사람들에게 도무지 제대로 전달할 수가 없었다는 점은 기록해둘 필요가 있겠다. 성상들이 붕대로 눈을 가리고 있었다는 이야기는 각기 다른 방식이기는 하지만 그들의 상상력을 자극했다. 예를 들어, 첫 번째로 눈이 먼 남자와 그의 아내는 상당히 불안해했다. 그들에게는 그것이 1차적으로 용서할 수 없는 불경스러운 행동이었다. 모든 인간이 눈이 멀었다는 것은 그들이 책임질 수 없는 재난이었다. 이것은 아무도 피할 수 없는 불행이었다. 그런데 그런 이유 하나만으로 성상들의 눈을 가린다는 것은 그들에게는 용서할 수 없는 죄로 여겨졌다. 만일 교구 사제가 그런 짓을 했다면, 그것은 더 나쁜 죄였다. 검은 안대를 한 노인의 반응은 완전히 달랐다. 두 분이 겪었을 충격을 상상할 수 있겠소, 예를 들어 미술관에 들어갔더니 모든 조각의 눈이 가려져 있는 경우를 생각해봅시다, 조각가가 파다 말았기 때문이 아니라, 두 분 말대로 붕대로 가려놓았을 경우를 말이오, 그것은 하나의 실명만으로는 부족하다고 이야기하는 것과 다름없는 것 아니겠소, 그런데 내가 한 안대는 똑같은 효과를 내지 못하니 이상한 일이오, 때로는 이 것이 사람들에게 로맨틱한 분위기를 주기까지 하거든. 그러면서 그는 자신이 한 말과 자기 자신에 대해 웃음을 터뜨렸다. 검은 색안경을 썼던 여자의 경우에는 꿈속에서 그 저주받은 미술관을 보는 일이 없기를 바랄 뿐이라고 말했다. 이미 악몽은 꿀 만큼 꾸었기 때문이다. 그들은 의사의 아내와 남편이 가져온 역겨운 음식을 먹었다. 그것이 그들이 먹을 수 있는 가장 좋은 것이었다. 의사의 아내는 음식 찾기가 점점 힘들어진다고, 어쩌면 도시를 떠나 시골에 가서 살아야 할지도 모른다고, 적어도 그곳에서 얻게 되는 음식은 이것보다는 몸에 좋을 것이라고 말했다. 그리고 시골에는 풀려난 염소와 암소도 있을 거예요, 그럼 우린 젖을 짤 수 있어요, 우유를 먹을 수 있다는 거예요, 우물에는 물도 있을 거예요, 필요하다면 요리를 할 수도 있을 거예요, 문제는 좋은 데를 찾는 거예요. 그러자 모두 자기 의견을 이야기했다. 어떤 사람들은 다른 사람들보다 강한 의욕을 보이기도 했다. 어쨌든 그들 모두 시급히 결정을 내려야 한다는 것은 분명히 알고 있었다. 사팔뜨기 소년은 아무런 조건 없이 찬성했다. 아마 가족과 함께 시골에 놀러 갔던 즐거운 추억 때문이었을 것이다. 그들은 식사를 마친 후에 누워서 잤다. 그들은 늘 그랬다. 격리 수용소에 있을 때부터. 그곳에서 경험을 통해 자고 있을 때 굶주림을 더 잘 견딜 수 있다는 것을 배웠다. 그날 저녁에는 식사를 하지 않았다. 사팔뜨기 소년에게만 칭얼거리지 말라고 요기할 수 있는 것을 조금 주었을 뿐이다. 다른 사람들은 앉아서 책 읽어주는 소리를 들었다. 적어도 그들의 정신만큼은 영양 부족을 불평할 수 없는 셈이었다. 그러나 문제는 몸이 허약해지면 때때로 정신의 집중력이 떨어진다는 점이다. 지적인 관심이 부족해서는 아니다. 그것은 아니었다. 그들은 뇌가 가수 상태로 미끄러져 들어가는 경험을 하고 있었다. 마치 세상과 작별하고, 겨울잠을 자려고 자리 잡은 짐승들 같았다. 이야기를 듣는 사람들은 살며시 눈꺼풀을 내린 채, 영혼의 눈으로 간신히 플롯의 변화를 따라가다가, 강력한 구절이 그들을 흔들어 깨우면 무감각 상태에서 빠져나오곤 했다. 책을 탁 하고 닫는 소리 때문에 깨어나는 일은 드물었다. 의사의 아내는 그런 소리까지 조심했다. 그녀는 꿈을 꾸고 있는 사람이 잠에 빠져들고 있다는 사실을 알았지만, 자신이 그것을 안다는 것을 드러내고 싶어 하지 않았다.

첫 번째로 눈이 먼 남자는 이런 부드러운 상태에 접어든 것처럼 보였다. 그러나 사실은 그렇지 않았다. 물론 그는 눈을 감고 있었고, 책 읽어주는 소리에 거의 주의를 기울이지 않았다. 그러나 모두 시골에 가서 살아야 한다는 생각 때문에 잠이 오지는 않았다. 그는 집에서 멀리 떠나는 것은 중대한 잘못이라고 생각했다. 그 작가가 아무리 착하다 해도, 이따금씩 집에 들러 살펴봐야 할 것 같았다. 이런 생각으로 첫 번째로 눈이 먼 남자는 정신이 말짱했다. 눈앞이 눈부시게 하얗다는 것도 그가 깨어 있는 증거라고 할 수 있다. 그것은 아마 잠을 잘 때만 어두워질 텐데, 사실 그것도 확실치는 않다. 누구도 잠을 자는 동시에 깨어 있을 수는 없기 때문이다. 첫 번째로 눈이 먼 남자가 마침내 이런저런 생각들을 정리했다고 느꼈을 때, 갑자기 눈꺼풀 안쪽이 어두워졌다. 내가 잠이 들었구나, 그는 생각했으나 아니었다, 그는 잠이 들지 않았다. 의사 아내의 목소리는 계속 들렸다. 사팔뜨기 소년이 기침하는 소리도 들렸다. 순간 그의 영혼에 커다란 공포가 찾아왔다. 그는 자신이 하나의 실명에서 다른 실명으로 옮겨갔다고 생각했다. 지금까지는 빛의 실명 상태에서 살았는데, 이제 어둠의 실명 상태로 옮겨가게 되었다고 생각한 것이다. 그 공포로 인해 그는 몸을 떨었다. 무슨 일이에요, 그의 아내가 물었다. 그는 눈을 뜨지 않고 멍청하게 대답했다, 눈이 멀었어. 마치 그것이 무슨 새로운 소식이라는 듯이. 아내는 살며시 그를 끌어안았다. 걱정하지 말아요, 우리 모두 눈이 멀었으니까, 그건 어쩔 수 없는 일이에요. 모든 게 어둡게 보여, 난 내가 잠이 든 줄 알았어, 하지만 아니야, 난 깨어 있어. 그럼 그게 당신이 할 일이에요, 잠을 자는 것, 눈먼 것에 대한 생각은 하지 말아요. 그는 이런 충고에 짜증이 났다. 남자가 심각한 괴로움에 사로잡혀 고민하고 있는데, 아내라는 여자는 고작 잠이나 자라고 하다니. 그는 화가 치밀어 심한 말을 한마디하려고 눈을 떴고, 그 순간 앞을 보았다. 그는 소리쳤다, 눈이 보여. 그가 처음 외친 소리는 여전히 믿지 못하겠다는 태도에서 나왔으나, 두 번째, 세 번째, 그리고 그 횟수가 점점 더 늘어감에 따라 확신은 점점 강력해졌다. 눈이 보여, 눈이 보여. 그는 미친 듯이 아내를 끌어안았다. 이어 의사의 아내에게 달려가 그녀도 끌어안았다. 의사의 아내를 보는 것은 처음이었지만, 누가 의사의 아내인지 금방 알 수 있었다. 그리고 의사, 검은 색안경을 썼던 여자, 검은 안대를 한 노인을 차례로 끌어안았다. 검은 안대를 한 노인을 못 알아볼 리야 없었다. 이어 사팔뜨기 소년도 끌어안았다. 그의 아내가 뒤따라왔다. 그녀는 그를 놓치고 싶어 하지 않았다. 그는 다른 사람을 껴안다 말고 다시 그녀를 끌어안았다. 이어 그는 의사를 향했다. 보입니다, 눈이 보입니다, 의사 선생님. 그는 의사를 그렇게 불렀는데, 그것은 오랫동안 그들의 입에서 사라졌던 호칭이었다. 의사가 물었다, 전처럼 분명히 보입니까, 백색의 흔적은 없나요. 전혀 없습니다, 오히려 전보다 더 잘 보이는 것 같은데요, 이건 대단한 거죠, 나는 전에도 안경을 안 썼으니까요. 그러자 의사는 다른 사람들이 생각은 하고 있었지만, 감히 말로는 하지 못하던 것을 이야기했다, 이 실명 상태도 끝이 날 때가 온 것 같습니다, 우리 모두가 시력을 회복하는 것도 가능합니다. 그 말을 듣자 의사의 아내는 울기 시작했다. 행복해야 마땅함에도 그녀는 울고 있었다. 사람들의 반응이란 얼마나 이상한 것인지. 물론 그녀는 행복했다. 사실 왜 우는지 이해하기는 어렵지 않다. 그녀의 모든 정신적 저항이 갑자기 물밀듯이 쓸려나갔기 때문에 운 것이다. 그녀는 마치 새로 태어난 아기와 같았다. 그 울음이란 그녀가 낸 첫 소리이자, 무의식 상태에서 나온 소리였다. 눈물을 핥아주는 개가 그녀에게 다가갔다. 개는 늘 자신이 언제 필요한지를 알고 있다. 의사의 아내는 개를 끌어안았다. 그렇다고 그녀가 이제 남편을 사랑하지 않는 것은 아니었다. 모두가 잘되기를 바라지 않는다는 것도 아니었다. 그러나 그 순간에는 외로움이 도저히 강렬하여, 너무 견딜 수 없어, 오직 그녀의 눈물을 마시는 개의 묘한 갈증으로만 그것을 이겨낼 수 있을 것 같았다.

기쁨의 분위기는 초조함으로 바뀌었다. 이제 어떻게 해야 하죠, 검은 색안경을 썼던 여자가 물었다. 그런 일이 일어났으니, 이제 잠이 오지 않을 거예요. 아무도 못 자겠죠. 우리는 여기 그대로 있어야 한다고 생각하오, 검은 안대를 한 노인이 말했다. 그의 목소리에는 여전히 의심이 남아 있는 듯했다. 이어 그가 말을 맺었다, 기다려야 하오. 그들은 기다렸다. 램프에서 나오는 세 개의 불길이 둥그런 얼굴들을 밝혔다. 처음에는 모두 활기차게 이야기했다. 정확히 어떤 일이 일어났는지 알고 싶어 했다. 그 변화가 눈에서만 일어난 것인지, 뇌에서도 뭔가를 느낀 것인지. 이어 조금씩 그들의 말에서 힘이 빠졌다. 그러다가 첫 번째로 눈이 먼 남자가 문득 생각난 듯이 아내에게, 내일 집에 갑시다, 하고 말했다. 하지만 나는 아직도 안 보이는데, 그녀가 대답했다. 상관없어, 내가 안내할 테니까. 그 자리에서 자기 귀로 직접 그 말을 들은 사람들만이 그런 간단한 말에도 보호, 자긍심, 권위 등과 같은 감정들이 들어갔다는 것을 실감했을 것이다. 밤늦게, 기름이 거의 바닥난 램프가 깜빡거릴 때, 두 번째로 시력을 회복한 사람은 검은 색안경을 썼던 여자였다. 그녀는 시력이 안에서부터 다시 켜지는 것이 아니라, 밖에서부터 눈을 통해 들어오는 것이라고 생각한 것처럼, 눈을 계속 뜨고 있었다. 갑자기 그녀가 말했다, 보이는 것 같아요. 그러나 신중해야 했다. 모든 경우가 똑같지는 않으니까. 심지어 실명이란 없고 실명한 사람들만 있다는 이야기도 있었다. 그러나 시간의 경험은 우리에게 실명한 사람들은 없고 실명 상태만이 있다는 것을 가르쳐주었다. 이제 여기에 눈이 보이는 사람이 벌써 세 명이다. 한 명만 더 있으면 눈이 보이는 사람이 다수가 될 것이다. 눈이 다시 보인다는 행복 때문에 다른 사람들을 무시할 수도 있겠지만, 어쨌든 그들의 삶은 훨씬 더 편해질 것이다. 지금까지와 같은 괴로움은 겪지 않을 것이다. 저 여자를 보라. 그녀는 마치 끊어진 밧줄과 같다. 지금까지 줄곧 지탱해오던 압력을 더 이상 지탱할 수 없는 용수철과 같다. 아마 그래서 검은 색안경을 썼던 여자는 첫 번째로 눈먼 남자의 아내를 먼저 끌어안았던 것인지도 모른다. 눈물을 핥아주는 개는 누구의 눈물을 먼저 닦아주어야 하는지 알 수가 없었다. 둘 다 너무 많이 울었기 때문이다. 그녀가 두 번째로 끌어안은 사람은 검은 안대를 한 노인이었다. 이제 우리는 말이 진정 어떤 가치를 지니는지 알게 될 것이다. 며칠 전에 우리는 이 두 사람이 함께 살겠다고 멋진 약속을 하는 바람에 무척 감동했다. 그러나 이제 상황이 바뀌었다. 검은 색안경을 썼던 여자는 이제 직접 볼 수 있는 노인을 눈앞에 두고 있다. 감정적 이상화, 무인도에서의 거짓된 조화 상태는 끝났다. 주름은 주름이고, 대머리는 대머리다. 검은 안대와 다른 한쪽의 멀어버린 눈 사이에는 차이가 없다. 이것이 노인이 그녀에게 하려는 말이기도 하다. 나를 보시오, 내가 당신이 함께 살겠다고 말했던 남자요. 그녀는 대답했다, 나도 아저씨를 알아요, 아저씨는 내가 함께 살고 있는 남자예요. 결국 이 말들이 드러내지 않은 말들보다 훨씬 더 가치가 있다. 그리고 그들의 포옹은 그 말들만 한 가치가 있다. 다음 날 새벽녘에 세 번째로 시력을 회복한 사람은 의사였다. 이제 의심의 여지가 없었다. 다른 사람들이 시력을 회복하는 것도 시간 문제일 뿐이었다. 의사의 경우에도 이럴 때 자연스럽게 나올 수 있는 기분 좋은 말들이 오갔다. 그런 말에 대해서는 이미 위에서 충분히 이야기했으니, 그것을 다시 되풀이할 필요는 없을 것이다. 그것이 이 이야기의 주요 등장 인물들이 한 말이라 해도 마찬가지다. 그러나 의사는 거기에 덧붙여, 사람들이 그러지 않아도 궁금해하던 질문을 했다, 밖은 어떻게 되었을까. 그 대답은 그들이 살고 있는 건물로부터 나왔다. 아래층에서 누가 소리를 지르며 층계참으로 나왔다, 눈이 보인다, 눈이 보여. 해도 그것을 축하하려는지, 곧 도시 위로 떠오를 것 같다.

다음 날 아침의 식사는 잔치로 바뀌었다. 식탁에 놓여 있는 음식은 양이 적은 것은 말할 것도 없고, 정상적인 식욕을 가진 경우에는 역겹기 짝이 없는 것들이었다. 그러나 흥분하는 순간에는 늘 그렇지만, 감정의 힘이 굶주림을 대신했으며, 그들의 행복이 가장 좋은 영양분이 되었다. 아무도 불평하지 않았다. 심지어 아직 눈이 먼 사람들도 보이는 눈이 자기 눈인 것처럼 웃음을 터뜨렸다. 식사를 마쳤을 때 검은 색안경을 썼던 여자가 한 가지 제안을 했다, 지금 내 아파트로 가서 문에 내가 여기 있다는 쪽지를 붙여놓는 게 어떨까요, 그래야 부모님이 돌아오시면 이리로 나를 찾아오실 것 아니에요. 내가 함께 가리다, 바깥이 어떤 상황인지도 알고 싶으니까, 검은 안대를 한 노인이 말했다. 우리도 가겠습니다, 첫 번째로 눈이 먼 남자가 아내를 향해 말을 이었다, 어쩌면 그 작가도 눈이 보여서 자기 살던 곳으로 돌아갈 생각을 하고 있는지도 모르잖아, 오가는 길에 먹을 것도 좀 찾아보고. 나도 찾아볼게요, 검은 색안경을 썼던 여자가 말했다. 잠시 후 나갈 사람들이 나간 뒤, 의사는 아내 곁에 앉았다. 사팔뜨기 소년은 구석의 소파에서 졸고 있었다. 눈물을 핥아주는 개는 몸을 뻗고 앞발에 코를 박은 채, 자신이 아직 경계 근무 중이라는 것을 보여주기 위해 이따금씩 눈을 끔뻑거렸다. 5층이었음에도 불구하고 열린 창문을 통해 흥분한 목소리들이 들려왔다. 거리는 사람들로 가득 찬 것 같았다. 사람들은 단 두 마디만 외치고 있었다, 눈이 보여. 이미 시력을 회복한 사람도, 막 눈이 보이기 시작한 사람도 같은 소리를 외쳤다, 눈이 보여, 눈이 보여. 이제 사람들이, 눈이 안 보여, 하고 소리치던 것은 다른 세상의 이야기인 듯했다. 사팔뜨기 소년이 잠꼬대처럼 중얼거렸다, 제가 보여요, 제가 보여요. 아마 꿈에서 어머니를 보고, 어머니에게 물어보는 모양이었다. 의사의 아내가 물었다, 다른 사람들은 어떨까요. 의사가 대답했다, 저 아이도 잠을 깰 때쯤이면 치료가 됐을 거야, 다른 사람들도 마찬가지일 거고, 지금 벌써 시력을 회복하고 있겠지, 하지만 검은 안대를 한 노인은 충격받을 거야. 왜요. 백내장 때문에, 전에 진찰을 한 이후로 시간이 많이 지났으니 백내장이 많이 악화되었을 거야. 그럼 계속 눈이 안 보일까요. 아냐, 다시 생활이 정상으로 돌아가면, 그래서 모든 게 제대로 움직이기 시작하면, 내가 수술을 해줘야지, 몇 주 뒤면 볼 수 있을 거야. 왜 우리가 눈이 멀게 된 거죠. 모르겠어, 언젠가는 알게 되겠지. 내가 무슨 생각을 하는지 알고 싶어요. 응, 알고 싶어. 나는 우리가 눈이 멀었다가 다시 보게 된 것이라고 생각하지 않아요, 나는 우리가 처음부터 눈이 멀었고, 지금도 눈이 멀었다고 생각해요. 눈은 멀었지만 본다는 건가. 볼 수는 있지만 보지 않는 눈먼 사람들이라는 거죠.

의사의 아내는 일어나 창으로 갔다. 그녀는 쓰레기로 가득 찬 거리, 그곳에서 소리를 지르며 노래 부르는 사람들을 내려다보았다. 이어 그녀는 고개를 들어 하늘을 올려다보았다. 모든 것이 하얗게 보였다. 내 차례구나, 그녀는 생각했다. 두려움 때문에 그녀는 눈길을 얼른 아래로 돌렸다. 도시는 여전히 그곳에 있었다.

# 주제 사라마구의 따뜻한 시선
## 실명에 대한 연습

I

　포르투갈 작가로는 처음으로 노벨문학상을 수상한 주제 사라마구는 예순에 가까운 나이인 1980년 『바닥에서 일어서서』를 발표하여 일반 독자뿐만 아니라 비평가들의 큰 호평 속에 문단의 주목을 뒤늦게 받은 대기 만성형의 작가이다. 그는 특히 1980년대 들어 역사와 환상을 절묘하게 조화시킨 '환상역사소설'이란 새로운 문학 장르를 개척하며 포르투갈 문단에 신선한 충격을 주었다. 실제 그의 작품들은 문장 부호가 무시된 채 격류가 흐르는 듯한 문체로 현실과 비현실을 넘나들며 역사와 전통을 새롭게 해석하고, 현대 사회에서 잃어가는 인간의 정체성을 추구하는 작업을 통해 삶과 세계에 새로운 의미를 부각시켰다는 평가를 받고 있다.

금년 스웨덴 한림원이 현대 문학의 한 커다란 흐름인 마술적 리얼리즘의 '살아 있는 교과서'로 불리는 사라마구에게 노벨문학상을 수여한 것은 이처럼 실험 정신이 돋보이는 새로운 문학 언어의 추구와 함께, 조국 포르투갈의 희박해져가는 역사성과 정체성을 회복하려는 노력, 나아가 이성에 치우쳐 윤리의식을 상실한 현대 사회와 인간의 모습을 날카롭게 보여주고 있는 그의 오랜 문학 작업에 대한 당연한 결과라고 볼 수 있다.

사라마구는 노벨문학상을 수상하기 전에 이미 포르투갈어권 작가 중 가장 뛰어난 업적을 남긴 사람에게 주는 포르투갈 최고 시인의 이름을 딴 '까몽이스 상'(1995년)을 받았다. 또 국내외의 수많은 문학상을 수상했을 뿐 아니라, 몇 년 전부터는 유력한 노벨문학상 후보로 거듭 거론되었을 정도로 뛰어난 문학성을 일찍부터 인정받았다. 또한 그는 상업적으로도 자신의 작품 대부분이 20여 개 언어로 번역되어 전세계에 수많은 독자를 확보한 베스트셀러 작가이며, 포르투갈 문학과 지성을 대표하는 지식인으로 추앙받고 있기도 하다. 그러나 그는 1991년 발표한 『예수의 제2복음』으로 인해 정부와 사회의 박해를 받아 조국 포르투갈을 떠나게 되는 슬픔을 겪는다. 포르투갈작가협회 대상을 수상한 이 작품에서 예수의 인간적 모습을 보여주려 했던 사라마구는 가톨릭 교회와 보수층으로부터 교회를 위협하는 제목과 내용을 지닌 작품이라고 거센 비난을 받게 된다. 정부는 1992년 유럽문학상 후보로 사라마구를 추천하는 것을 거부하기까지 했으며, 결국 그는 1년 뒤인 1993년 포르투갈을 떠나 스페인의 카나리아 제도, 그중에서도 사하라 사막의 뜨거운 열풍이 부는 란사로테 섬으로 이주하게 된다.

사라마구의 작품 세계의 특징은 실험적 문학 정신과 사회와 개인에 대한 지속적인 관심이다. '시간', '초자연', '담론의 연속성', 그리고 '여행'이란 네 개의 축, 다시 말해 과거의 역사적 사건에 빗댄 현재의 재해석, 사실적 세계를 벗어나지는 않으면서도 얽매이지 않으려는 듯한 초자연적이고 환상적인 요소, 문장 부호의 변화와 생략을 통한 새로운 문체의 시도, 마지막으로 외부 세계뿐만 아니라 상상력을 통한 인간 내부 세계의 여행이란 네 개의 축은 사라마구의 문학 세계를 구축하는 장치로, 사라마구는 이를 통해 잃어가고 있는 현대인의 정체성을 세밀하게 파헤치고 있다. 그렇기 때문에 사라마구의 작품에는 담론간의 일치나 담론의 내적 긴장이 중시되고 있으며, 문장 부호를 생략하며 직, 간접 화법조차 구분하지 않는 그의 작품은 독자들을 몹시 긴장시키며 집중력을 요구하는 것으로 유명하다.

주제면에서 보았을 때 사라마구는 포르투갈의 역사적 사건을 현대적으로 새롭게 조명하며 유럽연합의 틈바구니에 끼여 신음하는 조국의 정체성을 확립하려고 노력해왔다. 또한 권위와 억압에 대한 개인의 저항, 파괴되어가는 현대인의 윤리 의식과 무지 등을 지적하며 사회와 개인의 갈등에 대한 치열한 관심을 표명하고 있다. 가령 1983년 발표하여 그에게 국제적 명성을 처음으로 안겨준 『수도원의 비망록』이나 본서 『눈먼 자들의 도시』가 그 같은 범주에 들어가는 작품들로, 인간을 억압하는 모든 우상과 권위에 대한 개인의 외로운 싸움이나 윤리관이 파괴된 사회 체제를 제대로 보지 못하는 인간의 무지를 주제로 하고 있다. 이렇게 사라마구가 사회와 개인의 갈등에 대한 치열한 관심을 가지게 된 것은 독재와 혁명, 아프리카에서의 무모한 식민지 전쟁 등으로 인간 존재를 한없이 누추하게 만들어왔던 20세기 포르투갈 역사에 기인한다고 볼 수 있다.


Ⅱ


사라마구의 『눈먼 자들의 도시』는 인간 본성에 대해 강한 의문을 던지고 있는 사라마구의 문학 세계를 가장 잘 표현한 작품이다. 이 소설은 우리의 일상을 완전히 뒤바꿔놓는 상황, 즉 '만약 이 세상에서 우리 모두가 눈이 멀고 단 한 사람만이 보게 된다면'이라는 가상의 설정을 바탕으로 시작하고 있는데 이러한 시도는 그에게 처음이 아니다. 이미 『돌뗏목』에서 사라마구는 가능(현실)과 불가능(상상)을 서로 교차시키며, 포르투갈이 유럽 대륙에서 떨어져나와 대서양에 표류하는 것과 같은 초현실적인 사건들이 연달아 일어나는 미래를 가상적으로 설정하고 있다. 사라마구의 대표적인 환상적 리얼리즘 소설로 여겨지는 이 작품에서 현실과 환상은 심층적 알레고리를 바탕으로 절묘하게 어우러지며, 독자는 이베리아 반도 전체를 호머의 오디세이아처럼 여행하게 된다. 이 여행을 통해 '우리는 단순한 뗏목일 뿐이다'라고 외치며 유럽연합 사이에서 신음하는 포르투갈과 포르투갈 국민의 정체성을 심도 있게 다루고 있는 사라마구를 만나볼 수 있다.

　『돌뗏목』을 비롯한 1980년대 사라마구의 작품들은 일반적으로 과거의 역사적 사건을 빗대어 조국 포르투갈의 정체성을 추구하고 있다. 그러나 1990년대 들어 사라마구는 이베리아 반도라는 지역적 한계를 넘어 현대 사회에서 파괴되어 가고 있는 인간의 윤리관을 부각시키며 보다 폭넓은, 모두가 쉽게 공감할 수 있는 문학 세계를 지향하고 있다. 특히 『눈먼 자들의 도시』는 이를 잘 보여주고 있는 묵시론적 작품으로 가치와 윤리를 상실한 인간의 정체성에 대한 그의 생각이 확연히 드러나고 있다.

　이미 언급했듯이 『눈먼 자들의 도시』는 『돌뗏목』과 마찬가지로 가상적 설정에서 출발하고 있다. '한 남자가 신호를 기다리며 차 안에 있다가 아무런 이유 없이 눈이 먼다. 눈이 머는 현상은 부서지는 파도처럼 퍼져간다. 눈이 멀게 되는 이상한 전염병은 급속히 확산되어 도시 전체 사람들을 공포에 떨게 만든다.' 이러한 설정은 자연의 재앙으로 현대 사회의 시민들을 유랑하게 만든 『돌뗏목』과 같다. 그러나 『돌뗏목』은 이베리아 반도를 배경으로 한 한정적 설정이기에 타문화의 사람들에게 이해가 쉽게 되지 않는 면이 있다. 반면에 『눈먼 자들의 도시』는 비록 그 출발점이 『돌뗏목』과 같은 과감한 상상력에 기인하고 있지만 어떠한 국가, 어떠한 민족이 아니라 이 세상 우리 모두에게 해당되는 이야기이다. 그 어떤 특정한 시간에도 위치하지 않는, 바로 과거일 수도, 오늘일 수도, 내일일 수도 있는 시간 속에 위치한 이름이 부여되지 않은 인물을 통해 인간이란 종(種)이 지니는 모순된 세계가 하나의 알레고리로서 이루어지고 있다. 이 알레고리를 통한 사라마구의 새로운 상상력은 현대 사회에 만연한 무책임한 윤리 의식과 이에 대한 무지의 고발이다. 그렇기 때문에 『눈먼 자들의 도시』에서는 중요한 것은 이름이 아니라 '눈이 멀었다'라는 사실 그 자체이다.

'눈이 멀었다'라는 사실은 많은 의미를 함축하고 있다. 이것은 단순히 눈이 멀었다는 것이 아니라 우리가 소유하고 있는 많은 것을 잃었다는 사실을 암시한다. 실제 소유는 현대 산업 사회에서 기본적인 생존 양식으로 우리는 일상에서 우리가 '가지고 있는 것'으로 자신의 가치와 존재를 확인한다. 그러나 이 소설을 다 읽고 난 후에 우리는 '우리가 가지고 있는 것을 잃었을 때에야 가지고 있는 것이 정말 무엇인지를 알게 된다'는 사실을 깨닫는다. 왜냐하면 우리는 물질적 소유에 눈이 멀었을 뿐 아니라 그 소유를 위해 우리의 인간성조차 쉽게 말살하는 장님이기에 눈을 비벼 눈곱을 뗀 후 세상을 다시 보아야 한다는 필요성을 새삼스레 느끼게 되기 때문이다.

실제 『눈먼 자들의 도시』를 읽어가면 갈수록 우리도 모르게 작가의 담론에 이끌리는 자신을 발견하고 조금씩 인습과 편견, 고정 관념과 정형화된 삶으로부터 해방되어가고 있음을 느낀다. 해방된다는 것은 다시금 눈을 뜨는 것이다. 눈을 뜰 때에야 우리는 "내 목소리가 바로 나요, 다른 건 중요하지 않소"라고 절규하는 텍스트의 목소리가 진정 가슴에 와닿게 된다. 이 소리는 단순히 우리에게 이야기하는 목소리가 아니라 볼 수 없기에 더욱 강한 여운을 남기는 목소리, 바로 세상에서 일어나는 재앙에 대한 놀람과 공포, 그리고 참을 수 없는 분노를 드러내며 우리의 무지를 질타하는 사라마구의 목소리인 것이다. 그 목소리를 듣지 못한다면 우리가 어느 날 하늘을 향해 고개를 들었을 때 의사 부인처럼 '모든 것이 하얗게 보였다, 내 차례구나' 하고 생각하며 갑작스레 공포에 질리게 될 것이다.

『눈먼 자들의 도시』는 이렇게 '봄(시각)'과 '말함(청각)', 아니 그 반대로 실명과 침묵이란 장치를 통해 무책임한 윤리 의식과 붕괴된 가치관, 그리고 폭력이 만연한 현대 사회를 잘 암시해주고 있는 소설이다. 현대 사회의 모습은 작품 전체에서 쉽게 만나볼 수 있다. 눈먼 사람들의 수용소 격리, 이들에게 무차별하게 총격을 가하는 군인들의 폭력, 전염병을 억제하기 위해 수용 조치를 내린 냉소적인 정치인, 눈먼 사람들 각자가 보여주는 이기주의, 범죄 집단을 캐리커처한 듯한 무장 그룹, 도시에 넘치는 쓰레기 등. 이 같은 장면들은 나치 시대의 유대인 수용소, 카뮈의 『페스트』, 재앙에 직면한 현대 도시, 눈먼 자들이 다른 눈먼 자들을 인도하는 기독교적 사랑 등과 같은 과거의 역사적 사건이나 문학 작품을 떠올리게 하며 한층 더 그 효과를 더하고 있다. 특히 프리츠 랭 감독의 영화 「메트로폴리스」의 장면들을 연상시키듯 격리 수용된 '눈먼 자'들이 선동에 이끌려 쉽게 폭력을 저지르는 만행은 섬뜩할 정도로 추악한 인간의 본성을 낱낱이 보여주고 있다.

인간의 야만적인 폭력에 관한 교과서라고 지칭할 수 있는 『눈먼 자들의 도시』는 그러나 인간의, 현대 사회의 어두운 면만 보여주고 있지는 않다. 동시에 인간에 대한 신뢰와 삶의 가치를 강하게 암시하고 있다. 예를 들어 총으로 무장한 집단(군인이나 나중에 들어온 눈먼 자들)들이 저지르는 폭력은 사회 관계와 사회의 계층화, 파괴되어가는 도덕과 체념에 대한 갈등, 현대인의 정신 이상을 드러내는 장치로 사용되며 인간의 모순과 비인간성을 극명하게 보여주고 있다. 이에 반해 처음 눈이 멀어 수용소에 들어가게 되는 집단이 함께 고통을 나누고, 서로가 의지하며 도와가는 인간관계의 회복은 살아 있는 진정한 인간의 모습을 상징하고 있다. 이들에게 있어서 연대 의식은 인간성이 말살된 사회에서 공존할 수 있는 유일한 수단이자 진정한 휴머니즘이다. 바로 인간이 존재하는 본질적인 이유인 것이다. 특히 유일하게 눈이 멀지 않은 '의사의 아내'는 '눈먼 자들의 도시'를 따뜻한 인간 사회로 만드는 이러한 연대 의식의 축으로, 인간의 선한 면을 대표하고 있다.

Ⅲ

　의사의 아내란 인물이 창조되었다는 단순한 사실만으로도 우리는 이 소설에 충분히 공감할 수 있다. 그녀는 폭력이 난무하고 이기주의가 만연한 혼란스러운 수용소에서 많은 사람들이 자신에게 의존하고 있다는 것을 알았을 때 타인에 대한 책임을 받아들이며, 희생과 헌신을 통해 사람들이 덜 불행해지도록 애쓰는 참된 인간으로 우리에게 다가온다. 그녀는 그러나 혼자 있는 것이 아니다. 다른 여인들과 함께 고통과 기쁨과 슬픔을 나누며 진정한 인간애를 회복하고 있다. 이러한 이유로 베란다에서 '세 여인, 세상에 처음 왔을 때처럼 벌거벗은 세 여인은 마치 미친 것같이' 목욕하는 장면은 이 소설에서 가장 행복한 순간 중 하나일 것이다. 목욕은 마치 에덴 동산에 들어가기 위해 세상의 모든 찌든 때를 씻는 것과 같으며 인간이 잃어버린 서로 간의 신뢰를 회복하고 있는 것에 대한 상징이다. 이들은 비록 눈은 둘이지만 손이 여섯이라는 사실을 깨닫고, 이 손들이 합쳐지면 세상을 지탱할 수 있다는 확신을 갖게 된다. 그렇기 때문에 이들에게 있어 시력을 회복하는 것은 자신들이 겪었던 경험을 잊어버리는 것을 의미하지는 않는다. 소설의 또 다른 인물인 '검은 색안경을 썼던 여자'는 시력을 회복한 후 함께 지냈던 사람이 보잘것없는 주름투성이의 노인이라는 것을 알게 되지만, 그와 계속 있기를 주저하지 않는다. 왜냐하면 그녀는 가진 것, 자신의 젊음을 나누는 삶의 본질, 다시 말해 타인과 자신을 위해 사는 법을 배웠기 때문이다. 그녀에게 있어 '함께 지냈다'는 사실이 그 무엇보다 중요한 것이다. 의사의 아내가 다른 모든 사람들과 나누었던 게 이러한 나눔의 정신, 오늘의 혼탁한 세상에서도 서로 함께하는 연대 의식이 아닐까.

『눈먼 자들의 도시』는 쉽게 읽어갈 수 있는 소설은 아니다. 우리를 긴장시키고 놀라게 만들 뿐 아니라 인간에 대해 지니고 있는 확신을 뒤흔드는, 아니 뿌리째 뽑아버리는 작품이기 때문이다. 하지만 한번 잡으면 쉽게 내려놓을 수 없을 정도로 우리의 시선을 붙잡는다. 그리고 책을 덮을 때 현실을 새롭게 바라보게 함으로써 현대 사회에서 우리가 흔히 간과하게 되는 인간의 본성을 다시 한 번 생각하게 한다. 특히 '볼 수 없다'는 기묘한 설정은 세상이 오물과 쓰레기로 가득 차 있음에도 불구하고 향수가 뿌려져 있기에 이를 보지도, 냄새 맡지도 못하는 우리의 무지를 깨우쳐준다. 왜냐하면 사라마구에게 '눈먼 자들의 도시'는 단지 촛불에 비친 일시적인, 그것도 희미한 환영에 불과하기 때문이다. 그렇기 때문에 사라마구는 '보고 있다'라는 허상에서 벗어나 서로 베풀고 사랑하며 더불어 살아가는 진정한 '눈뜬 자들의 도시'를 만들기 위해 일상에 대해 좀 더 주의 깊은 시선을 돌리도록 우리에게 경고하고 있다.

"내가 무슨 생각을 하는지 알고 싶어요. 응, 알고 싶어. 나는 우리가 눈이 멀었다가 다시 보게 된 것이라고 생각하지 않아요, 나는 우리가 처음부터 눈이 멀었고, 지금도 눈이 멀었다고 생각해요. 눈은 멀었지만 본다는 건가. 볼 수는 있지만 보지 않는 눈먼 사람들이라는 거죠."

사라마구의 질타 앞에 우리는 한없이 부끄러움과 왜소함을 느끼지 않을 수 없다. 그렇기 때문에 보이는 일상에 익숙한 우리의 눈을 다시 뜨고 세상을 바라보자. '도시가 그곳에 그대로 있는지'를 확인하기 위해……

김용재

## 눈먼 자들의 도시

초판 1쇄  1998년 12월 15일
초판 6쇄  1999년 7월 10일
개정판 1쇄  2002년 11월 20일
개정판 102쇄  2023년 2월 20일

**지은이** | 주제 사라마구
**옮긴이** | 정영목
**펴낸이** | 송영석

**주간** | 이혜진
**기획편집** | 박신애 · 최예은 · 조아혜
**디자인** | 박윤정 · 유보람
**마케팅** | 김유종 · 한승민
**관리** | 송우석 · 전지연 · 채경민

**펴낸곳** | (株)해냄출판사
**등록번호** | 제10-229호
**등록일자** | 1988년 5월 11일(설립일자 | 1983년 6월 24일)

04042 서울시 마포구 잔다리로 30 해냄빌딩 5 · 6층
**대표전화** | 326-1600 **팩스** | 326-1624
**홈페이지** | www.hainaim.com

ISBN 978-89-7337-493-9